btb

Staatsfeind Nummer 1 zu sein ist nicht leicht. Das gilt auch dann, wenn dieser Staat einer der kleinsten der Erde ist: das Fürstentum Liechtenstein. Johann Kaiser, Sohn eines Fotografen, Weltenbummler, Meister der Manipulation, lebt unter falschem Namen an einem unbekannten Ort. Mit dem Verkauf gestohlener Kundendaten einer großen Bank hat er so gut verdient, dass es sich unbesorgt leben ließe – wären da nicht die Verleumdungen aus seiner Heimat, die aus ihm einen Verräter machen wollen. Im Versuch, die Deutungshoheit über sein Leben zurückzuerlangen, greift Johann zu Stift und Papier.

Benjamin Quaderer hat einen tollkühnen Debütroman geschrieben über die Macht des Geldes und die Macht des Erzählens. Das Porträt eines Hochstaplers, das die Gesellschaft spiegelt, die er betrügt.

BENJAMIN QUADERER, geboren 1989 in Feldkirch, Österreich, und aufgewachsen in Liechtenstein, studierte Literarisches Schreiben in Hildesheim und in Wien. Er war Mitherausgeber der Literaturzeitschrift »BELLA triste« und Teil der künstlerischen Leitung von »PROSANOVA 2014 – Festival für junge Literatur«. »Für immer die Alpen« ist sein erster Roman, er wurde ausgezeichnet mit dem Rauriser Literaturpreis, dem Debütpreis der lit.Cologne sowie dem Uwe-Johnson-Förderpreis.

Benjamin Quaderer

Für immer die Alpen

Roman

btb

Sollte diese Publikation Links auf Webseiten Dritter enthalten, so übernehmen wir für deren Inhalte keine Haftung, da wir uns diese nicht zu eigen machen, sondern lediglich auf deren Stand zum Zeitpunkt der Erstveröffentlichung verweisen.

FSC www.fsc.org
MIX
Papier aus verantwortungsvollen Quellen
FSC® C083411

Penguin Random House Verlagsgruppe FSC® N001967

1. Auflage
Taschenbuchausgabe Dezember 2021
btb Verlag in der Penguin Random House Verlagsgruppe GmbH,
Neumarkter Str. 28, 81673 München

Covergestaltung: Semper Smile, München,
nach einem Entwurf von Buxdesign, München,
unter Verwendung einer Illustration von Ruth Botzenhardt
Satz: Uhl + Massopust, Aalen
Druck und Einband: CPI books GmbH, Leck
cb · Herstellung: sc
Printed in Germany
ISBN 978-3-442-77145-5

www.btb-verlag.de
www.facebook.com/btbverlag

Für Angelika

»Wenn man aus einem kleinen Land stammt, ist man so gut wie überall auf der Welt im Ausland. Man ist gewissermaßen … ein verschwindendes Ereignis.«

Hans-Jörg Rheinberger

Mein Name war einmal Johann Kaiser. Wahrscheinlich haben Sie von mir gehört. Ich bin vierundfünfzig Jahre alt, von Sternzeichen Widder und lebe unter neuer Identität an einem Ort, von dem ich zu meinem eigenen Schutz nicht erzählen darf. Sagen kann ich nur so viel: Es gibt hier Wolken und Bäume, Gras gibt es und Tiere, die das Gras fressen. Fließend Wasser und Strom existieren hier genauso, wie die Sonne es tut. Man lebt hier in Häusern. Häusern mit Dächern und Fenstern, mit Balkonen oder Veranden. Die durchschnittliche Anzahl an Stockwerken beträgt zwei, das Kellergeschoss nicht eingerechnet, da es nicht als Wohnfläche dient, sondern als Lagerfläche genutzt wird: für Lebensmittel, lichtempfindliche Materialien und Geheimnisse aller Art. Auch ich lebe in einem solchen Haus. Ich schlafe und dusche und arbeite hier.

Abgesehen vom Gezwitscher der Vögel und den Geräuschen, die ein Baum macht, wenn er von einer Windböe erfasst wird, ist es still in der Nachbarschaft. Es leben überwiegend Familien hier. Die Rasenmäher-Roboter, in deren Besitz die meisten Haushalte sind, zeichnen sich neben der Sorgfalt, mit der sie das Gras schneiden, durch ihre Lautlosigkeit aus. Wenn ich morgens das Frühstück vorbereite, bewegen sie sich bereits wie elektrische Maulwürfe über die angrenzenden Grundstücke. Ich mag die Strenge, die in ihren Bewegungen liegt, die geometrischen Figuren, denen sie folgen.

Ich koche ein Ei und toaste zwei Scheiben Brot, die ich mit einer dünnen Senfschicht bedecke und mit Käse, Tomate und Avocado belege. Ich stelle ein Glas Orangensaft, eine Tasse Kaffee, die Brote und mein iPad auf das Tablett mit den aufgedruckten Pfirsichen und trage es auf die Veranda. Während ich esse, gehe ich die Tageszeitungen durch. Ich lese: *Le Monde*, *The Guardian*, *The Sun*, *New York Times*, *El País, Frankfurter Allgemeine Zeitung*, *BILD*, *Süddeutsche*, *Neue Zürcher Zeitung*, *BLICK*, *Tagesanzeiger, Liechtensteiner Volksblatt, Liechtensteiner Vaterland, Der Standard* und donnerstags zusätzlich *DIE ZEIT*. Die Artikel meinen Sachverhalt betreffend speichere ich als pdf im Ordner ›Ich‹ ab. Ich räume Besteck und Teller in die Spülmaschine, in der sich noch das dreckige Geschirr vom Vorabend befindet, nehme einen Tab aus der Packung und wähle das passende Programm. Meistens entscheide ich mich für ›Automatisch‹, selten für ›Delikat‹, nie für ›Fein‹. Wie herrlich der Geschirrspüler rauscht. Ich weiß, dass ich aufpassen muss, mich nicht an die Dinge zu gewöhnen, die mich umgeben. Zu starke emotionale Bindungen, egal ob zu Menschen oder zu Gegenständen, hinterlassen nach deren Auflösung nichts als Leere.

Über die Menschen, die vor mir in diesem Haus gelebt haben, kann ich keine Aussagen treffen. Man hat große Mühe darauf verwendet, alle Rückstände, die auf mögliche Vormieter verweisen, zu entfernen. An den Möbeln lassen sich keine Gebrauchsspuren feststellen, die Wände sind sauber gestrichen, und sollte es darin einmal Löcher gegeben haben, sind sie so gut verputzt, dass ich nicht sagen kann, an welcher Stelle sie sich befunden haben könnten. Es gibt eine mit qualitativ hochwertigen Geräten ausgestattete Küche, in der ich koche, ein Wohnzimmer, in dem ich sitzen und mich ausruhen kann, ein Bad, in dem ich mich mehrmals täglich wasche, ein Schlafzimmer, in dem ich schlafe und masturbiere, einen Keller, den ich nicht nutze, zuletzt ein geräumiges Zimmer unter dem Dachstuhl, das ich zu einem Büro umfunktioniert habe. Dort oben ist es so leise, dass ich nur die Geräusche höre, die ich selber verursache: meinen Atem, das Blättern in einem Buch, das Spitzen eines Bleistifts wie das Schreiben mit diesem in ein Notizheft, das Ausschneiden von Papier, das Lochen desselben und sein späteres Ablegen in einem Aktenordner, das Tippen auf einer Tastatur.

Aufgrund meiner beruflichen Situation habe ich mich während der letzten Jahre dazu gezwungen gesehen, meinen Aufenthaltsort regelmäßig zu wechseln. Das letzte Mal vor ein paar Monaten. Ich befand mich in einem Café, in dem es den besten Espresso gibt, den ich jemals getrunken habe, und las wieder einmal in *Das Verschwinden der Daten*[1], dem Buch des Kriminalpsychologen Dr. Jan Mayer, in dem er unsere Begegnung in fiktionalisierter Form wiedergibt. Ich heiße dort Marius Fritz. Am Nebentisch saß eine Dame Mitte vierzig, die in der hiesigen Zeitung blätterte. Seit ich denken kann, interessiere ich mich für zwielichtige Menschen, weshalb die Schlagzeile, die ich auf der Rückseite las, mein Interesse weckte. ›Would You Trust This Man?‹, fragten die Zeitungsredakteure ihre Leserinnen und Leser, doch konnte ich nichts weiter erkennen, da die Hand der Dame das Foto verdeckte. Als ich die Zeitung am nächsten Kiosk kaufte, wusste ich noch nicht, dass es der letzte Espresso gewesen sein sollte, den ich in diesen Breitengraden getrunken

---

[1] Mayer, Jan: Das Verschwinden der Daten. Wien 2004.

habe. Der Mann, nach dessen Vertrauenswürdigkeit die Zeitung fragte, war ich.

Aufgelöst stieg ich in den Camper und fuhr ewig sich dahinziehende Straßen entlang, bis die Sonne am Horizont verschwunden war. Erst nach Stunden legte ich einen ersten Halt auf dem Parkplatz eines Supermarkts ein und wählte die Nummer, welche man mir für Fälle wie diesen zu wählen aufgetragen hatte. Ich zitterte am ganzen Körper. Die Stimme der Verbindungsperson war ruhig und kühl. Ich stellte mir vor, dass sie Anzug und Sonnenbrille trug. In ihrer Unaufgeregtheit lag etwas Arrogantes, etwas Besserwisserisches, das mich fuchsteufelswild werden ließ.

»Ja, verdammt«, rief ich in den Hörer, »bin ich denn nirgendwo sicher?«

Ich warf meine Stirn gegen den Lenker und weinte. Alles kam wieder hoch. Die Folter in Argentinien, meine Flucht durch Europa und nicht zuletzt die Lügengeschichten derjenigen, die mich als Verräter zu brandmarken versuchen. Man schafft es doch einfach nicht zu entkommen, dachte ich verzweifelt. Sich selbst nicht, vor allem aber nicht Hans-Adam II. und seinen Schergen.

Seit dem Einzug in dieses Haus bin ich noch vorsichtiger geworden. Zu meinen Nachbarn pflege ich ein freundschaftliches, aber distanziertes Verhältnis. Sie glauben, dass ich in der sogenannten ›IT-Branche‹ arbeite. Ich achte darauf, mich regelmäßig, aber nicht zu oft sehen zu lassen. Wir winken uns über die Hecken hinweg zu oder führen kurze Gespräche. Ansonsten verlasse ich das Haus nur selten. Um im Schwimmbad meine Bahnen zu ziehen, Dokumente zur Post zu bringen und kleinere Einkäufe zu erledigen. Milch, Bananen und Minze kaufe ich jeden Tag frisch. Sonst arbeite ich.

Die erste Hälfte des Tages verbringe ich mit Lesen und dem Anfertigen von Exzerpten, während ich mich nach einem leichten Mittagessen ganz dem Text widme. Es ist der Gewissenhaftigkeit des Wissenschaftlers und dem Ehrgeiz des Schriftstellers geschuldet, dass ich viel Zeit darauf verwende, schlüssige Argumente in Sätze zu bringen, welche die Leserinnen und Leser direkt in ihr Herz treffen. Ein Satz ist je schöner, desto mehr Wahrheit er enthält.

Trotz der Gefahr, der ich permanent ausgesetzt bin, und der daher gebotenen Eile, habe ich es mir nicht nehmen lassen, Quellen zu recherchieren und anzugeben, wo Quellen vorhanden sind. Um verstehen zu können, wieso ich gehandelt habe, wie ich gehandelt habe, muss ich nicht nur ein umfassendes Bild meiner Person und meiner Lebensgeschichte, sondern gleichzeitig der Rahmenbedingungen zeichnen, in denen ich mich hin und her geworfen fand wie eine Kugel in einem Flipperautomaten. Denn diese Geschichte, meine Geschichte, ist alles, was mir geblieben ist, um mich gegen diejenigen zu verteidigen, die mich tot sehen wollen.

Eine angenehme, aber aufrüttelnde Lektüre wünscht herzlich,

Ihr Johann Kaiser

DAS ERSTE BUCH

(1962–1971)

0.

Im September 1962 machte Alfred Kaiser, ein junger Amateur-Fotograf aus dem Fürstentum Liechtenstein, Urlaub am Strand. In Badalona, einem Vorort von Barcelona, kaufte er ein paar Büchsen Bier, setzte sich auf eine Mauer an der Strandpromenade und schaute hinaus auf dieses ewige, mit dem Horizont verschwimmende Blau. Über ihm zogen schreiende Möwen ihre Kreise und vor ihm leuchteten neonfarbene Badeanzüge im Sand. Gewohnt, von Bergen umgeben zu sein, die der Landschaft klare Konturen verleihen und trennscharf festlegen, wo etwas anfängt und etwas anderes aufhört, musste er feststellen: Der Anblick des Meeres machte ihm Angst. Er trank sein Bier leer und flüchtete in die Dunkelheit eines Cafés, dessen dunkelblaue Markise ihn anzog. Es roch nach abgestandenem Rauch und Friteusenfett, ein paar Spanier spielten Billard und Alfred trank einen Schnaps nach dem andern.

Als er am nächsten Morgen erwachte, hämmerte es in seinem Kopf, als würde darin eine Straße gebaut. Alfred befand sich in einem Raum, in dem es nichts anderes gab als die Matratze, auf der er lag. Es zog fürchterlich. Erst erkannte er, dass die Wände unverputzt waren, dann, dass der Raum über keine Fensterscheiben verfügte, dann, dass die Aussicht atemberaubend war. Im wievielten Stock befand er sich wohl? Alfred machte ein Foto. Dem Geräusch der Kamera zufolge musste er im Verlauf der letzten Nacht einen kompletten Film leergeknipst haben. Nachdem er das Gerippe von Hochhaus verlassen und ein kleines Mittagessen zu sich genommen hatte, begab er sich auf die Suche nach einem Fotogeschäft. Dann schlenderte er durch die Straßen, aß hin und wieder ein Eis, abends sah er in seinem Hotelzimmer fern.

Ein paar Tage später hielt Alfred die besten Fotos in den Händen, die er jemals geschossen hatte. Auf den ersten zwei Bildern waren junge Männer zu erkennen, die mit zerbrochenen Billard-Queues aufeinander losgingen. Die nächsten zeigten einen auf einem Steinboden zu Bruch gegangenen Ventilator; eine mit Lichtflecken bedeckte Theke; kartenspielende Männer, die Strohhüte trugen; mehrere Hummer in einem Aquarium; einen im Blitzlicht fotografierten Hund, der an ein umgedrehtes Tretboot gelehnt schlief; den Schriftzug seines eigenen Namens in Sand. Auf den restlichen Fotos war eine schwarzhaarige Frau abgebildet, deren Alter Alfred nur schwer schätzen konnte. Sie konnte fünfzehn sein, vielleicht neunzehn, genauso gut fünfundzwanzig. Sie hatte feine Gesichtszüge, einen schlanken, fast zerbrechlichen Körper, doch ihr Blick zeugte von Härte. Auf dem Bild, das Alfred für das gelungenste hielt, zog sie ihr lachsfarbenes Top, das die gebräunte Haut herrlich kontrastierte, im Licht einer Straßenlaterne bis über den Bauchnabel hoch. Aus dem Bildmaterial zog Alfred zwei Schlüsse: Erstens musste er sein Hobby zum Beruf machen und professioneller Fotograf werden. Zweitens musste er diese Frau finden.

Erst am vorletzten Tag seines Aufenthaltes hatte Alfred Erfolg. Die Inhaberin einer Eisdiele wusste, dass die fotogene Frau in einer Markthalle außerhalb Badalonas arbeitete. Er nahm den Bus, der ihn an die Stadtgrenze brachte, von dort aus ging er zu Fuß, bis er vor einer Halle stand, durch deren Tor er Menschen ein und aus gehen sah. Er schritt zwischen den Ständen hindurch und hielt Ausschau nach ihr. War sie das? Vorsichtig trat er näher, begutachtete die Aprikosen in der Auslage und wog eine davon in der Hand. Erst als er in wütendem Spanisch angeherrscht wurde, merkte er, dass seine Hand klebrig war. Eilig suchte er in seiner Tasche nach Kleingeld, um die zerdrückte Frucht zu bezahlen, wurde aber schon an der Schulter gepackt und zur Seite gedreht, bevor er sein Portemonnaie fand. Das war sie! Wie sie auf ihn einredete, schien sie sich an ihn zu erinnern. Alfred lächelte. Die Frau gab ihm eine Ohrfeige. Ihre Hand war ganz warm.

Auf der Fahrt nach Badalona sprachen sie kein einziges Wort. Am Busbahnhof angekommen, deutete die Frau auf eine Bar, die sich am Ende des Parkplatzes befand. Sie setzten sich an einen Tisch in der Ecke, ein Mann brachte Bier, und sobald ein Glas leer war, stellte er ein volles daneben. Warum nimmt der Kellner die leeren Gläser nicht mit, versuchte Alfred seine Begleitung zu fragen, doch dazu reichte sein Spanisch nicht aus. Er schwieg, sie schwieg, vier leere Gläser, zwei volle, die Frau legte die flache Hand an den Brustkorb und sagte: »Soledad.« »Alfred«, sagte Alfred. Sechs leere Gläser, dann acht, plötzlich zehn, Soledad erhob sich und sagte: »Tú.« Fragend sah Alfred sie an. »Pagar«, sagte sie und Alfred bezahlte. Zum Abschied kam es in dieser Nacht nicht. Verlegen stand Alfred unter einer Laterne, als Soledad ihn in einen Hauseingang zog. Er folgte ihr ein heruntergekommenes Treppenhaus nach oben, und als sie die Einzimmerwohnung betraten, deutete Soledad auf die Liege an der Wand.

Nach seiner Rückkehr in den Kleinstaat hielt man Alfred

für verändert. Die Überraschung war groß, als man hörte, der sonst so Leidenschaftslose habe sich als Fotograf beim *Liechtensteiner Volksblatt* beworben. Die noch größere Überraschung war, dass der Nichtsnutz die Stelle bekam. Der Briefträger erzählte von Briefen mit spanischem Poststempel, die Alfred, dem vorher nie jemand Briefe geschrieben habe, seit ein paar Wochen erreichten, und am Stammtisch des Café Matt munkelte man, der Gottlose habe in Spanien zum Glauben gefunden. Anders seien die Besuche, die Alfred dem Pfarrer seit seiner Ankunft abstatte, nicht zu erklären. Doch die Gründe für Alfreds Besuche waren profaner. Der Pfarrer, der einige Jahre auf Mission in Guatemala verbracht hatte, sprach Spanisch. Er übersetzte Alfred die Briefe, die Soledad schrieb, und antwortete in Alfreds Namen. Soledads »Ich bin schwanger« übersetzte der Pfarrer mit: »Ich kann es nicht abwarten, bis wir uns wiedersehen, mein Schatz«, und aus Alfreds »Ich sehne mich nach deinen Schenkeln« machte der Pfarrer: »Ich lade dich ein, zu mir nach Mauren zu kommen.« Dass sie das Kind nicht behalten werde und er ihr Geld schicken solle, erwähnte er Alfred gegenüber als »eine Reise nach Liechtenstein kann ich mir nicht leisten«, und Alfreds »Ich will dich« formulierte er um zu: »Ich werde gut für dich und das Kind sorgen.« Alfred setzte seine Unterschrift unter die Zeilen, legte dem Schreiben ein Zugticket bei und brachte den Umschlag zur Post.

Bis zu ihrer Hochzeit im Mai 1963 sprachen Soledad und Alfred nur wenig. Ein Monat, nachdem Pfarrer Ritter ihnen das Eheversprechen abgenommen hatte, gebar Soledad zwei Kinder. Die Zwillinge Luise und Lotte sahen sich so ähnlich, dass Alfred Mühe hatte, das eine vom anderen Mädchen zu unterscheiden. Während er durch den Kleinstaat zog, um bei diversen Veranstaltungen zu fotografieren, kümmerte sich Soledad um Haushalt und Kinder. Sie lernte die Sprache schnell, und als sie die Möglichkeit hatte, Gespräche mit ihrem Ehemann zu führen, stellte sie fest, dass es besser war, auch in Zukunft nonverbal zu kommunizieren. Es war eine Spezialform des Magnetismus, die ihre Beziehung bestimmte. Die Anziehung, in der ihre Körper aufeinander wirkten, schlug in Abstoßung um, machte einer der Körper von seiner Stimme Gebrauch. Als Resultat aus Ersterem erblickte in der Nacht des 31. März 1965 um 02:33 Uhr im Landesspital Vaduz ein großgewachsener Junge das Licht der Welt. Dieser Junge war ich.

1.

Wie kalt die Welt war. Wie ungemütlich und trist. Das Licht im Kreißsaal war schwach, Regentropfen schlugen gegen die Fenster. Alfred saß am Bett und hielt sich das Bein. In einem Anflug schweren Ärgers hatte er gegen den Kaffeeautomaten im Flur des Landesspitals getreten, weil der sein Geldstück verschluckt hatte, ohne eine Gegenleistung zu erbringen. Im Versuch, mich zum Lachen zu bringen, beugte er sich über mich und schnitt eine Grimasse. Vor lauter Entsetzen, dass ich mit diesem Menschen den Rest meines Lebens verbringen würde, stieß ich einen Schrei aus, der die Scheiben in den Fensterrahmen zum Schwingen brachte. Der Schrei echote sich aus dem Gebäude hinaus, umschwirrte die Spitze des Kirchturms und rang der Glocke darin zwölf Schläge ab. Durch den Türschlitz drang er in das Regierungsgebäude – das Gute an Vaduz ist seine Kompaktheit, alles liegt unmittelbar nebeneinander –, fegte durch den Landtagssaal und verschaffte sich Zutritt zum Büro von Regierungschef Dr. Gerard Batliner, der mit der Stirn auf der Tischplatte schlief. Als mehrere Aktenordner aus dem Regal fielen, erwachte Dr. Batliner und wusste nicht, wer er war. Der Schrei johlte hinaus in die Hauptstadt, ließ die Scheiben des Juweliers Huber zu Bruch gehen und raste den Hang hoch, bis er das auf einer Felsterrasse thronende Schloss erreichte. Er drang durch die schweren Gemäuer, jaulte im Keller an den Schätzen der Fürstenfamilie vorbei, den Picassos und Rembrandts, den Cranachs und Botticellis, ehe er in einem der oberen Gemächer das träumende Fürstenpaar von und zu Liechtenstein in einem Himmelbett liegen fand. Fürst Franz Josef II. umarmte Fürstin Gina im Schlaf, er war das kleine Löffelchen, sie das große, dann fegte der Schrei an den schlafenden Prinzen und Prinzessinnen vorbei ins Zimmer des ältesten Sohnes und Thronfolgers Hans Adam II. Dieser erwachte, hörte den Schrei rumoren und zog die Bettdecke bibbernd bis über den Nasenrücken hoch. Der Schrei entschwand hinaus in die Nacht, stieg bis an den höchsten Punkt des Kleinstaats, 2599 Meter lag der Gipfel des Grauspitz über dem Meer, ehe er in tosender Lautstärke explodierte. Sein Echo hörte man noch lang in den Tälern: der Datendieb, der Datendieb ist geboren.

»Ein typischer Widder«, sagte die Hebamme lächelnd. Alfred stand beleidigt am Fenster. Der Himmel riss auf und gab die Sicht auf einen sichelförmigen Mond frei, der den Kreißsaal in silbernes Licht tauchte.

»Das ist interessant«, sagte die Hebamme und deutete in den Sternenhimmel: »Sehen Sie nur, Herr Kaiser, im zweiten Haus, dem Haus des Stieres, ist eine große Konzentration von Planeten zu beobachten.«

»Ah ja«, sagte Alfred.

»Sie müssen wissen, dass das zweite Haus die Welt der konkreten Gegenstände symbolisiert. Mond, Venus, Saturn und der Kleinplanet Chiron sind in dieser Nacht anwesend.«

Alfred nickte lustlos.

»Der Mond«, erklärte die Hebamme, »steht für Besitz und Beständigkeit. Die Venus deutet auf Geschäftstüchtigkeit, aber auch Sinnlichkeit hin, Saturn ist ein Zeichen von Sparsamkeit, und Chiron steht für Ehrgeiz und das Bedürfnis nach Sicherheit.«

»Soso«, sagte Alfred.

»Wenn wir den Sternen Glauben schenken dürfen, wird der kleine Johann viel Energie darauf verwenden, Besitz anzuhäufen.«

Alfred horchte auf.

»Johann wird ein sparsamer Mensch sein«, sprach die Hebamme weiter, »der durch harte Arbeit zu viel Geld kommen wird.«

Alfred suchte nach meiner Hand. Die Hebamme lächelte wissend. Wie recht sie mit ihrer Voraussage haben würde, sollte sie nicht miterleben. Drei Jahre nach meiner Geburt kam sie bei einem Skiunfall in den Schweizer Alpen ums Leben.

Das Zimmer, das ich in den ersten Jahren bewohnte, war in hellblauer Farbe gestrichen, hinter der man den vormaligen Rosaton noch sachte durchschimmern sah. In der Mitte des Raumes stand ein von Holzstäben umgebenes Bett, die mir bis an die Decke zu ragen schienen. Dort lag ich und beobachtete die Schatten der Äste, die sich über die zugezogenen Vorhänge bewegten. Es war wie in Platons Höhlengleichnis.[2] Während die wirkliche Welt in allen erdenklichen Farben außerhalb meines Zimmers blühte, blieb mir, dem im Gitterbett gefangenen Menschen, nichts anderes übrig, als mich mit ihren Abbildern zu begnügen. Mit farblosen, traurigen Schatten.

Am Tag war es hell und in der Nacht wurde es dunkel. Obwohl ich in den vergangenen Monaten zu einem Exper-

---

[2] Eigler, Gunter (Hrsg.): Platon: Politeia. Der Staat (Platon: Werke in acht Bänden. Band 4). Darmstadt 1990, S. 554–567.

ten für Dunkelheiten geworden war, war diese hier anders als alle davor. Diese Dunkelheit hatte Augen. Diese Dunkelheit stach. Wie ich mich in die Richtung drehte, aus der die Bewegung kam, begann sich die Dunkelheit zu einem Körper zu formen. Hände. Diese Dunkelheit hatte hunderte Hände. Während sie mich aus der einen Richtung noch pikste, steckte sie mir aus der anderen schon einen Finger ins Ohr. Sie stupste mich an die Nase, sie zog mich am Zeh, und als ich den Mund aufmachte, um zu fragen, was das solle, flüstere sie »hör auf zu schreien du mieser Verräter« und legte mir wieder eine andere Hand auf die Lippen.

Mit dem angehenden Licht kam Mamá. In beiden Händen hielt sie zwei Zöpfe, die zu zwei identischen Gesichtern gehörten. Beide hatten buschige Augenbrauen und volle Lippen, außerdem Sommersprossen, die sich über die tränennassen Wangen verteilten. Der fehlende Schneidezahn im Mund des linken war das Einzige, was es vom rechten unterschied.

»Das sind Luise und Lotte«, sagte Mamá. »Deine Schwestern.«

Erst als sie stärker an den Haaren der Schwestern zog, sagte eine von ihnen: »Hallo.« Und die andere: »Schön, dass du da bist.« »Ich heiße Johann«, wollte ich sagen, doch ich sagte nichts, sondern schrie. »Bestimmt hast du Hunger«, sagte Mamá und öffnete ihre Bluse. Während ich aus Höflichkeit an ihrer Brustwarze saugte, sah ich die Mädchen im Türrahmen stehen. Dasjenige, dem der Schneidezahn fehlte, strich sich mit dem ausgestreckten Zeigefinger langsam über den Hals.

Eine »Familie« zu haben war seltsam. Außer mir hatten alle zu tun. Die Zwillinge arbeiteten im »Kindergarten«, Alfred als »Fotograf« und Mamá an mir. Sie hatte pechschwarze Haare und die seltsame Gabe, Dinge durch die einfachsten Mittel zum Existieren zu bringen. Ein Beispiel: Sagte sie »komm« und »Kommode«, wurde etwas zu »Holz«. Sagte sie »Windel« und »wechseln«, stieg mir ein unangenehmer Geruch in die Nase. »Puder«, sagte sie dann, und der Gestank löste sich auf. »Vorhang« hieß, dass Licht in den Raum trat. »Johann« hieß, dass sie mich küsste. Am besten aber was das Wort »Tür«. Wenn man sie öffnete, geriet man ins Staunen.

»Wohnzimmer«, »Küche«, »Garage«. Faszinierend, was es in einem »Haus« alles gab. Da waren »Teppiche«, »Kissen« und »Sofas«, »Lampen« gab es und »Gardinen«, und wie die »Gardinen« die »Fenster« umgaben, umgab das »Draußen« das Haus. Das »Draußen« hieß »Mauren«. Und in Mauren waren »die Bäume«. Es gab einen »Himmel«, und die weißen Flecken daran waren »die Wolken«, und wenn die »Nachbarn« »Kapuzen« auf den »Köpfen« trugen, hieß das, dass es aus den Wolken heraus tropfte. Das war der »Regen«. Nur »Trottel« verließen bei Regen das Haus. Zum Beispiel »Alfred«. Alfred verließ das Haus jeden Tag.

Der seltsamste Gegenstand dieses an seltsamen Gegenständen kaum zu überbietenden Hauses befand sich in einem Raum, den Mamá »mein Schlafzimmer« nannte. Sie sperrte die Zimmertür auf, deutete auf den Schrank in der Ecke und sagte »schau«. Im Holz war ein rechteckiges Fenster eingelassen, durch das man in den Schrank hineinsehen konnte. In seinem Inneren lebten zwei Menschen. Eine Frau und ein Baby. Wie wunderschön die Frau war. Und das Baby. Was für ein wunderschönes Baby. Die Frau schien dasselbe zu denken. Als sie dem Baby den Kopf zu streicheln begann, spürte ich eine Berührung im Haar. »Das bist du«, sagte Mamá, worauf die Frau mit ihrem Finger auf mich deutete. »Das bin ich«, sagte sie, und die Frau im Schrank zeigte auf sie. Das Baby schien nicht zu verstehen. Es streckte seine Hände aus und griff der Frau an die Wange. Mamás Haut war ganz warm. »Mein Liebling«, sagte Mamá. »Wenn du groß genug bist«, sagte sie und deutete auf ein Foto, das über dem Schrankfenster klebte, »ziehen wir um.« Auf dem Bild war eine Sonne zu sehen, die sich über Hausdächern erstreckte. »Spanien«, sagte Mamá. »Das hat Alfred versprochen.« Weinte die Frau im Spiegel etwa? »Verstehst du?« Ich gluckste. Sie küsste mich auf die Stirn und sagte: »Genie.« Das Baby nickte mir unmerklich zu.

An Tagen, an denen das *Liechtensteiner Volksblatt* erschien, dienstags, donnerstags und samstags, besuchte mich Alfred. Die Zeitung unter den Arm geklemmt betrat er das Zimmer und gab mir zur Begrüßung die Hand. Er zeigte mir die Fotos, die er gemacht hatte, und las mir die Artikel vor, die er für besonders gelungen hielt. Vor dem Kommunismus sei sich in Acht zu nehmen, sagte er eines Dienstags, als er auf den sowjetischen Satelliten zu sprechen kam, der seit ein paar Tagen weit über unseren Köpfen seine Kreise drehte. »Die Sowjets sind überall.«

Als ich eines Nachts ein rotes Blinken in meinem Zimmer bemerkte, ballte ich meine Hände zu Fäusten. »Bleib stehen«, rief ich dem sowjetischen Satelliten entgegen, der gekommen sein musste, um mich zu holen. Ich kletterte aus dem Bett und folgte dem Glühen, bis ich ein Zimmer erreichte, in dem Alfred schlafend auf einer Couch lag. Der Satellit schwirrte um seinen Kopf, ich trat vorsichtig näher, bis ich nur noch Zentimeter entfernt war. Ich spürte seine Wärme, sein Pulsieren, doch als ich zugreifen wollte, um ihn zu zerstören, verwandelte sich der Raum zurück in mein Zimmer. Die Dunkelheit war verschwunden. Es war Tag. Ich lag wieder in meinem Bett.

Das blödsinnige Brabbeln, das ich ausstieß, als ich Mamá vom Satelliten zu erzählen versuchte, deutete sie als Zeichen von Hunger und steckte mir eine Brustwarze in den Mund. Was mir am Vorabend keinerlei Schwierigkeiten bereitet hatte – das Gehen auf zwei Beinen, das Sprechen von Worten –, hatte sich mit Anbruch des Tages zurück in die alte Bewegungsunfähigkeit und Sinnlosigkeit im Ausdruck verwandelt. Vielleicht waren die Sowjets ja doch nicht so schlecht, dachte ich und faltete meine Hände, wie Alfred es tat, wenn er sich etwas wünschte.

Es schien Orte zu geben, die sich in ihrer Qualität unterschieden. Diejenigen, die ich mit Mamá aufsuchte, waren die unspektakulären. Das waren die Orte des Lichts. Während die Helligkeit mich in eine Zwangsjacke steckte, schenkten mir diejenigen Orte, die mit Einbruch der Dunkelheit zu existieren begannen, totale Bewegungsfreiheit. Ich rannte durch Maisfelder, flog, wenn ich nicht selbst flog, auf den Rücken von Vögeln über Wälder hinweg, erforschte die Tiefe des Meeres oder rief meinen Namen von Bergspitzen hinab. Es gab nichts, was mir dort nicht gelang. Mit der Zeit stellte ich fest, dass Dunkelheit ein Zustand war, den ich über das Schließen der Augen selbst herbeiführen konnte. Nur das Einschlafen gelang nicht immer. Ich wurde unruhiger, desto mehr ich es versuchte, und wenn ich unruhig wurde, begann ich zu schreien, und weil Mamá meine Schreie nicht aushielt, sagte sie: »Ich zeige dir einen Trick.« Gespannt sah ich sie an. »Eins«, sagte sie und hielt inne. Dann sagte sie »zwei«. Was für ein Trick sollte das sein? »Drei.« Weil sie, »vier«, meinen fragenden Blick ignorierte, beschloss ich auf »fünf«, ihr Spiel mitzuspielen. »Sechs.« Was hatte ich schon zu verlieren? »Sieben«, »acht«, »neun«. Ihre Stimme, »zehn«, wurde von Wort zu Wort leiser, »elf«, und meine anfängliche Irritation, »zwölf«, löste sich langsam, »dreizehn«, in Beruhigung auf. »Vierzehn«, »fünfzehn«, »sechzehn«. Irgendwie war es sogar schön, »siebzehn«, jemanden neben sich sitzen zu haben, »achtzehn«, der nichts anderes tat, »neunzehn«, als Worte zu sagen, »zwanzig«, die ich nicht verstand. »Einundzwanzig«, mir fielen die Augen zu, »zweiundzwanzig«. Der Abstand zwischen Mamá und mir wurde größer. »Dreiundzwanzig.« Das war nicht unangenehm, »vierundzwanzig«, denn ich wusste ja, »fünfundzwanzig«, dass sie da war. »Sechsundzwanzig.« Immer da. Die »Siebenundzwanzig« kam aus der Ferne, die »Achtundzwanzig« hörte ich nur noch schwach, »neunundzwanzig«, wie müde ich war, »drei–«

Ich begab mich nur noch ins Licht der Welt, um zu essen. Es war Sommer geworden, ich hatte gerade das Konjugieren unregelmäßiger Verben geübt, als ich mich von großem Hunger dazu veranlasst sah, den Übungsraum zu verlassen. Wie zwei Sonnen tauchten die Gesichter der Zwillinge über mir auf.

»Mamá ist nicht da«, sagte Lotte.

»Darum füttern wir dich«, ergänzte Luise.

Während Luise das hellblaue Kissen mit dem aufgedruckten Fisch holte, hob Lotte mich aus dem Gitterbett und legte mich auf den Boden. Dann warfen sie sich das Kissen über meinen Körper hinweg zu und ich, vor Vergnügen jauchzend, versuchte danach zu greifen.

»Willst du das Kissen haben?«, fragte Lotte.

Ich lachte.

»Hier hast du es«, sagte Luise und legte es auf mein Gesicht.

»Weißt du, wem dieses Zimmer vor dir gehört hat?«, hörte ich einen der Zwillinge fragen. Mein perfekt artikuliertes »Nein« wurde vom Kissen verschluckt, dessen Druck sich erhöhte. Das Atmen fiel mir schwerer und die Dunkelheit bereitete mir keine Freude mehr. Ich versuchte das Kissen von meinem Kopf zu entfernen, doch so stark war ich noch nicht. Dann wurde es schlagartig hell. Ich holte tief Luft und erbrach mich. Alfred stand vor mir und hielt in jeder Hand zwei Zöpfe, an denen er die schreienden Zwillinge von mir wegzog wie tollwütige Hunde. Ich schloss meine Augen und zählte bis dreißig. In dieser Welt gab es nichts, was mich hielt.

2.

Was ich alles verschlief: die Eröffnung des längsten Straßentunnels der Welt durch das Mont-Blanc-Massiv; die Einweihung der zweiten Rheinbrücke, die Liechtenstein mit der Schweiz verbindet; die erstmalige Besteigung der Eiger-Nordwand auf einer Direktroute; meinen ersten Geburtstag; die Verlobung von Erbprinz Johannes Adam Ferdinand Alois Josef Maria Marco d'Aviano Pius von und zu Liechtenstein, Graf zu Rietberg, mit Gräfin Marie Aglaë Bonaventura Theresia Kinsky von Wchinitz und Tettau; den 60. Geburtstag von Fürst Franz Josef II. am Staatsfeiertag 1966; die Einweihung der Rheinbrücke Ruggell, der dritten Verbindung in die Schweiz; den tödlichen Unfall der Besatzung von Apollo 1; meinen zweiten Geburtstag; die Hochzeit, die Gräfin Marie zu Erbprinzessin Marie werden ließ; das Erscheinen des ersten Lustigen Taschenbuchs; dass die Einwohnerzahl des Kleinstaats die 20 000 überschritt; das Landen der Raumsonde Surveyor auf dem Mond; meinen dritten Geburtstag; die Ermordung Martin Luther Kings in Memphis; das Attentat auf John F. Kennedy wie auch die 25 Böllerschüsse auf Schloss Vaduz eine Woche später, welche die Geburt des Thronfolgers Prinz Alois verkündeten; meinen vierten Geburtstag genauso wie die Feierlichkeiten zum 250. Jahrestag des Fürstentums Liechtenstein. Dann wurde ich von einer tiefen, leicht rauschenden Stimme geweckt.

»Wir können unsere Arbeit wohl kaum beginnen«, hörte ich die Stimme sagen, »ohne dass wir uns ganz kurz der Tatsache besinnen, dass vor wenigen Stunden der erste Mensch seinen Fuß auf einen fremden Planeten setzte.«

Ich kletterte aus dem Bett.

»Staunen und Achtung nötigt uns diese Glanzleistung der menschlichen Forschung und Technik ab«, hörte ich die Stimme, als ich die Küche betrat. »Ich möchte festhalten, dass bei den Vorarbeiten zu diesem Flug auch eine liechtensteinische Industriefirma beteiligt war, dass also liechtensteinische Erzeugnisse verwendet wurden.«[3]

»Ist das wahr?«, fragte ich Alfred, der auf der Küchenbank saß und im Radio der Sitzung des Liechtensteiner Landtages lauschte.

Er sah mich an, als wäre ich ein Mitbringsel Neil Armstrongs vom Mond.

»Johann?«, hörte ich Mamá vom Flur her rufen. Von den Zwillingen verfolgt, rannte sie in die Küche.

»Warum schaut ihr denn alle so?«, fragte ich.

»Du kannst ja sprechen!«, rief Luise erstaunt.

»Und gehen kannst du ja auch!«, rief Lotte.

Ich lachte. Ich lachte so laut und ansteckend, dass es nicht lange dauerte, bis Luise in mein Lachen einstimmte, wenig später Lotte und kurz darauf Alfred. Nur Mamá starrte mich ausdruckslos an. Haarsträhnen klebten ihr an der schwitzigen Stirn und unter den Augen zeichneten sich dunkle Flecken ab wie schwarze Halbmonde.

---

[3] Das Statement von Regierungschef Dr. Gerard Batliner kann im Protokoll zur Landtagssitzung vom 21.07.1969 nachgelesen werden.

Ich war bereit für die Welt. Täglich weitete ich meinen Radius aus. Bald stellte ich fest, dass wir einen Garten hatten, in dessen Mitte sich ein Kirschbaum befand. Es waren seine Äste gewesen, die ich als Schatten über die Vorhänge hatte hinwegziehen sehen. Der Garten wurde durch einen Holzzaun von einem anderen Garten getrennt. Zum anderen Garten gehörte ein Haus, das man durch eine Türe betreten konnte. Es war dem unseren sehr ähnlich. Es gab ein Wohnzimmer, in dem eine braune Ledercouch stand. Sie war unfassbar bequem.

»Was machst du in meinem Haus?«, wurde ich von einer herrischen Stimme geweckt. Ich blickte in ein Gesicht voller Sommersprossen. Die Haare, die zu dem Gesicht gehörten, waren schwarz wie ein Filzstift und im Gegensatz zu meinen glatten, die ich als Pilzfrisur trug, wild gelockt. Der Junge, der vor mir stand, musste so alt sein wie ich.

»Hoi«, sagte ich.

»Was machst du in meinem Haus?«, wiederholte der Junge, sprang auf mich und drückte mir seine Knie auf die Unterarme.

Ich keuchte.

»Bist du ein Dieb?«

Er war stärker als ich.

»Nein«, sagte ich.

»Schade«, sagte er.

»Wieso«, fragte ich.

»Ich nämlich schon«, sagte er.

»Ich auch«, sagte ich.

»Warum lügst du?«

»Wegen der Tarnung.«

Er sah mich ernst an.

Ich sah ernst zurück.

»Gian-Andrin«, sagte er dann.

Wir wurden Freunde. Nach dem Kindergarten zogen wir durch das Dorf bis zum Grenzübergang – eine schmale Straße, die am Grenzwächterhäuschen von einer Schranke in zwei Länder geteilt wurde – und schubsten uns über die Grenze. Wer als Erster nach Österreich fiel, hatte verloren. In den meisten Fällen wurden wir vom Grenzwächter vertrieben, bevor es einen Gewinner gab. Im Wald stellten wir Fallen, mit denen wir Füchse, Rehe und Hirsche zu fangen versuchten. Wir hoben Löcher aus und bedeckten sie mit Ästen und Blättern. Ob wir jemals etwas gefangen haben, kann ich bis heute nicht sagen, wir tarnten die Fallen so gut, dass wir sie oft nicht wiederfanden. Unsere Wege wurden weiter, je mehr Zeit verging. In der einen Richtung das Riet, flach, langweilig und feucht; in der anderen der Hügel am Rand der Gemeinde, grün, bewaldet und hoch, und ganz zuoberst: das riesige Haus, in dem der Bergsteiger wohnte.

Es war nicht die schiere Größe des Gebäudes allein, die uns einen solchen Respekt einflößte, dass wir uns beinahe nicht trauten zu klingeln – »der Bergsteiger isst Kinder«, sagte Gian-Andrin, »woher willst du das wissen«, fragte ich, »hat mir mein Vater erzählt«, ich lachte, »ist kein Witz, Johann« –, sondern auch der weitläufige, wildwachsende Garten, der von einem hüfthohen Zaun eingehegt war. »Du«, sagte Gian-Andrin, »nein du«, sagte ich, und weil er dann wieder »du« sagte, klingelte ich. Niemand machte uns auf. Wahrscheinlich bezwang der Bergsteiger gerade eine als unbezwingbar geltende Wand. Ich legte beide Hände um eine der Latten. Gian-Andrin wurde bleich. »Wer stehen bleibt, ist ein Feigling«, rief ich und schwang mich über den Zaun.

Im wuchernden Gras lagen aufeinander geschichtete Steine, die aussahen wie kleine Gräber. Zwischen den Bäumen waren Seile gespannt, an denen verschiedenfarbige Fahnen mit seltsamen Schriftzeichen hingen. Ich spürte Gian-Andrins Atem im Nacken.

»Lass umkehren«, sagte er, als wir die Veranda erreichten, »ist langweilig hier.«

»Schau doch«, sagte ich. »Die Tür steht offen.«

Das Wohnzimmer war mindestens viermal so groß wie mein Zimmer. Überall hingen gerahmte Fotos von Bergen und Menschen, die auf den Gipfeln von Bergen standen. Und die Bücherregale! Sie reichten vom Boden bis an die Decke. Ich verstand das System der Sortierung nicht ganz, die Schildchen an den Regalfächern sagten mir aber, dass es eins geben musste. An *Alpenheilpflanzen* schloss sich *Bürgerlicher Realismus* an, dann *Terra Australis,* dann *Medizin*, ehe eine halbe Regalwand folgte, die sich mit einzelnen Gipfeln beschäftigte, *Mont Blanc*, *Kilimandscharo*, *Grande Casse.* Der *Nanga Parbat* schien es dem Bergsteiger besonders angetan zu haben. Die Bücher dazu verteilten sich über ganze drei Fächer hinweg. Ich beugte mich eine Ablage tiefer. Sie war voll mit ein und demselben Buch. Der Schutzumschlag zeigte kahlrasierte Männer in roten Umhängen, sie knieten vor einem Kind. Ich schauderte. Auch der Kopf des Kindes war kahl. War es ein Junge? Ein Mädchen? Es musste so alt sein wie ich. Sein Blick war –

»Komm her!«, rief Gian-Andrin. Er stand vor einer Vitrine, in der sich Kristalle in den unterschiedlichsten Größen und Farben befanden. Jeder stand auf einem kleinen Podest, in dem Zahlen und Buchstaben eingraviert waren. »Zillertal, 1939«, las ich Gian-Andrin, der das Lesen noch nicht gelernt hatte, vor: »Lhasa, 1947«, »Phuket, 1944«, »Malbun, 1959«, »Interlaken, 1931«. Nur in der obersten Ablage der Vitrine war noch Platz. Dort fand sich das größte aller Podeste, das mit »Peradina« beschriftet war, doch der dazugehörige Stein fehlte. Ich öffnete die Vitrine und griff nach einem zartrosafarbenen Kristall: »Gaflei, 1965«. Er war leichter als erwartet. Wie schön sich das Licht in ihm brach.

»Hast du das gehört?«, fragte Gian-Andrin plötzlich.

Ich horchte auf. Da drehte sich ein Schlüssel im Schloss.

»Was sollen wir denn jetzt tun?«, flüsterte Gian-Andrin.

Die Haustür schwang auf.

»Rennen«, sagte ich. »Renn so schnell du kannst.«

Es gibt zwei Möglichkeiten, mit aus Versehen erlangtem Besitz umzugehen: Entweder man gibt das Diebesgut dem rechtmäßigen Besitzer zurück, oder man handelt am Beispiel Robin Hoods und stellt es in den Dienst der Allgemeinheit. Als ich den Kristall in meiner Hand wog, sah ich mich mit einer Reihe von Fragen moralphilosophischer Natur konfrontiert: Gehörte der Kristall überhaupt dem Bergsteiger? Gehörte er nicht vielmehr dem Berg? War es nicht der Bergsteiger gewesen, der den eigentlichen Diebstahl begangen hatte, indem er dem Berg den Kristall gewaltsam entriss? Und zeigte dieses Exempel nicht aufs Deutlichste, dass dem französischen Ökonomen Jean-Pierre Proudhon recht zu geben war, wenn er schreibt, dass Eigentum Diebstahl bedeutet?[4]

---

[4] Proudhon, Jean-Pierre: Qu'est ce que la propriété? Ou recherches sur le principe du droit et du gouvernement. Garniere Frères. Paris 1849. S. xij.

»Schönheit ist sinnlos, wenn sie nicht wahrgenommen wird«, sagte ich zu Gian-Andrin und schlug vor, den Kristall der Öffentlichkeit zugänglich zu machen. Wir gründeten das mobile Montan-Museum *Peradina*. Für den Unkostenbeitrag von zwei Franken boten wir unseren Mitschülern an, den Kristall zu betrachten. Die Pausen verbrachten wir von nun an hinter der Schulmauer, wo ich eine kurze Einführung in die Entstehung von Kristallen und ihre Bedeutung für das Berggebiet gab, während Gian-Andrin den Kristall aus dem Geschirrtuch wickelte und die Sofortbildkamera bediente, die ich morgens aus Alfreds Kameraschrank nahm und abends wieder dorthin zurücklegte. Wer wollte, konnte sich für den Aufpreis von einem Franken mit dem Stein fotografieren lassen.

Wenn wir die Schule verließen, teilten wir den Ertrag des Tages durch zwei. Wir wollten uns Mopeds kaufen, um den Kristall auch den Menschen in den anderen Gemeinden zugänglich zu machen. Doch daraus wurde nichts. Weil Martin Kranz nicht einsehen wollte, dass er Geld zu bezahlen habe, zwei Köpfe größer war und vor Gewalt nicht zurückschreckte, fand *Peradina* eines strahlenden Herbsttages sein Ende.

Im Gegensatz zum Kristall zeichnete sich Alfreds Kamera, die nach Kranzens Übergriff in hundert Einzelteile zersprang, nicht durch Unzerstörbarkeit aus. Mir blieb nichts anderes übrig, als ihm alles zu beichten. Als Zeichen der Reue gab ich ihm im Beisein Mamás, die ich als neutrale Person hinzugezogen hatte, die Dose voll Kleingeld. Es war alles, was wir mit dem Museum eingenommen hatten. Schweigend nahm er das Geld und stand auf, als Mamá ihn am Arm in die Küche zog. Mehr, als dass mal sie und mal er die Stimme erhob, war vom Wohnzimmer aus nicht zu verstehen.

»Komm«, sagte Alfred, als er die Küche wieder verließ. Mamá nickte ernst. Dann folgte ich ihm in die Garage. »Wenn du dich bitte umdrehen würdest.« Ich drehte mich um. »T-Shirt nach oben.« Ich schob das T-Shirt nach oben. »Hände an die Wand.« Während ich die Hände an die Wand legte, hörte ich, wie er die Schnalle öffnete und den Gurt aus dem Hosenbund zog. »Es tut mir leid«, sagte er. »Was«, fragte ich. »Das«, sagte er und der Gürtel traf meinen Rücken. Der Schmerz war weniger stark als erwartet, doch ein Schmerz war ein Schmerz war ein Schmerz, und alles, was Schmerz war, war universal. »Zwanzig Schläge«, sagte er und schlug ein weiteres Mal zu, »damit du verstehen lernst, dass man das Eigentum anderer respektiert.« Nach dem zwanzigsten Schlag ging er wortlos aus der Garage. Der Mond schien durch das Fenster im Tor, jemand seufzte, ich drehte mich um und sah Mamá im Türrahmen lehnen. Wie lange sie wohl da schon stand. Ich sah sie an. Sie sah mich an. »Ist ja gut«, sagte sie dann und umarmte mich, wie nur sie mich umarmte.

Auf die Züchtigung folgte dreißigtägiger Hausarrest, der nur für einen Nachmittag aufgehoben wurde, an dem ich dem Bergsteiger den Kristall zurückbringen musste.

Mein Herz pochte, als ich an der Tür der Villa klingelte.

Ein stattlicher Mann öffnete und funkelte mich mürrisch an. Er hatte breite Schultern, vom Sonnenlicht gegerbte Haut, aber zarte Hände.

»Ich denke, das gehört Ihnen«, sagte ich und reichte ihm den Kristall.

Wortlos nahm er den Stein, ließ ihn von einer Hand in die andere fallen wie einen Ball, dann sagte er: »Warte hier«, und verschwand hinter einer der Türen. Als wäre er in mehreren Räumen gleichzeitig, hörte ich den Bergsteiger im einen Zimmer Stühle verrücken, aus einem anderen vernahm ich ein Zischen, während es aus wieder einem anderen pfiff.

»Kommst du?«

Als ich ihm gegenüber am Wohnzimmertisch Platz nahm, goss er Tee in eine Schale und sagte: »Trink.«

Die Flüssigkeit schmeckte so widerlich, dass ich im ersten Moment meinte, er wolle mich aus Rache vergiften. Erst als er selbst nach der Schale griff und von dem, was er Tee nannte, trank, verstand ich, dass die viele Höhenluft wohl auf seine Geschmacksnerven geschlagen hatte.

»Weißt du«, sagte er nach einer Weile, »an wen du mich erinnerst?«

Ich schluckte Luft.

»An einen Jungen, den ich vor gut zwanzig Jahren kennengelernt habe.« Er hielt inne. »Damals war er so alt wie du. Weil er so viel alleine war, bat er mich, ihm ein Kino zu bauen.«

»Ein Kino?«, fragte ich.

»Ja, ganz richtig, ein Kino.«

Was für ein komischer Kauz der Bergsteiger war.

Er holte ein Buch aus dem Regal und legte es auf den Tisch. Das kahlköpfige Kind.

»Ich habe die Erinnerungen an diesen besonderen Menschen festgehalten«, sagte der Bergsteiger, öffnete das Buch und schrieb mit einer Füllfeder ein paar Worte auf die erste Seite. Dann schob er es über den Tisch.

Gian-Andrin sprach nicht mit mir, als ich ihn das nächste Mal sah, und behandelte mich überhaupt, als wäre ich Luft, oder noch schlimmer: ein Zugezogener aus einer anderen Gemeinde. Auf die Zettelchen, die ich ihm schrieb, reagierte er nicht, genauso wenig auf meine Versuche, ihn auf dem Nachhauseweg abzufangen. Er konnte schon immer schneller rennen als ich. Wenn ich an der Tür des Nachbarhauses klingelte, ließ er sich verleugnen, doch ich blieb hartnäckig und kam alle paar Stunden wieder, bis seine Mutter irgendwann sagte, dass sie die Polizei rufen würde, wenn ich nicht endlich ginge. Ein Krimineller sei kein Umgang für ihren Sohn.

Ich verlor meinen Appetit, sprach nur das Nötigste und verbrachte die Tage in meinem abgedunkelten Zimmer. Dort saß ich und las im Buch des Bergsteigers.[5] ›Für Johann‹, hatte er auf der ersten Seite notiert, ›den Meisterdieb‹. Seine Worte nahmen mich mit in den Himalaya. Ich lernte, dass der ekelhafte Tee, den er mir angeboten hatte, Buttertee hieß und dass die Wimpel in seinem Garten Gebetsfahnen waren. Ich bestieg Berge mit ihm, überquerte die indisch-tibetische Grenze, kaufte mir Yaks und sah wilde Esel in den Weiten der Landschaft dahingaloppieren. Doch das Freiheitsgefühl, das ich auf den Bergspitzen hatte, wurde bald von einem anderen verdrängt. Wie schön wäre es, diesen Ausblick mit Gian-Andrin zu teilen.

Nach dem Vorbild des Bergsteigers begann ich ein Tagebuch zu führen. Das »Buch der Einsamkeit«[6] eröffnete ich mit folgendem Satz: ›Ich glaube, ich befinde mich in einem Loch.‹[7] Dass es mir gelang, daraus zu entkommen, ist der

---

[5] Harrer, Heinrich: Sieben Jahre in Tibet. Mein Leben am Hof des Dalai Lama. Wien 1952.

[6] Kaiser, Johann: Buch der Einsamkeit. Mauren 1972.

[7] ebd.

›Strickleiter‹[8] zu verdanken, die der Bergsteiger mir vom Seitenrand zuwarf.

»Wenn dir wirklich etwas an deinem Freund liegt«, sagte er über einer Tasse Buttertee sitzend, »musst du es ihm zeigen. Zeig ihm, wie viel er dir wert ist.«

»Aber wie?«, fragte ich.

»Durch Taten«, antwortete der Bergsteiger.

»Ich werde ihm ein Moped schenken!«, sagte ich.

»Das ist eine Möglichkeit«, sagte er.

»Aber dafür brauche ich Geld!«, sagte ich.

»Da habe ich eine Idee«, sagte der Bergsteiger und nickte konspirativ.

---

[8] a. a. O. Kaiser: Buch der Einsamkeit.

3.

Gustav Stern war ein Mensch, der großen Wert auf gehobene Umgangsformen legte. Entgegen der üblichen Sitten im Land hatte ich ihn zu siezen. Er war schon als Kind in den Kleinstaat gekommen, an einem Oktobermorgen ’38 war es gewesen, als man den damals Achtjährigen in der nördlichsten Gemeinde im Schilf schlafen fand. Wer seine Eltern waren, wusste er nicht, auch nicht, wieso sich 50 000 Reichsmark und ein gefälschter Pass in seinem Rucksack befanden. Das Einzige, woran er sich erinnern konnte, war eine Autofahrt durch die Berge, eine Nacht, die kalt gewesen war, und der besorgte Blick einer Frau, die ihn weckte. Die Frau nahm Gustav Stern bei sich auf und stellte bei der Regierung den Antrag, den Jungen einbürgern zu lassen. Vermutlich ein jüdisches Kind auf der Flucht, sagte sie, und aufgrund des stattlichen Betrags in seinem Rucksack verlieh man ihm nach Begleichen von 16 000 Schweizer Franken die Liechtensteiner Staatsbürgerschaft.[9] Er besuchte die Volksschule in Vaduz, ging bei seiner Ziehmutter in die Lehre und übernahm nach deren Tod den Gemischtwarenladen, den sie zeit ihres Lebens betrieb. In Vaduz, das man liebevoll »Städtle« nannte, war Gustav Stern bald als »der Städtle-Jude« bekannt und sein Laden als »Städtle-Juden-

[9] Vgl. Finanzeinbürgerung, in: Geiger, Peter: Krisenzeit. Liechtenstein in den Dreissigerjahren 1928–1939. Zürich 2000. S. 207.

Laden«. Hier arbeitete ich ein Mal die Woche von 14 bis 18 Uhr.

Während Herr Stern im Hinterzimmer Geschenkkörbe zusammenstellte, war es meine Aufgabe, hinter der Kasse zu stehen. Ich begrüßte die Eintretenden lächelnd, plauderte und scherzte mit ihnen, bis Herr Stern aus dem Hinterzimmer kam und sie das Geschäftslokal bald darauf mit prall gefüllten Tüten wieder verließen. Dass Herrn Sterns Geschäft blühte, war zwei Umständen zu verdanken. Erstens hatte er sich auf qualitativ hochwertige Ware spezialisiert – neben heimischen Köstlichkeiten bot er importierte Spezialitäten aus aller Welt –, die er nach persönlichem Wunsch in Geschenkkörben arrangierte. Zweitens befand sich das Geschäft in unmittelbarer Nähe der großen Finanzinstitute, die in dieser Zeit begannen, sich in aller Welt einen Namen zu machen. Deren Kunden waren bald auch die Kunden des Ladens.[10] Das heißt: von Herrn Stern und von mir.

Wie jeden Mittwochnachmittag stand ich auf dem Schemel hinter der Theke, als das Glöckchen über der Ladentür sanft klingelte. Die Tür wurde geöffnet und gleißendes

---

[10] Eine Auswahl: Dr. Dr. Herbert Batliner, Treuhänder, und sein größter Konkurrent, Dr. Peter Ritter, ebenfalls Treuhänder; Hanni Wenzel, zweifache Olympiasiegerin, Ski Alpin; Curt Herzstarck, Erfinder der Rechenmaschine Curta; Herbert Ospelt, Hersteller von Tiernahrung; Paul Schockemöhle, deutscher Springreiter; Pablo Escobar, ein namhafter Geschäftsmann aus Kolumbien, und andere Mitglieder des Medellín-Kartells, einem Zusammenschluss südamerikanischer Unternehmer; Hannelore Kohl, erste Ehefrau Helmut Kohls; diverse Mitarbeiter des deutschen Bundesnachrichtendienstes; Oskar Werner, Schauspieler; Robert Mugabe, simbabwischer Politiker; Klaus Zumwinkel, bis 2008 Geschäftsführer der Deutschen Post AG; Felix Real, Haubenkoch.

Licht fiel in den Raum, dass ich von der eintretenden Person nicht mehr sah als ihre Schemen. Begleitet wurde sie von einem Geruch, der das Bild eines Nadelwalds in mir aufgehen ließ. Ich dachte an Füchse und Rehe, die sich auf einer Lichtung begegneten, da war ein plätschernder Bach und ein Rotkehlchen, das auf einem Zweig saß und sang. Als ich mich an die Helligkeit gewöhnt hatte, erkannte ich die Umrisse einer Frau, deren Erscheinung sich stückweise zusammenzusetzen begann. Erst sah ich Finger. Aristokratische Finger. Fein manikürt lagen sie auf der Theke. Mein Blick wanderte die Handgelenke entlang bis zu den Armen, die in geblümten Stoff gehüllt waren, wie schlank war dieser Hals!, und der Kopf, oh Gott!, von perfekter Symmetrie. Die Frau nahm die Sonnenbrille ab und schob das Kopftuch über die Haare, bis es als Schal um ihren Hals lag. Dann sagte sie:

»Guten Tag.«

Wie warm ihre Stimme war. Als würde mir der Schemel unter den Füßen weggezogen, sah ich mich kleiner und kleiner werden, wieso fiel mir das Luftholen plötzlich schwer? Ich musste husten und konnte nicht aufhören, bis die Frau hinter die Theke trat, um mir auf den Rücken zu klopfen. Dass sie meinen Speichel auf ihrem Unterarm ignorierte, fand ich sympathisch.

»Fürstin Gina!«, rief Herr Stern erschrocken, als er aus dem Hinterzimmer geeilt kam. Es tue ihm leid, sagte er und schüttelte der Dame beschämt die Hand, »er ist noch neu, Durchlaucht«, er zeigte auf mich, »es tut mir so außerordentlich leid.«

»Schon gut«, sagte sie. »Ein Glas Sauerkirschmarmelade, bitte.«

Herr Stern gab mir ein Zeichen, worauf ich zwischen den Regalen verschwand, während er auf die Fürstin einredete. Ich hörte ihn von seinem Wochenende erzählen, von einem Käse aus Südtirol, den sie probieren müsse, wie es dem Mann gehe, den Kindern, er hoffe, sie seien wohlauf.

»Darf es sonst noch etwas sein?«, fragte ich und stellte das Marmeladenglas auf die Theke.

»Du sollst Erwachsene nicht unterbrechen«, zischte Herr Stern.

»Nein, das ist alles. Vielen Dank«, sagte die Fürstin.

»Das macht dann fünf Franken, Ihre Durch–«

»Johann«, sagte Herr Stern wütend.

»Nenn mich doch bitte Gina«, sagte Gina.

Wie weit Herrn Sterns Mund offen stand.

»Und du«, fragte sie, »wie heißt du?«

»Johann«, antwortete ich. »Johann Kaiser.«

»Ein schöner Name.« Zwinkerte sie? »Ich bin mir sicher, wir werden noch viel von dir hören.«

Ich lächelte. Aber nicht so, wie ich andere Kunden anlächelte. Dieses Lächeln war echt.

Ein Mal im Monat stand der Kassensturz an. Ich nahm den Zehn-Franken-Schein Ginas aus der Streichholzschachtel unter dem Kopfkissen und legte ihn zum restlichen Geld auf die Matratze. Dann rechnete ich alles durch und trug den Betrag in meine Buchhaltung ein. 48 Franken im November. 72 im Dezember. Ein leichter Anstieg auf 80 im Januar, 96 im Februar, bis ich an einem Märzabend festhalten durfte, dass mein Vermögen erstmals dreistellig geworden war.

»Ich gehe jetzt«, rief Alfred im Flur.

Zwar mochten 108 Franken noch nicht genügen, um

Gian-Andrin ein Moped zu kaufen, als Freundschaftsbeweis aber müssten sie reichen.

Als Alfred verstand, dass ihm niemand antworten würde, schlug er die Tür hinter sich zu. Ich packte das Geld zurück in die Box, es polterte auf der Treppe, und gerade als ich den Schuhkarton unter dem Bett verstaute, hörte ich jemanden im Türrahmen keuchen.

»Johann«, sagte Mamá außer Atem. Sie trug eine Regenjacke, es regnete nicht, und einen Trekking-Rucksack, den sie schnell gepackt haben musste. Der Zipfel eines Bettlakens schaute daraus hervor. »Das Frauenstimmrecht«, atmete sie, »ist abgelehnt worden.«

Fragend sah ich sie an.

»Wir müssen uns wehren.«

Ich nickte.

»Macht es dir etwas aus, ein paar Stunden ohne mich zu verbringen?«

Samstagabend. Alleine zu Hause. Laut Fernsehprogramm würde *Wünsch dir was* laufen.

»Wenn es unbedingt sein muss«, sagte ich.

Sie drückte mich an sich. Über ihre Schulter hinweg sah ich, wie Licht im Nachbarhaus anging. Ein schwarzer Lockenkopf zog am Fenster vorbei. 108 Franken! Mamá küsste mich auf die Stirn, wenn das nicht die Gelegenheit war, dann verließ sie mit Luise und Lotte das Haus.

Ich hatte Salzstangen auf einem Tischchen bereitgestellt, einen Salsiz in mundgerechte Stücke geschnitten und eine Käseplatte mit Gürkchen und Tomaten garniert. Abgesehen vom Geldschein der Fürstin lag mein gesamtes Vermögen auf einem Teller daneben. Während Gian-Andrin vom Sofa aus zulangte, bewegte ich die Fernsehantenne sachte, bis das Bild optimal war. Ich setzte mich zu ihm und suchte auf der Couch hin und her rutschend nach der richtigen Position.

»Ist schon gut, Johann«, sagte Gian-Andrin. »Ich bin nicht mehr wütend auf dich.«

Das Gefühl, das mich in diesem Moment überkam, muss das Gefühl des Bergsteigers gewesen sein, nachdem die Lawine, von der er sich an der Eiger Nordwand hängend schon in den sicheren Tod gerissen sah, in der Tiefe versiegte.[11] Ich sank ins Polster zurück, sah Gian-Andrin aus dem Augenwinkel heraus gebannt auf den Fernseher blicken und wusste intuitiv, dass ich niemals glücklicher sein würde als in diesem Moment. Ich saß neben meinem besten Freund auf der Couch, kaute Käse und meine Lieblingsfernsehsendung lief.

In dieser Folge von *Wünsch dir was* trat Familie Filley aus Österreich gegen die schweizerischen Dreiers und die Hennebergs aus Westdeutschland an. Nach dem Wunsch gefragt, der im Falle eines Sieges in Erfüllung gehen sollte, sagte der österreichische Vater: »A Badewandl.« In bestens artikuliertem Hochdeutsch brachte das Familienoberhaupt der Hennebergs zum Ausdruck, dass es Schulden abzuzahlen wünsche, während der Schweizer Vater Dreier in krachenden Lauten angab, mit seiner Familie lange Zeit verschollen geglaubte Verwandte in Kapstadt besuchen zu wollen. Es war wohl seiner Unfähigkeit geschuldet, schön sprechen zu können, dass Gian-Andrin und ich sofort übereinkamen, die Schweizer bedingungslos zu unterstützen. Nach den ersten Spielen – hinter einer Wand stehend versuchten die Ehefrauen mittels

---

[11] Harrer, Heinrich: Mein Leben. München 2002. S. 34.

Telepathie zu erraten, in welche Reihenfolge ihre Männer fünf mitgebrachte Lieblingsgegenstände gebracht hatten; aus mehreren Blumensträußen mussten die Mütter denjenigen ihrer Söhne ausfindig machen – verabschiedeten die Hennebergs sich als Erste.

Da unsere Sympathien bereits verteilt waren, konnten wir uns beim kommenden Spiel auf die Stimmabgabe vorbereiten. Während ich alle elektronischen Geräte, die ich fand, ins Wohnzimmer brachte, präparierte Gian-Andrin die Steckdosen mit Mehrfachsteckern. Wir schlossen alles an, was sich anschließen ließ, und waren gerade fertig geworden, als Vivi Bach die Abstimmung per Lichttest ankündigte. Sie bitte die »Einwohner der Stadt Frankfurt« nun darum, alle Lichtquellen einzuschalten, wenn sie ihre Stimme für die Familie Filley abgeben wollten.

»Frankfurt«, wimmerte Gian-Andrin. Der Strom, den wir in Mauren verbrauchten, würde niemals Einfluss auf die Messwerte im Frankfurter Elektrizitätswerk haben.

»Seien wir realistisch, versuchen wir das Unmögliche«, konterte ich mit einem Zitat des größten Freiheitskämpfers unserer Zeit.

Auf Vivi Bachs Aufforderung hin, die Stimmen für die Familie Dreier *jetzt* abzugeben, betätigten wir alle Geräte. Wie schön alles leuchtete! Wie herrlich sich die Geräusche des Staubsaugers mit denen des Radios, des Plattenspielers und des Stabmixers vermengten! Was für ein Bild! Was für ein Ton! Was für ein Knall!

Als sich die Türe öffnete, lag das Haus noch immer im Dunkeln. Ich erkannte zwei schemenhafte Gestalten, von denen die eine die andere ins Hausinnere zog. War es Alfred oder

Mamá, der oder die zu toben begann, als das Licht nach Betätigen des Schalters ausblieb? Und wer von den beiden war es, der oder die daraufhin schluchzte?

»Johann!«, schrien sie jedenfalls beide.

»Es ist besser, du gehst jetzt«, flüsterte ich Gian-Andrin zu und ließ ihn über die Wohnzimmertür ins Freie, während ich jemand in den Keller gehen hörte, um den Sicherungskasten zu überprüfen.

Mit einem Surren kehrte das Licht im Wohnzimmer zurück. Auf dem Fernseher erschien ein Schwimmbecken, darüber schwankte ein Auto, das von einem Kran ins Wasser gelassen wurde. Erst bei näherem Hinsehen erkannte ich, dass Familie Dreier im Wagen saß. Das entscheidende Spiel.

»Ihn alleine zu Hause zu lassen«, schrie Alfred im Flur.

Vom Fahrersitz ermahnte Vater Dreier seine Familie, sich nicht aus der Ruhe bringen zu lassen.

»Sagst ausgerechnet du!«, schrie Mamá.

Vater Dreier hupte, als die Motorhaube untertauchte.

»Diese Demonstration!«

Wieder ein Hupen, das unter der Wasseroberfläche erstarb.

»Weißt du, in was für eine Lage du mich damit bringst?«

Tochter Dreier kurbelte die Scheibe nach unten.

»Weißt du, in welcher Lage ich die ganze Zeit *bin*?«

Der Sohn war der Erste, dem es gelang, sich zu befreien.

»Dieses Land –«

Ihm folgte die Schwester, der Vater.

»– macht mich depressiv.«

Die Mutter rüttelte immer noch an der Tür.

»Dann geh doch«, schrie Alfred.

Taucher kamen zum Wagen geschwommen.

»Gut! Genau das werde ich tun!«

Endlich! Sie zogen sie aus dem Auto.

»Untersteh dich!«

Als Frau Dreier an den Beckenrand schwamm, machte ich den Fernseher aus. Die Stimmen überschlugen sich in der Küche. Ich schlich mich näher heran, um Mamá zu unterstützen, doch sie schlug die Tür vor mir zu. Sämtliche Geräusche wurden dumpf, als befände ich mich unter Wasser. Wenn ich gewusst hätte, dass das die letzte Gelegenheit sein würde, um Mamás Stimme zu hören, wäre ich nicht in mein Zimmer gegangen. Doch weil ich es nicht wusste, legte ich mich auf mein Bett und begann mit geschlossenen Augen bis dreißig zu zählen. Als ich die Sechsundzwanzig erreichte, schlief ich ein.

DAS ZWEITE BUCH

(1971–1979)

1.

In einer ungewöhnlich lauen Märznacht des Jahres 1971 saß Elisabeth Noser mit ihrem Mann Eddy auf dem Balkon ihres Einfamilienhauses und verband mit dem Zeigefinger die Sterne Benetnasch, Mizar, Alioth, Megrez, Phekda, Merak und Dubhe zu jener Formation, die man den Großen Wagen nennt. Weil der Kleinstaat in diesen Tagen von einer Welle an Einbrüchen und Diebstählen heimgesucht wurde, beschlich Elisabeth ein mulmiges Gefühl, als es gegen 22 Uhr an der Haustür klingelte. Eddys Bemerkung, dass Einbrecher Einbrecher hießen, weil sie eben einbrächen und nicht an der Tür klingelten, machte Elisabeth wütend. Sie hasste es, wenn er so mit ihr sprach. Umso vehementer drehte sie den Schlüssel im Schloss. Abendluft strömte ihr entgegen. Fast war sie ein wenig enttäuscht. Es bellte nicht mal ein Hund. Sie hatte das Wort ›Klingelstreich‹ kaum zu Ende gedacht, als sie mit dem linken Fuß an etwas stieß. Sie rieb sich die Augen. Das konnte doch nicht. Tatsächlich. Vor der Haustür lagen drei schlafende Kinder. An der Schulter des Kleinsten, eines sechs- oder siebenjährigen Jungen, klebte ein gelber Zettel. ›Geben Sie bitte gut auf sie acht.‹

Es dauerte bis zum Mittag des nächsten Tages, bis das erste der Kinder aus seinem Tiefschlaf erwachte. Nach der Untersuchung im Landesspital Vaduz stellten die Ärzte fest, dass ihnen eine große Menge an Beruhigungsmitteln verabreicht worden war. Die beiden Mädchen erholten sich schnell, der

Junge hingegen brachte noch Tage später keine ganzen Sätze heraus. In elliptischen Formulierungen sprach er von gewalttätigen Geistern und Freiheitskämpferinnen, von dreiäugigen Wesen, welche die Erde vom Erdkern her auffräßen, und einer nicht enden wollenden Finsternis, dass die Ärzte beschlossen, ihn für schwachsinnig zu erklären und dem Sanatorium St. Pirminsberg in Pfäfers zu übergeben. Der Stempel, der sein Schicksal für immer besiegeln sollte, war nur noch Millimeter vom Überweisungsantrag entfernt, als sich ein Körper im Türrahmen abzeichnete.

»Johann?«

Wegen eines seit Tagen anhaltenden Schmerzes im linken Sprunggelenk hatte sich Fürstin Gina von und zu Liechtenstein zum Röntgen ins Landesspital begeben und stürmte nun humpelnd ins Zimmer. Sie setzte sich zum Jungen auf die Liege, und als sie ihm über die Wangen zu streicheln begann, beobachteten die Ärzte beschämt, wie Farbe ins Gesicht ihres Patienten zurückkehrte und der Nebel, der seinen Blick verschleiert hatte, kullernden Tränen Platz machte. Zum zweiten Mal in kürzester Zeit hatte mich die Fürstin gerettet.

Das Polizeiauto, auf dessen Rückbank ich saß, fuhr nicht einen halben Stundenkilometer schneller, als die Höchstgeschwindigkeit es innerorts erlaubte. Der schnauzbärtige Fahrer, der sich als Kommissär Schädler vorgestellt hatte, versuchte uns mit Witzen zum Lachen zu bringen.

»Was sagt eine Holzwurmmutter zu ihren Kindern vor dem Schlafengehen?«

Stille.

»Ab. Ins. Brettchen.«

Hilfspolizist Beck, Beifahrer, prustete los. Luise und Lotte stimmten mit ein, Humor ist eine schwierige Sache, dachte ich und sah zu, wie wir Vaduz verließen und uns dem Ortskern der Gemeinde Schaan näherten. Ein schmuckes Dörfchen. Außer den Vaduzern wissen alle, dass Schaan die heimliche Hauptstadt des Fürstentums Liechtenstein ist. Schaan strahlt vor Stolz. Der leise plätschernde Brunnen am Tanzplatz, die Metzgereien Hilti und Ospelt, die Filiale der Liechtensteinischen Landesbank, Schuh Risch, die Pfarrkirche Sankt Laurentius, Textil Wanger, der Coiffeursalon Niedhart, Brauerei Quaderer, die Abzweigung ins Bergdorf Planken, wieso nahmen wir die Abzweigung nach Planken?

»Hey!«, rief ich, »Mauren ist geradeaus weiter!«

Kommissär Schädler lachte, als amüsiere er sich noch immer über seinen eigenen Witz. Kurz bevor wir den Waldrand erreichten, bog er auf einen gekiesten Feldweg, den man nicht findet, wenn man nicht weiß, dass er existiert, und parkte den Wagen vor einem Gebäude, das von außen betrachtet nur geringfügig größer schien als ein im Kleinstaat marktübliches Einfamilienhaus.

»Wir sind da«, sagte Polizist Beck und stieg aus dem Wagen.

»Wir sind nicht da«, sagte ich und blieb sitzen.

»Doch, sind wir«, sagte der Polizist und reichte mir die Hand.

»Nein, sind wir nicht«, sagte ich und verweigerte den Handschlag.

»Doch«, sagte er und zerrte an mir.

»Nein«, sagte ich und boxte ihn.

»Doch«, sagte er und trug mich, während ich auf seine uniformierte Brust einschlug, zum Haus.

Luise und Lotte standen schon vor der Tür und unterhielten sich mit einer Frau, deren Lächeln die Sicht auf spitze Eckzähne freigab.

»Du musst Johann sein«, sagte die Fremde, als mich der Polizist in ihre Richtung hielt. Ich zog den Kopf gerade noch rechtzeitig weg, bevor sie mir übers Haar streichen konnte.

»Folgt mir«, sagte sie dann und funkelte mich böse an.

Der Kommissar setzte mich auf dem Boden ab, zupfte sich die Uniform zurecht und salutierte.

»Viel Spaß mit dem zähen Bock.«

Weil ich mich aufzustehen weigerte, sah ich meine Schwestern hinter der Frau in einem der Räume verschwinden. Ich selbst blieb so lange sitzen, bis eine Stimme zum Abendessen rief. Meine Gelenke knackten, als ich mich aus dem Schneidersitz löste und ein geräumiges Wohnzimmer betrat, durch dessen verglaste Front ein weitläufiger Garten zu sehen war. Ich setzte mich an die Stirnseite des gedeckten Tisches und wartete, bis das Essen aufgetragen würde.

Ein rundlicher Junge mit geringeltem T-Shirt war der Erste, der am Tisch Platz nahm. Seine Augen waren stahlblau und sein Blick so hart wie sein Schweigen, dass ich dem kurz darauf eintretenden Mädchen mehr als nur dankbar war, als sie sich neben mich setzte. Ihr Name sei Johanna, sagte sie, und du, wie heißt du, doch bevor ich antworten konnte, wurde ich von einem groß gewachsenen Jungen in die Schulter geboxt, »das ist mein Platz«, sagte er wütend und täuschte an, mein Gesicht gegen die Tischplatte donnern zu lassen, worauf Luise und Lotte, die mit einer Reihe anderer Kinder den Raum betraten, noch lauter lachten als alle andern. Als sämtliche Stühle besetzt waren, räusperte sich die Frau mit den spitzen Zähnen und alle verstummten.

»Wir haben«, sagte sie feierlich, »drei neue Bewohner! Nehmt sie auf, wie ihr aufgenommen wurdet!«

»Wer ist diese Frau?«, flüsterte ich Johanna zu.

»Psst…«, sagte sie so leise, dass ich sie fast nicht verstand. »Frau Büchel mag es ni–«

»Da haben sich zwei gefunden«, unterbrach Frau Büchel ihre Begrüßungsrede.

Das Gesicht meiner Sitznachbarin begann zu glühen, die anderen Kinder lachten.

»Johann«, sagte Frau Büchel, ohne dem Gelächter Beachtung zu schenken, »wärst du so gut, das Tischgebet zu sprechen?«

»Nein«, antwortete ich spontan.

Die schlagartige Stille im Raum gab mir das Gefühl, an etwas Bedeutendem teilzuhaben.

»Ich würde gerne«, hörte ich eine schüchterne Stimme sagen.

»Vielen Dank, Luise.«

»Ich auch!«, schaltete sich eine weitere Stimme ein.

Während meine Schwestern synchron das Tischgebet sprachen, wurde mir klar, dass ich nicht nur keine Eltern, sondern auch keine Geschwister mehr hatte.

Das Zimmer, das mir zugeteilt wurde, war von atemberaubender Hässlichkeit. Als wäre die eine Hälfte des Zimmers die Spiegelung der anderen, standen sich die zwei Betten, genau wie die zwei Schränke, die zwei Tische und die zwei Stühle direkt gegenüber. Auch die Bettwäsche war identisch. In den ersten Nächten machte ich kein Auge zu, weil ich fürchtete, der Symmetrie des Raumes folgend am nächsten Morgen in der Gestalt meines Mitbewohners Karl zu erwachen. Gott sei Dank stellte sich wenigstens diese Angst als unbegründet heraus. Selbst wenn wir optisch nicht auseinanderzuhalten gewesen wären, waren Karls Verhaltensmuster auffällig genug, dass Karl nur Karl und niemand anders sein konnte. Er sprach sehr langsam und aß Unmengen Schokolade, die er unter einer losen Fußbodenleiste versteckt hielt.

Während Karl auf dem Bett liegend Süßigkeiten vernichtete, saß ich auf dem Fensterbrett und stellte mir vor, wie es wäre zu sterben. Das zweite Stockwerk war hoch genug, dass ich nach einem Sturz aus dem Fenster nichts mehr spüren würde. Ich sah mich auf den Steinplatten liegen, sah Sanitäter, die mich zu reanimieren versuchten, ehe sie meinen leblosen Körper mit hängenden Köpfen auf eine Bahre hoben, um ihn ins schweizerische Buchs zur Kehrichtverbrennungsanlage zu fahren, deren rot-weißen Schornstein man von jedem Punkt des Kleinstaates emporsteigen sieht. Als dichten Rauch sah ich mich in den Himmel fahren, bis meine sterblichen Überreste in unzähligen Rußpartikeln auf die Erde herabregneten und alles schwarz einfärbten, was sich im Umkreis von hundert Kilometern befand.

»Hör auf zu schmollen«, sagte Karl, wenn er bemerkte, welchen Gedanken ich wieder nachhing, und nahm mich mit auf eine Erkundungstour durch mein neues Zuhause. Als langjährigster Insasse des Kinderheims Gamander in Schaan war er mit allen Geheimnissen des Gebäudes und seiner Bewohnerinnen und Bewohner vertraut.

»Warum spricht Oskar nie?«, fragte ich ihn.

»Um das, was man ihm anvertraut, nicht zu verraten«, antwortete Karl.

»Warum ist Martin so aggressiv?«

»Er ist der Sohn eines Mörders.«

»Und warum betet er täglich?«

»Weil er ohne seinen Schutzengel den Mordversuch seines Vaters nicht überlebt hätte.«

»Hat er Geschwister?«

»Alle tot.«

»Seine Mutter?«

»Auch.«

»Sein Vater?«

»Ist da, wo Mörder hingehören.

»In der Hölle?«

»Im Gefängnis.«

»Warum lahmt Lizarazu?«

»Weil Frau Büchel ihm mit dem Auto über die Pfote gefahren ist.«

»Mag Lizarazu es, wenn man ihn streichelt?«

»Probier es aus.«

Der Kater biss mich. Karl lachte.

»Warum schaltet die Stehlampe sich ständig ein und aus?«

»Weil sie vom Hausgespenst Fridolin bewohnt wird. Er versucht uns Signale zu geben.«

»Was sagt er?«

»Dass wir zusammenhalten sollen.«

»Warum mag mich Frau Büchel nicht?«

»Weil du bist, wie sie gerne wäre.«

»Wie bin ich?«

»Du nervst.«

»Warum spricht Johanna so schnell?«

»Weil sie viel zu erzählen hat.«

»Was?«

»Hör ihr halt zu.«

»Wieso sagt man zu Luise und Lotte die Doppelten?«

»Stell dich nicht dümmer, als du bist.«

»Woher kommt das Loch in der Wand?«

»Wenn Magdalena wütend ist, wirft sie mit allem, was sich in ihrer Nähe befindet.«

»Wohin gehst du?«

»Ins Wohnzimmer.«

»Warum?«

»Frau Büchel hat gerufen. Hast du das nicht gehört?«

»Doch.«

»Dann komm jetzt.«

Ein Mal im Monat besuchte uns Fürstin Gina. Als Vorsitzende des Roten Kreuzes, unter dessen Schirmherrschaft das Kinderheim stand, musste sie das. Schon Tage vor ihrem Eintreffen trieb Frau Büchel uns an, das Kinderheim »auf Vordermann« zu bringen, so nannte sie das, auch wenn sie im Eigentlichen meinte »tu du das und du das und du das«, sie sagte: »Machen wir es uns schön«, und meinte Kommando, meinte Gewalt, meinte Peitsche.

Johanna wurde die Aufgabe zuteil, in der Gärtnerei Jehle Schnittblumen zu besorgen, möglichst günstig, am besten gratis, möglichst Tulpen, am besten gelb. Die Doppelten hatten alle Fenster zu putzen, das Badezimmer zu reinigen und sich dann mit Magdalena und Karl an die Säuberung des Wohnzimmers zu machen, die wiederum ihren Arbeitstag in der Küche begannen, sich über den Flur vorarbeiteten, bis sie mit den Doppelten auf Höhe des Fürstenporträts zusammentrafen, das hinter gesprungenem Glas schief im Rahmen hing. Martin mähte den Rasen, Sabine buk Kuchen, und obwohl Oskar von allen Arbeiten befreit war, unterstützte er mich dabei, alle Teppiche zu klopfen, die Regenrinnen zu säubern, die Hosen, Hemden und Blusen der Kinder zu waschen, Frau Büchels liebste Kleider zu bügeln und schließlich ein neues Glas in den Rahmen mit dem Foto des Fürstenpaares zu legen, das schon Stunden später wieder zu Bruch ging.

Am fürstlichen Besuchstag wurden wir in aller Frühe geweckt. Einer nach dem anderen duschte, kleidete sich in Bluse oder Hemd und trat schließlich unter die Augen Frau Büchels, die mit strengem Blick überprüfte, dass kein Haar abstand, das nicht abstehen durfte, und kein Knopf offen war, der zugeknöpft gehörte. Wir stellten uns der Größe nach im Wohnzimmer auf und übten das Lied des Monats, zu dem Oskar uns auf der Blockflöte begleitete. Beim Musizieren schien es, als fände der Sprachlose zu sich selbst. Jeder Ton seines Instrumentes schmiegte sich perfekt an den Gesang, es war, als ob die Töne das Singen überhaupt erst möglich machten. Nicht Frau Büchel, die den Taktstock schwang, dirigierte den Chor. Der sprachlose Oskar machte uns zu seinem Orchester.

Als Fürstin Gina das Kinderheim betrat, sangen wir los. Sie applaudierte, dann hatte ein jeder von uns seine Position einzunehmen. Oskar setzte sich auf die fürstlichen Knie, während Frau Büchel sich mit Durchlaucht unterhielt, meist begann sie das Gespräch mit freundlichen Bemerkungen über Frisur, Kleidungswahl und Anwesenheit, ehe sie darauf hinwies, dass das Kinderheim chronisch unterfinanziert sei, sie meinte damit ihren Lohn, dann trat Johanna heran, übergab die Schnittblumen, Martin folgte die Zeichnungen schenkend, die wir im Laufe des Monats hatten anfertigen müssen, dann servierte Sabine den Kuchen, während die Doppelten Kaffee und Tee an den Tisch trugen. Nur ich zog mich in mein Zimmer zurück, wie Frau Büchel es wünschte, und stellte mir auf der Matratze liegend vor, ich wäre tot.

Es muss am dritten oder vierten fürstlichen Besuchstag gewesen sein, ich streckte die Beine an der Wand hoch und wartete darauf, bis alles Blut aus ihnen gewichen war, als es in die Monotonie meines sonntäglichen Daseins hinein klopfte.

»Ja?«, röchelte ich.

»Puh«, machte Frau Büchel und öffnete nach Eintreten das Fenster. Dann kam sie ans Bett und sagte: »Da ist jemand, der dich sehen möchte… Unverständlicherweise.« Gut, »unverständlicherweise« sagte sie nicht, aber ich konnte das Wort in ihren Stirnfalten liegen sehen, es klemmte in der wütenden Person, die sie war.

»Johann«, hörte ich eine Stimme von außerhalb des Zimmers. Ihr Klang war hell wie ein Glöckchen: »Darf ich hereinkommen?«

Frau Büchel schüttelte den Kopf. Mit den Lippen formte sie stumme Laute, die ich als folgende interpretierte: ›Hausarrest‹, ›kein Abendessen‹, ›Isolation‹.

»Leider nein«, antwortete ich.

»Bist du sicher?«, fragte der Schatten im Türrahmen.

Frau Büchel übte sich in der Kunst der Pantomime. Mit den Händen an unsichtbaren Stäben rüttelnd, stellte sie mit großer Kunstfertigkeit eine Gefangene dar. Kurz darauf trat sie in die Pedale eines unsichtbaren Fahrrads, warf es beiseite und stampfte so plastisch darauf herum, dass es sich vor meinen Augen bis zur Unkenntlichkeit verbog und zerdellte.

»Ich habe keine Lust«, antwortete ich traurig.

»Das ist schade«, sagte die Stimme mit tiefem Bedauern.

»Ja«, seufzte ich, worauf Frau Büchel drohend den Zeigefinger hob.

»Da kann man wohl nichts machen«, sagte die Stimme.

Ich sah Frau Büchel an. Sie schüttelte den Kopf.

»Nein«, sagte ich leise.

Als Frau Büchel die Türe hinter sich schloss, sagte sie: »Bitte entschuldigen Sie ihn, Ihre Durchlaucht, er fremdelt.«

Gut, dass der Tag, an dem ich ihr alles heimzahlen würde, schneller kam als gedacht.

Es wurde Sommer und die Bank in Liechtenstein, kurz BiL, feierte ihr 50-jähriges Bestehen. Ich nahm am Zeichenwettbewerb teil, den das Finanzinstitut unter das Thema »Sparen« gestellt hatte. Ich zeichnete ein Haus, das aus aufeinander geschichteten Goldbarren bestand. Es hatte ein Dach mit großem Schornstein, eine Tür und vier Fenster, aus denen Kindergesichter heraus lächelten. Über die Hauswand spannte sich ein Plakat, darauf stand: Kinderheim Gamander Schaan. Ich zeichnete einen goldenen Garten mit Bäumen, den Kater Lizarazu, der sich auf einer Mauer hockend die Pfoten leckte, das lahme Bein hing wie ein toter Ast vom Mauerrand herab, und schließlich eine goldene Sonne, die aus der Ecke des Blattes schien. Etwas fehlte. Mit Klebestreifen befestigte ich eine zweite Seite ans untere Ende der ersten, zeichnete den goldenen Bäumen goldene Wurzeln, malte Regenwürmer und Insekten in die Erde hinein und erweiterte das zweistöckige Haus um ein Kellergeschoss. Dieses gestaltete ich düster. Ich befestigte gekreuzte Schwerter an den Wänden, Lanzen und Speere, zum Schluss ein paar Eisenketten, an denen ich leblose Körper von der Decke baumeln ließ. Natürlich konnte ich nicht wissen, dass ich mit den Fußfesseln und Ketten die

Ereignisse aus dem Jahr 1997 vorwegnahm. Dann zeichnete ich einen Jungen, der vor einer Frau kniete, die ihn mit einer Gabel pikste. Das Bild stellte ich unter den Titel ›Bitte helfen Sie mir‹, den ich von einem Flugzeug auf einem Spruchband durch den Himmel ziehen ließ.

Johanna lobte die Expressivität, die sie im klaren Strich der Buntstifte zu erkennen glaubte, Oskar nickte anerkennend, auch die Jury des Malwettbewerbs zeigte sich überzeugt. Ich belegte den ersten Platz in meiner Altersstufe, der Preis beinhaltete ein Konto, das mit einem Startguthaben von hundert Franken auf meinen Namen eröffnet wurde. Außerdem wurde ich im *Liechtensteiner Vaterland* zur Entstehungsgeschichte des Bildes befragt.

Zwei Tage nach Erscheinen des Artikels wurde das Heim von Männern in Anzügen besucht. Sie nahmen einen nach dem anderen beiseite und stellten merkwürdige Fragen. Ob wir regelmäßig zu essen bekämen, ob wir Schmerzen hätten oder an Stellen berührt würden, an denen berührt zu werden wir als unangenehm empfänden. Mit jedem Satz, den ich den Männern zur Antwort gab, weiteten sich ihre Augen mehr. ›Es muss daran liegen, dass ich ständig das Falsche sage‹, dachte ich und konnte nicht länger gegen die Tränen ankämpfen, welche meine Unwahrhaftigkeit in mir auslöste. Einer der Männer hob mich auf seinen Schoß und streichelte mir über den Kopf, während der andere wütende Sätze auf seinen Notizblock schmierte.

Zu meiner Freude verschwand Frau Büchel kurz nach dem Erscheinen der Männer. Zu meinem Entsetzen kehrte sie drei Monate später wieder zurück. Martin, Sohn des Mörders, erzählte hinter vorgehaltener Hand, »Frau Büchel ist im Gefängnis gewesen«. Magdalena meinte zu wissen, Frau Büchel hätte Urlaub auf einer Insel gemacht, während Karl, dem ihr Aufenthaltsort gleichgültig war, sich enttäuscht darüber zeigte, dass sie ihm von dort, wo sie gewesen war, keine Schokolade mitgebracht hatte. Der Einzige, der sich darüber im Klaren zu sein schien, was vor sich ging, war Oskar. Er saß in einer Ecke des Raumes und lächelte wissend.

Frau Büchel schien sich ehrlich über den Empfang zu freuen, den wir ihr am Tag der Rückkehr bereiteten. Frau Schwitters, die uns in der Zeit ihrer Abwesenheit betreute, hatte mit uns ein Lied einstudiert, Oskar spielte die Flöte so gut wie niemals zuvor. Frau Büchel nahm jeden von uns in den Arm, doch als ich an der Reihe war, begutachtete sie mich wie einen faulen Apfel.

»Johann«, flüsterte sie mir ins Ohr, »ich weiß nicht, was du den Männern gesagt hast. Aber glaub bloß nicht, dass du damit ungeschoren davonkommst.«

Ich sagte nichts und tätschelte ihr den Rücken.

Um den Zustand der gegenseitigen Duldung zwischen mir und Frau Büchel nicht zu gefährden, wurde ich fast so sprachlos wie Oskar. Ich sagte niemandem, dass Fürstin Gina mir bei einem ihrer Besuche heimlich ein Paket zusteckte, in dem ich ein Buch fand, das ich in einem Rutsch durchlas.[12] Ich ließ unerwähnt, dass ich in der Nacht der Lektüre davon träumte, ein Lokomotivführer zu sein. Dass ich die Schienen verließ und auf dem Meeresgrund an elektrisch geladenen

---

[12] Ende, Michael: Jim Knopf und Lukas der Lokomotivführer. Stuttgart 1961.

Aalen, Korallenriffen und Hammerhaien vorbeifuhr. Auch, dass ich von diesem Tag an einmal wöchentlich ein Buch vor meiner Zimmertür fand, blieb ein Geheimnis. Niemand erfuhr von all den Lektüren, die mich durch die kommenden Jahre begleiten sollten.[13] Und auch nicht davon, dass ich

---

[13] Lindgren, Astrid: Mio, mein Mio. Frankfurt am Main 1968.
Unbekannter Autor: Die Spinne – Der Bücherwurm Peter Parker wird zur Spinne. Hamburg 1974.
Rimbaud, Arthur: Sämtliche Dichtungen. Französisch und deutsch. Übersetzung von Walther Küchler, ergänzt durch Carl Andreas. Reinbek 1963.
Twain, Mark: Die Abenteuer des Tom Sawyer. Reich illustriert von Walter Trier. München 1967.
Brontë, Charlotte: Jane Eyre. Leipzig 1963.
Ende, Michael: Momo. Stuttgart 1973.
Lindgren, Astrid: Die Brüder Löwenherz. Hamburg 1974.
Dickens, Charles: Oliver Twist. Ravensburg 1969.
Kaiser, Peter: Geschichte des Fürstenthums Liechtenstein. Nebst Schilderungen aus Chur-Rätiens Vorzeit. Chur 1847.
Spyri, Johanna: Heidi. Düsseldorf 1964.
Schwab, Gustav: Die schönsten Sagen des klassischen Altertums. München 1970.
Dickens, Charles: David Copperfield. Berlin 1961.
Unbekannter Autor: Das Gilgamesch-Epos. Leipzig 1958.
Frank, Anne: Tagebuch der Anne Frank. Frankfurt am Main 1959.
Hugo, Victor: Die Elenden. Berlin 1968.
Verne, Jules: Meister Antifers wunderbare Abenteuer. Ein Kapitän von 15 Jahren. Frankfurt am Main 1968.
Hoffmann, E.T.A.: Nachtstücke: Der Sandmann. Das öde Haus. Das steinerne Herz. Reinbek 1964.
Shakespeare, William: Was ihr wollt. Leipzig 1970.
Gebrüder Grimm: Kinder- und Hausmärchen. München 1967.
Dostojewski, Fjodor: Schuld und Sühne. Stuttgart 1961.
Rilke, Rainer Maria: Gesammelte Werke. Leipzig 1930.
Kipling, Rudyard: Das Dschungelbuch. Leipzig 1956.
Grimmelshausen, Hans Jakob Christoffel von: Der abenteurliche Simplicissimus. Leipzig 1961.

meine Studien eines herrlichen Sommertages unterbrach, da mich eine Postkarte erreichte.

Auf der Vorderseite der Karte war ein großes Haus mit riesigem Jesu-Kreuz abgebildet, vor dem eine Gruppe Frauen posierte. Sie trugen schwarz-weiße Kostüme und lächelten streng. Ich drehte die Karte um.

›Mein lieber Johann‹, ließen mich die verschmierten Zeilen auf der Rückseite wissen, ›ich hoffe, dass es dir gut geht. Wir sehen uns bald wieder. In Liebe, Mamá.‹

Ich erzählte niemandem von den Konzentrationsschwierigkeiten, die mich befielen, als ich mich kurz darauf zurück an den Nathan[14] setzte, die Ringparabel aber an mir vorbeizog wie ein Güterzug, weil sich immer wieder eine Frage zwischen mich und die Buchdeckel schob: Wie konnte mich die Postkarte trotz mangelhafter Adressierung – ›Johann Kaiser, 7 Jahre, Liechtenstein‹ – erreichen?

Niemand erfuhr, wieso ich apathisch am Frühstückstisch saß und das Essen anstarrte. Ich schwieg darüber, dass ich in der Bibel[15] nach Antworten suchte, im Glöckner von Notre-

---

Burroughs, Edgar Rice: Tarzan bei den Affen. München 1965.
Salten, Felix: Bambi. Eine Lebensgeschichte aus dem Walde. Frankfurt am Main/Berlin 1968.
Sterne, Laurence: Leben und Meinungen des Tristram Shandy. Frankfurt am Main 1962.
Augustinus, Aurelius: Confessiones – Bekenntnisse. Lateinisch und Deutsch. Eingeleitet, übersetzt und erläutert von Joseph Bernhart. München 1966.
Cervantes, Miguel de: Der sinnreiche Junker Don Quijote von der Mancha. Ins Deutsche übertragen von Ludwig Braunfels. Band 1 und 2. Frankfurt am Main 1969.

14 Lessing, Gotthold Ephraim: Nathan der Weise. Leipzig 1970.

15 Die Bibel. Einheitsübersetzung. Altes und Neues Testament. Freiburg 1962.

Dame[16] und im Doktor Schiwago[17]. Bei Einbruch der Dunkelheit saß ich oft mit der Postkarte in der Hand auf dem Fensterbrett und suchte in der Landschaft nach Hinweisen, als wäre diese der Text, den es im Eigentlichen zu lesen gälte.

Eines Nachts dann, der Föhn ging heftig und die gegenüberliegenden Berge schienen so nahe, dass ich meinte, sie mit der ausgestreckten Hand berühren zu können, hörte ich ein eigentümliches Rauschen. Es schien direkt aus der Karte zu kommen. Ich hielt das Stück Pappe in die Luft wie eine Antenne. Tatsächlich. Je nach Positionierung waren andere Geräusche zu hören. Es begann mit einer Art Flüstern, das zu einem Gewirr aus Stimmen heranwuchs, dann in ein Säuseln überging, das abriss und anstieg, bis ich schließlich eine Stimme klar sprechen hörte. Alfred Kaiser, schlimmer Trinker, habe seine Frau eines Nachts im Rhein ertränkt. Ich bewegte die Karte leicht, hörte eine Abhandlung über das neue Ehegesetz, dass man sich nicht wundern müsse, sagte ein wütender Mann, dass ein Staat, der die Scheidung per Gesetz legitimiere, Waisen en masse produziere. Die integrationsunwillige Spanierin, wisperte eine Frauenstimme, habe sich der Revolution in Lateinamerika angeschlossen, ein Piepsen, dann jemand, der Auskunft darüber gab, dass Soledad Kaiser sich zurück nach Spanien verabschiedet habe, weil sie den Cha-Cha-Cha, oder was auch immer die dort tanzten, vermisse. »Rabenmutter«, hörte ich, »Terroristin«, »Dummkopf«, genauso wie: »überfordert«, »Ulrike Meinhof«. Ich hörte den Namen Alfred in Kombination mit unterschied-

---

[16] Hugo, Victor: Der Glöckner von Notre-Dame. Frankfurt am Main 1957.

[17] Pasternak, Boris: Doktor Schiwago. Frankfurt am Main 1959.

lichen Adjektiven: »arm«, »dumm«, »böse«, meinen eigenen in Kombination mit »leidtragend«, »hochintelligent« und »Kinderheim Gamander«, und da dämmerte mir, dass jeder im Kleinstaat vom Schicksal des Waisenkindes Kaiser gehört hatte, dass jeder wusste, wo ich mich befand. Zufrieden warf ich mich aufs Bett und las weiter.[18]

Lag es an der Vielzahl der Lektüren, dass ich im Alter von zehn Jahren zum ersten Mal die Kontrolle über meinen Körper verlor? Hatte ich mich zu sehr der Pflege des Geistes gewidmet? Wie ein Pilot, dem plötzlich aufgeht, dass die Maschine, die er zu fliegen gewohnt ist, auch abstürzen kann, entging ich einer Bruchlandung nur knapp.

Seit Wochen schon hatte ich Turbulenzen in mir gespürt, wann immer ich mich mit dem Themenfeld ›Loch‹ konfrontiert sah. Das Essen aus Schüsseln, das Trinken aus Gläsern, das Urinieren in ein Klo, das Denken an eine Höhle oder das Betrachten eines Abwasserschachtes, das alles wurde mir zur Qual. Und nun hob Dorothea Frick im Sachkundeunterricht ihre Hand und wollte von Lehrer Schierscher wissen, was es mit »den sogenannten schwarzen Löchern« auf sich habe. Lehrer Schierscher, dessen Fachwissen exakt dem entsprach, was der Lehrplan für die Grundschule verlangte, hatte zwar von schwarzen Löchern gehört, aber viel mehr, als dass sie schwarz waren, wusste er nicht darüber zu sagen.

»Ich habe nämlich gelesen«, gab die frühreife Dorothea zur Auskunft, »dass ein schwarzes Loch alles in sich aufsaugt und in Nichts verwandelt. Stimmt das?«

In mir wurde es eng. Noch bevor Lehrer Schierscher ant-

---

[18] Grass, Günter: Die Blechtrommel. München 1966.

worten konnte, dass das sei, weil die Löcher schwarz wären, rannte ich aus dem Klassenzimmer und schloss mich im Jungenklo ein. Auf dem Klodeckel sitzend, stützte ich die Stirn mit geschlossenen Augen an der Kabinenwand ab und versuchte mit aller Kraft, nicht an Löcher zu denken. Das Erste, was mir in den Sinn kam, war das Wort ›Torte‹. Sahne triefte, kandierte Kirsche. ›Nicht gut‹, dachte ich. Frischer Tau. ›Nein.‹ Saftige Pfirsiche. ›Oh Gott.‹ Ein kochender Teekessel. Eine Rauch ausstoßende Lokomotive, die Flüssigkeit einer Lavalampe, und dann, zu meinem großen Entsetzen: Johanna. Die hohe Stirn, die buschigen Augenbrauen, das Krümelchen auf dem Augenlid, ihre Lippen, blutrot und voll, die sich in unerhörter Geschwindigkeit bewegten. Sie trug einen Badeanzug und räkelte sich im Sprühregen eines Gartenschlauchs. Mein Unterleib zog sich zusammen. Ich genoss und schämte mich. Johanna kam auf mich zu. Ich begann zu kochen, obwohl es kalt in mir war, sie steckte sich einen Zeigefinger in den Mund, ich zuckte, sie lutschte daran, ich fuhr ruckartig zusammen. Dann: plötzlicher Druckabfall, dann: große Erleichterung, dann: nasse Unterhose und Leere.

»Ist was?«, fragte Johanna, als wir abends nebeneinander am Esstisch saßen.

»Was soll sein?«, stotterte ich.

»Du starrst mich seit zwei Minuten an.«

Ich lachte etwas zu laut.

»Außerdem hast du da Sabber. Sieht nicht schön aus.«

Ich wischte mir mit dem Ärmel den Mund ab, holte tief Luft, dann fragte ich:

»Hast du ab und zu Träume, Johanna?«

»Jeder Mensch träumt, wenn er schläft.«

»Nein, nein, die meine ich nicht. Wenn du zum Beispiel in der Schule bist und es ist langweilig und du schaust aus dem Fenster, und dann denkst du an irgendetwas und verlierst dich ganz darin, dass du das Gefühl hast, das, was du denkst, geschieht gerade in echt, und nicht das, was sich im Klassenzimmer abspielt, wo du ja eigentlich sitzt und an etwas anderes denkst. Das meine ich.«

Johanna dachte kurz nach.

»Es ist interessant«, sagte sie schnell, »so etwas Ähnliches hatte ich heute.«

Ich beugte mich zu ihr.

»Lehrer Schierscher hat von gleichschenkligen Dreiecken gesprochen und dann plötzlich –«

Sie erkannte mich –

»– habe ich mit einer solchen Intensität an –«

– und ich sie. Bevor sie weitersprechen konnte, drückte ich ihr einen Kuss auf den Mund, dass es der Schnellsprechenden die Sprache verschlug.

Am nächsten Tag hatte Johanna ihren Platz am Esstisch mit Oskar getauscht. Ich stocherte im Gemüse und versuchte die Blicke, die mich von allen Seiten her trafen, so gut es ging zu ignorieren. Selbst wenn es gelungen wäre: Noch schlimmer, als angesehen zu werden, war das Getuschel, das laut genug war, dass ich es verstand, nicht so laut aber, dass Frau Büchel hätte eingreifen müssen. Als ich die Heimleiterin fragte, ob ich mich in mein Zimmer zurückziehen dürfe, sagte sie »erst wenn alle aufgegessen haben« und schöpfte sich nach. Ich sah zu Johanna. Sie beugte sich zu Sabine, »pervers und peinlich«, flüsterte sie, dann begannen beide zu kichern.

Die Liebe der frühen Jugend schmeckte so bitter, dass ich

ihr ganz abschwor. Stattdessen konzentrierte ich mich auf meine Karriere. Egal welche Frage im Unterricht gestellt wurde, es war immer mein Finger, der als Erster in die Höhe schnellte. In den naturwissenschaftlichen Fächern hatte ich zwar hin und wieder mit Wissenslücken zu kämpfen, doch in Deutsch, Mathematik und Religion lief ich zu akademischen Höchstleistungen auf.

Am 23. Dezember, dem letzten Schultag vor Beginn der Weihnachtsferien – ich hatte mir im Religionsunterricht eben noch mit dem Pfarrer ein erbittertes Gefecht darüber geliefert, ob sich unsere Gegenwart und das Heilige vertrügen; ich hielt mit Verweis auf Moses, den man heute direkt aus dem Binsenkörbchen heraus in ein Waisenhaus stecken würde[19], das jeden Ansatz von Heiligkeit schon im Keim erstickte, dagegen, der Pfarrer argumentierte aus beruflichen Gründen dafür –, hörte ich Robert Frick meinen Namen rufen.

»Du hast deine Bibel vergessen«, schrie er über den Pausenhof, und als ich mich umdrehte, rannte er auf mich zu, holte im Lauf mit dem Arm aus, dann traf mich die heilige Schrift[20] mit voller Wucht am linken Auge. Als ich nach einem kurzen Moment der Schwärze zu mir kam, sah ich, wie Robert Frick mit der Bibelausgabe auf mich eindrosch, während sein Kumpan Jürgen Walser den Inhalt meines Rucksackes auf den Pausenhof kippte.

»Niemand mag Klugscheißer«, sagte Frick.

»Niemand«, wiederholte Walser.

Ich öffnete die Augen und hielt die Luft an. Als Frick spürte, dass ich nicht auf seine Schläge reagierte, hielt er inne.

---

[19] a. a. O. Die Bibel. Ex 2,1–2,14.

[20] Ebendiese.

»Johann?«

Er tippte mich mit der Spitze des Turnschuhs an.

Ich blieb regungslos liegen.

Er hielt mir den Zeigefinger unter die Nase.

Ich atmete nicht.

»Wir haben Johann getötet«, rief Frick panisch.

»Nein! Du!«, schrie Walser.

Nachdem sie die Flucht ergriffen hatten, stand ich auf und ging nach Hause.

»Die neue Hose!«, sagte Frau Büchel entsetzt, als ich mit zerrissener Jeans im Kinderheim ankam. Sie hob den löchrigen Ärmel der Jacke und rief: »die Jacke!«, dann: »der schöne Pullover«, er war im matschigen Schnee etwas schmutzig geworden, und schließlich: »die Schuhe«, obwohl die Schuhe noch genauso aussahen wie vorher, hässlich, zwei Nummern zu groß. Erst als ich sagte: »mein Auge«, bemerkte sie den Körper unter der Kleidung. »Das darf doch nicht wahr sein«, murmelte sie auf dem Weg zum Kühlschrank, »was für ein unnützes Kind.«

Ich folgte ihr in die Küche.

»Leg dich auf die Bank«, sagte sie und drückte mir den Eisbeutel so fest aufs Gesicht, dass ich nicht länger wusste, ob der Schmerz noch vom verwundeten Auge herkam oder von ihrem Druck.

»Genug«, sagte sie.

Ich versuchte die Augenbraue zu heben.

»Es ist jetzt wirklich genug. Ich habe schon vieles gesehen. Aber so einer wie du –«

»Aua«, sagte ich, als sie noch stärker drückte.

»Genau, das meine ich«, sagte sie. »Dass du niemanden

aussprechen lässt, dass du Erwachsene unterbrichst, dass du –«

»Sie tun mir weh.«

»– die neue Kleidung mutwillig beschädigst. Was willst du mir dieses Mal erzählen? Dass du gestolpert bist? Überfallen vielleicht?«

»Verprügelt«, wollte ich sagen, doch jetzt war sie es, die mich unterbrach.

»Nur weil du von oberster Stelle protegiert wirst, heißt das noch lange nicht, dass du etwas Besseres bist. Glaubst du, es macht irgendwem Spaß, sich um dich zu kümmern?«

Wenn Mamá uns Eis aufgelegt hatte, hatte sie ein Geschirrtuch um den Beutel gewickelt.

»Mir jedenfalls nicht.«

Mein Gesicht stach vor Kälte.

»Deinen Schwestern übrigens auch nicht.«

Ich spürte die Tränen gefrieren.

»Warum bist du wohl so oft alleine?«

Das Gefühl, das sich mir die Kehle hochpresste, war Trauer.

»*Niemand* verbringt gern mit dir Zeit.«

Oder eiskalter Zorn.

»Nicht einmal deine Eltern.«

2.

Die Nächte in den Alpen sind die schwärzesten, die es gibt. Man spürt die Jahrtausende. Ich ging an der Bohrmaschinenfabrik Hilti vorbei und dachte: »Was für ein Witz.« Mühselig hatte der Urrhein diese Landschaft geformt, hatte über die Jahrhunderte hinweg Gestein abgetragen und eine Schleuse gebildet: das Tal. Um mich lag Kalkstein und Sand, Granit war da, genauso wie Schiefer und Kreide. Und mittendrin stand dieses Gebäude, in dem Bohrmaschinen hergestellt wurden, Muttern, Schrauben und Dübel. Was für ein unfassbar schlechter Witz. Alles um mich herum lachte. Die Tannen lachten, die roten genauso wie die weißen, die Fichten, die Föhren, die Buchen, die Eiben, die Linden. Die Füchse lachten, die Dachse und Waschbären, die Hirsche, die Rehe, die Steinböcke, die Gämsen. Das Wasser des Rheines lachte, sogar die Luft. Sie lachten mich aus, weil ich ein Mensch war.

Es hatte zu schneien begonnen, als ich Mauren im Morgengrauen erreichte. Schneeflocken groß wie Tischtennisbälle fielen vom Himmel, der kahle Kirschbaum im Garten bot mir nur schwachen Schutz. Ich linste hinter dem schmalen Stamm hervor. Bis auf die Tannzweige, die zur Zierde auf den Fensterbrettern lagen, sah das Haus noch immer aus, wie ich es in Erinnerung hatte. Die Wände waren noch immer eierschalenfarben, die Fensterläden noch immer braun, die Gardinen meines früheren Zimmers noch immer zugezogen. Aus dem Schornstein drang fadenartiger Rauch,

›das Abfallprodukt eines Traums‹, dachte ich, ›den der letzte verbliebene Hausbewohner in diesem Moment träumt‹. Hoffentlich war es ein dunkler.

Die Kirchglocke schlug sieben, als Licht im Haus anging. Wie durchgefroren ich war. Es dauerte ein paar Minuten, bis ein Fenster auf Kipp gestellt wurde und das Prasseln von Wasser einsetzte. Es sollte genau umgekehrt sein. Nicht ich, sondern Alfred sollte an dieser Stelle bibbern, während ich im Badezimmer heiß duschte. Nicht ich, sondern er sollte aus dem Kinderheim ausgebüxt sein. Dampf stieg aus dem Fenster, vermengte sich mit einer schief gepfiffenen Melodie, die so fröhlich und sorglos war, dass ich mir nicht mehr sicher war, ob ich wirklich vor Kälte zitterte oder vor Wut. Wie viele Nächte ich wachgelegen und mir gewünscht hatte, dass jemand käme, um mich zurück nach Hause zu holen. Doch Mamá, das hatte sie mir mit der Postkarte mitgeteilt, konnte nicht, weil sie sich im Ausland in einem Haus befand, das von Frauen in schwarz-weißen Kostümen bewohnt wurde. Erst mit der Zeit war mir aufgegangen, dass sie womöglich gefangen gehalten wurde. Alfred aber, das sah ich, wenn ich unter den Fotos der Landeszeitungen die Bildrechte las, war die ganze Zeit nicht mehr als ein paar Kilometer entfernt gewesen. Er durfte nicht fröhlich sein. Er durfte nicht pfeifen. War ein Vater nicht dazu da, sich um seine Kinder zu kümmern? Ja, ab und an hatte er angerufen, um zu fragen, wie es uns gehe. Ja, zu unseren Geburtstagen war er im Gamander erschienen und hatte Geschenke gebracht. Aber was entschuldigte das? Hatte Frau Büchel recht? Ich würde so lange an den Stamm gelehnt warten, bis Alfred zur Arbeit gegangen war, um mich dann mit dem Schlüssel, der unter der Fußmatte lag, in die Küche zu schleichen. Wenn ich mich aufgewärmt hätte, würde ich mich an den Bargeldreserven bedienen, von denen ich wusste, dass Alfred sie im Brotkasten aufbewahrte. Es wäre kein Diebstahl. Ich würde mir lediglich nehmen, was mir gehört. Halte durch, Johann. Nur ein kleines bisschen noch. Es war so unglaublich kalt. Nur noch ein bisschen. Wie viel Zeit er sich ließ. Halte die Augen offen. Die Augen offen, habe ich doch gesagt. Die Augen, Johann, die Au–

Jesus Christus, der Erlöser, der auf den Tag genau vor 1979 Jahren im Beisein eines Esels, einer Kuh, zweier Schweine und dreier Schafe in einem Bethlehemer Stall das Licht der Welt erblickt hatte, hätte nicht schlecht gestaunt, wenn er den blaugefrorenen Jungen in einem vom Kerzenlicht beleuchteten Wohnzimmer hätte auftauen sehen. Um den Auftauenden standen drei Menschen: ein Vater, der dem Jungen mit einer Tasse, welche das Logo der Schweizerischen Grenzwacht zeigte, heißes Wasser mit einem Schuss Rum einflößte, ein Sohn, der das Gewicht von einem Bein auf das andere verlagernd unruhig danebenstand, und eine Mutter, die dem Jungen sanft über den Kopf streichelte. »Johann«, flüsterte sie ihm ins Ohr, »was machst du nur für Sachen.«

Der Heilig Abend, den ich bei den Grenzers verbringen durfte, war der schönste, an den ich mich bis heute erinnere. Silvio und Maria behandelten mich, als gehörte ich schon mein ganzes Leben zu ihrer Familie. Obwohl mir Neid in manchen Situationen nicht fernliegt, war ich in dem Moment, in dem Maria uns unter dem Vorwand, sie habe das Christkind gehört, vor die Haustüre lockte, dort aber nicht das Christkind, sondern ein nigelnagelneues Moped stand, dessen schwarzer Lack im Außenlicht verheißungsvoll glänzte, in diesem Moment, in dem Maria und Silvio ihrem einzigen Sohn Gian-Andrin, den sie liebten wie nichts anderes auf der Welt, das 1,5 PS starke Puch Maxi mit einer Spitzengeschwindigkeit von knapp 35 km/h übergaben, ja, in diesem Moment war ich frei von jeder Eifersucht. Ich freute mich beobachten zu dürfen, wie Gian-Andrin den neuen Helm überstreifte, erste vorsichtige Fahrversuche auf der schneebedeckten Straße tat, schließlich mutiger wurde, beschleunigte und bald darauf alles herausholte, was aus dem neuen, pfeilschnellen Gefährt, das ihm ständige Mobilität schenkte, ihn unabhängig machte und frei, herauszuholen war. Ja, ich freute mich einfach nur. Es war eine stille, aber intensive Freude, eine aufregende Freude, die lange anhielt, auch dann noch, als ich das Zimmer, in dem Gian-Andrin längst schon eingeschlafen war, noch einmal verließ, um mir ein Glas Milch aus der Küche zu holen.

Ich betrachtete die Zeichnungen, die an den Schrankwänden hingen. Gian-Andrin schien, was das Künstlerische betrifft, kein besonders talentiertes Kind gewesen zu sein. Auf jedem der Zettel waren drei Personen zu sehen, zwei große und eine kleine in ihrer Mitte, eine Figur hatte lange Haare, die anderen beiden kurze, sie alle lachten. Am oberen Blattrand ein orangenes Leuchten, das ich erst für die Sonne hielt. Doch dann stellte ich fest, dass es ein Lichtstrahl war, der aus dem Nachbarhaus kam. Ich trat ans Fenster, um besser sehen zu können.

Hinter dem Kirschbaum erkannte ich das Wohnzimmer. Die Gardinen waren halb zugezogen, die gestickten Rosen darauf konnte ich nur erahnen. Ich sah den Rücken eines Menschen, der sich um die Sofalandschaft bewegte. In kreisenden Rückwärtsbewegungen kam er auf das Fenster zu, und als er ihm ganz nahe war, erkannte ich, dass zwei Hände auf seinen Schultern lagen. Alfred tanzte. Er nahm eine Hand der anderen Person, führte sie hoch in die Luft, und sie, eine Frau, begann sich zu drehen wie ein Kreisel. Es schien ihr schwindlig geworden zu sein, sie warf den Kopf in den Nacken und taumelte, doch Alfred beugte sich vor und bot ihr den Arm an, in den sie sich hineinfallen ließ wie eine Sterbende. Doch die Sterbende starb nicht. Starb die Sterbende nicht, weil Alfred sie küsste? Oder starb die Sterbende nicht, weil sie mich im gegenüberliegenden Fenster erkannte? Sie lächelte mir zu. Alfred starrte mich an. Ich starrte zurück. Starrend trat er ans Fenster. Starrend hob ich die Hand. Starrend nickte er und zog, nicht weniger starrend, die Gardinen zu.

So leise wie möglich ging ich wieder ins Zimmer. Gian-Andrin sah schön aus im Schlaf. Bleich wie ein Engel. Ich schloss die Augen und ließ einen Alfred nach dem anderen über einen Stacheldraht in eine Jauchegrube springen. Nachdem auch der vierhundertachtundreißigste sich am Drahtzaun das Fleisch aufgeschnitten hatte und ich immer noch nicht eingeschlafen war, beschloss ich zu handeln. Ich packte meine wenigen Habseligkeiten, nahm ein Stück Brot aus dem Küchenschrank, schrieb Gian-Andrin einen Zettel, in dem ich mich für alles bedankte und ihm versicherte, er bekäme das Moped bald wieder zurück.

Die Sonne war gerade aufgegangen, als ich die Mitte der Rheinbrücke erreichte. Wie kleine Inseln erhoben sich vereinzelte Kiesbänke im Wasser. Wie Sand sah der Schnee aus, der darauf lag. Der Wind ließ die beiden Flaggen, die sich an den Masten in der Brückenmitte erhoben, aggressiv flattern. Die blau-rote mit dem goldenen Fürstenhut in der oberen Ecke und die quadratische rote, in deren Mitte ein weißes Kreuz prangte. Ohne mich umzusehen, holte ich aus dem Moped heraus, was aus dem Moped herauszuholen war, und ließ den Kleinstaat hinter mir liegen wie ein Kleidungsstück, das einem einmal das liebste gewesen war, bis man feststellen musste, dass es zu eng geworden war. Viel zu eng.

DAS DRITTE BUCH

(1979–1981)

1.

Es waren einmal die Alpen. Es waren einmal Ortschaften, die hießen: Mels, Walenstadt, Quinten, Uznach, Brugg, Möriken-Wildegg, Neuendorf, Niederbipp, Lyss, Yvonand, Dully, Nyon oder Versoix, und es war einmal ein Waisenjunge, der sie mit 30 Kilometern pro Stunde durchfuhr. Es war einmal ein Moped, dessen schwarzer Lack im fahlen Sonnenlicht glänzte. Es war einmal ein Sattel, der den Körper eines vierzehnjährigen Ausreißers trug, wie der Elefant den Kriegsherren Hannibal getragen hatte. Es war einmal die Überquerung der Alpen auf einem Elefant. Es war einmal die Überquerung der Alpen auf einem Moped. Es waren einmal Hinterteile, die schmerzten. Es war einmal der Anfang eines Jahres, und zu Jahresanfang war es Winter, und im Winter war es für gewöhnlich kalt und so auch in diesem. Es waren einmal Finger, die im Fahrtwind gefroren, und es war einmal schneidender Wind, einmal Schneegestöber und einmal Glatteis. Es war einmal ein LKW. Es war einmal eine Gegenfahrbahn. Es war einmal eine Leitplanke. Es war einmal ein Wunder, das in keiner Schramme bestand. Es war einmal eine Postkarte, die im Rucksack eines Mopedfahrers flüsterte. Es war einmal eine Mutter, von der niemand wusste, wo sie sich befand. Es waren einmal 39 Kriegselefanten, von denen nur derjenige des Heerführers überlebte, es war einmal eine Route, von der heute unbekannt ist, über welche Pässe sie führte. Es war einmal das Heilige Römische Reich, es war einmal Marc Aurel, es war einmal Cicero, es war einmal Cäsar. Es war einmal die Sehnsucht nach einem anderen Leben, einmal die Angst, nirgendwo anzukommen, und einmal die Gewissheit, kein Zuhause zu haben. Es war einmal alles genauso wie heute. Es war einmal Frankreich. Es war einmal ein Bauer im Département Isère, der hatte seinen Dobermann nach einem Aufklärer benannt. Es war einmal das Gebell, das den Besitzer von Jean-Jacques aus dem Schlaf riss. Es war einmal ein Waisenkind, das ein französischer Bauer in seinem Stall schlafen sah, im Heu eingerollt wie eine Katze, und es waren einmal ein Glas Milch und ein Stück Hackfleischpastete, das ein elternloser Jugendlicher aß. Es war einmal Épinouze, Serves-sur-Rhône, Pont-de-l'Isère, La Grande Motte. Es war einmal das Mittelmeer, dessen Leuchten so blau war, dass es blendete. Es war einmal der Süden, in ihm wurde es wärmer, es war einmal Sète, Valras-Plage, Port-la-Nouvelle, es waren einmal Le Barcarès und Le Perthus. Es war einmal eine Grenze. Es war einmal Pont de Molins, Medinyà, Massanes, La Roca del Vallès, und es war einmal eine Straße, die wurde breiter, und je breiter sie wurde, desto mehr Verzweigungen gingen von ihr ab, und dann war da eine Stadt, und die Stadt hieß Barcelona, und sie war so groß, wie sie schön war. Es waren einmal Kirchen, hunderte von Kirchen, und es waren einmal Klöster, nicht so viele Klöster wie Kirchen, aber trotzdem genug, dass man viel Zeit brauchte, um ein bestimmtes zu finden, wenn man einmal ein Junge war, der seine Mutter mithilfe einer Postkarte suchte, und es war einmal ein lauter Schrei, der da tönte: »Johann ante portas«, und sonst war da nicht mehr viel.

In den frühen Abendstunden des 12. Februar 1980 stand ich mit schmerzendem Hintern vor einem Holztor, holte tief Luft und klopfte drei Mal. Es dauerte, bis ein Augenpaar hinter dem Sehschlitz erschien, das mich mit zusammengezogenen Brauen musterte. Eine Stimme, die sanfter war, als der zugehörige Blick es vermuten ließ, fragte, wer ich sei und was ich hier wolle. Ich holte ein Foto aus meinem Rucksack, drückte es an den Schlitz und sagte: »¿Sabes dónde esta mujer es?«

Erst sah ich, wie die Augen sich weiteten, dann, wie die Lider zu flattern begannen, dann, wie die Pupillen in den Höhlen verschwanden, dann rumpelte es hinter dem Tor. Man sagt nicht umsonst, dass Menschen in Notsituationen dazu in der Lage sind, über sich hinauszuwachsen. Wie sonst wäre es mir gelungen, über die Mauer zu klettern und den bewusstlosen Mann zurück ins Leben zu holen? Ich massierte und schrie um Hilfe, und als der Bewusstlose wieder atmete, sah ich mich von einer Gruppe Frauen in schwarzen Kostümen umstellt. Sie wirkten unentschieden, ob sie mir danken sollten, dem Portier das Leben gerettet zu haben, oder ob sie die Polizei rufen sollten, weil ich mir unbefugt Zutritt verschafft hatte. Die Frau, die als Erste zu sprechen begann, entschied sich für eine Mischung aus beidem und dankte mir skeptisch. Unter ihrer Kopfbedeckung traten graue Strähnen hervor, die ihr etwas Anmutiges, ja Würdevolles verliehen. Dann fragte sie, was mich ins Kloster führe.

Ich erzählte von meiner Reise über die Alpen, dem Bauern im Département Isère und wollte gerade zu seinem Dobermann übergehen, als mich die Frau unterbrach. »Junger Mann«, sagte sie, »du befindest dich in einem Haus Gottes. Worte, wie du sie verwendest, gehören sich nicht.«

Fragend sah ich sie an.

»Du redest, als hättest du das Sprechen in der Hölle gelernt.«

»Entschuldigung«, sagte ich, »mein Spanisch ist nicht so besonders.«

Mamá hatte mich ihre Muttersprache aus Versehen gelehrt. Spanisch sprach sie nur in bestimmten Momenten, wenn der erste Schnee gefallen war beispielsweise, oder das Waschbecken tropfte, wenn die Nachbarn sie mit diesen Blicken bedachten, Alfred am Küchentisch einen Scherz machte oder von Politik sprach oder einen Satz mit der doppelten Nennung ihres Namens einleitete, dass er überlege, einen Wohnwagen zu kaufen, Soledad, Soledad, wie schön das wäre, wenn ich nicht aufessen wollte, wenn die Zwillinge sich an den Zöpfen zogen, oder ich sie, wenn das Wetter schlecht war oder die Hirsche den Kopfsalat aus dem Gartenbeet fraßen. Das musste auf mich abgefärbt haben.

Weil es spät geworden war, baten sie mich trotzdem herein. Eine Frau, die deutlich jünger war und sich als Schwester Carlota vorstellte, gab mir Brote zu essen, dann führte sie mich in ein Zimmer, in dem ich die Nacht verbringen durfte. Ich schlief sofort ein und träumte von einer geléeartigen Masse, von der ich instinktiv wusste, dass sie ›das Göttliche‹ war.

Serra de Collserola. Was Schwester Carlota am nächsten Tag, als sie mich durch den Garten führte, als Gebirgskette beschrieb, schien mir mehr eine Verbindung bewaldeter Hügel zu sein. Fest stand, dass ich schon wieder am Fuße einer Erhebung gelandet war. Die junge Nonne zeichnete die Konturen der Formation in der Luft nach und wies mich auf ihre Wellenförmigkeit hin, »wie ein erstarrtes Meer, Juan, findest du nicht?« Ich antwortete nicht. Mein Gott. Hatte sie jemals die Alpen gesehen?

Ich folgte ihr durch die parkähnliche Anlage, in der Spatzen auf einem Springbrunnen nach imaginären Krümeln pickten. Ein Gärtner bewässerte Beete, in denen als Mandala arrangierte Blumen wuchsen. Als wir vor einem Gebäude Halt machten, über dessen Eingangstüre ein riesiges Kreuz mit Jesusfigur hing, schien mir der richtige Zeitpunkt gekommen. Ich zog das Foto aus der Jackentasche und fragte Carlota, ob sie diese Person kenne.

Sie betrachtete die zierliche Frau, die unter einer Straßenlaterne stehend das lachsfarbene Top bis über den Bauchnabel hochzog, blickte überrascht zwischen mir und dem Bild hin und her, »ja«, murmelte sie leise, »ja ... das könnte sein«.

Ich versuchte meine Erregung zu verbergen.

»Ungefähr vor einem halben Jahr«, sagte die Nonne, »hat die Frau Zuflucht im Kloster gesucht. Sie war krank, Juan, Schüttelfrost, Fieber, und als Novizin hat es zu meiner Aufgabe gehört, mich um sie zu kümmern. Ich habe ihr Suppe gebracht und Tee zu trinken gegeben, doch die meiste Zeit hat sie geschlafen. Nur manchmal –«

Carlota legte eine Pause ein. Ich nickte, um sie zum Weitersprechen zu ermuntern.

»Manchmal hat sie die Augen geöffnet und etwas gesagt wie: ›nein‹, ›geh weg‹, ›lass mich‹, doch richtig wach war sie nie.«

Mir wurde ganz kalt.

»Nach ein paar Tagen war das Schlimmste überstanden. Unsere Fragen aber, woher sie komme, was ihr geschehen sei, was sie vorhabe zu tun, hat sie ignoriert. Überhaupt hat sie wenig gesprochen, für uns und unsere Art der Lebensführung hat sie sich nicht interessiert. Unsere Einladungen zu den Gottesdiensten hat sie ausgeschlagen, sie ist gekommen und gegangen, wie es ihr gepasst hat, als würde sie sich nicht in einem Kloster befinden, sondern in einem Hotel.«

Zweifellos. Das war Mamá!

»Die Schwestern haben sich daraufhin in zwei Lager geteilt. Es gab diejenigen, welche die Ansicht vertraten, es sei unsere Pflicht als Katholikinnen, der Frau zu helfen, und es gab diejenigen, die auf das verwiesen, was beim letzten Mal passiert ist, als man jemanden aufgenommen hat. Letztere haben sich durchgesetzt.«

Sie sah mich ernst an. Ich sah ernst zurück. Dann fragte sie: »Nun sag, wieso suchst du sie?«

Ich erklärte es ihr, und sie wurde noch ernster.

»Ich werde dafür sorgen, dass du bei uns bleiben kannst«, flüsterte sie mir ins Ohr, »doch erwähne deine Mutter mit keinem einzigen Wort. Hast du verstanden?«

Unter der Auflage, mich anständig zu verhalten – »achte auf deine Worte!« –, täglich am Frühgottesdienst teilzunehmen und bei der Gartenarbeit zu helfen, durfte ich fürs Erste im Kloster bleiben. Als einziger Mann lebte ich unter 32 Nonnen im Orden der Unbefleckten Empfängnis.

Neben dem Garten gab es zwei Gebäudetrakte, von denen einer dem Wohnen und der andere der Lobpreisung Gottes diente. In Ersterem befand ich mich mehr als in Letzterem, doch auch in diesem nur selten. Ich hatte eine Mission, die mich quer durch die Stadt führte. Wie Alfred es vor ein paar Jahren getan hatte, zog ich mit Mamás Foto durch die Straßen und fragte Passanten, ob sie die abgebildete Frau kannten. Einige drehten sich bereits weg, wenn sie mich herankommen sahen, andere schüttelten bloß den Kopf, während wieder andere fragten, wer die fotogene Frau sei. Sobald ich meine Geschichte zu erzählen begann, wurde ihr Blick mitleidig, dann zogen sie mich in das nächstgelegene Straßencafé und bestellten den größten Eisbecher, der auf der Speisekarte zu finden war. Wenn ich das Eis möglichst gierig verschlang, wurden meine Sympathiepunkte noch einmal erhöht. Abends kehrte ich zwar mit leerem Herzen, aber der Hosentasche voller Peseten ins Kloster zurück.

In den ersten paar Tagen suchte ich Mamá vornehmlich an öffentlichen Plätzen, mit der Zeit aber zog es mich mehr und mehr in die Seitenstraßen und kleineren Gassen. Wie sehr sich Barcelona von Schaan oder Mauren unterschied. War der Kleinstaat ein Ort der feindseligen Blicke, an dem ich mich überall vor potenziellen Bekannten zu verstecken hatte, machte mir das Labyrinth aus Stromleitungen, Abwassersystem und Straßenzügen möglich zu werden, was ich nicht geahnt hatte, werden zu können: unsichtbar. Es gab keinen inneren Kompass und keine Bergspitzen, die Orientierung boten, und Menschen, die man kannte, vom Sehen, vom Hören, von beidem oder sogar persönlich, gab es auch nicht. Ich begann ein neues Notizheft, das ich mit ›Der Fremde‹ überschrieb, und schilderte auf den ersten Seiten das Gefühl der Verlorenheit, das ich mit einem dreiköpfigen Drachen verglich, der eines Morgens aufwacht und feststellt, dass er um zwei seiner Köpfe gebracht worden ist.[21] Ich brachte mir bei, Karten zu lesen, und fand zunehmend Freude am Entdecken. Aus dem Kopflosen wurde ein Eroberer, dem zwei

---

[21] Kaiser, Johann: Der Fremde. Barcelona 1981. S. 1–10.

Flügel aus Stadtplänen wuchsen, mit denen er sich über die Straßen der katalanischen Hauptstadt erhob und an den Strand von La Barceloneta flog, am Hafen vom Mitleidsgeld ein leichtes Mittagessen zu sich nahm, ehe er nachmittags Kreise zog, bis ihm etwas ins Auge fiel, auf das er sich stürzen konnte. Zum Beispiel Touristen. Mamás Foto hatte bald nicht mehr den Sinn, sie wirklich zu finden, sondern mir die Tagesausflüge zu finanzieren. Wenn ich mich in den Seitenstraßen der Ramblas verlor, wenn ich die Treppen hoch stieg und von einer der Aussichtsplattformen die Stadt sah, die sich vor mir ausbreitete wie ein Teppich, eng geknüpft aus Straßen, Häusern und Menschen, dann wusste ich, dass ich angekommen, dass ich endlich zuhause war. Ich liebte diese Stadt. Wenn ich schon nicht hier hatte geboren werden können, wollte ich wenigstens hier sterben.

Ich war drei Wochen in Barcelona, als mich die Äbtissin unter dem Beisein von Schwester Carlota zur Seite nahm und mir offenbarte, dass es an der Zeit sei, nach Hause zurückzukehren.

»Warum?«, fragte ich.

»Weil du gesucht wirst, Juan. Weil dich die Leute in deiner Heimat vermissen.«

Ich versuchte ihnen meine Situation zu erläutern. Ich sprach vom Waisenkind, das ich war, von den unzumutbaren Zuständen, denen ich mich im Kinderheim Gamander ausgesetzt sah, von Heimleiterin Frau Büchel, die keine Gelegenheit ausließ, mich zu demütigen, von der inneren Isolation, die mich aufzufressen drohte, und vom Gefühl der Wärme, das die Stadt Barcelona mir gab, wie eine Vogelmutter, die ihre Kinder mit Regenwürmern füttert.

Die Nonnen lachten über diesen Vergleich.

»Sehen Sie mich an«, sagte ich zur Äbtissin. »Glauben Sie wirklich, diese Augen wollen jemandem etwas Böses?«

Doch sie blieb hart. Schwester Carlota warf mir einen Blick zu, der sagte: ›Ich habe alles getan, was ich tun konnte, Juan.‹ Dann drückte sie mir einen Umschlag in die Hand, in dem sich neben einem Brief von Frau Büchel ein Zugticket nach Zürich befand. Datiert auf den 30. März 1980. Das war nicht nur mein fünfzehnter Geburtstag, sondern auch der übernächste Tag.

Tieftraurig schlenderte ich durch die Gässchen und versuchte, die Zeilen Frau Büchels irgendwo in den Untiefen meines Gehirns verschwinden zu lassen. »Mein lieber Johann«, hatte die Tyrannin geschrieben, »Schwester Irene war so freundlich, mich über deinen aktuellen Aufenthaltsort zu informieren. Sei dir sicher, dass ich nicht wütend bin und wir nach deiner Rückkehr ganz von vorne anfangen können. Ich freue mich, dich wiederzusehen.«

Da war ein Geräusch. Ruckartig drehte ich mich um und sah aus dem Augenwinkel heraus einen Mann um die Ecke verschwinden. Er trug einen schwarzen Mantel. War das –? Als hätte ich ihn nicht bemerkt, ging ich weiter in Richtung Meer. Ich wartete eine rote Ampel ab, die Sonne spiegelte sich im Glas eines Schaufensters, daneben der Mann von vorhin. Ohne Zweifel, das war der Portier aus dem Kloster. Hatten ihn die Nonnen auf mich angesetzt, um einen Fluchtversuch zu vereiteln? Oder hatte jemand anderes *sie* darauf angesetzt, den Portier auf mich anzusetzen? So musste es sein. Frau »Ich freue mich dich wiederzusehen« Büchel.

Als die Ampel auf Grün schaltete, blieb ich erst stehen, um zu überprüfen, ob der Portier mich überholte. Was er nicht tat. Ich drehte mich um, ging direkt auf ihn zu, sagte: »No conmigo, amigo«, und rannte. Meine Schritte waren leicht wie Wolken, sie federten auf dem Asphalt. Mit jedem Tritt entfernte ich mich etwas weiter vom Gehsteig, dass die Einwohnerinnen und Einwohner der Stadt Barcelona beobachten konnten, wie ein junger Mann von knapp fünfzehn Jahren am 28. März 1980, einem Donnerstag, in den Himmel stieg. Es wurde kälter, als ich die erste Schicht Wolken durchstieß. Die Aggregatzustände wechselten, ich ging aus Festem in Flüssiges über, durchbrach gasförmig die Erdatmosphäre und segelte als Heiliger Geist ins Universum hinein, ich dachte: ›die Leuchtkraft der Sterne‹, ›die Hitze der Sonne‹, ›die Stille des Alls‹, wurde unendlich und blieb als Sternbild im Universum hängen.

Und wenn ich nicht geweckt worden wäre, dann hinge ich dort noch heute. Es war der Kartenabreißer des Ciné Catalunya, der mich aus dem roten Samtsessel riss und durch den Hintereingang auf die Straße bugsierte. Schon zu Vorstellungsbeginn war die Angst, der Portier könnte mir in den Kinosaal gefolgt sein, einer tausendjährigen Müdigkeit gewichen, dass ich keine weitere Erinnerungen an ›Das Phantom im Mädchenpensionat‹ habe als den dominierenden Rotton im Vorspann. Und hier stand ich nun, in einer Sackgasse im Dunkeln. Straßenkatzen suchten in einem der Müllcontainer nach Essbarem. Sie raschelten in den Abfällen, als sich ein Flyer aus der Umklammerung zweier Tetra Paks löste, über den Containerrand segelte, in der Luft eine Spirale zog und dann weich wie ein Segelflugzeug vor meinen Füßen landete. Die Federació Catalana d'Alpinisme i Escalada lud zu einem Vortrag eines weltberühmten Alpinisten.

Der Saal war bereits gut gefüllt, als ich mich in eine der hinteren Reihen setzte. Die anderen Besucher hatten es sich auf den Couches gemütlich gemacht, sie tranken scharf riechenden Alkohol aus bauchigen Gläsern, das knisternde Feuer im Kamin ließ die an den Wänden angebrachten Trophäen als das erscheinen, was sie waren: totes, ausgestopftes Getier.

Als der Bergsteiger unter tosendem Applaus die Bühne betrat, fragte ich mich, ob das, was man Schicksal nannte, in Wirklichkeit existierte. Ob es tatsächlich einen göttlichen Plan gab, wie die Schwestern es mich zu lehren versuchten, in dem festgelegt war, was als Nächstes geschah. Freier Wille, existierte das überhaupt? Oder war er bloß eine Erfindung des Menschen, welcher wiederum eine Erfindung von Gott, seinem Schöpfer war, und wie frei war eigentlich Gott?

Trotz des deutlichen alemannischen Einschlags sprach der Bergsteiger ein grammatikalisch fast perfektes Spanisch. Auch ich kicherte in mich hinein, als er seine Geburt als seine heute wichtigste Erstbesteigung bezeichnete. Er schilderte sein Aufwachsen in der Steiermark, seine Zeit als Trainer des österreichischen Damen-Teams Ski Alpin, die Erstbesteigung der Eiger Nordwand auf einer Direktroute, die Berufung in die von den Nationalsozialisten zusammengestellte Expeditionstruppe zum Nanga Parbat, seine Inhaftierung in Indien und die drei Ausbruchsversuche, ehe die Flucht nach Tibet gelang. Er erzählte vom Kristall Peradina, der seinen Besitzer der Legende nach unsterblich mache, das Publikum lauschte gebannt, er habe vor, diesen zu finden. Als der Bergsteiger seinen Vortrag beendet hatte, schnellte eine Hand nach der anderen in die Höhe. Es dauerte, bis ich an der Reihe war. Ich fragte: »¿Señor Escalador, recuerda quién soy?«

Wir aßen in einem Restaurant in der Carrer de Sant Pau zu Abend. Der Bergsteiger konnte es noch immer nicht glauben, dass ich ihm gegenübersaß. Er blickte mich an, als wäre ich nicht Johann und das Steak auf seinem Teller kein Steak.

Nachdem ich eine Kurzversion dessen, was seit unserem letzten Zusammentreffen geschehen war, zum Besten gegeben hatte, sagte der Bergsteiger gespielt neckisch: »Johann! Was machst du nur für Sachen?«

Obwohl ich lachte, war mir nach Weinen zumute, als ich erklärte, dass meine Zeit in Barcelona in wenigen Tagen zu Ende gehe. Nachdem wir ein Dessert zu uns genommen hatten – der Bergsteiger aß nur Obst, das er bis auf die Melonenstücke restlos aufaß, ich eine Crema Catalana –, fuhr er mich mit seinem Mietwagen ins Kloster. Schwester Carlota wartete bereits an der Tür. Als der Bergsteiger sah, wie die Nonne mich ansah, wies er mich an, mich für den nächsten Tag um 10 Uhr morgens bereitzuhalten. Er wolle mir etwas zeigen.

Das Verdeck des Wagens war offen. Meine Haare flatterten im warmen Fahrtwind. Gekonnt lenkte der Bergsteiger das Auto in eine Seitenstraße, dann wieder in eine andere, links, rechts, dann wieder links, und parkte den Wagen ohne ein einziges Mal korrigieren zu müssen in der einzigen freien Parklücke am Straßenrand ein.

»Wie schön, Sie wieder einmal zu sehen«, sagte die Sekretärin in der Eingangshalle und reichte dem Bergsteiger die Hand. Sie griff zum Telefon, sprach ein paar Sätze, die ich nicht verstand, und deutete dann in eine Richtung, in die der Bergsteiger bereits gegangen war. Ich folgte ihm durch die Halle, in der es nach Citrusreiniger roch. An den Wänden hingen Zeichnungen, die wohl den Nikolaus darstellen sollten, und so verschieden die Gestalten auf den einzelnen Bildern auch aussehen mochten, eines war ihnen allen gemein: Ihre Säcke waren prallvoll. Aus den Zimmern, die den Flur säumten, drang dumpfes Gemurmel, das die vornehme Stille noch weiter verstärkte, ich dachte an ein Aquarium voll glitzernder Fische, war die Treppe vor uns aus Marmor? Der Bergsteiger nahm zwei Stufen auf einmal, ich schaffte nur eine, die Wände leuchteten vom einfallenden Sonnenlicht, die Fenster waren doppelt verglast, und die Türen zum Pausenhof, der unter uns lag, er musste ganz neu sein!, wurden von Sicherheitsmännern bewacht.

Wir erreichten einen Flur mit Blick auf ein Basketballfeld, auf dem sich eine Gruppe von Jungen versammelt hatte. Der Bergsteiger klopfte zwei Mal gegen die Tür am Ende des Gangs und bedeutete mir zu warten, als er von einer Männerstimme ins Zimmer gebeten wurde. Ich nahm auf einem der Stühle Platz und beobachtete die Jungen, die ungefähr in meinem Alter sein mussten, wie sie der Reihe nach Körbe warfen. Mein Sportunterricht an der Volksschule Schaan hatte aus Bockspringen und Linienläufen bestanden, und die T-Shirts, die ich dabei getragen hatte, waren dem Kinderheim als Spende übergeben worden und mit Logos Liechtensteiner Firmen bedruckt: der Schlosserei Nigg etwa oder der Bohrmaschinenfabrik Hilti. Von Trikots, wie die Jungen sie trugen, hätte ich nicht einmal zu träumen gewagt. Ich fragte mich gerade, ob sie mich wohl mitspielen lassen würden, als der Bergsteiger aus dem Zimmer kam. »Sprich Herrn Bucheli auf jeden Fall mit Señor an, hörst du?«, flüsterte er mir zu, schubste mich in den Raum und schloss die Tür hinter mir. Er war ein Mann, der den dramatischen Auftritt liebte.

Señor Bucheli lächelte, als würden wir uns schon seit Jahren kennen, und drückte mir kräftig die Hand. Seine Haare waren so schwarz wie sein Anzug, den feinen Oberlippenbart trug er mit Stolz, ein Monokel hätte ihm hervorragend gestanden. Ich setzte mich ihm gegenüber. Auf der Schreibtischplatte stand einer jener Bergkristalle, wie ich ihn im Wohnzimmer des Bergsteigers gesehen hatte. Das Podest war mit ›Engadin, 1949‹ beschriftet.

»Nun, Johann«, sagte er, nachdem er mich eine Weile schweigend gemustert hatte, »Harry sagte, Sie möchten Schüler an der Schweizerschule in Barcelona werden.«

Vermutlich starrte ich ihn einfach nur an. Harry? Nie im Leben wäre ich auf die Idee gekommen, den Bergsteiger bei seinem Spitznamen zu nennen.

»Ja, Señor Bucheli«, antwortete ich und versuchte so viel Überzeugung wie möglich in die Stimme zu legen. »Das ist mein großer Wunsch.«

Er schob einen Prospekt über den Tisch, auf dessen Titelseite ein weißes Schweizerkreuz auf den Farben Kataloniens prangte.

»Seite drei.«

Ein Gruppenfoto der Lehrer, die bei perfekten Lichtverhältnissen in die Kamera lächelten.

»Seite fünf, entschuldigen Sie.«

Das Anmeldeformular. Als Señor Bucheli meinen Gesichtsausdruck beim Betrachten der Zahl ›994'489‹ sah, die gemeinsam mit ›Peseta‹ und ›Schulgeld pro Jahr‹ in einer Zeile stand, sagte er: »Ich schulde Harry einen Gefallen.«

Mir entfuhr ein Stöhnen, das Señor Bucheli Gott sei Dank für einen Ausdruck der Erleichterung hielt. Was würden meine Mitschüler denken, wenn sich herausstellte, aus welchen Verhältnissen ich stammte? Ich sah mein Gesicht von Gleichaltrigen in teuren Pullovern in eine Kloschüssel gedrückt, sah meinen Oberarm von feinen Händen mit einem Seziermesser geschnitten, sah meine Haut von einer ätzenden Flüssigkeit überschüttet, sah Brandblasen, Schürfwunden, blaue Flecken.

»Wenn Sie das Formular bitte ausfüllen würden«, sagte Señor Bucheli und schob einen Montblanc-Füller über den Tisch.

Ich hatte Schweißperlen auf der Stirn, als der Füller das Papier berührte. Meine Mitschüler drückten mir brennende Zigarren auf dem Unterarm aus, ich schrieb meinen Vornamen ins Kästchen, sie prügelten mich mit Champagnerflaschen bewusstlos. Das Geräusch, das die Füllfeder im Feld für den Nachnamen machte, war so laut, dass ich sie vor Schreck fallen ließ. Señor Bucheli lächelte unentwegt. Er schien es für eine solche Ehre zu halten, Teil seiner Schule werden zu dürfen, dass er meinen Gefühlsausbruch für selbstverständlich hielt. Ich kniff meine Augen zusammen, dachte daran, dass ich eines Tages sterben würde, und war dann selbst überrascht, wie leicht es beim zweiten Anlauf gelang. Mechanisch bewegte die Schreibhand die Feder, aller Widerstand war gewichen, ich war gebrochen, beinahe leblos, fast tot.

»Herzlich willkommen an der Schweizerschule in Barcelona«, sagte Señor Bucheli. Wie ein Schwamm lag meine Hand in der seinen, er wrang sie aus, dann drehte ich mich zur Tür.

»Einen Moment noch, Herr …«, meine Schrift schien ihm Schwierigkeiten zu bereiten, »Herr …«, wie ein Archäologe beugte er sich über ein Stück Pergament.

Mein Herz klopfte.
»... Johann Hilti?«
Schüchtern hob ich den Kopf.
»Sie haben Ihre Unterlagen vergessen.«

2.

Die Schule lag unweit der Plaça Molina. Vom Kloster aus ging ich 20 Minuten bergab, wusste die Hügelkette in meinem Rücken und folgte der Carrer Balmes. Für gewöhnlich war ich zu früh, weswegen ich mich in eines der umliegenden Cafés setzte und die Tauben mit dem Pausenbrot fütterte, das Schwester Carlota mir morgens schmierte. Nachdem der Bergsteiger dem Kloster eine großzügige Spende hatte zukommen lassen, welche der Orden nach seinen Regeln eigentlich nicht hätte annehmen dürfen, es dann aber doch tat, weil Schwester Irena meinte, dass es sich um einen Sonderfall handeln würde – sie hätte dem Vatikan einen Brief zukommen lassen, aber nie eine Antwort erhalten, sie beobachte die zunehmende Bürokratisierung der katholischen Kirche mit Sorge –, waren die Schwestern beruhigt und investierten einen Teil des Geldes in Arbeiten am Dach, die Anschaffung neuer Pflanzen und die Restaurierung des Altars in der Kapelle. Ich könne froh sein, gab mir Schwester Irena zu verstehen, als ich eines Tages nach einer Aufbesserung des Taschengelds fragte, dass ich bei ihnen wohnen dürfe, und verwies auf die heilige Beatrix, eine einst wohlhabende Frau, die sich nicht umsonst jeglichen Besitzes entledigt hätte, um ihn den Armen zu geben und sich der Pflege der wunderschönen Natur zu widmen, deren Vergehen und Werden manifester Gottesbeweis sei: »Sieh genau hin, Juan, Rhododendren, wachse wie sie!«

Also wuchs ich. Ich wuchs und wuchs und wuchs. Innerhalb weniger Monate war ich zu einer Persönlichkeit herangewachsen, deren Samen die Niederschrift der fünf Buchstaben »H«, »I«, »L«, »T« und »I« gewesen war. Ich keimte, als ich meinen Mitschülern erzählte, dass ich aus ebenjener reichen Unternehmerfamilie aus Liechtenstein stammte, die sich mit der Herstellung von Bohrmaschinen in aller Welt einen Namen gemacht habe, ich spross, als ich erklärte, dass mein Vater vorsähe, mir in naher Zukunft die Märkte Süd- und Lateinamerika zu übergeben, und ich hier sei, um mein Spanisch aufzubessern, und blühte vollends, als ich in den Augen meiner Mitschüler sah, dass sie mir glaubten, dass sie mich akzeptierten, weil ich so war wie sie.

Besonders gut verstand ich mich mit meinen Klassenkameraden Evi und Rolf. Wir saßen im Unterricht nebeneinander und auf dem Pausenhof sah man uns vom ersten Schultag an nur noch zu dritt. Evi, deren Eltern Anfang der sechziger Jahre nach Spanien ausgewandert waren, war in Barcelona geboren. Ihr Vater, der die hiesige Filiale einer großen Schweizer Bank leitete, hatte darauf gepocht, seiner einzigen Tochter die Kultur seines Heimatlandes von klein auf zu vermitteln, und sprach ausschließlich Berndeutsch mit ihr. Ich mochte das Zähflüssige dieses Dialekts, das die Zeit zum Erliegen brachte, die geschilderten Ereignisse in eine Kapsel steckte und einfror. Alles, was sie erzählte, verlor an jeglicher Dramatik, ob es die Kuba-Krise war, das Taschengeld, das man ihr strich, oder das Abwerfen der Atombombe über Hiroshima. Rolf hingegen war echter Germane. Er sprach gestochen scharf und präzise, Sprache war ihm Instrument. Seine Eltern, ausgewanderte Hannoveraner, hatten es mit einer Fabrik, die Kunststoff verarbeitete, zu ansehnlichem Reichtum gebracht, den Rolf mit dem Tragen von Lacoste, La Martina, Armani, Versace, Ralph Lauren, Hugo Boss und Ferragamo zum Ausdruck zu bringen wusste. Er trainierte drei- bis viermal die Woche in einem Fitnesscenter, ging donnerstags zum Friseur und verbrachte die Wochenenden mit Segelausflügen oder im Ferienhaus seiner Eltern an der Costa Brava. Wir, diese ungleichen Drei, erhielten den Spitznamen ›Musketiere‹. Rolf, der ›Muskeltiere‹ verstand, freute das ganz besonders, so ganz nachvollziehen, sagte er mit einem Seitenblick zu Evi und mir, könne er es aber nicht.

Doch es wäre nicht mein Leben gewesen, wenn in Barcelona alles reibungslos verlaufen wäre, wenn es kein irritierendes Moment gegeben hätte, das sich in die unbeschwerten geschoben hätte. Ich spreche von den Momenten der Scham. Es gab sie bei unseren Shoppingtouren, wenn ich Evi und Rolf vor einer Boutique sagen musste, dass ich schon genügend La-Martina-Hemden besäße; in Restaurants, in denen ich mit Verweis auf meine Linie nur ein Glas Wasser bestellte – »aber Juan, du bist doch so schlank!« »Ja genau deswegen, Evi« –, oder vor Kinos, wenn ich sagte, ich hätte mein Portemonnaie vergessen, das sei jetzt aber blöd. Es gab sie dann, wenn es ums Geld ging, und deswegen gab es sie immer. Scham und Geld gehören zusammen wie Leben und Tod. Je mehr man vom einen hat, desto weniger hat man vom anderen.

Ich suchte mir Jobs. Wenn ich nicht in der Schule war, arbeitete ich im Kino Verdi als Kartenabreißer. Das Gute daran war, dass ich mir Filme umsonst anschauen konnte und das nicht verkaufte Popcorn bekam. Das Schlechte war, dass die Filme nicht mein Fall waren und das Popcorn latschig schmeckte. Nach der letzten Vorführung um 23 Uhr sprintete ich in die Bar Cèntric in Raval, in der ich als Servicekraft die Kundschaft bediente, die im Wesentlichen aus einer Gruppe Schriftsteller bestand, die sich fast täglich am Ecktisch am hinteren Ende des Raumes traf. In ihren Gesprächen fiel immer wieder das Wort ›Infrarealismus‹, das ich so wenig verstand wie sie selbst. Außerdem gaben sie wenig Trinkgeld. Trotzdem arbeitete ich dort gern. Einen von ihnen rief man nur den Chilenen, die Brille verlieh ihm etwas Eulenhaftes, seine schwarzen Locken erinnerten mich an Gian-Andrin, weshalb ich meinen Blick abwenden musste, wann immer er das Cèntric betrat. Ich hatte das Moped verkaufen müssen, ich hatte mich nie wieder bei ihm gemeldet. Ich schlief zwei bis drei Stunden die Nacht, eine weitere tagsüber im Deutschunterricht, was kein großes Problem war, da Professor Schneider mit so viel Gleichmut unterrichtete, dass er zwischen Schlaf und Mitarbeit keinen Unterschied machte. Es war ihm alles egal. Einer der besten Lehrer, die ich je hatte.

Als würde ich dadurch wirklich zu einem Hilti, investierte ich alles verdiente Geld so, wie es ein reicher junger Mann täte. Ich lud Evi und Rolf zu Abendessen im Ritz, zu denen ich sie mit Rolls Royce samt Chauffeur abholte, den ich für ein paar Stunden anmietete. Wenn wir uns zum Eisessen trafen, tauchte ich hin und wieder mit Schauspielern auf, die Bodyguards darstellten. In Zeiten von RAF und ETA, erklärte ich meinen Freunden, wolle mein Vater nichts riskieren. Er liebe mich mehr als alles andere in der Welt. Dass ich mit meinen Mitschülern lernte, gab ich Schwester Carlota zur Auskunft, wenn sie mich fragte, wo ich schon wieder gewesen sei. Nicht nur das Abendbrot, sondern auch das Abendgebet hätte ich verpasst. So ginge das nicht. Juan.

Juan, Juan, Juan.

Aber immerhin Hilti.

Als mich Rolf das erste Mal zu sich nach Hause einlud, wäre es beinahe passiert. Bei Einbruch der Dunkelheit stieg ich die Treppen zum Jardines del Turó hoch, dem gegenüber sich die Wohnung der Toblers befand, die mir in ein paar Jahren zum schicksalshaften Ort werden sollte. Das letzte Abendlicht ließ die Stadt in Fliederfarben leuchten, je dunkler es wurde, desto lauter zirpten die Grillen, und es roch, wie nur Barcelona in lauen Frühlingsnächten riecht: nach Milchkaffee und Verkehr. Das Lacoste-Krokodil des Polohemdes, das ich mir für diesen Abend angeschafft hatte, drückte gegen die Brustwarze. Der Schweiß im Nacken schien Mücken anzuziehen, gegen die alles Schlagen nicht half. ›Luxuriös‹, dachte ich, als ich vor dem Haus der Toblers ankam, atmete ein, atmete aus, zog das Shirt gerade und ging hinein.

Schon der Eingangsraum war beeindruckend. In dunklen Grün- und Brauntönen gehalten, erinnerte er an Varietés und unmögliche Theaterabende, an versunkene Anker in Aquarien, fleischfressende Pflanzen und die psychedelischen Substanzen, welche in den Blüten mancher Kakteensorten enthalten sind. Am thresenähnlichen Tisch saß eine Empfangsdame in einem weißen Kittel und wies mit der Hand in Richtung des Fahrstuhls.

Rolf sah fantastisch aus. Er trug ein perfekt geschnittenes Hemd, das die vielen Trainingseinheiten zur vollen Entfaltung brachte. Über seinen Schultern hing ein mintfarbener Pullover, die Ärmel locker geknotet, als würde er von hinten umarmt. Evi saß bereits am Wohnzimmertisch, auf dem herrliche Speisen bereitstanden. Eingelegte Oliven, gefüllte Paprika, Chorizo in hauchdünnen Scheiben, Couscous mit frischer Minze, Algensalat, Käse von einer Alp, die Evis Vater gehörte, Grissini, Tintenfisch in Zitrone. Dazu tranken wir Rosé, obwohl wir erst fünfzehn Jahre alt waren. Ich musterte die Einrichtungsgegenstände – wie teuer die weiße Ledercouch gewesen sein musste, dieser Fernseher! – unbeeindruckt bis abfällig, zeigte hin und wieder auf Exponate, die mir besonders wertvoll zu sein schienen, und sagte dann etwas wie: »Haha, das ist ja lustig, das haben wir auch.« Immer wieder kratzte es mich im Nacken, und als ich einmal beiläufig sagte: »diese Mücken«, antwortete Rolf voller Entsetzen: »In dieser Wohnung gibt es keine Mücken, Juan. Ich bin allergisch gegen Mücken.« Dann lächelte er: »Glaubst du, meine Eltern setzen mein Leben aufs Spiel?« Wir sahen uns für einen Moment an, dann brachen wir in lautes Lachen aus und ich entschuldigte mich ins Bad.

Als ich mich im Spiegel betrachtete, zog alles, was ich erlebt hatte, an mir vorbei. Ich wurde noch einmal geboren, sah mich beim Mordversuch der Zwillinge zwischen den Gitterstäben liegen, sah Gian-Andrin Frösche fangen, den Bergsteiger Tee trinken, Herrn Stern Päckchen schnüren, Frau Büchel schimpfen und Fürstin Gina lächeln wie die Sonne am ersten wirklichen Frühlingstag. Panisch riss ich das Preisschild – *Quito: Second Hand and Vintage* – vom Kragen und ließ es in meiner Hosentasche verschwinden. Hatte Rolf etwas bemerkt? Hatte Evi mich deshalb so, ja, herabwürdigend angesehen?

»Juan?«, hörte ich Rolf aus dem Wohnzimmer rufen. »Alles in Ordnung?«

»Ja klar«, lachte ich, die Kanten des Preisschildes schnitten mir in der Hosentasche ins Fleisch. Die einzige Erinnerung, die ich an den Rest des Abends habe, ist das sanfte Lächeln Herrn und Frau Toblers, die aus einer Theatervorstellung kamen und uns dazu anhielten, unbedingt wiederzukommen. Ihren Blicken entnahm ich, dass sie mich mehr meinten als Evi.

Vor jedem weiteren Besuch bei den Toblers überprüfte ich mein Äußeres auf Indizien, die Hinweis auf eine Herkunft geben könnten, die nicht meinem Selbstbild entsprach. Dann klingelte ich, und meistens war es Herr Tobler, mit dem ich bald per Du war und Carl nennen durfte, der mich mit festem Händedruck ins Wohnzimmer zog. Wir tauschten uns vorwiegend über Geschäftliches aus – den Firmengeheimnissen der Familie Hilti, die ich ihm unter strenger Verschwiegenheitspflicht anvertraute, lauschte er mit großem Interesse –, während ich mich mit Renata, die mich mit zwei Wangenküssen begrüßte, über alles Mögliche unterhielt. Die besten Orte zum Baden an der Costa Brava, die Anschläge der ETA, den Aufschwung der sozialistischen Kräfte in Spanien oder die katalanische Unabhängigkeitsbewegung, die sie als gebürtige Katalanin befürwortete, ich als Monarchist, der ich damals noch war, entschieden ablehnte. Nur ein vereinigtes Königreich sei ein stabiles Königreich, sagte ich, und Renata stieß einen langen Seufzer aus, sagte etwas wie: »Ach Juan, auch du wirst eines Tages erwachsen«, und wuschelte mir durchs Haar. Rolf saß meist nur auf der Ledercouch und betrachtete sich in der Spiegelung des Fernsehers, den er lauter stellte, je intensiver unsere Unterhaltungen wurden. »Rolf, bitte«, mahnten ihn seine Eltern dann, »Juan ist zu Gast«, und Rolf senkte die Lautstärke und widmete sich erneut seinem Spiegelbild, das sich mit den Zeichentrickfiguren vermengte.

Ich war ein passabler Schüler, das sahen nicht nur die Nonnen gern, sondern auch das Ehepaar Tobler, die mich für die ersten Ferientage nach dem solide überstandenen zweiten Schuljahr in ihr Ferienhaus an die Costa Brava einluden. Schon auf der Autofahrt bemerkte ich Rolfs bekümmerten Blick. Begrüßt hatte er mich nur, weil Carl ihn mit einem versuchsweise unauffälligen Stoß in die Rippen dazu angehalten hatte, und jetzt zog das Mittelmeer an uns vorbei, in dem wir bald baden würden, und Rolf saß neben mir auf dem Rücksitz und war die gottverdammte Traurigkeit in Ferragamo. Carl bog von der Hauptstraße ab und lenkte den Wagen an Campingplätzen vorbei in den kleinen Küstenort. Touristen saßen in nassen Badehosen in den Cafés und ließen sich Sangria und Milchkaffee trinkend von der Sonne trocknen. Straßenhändler verkauften Badetücher, Schirme und Früchte, das Paradies. Als wir das zweigeschossige Haus am Ortsende erreichten, stürmte Rolf aus dem Auto in sein Zimmer und warf einen Tennisball an die Wand. »Lass ihn«, sagte Renata, »der beruhigt sich schon wieder.« Sie packte einen Picknickkorb, dann gingen wir an den Strand.

Je mehr ich mich in den nächsten Tagen bemühte, Rolf zu einer gemeinsamen Aktivität zu ermuntern, desto mehr zog er sich zurück. Er verließ das Zimmer nur, wenn er musste, und sagte kein einziges Wort. Es tat weh, ihn so zu sehen. Ich fühlte mich an die Zeit im Kinderheim erinnert, in der ich mir auf der Fensterbank sitzend vorgestellt hatte zu sterben.

Am vorletzten Tag vor der Rückreise nach Barcelona hatte ich einen Plan gefasst, der uns wieder zusammenführen würde. Was ist besser für eine Freundschaft als eine gemeinsame Nacht in der Natur, als das Schlafen unter freiem Himmel, das Grillen einer Wurst über offenem Feuer? Carl und Renata befanden den Plan im Groben für gut, im Detail aber für zu gefährlich, weshalb wir uns nach einer anstrengenden Diskussion darauf einigten, dass sie uns auf einem der Campingplätze im Ort für eine Nacht einen Bungalow mieten würden. Obwohl sich Rolf alle Mühe gab, den Plan durch Ausreden zu sabotieren, wusste ich, dass er sich insgeheim freute. Als wir den Wagen der Toblers vom Parkplatz des Campingplatzes Estrella de Mar wegfahren sahen, sagte er gespielt gehässig: »Toll. Danke.« Ich ließ mir davon nicht die Laune verderben und ging voraus, Rolf folgte mit ein paar Schritten Abstand. Wir bezogen den Bungalow, ich zeigte auf das Stockbett und fragte, ob er lieber oben oder unten schlafen würde, »nirgendwo«, antwortete Rolf, und ich legte meine Sachen auf dem unteren Bett ab, weil ich wusste, wie sehr er die Höhenluft schätzte.

Der Tag verlief anfänglich zäh, doch wurde besser, je öfter mich Rolf in einem der Spiele besiegte, die ich mir ausgedacht hatte. »Na Rolf, was denkst du, wer schafft es mehr Feuerholz zu sammeln?« »Na Rolf, glaubst du, du schaffst es länger mit dem Tannenzapfen zu jonglieren als ich?« »Na Rolf, wie viele Würste kannst du essen?« »Na Rolf, ich sag es mal so, ich bin Weltmeister im Luftanhalten, und du?« »Na Rolf, Lust auf ein Wettschwimmen zur Boje?« Bei Einbruch der Dunkelheit war er wieder ganz der Alte. Wir saßen am Feuer und lachten und hörten irgendwann ein Heulen wie von einem Wolf. Wir dachten beide dasselbe. Wir standen auf, schlichen uns am Nachtwächter vorbei und gingen auf die Jagd im freien Gelände.

Iberische Halbinsel! Wildes Katalonien! Im Dunkeln findest du zu dir selbst. Zu dem, was du eigentlich bist: eine Kraterlandschaft. Selten habe ich dich so sehr geliebt wie in diesem Moment: Rolf und ich, in der Dunkelheit wandernd, deine Erde bedeckt von leuchtendem Staub. Wir folgten dem Geheule, das aus allen Richtungen kam, und darum war es, als gingen wir in alle Richtungen gleichzeitig. »Johann! Johann!«, hörte ich Rolf nach einer Weile schreien, und als ich mich zu ihm umdrehte, war er verschwunden.

»Rolf«, rief ich, »Rolf!« Doch ich erhielt nicht einmal ein Echo als Antwort. Wie still es plötzlich geworden war. »Rolf!«, rief ich wieder. »Wo bist du?« Es schien mir, als öffneten sich um mich herum Löcher, als verwandelte sich die Oberfläche der Erde in die fettige Haut eines Jugendlichen. Ich umkurvte tausende offener Poren, dann, weiter vorn, ein leuchtendes Bündel. Sein limefarbenes Sweatshirt.

»Rolf?«

Der kahle Baum, vor dem das Kleidungsstück lag, glich einem bis auf das Skelett abgemagerten Tier. Erst als ich näher herantrat, konnte ich die Vertiefung unterhalb des Wurzelstockes erkennen.

»Hol mich hier raus!«, tönte es dumpf zu mir herauf.

Wie ein engmaschiges Spinnennetz lagen die Wurzeln über dem Loch, ich zerrte daran, doch sie bewegten sich nicht, wie Rolf dort hinabgelangen konnte, war mir ein Rätsel.

»Ich gehe zum Campingplatz und hole Hilfe, Rolf, hörst du?«

»Lass mich hier nicht alleine!«

»Ich wüsste nicht, was wir sonst tun können.«

Ich wollte gerade losspringen, da spürte ich eine Berührung am Knöchel. Ich suchte nach etwas, an dem ich mich festhalten konnte, doch da war nichts als Sand. Es zog und zerrte an mir, es riss mich zurück, und kaum dass ich wusste, wie mir geschah, saß ich im Loch neben Rolf.

»Na toll.«

»Was na toll?«

»Na tolle Hilfe. Toller Ausflug. Wirklich. Gut gemacht, Johann. Toll, toll, toll.«

»Es hilft jetzt wirklich wenig, wenn wir uns gegenseitig Vorwürfe machen.«

»Vorwürfe? Zwischen Vorwurf und Wahrheit gibt es ja wohl einen Unterschied.«

»Wahrheit?«, lachte ich. »Welche Wahrheit?«

»Weißt du was, Johann? Ich glaube dir nicht. Ich glaube dir nichts. Ich glaube, dass du, wenn du den Mund aufmachst, lügst.«

Da musste ich jetzt aber lachen. Dass ausgerechnet Rolf es sein würde, der dumme Rolf, der auf eine solche Idee kam, nein, damit hätte ich wirklich nicht gerechnet.

»Wie du isst. Die Gabel in der Faust, als ob du jemanden abstechen wolltest. Deine hässlichen Hemden, die alle aussehen, als wären sie 20 Jahre alt. Dass du nie Geld hast. Dass du aufkreuzt, wann es dir passt. Dass du dich immer so überschwänglich bedankst. Ich bitte dich. Ein Kind aus gutem Haus verhält sich so nicht. Meinen Eltern kannst du das vielleicht vormachen, aber mir nicht, vergiss es.«

Ich kämpfte gegen die Tränen.

»Camping«, sagte Rolf, »oh mein Gott, was für eine dumme Idee.« Er drehte sich weg und wollte losgehen, als hätte er vergessen, dass wir in einem Loch festsaßen. Dann wandte er sich mir wieder zu, glitt mit dem Rücken an der Wand nach unten und blieb mit angewinkelten Knien sitzen.

»Was für eine unfassbar beschissene Idee.«

Da saßen wir nun und atmeten uns gegenseitig an. Die Wurzeln pulsierten, als schlügen in jeder von ihnen mehrere Herzen. War es falsch gewesen, mich einen Hilti zu nennen? Hatte ich Carl und Renata, die so gut zu mir gewesen waren, hatte ich Rolf, der mich mit seinen Eltern bekannt gemacht hatte, betrogen?

»Hör zu«, sagte ich.

»Was«, sagte er.

»Ich bin dir eine Erklärung schuldig. Es ist –«

Ein Schatten legte sich über unsere Körper.

»Rolf!«, rief ich. »Rolf, siehst du das?«

Locken! Es waren Locken, die sich vom Rand des Loches über uns beugten.

»He, Sie da!«, schrie er. »Helfen Sie uns!«

Zu den Locken gehörte eine Brille, die dem Gesicht des Mannes etwas Eulenhaftes verlieh.

»Na, Jungs«, sagte er, nachdem er uns eine Weile gemustert hatte, »was macht ihr da unten?«

»Zum Teufel, so helfen Sie uns doch bitte«, rief Rolf.

»Wir sind in ein Loch gefallen«, schrie ich um Fassung bemüht.

»Ja, das sehe ich«, sagte der Mann. Grinste er? Nach ein paar Sekunden des Schweigens sagte er: »Sagt, Jungs: Wisst ihr denn nicht, in was sich diese Umgebung in den Sommernächten verwandelt? Habt ihr es nicht auf den Schildern gelesen? Glaubt ihr, was da steht, ist ein Witz?«

Rolf wurde zunehmend aggressiv. »Wissen Sie, wer meine Eltern sind?«

Der Mann lächelte. »Lasst mich euch eine Frage stellen, Jungs.«

Was zur Hölle.

»Kennt ihr Mario Santiago?«

Rolf und ich sahen uns an. Dann schüttelten wir die Köpfe.

»Das dachte ich mir«, sagte er und zündete sich eine Zigarette an. »Kennt ihr Nicanor Parra?«

Wer sollte das sein?

»Kennt ihr Enrique Linh?«

Nein.

»Kennt ihr Rodrigo Lira?«

Rolf schnappte nach Luft.

»Kennt ihr Roberto Arlt?«

Natürlich nicht.

»Kennt ihr Alonso de Ercilla?«

Er wartete unsere Antworten nicht einmal mehr ab.

»Kennt ihr Manuel Rojas? Kennt ihr Witold Gombrowicz? Kennt ihr Héctor Bianciotti? Kennt ihr Copi? Kennt ihr Enrique Vila-Matas? Kennt ihr Augusto Monterroso? Kennt ihr Cristina Peri Rossi? Kennt ihr Mario Benedetti? Kennt ihr José Hernández? Kennt ihr Ricardo Güiraldes?«

Nein, nein, nein, wir kannten sie alle nicht.

»Kennt ihr Macedonio Fernández? Kennt ihr Ezequiel Martínez Estrada? Kennt ihr Mujica Lainez? Kennt ihr Bioy Casares? Kennt ihr Silvina Ocampo? Kennt ihr Leopoldo Marechal? Kennt ihr José Bianco? Kennt ihr Eduardo Mallea? Kennt ihr Ernesto Sabato? Kennt ihr Jorge Luis Borges?«

Da platzte Rolf der Kragen: »Ja! Borges! Der Eishockeyspieler!«

Der Nachtwächter brach in ein Lachen aus, das die Nacht in mehrere gleich große Teile zerschnitt, und verschwand.

»Eishockeyspieler?«, fragte ich Rolf. »Bist du bescheuert?« Doch noch bevor er sich wehren konnte, schlug das Ende eines Seiles neben uns auf.

Auf dem Rückweg zum Campingplatz sprachen wir kein einziges Wort. Im kalten Glanz der Sterne trotteten wir durch die Nacht, jeder seinen eigenen Gedanken nachhängend. Im Bungalow kletterte Rolf gleich aufs Stockbett, ich nahm eine Dusche, dann legte ich mich ins Bett unter Rolf. Die Matratze bog sich unter seinem Gewicht, wölbte sich mir entgegen wie der Bauch einer Schwangeren. Bald schlief ich ein und träumte von der heiligen Beatrix, die auf einem Pferd durch eine brennende Steppe galoppierte. Mit der Zeit begann auch alles andere zu brennen. Der Himmel, die Pferdemähne, der Umhang, den die heilige Beatrix trug, die Berge am Horizont, dann die heilige Beatrix selbst. Als ich erwachte, wusste ich, dass es an der Zeit war, Spanien zu verlassen.

DAS VIERTE BUCH

(1981–1983)

1.

Ich habe das Notizbuch, in dem ich beschreibe, wie ich am Bahnhof Sants in den Zug Richtung Zürich steige, auf dem Tisch vor mir liegen. In der Mitte des schwarzen Umschlages klebt ein Streifen Malerkrepp, den ich mit *Die goldenen Jahre* beschriftet habe. Es ist das erste Mal seit langem, dass ich darin blättere, und so dauert es etwas, bis ich finde, wonach ich suche. »Fideralala«, heißt es da, »die Lokomotive rollt los, fideralalalala.«[22] Der rote Fleck auf dem gewellten Papier muss von der Gazpacho stammen, die ich damals im Zugbistro aß. Meine Schrift rührt mich. Ihre Rundungen, das Geschnörkelte lassen eine Unbeschwertheit erkennen, die heute weit entfernt scheint. Über einige Formulierungen muss ich lachen. Dass ich das Mittelmeer mit »einem riesigen Tintenfisch« vergleiche, der seine »Tentakeln ins Landesinnere streckt«[23], oder meinen Sitznachbarn als »hünenhaften Georgier« schildere, der beim Schlafen aussähe, als »träume er von einer Gitarre«[24], lässt mich genauso belustigt wie ratlos zurück. Ich lese, wie der Schaffner »mit befehlshaberischer Stimme« die Fahrkarten verlangt, »als hätte er unter Franco einen hohen Offiziersrang bekleidet«, sehe ihn mit »militärischer Strenge« auf mich zumarschieren, halte es

---

22 Kaiser, Johann: Eintrag vom 26.6.1981, in: Die goldenen Jahre. Schaan 1983, S. 145.

23 ebd. S. 148.

24 ebd. S. 151.

vor Spannung kaum mehr aus, als er mich mit »und nun Sie, junger Mann«[25] anspricht, und bin erst enttäuscht, dann entsetzt, als ich beim Umblättern feststelle, dass mehrere Seiten aus dem Heft gerissen worden sind. Diejenigen, die auf die Lücke folgen, sind brüchig und an den Blatträndern angesengt, als wäre der Versuch unternommen worden, das aufgeschlagene Notizheft von der rechten Seite her zu verbrennen. Mein Herz beginnt heftig zu pochen. Ich selbst war das mit Sicherheit nicht.

Sie müssen wissen, dass ich alle wichtigen Dokumente und Erinnerungsstücke in einem Safe aufbewahre, den aufzubrechen noch unmöglicher wäre, als sich ihm ungesehen zu nähern. Wenn ich auf dem Dachboden sitzend am Text arbeite, habe ich den Tresor auf dem linken Monitor immer im Blick, während der rechte in wechselnden Bildfolgen die Zimmer des Hauses und den Außenbereich wiedergibt. Obwohl die Geheimdienstler meine Sorgen für übertrieben hielten und mich von der Installation eines Überwachungssystems abzubringen versuchten – »zu teuer«, sagten sie –, hat sie mein Vorschlag, selbst für die Kosten aufzukommen, schließlich überzeugt. Mit dem Verkauf der Daten-CD habe ich so gut verdient, dass mir die paar Tausend nicht wehtun, und außer Sicherheit brauche ich im Leben nicht viel. Außerdem habe ich Grund zur Annahme, dass man den Fürsten unterschätzt.

Nach meinem Einzug habe ich mithilfe eines schnurrbärtigen Fachmanns, der sich mir als Herr Weiss vorgestellt hat und vom Zeugenschutz vermittelt worden ist, insgesamt 12 Kameras im Haus anbringen lassen. Obwohl Herr Weiss

---

[25] a.a.O. Kaiser: Die goldenen Jahre. S. 152.

mir nach getaner Arbeit versicherte, dass ich mir jetzt keine Sorgen mehr zu machen brauche, da zwei seiner Mitarbeiter alleine dafür abgestellt worden seien, das Haus rund um die Uhr im Auge zu behalten, habe ich an dieser Aussage schnell zu zweifeln begonnen. Hätte ich nicht selbst damit angefangen, das Videomaterial ein Mal die Woche zu sichten und seltsame Aktivitäten unter Angabe von Datum, Uhrzeit, Kameraperspektive wie einer knappen Beschreibung des Vorfalls in einer Excel-Datei festzuhalten, wäre ich nicht über das enorme Sicherheitsrisiko informiert worden, das ich selbst für mich darstelle.

Noch jetzt muss ich zittern, wenn ich an die Aufnahme der Vollmondnacht des 16.11.2016 denke, in der ich mich selbst um 01:07 Uhr die Bettdecke zurückschlagen und barfuß in die Küche schleichen sehe, wo ich den Backofen anmache (220 Grad, Umluft), mich davor zusammenkauere und das Licht darin anstarre. Was alles hätte passieren können! Als ich die Agenten mit dem ihnen wohl entgangenen Tathergang konfrontierte, wie das denn sein könne, übertünchten sie ihr Fehlverhalten mit dieser geheimdienst-typischen Coolness, die im Satz gipfelte, ich solle mich entspannen, man hätte die Sache unter Kontrolle. Entspannen! Kontrolle! In meiner Situation!

Vorsichtig blättere ich weiter und stelle fest, dass das Schriftbild mit jeder weiteren Seite unregelmäßiger wird. Die Absätze sind von Streichungen und Klecksen durchzogen, von Kringeln, Spiralen und Strudeln, die sich wie schwarze Löcher über die Buchstaben legen und alles in sich aufsaugen, dass nicht viel mehr als einzelne Worte entzifferbar sind. Ich meine »Horn«, »Sternstunde«, »fahren«, »und«, »aua«, »Dürrenmatt«, »Teufelsbraten«, »aber«, »blutig«

und »Signatur«[26] in einem dicht gedrängten Absatz zu erkennen, der sich, so meine Vermutung, entweder mit christlichen Jenseitsvorstellungen oder der Fahrt durch einen unendlichen Tunnel zu beschäftigen scheint, aber ich kann mich auch irren. Ich scheine von einer ständigen Dunkelheit umgeben gewesen zu sein, von näher rückenden Wänden, der Vorstellung, das Abteil, in dem ich saß, wäre eine Presse, die mich zu zerdrücken drohte. Das letzte Wort des Eintrages ist »geblie«[27], dann bricht es ab. Vom »e« geht ein Strich ab, der sich über die Seite hinabschlängelt, kleine Wellen zieht, bis er am Ende der Seite verblasst. Hier muss ich eingeschlafen sein.

Ich habe einen schrecklichen Verdacht. Nachdem ich sowohl die Excel-Liste als auch die Aufnahmen des Safes mehrfach konsultiert habe, kann ich mit großer Sicherheit sagen, dass sich seit der Installation der Kameras niemand, der nicht ich selbst gewesen bin, am Notizheft zu schaffen gemacht hat. Ich stecke Heft und Laptop in die Sporttasche, die aus Sicherheitsgründen gepackt bereitliegt, und fahre ein paar Kilometer, bis ich eine Pension erreiche, in der ich für die nächsten paar Tage bleiben werde. Von dort aus kontaktiere ich meine Verbindungsperson mit der dringenden Weisung, die Identität des Mitarbeiters Weiss zu überprüfen und einen allfälligen Umzug in die Wege zu leiten. Alles, was ich jetzt tun kann, ist, die Wartezeit mit Arbeit zu füllen. Ich muss mich beeilen, den Text zu Ende zu bringen. Wer weiß, wie viel Zeit mir noch bleibt? Bei zugezogenen Vorhängen liege ich auf dem Bett und höre das leise Rauschen der Lüf-

---

26 a. a. O. Kaiser: Die goldenen Jahre. S. 158.
27 ebd. S. 183.

tung des Laptops, das sich mit dem Geräusch des Umschlagens der Seiten des Notizhefts vermengt. Mit dem nächsten Eintrag, der auf drei Tage später datiert ist, verschwinden die Kleckse und Kringel genauso wie die Brandflecken. Das Schriftbild ist wieder so sauber und ebenmäßig, wie ich es von mir gewohnt bin. In klaren Worten schildere ich den Schrecken, den ich vor 32 Jahren bei meiner Ankunft am Grenzbahnhof Buchs erlebte, so plastisch, dass es mir vorkommt, als durchlebte ich ihn jetzt, in diesem Moment, in dem ich mir vorgenommen habe, darüber zu schreiben, ein zweites Mal.

2.

Wie anders die Drei Schwestern aus der Ferne aussahen. Die Erkenntnis, dass ich mein Leben lang einem Irrtum erlegen war, traf mich mit Wucht. Die drei Köpfe der Schwestern waren nicht Teil eines unendlichen Gebirgszugs, dessen Gipfel, Grate und Kämme ohne Unterbruch miteinander verbunden sind, nein. Wie der Kleinstaat, dessen Grenzen sie markierten, standen sie ganz für sich und bildeten losgelöst und abgeschnitten von allem anderen ihre eigene Welt. Eine eigene, einsame Welt, zu der ein eigener, einsamer Himmel gehörte, an dem eigene, einsame Wolken hingen, die sich in unerhört eigener Langsamkeit vor den eigenen, einsamen Mond schoben.

Als ich beim Verlassen des Zuges den ersten Schritt auf den Bahnsteig setzte, hatte ich das Gefühl, an einen Ort zurückzukehren, von dessen Existenz niemand wusste, den es vielleicht gar nicht gab. Ich dachte ›Zuhause‹ und hatte dabei kein Bild vor Augen, es blieb Flimmern. Erst mit dem Auftauchen des roten PKW auf dem Parkplatz des Grenzbahnhofes Buchs kehrte die Ahnung zurück, dass es mich und die Umgebung vielleicht doch geben könnte. In der Windschutzscheibe des Fiats spiegelten sich die Lichter der Laternen, das Gesicht der Fahrerin dahinter war nur schwer zu erkennen. War es okay gewesen, sie um diese Uhrzeit zu kontaktieren? Hatte sie nicht gesagt, dass ich sie immer anrufen könne? Ich zählte die Kaugummiflecken auf den Bodenplatten, dann hörte ich eine Autotür schlagen, dann energische Schritte, dann spürte ich die Wärme eines Körpers, der mich an sich heranzog wie einen Schiffbrüchigen auf ein Rettungsboot.

»Ihre Durchlaucht«, sagte ich, »es tut mir –«

»Nicht jetzt, Johann«, sagte sie, »dafür ist später noch Zeit.«

Sie lockerte ihre Umarmung nur langsam, und nachdem wir uns ganz voneinander gelöst hatten, besah sie mich von Kopf bis Fuß. Sie schien mit meinem Anblick unzufrieden und zog mich durch die Drehtür ins Bahnhofsbuffet, in dem dichter Zigarettenrauch lag. Die anwesenden Gäste erhoben sich sofort von ihren Plätzen. Selbst in der Schweiz, der republikanischsten aller Republiken, wo die Menschen stolz darauf sind, frei und demokratisch zu sein, konnte man nicht anders, als der Monarchin zu huldigen. Sie zog einen Schweif natürlicher Autorität hinter sich her, wie man es sonst nur von Schauspielerinnen kennt. Durchlaucht bestellte mir eine Spargelcrémesuppe, ein Käsesandwich und einen gespritzten Apfelsaft, während sie selbst sich mit einem Glas Leitungswasser begnügte. Sie sah mir zu, wie ich kaute, lächelte mich unentwegt an, manchmal verwundert, manchmal nachdenklich, manchmal froh, und fragte, nachdem kein Krümel mehr auf dem Teller war, ob ich noch einen Nachtisch wolle.

»Vielleicht eine Schwarzwälder Kirschtorte?«, sagte ich schüchtern.

»Eine gute Wahl«, lachte sie. Mit einer Serviette wischte sie sich einen Tropfen Wasser von den Lippen, und als sie nicht hinsah, steckte ich diese ein.

Während der Autofahrt sprachen wir wenig. Der Mond schien in den Wagen, und als wir die Rheinbrücke überquerten, sah ich die Kiesbänke im Wasser liegen. Wir passierten erst den Fußballplatz und dann die Keramik Haas, fuhren direkt auf die Pfarrkirche St. Laurentius zu, deren Glocke zum neunten Mal schlug, als wir vor der Kirche abbogen und ein paar hundert Meter später die Abzweigung nach Planken nahmen. Die dunkle Landschaft zog an uns vorüber, wie sehr hatten mir die Tannen gefehlt, die Steine des Kieswegs gruben sich in die Reifen, dann kam der Wagen auf dem Parkplatz zum Stehen.

Im Küchenfenster ging Licht an, ein Kopf mit Lockenwicklern zog am Flurfenster vorbei und die Haustüre wurde geöffnet. Frau Büchel winkte uns von der obersten Treppenstufe aus zu.

»Keine Sorge, Johann«, sagte Fürstin Gina, »es ist nicht für lang.«

Zwei Tage später spazierte ich hangabwärts ins Dorf. Ich kam an den Kindern der Nachbarschaft vorbei, die sich vor Garagentoren Fußbälle in die Weichteile schossen, bis eines von ihnen meinen Namen schrie, alle innehielten und sich zu mir drehten. »Johann, Johann, wo bist du gewesen?«, riefen sie. »Du hast ein Moped geklaut, stimmt's? Du hast deine Freunde betrogen, stimmt's? Du bist ein Nestbeschmutzer, stimmt's? Du hinterlässt verbrannte Erde, wo du hintrittst, stimmt's? Dein Atem ist giftig, stimmt's? Du hast jemanden umgebracht, stimmt's? Und im Gefängnis bist du auch gewesen, Johann, oder? Gell Johann, du bist einer, bei dem man aufpassen muss, ein ganz Harter? Einer, der vor nichts und niemandem Halt macht, so einer bist du, gell Johann?« Ich ignorierte die Balgen und ging strammen Schrittes weiter, ich hatte keine Zeit für solchen Schwachsinn, ich hatte einen Termin.

Der Sozialarbeiter Ulrich Frick trug eine große bürokratische Brille und hatte etwas Hündisches an sich, etwas Blutunterlaufenes. Im Kontrast dazu stand sein temperamentvolles Auftreten. Sein Händedruck war stark, aber ohne Gefühl für Dosierung. Er legte großen Wert auf einen aufrechten Gang, auf eine generelle Form des Aufrecht-Seins, die er auch im Sitzen nicht ablegte. Mit durchgestrecktem Rücken hockte er mir im Bürostuhl gegenüber, sah zwischen meinem Gesicht und den Dokumenten auf dem Tisch hin und her und befeuchtete vor jedem Blättern den Finger. In der Ecke des Raumes plätscherte ein Zimmerbrunnen, daneben standen Pflanzen in tonfarbenen Gefäßen. In jedem der Töpfe steckte ein Röhrchen aus Glas, das als Feuchtigkeitsanzeige diente. Ich stellte mir vor, wie die Röhrchen die drei Stockwerke der Liechtensteinischen Landesverwaltung hinab reichten, durch Asphalt, Kanalisation und Gesteinsschichten führten, bis in das hohle Erdinnere hinein, wo es eine zweite Welt gab, in der eine zweite Sonne schien und aus deren zweiten Himmel tausende Röhrenenden ragten, die allesamt in den Büros der Staatsangestellten aller Länder ihren Anfang nahmen. Eine menschenähnliche Spezies, welche die Hohlwelt bewohnte, flüsterte Befehle in die feinen Röhren hinein, die von den Beamtinnen und Beamten an der Oberfläche ausgeführt wurden.

»So, Johann Kaiser«, sagte der Sozialarbeiter nach einer Weile, »du suchst also einen Job.«

Ich brach alle Erwartungen und schwieg.

»Qualifikationen?«, fragte er.

Ich nickte.

»Dann schauen wir mal«, sagte er und blätterte sich durch den Aktenordner. »Zeugnisse gut, mhm, allerdings Beanstandungen im Verhalten.«

Er warf mir einen mahnenden Blick zu.

»›Hat seine Emotionen nicht immer unter Kontrolle, eventuell hormonelle Störung‹[28]«, begann er, »aha, ›großer Drang zur Selbstdarstellung und das permanente Bedürfnis nach Rebellion‹[29], verstehe, ›ein hochintelligenter, anpassungsfähiger junger Mann, dem ich auf seinem weiteren Lebensweg nur das Beste wünsche‹[30], soso: ›von großer Liebenswürdigkeit, wenn man Situationen schafft, in denen er sich wohl fühlt‹[31], ›revolutionäres Potenzial‹[32].«

Hin und wieder blickte er vom Zettelwerk auf und fixierte meinen Nasenrücken.

»›Hätte die Möglichkeit, Großes zu leisten, wenn er denn wollte‹[33], ›neigt zu unkontrollierter Wut‹[34], ›schwach ausgeprägtes Gefühl für Moral‹[35], ›ungebrochen großes Mitteilungsbedürfnis‹[36], ›Tendenz zum Manipulativen‹[37]«, bis der Sozialarbeiter irgendwann sagte: »Hm, Johann, ich denke, da habe ich etwas für dich.«

---

[28] Ritter, Hans (Pfarrer): Johann Kaiser, unveröffentlichtes Typoskript zu Händen des Autors.

[29] Schierscher, Franz (Lehrer): Johann Kaiser, unveröffentlichtes Typoskript zu Händen des Autors.

[30] Liechtenstein, Gina von und zu (Fürstin): Johann Kaiser, unveröffentlichtes Typoskript zu Händen des Autors.

[31] ebd.

[32] Stern, Gustav (Unternehmer): Johann Kaiser, unveröffentlichtes Typoskript zu Händen des Autors.

[33] ebd.

[34] Büchel, Elisabeth (Heimleiterin): Johann Kaiser, unveröffentlichtes Typoskript zu Händen des Autors.

[35] ebd.

[36] ebd.

[37] ebd.

Der Tag, an dem ich im Tourismusbüro *Reisen Schädler* in Schaan die Lehre zum kaufmännischen Angestellten antrat, war ein wolkenverhangener Mittwoch. Das Ehepaar Schädler, Inhaber und einzige Mitarbeiter zugleich, teilte sich die Aufgaben fair untereinander auf. Herr Schädler war für die Geschäftsführung und Kundengespräche zuständig, Frau Schädler übernahm die Buchhaltung wie die Gestaltung des Schaufensters. Um der Weisung ihres Mannes – »halte die Kosten so niedrig wie möglich, Maria« – Folge zu leisten, stellte Frau Schädler die Dekoration aus Materialien her, die sie zuhause, auf offener Straße oder bei Waldspaziergängen fand: Stoffreste, Zahnstocher, Bindfäden, Kastanien, Filzstifte, Scherben, Fingerhüte, Stecknadeln, Tannenzapfen, Federn, Kieselsteine, Alufolie, Backpapier, Zahnbürsten, etc. Es waren psychedelische Traumlandschaften, die das Unternehmensziel auf eigentümliche Weise beförderten. Wann immer Kleinkinder am Schaufenster des Tourismusbüros vorbeikamen, begannen sie sofort zu weinen. Und während die Eltern ihre Sprösslinge zu trösten versuchten, verwickelte Herr Schädler sie in ein Gespräch, das meist mit der Buchung eines Pauschalurlaubs in einem familienfreundlichen Hotel in Tirol, Südspanien oder auf Sardinien endete. Meine Aufgabe war es, danebenzusitzen, Prospekte zu reichen, zu lächeln und zu nicken, vor allem aber zu schweigen.

Am Wochenende unternahm das Ehepaar Wanderausflüge, von denen mir Herr Schädler am Montagmorgen erzählte. Er schwärmte dann von der Schönheit der Alpen, den Dohlen, die man im ›kristallklaren‹ Himmel könne aufsteigen sehen, und von den herrlichen Rufen der Murmeltiere, die er ›Munken‹ nannte und für die Könige des Berggebiets hielt.

»Was ist Heimat, Johann?«

»Weiß nicht.«

»Wenn man einen Munk munken hört.«

Erst nickte ich und dann nickte Herr Schädler, und wenn ich aufhörte zu nicken, nickte Herr Schädler noch immer. Er hatte noch nie ein Flugzeug bestiegen, Schiffe hasste er grundlos, am Zugfahren mochte er das Umsteigen nicht, und weil ihm vom Autofahren übel wurde, mied er nicht nur lange, sondern auch kurvenreiche Strecken. Seine Welt war ein Kreis, dessen Mittelpunkt Schaan bildete, und alles, was außerhalb des Radius von drei Stunden Autofahrt lag, gehörte nicht mehr dazu. So eng es in ihm war, so eng wurde es bald in mir.

Es war schon komisch. Mit jeder Reise, die ich für einen der 27000 Einwohner buchte, die sich über die 160 Quadratkilometer Staatsgebiet verteilten, schien mir die Fläche des Landes noch weiter zu schrumpfen. Was irgendwo anders weniger schlimm gewesen wäre, war im Kleinstaat ein Problem von existenzieller Bedeutung. Bald stellte ich fest, dass sich die »Entfernung der zu buchenden Destination« und »an den Schrumpfungsprozess verloren gegangenes Gebiet« proportional zueinander verhielten. Je weiter das Reiseziel entfernt lag, desto kleiner schienen mir die Räume zu werden. Orte wie »Kapstadt«, »Anchorage« oder »Cancún« auszusprechen wurde mir zur Qual, während »Rom«, »Paris« oder »Sylt« etwas angenehmer waren, nicht so angenehm aber, wie es »Buchs«, »Schaan« oder »Feldkirch« gewesen wären, aber da wollte niemand hin, weil da waren ja alle schon. Am aller-aller-angenehmsten wäre mir in diesen Tagen ein permanentes Schweigen gewesen, weil im Schweigen macht man nichts falsch, doch vom Schweigen seinen Lebensunterhalt zu bestreiten ist leider schwierig.

Als ich im Auftrag einer Kundin die Telefonnummer der Fluglinie Swissair wählte und mich eine Angestellte, die auf den Nachnamen Ranieri hörte, mit voluminöser Stimme fragte, wo es denn dieses Mal hingehen solle, brach ich in ein großes Gestammel aus, weshalb Frau Ranieri besorgt fragte, ob alles in Ordnung wäre. »Jaja«, lachte ich in den Hörer, während ich mit schweißnasser Stirn die gegenüberliegende Gebirgskette beobachtete, die mir gefährlich nahe gekommen war.

»Herr Kaiser?«, fragte Frau Ranieri.

Ich rang nach Atem.

»Sagen Sie, ist da ein Staubsauger an? Ich verstehe Sie so schlecht.«

»Entschuldigen Sie«, sagte ich und versuchte mich zu beruhigen.

»Schon besser so. Wo soll es denn hingehen?«

»Nach Si–«

»Bitte?«

»Sid–«

»Sid was?«

»äii«

»Wie?«

»Si–«

»Ist das ein Telefonstreich?«

»Nein, Frau Ranieri. Ich möchte vielmals um Entschuldigung bitten. Es ist nur so, wie soll ich sagen, es wird sich vielleicht komisch anhören.«

Nachdem ich ihr von der Theorie erzählt hatte, brach sie in Gelächter aus, das sie mit der Frage beendete, ob in Liechtenstein alle so komisch wären wie ich. Dass dem nicht so sei, konnte ich sie beruhigen, und wir lachten und sprachen über allerlei, bis mir das Wort »Sidney« am Ende des Gesprächs ganz selbstverständlich über die Lippen kam.

»Und«, fragte sie dann, »sind die Wände näher gekommen?«

»Nein«, sagte ich. Wie es aussah, hatte sie mich geheilt.

Von Mal zu Mal wurden die Telefonate mit ihr, die ich bald Elisa nennen durfte, etwas länger. Ich erfuhr, dass sie aus einer italienischen Einwandererfamilie stammte, so alt war wie ich und erst seit ein paar Wochen bei der Fluglinie arbeitete. Sie sagte das mit dieser tiefen Stimme, deren Klangfarbe Bilder von Madonnen in mir aufgehen ließ, von ewigem Urlaub und sternklaren Nächten.

»Keine Privatgespräche, Johann«, rief Herr Schädler, wenn er mich für seinen Geschmack zu vergnügt telefonieren hörte, ich legte dann die Hand auf den Hörer und rief: »Ich telefoniere mit Zürich!« – »Aber wie lange denn bitteschön?«, rief er zurück, und ich verabschiedete mich von Elisa und war froh zu wissen, dass wir uns schon bald wieder sprechen würden.

Es vergingen gut zwei Monate, bis ich mich traute Elisa zu fragen, ob sie Lust hätte, etwas mit mir zu unternehmen. Sie sagte sofort ja. Von meinem Lehrlingslohn kaufte ich mir einen Anzug, Lackschuhe und einen Strauß Tulpen. Ich schnitt die Fingernägel, duschte mehrmals, trug eine Feuchtigkeitscreme auf, übertrieb es mit dem Parfum und rief Fürstin Gina an. Sie sagte, dass Nervosität ganz normal sei, dass ich keine Angst haben müsse, dass ich ein aufgeweckter junger Mann sei, einen scharfen Verstand habe und andere Menschen zum Lachen bringen könnte. Ich solle einfach ich selbst sein.

Als ich am Krawattenknoten scheiterte, dachte ich, dass ›ich selbst sein‹ vielleicht bedeutete, keine Krawatte zu tragen, und stieg krawattenlos, aber vollkommen ich selbst in den Zug. Ich durchquerte die Ostschweiz, die noch mehr sie selbst war, als ich jemals ich selbst werden konnte. Kühe grasten gelassen vor vereinzelten Bauernhäusern, hin und wieder ragte ein Kirchturm aus einem der Dörfer, hinter denen sich Hänge auftaten, über die sich serpentinenreiche Sträßchen zogen wie ein hingeworfenes Stück Schnur.

Was war ich nervös, als ich den Bahnhof St. Gallen, den wir als die Mitte unserer Wohnorte ermittelt hatten, auf Gleis 3 erreichte. Weil Elisas Zug erst eine Viertelstunde später eintreffen würde, wartete ich auf einer der Bänke am Perron und nestelte am Blumenpapier. Der Lack meiner Schuhe glänzte, ihr schmaler Schnitt gab meinen Füßen eine ungewohnte Form, als hätte ich mit den neuen Schuhen die Füße eines anderen gekauft. Eine Bank weiter saß eine Gruppe Jugendlicher, die so alt sein mussten wie ich. Sie tranken Bier aus Flaschen, rauchten Zigaretten und spuckten viel. »Sei einfach du selbst«, hörte ich Fürstin Gina zu mir sagen und ich rannte auf die Toilette, riss das Hemd aus der Hose, zerzauste das Haar, versuchte den Geruch das Parfums vom Körper zu waschen und entsorgte die Blumen im Müll. Als ich auf dem Rückweg zu Bahnsteig 2, wo der Zug bereits einfuhr, an den Jugendlichen vorbeischritt, nickten sie mir anerkennend zu.

»Du musst Elisa sein«, lächelte ich die engelsgleiche Frau an, die auf mich zukam.

»Nein«, sagte sie und ging ohne mich anzusehen an mir vorbei.

»Johann!«, hörte ich es von weiter hinten rufen.

Im ersten Moment war ich enttäuscht. So hatte ich mir Elisa nicht vorgestellt. Vor mir stand eine schwarzhaarige Frau, die aussah wie Mitte dreißig. Ihre ungekämmten Haare gaben ihr etwas Verwegenes, ich musste an den Bart des Bergsteigers denken. Sie lächelte. War das eine Zahnlücke da?

»Es freut mich, dass wir uns endlich einmal treffen«, sagte sie, und in diesem Moment war es, als ob sich die nestartigen Verfilzungen in ihren Haaren zu lösen begannen. »Ich hätte beinahe die Haltestelle verpasst«, sprach sie weiter, und ihr Haar kräuselte sich, »aber jetzt bin ich ja da«, lachte sie und ihre Haut wurde straff und glatt und alle Unebenheiten verschwanden. »Warum schaust du denn so?«, fragte sie, und aus »verwegen« wurde »unbändig«, und aus dem Bart des Bergsteigers eine wild blühende Rose.

»Wollen wir?«, fragte ich und bot ihr den Arm an.

»Wir wollen«, antwortete sie und hakte sich bei mir unter.

Wir sahen *Jäger des verlorenen Schatzes*. Den Moment, in dem sich unsere Fingerspitzen im Popcorn berührten, gab es nicht. Wenn ich sah, dass sich ihre Hand der Packung näherte, zog ich meine zügig zurück. Was für ein beeindruckender Mann Dr. Jones war. Nicht nur, dass er sich auf dem Gebiet der Archäologie bestens auskannte, nein, er war einer, der sein Wissen gleichermaßen aus Büchern wie aus realen Erfahrungen bezog, einer, der es verstand, den Faust im Schlaf aufzusagen, aber auch mit einem Kaliber auf Nazis zu schießen, einer, der die Theorie in die Praxis zu übersetzen wusste und die Praxis in Theorie.

Nach Vorstellungsende tranken wir Cola in einem Café, das sich unweit des Bahnhofs befand. Ich fragte nach Lieblingsfarbe, blau, und Lieblingstier, Blauwal, danach, was sie in ihrer Freizeit am liebsten unternehme, auf Rollschuhen am Zürichsee entlangfahren, wie ihr der Film gefallen habe, es geht, wie die Stimmung am Flughafen sei, es geht, ob sie an Gott glaube, es geht, den Tod fürchte, es geht, welche Eissorte sie präferiere, Heidelbeere, und warum, von der Farbe her. Als ich wissen wollte, ob sie eher auf Wattestäbchen oder Wattepads verzichten würde, Stäbchen, musterte sie mich mit einem Ausdruck, der sowohl Ekel als auch Interesse hätte ausdrucken können. Dann sagte sie: »Ich habe noch nie jemanden getroffen, der so viele Fragen stellt wie du.«

»Ja«, lachte ich, »das ist halt, weil ich dich so interessant finde.«

Sie sah mich schweigend an. Die straffe Haut begann sich langsam in Falten zu legen, die Locken verloren an Schwung und die Haarspitzen spalteten sich, eine nach der anderen.

»Du Elisa, wollen wir dann los?«

Auf dem Rückweg zum Bahnhof erzählte sie vom Kind, das sie gewesen war. Sechzehnjährig hatte sie ihren Eltern den Rücken gekehrt und eine eigene Wohnung bezogen, die direkt an Piste 16 des Flughafens Zürich grenzte. Sie möge das, sagte sie, die Flugzeuge zu hören, dieses Gefühl, dass immer Menschen verreisen, rund um die Uhr, jetzt und jetzt und jetzt auch, und genauso in drei Stunden. Wenn eine Maschine auf die Startbahn rolle, stelle sie sich vor, dass sich ein kleines Stück von ihr an Bord befände, dass es Millionen Teile von ihr gäbe, die sich über die Welt verstreuen, dass sie, obwohl sie jetzt hier mit mir zum Bahnhof gehe, gleichzeitig in Los Angeles sei und in Montreal und in Madrid, und vielleicht ja auch in Liechtenstein, ob es dort einen Flughafen gebe? »Nein«, sagte ich leise, »leider nicht.« Ich konnte sie kaum ansehen, so traurig machte mich ihre Melancholie, und als ich es dann doch tat, schien sie von einer Aura des Lichtes umgeben zu sein. Das war der Moment, in dem ich in die Trickkiste griff.

»Oh nein«, rief ich und ließ meinen Finger über den Zugfahrplan am Hauptbahnhof gleiten, »das darf doch nicht wahr sein!«

»Was ist denn?«, fragte Elisa.

»Der letzte Zug! Ich habe den letzten Zug verpasst!«

Mit hängendem Kopf trottete ich zu einer Bank und tat, als wolle ich mich hinlegen.

»Was machst du da?«, fragte Elisa.

»Ich bereite mich auf eine Nacht im St. Gallischen vor.«

Wir nahmen den Zug nach Zürich, von dort aus den Bus nach Oberglatt, und liefen auf der Hauptstraße an Piste 16 entlang in Richtung des Hochhauses, in dem Elisa wohnte. Hätte es nicht Hunderte von Lichtern gegeben, die den Flughafen Zürich leuchten ließen wie ein riesiges monolithisches Raumschiff, wäre die Nacht eine tiefschwarze gewesen. Neben uns bog eine Maschine der Panamerican Airways auf die Startbahn ab, deren Ränder von den Signallichtern rot flackerten. »Eine Boeing 747«, erklärte mir Elisa: »Du kannst das am Buckel erkennen, der sich hinter dem Cockpit befindet. Dahinter schließt sich ein kleiner Passagierraum im Oberdeck an. Die meisten Sitzreihen befinden sich aber unterhalb.«

Sie schwieg kurz.

»Wusstest du, dass Pan Am als erste Fluggesellschaft die 747 in Betrieb genommen hat?«

»Nein«, antwortete ich.

»In den 70ern hat Pan Am *Round the World Trips* angeboten. Für 1000 US-Dollar konnte man in 46 Stunden einmal um die Welt fliegen. Mit zwei Zwischenstopps. Stell dir das vor. Einmal um die Welt. Wer möchte das nicht? Ich glaube, dass Pan Am deswegen meine liebste Fluglinie ist.«

Sie wusste viel über Flugzeuge. Sie liebte Flugzeuge. Und ich liebte sie. Das war mir jetzt klar. In dem Moment, in dem die Boeing zum Start ansetzte, beugte ich mich zu Elisa. Sie erzählte von der Konstruktion der 747, vom Horizontal Stabilizer Tank, durch den die Maschine ein größeres Fassungsvermögen für Kerosin besitze, und als sie mit dem Zeigefinger die Konturen des Flugzeuges nachfuhr, küsste ich sie auf den Mund. Dann geschah lange nichts. Die Maschine startete ihre Triebwerke, um uns war Getöse, unsere Lippen lagen noch immer starr aufeinander. Als das Flugzeug losrollte, öffnete ich meinen Mund. Als es beschleunigte, schob ich meine Zunge zwischen Elisas Lippen. Als es die Hälfte der Startbahn erreichte, bewegte sie ihre Kiefer. Als das Flugzeug vom Boden abhob, berührten sich unsere Zungen, und als es in der Wolkendecke verschwand, drehten sie sich umeinander.

Wir küssten die ganze Nacht in unterschiedlichen Positionen. Einmal lag ich auf dem Rücken, einmal sie, einmal lagen wir beide seitwärts, einmal sie links, einmal ich, einmal lagen wir senkrecht, einmal horizontal zur Matratze, dass wir beinahe vom Bett fielen, einmal fasste ich sie an den Handgelenken und drückte sie gegen das Bett und einmal sie mich. Irgendwann wurde Elisa müde vom vielen Küssen und schlief ein. Ich rollte mich neben sie. Sie schnarchte ein bisschen, was ich süß fand. Im ersten Morgenlicht schrieb ich einen Zettel, dass ich sie anrufen würde, deponierte ihn auf dem Küchentisch und verließ die Wohnung tanzend. Ich tanzte an Start- und Landebahnen vorbei, tanzte an der Bushaltestelle, stieg tanzend in den Bus, und als der Busfahrer sagte, dass der Bus ein Bus und keine gottverdammte Diskothek sei, setzte ich mich und tanzte im Sitzen. Ich tanzte so lange, bis ich meine Wohnung in Vaduz Süd erreichte, die mir der Sozialarbeiter vermittelt hatte, und fiel eine Pirouette drehend ins Bett hinein, das ich das ganze Wochenende über nicht wieder verließ, so müde war ich.

Alles wurde leicht. Nichts war mehr schlimm. Die Mittagspausen nicht, die ich mit Luise und Lotte vor der Metzgerei Ospelt verbrachte, mit denen mich, seitdem wir uns nicht mehr jeden Tag sahen, ein freundschaftliches Verhältnis verband. Herr Schädlers Witze nicht und genauso wenig der monatliche Rapport, den ich Sozialarbeiter Frick abzuliefern hatte, nicht einmal die erste Begegnung mit Gian-Andrin, den ich seit dem Aufbruch nach Barcelona nicht mehr gesehen hatte. Hinter dem Schalter der Liechtensteinischen Landesbank stehend, wo er eine Lehre zum kaufmännischen Angestellten absolvierte, hätte ich ihn fast nicht erkannt. Er war zu einem stattlichen jungen Mann herangewachsen, in dessen Gesicht Barthaare wuchsen, während die Locken von früher einem Bürstenschnitt gewichen waren. In seinem Blick lag etwas Wildes, seine Pupillen glänzten wie schwarzer Lack. Es gab keinen Grund so zu tun, als ob es mir nichts ausmachen würde, dass er mich nur feindselig anknurrte, denn es machte mir wirklich nichts aus.

»Johann«, sagte er, die Worte zwischen den Kiefern zermalmend, »lange nicht mehr gesehen.«

Nervös sah er sich immer wieder zu einem Kollegen um, der einer älteren Dame am Nebenschalter ein Formular erklärte.

»Was kann ich für dich tun?«

»Hör mal, Gian-Andrin, wahrscheinlich bis du wegen der Mopedsa–«

»Was kann ich für dich tun?«, wiederholte er laut, ›ich‹ und ›dich‹ betonte er dabei besonders.

Ich legte ein Bündel Hundert-Franken-Scheine auf die Ablage und bat ihn das Geld auf das Konto des Reisebüros einzuzahlen, »dort arbeite ich jetzt nämlich«.

»Wie schön«, sagte Gian-Andrin und ließ die Scheine durch die Geldzählmaschine rattern. Als er mir die Quittung zur Unterschrift über die Ablage schob, waren sich unsere Köpfe für einen kurzen Moment sehr nahe. »Ich kriege dich«, flüsterte er, lächelte und sagte dann so laut, dass alle es hören konnten: »War schön, dich mal wieder zu sehen. Lass uns bald ein Bier trinken!«

Das Gute an der Zeit mit Elisa war, dass wir uns nicht darum kümmerten, was vor oder hinter uns lag, sondern uns ganz auf die Gegenwart konzentrierten, die zu großen Teilen aus Küssen bestand. Es war, als ob wir im Küssen auch alles andere täten, im Küssen einen Spaziergang machten zum Beispiel, über unseren Arbeitsplatz sprachen, ein Puzzle lösten oder einen Film sahen, den wir beide nicht kannten. Wir küssten und wurden zum Kuss, der nicht nur uns, sondern die ganze Welt in sich enthielt. Das war toll, wurde aber irgendwann langweilig. Ich merkte, dass mir das, was ich hatte, nicht reichte, dass, wo früher Bewegung gewesen war, jetzt nur noch Stillstand herrschte. Beim Versuch, mich aus der Starre zu lösen, streifte ich aus Versehen den Träger des Oberteils von Elisas Schulter, worauf sie innehielt, mich wütend ansah und sagte, dass ich das nie wieder machen solle. Sie sei noch nicht so weit.

Dass ich in diesen Tagen ein neues Notizheft begann, ist sicher ein Zufall. Nicht aber, dass ich es mit »Buch der ausbleibenden Berührung«[38] überschrieb. Es sollte bis zum Eintrag vom 23. September 1982 dauern, bis ich das »ausbleibenden« durchstreichen konnte. Als wir im Affenhaus des Zürcher Zoos die Paviane beobachteten, schob sich Elisas Hand unter mein T-Shirt und blieb mindestens drei Sekunden dort liegen.[39] Keine fünf Tage später, am 28. September 1982, betrachteten wir Handtaschen in der Auslage eines Modegeschäfts, das wir uns beide nicht leisten konnten. Als ich sagte, »schau, die Pailletten«, legte Elisa die Hand auf meinen Po, und als ich sagte, »wie schön sie glitzern«, kniff sie hinein, dass es ein bisschen wehtat.[40] Am 4. Oktober machten wir einen Spaziergang durch den Vaduzer Schlosswald. Als wir einen Hund bellen hörten, ließ Elisa ihre Hand unter meinen Mantel gleiten und kraulte mich an der Hüfte. Als der Hund auf uns zukam und Achten um meine Beine lief, fuhr mir Elisa in die Hose, und als das Herrchen des Hundes auftauchte und uns aus der Ferne grüßte, tätschelte sie meine Hoden.[41] Am 10. Oktober 1982 telefonierten wir beruflich miteinander. Ich gab ihr die Daten der Kunden durch, die am 11. Dezember nach Sao Paolo fliegen wollten, als Elisa flüsterte: »Ich möchte, dass du bei mir bist, Johann«, dann legte sie auf.[42] Am 13. Oktober besuchten wir das Kunstmuseum in Zürich. Das Gemälde einer kubanischen Malerin betrachtend, welches das schmerzverzerrte Gesicht

[38] Kaiser, Johann: Buch der Berührung. Schaan 1982.
[39] ebd. S. 1.
[40] ebd. S. 3.
[41] ebd. S. 4.
[42] ebd. S. 7.

eines Kindes in der Pose Che Guevaras zeigte, tastete ich Elisa Wirbelsäule entlang, worauf sie sofort weiterging.[43] Am 17. Oktober fuhren wir nach Pfäffikon und besuchten das Spaßbad *Alpamare*. Um schneller rutschen zu können, zog ich mir vor jedem Start die Badehose unter den Hintern, bis Elisa sagte, dass ich das lassen solle, sie schäme sich.[44] Weil uns der Besuch im Spaßbad so gut gefallen hatte, besuchten wir es am 23. Oktober ein weiteres Mal. Vor jedem Start zog sich Elisa die Badehose unter den Hintern, um schneller rutschen zu können.[45] Am 30. Oktober fuhren wir mit dem Glacier Express von Chur bis nach Zermatt. Kurz bevor wir St. Niklaus erreichten, bedeutete Elisa mir, ihr zu folgen. Sie zog die Toilettentüre zu, ohne sie abzuschließen, öffnete ihre Jeans und begann sich im Schritt zu berühren. Als ich ihr meine Unterstützung anbot, schlug sie mir auf die Hand.[46] Am 6. Dezember verkleideten wir uns als Krampusse und erschreckten Kinder.[47] Am 10. Dezember besuchten wir ihre Eltern, die in einem Zürcher Vorort lebten. Nachdem wir gegessen hatten, führte sie mich in ein kleines Zimmer, das ihr Vater als Büro nutzte. Die Pferde-Sticker am Schrank deuteten darauf hin, dass das nicht immer so gewesen war. Elisa öffnete den Knopf meiner Jeans, holte meinen Penis aus der Boxershorts, der, kaum befand er sich an der Luft, sofort hart wurde, und betrachtete ihn intensiv. Als ihr Vater im Türrahmen stehend schrie: »Raus hier«, gingen

---

[43] a. a. O. Kaiser: Buch der Berührung. S. 9.
[44] ebd. S. 10.
[45] ebd. S. 12.
[46] ebd. S. 13.
[47] ebd. S. 15.

wir.[48] Am 14. Dezember sahen wir gemeinsam die Abendnachrichten. Als der Sprecher die aktuellen Lottozahlen durchgab, sagte Elisa: »Bald ist es so weit.«[49] Am 18. Dezember fragte ich Elisa, nachdem sie sich vor dem Cornflakes-Regal der Vaduzer Coop-Filiale die Brüste massiert hatte, wann bald sei.[50] Am 24. Dezember besuchten wir die Mitternachtsmesse in der Pfarrkirche von Vaduz. Während der Kommunion fasste mir Elisa in den Schritt und sagte: »Jetzt.« Ich stand auf und ging.[51] Am 31.12. aßen wir Fleischfondue. Ich mochte die Knoblauchsauce am liebsten, während Elisa von der Currysauce nicht genug kriegen konnte. Nach dem Essen öffneten wir das Bleigießen-Set, das Elisa mitgebracht hatte. Ihre Figur ließ uns an ein Känguru denken, während meine so undefinierbar war, dass wir entschieden, sie stelle den Ayers Rock dar. Wir beschlossen, nach Australien auszuwandern. Um kurz vor zwölf traten wir auf den Balkon und sahen zu, wie Väter mit ihren Kindern Raketen in Flaschenhälse steckten und sie um kurz nach zwölf zündeten.[52] Am 1. Januar 1983 wurde ich vom Schaukeln des Bettes geweckt. Elisa saß auf mir und rieb ihren Unterleib an meinem Schienbein. Als sie sah, dass ich wach war, sagte sie »Guten Morgen«, ging in die Küche und räumte den Geschirrspüler ein.[53] Am 6. Januar besuchte ich mit Elisa den Neujahrsempfang auf Schloss Vaduz. Wir waren die jüngsten Gäste und tranken Orangensaft. Als die

---

[48] a. a. O. Kaiser: Buch der Berührung. S. 20.
[49] ebd. S. 22.
[50] ebd.
[51] ebd. S. 25.
[52] ebd. S. 26.
[53] ebd. S. 29.

Fürstin sich aus einem Pulk Diplomaten löste und zu uns kam, überlegte ich, ob es richtig wäre, Elisa als meine Freundin vorzustellen. Ich entschied mich für einen Mittelweg und sagte: »Das ist Elisa.« Weil sich Elisas Hand im Laufe des Gesprächs in Richtung meines Körpers bewegte, trat ich einen Schritt von ihr weg.[54] Am 12. Januar fragte ich Elisa, was wir seien. Sie dachte für einen Moment nach und sagte dann: »Zwei junge Menschen, die in der Tourismusbranche arbeiten.« So hätte ich das nicht gemeint. Was wir *füreinander* seien? Ob das jetzt ein Heiratsantrag sei oder was?, lachte sie und holte Pudding aus dem Kühlschrank.[55] Am 15. Januar schloss ich mich auf der Toilette des Reisebüros ein und umfasste auf dem geschlossenen Klodeckel sitzend meinen Penis. Ich stellte mir vor, dass es Elisa wäre, die mich berührte, sah meine Hand zu ihrer Hand werden und die Fliesen zu ihrem Körper. Als ich Herrn Schädler rufen hörte, wo ich schon wieder sei, wusch ich mir die Hände und setzte mich erlöst, aber leer an den Schreibtisch.[56] Am 19. Januar wiederholte ich diese Tätigkeit. Ebenso am 23., dann noch einmal am 26., dann am 28., und von diesem Tag an täglich.[57] Am 18. Februar erzählte ich Elisa, dass es mir große Lust bereite, auf dem Klo des Reisebüros zu masturbieren. Sie nannte mich einen Perversen.[58] Am 23. Februar fragte ich Elisa, ob sie Lust hätte, meinen 18. Geburtstag mit mir in Barcelona zu verbringen. Sie erbat sich bis 28. Februar Be-

---

[54] a.a.O. Kaiser: Buch der Berührung. S. 31.
[55] ebd. S. 34.
[56] ebd. S. 37.
[57] ebd. S. 40.
[58] ebd. S. 42.

denkzeit.[59] Am 24. Februar sagte sie ja.[60] Am 26. Februar schickte sie mir ein zweiseitiges Fax. Auf der ersten Seite fand ich eine Buchungsbestätigung des Fluges nach Barcelona, den sie als Angestellte der Swissair zum Mitarbeitertarif hatte buchen können. Die zweite zeigte einen Scan ihres Dekolletés.[61] Am 27. Februar ließ ich mir am Schalter der Liechtensteinischen Landesbank von Gian-Andrin den Ausdruck meines Kontostandes geben. Er grinste, als er mir den Zettel überreichte, und noch mehr, als er meine Frage nach einem Kredit mit einem langgezogenen »Du bist nicht kreditwürdig, Joooohaaaann« verneinte.[62] Am 28. Februar klopfte ich an die Türe von Schloss Vaduz. Der Portier fragte, wer ich sei und was ich hier wolle. Als ich sagte, ich sei ein Freund Fürstin Ginas, brach er in lautes Gelächter aus. Ich solle es am nächsten Tag wieder versuchen.[63] Am 1. März sagte der Portier, die Fürstin sei nicht anwesend, vielleicht hätte ich morgen ja mehr Glück.[64] Am 2. März rief ich Fürstin Gina an.[65] Am 3. März öffnete der Portier, sich mehrmals entschuldigend, das Tor. Ich bat Ihre Durchlaucht um einen Kredit von 1000 Franken. Nachdem ich ihr erklärt hatte, dass ich das Geld innerhalb der nächsten 12 Monate mit einem Zinssatz von 4,6 Prozent zurückzahlen würde, ließ sie sich meine Kontonummer geben.[66] Am 6. März bat ich Gian-Andrin, eine Überweisung für mich zu tätigen. Ich

---

59 a.a.O. Kaiser: Buch der Berührung. S. 43.
60 ebd. S. 44.
61 ebd. S. 47.
62 ebd. S. 48.
63 ebd.
64 ebd. S. 50.
65 ebd. S. 51.
66 ebd. S. 53.

verbrächte mit meiner Freundin zwei Nächte im Ritz. »Dich krieg ich«, murmelte er.[67] Am 8. März zitierte mich Herr Schädler in sein Büro. Wenn er noch einmal »ein pornographisches Schmierblatt wie dieses« erhalte, sagte er mit einem Zettel wedelnd, sei es das mit meiner Lehre gewesen.[68] Am 9. März bat ich Elisa, das Faxen so lange einzustellen, bis ich mir ein eigenes Gerät angeschafft hätte.[69] Am 10. März setzte ich mich bei offener Türe auf den Klodeckel und masturbierte. Elisa sah mir von der Küche aus dabei zu. Kurz bevor ich zum Höhepunkt kam, begann sie zu spülen.[70] Am 12. März fragte ich Elisa, ob sie Lust hätte, Freunde von mir kennenzulernen. Sie sagte: »Meinetwegen.«[71] Am 13. März schickte ich vom Vaduzer Postamt aus ein Fax an die SA TOBLER. Dass es mich freuen würde, Carl, Renata und Rolf am 30. März zu einem Essen im Restaurant D'Annunzio in der Gran Via de Catalanes einzuladen. Mein Vater grüße sie herzlich. »In Liebe, Johann.«[72] Am 15. März erhielt ich einen Brief. Die Buchstaben waren ungelenk aus Illustrierten und Zeitungen ausgeschnitten worden. Ich las: »Ich werde dich ficken.«[73] Am 16. März sagte ich Gian-Andrin, dass ich mir von ihm keine Angst machen ließe. Er zuckte mit den Schultern und sagte, er wisse nicht, wovon ich rede. Am Abend telefonierte ich mit Elisa und fragte, ob sie die Absenderin des Schreibens sei. Sie zuckte mit den Schultern und

[67] a. a. O. Kaiser: Buch der Berührung. S. 54.
[68] ebd. S. 56.
[69] ebd. S. 59.
[70] ebd. S. 53.
[71] ebd. S. 54.
[72] ebd. S. 55.
[73] ebd. S. 56.

sagte, sie wisse nicht, wovon ich rede.[74] Am 16. März erhielt ich eine Antwort der Toblers. Wie schön, von mir zu hören! Natürlich kämen sie gerne! Rolf ließe sich entschuldigen, er lerne für die Matura. In der Hoffnung, dass ich das verstünde, Renata und Carl.[75] Am 18. März träumte ich, auf einem brennenden Pferd durch eine brennende Steppe zu reiten. ›Ich bin Elisa‹, hörte ich es aus den Flammen heraus zu mir sprechen, worauf ich vom Pferderücken stürzte und in einem der Büsche verbrannte.[76] Am 25. März saß ich mit Elisa beim Frühstück. Es gebe da etwas, das ich ihr sagen müsse. Nicht jetzt, sagte sie und griff nach einer Zeitschrift, ich sähe doch, dass sie lese.[77] Am 27. März kaufte ich beim Baumarkt JUMBO einen roten Hilti-Koffer, der eine Bohrmaschine beinhaltete, und im Stoffgeschäft Thöny eine weiße Schleife.[78] Am 28. März bat ich Elisa, mir beim Binden der Schleife zu helfen. Sie brachte sie am Hilti-Koffer an.[79] Am 29. März, einem Dienstag, flogen wir los. Wie schön die Welt von oben aussah. Wie weich die Wolken sein mussten. Ich sagte Elisa, dass ich Pilot werden möchte, sie sagte jaja und bestellte Tomatensaft. Wir erreichten das Ritz erst am späten Abend, sahen noch ein bisschen fern und schliefen ohne uns zu berühren ein.[80] Am 30. März zeigte ich ihr die Stadt. Um 10:00 Uhr aßen wir Chocolate con Churros in einem Café in der Nähe des Hafens. Um 11:35 Uhr spa-

---

[74] a. a. O. Kaiser: Buch der Berührung. S. 57.
[75] ebd.
[76] ebd. S. 58.
[77] ebd. S. 59.
[78] ebd. S. 60.
[79] ebd. S. 63.
[80] ebd. S. 64.

zierten wir durch den Parque de Ciutadella. Um 13:23 Uhr schlenderten wir durch die Straßen von Raval. Um 14:05 Uhr setzten wir uns auf die Stufen vor der Biblioteca de Catalunya und führten ein ernstes Gespräch. Ich sagte, dass ich nicht der sei, für den sie mich halte. »Für wen halte ich dich denn?«, fragte sie. »Gute Frage«, sagte ich. »Du denkst zu viel«, sagte sie. »Ich weiß nicht«, sagte ich. Dann liefen wir eine Zeit lang schweigend den Passeig de Gràcia entlang. »Wirklich, Elisa«, sagte ich. »Was?«, sagte sie. »Ich bin nicht der, für den du mich hältst«, sagte ich. »Ich halte dich für einen Menschen, der nichts mit sich anzufangen weiß«, sagte sie. »Wie meinst du das?«, fragte ich. »So, wie ich es gesagt habe«, sagte sie. »Du willst Schluss machen?«, fragte ich. »Wir sind kein Paar«, sagte sie. »Was sind wir dann?«, fragte ich. »Freunde«, sagte sie. »Nein, das stimmt nicht«, sagte ich. »Wir sind nicht befreundet?«, fragte sie. »Wir sind nicht nur befreundet«, sagte ich. »Sondern auch?«, fragte sie. »Verliebt?«, fragte ich. »Liebe ist ein starkes Wort, Johann«, sagte sie. »Willst du Schluss machen?«, fragte ich noch einmal. »Was willst du mir sagen?«, fragte sie. »Dass ich nicht der bin, für den du mich hältst«, sagte ich. »Das weiß ich ja jetzt«, sagte sie. »Ich bin der Sohn eines Milliardärs«, sagte ich. Elisa lachte. »Du lachst«, sagte ich. »Ja«, giggelte sie. »Aber es stimmt«, sagte ich, »ich heiße mit Nachnamen Hilti und stamme aus dem Schoße der Bohrmaschinenhersteller.« »Und jetzt?«, fragte Elisa. »Ich wollte nur, dass du das weißt«, sagte ich. »Ich weiß es jetzt«, sagte sie. Um 14:20 Uhr machten wir uns auf in Richtung Hafen, aßen am Strand von La Barceloneta ein Eis und lagen noch ein bisschen in der Sonne herum. Um 17:30 Uhr erreichten wir das Hotel, duschten und waren um 19:45 Uhr im Restaurant. Um 20:03 Uhr trafen Carl und

Renata ein, die mich von 20:04 Uhr bis 20:07 Uhr umarmten. Dann überreichte ich ihnen den Hilti-Koffer, eine kleine Aufmerksamkeit meines Vaters. »Das hätte doch wirklich nicht sein müssen«, sagte Carl überwältigt, der die Bohrmaschine am liebsten noch bei Tisch ausprobiert hätte, wäre ihm Renata nicht mit einer ermahnenden Geste dazwischengekommen. Elisa schwieg die meiste Zeit, wusste aber im richtigen Moment mit einem Witz aufzutrumpfen. Es war ein schöner Abend. Wir lachten viel, ich versprach den Toblers von mir hören zu lassen, um 23:00 Uhr waren wir zurück im Hotel. Elisa rollte sich im Bett auf mich und schlief um 23:32 auf mir ein. Ich lag noch eine Weile lang wach, gratulierte mir um 00:01 Uhr zum Geburtstag und schlief, während ich über den Begriff »Erwachsene« nachdachte, ein.[81] Am 31. März küsste mich Elisa zum Aufwachen auf den Mund. »Ich wünsche dir alles Gute zum Geburtstag«, sagte sie, öffnete den BH und stellte sich aufrecht vor mich. »Na los, mach schon«, sagte sie. Ich war wie gelähmt. »Wieso jetzt?«, presste ich heraus. »Wieso nicht jetzt«, sagte sie. »Fang endlich an. Ich warte nicht ewig.« Ich legte die Handflächen auf ihre Brüste und ließ sie dort liegen. »Bewege sie«, sagte Elisa. Sonnenlicht drang in den Raum, es war 10:02 Uhr, Staubflusen stiegen im Lichtstreifen auf und drehten sich wie Ballerinen. Ich bewegte die linke Hand im Uhrzeigersinn und die rechte dagegen. »Langsamer«, sagte sie. »Elisa?«, fragte ich zwischen ihren Brüsten aufschauend. »Mach weiter«, sagte sie. »Hast du schon einmal mit einem Jungen geschlafen?« »Du bist kein Junge mehr, Johann«, sagte sie, »du bist jetzt ein Mann.« Ich blieb regungslos sit-

---

[81] a. a. O. Kaiser: Buch der Berührung. S. 70.

zen. »Nimm meine Brustwarze zwischen Daumen und Zeigefinger.« »Okay.« »Sag nicht okay, mach es einfach.« »Okay.« »Johann.« »Entschuldigung.« »Drück fester. Nicht so fest. Ja. So. Küss mich am Brustbein. Küss mich am Hals. Küss mich im Nacken. Lass meine Brust nicht los. Fahr mit der Zungenspitze, ah, das kitzelt, fahr mit der Zungenspitze bis zu meinem Ohr, ja, knabber am Läppchen.« »…?« »Knabbern. Nicht beißen.« »Aber wenn Kaninchen kna–« »Das ist keine Tierdoku.« »Ja.« »Leg den Zeigefinger auf meine Stirn. Lass ihn über den Nasenrücken gleiten, ja, über die Nasenspitze, genau, zu den Lippen.« Sie lutschte an meinem Finger. »Magst du das?« »Sehr«, log ich. »Zieh dein Hemd aus.« Ich zog mein Hemd aus. »Zieh deine Hose aus.« Ich zog meine Hose aus. »Die Unterhose auch.« Ich zog meine Unterhose auch aus. »Bitte, die Socken.« Nackt stand ich vor Elisa und verdeckte mit meinen Händen die Scham. »Und jetzt?«, fragte ich. »Jetzt tust du das«, sagte Elisa, »von dem du denkst, dass es mir gefällt.« Ich überlegte kurz, in der Rezeption anzurufen und Rührei mit gebratenem Speck zu bestellen, entschied mich aber dagegen, weil ich glaubte, es könnte die Magie des Momentes zerstören. Stattdessen setzte ich mich hinter Elisa und massierte ihre Schultern. Es war mir unangenehm, als die Spitze der Eichel einen ihrer Rückenwirbel berührte. Ich wollte mein Becken schon zurückziehen, als Elisa nach meinen Oberschenkeln griff und mich näher an sich heranzog, bis der Penis aufrecht an ihrer Wirbelsäule lehnte. Sie nahm meine Hand und führte sie an ihren Hals, ließ sie über den Oberkörper streichen und schob sie unter den Slip. Ihr Schamhaar kräuselte sich. Es war ruppig und erinnerte mich an ein Stück Stahlwolle, mit dem Frau Büchel mich gezwungen hatte, hartnäckige Fettflecken zu entfernen, dass es schwierig war, beim Erkunden von Elisas Intimstem an etwas zu denken, das die Themenfelder »Ordentlichkeit«, »Hygiene« und »Frau Büchel« nicht berührte. Ich tastete alles ab. Je nach Intensität und Stelle der Berührung gab Elisa einen anderen Ton von sich. Ich begann mit dem Zeigefinger und stimmte eine leise Sonate in Moll an, die ich unter Zuhilfenahme beider Mittelfinger im Crescendo anschwellen, kurz vor dem tonalen Höhepunkt aber abbrechen ließ und wieder von vorne begann. Ich wiederholte diese Kompositionsstruktur so lange, bis Elisa mit den Fingernägeln über das Bettlaken kratzte. Dann drehte sie sich auf den Rücken und zog mich zu sich. Der Moment, in dem ich zum ersten Mal das Innerste eines Menschen berührte, war ein Moment absoluter Stille, der von 10:16 Uhr bis 10:18 Uhr andauerte. Dann befahl Elisa mir, mich zu bewegen, und mit jedem weiteren Mal, das ich mein Becken nach vorne schob, schärfte mein Hörsinn sich mehr, dass ich an diesem 31. März 1983 so genau hörte, wie es mir nur noch zwei weitere Male, am 05.4.1997 und am 17.07.2015, gelungen ist. Ich hörte die Staubflusen im Sonnenlicht aufsteigen, ich hörte eine Fliege im Nebenzimmer summen, ja selbst die Satelliten hörte ich im Weltraum piepen, obwohl es heißt, dass es still sei im All, was nicht stimmt. Ich hörte die Golden Gate Bridge unter dem Gewicht dreier Lastwagen ächzen, die sie gegen 10:23 Uhr überfuhren, ich hörte flinke Schritte von Sherpas im Schnee und ich hörte dahinter die schwereren Schritte derjenigen, die sich führen ließen, ich hörte Steine, die sich aus einer Felswand lösten, ich hörte ein Gewitter aufziehen, und ich hörte die Spitzen der Grashalme, die von einem Mähdrescher niedergemäht wurden, ich hörte die Stimme eines

Mannes, der in einem Wohnwagen in der Karibik einen Piratensender betrieb, ich hörte, wie er sagte, »das ist Hells Bells von AC/DC, rock on«, und ich hörte eine Vogelspinne über sandigen Untergrund krabbeln, ich hörte einen vierjährigen Jungen, der Steine über ein Gewässer flippen ließ, nie kamen sie mehr als drei Mal auf, ich hörte einen Kirchenchor singen und den Organisten, der ihn begleitete, die Pedale drücken, ich hörte eine Frau einem jungen Mädchen ein Korsett schnüren, ich hörte Bomben und wusste, sie kamen vom Golf, ich hörte einen Tennisschläger in der Luft schwingen, eine Walnuss am Boden aufkommen, die tansanische Flagge im Wind wehen, Brillengläser zerbrechen und irgendwo einen Menschen einen Atemzug tun, eine Frau, einen leisen, japsenden, einen letzten, und ohne lokalisieren zu können, wo er getan wurde, wusste ich erst, dass es ein einsamer Tod war, den die Frau starb, und dann, als ich Tränen spürte, die mir über die Wangen herabliefen, wusste ich, dass es Mamá gewesen war, der ich beim Sterben zugehört hatte, dass sie gegangen war, fast geräuschlos, fast unbemerkt, und ich hörte das Bett quietschen, ich hörte die Staubmilben, die sich in die Bettwäsche fraßen, und ich hörte meine Tränen auf die Matratze tropfen, ich hörte, wie sich die Frequenz der Schläge erhöhte, und dann hörte ich Elisas Atem in ein Stöhnen übergehen, es wurde lauter und höher, und ich hörte mich atmen und meine Kiefer malmen, ich hörte mich die Augen zukneifen, hörte, wie mein Körper sich in Gänsehaut legte, und dann hörte ich mich fallen, fallen, fallen, fallen, doch meinen Aufschlag hörte ich nicht.[82]

---

[82] a.a.O. Kaiser: Buch der Berührung. S. 85.

Am 1.4. flogen wir wieder zurück. Ich rief Alfred an und fragte, ob er etwas von Mamá gehört habe. »Wer ist da?«, fragte er. »Ich bin es, Johann, dein Sohn.« »Ah Johann, hallo, lange nichts mehr von dir gehört, haha.« Offensichtlich war er betrunken. Ich fragte ihn noch einmal nach Mamá. »Deine Mutter, nein, weißt du, wir leben getrennt, es –« Ich legte auf. Ich rief Luise an und dann Lotte, sie benutzten nur minimal andere Worte, um das Gleiche zu sagen. Dass sie nichts von Mamá gehört hätten, dass ich mich beruhigen soll. Ich rief im Kloster an und verlangte Schwester Carlota. Die Schwester habe das Kloster zwei Wochen nach mir verlassen. Man wisse nicht, wo sie sei. Ich befragte den Himmel, die Wolken, besuchte den Friedhof in Mauren und befragte die Gräber, ich befragte die Steine, die Straßen und die Schilder am Straßenrand, die Wegweiser befragte ich genauso wie die Katze, die mir entgegenkam, ich rief in der Redaktion des Liechtensteiner Vaterlands an und dann in derjenigen des Liechtensteiner Volksblattes, ich fragte Herrn Stern, Fürstin Gina, selbst Gian-Andrin zu fragen rang ich mich irgendwann durch, und als es dunkel wurde, befragte ich den Mond und die Sterne, die Laterne und die Betrunkenen, die in ihrem Schein auf mich zutorkelten, doch sie alle sagten dasselbe, sie sagten nichts.[83] Am 2.4. ließ ich mich krankschreiben. Ebenso am 3., am 4. und am 5.4.[84] Den ganzen April über weinte ich viel. Bei Elisa meldete ich mich nicht mehr. Wir hatten Mamá umgebracht. Den Mai über bereitete ich mich auf die Lehrabschlussprüfungen vor, ich kündigte den Mietvertrag meiner Wohnung, verkaufte

[83] a. a. O. Kaiser: Buch der Berührung. S. 88.

[84] ebd. S. 92.

alle Möbel, dass ich im letzten Monat nicht mehr als eine Decke besaß, dafür aber ein volleres Konto. Die Prüfungen bestand ich mit einem Notendurchschnitt von 5,3. Ich verewigte mich auf Schloss Vaduz im goldenen Buch, schüttelte dem Erbprinzen die Hand – sein Händedruck war wie unsere gemeinsame Zukunft: eisig, starr, hart – und verschwand ungesehen aus dem Schloss. Die letzte Erinnerung, die ich an den Rest des Abends habe, ist, dass ich im Schlosswald auf dem Wurzelstock einer Eiche sitzend auf einen Mann treffe, der mich fragt, wieso ich weine. Er trägt einen schwarzen Hut und hat einen Hund bei sich. Ich sage, dass ich glaube, meine Mutter getötet zu haben. Er sagt, hm, ja, verstehe, und dann, dass ich mit ihm gehen solle. Ich weiß nicht, wieso ich es getan habe, aber ich bin mit ihm gegangen. Dann wird alles schwarz.[85]

[85] a. a. O. Kaiser: Buch der Berührung. S. 95.

DAS FÜNFTE BUCH

(rekonstruiert)

(1983–1986)

*

Bereits am Tag ihrer Ankunft in Tansania, schreibt [redacted], 56, habe sie »Herz und Verstand an dieses herrliche Land und seine Leute« verloren. Bis heute lebe sie im Kilombero District in Ifakara, das »auf der Eisenbahnstrecke« liegt, welche Dar es Salaam, die größte Stadt Tansanias, mit Kapiri Mposhi in Sambia verbinde. Dass es sie nach Ostafrika verschlagen habe, sei einer gravierenden Perspektivlosigkeit nach Studienabschluss (Medizin an der Universität Fribourg) – »Ich befand mich in einer schwierigen Lage. Mir war alles egal« – wie der universitätseigenen Cafeteria zu verdanken, an deren »schwarze[n] Brett« sie einen Flyer der NGO SolidarMed entdeckte. »Wie heißt es so schön«, schreibt die Hals-Nasen-Ohren-Ärztin, »unverhofft kommt oft. So sagt man doch, oder?«[86]

Obwohl der Ort »knapp 50 000 Einwohner*innen« zähle, »die Vororte nicht eingerechnet«, habe man nicht das Gefühl, dass so viele Menschen in Ifakara leben. »Es wirkt wie ein riesiges Dorf«, schreibt [redacted], »das sich bis ins Unendliche ausdehnt.« Das liege vor allem daran, dass bis auf wenige Ausnahmen, von denen das St. Francis Hospital die größte »(oder eigentlich die höchste, haha)« bilde, »kaum ein Gebäude mehr als zwei Stockwerke« besitze. Nur »das Haus

---

86 [redacted]: Re: Johann Kaiser – Das Leben des Datendiebes als Sachbuch, E-Mail, 30.04.2017, 13:54.

des Deutschen«, der Anfang der achtziger Jahre in einer Grundschule im Ort unterrichtet habe und seitdem zwei- bis dreimal im Jahr in seinem Ferienhaus Urlaub machte, zu dem eine »Dusche mit Warmwasseranschluss [...], eine Köchin [...], ein Gärtner und ein Schreiner« gehörten; die Leprastation Nazareti, die von »einer Baldegger Schwester« betrieben worden sei, und das Pfarrhaus kämen ihr da noch »in den Sinn«. »Ja«, schreibt die Hals-Nasen-Ohren-Ärztin, »ungefähr so« sei es »hier«.[87]

Auf das Foto im Anhang Bezug nehmend, das Elisa geschossen hat und mich vor dem Sphinx-Observatorium auf dem Jungfraujoch zeigt, wie ich die Hände vor den Bauch halte, weil ich wenig vorher zwei große Portionen Käsespätzle gegessen habe, schreibt [redacted]: »Ja, ich kenne den Mann.« Es müsse 1983 oder 1984 gewesen sein, als er in Ifakara aufgetaucht sei. [redacted], ihr damaliger Assistent, »Gott hab ihn selig«, und sie seien gerade dabei gewesen, eine Frau zu untersuchen, »die über heftige Zahnschmerzen klagte«. Es folgen zahlreiche Vergleiche, welche die Zahnschmerzen der Patientin zu beschreiben versuchen: »der Schmerz hallte aus ihr heraus, als ob sie ein Bergwerk wäre, in dem Minenarbeiter verschüttet worden sind«, oder: »der letzte Rest Leben flackerte in ihren Augen wie das Licht einer Kerze im Sturm«, oder: »ein grässlicher Laut verließ ihren Mund und ich dachte, ich könne nie wieder an etwas Schönes denken«.[88]

---

87 [redacted]: Re:Re: Johann Kaiser – Das Leben des Datendiebes als Sachbuch, 30.04.2017, 19:15.

88 Ich erkläre mir diese Ausschweifung mit der literarischen Ambition, die [redacted] als Verfasserin zweier Romane zweifellos aufweisen muss. Während [redacted] die Geschichte einer unglücklichen Hals-

Dann hätten sie »plötzlich« »laute, seltsame [...] Geräusche« von draußen gehört. »Das musst du dir ansehen«, habe [redacted] gerufen. Vom Fenster aus hätten sie »einen prozessionsähnlichen Zug« beobachtet, der auf das Hospital zugekommen sei. »Ich weiß nicht, ob Sie sich das vorstellen können, Herr Banzer«, fährt [redacted] fort: »Mehr Aufmerksamkeit als ein unbekannter Weißer in einer ländlichen Gegend Tansanias erregt nur ein unbekannter Weißer, der singt.« Er habe so laut gesungen, dass er »die Mzungu-Rufe«[89] der Kinder »problemlos« überstimmt habe. In seinem Gesang, stellt [redacted] fest, hätte »alle Traurigkeit der Welt« gelegen. »Gänsehaut.« Sie habe selbst nicht gewusst warum, doch plötzlich habe sie an ihre Schulzeit denken müssen, genauer: »an den Deutschunterricht«, bis ihr zum Gesang ein Gedicht eingefallen sei, das sie »bis zum Abwinken« habe aufsagen müssen. »Tatsächlich« hätten die Worte, die sie in sich »hineinmurmelte«, perfekt auf die Takte gepasst. Das Gedicht gehe so:

Nasen-Ohren-Ärztin erzählt, die sich in einem nicht näher genannten Land in Ostafrika in einen britischen Mönch auf Mission verliebt, beschäftigt sich [redacted] mit dem Schrecken der Kindheit, die eine Stadtbernerin, bevor sie sich zu einem Medizinstudium entschließt, im Schoße einer autoritären Vaterfigur wie einer abwesenden Mutter erlebt. Rezensionen gibt es zu beiden Texten keine.

89 Auf Wikipedia lese ich, dass der Begriff ›Mzungu‹ aus dem 18. Jahrhundert stammt und ursprünglich »jemand, der herumwandert« meinte, was für die Ankömmlinge aus Europa zu dieser Zeit als typisch galt. Während ›Zungu‹ bzw. ›zunguka‹ so viel bedeute wie: ›sich an der selben Stelle drehen‹, stehe ›Kizunguzungu‹ für ›Benommenheit‹, ›Schwindel‹, ›Taumel‹. Heute würden mit dem Begriff Menschen weißer Hautfarbe, vornehmlich Europäer, bezeichnet.

Auch das Schöne muß sterben! Das Menschen und Götter bezwinget
Nicht die eherne Brust rührt es des stygischen Zeus.
Einmal nur erweichte die Liebe den Schattenbeherrscher,
Und an der Schwelle noch, streng, rief er zurück sein Geschenk.
Nicht stillt Aphrodite dem schönen Knaben die Wunde,
Die in den zierlichen Leib grausam der Eber geritzt.
Nicht errettet den göttlichen Held die unsterbliche Mutter,
Wann er, am skäischen Tor fallend, sein Schicksal erfüllt.
Aber sie steigt aus dem Meer mit allen Töchtern des Nereus,
Und die Klage hebt an um den verherrlichten Sohn.
Siehe! Da weinen die Götter, es weinen die Göttinnen alle,
Daß das Schöne vergeht, daß das Vollkommene stirbt.
Auch ein Klaglied zu sein im Mund der Geliebten ist herrlich;
Denn das Gemeine geht klanglos zum Orkus hinab.[90]

»[redacted]«, habe [redacted] plötzlich gerufen, während sie noch ganz im »Poem« gewesen sei, »siehst du das auch?«

»Ja«, habe [redacted] geantwortet, »ich sehe es auch.«

Während der traurige Sänger dem Krankenhaus näher gekommen sei, habe sich ein Blatt nach dem anderen von den die Straße säumenden Bäumen gelöst, bis der Mann die Eingangstüre erreicht habe. Dort habe er sich ein letztes Mal aufgebäumt und zu einem »furiosen Finale« angesetzt. Es sei ihr vorgekommen, als ob mit dem letzten Ton seines Liedes auch ein Stück seines »Geistes« aus seinem »Körper […] gefahren« wäre. Wie eine »Marionettenpuppe«, deren »Fäden [ein unsichtbarer Gott] abgeschnitten« habe, sei der Mann in sich zusammengeklappt. [redacted] und sie seien sofort zu ihm geeilt, hätten die Kinder verscheucht und ihn mithilfe

[90] In die Version, die [redacted] mir schickte, haben sich zahlreiche Fehler eingeschlichen. Ich habe sie durch die richtige ersetzt. Vgl. Schiller, Friedrich: Sämtliche Gedichte. Herausgegeben von Jochen Golz. Frankfurt am Main 1991.

zweier Pfleger in ein Krankenhauszimmer getragen. Er sei unterernährt gewesen und habe gerochen, als habe er sich seit Tagen nicht mehr gewaschen. Während [redacted] den Bewusstlosen nach Stichen abgesucht habe – »er sah nicht aus, als hätte er Malaria-Prophylaxe bei sich« –, habe die Ärztin ein »Spritzchen« bereit gemacht.[91]

Es sollte ein paar Tage dauern, bis der Patient – dem sie als »dritten Europäer«, den sie »innerhalb des laufenden Jahres [...] behandelten«, den Namen »Mzungu 3« gegeben hätten – aus seinem Tiefschlaf erwacht sei. Aus Mitleid habe sie ihn mit zu sich nach Hause genommen. In der ersten Nacht habe er sich zu ihr ins Bett gelegt und sich nah an ihren Körper geschmiegt, »ohne Begehren aber [...] mehr wie ein Kind«, was zwar nicht unangenehm gewesen sei, aber schon seltsam.

»Wo bin ich?«, habe Mzungu 3 am Morgen des nächsten Tages gefragt: »Wer sind Sie?« Dann: »Lassen Sie mich gehen. Ich habe Ihnen nichts getan. Warum halten Sie mich hier fest?« Seine Lider hätten nervös geflattert, »er wirkte orgastisch«. Nachdem sie ihn über die Geschehnisse der letzten Tage informiert habe, habe er ein Foto aus der Hosentasche gezogen und gefragt, ob sie diese Person kenne. Wenn sie sich recht erinnere, habe es eine junge Frau unter einer Laterne gezeigt.

»Nein«, habe [redacted] geantwortet, »nie gesehen.«

»Das kann nicht sein«, habe der Mann gesagt.

Je öfter sie ihm versichert habe, dass sie »keinen blassen Schimmer« habe, »wer zur Hölle« diese Frau sei, desto tiefer

---

91 [redacted]: Re:Re:Re: Johann Kaiser – Das Leben des Datendiebes als Sachbuch, 30.04.2017, 23:09.

sei er in sich zusammengesunken, bis er gegen Ende kein einziges Wort mehr gesagt habe. Irgendwann sei er verschwunden.

Erst ein paar Tage später habe sie festgestellt, dass nicht nur sämtliche Bargeldreserven fehlten, sondern ebenso ihre Lieblingstasse, »die mir mein Vater bei einem gemeinsamen Wien-Urlaub schenkte«, wie ein Manuskript, an dem sie seit gut zwei Jahren gearbeitet habe. Darin hätte sie sich mit den bedeutendsten Grabstätten der Welt auseinandergesetzt. Sie sei sich sicher, dass es der beste Text gewesen wäre, den sie jemals geschrieben habe. »Naja«, so sei das Leben eben, »man kriegt immer noch eins mehr auf den Deckel«. Wiedergesehen habe sie weder ihn noch das Manuskript, nein.[92]

---

92 [redacted]: Re:Re:Re:Re: Johann Kaiser – Das Leben des Datendiebes als Sachbuch, 01.05.2017, 09:14.

*

»Die Lebenden sind es den Toten schuldig«, schreibt [redacted], 87, Pensionist, »dass sie die ewige Ruhe der Toten nicht stören.« Die Toten seien einmal lebendig gewesen, und die Lebendigen würden einmal Tote sein, so einfach sei das, man müsse zusammenhalten. Dafür habe er sich ein Leben lang eingesetzt, bis zu seiner Pensionierung und darüber hinaus. Auch heute besuche er den Zentralfriedhof noch gerne, die Ruhe dort sei »beinahe unendlich«. Doch während die Touristen zu den Ehrengräbern hinströmten, böge er auf der ersten Seitenstraße rechts ab und wandere zum alten jüdischen Friedhof, wo die Gräber verfallen seien und von Gras überwuchert, dass man das Gefühl habe, dort kehrten die Verstorbenen dahin zurück, wo sie hingehörten, in die Erde hinein, wo sie zu fruchtbarem Boden würden, bis Bäume aus ihnen heraus wüchsen. Nach dem Tod ein Baum zu sein, sei eine tröstliche Vorstellung, »finden Sie nicht?« Er würde gern Birke. Eine Birke, wie sie bei den Mandelstams stünde, deren Grab ihn bis heute an den »jungen Mann« erinnere, »nach dem Sie gefragt haben, Herr Banzer«.

Den Tag, an dem er diesem zum ersten Mal begegnet sei, beschreibt [redacted] als »denkwürdig in mehrfacher Hinsicht«. Vor allem aus meteorologischer Perspektive. »Es hat geschüttet [...] es hat [...] wie aus Kübeln gegossen.« Obwohl ihm »jede Form von Fatalismus« fernläge, habe er angesichts des »sintflutartige[n]« Regens, den er aus dem

Innern des Pförtnerhäuschens heraus beobachtet habe, nicht anders gekonnt, als an zwei Dinge zu denken: Erstens, dass »der Gott des alten Testaments« zurückgekehrt sei, um, zweitens, »eine erneute Sintflut über die Menschheit hereinbrechen zu lassen«. Je größer die Lachen vor dem Fenster geworden seien, desto deutlicher habe er es in sich sprechen gehört: »Jetzt werden wir büßen. [...] Das ist die Rache für alles. [...] Die Rache für Waldheim« – dessen Kandidatur als Bundespräsident ein paar Tage vorher bekannt geworden sei –, »die Rache für Gusen und für Mauthausen [...], die Rache fürs Vergessen [...], die Rache für alles, was wir jemals getan, aber niemals zugegeben haben [...], die Rache für Österreich.« Und so habe er das Klopfen, als er es dann gehört habe, für das Klopfen eines Erzengels gehalten, der gekommen sei, um ihn zu warnen. »In der Stunde der Not«, beschreibt [redacted] einen Gedanken, der mir nicht fremd ist, »wähnte ich mich als Noah« und nicht als einen derjenigen, die dazu bestimmt seien, »in den Fluten [zu] ertrinken [...], verstehen Sie?« Und wie ich verstand. Dennoch habe sich seine Enttäuschung in Grenzen gehalten, als vor der Türe kein Erzengel gestanden habe, sondern »ein junger Mann, der vom Regen tropfte«. Zu seiner Verwunderung habe der junge Mann angesichts der für die Junimonate tiefen Temperaturen nur ein kurzärmliges Hemd getragen, das von »durch Mark und Bein« gehender »Hässlichkeit« gewesen sei. Trotzdem habe [redacted] ihn hereingebeten, »wie der Zöllner Zachäus den Sohn Gottes«, er sei nun mal Katholik, habe ihn dann in eine Decke gewickelt und ihm eine Tasse »Schwarztee [...] mit einem Spritzer Zitrone« zu trinken gegeben. Obwohl [redacted] das Gesicht des jungen Mannes als »kreidebleich« und seinen Blick als »abwesend«

und »milchig« beschreibt, habe er in seiner Gestalt doch »eine gewisse Form der Anmut« erkennen können, dass er sich gefragt habe, ob er »nicht vielleicht doch« ein Erzengel sei. Die Frage, wie Engel korrekt anzusprechen seien – »Muss man Engel siezen? Sagt man: ›Ihre Heiligkeit‹, ›Hochwohlgeboren‹, ›Ihre Unendlichkeit‹?« –, hätte ihm Schweißperlen auf die Stirn getrieben, doch dann habe er ganz auf eine Anrede verzichtet und sich für leichten Smalltalk entschieden. Auf die Frage »grindiges Wetter, hm?« habe er genauso wenig Antwort erhalten wie auf: »Wo kommst du her? [...] Wie heißt du? [...] Warum trägst du einen Stadtplan bei dir? [...] Bist du Tourist? [...] Suchst du das Ehrengrab von Schubert? Beethoven? Strauss? [...] Was machst du bei diesem Wetter draußen? [...] Do you speak English?« Der junge Mann sei apathisch sitzen geblieben, bis sich die Wolken gelichtet hätten. Dann habe er einen der Friedhofspläne vom Tischchen genommen, sich den nassen Mantel übergestreift und sei ohne ein Wort zu sagen ins Unwetter hinaus verschwunden, was [redacted] »sehr unhöflich« gefunden habe, aber so seien die jungen Menschen halt.

Die kommenden Wochen habe [redacted] vor allem mit dem Herrichten von Gräbern, die unter dem Unwetter stark gelitten hätten, und dem Abpumpen von Wasser verbracht, bis er am ersten wieder »richtig trockenen Tag« bei einem »Kontrollgang« über den alten jüdischen Friedhof ein oranges Lodern gesehen habe. »Nazis«, sei sein erster Gedanke gewesen, »Grabschänder« oder anderer »Schmutz«. Genau dort, wo er den Rehen, von denen es mittlerweile »rund 20 Stück« auf dem Zentralfriedhof gebe, hin und wieder etwas zu essen hinlege, »damit sie mir nicht verhungern«, genau dort, am Grab der Mandelstams, habe er ihn unter der

Birke hocken sehen, sich an einem offenen Feuer wärmend. »Ich habe gerufen: ›Was machst du da? Das ist ein Friedhof und keine gottverdammte Grillstelle, Bub!‹« Und obwohl er es vom jungen Mann »jetzt ja« hätte wissen müssen, sei er wieder überrascht gewesen, als dieser aufgestanden und ohne ein Wort zu sagen davongerannt sei. Beim Löschen des Feuers habe [redacted] mehrere Schriftstücke auf dem Boden gefunden. Zum einen den aus dem Pförtnerhäuschen entwendeten Plan des Zentralfriedhofs, der mit Markierungen und Durchstreichungen voll gewesen sei, als hätte der junge Mann »Grab für Grab« abgesucht, in der Hoffnung, darunter ein bestimmtes zu finden. Daneben hätten ein Telefonbuch der Innenbezirke der Stadt Wien sowie ein ausgebreitetes Handtuch gelegen, auf dem der junge Mann die letzten zwei Wochen »wohl« geschlafen habe.[93] Danach habe er ihn nie wieder gesehen, nein.[94]

---

93 [redacted]: Re: Johann Kaiser – Das Leben des Datendiebes als Sachbuch, 07.05.2017, 18:01.

94 [redacted]: Re:Re: Johann Kaiser – Das Leben des Datendiebes als Sachbuch, 09.05.2017, 06:43.

*

Sie habe lange darüber nachgedacht, schreibt [redacted], die heute als Mutter dreier erwachsener Kinder in [redacted] bei [redacted] lebt und mit Nachnamen [redacted] heißt, ob sie mir »überhaupt« antworten solle. Das »Kapitel Johann Kaiser« sei das »wahrscheinlich dunkelste« ihres Lebens, selbst die kleinste Erinnerung daran löse ein »heftiges Stechen« in der »gesamten Bauchregion« aus. Doch da sie die Absicht, ein Bild Johann Kaisers zu zeichnen, wie er wirklich gewesen sei, ohne »Romantizismen« und »Verzerrungen«, »wie Sie das in Ihrem Buch vorhaben, Herr Banzer«, unterstützenswert finde, habe sie sich letzten Endes dann doch dazu entschieden »zu helfen«. Nur unter der Bedingung aber, »dass Sie mit den Informationen vertraulich umgehen« und »meine Familie aus dem Spiel lassen«, ob wir uns da verstanden hätten?[95]

Es sei wahr, dass Johann Kaiser ihr »erster ›richtiger‹ Freund« gewesen sei. Dass sie ›richtiger‹ in Anführungszeichen setzte, brach mir beinahe das Herz. Bis im Juni 1981 hätten sie »sehr viel Zeit« miteinander verbracht, doch dann sei Johann »von einem Tag auf den anderen« verschwunden. »Fragen Sie mich nicht, warum.« Weder auf die Anrufe, die sie fast täglich getätigt habe, noch auf die Briefe, die sie ihm

---

95 [redacted]: Re: Johann Kaiser – Das Leben des Datendiebes als Sachbuch, 30.04.2017, 10:00.

geschrieben habe, als sie merkte, dass die Anrufe nichts nützten, habe er reagiert. Natürlich habe sie sich Sorgen gemacht. »Johanns Temperament ist Fluch und Segen zugleich«, man wisse nie, was in »diesem kranken Gehirn« als Nächstes geschähe. »Ist er unter ein Auto gekommen?«, habe sie sich gefragt. »Hat er sich umgebracht? Ist er ermordet worden?« Er sei zwar nicht besonders beliebt gewesen, aber so unbeliebt, dass ihn jemand umbringen wolle, dann auch wieder nicht. Habe sie gedacht, »damals«.

Hätte sie bei der örtlichen Polizeistation eine Vermisstmeldung aufgeben sollen? Seine Eltern habe sie nie kennengelernt. Während er von seiner Mutter nur in den höchsten Tönen gesprochen habe – »sie ist ein bisschen wie du«, habe er immer gesagt –, habe er das Verhältnis zu seinem Vater nie weiter thematisiert. Freunde oder Bekannte habe er von ihr ferngehalten, erst Jahre später habe sie verstanden, warum: Einerseits, weil er nicht der war, der er vorgab zu sein. Kein Hilti, sondern ein Kaiser. Andererseits, Kaiser oder Hilti hin oder her: »Freunde hat ein Mensch wie Johann keine.«

So seien »Tage, Wochen, Monate« vergangen, in denen sie die Tageszeitungen so aufmerksam gelesen habe wie zu keiner anderen Zeit ihres Lebens. Besonders Polizeimeldungen, Berichte über Mordfälle, Betrügereien und Naturkatastrophen, Unwetterwarnungen wie Gerichtsreportagen hätten ihr ganzes Interesse eingenommen. Doch je mehr sie gelesen habe, desto diffuser sei es in ihr geworden. Johann hätte in »alles« verwickelt sein können, oder in »gar nichts«. Sie habe schlecht geschlafen und sei bis in ihre Träume hinein von ihrem »Exfreund« verfolgt worden. Sie habe ihn im Bett neben sich liegen sehen, seinen toten Körper an einem mit Leichen übersäten Strand, oder »quietschfidel« in einer

Hängematte zwischen Palmen, eine halbe Kokosnuss in der Hand, »die er mit einem Strohhalm ausschlürft«. Es falle ihr erst jetzt auf: In ihren Träumen habe Johann immer gelegen, nie sei er gesessen oder gestanden, das sei doch interessant, oder?

Diese Monate hätten sie dermaßen gezeichnet, dass sie auf Anraten ihrer Freunde, im Gegensatz zu Johann habe sie nämlich welche, eine Psychotherapie begonnen habe. »Keinen Tag zu früh.« Sie sei gerade von einer der wöchentlichen Sitzungen nach Hause gekommen, als sich der »finale Breakdown« ereignet habe. Sein Auslöser sei eine »läppische Postkarte« gewesen. Während die Vorderseite die »berühmten Steinstatuen« der Osterinsel gezeigt habe, seien auf der Hinterseite »Kritzeleien« und »durchgestrichene Buchstaben« zu sehen gewesen. »[J]a, tatsächlich«, der Absender habe eine Partie »Galgenmännchen« gespielt. Die Figur habe bereits am Galgen gehangen und das gesuchte Wort sei bis auf eine Stelle ausgefüllt gewesen: »M _ r d e r i n«. Die Unterschrift habe sie erst gar nicht lesen müssen. Das »ekelhaft Geschwungene«, die »hässliche[n] Rundungen« der Handschrift hätten mehr als genügt.

Als sie die Postkarte später mit ihrem Therapeuten besprochen habe, habe dieser seine »Neutralität« ein einziges Mal aufgegeben. Sie könne froh sein, einen Menschen, der hinter einer solch »kindlich-destruktiven« Nachricht stecke, los zu sein. Da habe sie »vielleicht zum ersten Mal« verstanden, wer Johann »in Wirklichkeit« sei. Ein »autoaggressiver Zerstörer«, der nichts als »verwüstete Landstriche« hinterlasse. Wo er einmal hingetreten sei, wachse so schnell nichts mehr. »Wir wissen ja«, schreibt [redacted] mit Verweis auf den 14. Februar 2008, »wozu das alles geführt hat.« Wieso sie die Postkarte bis heute aufgehoben habe, wisse sie nicht. Vielleicht, um »für immer« einen Beweis in den eigenen Händen zu wissen, was für ein »grausamer« Mensch Johann sei.

Eines sei ihr noch eingefallen, schreibt [redacted] ein paar Tage später. Als sie die Postkarte noch einmal angeschaut habe, habe sie anhand des Poststempels bemerkt, dass sie nicht von der Osterinsel, sondern aus »St. Leonhard im Pitztal« verschickt worden sei. Vielleicht helfe das ja.[96]

---

96 [redacted]: Re:Re: Johann Kaiser – Das Leben des Datendiebes als Sachbuch, 04.05.2017, 16:02.

*

Obwohl »die Kapelle des weißen Lichts« erst zwanzig Jahre später erbaut worden sei, könne es sich »rückblickend betrachtet« um »kein[en] Zufall« handeln, dass er, [redacted], 62, »besagten Mann« an genau jenem Ort getroffen habe, an dem der Tiroler »Künstler Professor« Rudi Wach später »180 Einzelteile Carrara-Granit« an einer Konstruktion aus »Nirosta-Stahl« aufhängen ließ. Er selbst habe zu der Zeit als Zugführer gearbeitet, er sei der erste Fahrer des eben erst eingeweihten Pitz-Express gewesen, den er als »Segen für das Land Tirol, die Tourismusbranche [...] und mich selbst [...], ich bin ja vorher lange Zeit arbeitslos gewesen« beschreibt. Durch eine »Röhre«, die [redacted] mit einem Teilchenbeschleuniger vergleicht, fahre der Zug durch den Berg, innerhalb von sieben Minuten sei man am Gletscher!, weshalb er hin und wieder Angst gehabt hätte, es käme ihm etwas entgegen und der Aufprall ließe ein schwarzes Loch entstehen, das alles in sich aufsaugen würde, das ganze Pitztal, die Gletscher, »alles halt«, was es gibt.

Dort also, wo heute die »prächtige Kapelle« stehe, die ich mir unbedingt anschauen müsse, wenn ich einmal in der Nähe sei, habe der Mann gestanden und in den Schnee gepinkelt. »Du Saubeutel!«, habe [redacted] geschrien, »hör gefälligst auf! Spinnst du! Geh halt rüber ins *Kristall*, da gibt's Klos!« Doch »besagter Mann« habe ungerührt weiter gepinkelt. »Eine unglaubliche Blase hatte der.« Und »drum«

sei er dann zu ihm hin, habe ihn bei den Schultern gepackt, was ihn ebenso wenig zu stören schien, wie dass er ihn zu schütteln begonnen habe »wie ein Erdbeben«. Er habe ihn dann einfach so lange böse angesehen, bis »besagter Mann« irgendwann etwas habe sagen müssen. »[U]nd zwar«, dass er Sprengstoff benötige.

»Sprengstoff?« Dann soll er mal drüben beim »Intersport« fragen, habe [redacted] gesagt, was »selbstverständlich [...] ein Witz« gewesen sei, den »der Trottel«, der von Humor so frei gewesen sei wie von Verstand, nicht verstanden habe. »Schnurstracks« wäre er zum Intersport los, [redacted] »ihm hinterher«, weil es ihn »schon« interessiert habe, was »der« jetzt vorhabe. »Sicher nix Gescheites.« Der Mann habe die [redacted] vom Intersport »also« nach Sprengstoff gefragt, und die [redacted] habe geantwortet: »Sprengstoff han i koan, aber a Watschn kannsch habn.« Er habe sich beim Zuschauen fast totgelacht. »Skischuach han i, Steckn und Skier. Handschuach gibt's, Steigeisn, Hackn und de neimodischn Stiefln – Munbuts sagn die Großkopfertn.« Der Mann habe nach Steigeisen und Spitzhacke gegriffen, »viel zu viel« Schilling auf den Tisch gelegt, und als die [redacted] ihn gefragt habe, wozu er das ganze Zeug brauche, habe der Mann nur ein einziges Wort gesagt, etwas wie: »Bernhardina.« Den »Depperten« hätten beide nicht wieder gesehen. Ein paar Tage später habe man eine Leiche in einer Gletscherspalte gefunden, vielleicht wäre es »besagter Mann« gewesen, vielleicht nicht. Wer wisse das schon so genau. Er jedenfalls nicht. »Pfiat di.«[97]

---

[97] [redacted]: Re: Johann Kaiser – Das Leben des Datendiebes als Sachbuch, 03.05.2017, 11:09.

*

»Johann Kaiser«, schreibt [redacted], 52, Chef der [redacted] *Treuhand AG* in Vaduz, »ist ein Krimineller, der das Fürstentum Liechtenstein in die größte Krise seiner über dreihundertjährigen Geschichte gestürzt hat. Sie werden verstehen, dass ich davon absehe, mich zu einem Verräter und Denunzianten zu äußern. Sagen will ich nur so viel: Ich hoffe, dass es ihm schlecht geht. Das können Sie gerne zitieren. Viel Erfolg mit Ihrem Buch.«[98]

---

98 [redacted]: Re: Johann Kaiser – Das Leben des Datendiebes als Sachbuch, 29.04.2017, 09:30.

*

»Ohne Ihnen zu nahe treten zu wollen«, schreibt [redacted], 78, »aber wenn Sie der Bewunderer wären, als den Sie sich bezeichnen, müssten Sie eigentlich wissen, dass mein Vater seit mehr als zehn Jahren tot ist.« Natürlich wusste ich das, ich habe getrauert, doch ich musste die Fiktion aufrechterhalten, der Journalist Banzer zu sein, der an einem Sachbuch über den Datendieb Johann Kaiser arbeite. »Wie dem auch sei«, fährt [redacted] fort, es sei seltsam, dass ich »ausgerechnet [...] danach« fragte. Woher ich »davon« wisse? Er hätte nie einen anderen Menschen, der nicht sein Vater gewesen wäre, »darüber« sprechen hören. Schon in den ersten Briefen, die »Vati« ihm geschrieben habe, sie seien sich erst Jahre nach seiner Geburt zum ersten Mal persönlich begegnet, habe er davon erzählt. Als wäre es nicht schon abenteuerlich genug, von seiner Mutter Briefe vorgelesen zu bekommen, die ein Mann, der sein Vater sein solle, erst aus einem Gefängnis in Indien und später vom Hof des Dalai Lama aus Tibet schickte, sei deren Inhalt so abenteuerlich gewesen, dass er nicht anders habe können, als all die Schilderungen für »ausgedacht [...], unwahr [...], ein Märchen« zu halten. Und allen voran eben »die Geschichte von Peradina«, einem »recht gewöhnlich aussehenden Stein« mit »recht ungewöhnlichen Fähigkeiten«, solle er doch die Eigenschaft haben, Lebende unsterblich und Tote wieder lebendig machen zu können. Es sei ihm nie gelungen endgültig zu klären, ob sein

Vater wirklich an die Existenz dieses Steines geglaubt hatte. Auffällig wäre gewesen, dass er zu seinem »Lebensabend« hin immer öfter von Peradina erzählt hätte, fast so, als könne die Vorstellung, dass der Stein irgendwo da draußen ist, ihm etwas von der Angst vor dem Sterben nehmen, die er mit zunehmendem Alter entwickelt hätte. Sein Vater sei nie ein religiöser Mensch gewesen. Aber wenn er von Peradina gesprochen hätte, das falle ihm erst jetzt auf, hätte sich das immer ein bisschen angehört, als würde er beten. Als bete er zu einem Gott, an den er vorgegeben hätte, nicht zu glauben. »So irgendwie.«[99]

Über einen »Johann Kaiser« habe er ihn nie sprechen gehört, nein. Mit Liechtenstein sei er aber einigermaßen vertraut. Nach der Scheidung seiner Eltern habe er seinen Vater hin und wieder in Mauren und später dann in Vaduz besucht. Was ihm, dem steirischen Scheidungskind, als »große[m] Freund des Wintersports« besonders »imponiert« habe, sei, dass Liechtenstein trotz seiner »lächerlichen« Größe so viele Skisportler »von Weltformat« hervorgebracht hätte. Denke man etwa an die Geschwister Wenzel und all die anderen, die es da noch gegeben habe. Wirklich unglaublich, wenn man sich das einmal vor Augen führe, »nicht?«[100]

---

99 [redacted]: Re: Johann Kaiser – Das Leben des Datendiebes als Sachbuch, 05.05.2017, 06:30.

100 [redacted]: Re:Re: Johann Kaiser – Das Leben des Datendiebes als Sachbuch, 07.05.2017, 08:01.

*

»Oh mein Gott, der«, schreibt [redacted], 58, ja, an »den« könne er sich erinnern. Es sei im Januar 1984 gewesen. [redacted] habe gerade Schluss machen wollen, als er vom Hof her laute Geräusche gehört habe. Er sei sofort nachschauen gegangen, und da habe er ihn, diesen »seltsamen Mann«, beim Durchsuchen der Container erwischt. Deswegen, und weil er nicht viel mehr als eine Plastiktüte bei sich getragen habe, habe [redacted] ihn anfangs für einen Obdachlosen gehalten. Weil er es damals schon als seine Pflicht angesehen habe, den Armen zu helfen, habe er den verwirrt aussehenden Mann mit in die Küche genommen und ihm eine übrig gebliebene Pita auf den Tisch gestellt. So schnell habe er noch nicht viele Menschen essen sehen. Was sage er essen, »schlingen« müsse es heißen. Ohne dass er danach gefragt worden wäre, habe der Mann nach dem Essen gesagt, dass er nach Sarajevo gekommen sei, um die Olympischen Winterspiele aus nächster Nähe mitzuerleben. Besonders der Skisport interessiere ihn sehr. Auch aus seinem Land seien Teilnehmer angereist. »Aha«, habe [redacted] geantwortet, »mehr nicht.«[101]

Ab diesem Tag habe sie »so etwas« wie eine Freundschaft verbunden. Zumindest in den Augen des Mannes. Wenn er

---

[101] [redacted]: Re: Johann Kaiser – Das Leben des Datendiebes als Sachbuch, 15.05.2017, 20:32.

im Café aufgetaucht sei, habe er [redacted] überschwänglich begrüßt und mit ihm geschäkert, als wären sie seit Kindestagen befreundet. Sein breites Grinsen, das hinterlistige Funkeln in seinen Augen, die Geschwindigkeit, mit der er sprach, »irgendwoher kannte ich das«. Doch bis [redacted] eingefallen sei, an wen der Mann ihn erinnere, habe es bis zur Eröffnung der Winterspiele gedauert. Er habe die anderen Angestellten in seine Beobachtung eingeweiht, könne das sein?, und alle hätten sofort verstanden. Wie sie nur so blind sein hätten können! Natürlich! Wie Vučko! Das olympische Maskottchen! Natürlich! Zu lächerlich, um ausgewachsener Wolf zu sein, aber schelmisch genug, dass es für ein Wölfchen allemal reichte. Und so sei aus dem Mann, den er anfangs für einen Obdachlosen gehalten habe, Vučko geworden, Vučko Wölfchen.

Wann immer Vučko aufgekreuzt sei, habe er sich an den Tisch am Fenster zur Flussseite hin gesetzt, nach der *Oslobođenje* verlangt und Kreuzworträtsel gelöst. Da Vučko kein Bosnisch gesprochen habe, habe er die Felder mit deutschen Worten gefüllt. Die Antwort auf alles, habe er einmal zu [redacted] gesagt, seien die Namen der Olympioniken des Landes, aus dem er stamme. Dazu hätte das Wölfchen Limonade nach Limonade bestellt. Doch woher habe Vučko Wölfchen plötzlich das Geld gehabt, nicht nur für die vielen Getränke, sondern auch für sein großzügiges Trinkgeld? Die Antwort sei einfach. Von Gospođa [redacted]. Mit der sei er nämlich, ab dem Zeitpunkt, an dem sein Land die erste olympische Medaille gewonnen habe[102], täglich aufgetaucht.

Wie Vučko Wölfchen und Gospođa [redacted] sich kennen-

---

102 Andreas Wenzel, Bronze, Riesenslalom (14. Februar 1984, 13:30 Uhr).

gelernt hätten, wisse er nicht. Wohl aber, dass die Gospođa einer dieser Menschen gewesen sei, die man sich nur als alt, niemals aber als jung vorstellen könne. Als alte Frau sei sie zur Welt gekommen und als alte Frau habe sie die Welt wieder verlassen. Und genauso wie sie immer schon alt gewesen sei, sei sie auch immer schon reich gewesen. Vučko und sie hätten am Tisch am Fenster zur Flussseite hin Backgammon gespielt. Auf ihn habe es den Anschein gemacht, als hätten die Partien deswegen so lange gedauert, weil beiden daran gelegen sei, ihr Gegenüber gewinnen zu lassen. Stundenlang hätten sie dagesessen, und jeder von ihnen hätte überlegt, welcher Zug der schlechtmöglichste wäre. Einige Kollegen hätten die Theorie aufgestellt, dass die Gospođa das Wölfchen bezahle, mit ihr zu schlafen, aber er glaube das nicht. Vučko hätte er das schon zugetraut, ja, aber der Gospođa? Niemals. Sie sei eine feine Frau gewesen.

Eine Geschichte habe er noch gut im Gedächtnis. Beim Servieren einer Limo an den Tisch zur Flussseite hin, sei eine Kollegin an den Stuhl gestoßen, auf dem Vučkos Tüte gelegen habe. Die Tüte sei zu Boden gefallen, und mehrere Steine seien daraus hervorgerollt. Ganz normale Steine. Und da sei aus Vučko Wölfchen ein Wolf geworden und aus dem Wolf fast ein Werwolf. Geschrien habe er. Dass das sein Privatbesitz sei. Dass das niemanden etwas angehe. Dass sie aufhören sollten zu starren. Dass er jetzt ginge. Er wüsste nicht, was geschehen wäre, wenn Gospođa [redacted] nicht in der Nähe gewesen wäre. Sie habe Vučko Fast-Werwolf beim Aufsammeln der Steine geholfen, dass er Angst gehabt habe, die alte Frau bräche sich alle Knochen. Und da sei ihm aufgefallen, dass sie sich nicht wie ein Liebespaar verhielten, sondern vielmehr wie Mutter und Sohn. Der Moment, in dem die

Gospođa den Vučko bei der Hand genommen und aus dem Kaffeehaus geführt habe, sei der letzte gewesen, an dem er die alte Dame gesehen habe.

Bei der Trauerfeier für die Gospođa habe Vučko ganz hinten gestanden, seine Tüte fest umklammert. Er habe geweint, als betrauere er nicht nur den Tod eines einzigen Menschen, sondern der ganzen Menschheit an sich. Er, [redacted], habe Mitleid mit Vučko Wölfchen gehabt. Als er nach dem Ende der Beerdigung nach ihm gesucht habe, um ihn für einen kurzen Moment in den Arm zu nehmen, habe er ihn nicht mehr gefunden. Seitdem, »bis Sie mir das Foto schickten«, habe er ihn nie wieder gesehen. Mehr wisse er nicht.[103]

Auch nicht, wohin er gegangen sei, nein.[104]

Auch nicht, wohin er gegangen sein könnte, nein.[105]

Nein, davon habe er nie gesprochen.[106]

Nein, das könne er nicht behaupten.[107]

Es habe die Theorie gegeben, dass die Gospođa Vučko als Alleinerben habe einsetzen lassen.[108]

Nein.[109]

---

103 [redacted]: Re:Re: Johann Kaiser – Das Leben des Datendiebes als Sachbuch, 16.05.2017, 10:54.

104 [redacted]: Re:Re:Re: Johann Kaiser – Das Leben des Datendiebes als Sachbuch, 16.05.2017, 11:00.

105 [redacted]: Re:Re:Re:Re: Johann Kaiser – Das Leben des Datendiebes als Sachbuch, 16.05.2017, 11:05.

106 [redacted]: Re:Re:Re:Re:Re: Johann Kaiser – Das Leben des Datendiebes als Sachbuch, 16.05.2017, 11:11.

107 [redacted]: Re:Re:Re:Re:Re:Re: Johann Kaiser – Das Leben des Datendiebes als Sachbuch, 16.05.2017, 11:13.

108 [redacted]: Re:Re:Re:Re:Re:Re:Re: Johann Kaiser – Das Leben des Datendiebes als Sachbuch, 16.05.2017, 11:16.

109 [redacted]: Re:Re:Re:Re:Re:Re:Re:Re: Johann Kaiser – Das Leben des Datendiebes als Sachbuch, 16.05.2017, 11:25.

Das ergebe keinen Sinn.[110]

Darüber spräche er nicht.[111]

Das sei völlig wahnsinnig.[112]

Es reiche jetzt.[113]

Das sei die letzte E-Mail, auf die er antworten würde. Auf Wiedersehen.[114]

110 [redacted]: Re:Re:Re:Re:Re:Re:Re:Re:Re: Johann Kaiser – Das Leben des Datendiebes als Sachbuch, 16.05.2017, 11:35.

111 [redacted]: Re:Re:Re:Re:Re:Re:Re:Re:Re:Re: Johann Kaiser – Das Leben des Datendiebes als Sachbuch, 16.05.2017, 11:42.

112 [redacted]: Re:Re:Re:Re:Re:Re:Re:Re:Re:Re:Re: Johann Kaiser – Das Leben des Datendiebes als Sachbuch, 16.05.2017, 11:47.

113 [redacted]: Re:Re:Re:Re:Re:Re:Re:Re:Re:Re:Re:Re: Johann Kaiser – Das Leben des Datendiebes als Sachbuch, 16.05.2017, 11:50.

114 [redacted]: Re:Re:Re:Re:Re:Re:Re:Re:Re:Re:Re:Re:Re: Johann Kaiser – Das Leben des Datendiebes als Sachbuch, 16.05.2017, 11:53.

*

Wie [redacted] bereits persönlich mitgeteilt habe, schreibt [redacted], Sekretärin, sei er nicht dazu bereit, sich zu »einem Denunzianten und Verräter« zu äußern. Wenn die Belästigungen nicht »per sofort« ein Ende nähmen, sähe [redacted] sich dazu gezwungen, rechtliche Schritte einzuleiten. Er und sie bäten, das zu verstehen.

PS: Mit der Bitte, [redacted] nichts davon zu erzählen, erlaube sie sich eine kurze persönliche Bemerkung. Natürlich wisse sie, wer Johann Kaiser gewesen sei. Jede und jeder in Liechtenstein wüsste das. Zwar habe sie ihn nie persönlich getroffen, doch habe sie Anfang der 80er-Jahre eine »kurze, aber sehr intensive Liaison« zu einem Mann unterhalten, der mit dem späteren Datendieb im Kinderheim Gamander in Schaan aufgewachsen sei. Einmal habe ein Paket auf dem Küchentisch ihres Liebhabers gestanden, das einen Geschenkkorb voller »exquisiter« italienischer Spezialitäten enthalten habe. Sie könne sich nur noch an die Panettone erinnern, allein deren Anblick sei herrlich gewesen. Inmitten des Korbes sei ein Schweizer Taschenmesser gelegen wie eine kurze Notiz, auf der gestanden habe, dass er »das« nie zurückgegeben habe, »Entschuldigung, mit den besten Grüßen aus Rom, Johann«. Sie wisse nicht, ob es der Anblick des Taschenmessers oder die Nachricht seines verschollen geglaubten Freundes gewesen sei, die ihren damaligen Liebhaber in einen ihr unbekannten Zustand der Erregung versetzt hätte. Bei allen schlimmen Dingen, die dieser Johann Kaiser auch getan haben möge, zumindest dafür sei sie ihm dankbar. Wie gesagt, es wäre ihr recht, würde [redacted] nichts von dieser Randnotiz erfahren. Mit freundlichen Grüßen.[115]

115 [redacted]: Re: Johann Kaiser – Das Leben des Datendiebes als Sachbuch, 30.04.2017, 08:15.

*

Er habe zu dieser Zeit als Taxifahrer gearbeitet, schreibt [redacted], 55, und »das blöde Schwein« sei mit Sicherheit der Fahrgast, an den er sich bis heute am besten erinnere. Er sei am Hauptbahnhof eingestiegen, und als [redacted] ihn gefragt habe, wo er denn hinwolle, habe er bloß geantwortet: »Ich will die Stadt sehen.« Dass er aber schon wisse, habe [redacted] geantwortet, dass er in einem Taxi und nicht in einer dieser Stadtrundfahrten säße, wie sie weiter drüben abfahren würden und die er ihm »aufs Herzlichste« empfähle, um einen ersten Eindruck »der schönsten Stadt Europas«, was sage er, »der Welt!« zu gewinnen. Er habe das gesagt, weil der Mann nicht unbedingt nach Geld ausgesehen habe, außerdem habe er mit seinem Freund [redacted], der die Stadtrundfahrten betriebe, diesen Deal, dass sie sich hin und wieder gegenseitig Kunden zuschacherten. »Je naiver die aussehen, desto besser.« In diesen Tagen habe man sehen müssen, wo man bleibe. Der Mann habe geantwortet, dass er nicht vollkommen blöd sei, er wisse schon, in was für einem Fahrzeug er säße, deutlicher »Taxi« draufschreiben, das ginge ja nicht. Außerdem setze er sich ganz bestimmt nicht in einen dieser »ekelhaften« Busse, »ja wirklich: ekelhaft hat dieses Schwein gesagt«, und da sei [redacted] zum ersten Mal aufgefallen, wie komisch sein Fahrgast gesprochen habe. Sein Italienisch, in das sich immer wieder Fetzen Spanisch geschoben hätten, habe etwas Unmelodiöses, Abgehacktes,

Aggressives gehabt, »wie richtig schlechte Musik«. Ob er aus Deutschland käme, habe [redacted] ihn gefragt. Das gehe ihn gar nichts an, habe der Mann geantwortet, und das wäre der erste von vielen Momenten gewesen, in denen [redacted] ihn am liebsten hochkant aus seinem neuen Fiat geschmissen hätte. Aber stattdessen habe er sich nur gedacht: »So lasse ich nicht mit mir reden, Kollege, dir zeig ich's«, und dann gesagt: »Nun hören Sie mal, ich kann Ihnen gern eine Stadtrundfahrt geben, aber erst will ich Geld sehen.« Ohne zu zögern habe der Mann in eine Plastiktüte gegriffen, ihm ein Bündel Scheine gereicht und gesagt, »das müsste für den Tag reichen, oder?« Er habe weder gefragt, woher er das Geld habe, noch wieso er ihm viel zu viel davon gäbe, »ein Kleinkrimineller halt«, habe er sich gedacht und dann gesagt: »gut, dann geht es jetzt los«, und sei losgefahren. An den wichtigen Stationen habe er Halt gemacht: »Pantheon, Circus Maximus, Petersdom, Kolosseum, Sie werden es sich vorstellen können.« Meistens habe der Mann sich nicht die Mühe gemacht auszusteigen, »das faule Schwein«, sondern habe einfach nur gesagt, das interessiere ihn nicht, [redacted] solle weiterfahren, er wolle Rom sehen. »Wir *sind* in Rom«, habe der Taxifahrer gedacht, aber nichts weiter gesagt, denn der Kunde hätte bezahlt und der Kunde sei König. »Wir fuhren den ganzen Tag herum.« Wenn er versucht habe, ein Gespräch zu beginnen, habe sein Gast sofort abgeblockt. Das gehe ihn gar nichts an, habe er auf nahezu jede Frage geantwortet. So hätten sie den Großteil der Zeit mit Schweigen verbracht. Es sei einer der langweiligsten und gleichzeitig interessantesten Tage seines Lebens gewesen. Von sich aus habe der Mann die Stille nur ein einziges Mal gebrochen. Als im Radio *I'm on Fire* von Bruce Springsteen gespielt worden sei, das wisse er als Springsteen-Fan noch genau, habe sein Gast lauthals Zeile für Zeile mitgesungen. »Leider« müsse man »dem Schwein« eines lassen: »Er war ein wirklich ausgezeichneter Sänger.« In seiner Stimme habe so viel Gefühl, so viel Sehnsucht gelegen, dass es ihm kalt den Rücken herunter gelaufen sei. Er habe sogar gemeint, das Madonnenbild, das an seinem Rückspiegel baumele, hätte für einen kurzen Moment zu weinen begonnen. Seine Frau habe es ihm geschenkt. »Im römischen Verkehr«, sage sie immer, »kann dir nur die heilige Jungfrau helfen.« Als er das Schwein nach Ende des Liedes gefragt habe, wo er so gut singen gelernt habe, habe das Schwein wieder nur geantwortet, das gehe ihn einen »Scheißdreck« an, und so seien sie weiter schweigend durch Rom gefahren. Dass [redacted] auf immer anderen Seitenstraßen die ganze Zeit über im Kreis gefahren sei, habe das dumme Schwein entweder nicht bemerkt oder es sei ihm egal gewesen. Als sie einmal an einer roten Ampel hielten und neben ihnen ein Wagen der Carabinieri stand, in dem [redacted] seinen Freund [redacted] erkannt und das Seitenfenster nach unten gekurbelt habe, um ein kurzes Gespräch zu führen, habe er gesehen, wie sein Passagier im Rücksitz kleiner und kleiner geworden sei. »Oh! Das war so ein Genuss, das Schwein leiden zu sehen!« An das Gespräch, das er mit [redacted] geführt habe, könne er sich nicht mehr erinnern, vermutlich sei es um ihre Ehefrauen gegangen oder um Fußball, [redacted] sei Anhänger von Lazio, er selbst der AS, »c'è solo l'AS Roma!«, jedenfalls habe er genüsslich beobachtet, wie sein Gast auf dem Rücksitz es kaum mehr ausgehalten habe, dass er es richtig schade gefunden habe, als die Ampel wieder auf Grün gesprungen und der Wagen der Carabinieri in eine andere Richtung verschwunden sei. Er habe ihn dann gefragt, was denn da los gewesen sei, ob er sich vor den Carabinieri fürchte, oder was? Das gehe ihn gar nichts an, habe die feige Sau wieder gesagt, und [redacted] sei weitergefahren. Klar, der Mann sei wahrscheinlich ein Krimineller gewesen, aber mit seinem Körperbau hätte das Würstchen keinem Dreijährigen Angst machen können. Irgendwann sei das Schwein eingeschlafen. »Endlich«, habe [redacted] gedacht und den Schlafenden auf dem Parkplatz vor [redacted] Café halbherzig zu wecken versucht. Weil es nichts gebracht habe, habe er ihn auf der Rückbank liegen gelassen, die Türen von außen abgesperrt und bei [redacted], die »das beste Ossobuco der Stadt« mache, eine Kleinigkeit gegessen. Natürlich habe er sich Zeit gelassen, der Tag sei anstrengend gewesen. Als er zum Auto zurückkehrte, habe er gesehen, dass das Schwein auf dem Beifahrersitz Platz genommen habe. Ob er gut geschlafen habe? Für einmal habe das Schwein nicht geantwortet, dass ihn das nichts angehe, sondern nur gesagt: »Ich weiß jetzt, wo sie ist«, jetzt übernehme er das Kommando, »links!« »Wer wo ist? Was links?«, habe [redacted] gefragt. »Mamá«, habe das Schwein nur gerufen, und dass er jetzt links abbiegen soll. »Ich kann hier nicht links abbiegen«, habe [redacted] erwidert, am roten Schild mit dem weißen Balken könne man erkennen, dass das »links!« eine Einbahnstraße sei, ob er wisse, was Einbahnstraßen wären? Er wisse genau, wie so ein Schild aussehe, habe das Arschloch gerufen, dann halt die nächste! Also sei er in die nächste Seitenstraße eingebogen. »Rechts!«, habe er dann in einer ungeheuren Lautstärke gebrüllt, und [redacted] habe getan wie befohlen. »Geradeaus!«, habe er dann gesagt und [redacted] sei geradeaus auf der Stadtautobahn Richtung Norden gefahren. Wenn er glaube, dass er ihn bis nach Mailand brächte, habe er sich ganz schön geschnitten! Er wolle nicht nach Mailand, habe der Dummschwätzer gesagt, und dass [redacted] ein Idiot sei, rechts ran fahren solle er, da vorn, auf den Parkplatz da, ja genau. Vor einem Autogrill hätten sie dann Halt gemacht, und dann habe der Gast etwas gesagt, was ihn wirklich erstaunt habe: »Ich will Sie auf ein Sandwich einladen.« Als er seine Sprache wiedergefunden habe, habe er geantwortet: »Ich habe gerade gegessen«, worauf der Mann erwidert hätte: »Dann halt auf einen Espresso.« Dieser Tourist. Dass er um diese Uhrzeit kein Koffein mehr zu sich nähme, habe [redacted] erwidert. »Jetzt kommen Sie halt«, habe das Schwein gesagt, mit einem weiteren Bündel Geldscheine wedelnd, und [redacted] sei dem Ruf des Geldes gefolgt. »Was für ein Fehler!« Nachdem sie ausgestiegen seien, habe ihn dieses dumme Arschloch »Zack Bumm« niedergeschlagen. Als er wieder zu sich gekommen sei, sei das Auto verschwunden gewesen. Er habe sofort seinen Freund [redacted] verständigt. Während er auf die Carabinieri gewartet habe, habe er in der Brusttasche seines Hemdes wie in seinen Hosentaschen mehrere Bündel Geldscheine gefunden, die zusammengerechnet in etwa dem Kaufpreis des Fiats entsprochen hätten. »Ein Schwein zwar, aber immerhin ein faires.« Zwei Wochen später sei der Wagen in der Nähe einer Totenkapelle in einem Vorort von Florenz gefunden worden.[116]

---

[116] [redacted]: Re: Johann Kaiser – Das Leben des Datendiebes als Sachbuch, 28.05.2017, 23:11.

*

»Sehr geehrter Herr Banzer,

vielen Dank für Ihre Nachricht. Sie werden verstehen, dass ich mich aus datenschutzrechtlichen Gründen bedeckt halten muss. Weil ich Ihr Vorhaben aber interessant finde, habe ich Ihre E-Mail an alle MitarbeiterInnen und Ehemaligen weitergeleitet. Untenstehende Antwort wird Sie interessieren. Die Person bevorzugt anonym zu bleiben.

Mit freundlichen Grüßen
[redacted]

Sanatorio [redacted], [redacted], [redacted], Firenze«

Der besagte Mann hat sich in der Nacht des 8. Juni 1986 unbefugten Zutritt zum Sanatorium verschafft. Ich will **ausdrücklich** betonen, dass **den Sicherheitsdienst keine Schuld** trifft. Es ist allein **mein Fehler**, dass der Einbruch gelungen ist. Die Überwachungsvideos zeigen, wie der Eindringling in der Uniform eines Pflegers durch die Flure geht und sich dann zielstrebig in ein zu diesem Zeitpunkt leerstehendes Zimmer begibt, dessen Bewohnerin wenige Tage vorher verstorben war. Der Pfleger, den der Eindringling niedergeschlagen und seiner Uniform beraubt hat, ist ebenso ausdrücklich aus der Verantwortung zu nehmen wie die Mitarbeiterinnen und Mitarbeiter des Sicherheitsdienstes. Ich möchte das wiederholen: Es ist allein **mein Versagen**. Ich hätte anwesend sein müssen, doch ich war es nicht. Gott sei Dank ist nichts Schlimmes passiert. Laut der Videoaufnahmen hat der Unbefugte eine halbe Stunde im Zimmer verbracht und das Sanatorium unmittelbar danach verlassen. Unter dem Kopfkissen wurde am nächsten Tag ein faustgroßer Stein gefunden, der für uns alle sehr gewöhnlich aussah. Im Nachhinein tut mir der Eindringling leid. In welchem Verhältnis er zur verstorbenen Patientin stand, habe ich erst durch Ihre E-Mail erfahren. Wie traurig das alles ist.[117]

---

117 [redacted]: Re: Johann Kaiser – Das Leben des Datendiebes als Sachbuch, 04.06.2017, 13:45.

DAS SECHSTE BUCH

(1986–1989)

1.

Jetzt, da ich weiß, was in diesen Jahren geschehen ist, stehe ich mit einem Schlauch in der Hand im Garten und bewässere Efeu, Rhododendren, Stechpappel und die Zitronenmelisse, die ich in der sanft abfallenden Böschung habe einsetzen lassen. Gartenhandschuhe trage ich keine, wozu sollte ich Gartenhandschuhe tragen, ich halte ja nur einen Schlauch, und an Schläuchen kann man sich nicht verletzen. Die letzten Wochen sind anstrengend gewesen. Die Suche nach mir in der Vergangenheit hat mich vergessen lassen, dass es mich in der Gegenwart gibt. Ich habe vergessen zu essen, zu schlafen und mich zu waschen, ich habe vergessen, dass ich einen Körper habe und dass es in meiner Verantwortung liegt, diesen zu pflegen. Als ich zum ersten Mal seit langem vor die Türe getreten bin, habe ich festgestellt, dass es Sommer geworden ist. Allem Anschein nach ist es ein bisher sehr heißer gewesen. Dass es nur selten geregnet hat, zeigen mir die Dürreerscheinungen des Rasens. Wie habe ich mich nur dermaßen gehen lassen können? Haben die Nachbarn etwas bemerkt? Die Pflegebedürftigkeit des Grundstücks kann ihnen nicht entgangen sein. Wieso haben mich die Mitarbeiter des Zeugenschutzes nicht kontaktiert? Sie müssen auf den Überwachungskameras doch gesehen haben, in welch bemitleidenswertem Zustand ich mich befand?

Ich habe die Spritzpistole so eingestellt, dass sich feiner Sprühregen über die Böschung verteilt. Mit Einbruch der

Dunkelheit nimmt das Viertel den Farbton der Brombeere an. Der Duft von Flieder breitet sich über den Vorgärten aus, man hört das Rauschen der Bewässerungsanlagen, das sich mit dem Gezirpe der Grillen vermischt. Jetzt beginnt die Arbeit der Insekten. Sie krabbeln aus ihren Schlupflöchern und bauen den Boden lockernd, bohrend, zersetzend weiter an der Aushöhlung der Welt. Ich fühle mich ihnen verwandt. Löcher in die Wirklichkeit reißend nähern wir uns einem Zentrum, von dem wir nicht wissen, wie es aussehen wird.

Nach getaner Arbeit rolle ich den Schlauch ein, hänge ihn um den Wasserhahn und lege mich für einen kurzen Moment in die Beete. Ich lasse mich von den Pflanzen umarmen. Was für eine herrliche Erfrischung. Danke, dass du uns Wasser gegeben hast, flüstern sie leise, wir sind dir nicht länger böse. Im Schutz der Ranken und Blätter bin ich für niemanden zu erkennen. Es krabbelt in meinem Hosenbein. Das ist angenehm. Ich bin lange nicht mehr berührt worden. Wenn ich jetzt stürbe, was geschähe mit mir? Würde man sich an mich erinnern? Würde man weinen? Würde man die ewige Abwesenheit des Abwesenden bemerken? Darüber darf ich nicht nachdenken. Es beeinträchtigt meine Konzentration.

Ich werde von einem Geräusch geweckt, das ich nicht zuordnen kann. Vielleicht ist es drei Uhr morgens, vielleicht ist es halb zwölf. Brennt in der Küche Licht? So leise wie möglich löse ich mich aus dem Efeu, schleiche zur Veranda und sehe die Tür zur Küche einen Spalt offen. Aus dem Inneren des Hauses ist ein Scheppern zu hören, als würde die Besteckschublade durchwühlt. Wer ist da? Ich habe nur ein Taschenmesser bei mir. Ich komme mir fast lächerlich vor, wie ich mich mit ausgeklapptem Messer an der Wand entlang in die Küche schleiche. Es ist niemand zu sehen. Da sind nur Geräusche. Ein Tapsen. Ein Klirren. Hinter dem Küchenblock schlägt etwas gegen Glas. Macht sich da jemand am Backofen zu schaffen? Ich lege mich flach auf den Boden und robbe, das offene Messer in der Faust, bäuchlings in Richtung Spüle. Als ich die Ecke des Blockes erreiche, sehe ich einen mächtigen Schatten auf den Dielen liegen. Wenn das, was ich für Ohren halte, Ohren sind, sind es spitze. Wenn das, was ich als Finger wähne, Finger sind, sind deren Nägel lang und scharf und können zweifellos töten. Ich umschließe das Messer fester. Und das, was vom Unterkörper wegsteht und in der Luft züngelt, ist das ein Schwanz? Ein Rauschen setzt ein und plötzlich ist da unendliche Hitze. Die Hitze der Hölle, denke ich, und noch bevor ich mich aufrichten kann, um die Flucht zu ergreifen, biegt die Höllengestalt um die Ecke und starrt mich an. Erst hocken wir uns regungslos gegenüber, dann verliert die Gestalt das Interesse an mir und beginnt sich die Pfoten zu lecken. Wahrscheinlich lache ich, weil mir nichts Besseres einfällt. Es ist ein lautes, hysterisches Lachen, das mir fast Angst vor mir selbst macht. Der Waschbär richtet sich auf, trottet an der offenen Backofentüre vorbei und tapst durch die Verandatüre ins Freie. Das Messer noch immer in der Hand, bleibe ich alleine in der Küche zurück.

Wissen Sie, was es bedeutet, auf einen Waschbären zu treffen? Ich wusste es nicht. Auf schamanen-garten.de heißt es: »Er sieht immer aus, als würde er eine Maske tragen.« Das stimmt. Und weiter: »Als Krafttier steht der Waschbär für die Dualität, für Licht und Schatten, Irdisches und Übersinnliches. Er zeigt Hellsichtigkeit an und mit seinem Witz findet er auch aus schwierigen Situationen immer noch einen guten Ausweg. Er erinnert uns daran, uns und die Lebensfreude nicht aufzugeben.«[118] Erst jetzt verstehe ich, dass der Waschbär, ein Tier, das zwischen den Welten wandelt, aus gutem Grund zu mir gekommen ist. Er will mir sagen, dass ich weitermachen soll. Dass ich in den Beeten liegend keinen Trost finden werde. Dass ich dort anknüpfen muss, wo ich aufgehört habe: mit dem Zeitungsinserat nämlich, das mir nach meiner Rückkehr im Sommer 1986 wie eine Offenbarung erschien. »Sie bringen mit: Hohe Selbständigkeit und die Fähigkeit zu eigenverantwortlichem Arbeiten«, hieß es in der Anzeige, an deren Kopf eine rote Raute mit eingelassenem Schweizerkreuz prangte, »Liebe zur Luftfahrt, eine rasche Auffassungsgabe, guten Teamgeist und eine abgeschlossene Lehre.« Die Bewerbungsunterlagen verschickte ich keine zwei Tage später.

[118] Lammert, Andrea: Krafttier-Alphabet. http://schamanen-garten.de/krafttier_alphabet/.

2.

Als Angestellter der strahlendsten Airline der Welt, richtig, ich spreche von Swissair, verbrachte ich die nächsten drei Jahre damit, in der Abteilung für Ertragssteuerung die Preise von Flugtickets zu errechnen. Meine Kolleginnen und Kollegen hießen Martin oder Sabrina und wohnten an Orten wie Boppelsen oder Pfungen. Unser Verhältnis war angenehm nichtssagend, wir sprachen nur, was es zu sprechen gab, das heißt dienstlich, und abgesehen vom halbstündlichen Mahlen der Kaffeemaschine, dem Klingeln eines Telefons oder dem Radioprogramm von DRS3, das den ganzen Tag über im Hintergrund lief, blieb es im Büro bei einem Geräuschpegel, der der Stille näher war, als ein Raum voller Menschen es annehmen ließe. Wie Devisenhändler bewerteten wir unter Berücksichtigung diverser Faktoren – Beliebtheit der Destination, Wetter, Saison, politische Lage vor Ort, anstehende Events usw. –, wie viel ein Flug an Reiseziel xy kosten sollte. Das Umgehen mit Zahlen fiel mir immer schon leicht, und so langweilte mich die Arbeit bald mehr, als dass sie mich forderte. Das war aber nicht schlimm. Schließlich kam ich in den Genuss, Flugreisen zum Mitarbeitertarif zu unternehmen, und dieses Angebot, das werden Sie sich vorstellen können, nutzte ich intensiv.

Meist erschien ich schon Freitagvormittag mit gepackten Koffern im Büro, das sich in einem Nebengebäude des Flughafens Zürich befand, von dem aus ich pünktlich um

17:30 Uhr ins Wochenende startete. »Na, Johann, wo geht es dieses Mal hin«, fragte der Barkeeper der *Bye Bye Bar* von Terminal 1, wenn ich am Tresen Platz nahm, um mir die Zeit bis zum abgehenden Flug zu vertreiben, und mixte mir je nach Destination einen passenden Drink, der meistens ein Cosmopolitan war, denn ein Cosmopolitan passte immer. Erst wenn der Last Call für meinen Flug durchgegeben wurde, verabschiedete ich mich vom Barmann und begab mich vom Alkohol leicht übermütig ins Flugzeug.

Schon nach dem Abheben, wenn sich die Maschine in die Kurve begab und für einen kurzen Moment das in den Hang gemähte Logo des Schweizer Taschenmesser-Herstellers Victorinox zu sehen war, wurde ich von einem großen Staunen erfasst. Da unten waren die Alpen. Wie zerknülltes Zeitungspapier, hundertmal ineinander verkeilt und gefaltet, lagen sie da, und irgendwo dazwischen, an einem Berghang, der in eine Talsohle abfiel, im Osten von der Gebirgskette der Drei Schwestern begrenzt und im Westen vom Rhein, da gab es sie, die elf Dörfer, von denen eines Vaduz hieß und ein anderes Mauren, in denen Alfred lebte und Frau Büchel und der schweigsame Oskar, Gian-Andrin, der Bergsteiger und Fürstin Gina, doch im Gegensatz zu den anderen wohnte Letztere nicht in einem Einfamilienhaus, sondern in einem Schloss. Es konnte sein, dass ich meine ›Heimat‹, ja, war sie das überhaupt?, überflogen hatte, ohne es zu bemerken. Man hat den Kleinstaat in 30 Autominuten durchfahren, und 30 Autominuten werden nicht mehr als, sagen wir, fünf oder sechs Flugzeugsekunden sein.

Es ist nicht Wortspiel alleine, wenn ich sage, dass die Zeit verging wie im Flug. Von den eifersüchtigen Blicken, die mir die Martins und Sabrinas zuwarfen, wenn ich montags von den Wochenendtrips erzählte, ließ ich mir die gute Laune nicht nehmen. Im Gegensatz zu ihnen, die Kinder und Partner und Haustiere hatten, war ich ungebunden und frei. In meiner Einzimmerwohnung, die ich in der Nähe des Flughafens bezogen hatte, gab es nicht mehr als einen Kleiderschrank und eine Matratze, was für die vier Nächte pro Woche, die ich dort verbrachte, mehr als ausreichend war. Ich begann das *Buch der Träume* zu führen, das ich so nannte, weil ich der Ansicht war, dass ich meine Träume nun lebte. Der erste Eintrag war ein Haiku, das ich in der Maschine von Zürich nach Malmö mit Blick auf meinen Sitznachbarn schrieb:

Goldener Bankier
du bestellst Whiskey auf Eis
stürz bitte nicht ab.[119]

Es folgten viele weitere, die allesamt Passagiere zum Thema hatten, denen ich für die Dauer einer Flugreise als Sitznachbar verbunden war. Während eines Fluges saß neben mir ein Arzt.[120] Während eines Fluges saß neben mir eine Schreinerin, deren Augen so blau waren wie das Meer.[121] Während eines Fluges saß neben mir ein achtjähriges Kind, das alleine reiste und durchgehend weinte.[122] Während eines Fluges saß neben mir ein Elektroinstallateur, der seinen Urlaub dazu genutzt hatte, seine Familie in Izmir zu

---

[119] In: Kaiser, Johann: Buch der Träume. Zürich–Malmö. 15.08.1986.

[120] »Ruhepuls vierzig / er nimmt das Gemüsemenü / Vegetarier«. In: ebd. Zürich–Kopenhagen. 22.8.1986.

[121] »Wo ist das, Marseille / Schiffe verlassen den Hafen / verängstigter Fisch«. In: ebd. Bari–Zürich. 1.9.1986.

[122] »Kumulus-Wolken / erwachsen sein ist nicht schön / hier, eine Erdnuss«. In: ebd. Zürich–Izmir. 19.9.1986.

besuchen.[123] Während eines Fluges saß neben mir ein betrunkener Mann, der in zwei Wochen heiraten würde.[124] Während eines Fluges saß neben mir eine Stewardess außer Dienst.[125] Während eines Fluges saß neben mir ein Altenpfleger[126], eine Vorstandsvorsitzende von Credit Suisse[127], eine Gewerkschafterin[128], ein Gärtner[129], ein Tierarzt[130], ein Gymnasiast[131], und so verschieden sie alle auch aussehen mochten und so verschieden sie auch im Sitz neben mir saßen, war ihnen allen doch eines gemein. Das große Erstaunen, wenn wir ins Gespräch kamen und ich auf die Frage, woher ich stamme, den Namen des Kleinstaats zur Antwort gab. »Steueroase«, sagten sie erst, »Bankkonto« dann, und wenn sie Liechtenstein nicht mit Luxemburg verwechselten, zum Schluss: »Ich habe noch nie jemanden aus Liechtenstein getroffen.« »Es gibt ja auch nicht besonders viele davon«, sagte ich dann, dabei lächelte ich meistens.

---

[123] »Wie ein Frosch am Teich / präparierst du dich zum Sprung / Wasser ist Heimat«. In: ebd. Izmir–Zürich. 22.9.1986.

[124] »Zwei Kondensstreifen / sie kreuzen sich in der Luft / Hochzeit der Vögel«. In: ebd. Zürich–Lissabon. 10.10.1986.

[125] »Ein Steward bringt Reis / Gast zu sein hast du verdient / Freizeit ist Freiheit«. In: ebd. Cluj–Zürich. 03.11.1986.

[126] »Das Leben ist schön / Positionslicht im Dunkeln / ich will nie sterben«. In: ebd. Zürich–Katowice. 14.11.1986.

[127] »Sag, hörst du das auch / jemand nimmt jemand was weg / es ist deine Bank«. In: ebd. Zürich–Tunis. 21.11.1986.

[128] »Wir werden siegen / kündigen Turbulenzen / im Laderaum an«. In: ebd. Zürich–Rom. 19.12.1986.

[129] »Was wächst dir im Beet / der Gärtner Bärte sind lang / zwölf Rosen? ok«. In: ebd. Rom–Zürich. 05.01.1987.

[130] »Sternklar diese Nacht / wie das Herz eines Vogels / im Himmel pulsiert«. In: ebd. Zürich–Berlin. 13.02.1987.

[131] »Der Ernst des Lebens / grausame Mathematik / viel Glück weiterhin«. In: ebd. Zürich–Malta. 06.03.1987.

Doch nicht nur in der Luft, sondern auch am Boden wurde der Staat, zu dessen Bürger ich vom Zufall gemacht worden war, mit regem Interesse bedacht. Als ich im Lift des Empire State Building aus Versehen eine Frau anrempelte, kamen wir ins Gespräch, und als wir das Dachgeschoss erreichten, fragte sie mich, wie es möglich wäre, dass ein so kleines Land denn überhaupt existiere. Ich zeigte auf eine Wolke und fragte die Frau, ob sie darin auch eine Giraffe erkenne. Sie sah darin einen Löwen. Das Ablenkungsmanöver war zwar gelungen, die Frage aber, die sie mir gestellt hatte, blieb. Auf dem Rückflug nach Zürich saß neben mir ein bärtiger Mann, doch er schlief sofort ein, und wir unterhielten uns nicht.[132] Als sich die Maschine dem Flughafen näherte, ging die Sonne auf. Der Horizont bog sich. Die Bergspitzen glühten in rötlichem Licht. Von der Oasenhaftigkeit des Kleinstaats war nichts zu erkennen. »Du bist braun geworden«, sagte eine der Sabrinas, als ich keine halbe Stunde später an meinem Schreibtisch Platz nahm. »Danke«, sagte ich, weil ich nicht wusste, was ich sonst sagen sollte, und fasste noch vor der Mittagspause einen Plan. Nach Feierabend begab ich mich auf direktem Weg in die Stadtbibliothek Zürich, wo ich den Übergang des Buchs, das ich als *Buch der Träume* begonnen hatte, zum *Buch der Geschichte* einleitete.

Von nun an verbrachte ich die meisten meiner Wochenenden damit, auf der Parkbank einer Stadt zu sitzen, in der ich vorher noch nie gewesen war, und im Standardwerk des Historikers Peter Kaiser zu lesen, mit dem ich, wie ich heute

---

[132] »Wo komme ich her / wo gehe ich im Schlaf hin / bin ich unsichtbar«. In: ebd. New York–Zürich. 30.03.1987.

feststellen muss, nicht nur denselben Nachnamen teile. Genauso wie ich und die meisten anderen Kaiser im Kleinstaat hatte der Geschichtsschreiber die ersten Jahre seines Lebens in Mauren verbracht, und genauso wie ich sollte er sich bald schon Probleme mit den Staatsoberhäuptern einhandeln. Unmittelbar nach Erscheinen seiner *Geschichte des Fürstenthums Liechtenstein*[133] von 1847, die beim Löwenwirt in Schaan bezogen werden konnte, wurde das Buch konfisziert. »Den wahrhaft Aufgeklärten«, ließ der damalige Fürst die Bevölkerung wissen, werde nicht entgehen, »wie einseitig die Dinge dargestellt seien«.[134] Zwar wurde das Werk nach kurzer Zeit wieder freigegeben, weil die fürstliche Hofkanzlei befürchtete, dass ein Verbot das Interesse des Publikums steigere, für den Schulunterricht aber durfte das »seichte Produkt« nach wie vor nicht verwendet werden. Die Rehabilitierung des in Ungnade gefallenen Historikers setzte erst Jahre später ein. Während heute Straßen und öffentliche Plätze nach Peter Kaiser benannt sind, habe ich gute Gründe zur Annahme, dass mir Derartiges für immer verwehrt bleibt. Die einzige öffentliche Verlautbarung im Kleinstaat, in der sich mein Name findet, ist das internationale Fahndungsgesuch auf der Website der Liechtensteiner Landespolizei.[135]

---

133 Kaiser, Peter: Geschichte des Fürstenthums Liechtenstein. Nebst Schilderungen aus Chur-Rätiens Vorzeit. Chur 1847. Reprint Ruggell 1983.

134 Brunhart, Arthur: Peter Kaiser und seine ›Geschichte des Fürstenthums Liechtenstein‹. Vaduz 1989. S. 3.

135 »Johann Kaiser wird dringend verdächtigt, zum Nachteil einer Liechtensteiner Treuhandfirma Kundendaten ausgekundschaftet, sich verschafft und ausländischen Behörden preisgegeben zu haben. Gemäss Medienberichten soll Kaiser vom Deutschen Bundesnachrichtendienst (BND) mit einer neuen Identität ausgestattet worden sein. Es wird ersucht, Erkenntnisse zum Aufenthaltsort Kaisers zu melden. Gegen Kai-

Am Anfang jedenfalls, las ich auf einer Parkbank im Süden Spaniens, war die Landschaft. Da waren Gebirgsketten und Flüsse, und das »Ländchen, welches jetzt den Namen Fürstenthum Liechtenstein trägt«, war »ein Bestandtheil des eigentlichen, oder Chur-Rätiens«.[136] Ob die Rätier, die sich schon seit Jahrhunderten vor Christi Geburt im Rheintal angesiedelt hatten, der Landschaft den Namen verliehen, oder ob es die Landschaft war, welche dem »tapfere[n], ungebildete[n], aber gelehrige[n] Gebirgsvolk«[137] als Namensgeber diente, ist schwierig zu sagen. Gesichert hingegen ist, dass 15 vor Christus die römischen Feldherren Drusus und Tiberius, beides Schwiegersöhne von Kaiser Augustus, eine Armee nach Helvetia führten und auf ihrem Siegeszug auch Rätien dem Römischen Reich einverleibten.[138] »Wo der Römer erobert, pflegt er zu wohnen«[139], notierte ich im Schatten einer herrlichen Eiche, die sich im Berliner Tierpark befand, und erfuhr von der Heerstraße, welche die Römer errichten ließen, die von Italien aus über Graubünden bis nach Bregenz an den Bodensee führte, entlang derer Gasthäuser, Herbergen und Kastelle entstanden, um die Verkehrsroute vor einfallenden Stämmen zu schützen.[140] Ich saß selten so bequem wie auf der Bank im Middelalderparken, von der aus man den Oslofjord sehen kann, als ich von den Angriffen der Alemannen las, 268 zum Beispiel, 270, 282

---

ser besteht ein internationaler Haftbefehl, weshalb er festzunehmen ist. Die liechtensteinischen Strafverfolgungsbehörden werden unverzüglich die Auslieferung begehren.«

[136] a. a. O. Kaiser: Geschichte des Fürstenthums Liechtenstein, S. 11.

[137] ebd. S. 15.

[138] ebd. S. 14.

[139] ebd. S. 15.

[140] ebd. S. 17.

und 288, ehe es zu einer knapp achtzigjährigen Ruhepause kam, bis sie 361, 371 und 378 zu erneuten Kriegsschlägen ausholten, während derer sie sich allmählich in Rätien niederließen. Den Untergang des Römischen Reiches und das Aufkommen der Franken-Könige rezipierte ich an der Hafenpromenade von Thessaloniki. König Pippin sei an dieser Stelle genannt, der 714 starb, worauf dessen Sohn Karl folgte, der 741 starb, worauf dessen Sohn Pippin der Kurze folgte, der 768 starb, worauf dessen Sohn Karl folgte, den man bald als Karl den Großen bezeichnen sollte, womit die Reihe der Karolinger begann.[141] Plötzlich mit so vielen Karls konfrontiert zu sein ließ mich an meinen Zimmergenossen Karl im Kinderheim denken, und ich schickte ihm eine Packung salziges Lakritz aus Malmö. Dort war es auch, wo ich mich in die Verwaltungsstruktur des Heiligen Römischen Reiches vertiefte, das unter den Karolingern in mehrere Distrikte aufgeteilt wurde, die Gaue hießen und zu deren einem Churrätien wurde.[142] Als ich auf dem Flug Zürich–Dublin von meinem Sitznachbarn[143] gefragt wurde, wie es in Liechtenstein denn so sei, erzählte ich ihm erst von der Ablösung der Karolinger durch die Sachsen und dann von der Angst der Bevölkerung, dass mit dem kommenden Jahr 1000 »die schreckliche Stunde« käme, »wo alles in Trümmer gehen sollte«.[144] Das ließ den Mann zwar etwas ratlos zurück, aber weiter war ich in der Geschichte Liechtensteins noch nicht vorgedrungen. Der Text war so dicht und reich an detail-

---

[141] a. a. O. Kaiser: Geschichte des Fürstenthums Liechtenstein. S. 34.

[142] ebd. S. 38.

[143] »Du, Gegenkönig / das Ende der Geschichte / gibt es nicht, glaub ich.« In: a. a. O. Kaiser: Buch der Träume. Zürich–Dublin. 12.06.1987.

[144] a. a. O. Kaiser: Geschichte des Fürstenthums Liechtenstein. S. 63.

lierten Verwandtschaftsbeziehungen, dass ich selten mehr als fünf oder sechs Seiten am Stück schaffte. Während auf die Sachsen die salisch-fränkischen Kaiser folgten und Papst Urban II. große Kirchenversammlungen abhielt, bei denen er vortrug, wie das »Grab des Erlösers zu Jerusalem von den Ungläubigen entheiligt« werde und es Gottes Wille sei, »dass jene heiligen Stätten [...] befreit und in Gewalt der Christen gebracht werden«[145], wurde es in der Gegenwart Sommer. Alle paar Wochen besuchte ich Fürstin Gina auf Schloss Vaduz, um mit ihr das Wesen der katholischen Kirche zu diskutieren, und wenn sie vom Flughafen Zürich verreiste, kam sie in der Abteilung für Ertragssteuerung vorbei. Zwar entging mir ihr Zittern nicht, wenn sie mich zur Begrüßung umarmte, doch weil ich das Offensichtliche nicht zulassen wollte, dachte ich nicht weiter darüber nach. Dass ich an meinem Arbeitsplatz so prominenten Besuch empfing, brachte mir den Respekt der Sabrinas und Martins ein, die mich nach dem ersten Erscheinen der Fürstin hin und wieder auf ein Stück Kuchen in der Cafeteria einluden. Die Kreuzzüge begannen.[146] Alles rüstete sich, so auch in Rätien, das in der Zwischenzeit in acht Grafschaften aufgeteilt worden war, von denen diejenige, die »Im-Boden« hieß, die beiden Landschaften beinhaltete, aus denen später das Fürstentum Liechtenstein hervorgehen sollte. Wie schrecklich das alles war. Mit dem Blut, das im Verlauf der Menschheitsgeschichte vergossen wurde, mussten Weltmeere zu füllen sein. Die Vergangenheit, die Kaiser schilderte, erschien mir zunehmend als ewiger Krieg zwischen Päpsten, Bischöfen

---

[145] a.a.O. Kaiser: Geschichte des Fürstenthums Liechtenstein. S. 73.
[146] ebd. S. 73ff.

und Kaisern, die ihre Untergebenen, unter dem Vorwand, einer höheren Sache zu dienen, bewaffnen ließen, um das Einzugsgebiet der eigenen Macht zu vergrößern. Das Mittelalter imaginierte ich in einem tiefen Dunkelgrün, wie dem von Tannen, ich sah es als finsteren Nadelwald vor mir, dessen Astspitzen nach mir zu greifen begannen, bis ich von meinen eigenen Schreien erwachte.

Weil ich es nicht länger ertrug, legte ich das Buch für ein paar Monate weg und konzentrierte mich ganz auf meine Arbeit, die ich in letzter Zeit etwas vernachlässigt hatte. Manchmal, wenn ich Kaisers *Geschichte* auf der Fensterbank meiner Wohnung liegen sah, hatte ich das Gefühl, als hörte ich es daraus rumoren, als wären die darin Beschriebenen wie Sisyphosse dazu verdammt, ihre Fehler zwischen den Buchdeckeln immer und immer wieder zu wiederholen. »Geschichte ist grausam«[147], notierte ich Anfang Oktober unweit des Mailänder Doms in mein Notizbuch und las dann doch weiter von der fortschreitenden Zersplitterung der Landschaft, die durch Erbteilungen in immer kleinere Einheiten aufgelöst wurde, bis diese irgendwann so winzig geworden waren, dass sie nicht länger geteilt werden konnten. Ungefähr zu der Zeit, als in Feldkirch »ein brennendes Feuer« vom Himmel stürzte, das »ohne Schaden in die Luft fuhr, als das Volk hinzueilte, es zu löschen«[148], bestätigte Kaiser Wenceslaus, ausgerechnet ein Luxemburger!, dem Brüderpaar Heinrich und Hartmann II., die sich zu dieser Zeit in Besitz von Vaduz und Schellenberg befanden, die

[147] a. a. O. Kaiser: Buch der Träume, S. 27.

[148] a. a. O. Kaiser: Geschichte des Fürstenthums Liechtenstein. S. 227.

beiden Landschaften als reichsunmittelbare Lehen.[149] Als nun auch formal existierte, was vorher nur ein Streifen Land gewesen war, begann die Geschichte der Verschuldung. Die Landschaften wanderten von einer Hand in die andre, auf die Grafen von Werdenberg-Sargans[150] folgten die Freiherren von Brandis[151], die von den Grafen von Sulz abgelöst wurden, ehe unter den Grafen von Hohenems[152] die wohl düsterste Periode des Landstrichs anbrach. Ich zitterte am ganzen Körper, als ich Carl und Renata Tobler während des Weihnachtsfests 1988, das ich in ihrer Wohnung in Barcelona verbrachte, vom Aufkommen der Hexenprozesse erzählte, die in Vaduz und Schellenberg in unvergleichbarer Weise wüteten. Ich zitierte aus den Jahrbüchern von Pfäffers, in denen es hieß, dass sich Vaduz »von Gott abgewendet und ganz dem bösen Geiste ergeben habe«, erzählte ihnen von den »Brennern«, die den Gerichten Verzeichnisse übergaben, in denen sie festhielten, wer »im Geruch der Hexerei«[153] stand, und von der Sage der Tobelhocker, deren Entstehen in dieser Zeit zu datieren ist. Dass es ausgerechnet die Toblers waren, denen ich die Foltertechniken, von denen ich bei Kaiser gelesen hatte, in aller Ausführlichkeit beschrieb, ist wohl das, was man als Ironie des Schicksals bezeichnet. Wie konnte mir das lüsterne Flackern in den Augen Carls und Renatas nur entgehen, als ich von der »Unschläfrigkeit«, vom »emsigen Wachen«, der »Fuchsbank«, dem »Braun-

---

[149] a.a.O. Kaiser: Geschichte des Fürstenthums Liechtenstein. S. 214.
[150] ebd. S. 233.
[151] ebd. S. 348.
[152] ebd. S. 401 ff.
[153] ebd. S. 432.

schweigischen Stiefel« oder vom »Daumenstock«[154] sprach, mit denen 300 der damaligen 3000 Bewohnerinnen und Bewohner unter dem Verdacht, Magie zu praktizieren, zu Tode gefoltert wurden.

Den Jahreswechsel verbrachte ich auf Mallorca, doch pünktlich zum traditionellen Neujahrsempfang auf Schloss Vaduz kehrte ich ins Rheintal zurück. Seltsam, dass die Fürstin nicht anwesend war. Während ich zwischen zwei Parlamentariern stand, welche die gereichten Häppchen in einer Lautstärke lobten, dass es mir fast unangenehm war, fragte ich mich, ob sie von der Zeit Kaiser Leopolds I. wussten. Um die Anschuldigungen zu untersuchen, welche die Einwohnerinnen und Einwohner der Landschaft Vaduz ihrem Herren gegenüber erhoben – in Vaduz komme es deswegen zu so vielen Hexenprozessen, weil Landesherr Graf Ferdinand Karl von Hohenems, ein zu »Verschwendung, Willkür und Gewaltthätigkeit« neigender Charakter, der den Bürgern winters »Schneebälle durchs Fenster« warf, sich am Eigentum der getöteten Menschen bereichere – hatte der Kaiser einen Inspektor einsetzen lassen. Es war keine Überraschung, dass der Inspektor die Anschuldigungen als richtig erachtete und Ferdinand Karl unter anderem dazu verurteilte, die während der Hexenprozesse konfiszierten Gelder und Güter an die Erben der zum Tode Verurteilten zurückzugeben. Leider hatte der Graf sein ganzes Vermögen genauso verbrannt wie die als Hexen und Magier verunglimpften Menschen. So schrieb Kaiser Leopold I. Vaduz und Schellenberg zur Zwangsversteigerung aus und fand bald schon einen Käufer. Und jetzt kommt es: Dieser hieß mit Vornamen wie ich.

[154] a. a. O. Kaiser: Geschichte des Fürstenthums Liechtenstein. S. 434.

Es war Johann Adam I. von Liechtenstein, vom Volk des Kaufes wegen als »der Reiche« betitelt, der 1699 die Herrschaft Schellenberg für 115 000 Gulden und ein paar Jahre später die Grafschaft Vaduz für 290 000 Gulden erwarb.[155] »Ist das nicht unglaublich«, fragte ich meine Sitznachbarin während des Flugs Vilnius–Zürich, nachdem ich meine Ausführungen beendete. Sie schlief bereits so tief, dass sie nicht weiter bemerkte, wie ich ihr mit einer Serviette etwas Sabber von den Mundwinkeln wischte. Doch mit dem, was dann kam, hatte ich nicht einmal in meinen schlimmsten Träumen gerechnet. Ich meine damit nicht die Landesverweser, welche die Fürsten von Liechtenstein einsetzen ließen, nachdem die von ihnen erworbenen Landschaften Schellenberg und Vaduz am 25.1.1719 von Kaiser Karl VI. als Fürstentum Liechtenstein anerkannt worden waren[156], nein, was ich meine, betraf meine Gegenwart, und wie so oft war diese Gegenwart schrecklich.

---

[155] a. a. O. Kaiser: Geschichte des Fürstenthums Liechtenstein. S. 469.
[156] ebd. S. 492.

3.

Es war in der Woche, in der ich aus Paris zurückgekehrt war, wo ich auf einer Parkbank im 8. Arrondissement die Geschichte des Fürstenhauses studiert hatte, das mit dem Adeligen Hugo seinen Anfang genommen hatte, der in der Mitte des 12. Jahrhunderts in der Nähe von Maria-Enzersdorf eine Burg auf einem weißen Kalkfelsen gekauft hatte – wie ›lichter Stein‹, soll Hugo gedacht haben –, wodurch er und seine Nachkommen zu ihrem Namen kamen.[157] Es war Oktober und das dazugehörige Jahr war 1989, und dass in nicht einmal drei Wochen die Berliner Mauer fallen sollte, konnte ich noch nicht wissen. Ein ganz normaler Mittwoch war es, den ich mit Arbeit verbrachte, als eine Nachrichtensprecherin das Musikprogramm von DRS3 zu einer Sondermeldung unterbrach. Im Büro wurde es noch leiser als sonst. Ein Schmetterling flog durch das Fenster und schwirrte vor den Gesichtern der Sabrinas und Martins, die nach und nach an meinem Schreibtisch auftauchten und mich umstellten. Was hatten sie? Warum sahen sie mich so betreten an? Während der Falter auf dem Taschenrechner landete und sich auf der Fünf die Vorderbeine zu reiben begann, legte sich die Hand einer Sabrina auf meine Schulter und einer der Martins sagte, es tue ihm so unfassbar leid. Ich verstand weder wovon noch wieso sie in diesem Tonfall mit mir sprachen. Die Stimme

[157] a. a. O. Kaiser: Geschichte des Fürstenthums Liechtenstein. S. 481.

der Moderatorin im Radio war zwar belegt, insgesamt aber sachlich und nüchtern gewesen, wie Moderatorinnen eben sprechen, und vielleicht lag es genau daran, dass die Vorstellung, eine Radiomeldung könne auch nur im Entferntesten mit mir selbst zu tun haben, so jenseitig war, dass es mir nicht gelang, die Meldung mit der wirklichen Welt in Verbindung zu bringen. Der Schmetterling saß immer noch da, als mein Chef, der einzige Peter, an mich herantrat und fragte, ob ich mir für den Rest der Woche frei nehmen wolle.

Wie ich nach Hause kam, erinnere ich nicht. Sehr wohl aber, dass ich mitten in der Nacht aufwachte, meinen Rucksack packte, weil ich nicht wieder einschlafen konnte, und dann zu Fuß zur Autobahn ging. Dort lief ich so lange am Seitenstreifen entlang, bis sich ein LKW-Fahrer meiner erbarmte. Ich glaube nicht, dass er verstand, wieso ich ihm von Schmetterlingen erzählte, ich verstand es ja selbst nicht. »Gute Besserung«, sagte er am Bahnhof in Buchs, wo er am Straßenrand hielt und mich an exakt jener Stelle absetzte, an der sie mich vor Jahren abgeholt hatte. Abgesehen von einem einzigen, hell leuchtenden Stern, der sich über dem Säntismassiv erhob, war der Himmel vom anbrechenden Morgen bereits leergefegt worden.

Als ich gegen die Glasscheibe des Kiosks klopfte, dem einzigen Geschäft im Bahnhofsgebäude, in dem bereits Licht zu sehen war, ließ der Mann erschrocken eine der Zeitungen fallen, die er gerade in den Ständer räumen wollte.

»Wir haben noch geschlossen, Monsieur«, sagte er schüchtern, und ich sah, wie sich seine Gesichtszüge wieder entspannten. Ich legte ein Frankenstück auf den Tresen und zeigte auf den Stapel des *Liechtensteiner Vaterland*.

»Wir haben noch geschlossen, Monsieur«, wiederholte

der Mann selbstsicherer werdend. Neben der Irritation, mit Monsieur angesprochen zu werden, machte mir seine Kleinkariertheit klar, dass sich im Hinblick auf die Geisteshaltung seiner Bewohner im Rheintal wenig verändert zu haben schien. Ich griff nach einer Ausgabe des *Vaterland*, ließ das Geldstück auf dem Tresen liegen und verließ den Laden, ohne mich noch einmal umzudrehen. Beim Überqueren des Vorplatzes in Richtung Bushaltestelle kostete es mich alle Anstrengung, die Zeitung so in der Hand zu halten, dass ich ihre Titelseite nicht sehen konnte. Erst nachdem ich den Fahrplan konsultiert, ich würde eine halbe Stunde warten müssen, und auf der Bank Platz genommen hatte, wagte ich mich an die Lektüre heran. Ich faltete die Zeitung auf, eine Schlagzeile, ein Foto, wie schwer das Papier plötzlich wog. Es fiel mir aus der Hand und zerriss den Asphalt. Alles, alles war wahr.

Wie lange braucht man, um zu akzeptieren, was nicht akzeptiert werden kann? Wie lange dauert es, bis man verstanden hat, dass ein einziger Tag ein ganzes Leben zu verändern vermag? Als ließe sich Geschehenes ungeschehen machen, wenn ich mich von der Zeitung abwendete, trottete ich die vom Bahnhof wegführende Straße entlang. Als ich die erste Kreuzung erreichte, dachte ich nichts. Immer noch nichts bei der zweiten. Mein Hirn war so leer, dass ich erst in der Mitte der Rheinbrücke bemerkte, dass ich in der Mitte der Rheinbrücke stand. Wenn es unbedingt Grenzen geben muss, dann sollen sie alle so sein wie diese. Jede Grenze soll Fluss sein, jede Grenze soll fließen, über jede Grenze soll eine Brücke führen, an deren Geländer man sich anlehnen und auf das Wasser hinaussehen kann, in dem sich Kiesbänke erheben wie Inseln. Genauso wie es heißt, dass man nicht zwei Mal in denselben Fluss steigen kann, müsste es heißen, dass man nicht zwei Mal dasselbe Land betreten kann. Jeden Schritt, den man geht, geht man als anderer Mensch.

Die Kirchglocken schlugen. Ich folgte ihrem Klagegesang bis ins Zentrum von Schaan. Das Dorf war noch ausgestorbener als gewöhnlich. Im Glaskasten vor dem Gemeindesaal informierte ein Aushang darüber, dass bis Dienstag, 24. Oktober, die allgemeine Landestrauer ausgerufen worden war. Während dieser seien lärmintensive Veranstaltungen untersagt, Polizeistundenverlängerungen würden keine bewilligt und bereits erteilte Bewilligungen nach Art. 6, Abs. 5 der Polizeistundenverordnung per sofort widerrufen.[158] Ich dachte noch immer nichts und lief auf dem Gehsteig der Landstraße entlang in Richtung Vaduz.

Es war 7:30 Uhr. Während an einem normalen Tag um diese Zeit der Berufsverkehr eingesetzt hätte, waren an diesem Morgen fast keine Autos zu sehen, und die wenigen, die unterwegs waren, schienen sich andächtiger und stiller zu bewegen als sonst. Das Reisebüro Schädler. Jemand hatte die Schaufensterdekoration entfernt. Anstelle der albtraumartigen Landschaften, die Frau Schädler mühevoll arrangierte, klebte ein handbeschriebener Zettel am Glas: »Wir trauern um unsere Landesmutter.« Ich ging weiter, immer weiter, überquerte die Rüfe und erreichte Vaduz. So mussten Wildwest-Städte nach Versiegen des Goldrausches ausgesehen haben. Obwohl es acht Uhr war, blieben die meisten Geschäfte geschlossen. Es hingen Fahnen auf Halbmast, wo in meiner Erinnerung nie Fahnenmasten gestanden hat-

[158] Amtliche Kundmachung, in: LGBl. 1980 Nr. 55.

ten. Am Himmel keine einzige Wolke. Nur die Glocken, die nicht aufhören wollten zu schlagen. 08:15 Uhr, Fürstin Gina ist tot, 08:30 Uhr.

Anstatt zur Vaduzer Pfarrkirche zu gehen, wie es die Glocken befahlen, sah ich mich abbiegen und durch die fürstlichen Weingärten schreiten, als würde ich an einer unsichtbaren Leine geführt. Ich passierte die Hofkellerei und wurde weiter hangaufwärts gezogen, bis ich das rote Haus im Vaduzer Mitteldorf erreichte. Dort bog ich auf die Schlossstraße ein, die zu meiner Linken von einer Felswand begrenzt wurde, an der man im Winter riesige Eiszapfen hängen sieht, während zu meiner Rechten eine bewaldete Böschung abfiel. Ich keuchte, als ich in der letzten Kurve ankam, hinter der sich der Anblick des Schlosses auftat. Es stand da, wie es schon dagestanden haben musste, als Gina und Franz Josef II. dort eingezogen waren. Als erstes Fürstenpaar hatten sie ihren ständigen Wohnsitz im Kleinstaat genommen, der davor von einem Palais in Wien aus regiert worden war, bis der Anschluss Österreichs die Fürstenfamilie dazu bewog, in das Land umzuziehen, dem sie seinen Namen gab. Der Rundturm. Die Zinnen. Unbezwingbar und mächtig, mit dem Selbstbewusstsein einer jahrhundertealten Festung, der nichts in der Welt etwas anhaben konnte, prangte das Schloss über dem Tal. Nur sie war nicht mehr da.

Was machte ich hier? Es ergab keinen Sinn. Sollte ich mich am Pförtnerhaus melden? Wozu? Weil ich die schwarzen Fahnen vor dem Schloss nicht ertrug, blieb ich in der Kurve stehen und wandte den Blick ab. Was für ein strahlend schöner Tag. Wind wehte durch die herbstlichen Laubbäume, die mich an die Frisur einer Frau mit gefärbtem Haar denken ließen. Es konnte nicht sein, dass sie tot war. Hin und wieder läuteten Glocken, manchmal zog eine Wolke über den Himmel, doch dass die Zeit tatsächlich verging, bemerkte ich erst, als ich die Geräusche von Fahrzeugen vernahm. Von zwei Motorrädern der Landespolizei eskortiert, schlängelte sich ein Kastenwagen die Bergstraße hoch. Sein schwarzer Lack blitzte im Sonnenlicht auf, und ich trat so weit zurück, bis ich die Leitplanken an den Oberschenkeln spürte. Obwohl es nicht mehr als der Bruchteil einer Sekunde gewesen sein konnte, in dem der Wagen an mir vorbeifuhr, kam mir dieser Moment vor, als hätte er weder Anfang noch Ende. Mein Gesichtsausdruck in den verspiegelten Scheiben. War das ich? Das war nicht ich. Vor mir stand ein Tier, ein Kamel möglicherweise, vielleicht ein Spatz oder ein hechelnder Hund, weder zufrieden noch unglücklich, eher gleichmütig und ohne jegliches Verständnis dafür, was gerade passierte. Die Umgebung dahinter lag in allumfassendem Schwarz, als bestünde dieser Ort nur aus mir oder aus dem, was mein Spiegelbild zeigte, als gäbe es keine Berge mehr und keine Bäume, keine Wolken, keinen Himmel, kein Schloss, und eine Fürstin sowieso nicht, als hätte sich alles in den verspiegelten Scheiben des Kastenwagens aufgelöst. Ich und das, was ich war. Ich und das, was ich würde. Nicht tot, nicht lebendig, sondern einfach nur da.

4.

Es war bereits dunkel, als ich Alfred nach Hause kommen hörte. Ich lag auf der Matratze meines früheren Zimmers und betrachtete die Schatten der Äste, die über die Vorhänge zogen, doch abgesehen von der Ahnung, dass ich einmal ein Kind gewesen sein musste, blieb mein Kopf leer. Wie gewohnt hatte der Schlüssel unter der Fußmatte gelegen und wie gewohnt hatte das Schloss beim Öffnen der Türe gehakt, ehe mir der vertraute Geruch von Teppich und Fett entgegengeschlagen war. Auf den ersten Blick hatte sich mein Elternhaus kaum verändert. Der Flur war noch immer mit Fotos verhangen, die Wände so eierschalenfarben wie früher, nur aus meinem ehemaligen Kinderzimmer, das ich allein durch seine Lage wiedererkannte, Erdgeschoss, dunkel, kühl, waren jegliche Spuren meiner Kindheit verschwunden. Neben kaputten Objektiven und Linsen stapelten sich angerissene Umzugskartons, da waren Skischuhe, denen die Schnallen fehlten, Magazine mit vergilbten Seiten, und als ich die Fotoalben vom Bett auf einen Sessel räumte, lösten sich ein paar Fotos daraus, die jetzt auf dem Fußboden lagen wie frisch ausgehobene Gräber.

Während ich mich so still wie möglich verhielt, polterte Alfred im Flur. Durch die geschlossene Tür hörte ich, wie er die Jacke aufhängte, den ersten Schuh auf das Laminat plumpsen ließ, dann den zweiten, die Post auf den Beistelltisch legte, und als er die Treppe hochging, knarzte jede einzelne Stufe. Die Geräusche waren jetzt genau über mir. Es war alles wie früher. Das Quietschen, unter dem die Küchentüre aufschwang. Das Klirren der Schublade mit dem Besteck, aus der er das scharfe Messer nahm, um Käse und Brot aufzuschneiden, die er mit drei Streifen Schinken und einem Ei, das er in zwei Hälften schneiden würde, auf dem Holzbrett garnierte. Das Knacken der Essiggurken konnte ich zwar nicht hören, doch ich wusste genau, dass er die erste direkt aus dem Glas aß, während er die zweite neben die Eihälften legte. Zum Schluss der Griff zur Pfeffermühle, die er darüber kreisen ließ wie ein Hubschrauber. Dann riss er zwei Streifen Küchenrolle ab, trug sein Abendessen ins Wohnzimmer und machte den Fernseher an. Beim dritten Beitrag der Tagesschau würde er fertig gegessen haben, zu Beginn des vierten läge er schon auf der Couch, und bei Ankündigung des Wetterberichts würde er eingenickt sein.

Ich wartete ein paar Minuten ab, bevor ich eintrat. Dann setzte ich mich auf den Sessel der Couch gegenüber und beobachtete, wie sich die auf dem Bauch liegende Fernbedienung mit seinem Atem hob und senkte. Alfred war alt geworden. Die schwarzen Haare, die aus den Nasenlöchern herauswuchsen und sich in seinem Schnarchen bewegten, waren mir vorher nie aufgefallen. Der Fernseher leuchtete in schwachem Blau. Fürstin Gina war tot. Mein Vater lag vor mir und schlief. Wenn ich gekonnt hätte, hätte ich sein Leben gegen ihres sofort getauscht. Hätte ich das?

Vater.

Vater Vater.

Was sollte das sein.

Wie es sich wohl anfühlen würde, einen Menschen zu töten. Es wären nur ein paar Handgriffe nötig, ein Kissen, das auf ein Gesicht gepresst wird, oder ein Abzug, den man zurückzieht, hat man eine Schusswaffe zur Hand. Ich formte die Finger zu einer Pistole und hielt sie in Alfreds Richtung, nur Millimeter trennten seine Schläfe von meiner Hand. Die buschigen Augenbrauen, die Narbe am Kinn, die einzelne Wimper, die am linken Brillenglas klebte. Wovon er wohl träumte? So ungeschützt und alleine, wie er vor mir lag, konnte ich nicht anders, als Mitleid mit diesem Mann zu empfinden. Führte er sein Leben so, wie er es sich immer vorgestellt hatte? Würde er sich als glücklichen Menschen beschreiben? Fühlte er sich manchmal einsam? Ich ließ meine Hand sinken. Dachte er ab und zu an seine Kinder? Mit jedem Atemzug, den er tat, wurde die Luft im Wohnzimmer weniger, als könnte es nur ihn oder mich, niemals aber uns beide im selben Raum geben.

Während der vier Tage, die ich bei ihm wohnte, sah er mich kein einziges Mal. Er ging in den frühen Morgenstunden zur Arbeit und kam erst mit Anbruch des Abends wieder zurück. Was sich außerhalb dieser vier Wände abspielte, die ich in den kommenden Tagen nicht ein Mal verließ, erfuhr ich aus den Landeszeitungen, die ich auf dem Küchentisch ausbreitete, sobald er gegangen war. Darauf bedacht, keine Gebrauchsspuren zu hinterlassen, blätterte ich mich behutsam von Schlagzeile zu Schlagzeile. »Sie hat unserem Land unermesslich viel gegeben«[159], stand da. »Ein Leben im Dienst der Menschen und Menschlichkeit.«[160] Da viele der abge-

[159] Hans Brunhart, Regierungschef, in: Liechtensteiner Vaterland, 19.10.1989, S. 1.

[160] Alexander Hey, Präsident des Internationalen Roten Kreuzes, in: ebd., S. 2.

druckten Fotos von Alfred geschossen worden waren, wusste ich jeweils, wie er den Vortag verbracht hatte. Am Samstag sah ich, dass er am Freitag dabei gewesen war, als Ginas Sarg in die Pfarrkirche überführt worden war. Weil am Sonntag keine Zeitung erschien, las ich diejenigen der vergangenen Tage noch mal, bis ich aus der Montagsausgabe erfuhr, dass Alfred am Wochenende die Gedenkmessen fotografiert hatte, die in allen elf Dörfern stattfanden. Auch am Dienstag füllten noch immer unzählige Nachrufe die Seiten, doch die schlechte gesundheitliche Verfassung Franz Josefs II., der während des Todes seiner Gattin nicht ansprechbar gewesen war und deswegen nicht an der Trauerfeier teilnehmen würde, war den Journalisten nicht mehr als eine Kurzmeldung wert.

Und wie ging es Alfred? Schwierig zu sagen. Obwohl er nicht einmal ahnte, dass ich mich in seiner Nähe befand, schien es etwas in ihm zu geben, das meine Anwesenheit registrierte. Es war die Art, wie er sich bewegte. Mit jedem weiteren Tag verhielt er sich etwas stiller. Er schloss die Küchenschränke und Türen behutsamer, tat sanftere Schritte und sang nicht mehr, wenn er duschte. Selbst der auf dem Duschboden aufkommende Wasserstrahl plätscherte nur noch ganz sachte, und als der Tag der Beerdigung gekommen war, schloss er die Haustüre so leise, dass ich mich erst nach Stunden aus dem Zimmer traute, um zu überprüfen, ob er auch wirklich gegangen war. Erst dann machte ich mich an die Arbeit.

Ich sammelte alle Kerzen ein, die ich im Haus finden konnte, und trug sie in den Garten. Die Glocken schlugen vierzehn Uhr. Wer jetzt nicht an der Trauerfeier in Vaduz teilnahm, hatte entweder kein Herz oder war Republikaner.

Die Nachbarschaft war vollkommen leer. Ich arrangierte die Kerzen im Kreis und stellte Holzscheite in die Mitte, unter denen ich die Zeitungen der letzten vier Tage zerknüllte. Ich entzündete Kerze um Kerze, dann die Serviette, mit der sich Fürstin Gina den Mund abgewischt hatte, als sie mich von meiner Barcelona-Reise am Bahnhof abgeholt hatte, legte sie unter die Scheite und beobachtete, wie die Flamme von der Serviette auf das Zeitungspapier und dann vom Zeitungspapier auf das Holz überging. Während ich dem Feuer zusah, wie es loderte, faltete ich meine Hände. Ich richtete mein Gesicht in den Himmel, die Wolken zogen vorbei, ich wollte etwas sagen, doch mir fiel nichts Passendes ein. Als der Wind einsetzte und die Blätter des Kirschbaumes wehen ließ, breitete sich ein Gefühl der Wärme in mir aus. Einzelne Blätter lösten sich von den Ästen, drehten in der Luft wilde Spiralen und landeten vor meinen Füßen.

»Fürstin Gina, sind Sie's?«, fragte ich demütig in die Baumkrone hinein.

Eine weitere Böe erfasste den Baum, die Blätter an den Astspitzen wackelten, als ob sie mir zuwinken würden. Das war Gina. Sie war nicht in Vaduz, um an ihrer Trauerfeier teilzunehmen, nicht bei all den Heuchlerinnen und Heuchlern, mit denen sie nichts verbunden hatte, außer dass sie ihre Vorgesetzte gewesen war, sie war allein bei mir, bei dem, den sie bei sich aufgenommen hatte wie ihren eigenen Sohn. Das zerfallende Holz knackte im Feuer, Funken sprühten, und der stärker werdende Wind trug sie in Richtung des Hauses. Was hatte Fürstin Gina vor? Sie wird schon wissen, was sie tut, dachte ich, verneigte mich ein letztes Mal vor dem lodernden Feuer und ging in mein Zimmer, wo der gepackte Rucksack bereitstand. Auf dem Weg nach draußen stolperte ich, kam beinahe zu Fall und stieß mir dabei das Knie am Schreibtisch. Wütend trat ich gegen die Kiste, über die ich gestolpert war, und sah zu den Fotos hin, die immer noch auf dem Fußboden lagen. Eines davon zeigte Alfred, wie er als junger Mann auf einer Mauer hockte, dahinter das Meer. Auf einem anderen war Mamá abgebildet, die sich unter einer Straßenlaterne stehend ein lachsfarbenes Top bis über den Bauchnabel hochzog. Ein drittes zeigte das Porträt einer Familie. Ganz hinten stand Alfred, der Mamá, die auf dem Stuhl vor ihm saß, eine Hand auf die Schulter gelegt hatte. Links und rechts von ihr standen die Zwillinge und warfen dem Säugling, der sich zwischen ihnen auf dem Schoß der Mutter befand, missmutige Blicke zu. Ich hob das Foto auf und trug es mit dem Rucksack nach draußen. Das Feuer glühte noch immer und der Wind ließ die Funken wirbeln. Ich nahm das Foto, warf es in die Flammen und ging, ohne mich ein weiteres Mal umzusehen. Erst langsam, dann immer schneller, und als ich bereits im Bus saß, mit dem ich bis zur Endstation fahren würde, hörte ich Sirenen und dann sah ich Blaulicht. Ein Feuerwehrauto kam mir entgegen, in dessen Fahrerkabine zwei Männer saßen, deren Gesichtszüge sagten, dass sie alles tun würden, um zu retten, was noch gerettet werden konnte. Aber was genau sollte das sein.

DAS SIEBTE BUCH

(1989–1992)

1.

Von den vierzehn schwarzen Büchern, die mir als Grundlage für diesen Text dienen, habe ich jedes einzelne sorgfältig digitalisiert und an unterschiedlichen Orten gespeichert. Während sich die Originale mit allen anderen wichtigen Dokumenten im Safe dieses Hauses befinden, liegen die digitalen Kopien zum einen in einer Cloud und zum anderen auf einer Reihe verschlüsselter Hard Disks, von denen eine in der Sporttasche verstaut ist, die mit dem Nötigsten gepackt zum schnellen Aufbruch bereitsteht. Jede Datei, die eines der Notizhefte zum Gegenstand hat, ist in drei Bereiche unterteilt. Auf den eigentlichen Fließtext folgt eine genau Beschreibung des Zustands der einzelnen Seiten, jeder Knick und jeder Riss, jeder Tropfen, ob er vom Regen oder einer Speise her stammt, ist genauso festgehalten wie allfällige Streichungen, Kringel und Kleckse, ehe Fotos aus allen Perspektiven die Dokumentation des Hefts abschließen. Der technischen Reproduzierbarkeit sei Dank ist mir so die Möglichkeit geboten, auch dann am Text weiterarbeiten zu können, wenn mich äußere Umstände dazu zwingen, meinen Wohnort ein weiteres Mal zu wechseln. Und so wie es aussieht, könnte es schon bald so weit sein.

Weil ich in der Regel nur vom Paketdienst besucht werde, versetzte mich das Klingeln der Haustüre vor ein paar Tagen in nervöse Spannung, denn ein Buch hatte ich in letzter Zeit keines bestellt. Auf dem Bildschirm sah ich einen Jungen auf der Fußmatte stehen, und weil jeder weiß, dass nicht-zuhause-zu-sein verdächtiger ist als zuhause-zu-sein, entschied ich mich dazu, die Türe zu öffnen.

Während ich den Jungen auf den Kamerabildern als harmlos abgetan hatte, erschien er mir jetzt, da er sich unmittelbar vor mir befand, als so überdeutlich gewöhnlich, dass sein Aussehen nur Kostüm und sein Verhalten nur Schauspiel sein konnte. Mit seiner Fistelstimme ließ er mich wissen, dass ihm beim Spielen der Ball »versprungen« und in meinem Garten gelandet sei. Der Zaun, der mein Grundstück umgibt, ist nicht hoch, und ein Kind, das keine weiteren Absichten verfolgt, hätte sich das Spielzeug ohne zu fragen geholt. Dieses hier aber beschrieb die Flugkurve des Balls als Hyperbel, schielte währenddessen ins Hausinnere und begann, während ich die Tür hinter mir zuzog, eine Reihe von Fragen zu stellen. Wie alt ich sei, wie ich hieße, was meine Lieblingsfarbe sei und was mein Lieblingstier, wie lange ich schon in diesem Haus lebte, was ich als Kind hätte werden wollen und wieso ich es nicht geworden sei. Geduldig stand ich dem Jungen Rede und Antwort, während er jede Gegenfrage mit dem immer gleichen »Weiß nicht« erstickte. Das war das eine. Das andere war, dass er den Ball nicht mitnahm, als er ging, weil es diesen, wie ich später feststellen sollte, nicht gab. Die Kamerabilder zeigen das deutlich.

Obwohl mich die Mitarbeiter des Zeugenschutzes zu beruhigen versuchen – sie hätten die Identität des Jungen überprüft, sagen sie, er wohne nur ein paar Straßen weiter –, vermute ich, dass sie das nur deswegen tun, um sich die Arbeit zu sparen. Ich habe es langsam satt. Stehen sie am Ende vielleicht sogar auf der Gehaltsliste des Fürsten, vor dem sie mich zu beschützen vorgeben? Ausschließen kann ich in meiner Situation nichts. Mit hundertprozentiger Sicherheit weiß ich nur, dass die Zeit jeden Tag knapper wird. Ich muss mich beeilen, meine Geschichte zu einem Ende zu bringen, bevor sie mich finden. Sonst droht mir dasselbe, was meinem Camper geschehen ist, mit dem ich damals nach dem Tod Fürstin Ginas eine lange Reise unternommen hatte. Wie er werde ich in Flammen aufgehen, und wie von ihm wird nicht mehr von mir übrig bleiben als ein ausgebranntes Gestell, während alles andere zu Asche zerfällt.

Bis mir das Auftauchen des Jungen hat klar werden lassen, dass für Gedankenspielereien keine Zeit bleibt, habe ich lange über der Frage gebrütet, wie mit Dokumenten umzugehen wäre, die mit meinem Nissan Navarra King Cab im australischen Busch verbrannt sind. Für einen Schriftsteller wäre die ungewisse Faktenlage nicht weiter schlimm, er kann auf seinem Gedächtnis aufbauend ja einfach erfinden, für mich jedoch, der ich mir vorgenommen habe, mein Leben so zu erzählen, wie es sich wirklich zugetragen hat, ist das eine Katastrophe. Durch den Verlust der Notizbücher, in denen ich Tag für Tag protokollierte, ist mir aus den Jahren 1989 bis 1992 nicht mehr geblieben als meine Erinnerung, und wie uns die moderne Kognitionswissenschaft lehrt, ist nichts trügerischer als diese.[161] Weil es für Halbwahrheiten in diesem Buch aber keinen Platz gibt, habe ich mich dazu entschieden, allein die Erlebnisse, von denen ich mit Sicherheit weiß, dass sie geschehen sind, im Fließtext wiederzugeben, während Erinnerungen, die mir selbst als verdächtig erscheinen, der Vollständigkeit halber in Fußnoten angeführt sind. Wenn Sie sich nicht für Halbgares interessieren, bitte ich Sie, diese

---

[161] Huston, Marc Stuart: Fake Memory. Cambridge 2019.

zu ignorieren. Wenn Sie es doch tun, möchte ich Sie darum bitten, sie mit Vorsicht zu genießen. Es könnte alles auch ganz anders gewesen sein.

2.

Nach dem Tod Fürstin Ginas, der mir den letzten Rest Heimatgefühl unter den Füßen wegzog, kündigte ich meinen Job bei Swissair und bereiste mit einem Camper den Osten Europas und die Türkei, machte dann einen Abstecher nach Georgien, Armenien und Aserbaidschan, ehe ich bei Bileh Savar über die Grenze fuhr und den Iran in südwestlicher Richtung durchquerte. Oft kam ich durch Gegenden, in denen es keinen anderen Menschen gab, dort fühlte ich mich zu Beginn meiner Reise am wohlsten. Ich fuhr die Markise aus und setzte mich auf einen Stuhl, wo ich nichts anderes tat, als für Stunden in die Landschaft zu blicken, die einmal kahl und gebirgig, ein anderes Mal hellgrün und weit war. Meine Tage folgten keiner Routine. Es konnte sein, dass ich vierzehn Stunden am Stück schlief, ehe ich in den nächsten achtundvierzig ohne Unterbrechung hunderte Kilometer zurücklegte. Wie eine Schnecke trug ich mein Haus immer bei mir, und so egal wie einer Schnecke die Wochentage sein mussten, so egal waren sie auch mir bald geworden. Bei Kuhak überquerte ich die pakistanisch-iranische Grenze und fuhr über Panjgur, Hoshab und Turbat ans Meer. Von meinem Plan, nach Indien weiterzureisen, sah ich bald ab. Während eines Spaziergangs am Hafen von Karachi, wo ich den in Mitleidenschaft gezogenen Camper gründlich überholen ließ, stieß ich auf das Büro einer kleinen Fährgesellschaft, welche Fahrzeuge zu guten Konditionen nach Australien verschiffte. Gesagt, getan, nahm ich ein Flugzeug nach Darwin, wo ich den Nissan ein paar Wochen später in Empfang nehmen konnte, und folgte dem Küstenverlauf des roten Kontinents, der so rot gar nicht war, im Uhrzeigersinn, bis ich nach Zwischenstopps in Melbourne und Brisbane in Sydney ankam, wo ich für die nächste Zeit blieb. War ich Städten in den Vormonaten ferngeblieben, so spürte ich jetzt, da ich wieder in einer solchen wohnte, wie gut das urbane Leben mir tat. Langsam taute ich auf. Vielleicht lag das daran, dass ich so weit vom Kleinstaat entfernt war, wie man nur konnte, vielleicht am permanent guten Wetter, am wahrscheinlichsten aber an der Freundlichkeit der Einwohnerinnen und Einwohner Sydneys, mit der ich schon am Tag meiner Ankunft[162] in Berüh-

---

[162] »Hey Sie«, rief ich, als ich vom Dachfenster aus einen Mann an den Reifen des Campers herumfummeln sah, »was machen Sie da?«, streifte mir ein T-Shirt über und eilte ins Freie. Die Sonne stand hoch am Himmel, es war bereits nach 12 Uhr. Zunächst hielt ich den Mann für einen Mitarbeiter des Ordnungsamtes oder einen Zivilpolizisten, der mir für unerlaubtes Parken eine Buße auferlegen würde, doch als ich ihn näher betrachtete, nein, so zivil kann kein Polizist sich kleiden, verwarf ich den Gedanken. Er trug ein kurzärmliges Hemd mit aufgedruckten Palmen, dazu eine rote Badehose und einen Strohhut. War er Deutscher?

»Einen schönen Wagen haben Sie da«, sagte er in breitestem Aussie-English, »ein King Cab, oder?«

»Sie kennen sich aus«, antwortete ich.

Der Mann lachte. Es war ein hohes, fast hysterisches Lachen, das konträr zu seiner Erscheinung stand, diesem Fels von einem Menschen.

»Elton«, sagte er und streckte die Hand aus.

»Freut mich«, antwortete ich, legte den Zeigefinger auf meine Brust und sagte: »John.«

»Freut mich, John«, sagte der Mann, »wo kommst du her?«

»Das ist eine lange Geschichte«, antwortete ich.

»Na gut«, sagte Elton und lachte erneut, »dürfte ich vielleicht –«

»Dürften Sie was«, fragte ich vielleicht eine Spur zu angewidert,

rung kam. Die Leute waren so gut zu mir, dass ich mich zum ersten Mal seit Wochen wieder wie der Mensch fühlte, als den ich mich eigentlich kannte, als den abenteuerlustigen Johann Kaiser, der am Leben anderer teilhaben wollte[163], und die australischen Tage begannen vorüberzuziehen wie Seiten eines Daumenkinos, das ein fröhliches Kind mit fettigen Fingern durchblätterte. »Seven Miles from Sydney«, stand auf dem Hafengebäude am Manly Wharf, in dessen Nähe ich den Camper abgestellt hatte, »but a thousand

---

doch ich kann es wirklich nicht leiden, wenn fremde Menschen meine Toilette benutzen.

»Dürfte ich mir den Wagen von innen ansehen?«

Als Elton eintrat, sank der Camper ein paar Millimeter tiefer. Ich verspürte Mitleid mit ihm. Ganz alleine in so einem großen Körper zu leben war bestimmt alles andere als leicht. Wie schnell man darin verloren gehen konnte. Fühlte er sich ab und zu einsam? Doch Elton bewegte sich im Wageninneren flink und wendig. Wenn ich sagen wollte, »Vorsicht, dein Kopf«, hatte er das Hindernis längst schon gemeistert. Er untersuchte die kleine Kochnische, drehte an den Schaltern und fragte, in welcher der Schubladen ich die Pfannen aufbewahre, unten links, ob er sie öffnen dürfe, von mir aus. Während er eine davon aus der Schublade nahm und mit gekonntem Griff in der Hand federn ließ, sah ich über seine Schultern hinweg meine Hose auf dem Fußboden liegen. Dass Elton darüber hinweggesehen hatte, dass ich nur Boxershorts trug, fand ich sympathisch. Ob ich ihm etwas zu trinken anbieten dürfe, fragte ich, ich hätte ganz hervorragenden Kaffee aus der Türkei.

»Nein, danke, John«, sagte Elton, während er in die Duschkabine linste, »ich trinke nicht so gerne Kaffee. Ist mir ein bisschen zu bitter.« Dann sagte er: »Wirklich ein wahnsinnig schöner Wagen.«

Wir unterhielten uns über die Vorteile, die ein Nissan gegenüber anderen Modellen aufweist, bis Elton mit dem Hinweis, er müsse zur Arbeit, zur Verabschiedung ansetzte. Was für eine Arbeit das sein sollte, in der man in einem solchen Aufzug auftauchen konnte, fragte ich nicht. Nachdem ich ihm die Hand gereicht hatte, kramte er seine Brieftasche hervor und reichte mir eine Visitenkarte: »Wenn du mal eine Dusche brauchst, John.«

Miles from Care«[164], und jedes Mal, wenn ich daran vorbeikam, dachte ich, ja, gottverdammt, genau so ist es. Gab es irgendwo einen blaueren Himmel? Schien die Sonne anderswo ebenso freundlich? Ich habe viele Sonnen gesehen. Aber so schön wie diese schien keine. Wenn ich nicht gerade dabei war, mit dem Klappfahrrad, das ich einem Händler auf einem Bazar im iranischen Ardestan abgekauft hatte, weiträumige Erkundungstouren zu unternehmen, schlenderte ich ziellos umher.[165] Ich saß in Kaffeebars und trank so

---

›Elton Macintyre‹, las ich, als er bereits hinter der nächsten Straßenkreuzung verschwunden war, dann eine Adresszeile und ›Schauspieler‹.

[163] Ein paar Tage nach unserer ersten Begegnung stand ich vor Eltons Türe und sagte, dass ich gekommen sei, um sein Angebot einzulösen. Er starrte mich verdutzt an. »Die Dusche«, erinnerte ich ihn. »Ja«, sagte er und zögerte für ein paar Sekunden, bevor er mich ins Hausinnere bat. Der Flur war mit hunderten gerahmten Fotos verhangen, die entweder eine Frau mit langen roten Haaren, Elton selbst, Kochutensilien oder junge Männer und Frauen an einem Strand zeigten, von denen nicht wenige ein Surfbrett in den Händen trugen.

»Nicht so laut bitte«, flüsterte Elton erregt, als mir einer meiner Schuhe etwas zu laut auf den Fußboden plumpste, »Cindy schläft schon.« Es war kurz nach 21 Uhr. Etwas überrascht darüber, dass Elton eine Tochter zu haben schien, wartete ich, bis er mir weitere Anweisungen erteilte.

»Das Badezimmer ist im oberen Stockwerk, bitte sei leise, Handtücher sind im Schrank.«

»Okay«, antwortete ich.

»Leise, John, ja?«

Weil ich kein Duschgel besaß, nahm ich dasjenige Eltons vom Badewannenrand und seifte mich ein. Es war eines dieser kombinierten Hygieneprodukte, die auch als Shampoo verwendet werden konnten, und roch scharf. Ich musste an Eisberge denken, an Umkleideräume, an Tage, an denen ich krank im Bett lag, und an Glas. Während ich das Duschgel auftrug, kam es mir vor, als nähme ich darüber nicht nur den Geruch Eltons, sondern auch einen Teil seines Körpers an, als wüchsen mir im Einseifen ein Bauch und ein weiteres Kinn, Knopfaugen und

viele Flat Whites, dass mein Herz zu hoppeln begann wie die Kaninchen im Outback. Ich saß tagelang an Tankstellen und fragte Inhaber von Offroad-Fahrzeugen, wohin ihre Reise ginge, oder sah Jugendlichen am Strand dabei zu, wie sie mit Surfbrettern Welle um Welle bestiegen, als wäre das Meer[166] der Ersatz für die fehlenden Berge[167]. Langweilig war mir nie.[168] Ich besuchte Museen und setzte mich mit der Geschichte Australiens auseinander, wobei es mir die Zeit der Strafkolonie besonders angetan hatte, sah mir Schlangen im

---

schütteres Haar, die sich durch das Abwaschen zwar wieder zurückbildeten, aber nicht restlos verschwanden.

»Jetzt siehst du wieder aus wie ein Mensch«, sagte Elton, als ich mich zu ihm an den Küchentisch setzte. Wie freundlich er mich ansah. Lag es am identischen Geruch, seinem gütigen Blick oder an der tatsächlichen Ähnlichkeit unserer Seelen, dass ich plötzlich eine Nähe zwischen uns spürte, wie ich sie zuletzt nur Fürstin Gina gegenüber empfunden hatte? Ich kramte im Rucksack nach der Schnapsflasche und stellte sie auf den Tisch.

»Ist die etwa für mich?«, fragte Elton entzückt.

»Aber Elton«, lachte ich, »für wen denn sonst?«

Durch das auf Kipp stehende Fenster drang das Gezirpe der Grillen. Trotz des Bewässerungsverbotes hörte man die Sprenkleranlagen in den Vorgärten arbeiten. Elton suchte im Schrank nach zwei Gläsern.

»Mmh«, sagte er, »wirklich gut.«

Seinen Versuch, mir nachzuschenken, lehnte ich dankend ab, worauf er mich verblüfft ansah. »Es stört dich doch nicht, wenn ich –«, sagte er und füllte sein Glas, das er, bevor ich »natürlich nicht« sagen konnte, in einem Zug leergetrunken hatte. Als die Flasche nach einer halben Stunde geleert war, wechselten wir ins Wohnzimmer. Elton trat an die Schrankwand, nahm ein Buch aus dem Regal und holte dahinter eine weitere Flasche hervor.

»Für schlechte Zeiten«, sagte er grinsend. Dann legte er Bruce Springsteen auf, tat, als wäre die Flasche ein Mikrophon, und sang lauthals mit. Der schüchterne, etwas schwerfällige Mensch hatte sich in einen quirligen jungen Mann verwandelt, der durch sein Wohnzimmer

Sydneyer Terrarium an oder fuhr mit unterschiedlichen Buslinien bis an deren Endhaltestellen[169], um zu sehen, was es dort gab. Hauptsächlich Schafe. Da waren überall Schafe. Bei ihrem Anblick dachte ich, Wolken wären auf die Erde gefallen. Tausende Kumulus-Schafe. Ich verneigte mich am Hafen vor der Statue James Cooks, mit dessen Geschichte ich mich so ausführlich zu beschäftigen begann, dass mich meine Träume ins 18. Jahrhundert mitnahmen, wo ich auf einem Segelschiff der Terra Australis nachjagte. Während der

---

hüpfte, bis ihn ein schriller Schrei wieder zu jener schwerfälligen Person werden ließ, als die ich ihn kennengelernt hatte.

»Elton, verdammt«, schrie eine im Türrahmen stehende Frau im Jogginganzug.

»Cindy, ich kann –«, sagte Elton, brach im Satz ab, sah erst zu Cindy, dann von Cindy zu mir und sagte dann: »John, ich denke, es ist besser, du gehst jetzt.«

»Okay«, sagte ich.

»Raus hier«, sagte Cindy, »sofort.«

[164] Die Tage nach Fürstin Ginas Tod hatte ich nichts mit mir anzufangen gewusst. Ich war als Geist durch die Straßen gewandelt, hatte als Geist auf der Couch der Zwillinge geschlafen, und wenn ich einmal etwas getrunken hatte, ein Glas Milch zum Beispiel, war es mir vorgekommen, als liefe die Flüssigkeit durch mich hindurch. Was ich tat, tat ich apathisch. Ich lag apathisch herum und wollte niemand sehen, der von weniger Apathie war als ich selbst. Also blieb ich alleine. So unendlich alleine. Ich war müde und schlief viel, und wenn ich erwachte, dachte ich darüber nach, mir das Leben zu nehmen. Luise legte mir Bücher und Butterbrezeln vor die Türe, die ich unberührt stehen ließ, bis sie irgendwann eine Zeitung unter dem Türspalt durchschob, die ich lustlos durchblätterte. Das Inserat eines Autohändlers aus Nürnberg, der mit günstigen Preisen für qualitativ hochwertige Wohnmobile warb, war meine Rettung.

Als ich wenige Tage später am Nürnberger Flughafen eintraf, wurde ich von einem Mann mit breitkrempigem Hut in der Ankunftshalle erwartet. Wenn er lächelte, bewegten sich nur seine Lippen, der Rest seines Gesichtes blieb regungslos wie ein Stück Holz.

Lektüre einer Cook-Biographie[170] musste ich an den Bergsteiger denken. Nachdem ich sie ausgelesen hatte, schickte ich sie ihm mit lieben Grüßen versehen von einer Ranch in Yoran[171] aus zu. Dann kam es zum schrecklichen Unfall. Die Kombination aus offener Gaskartusche und sorglos weggeschnippter Zigarette sorgte dafür, dass ich aus einigen Metern Entfernung mitansehen musste, wie sich das, was während der letzten drei Jahre mein Leben gewesen war, in Flammen auflöste und als dichter Rauch in den Himmel

---

»Wollen wir dann«, fragte er mit dem Schlüsselbund in seiner Hand wedelnd.

»Ja«, sagte ich, doch der Mann hatte sich bereits weggedreht und trat durch die Schiebetüren nach draußen. Er verhielt sich nicht, wie man es von jemandem erwarten konnte, der vorhatte, ein Fahrzeug im Wert von 100 000 D-Mark zu verkaufen. Während er mich kühl in die Besonderheiten des Wagens einführte und mir letzte, »wichtige Instruktionen« gab, wie er es nannte, musste ich an all die Menschen denken, die sich einen solchen Wagen nie würden leisten können. Ich dachte an all die Kinder in den sowjetischen Staaten, ich dachte an Brasilien und seine Favelas, an die Arbeitsbedingungen in britischen Fabriken während der Industrialisierung, an Leibeigenschaft, Sklaverei, Ablasshandel und Hexenverbrennungen, an all das dachte ich, und als ich mich fragte, wieso ich an all das dachte, hatte ich die Antwort innerhalb von Sekunden parat. Ich sah es in den Augen des Mannes. Es waren Menschen wie er, die uns anderen unterdrückten.

»Haben Sie Fragen«, sagte er desinteressiert.

»Nein«, antwortete ich.

»Gut«, sagte er, reichte mir Zündschlüssel und Fahrzeugpapiere, »dann sehen wir uns nach der Probefahrt in drei Tagen an dieser Stelle wieder, der Ersatzschlüssel liegt im Handschuhfach, tschau.«

Es hatte aufgehört zu schneien, als ich den Flughafen hinter mir ließ. Der Himmel war eisig und blau, und die Felder, die die Autobahn säumten, waren von glänzendem Frost überzogen. Ich hörte Bayern 3. Keine Verkehrsmeldungen. Vor ein paar Monaten war die Berliner Mauer gefallen. Süddeutschland prosperierte. Wo Fürstin Gina wohl war. Keine drei Wochen nachdem sie gestorben war, hatte Liechten-

stieg, wo er sich mit dem Mondlicht vermengte. Gut, hatte ich den Wagen versichert. Da außerdem mein Visum auslaufen würde, kehrte ich, weil ich nicht wusste, wohin ich sonst hätte gehen sollen, im Frühjahr 1992 in den Kleinstaat zurück.

---

stein auch seinen Landesvater Fürst Franz Josef II. verloren. Vielleicht stimmte es wirklich, was Gina einmal gesagt hatte, dass sie und ihr Mann eins geworden wären, dass es dem einen nicht mehr möglich wäre, ohne den anderen zu sein. Als ich die bayrisch-baden-württembergische Landesgrenze überquerte, zog ein Greiffalke weite Kreise und setzte zum Sturzflug an. Später tat sich der Bodensee vor mir auf. Ich parkte den Wagen nahe des Bregenzer Bahnhofs, spazierte durchs Zentrum und setzte mich auf eine Bank an der Promenade. Der Anblick des Wassers sagte mir nichts. Vom Spaziergang müde geworden, testete ich die Matratze im Wagen. An den Traum, den ich träumte, kann ich mich nicht mehr erinnern, aber ich weiß, dass ich nach dem Aufwachen wusste, was zu tun war. In der Dunkelheit nahm ich die Nummernschilder vom Camper und verstaute sie unter der Matratze. Dann schloss ich den Wagen ab und spazierte zum Bahnhof. In der Bahnhofsbäckerei bestellte ich einen Kakao, aß ein Schinkenbrot und fuhr wenig später mit dem Nachtzug an die deutsch-tschechische Grenze. Meine Einreise am nächsten Morgen ließ ich mir im Pass dokumentieren.

Ich aß im tschechoslowakischen Karlsbad zu Mittag, sprach in höchsten Tönen von meinem Camper, der so neu sei und schön und draußen auf dem Parkplatz im Sonnenlicht glänze, und dass sie sich das alle mal ansehen müssten. Ein paar interessierte Gäste und ein Kellner folgten mir vor die Tür. Ihnen den Kopf zugewandt machte ich ein paar Scherze, sodass ich nicht sah, in welche Richtung ich ging. Als ich mich mit einem »tada« in Richtung des Parkplatzes drehte, gab ich mir alle Mühe, möglichst glaubwürdig zu erstarren. Erst verharrte ich für ein paar Minuten, dann ging ich in die Knie und schlug die Hände über dem Kopf zusammen. Das darf doch nicht wahr sein, rief ich. Mein Camper! Jemand hat mir meinen nigelnagelneuen Camper geklaut!

Ein Kellner war so freundlich, mich nach Dienstende mit seinem Privatwagen zur örtlichen Polizeistation zu chauffieren. Dort gab ich den Diebstahl eines Nissan Navarra King Cab zu Protokoll, den der Kellner mit seiner Aussage stützte. Ich telefonierte nach Nürnberg, erzählte dem

Verkäufer aufgelöst davon, was geschehen wäre, und als ich mir sicher war, dass er mir glaubte, fuhr ich mit dem nächsten Zug zurück nach Bregenz und schlief die erste Nacht in der Wohnkabine des Autos. Ich drehte mich auf die Seite und schlief zum ersten Mal seit Wochen einen tiefen, traumlosen Schlaf. Das schien mir ein gutes Zeichen zu sein.

165 Während eines Abendspaziergangs kam ich an einer Bar vorbei, aus deren Inneren plötzlich jemand so hart gegen die Scheibe klopfte, dass ich fürchtete, sie würde zerbrechen. Kurz darauf saß ich neben Elton an der Theke, den ich in der letzten Zeit aus den Augen verloren hatte, bestellte Papaya Soda und ließ mir eine Frage nach der anderen stellen. Wie mir Sydney gefalle, was ich bisher erlebte hätte, »Leute, seht her, das ist John«, wie meine Pläne für den Abend aussähen, was ich von einem kühlen Bier hielte am Strand.

Im nächsten Supermarkt kaufte Elton zwei Sixpack Budweiser.

»Ist das nicht etwas viel?«, fragte ich.

Elton lachte.

Aus dem Abend wurde Nacht.

Die Sterne betrachtend erzählte Elton vom Ehepaar Fletcher. Gemeinsam mit fünf Waisenkindern seien Pippa und Tom vor ein paar Jahren an einen kleinen Ort an der Küste gezogen. Die Ankunft der Familie, erzählte Elton, hätte für große Unruhe im Örtchen gesorgt. Viele der Langeingesessenen fürchteten, dass die Pflegekinder der Fletchers schlechten Einfluss auf ihre Kinder hätten und Schlägereien, Ladendiebstähle und Autofahrten unter Drogeneinfluss bald auf dem Tagesprogramm stünden. Dass Elton sich als vehementer Fürsprecher der Waisen entpuppte, machte ihn mir noch sympathischer. Ich meine: ich hatte das alles ja selbst genau so erlebt. Ich wusste, wie es sich anfühlte, elternlos aufzuwachsen und deswegen für einen Kriminellen gehalten zu werden. Vielleicht täte es den Fletcher-Kindern gut, dachte ich dann, Zuspruch von jemandem zu erfahren, der ihre Situation nicht nur vom Hörensagen, sondern aus eigener Erfahrung kannte. Als ich Elton fragte, ob es möglich wäre, die Fletchers einmal kennenzulernen, lachte er los.

»Du kennst *Home and Away* nicht?«

»Nein«, antwortete ich.

»Oh mein Gott, John, die Serie ist hierzulande ein Hit!«

Als ich verstand, dass die Menschen, deren Leben er so detailreich geschildert hatte, Figuren aus einer Soap-Opera waren, dämmerte es mir.

»Sag mal«, fragte ich, mich an seine Visitenkarte erinnernd, »spielst du da mit?«

Elton trank einen großen Schluck, wischte sich etwas Bier von den Lippen und sagte: »Ja, John, genau das tue ich.« Dann sah er bedeutend aufs Meer hinaus.

Aus der Nacht wurde Morgen.

Als ich erwachte, hatte sich die Sonne bereits über den Meeresspiegel erhoben. Elton lag inmitten eines Kreises aus leeren Bierdosen im Sand und sah aus wie ein gestrandeter Wal.

»Elton«, versuchte ich ihn zu wecken, »wir sind eingeschlafen!«

»Ja«, sagte er und schlief weiter.

»Elton«, sagte ich und gab ihm eine Ohrfeige, »du musst doch zur Arbeit.«

Als Elton das Wort »Arbeit« hörte, sprang er auf, torkelte im Stehen noch leicht und sagte, »wo bin ich«.

Ich legte seinen Arm um meine Schultern und stützte ihn durch den Sand, bis wir festen Boden erreichten. »Arbeit«, murmelte Elton besorgt, »muss zur Arbeit, Arbeit, Arbeit.« Ich ließ ein Taxi kommen und setzte Elton hinein. Ich wollte gerade die Türe schließen, da sah er mich mit flehendem Gesichtsausdruck an: »Kannst du bitte mitkommen, John.«

166 So blau wie der Himmel, so blau war der Ozean darunter, dass es schwer auszumachen war, wer sich hier nun in wem spiegelte. Es war auch egal. Immerhin befanden wir uns in einer halben Fiktion. Anstatt dass Elton und ich zum Strand hinabgingen, wo ein Kamerateam eine Szene filmte, bei der ein junger Mann auf einem Brett Wellen ritt, während er von drei Jugendlichen in Bermudashorts vom Ufer aus angefeuert wurde, folgten wir der Promenade ein paar Meter weiter, bis wir einen abgesperrten Parkplatz erreichten. Zwischen einem Mannschaftsbus und ein paar Transportern stand ein Mann mit Klemmbrett und Walkie Talkie vor einem Wohnmobil mit ausgefahrener Markise. Er trug Sonnenbrille und Baseballcap und sah sich nervös um.

»Da bist du ja endlich«, sagte er, als wir den Parkplatz erreicht hatten.

»Verkehr«, murmelte Elton in den Boden hinein.

»Und wer ist der da«, sagte der Mann und zupfte sich die Sonnenbrille zurecht.

»Ich bin –«

Ein Schlag in die Rippen unterbrach mich.

»Mein Assistent«, sagte Elton. »John, das i–«

»Gut, dann an die Arbeit jetzt, ihr habt nicht mehr viel Zeit«, sagte der Mann und verschwand.

Schauspieler!

Berufsbezeichnungen gibt es viele, doch so falsch wie diese war keine.

Während Elton sich irgendwo um die Ecke erbrach, schälte ich Kartoffeln. Auf der mobilen Kochplatte köchelte das Salzwasser leise und unten am Strand wurde die Surf-Szene zum dritten Mal wiederholt. Es war kurz nach zwölf, als die Figuren sich lösten und ihre Rollen wie Kostüme in den Sand fallen ließen. Von Elton fehlte jede Spur. ›Ich kann ihn jetzt nicht hängen lassen‹, dachte ich, als ich die versammelte Belegschaft in meine Richtung kommen sah, und improvisierte. Ich gab die Kartoffeln ins Wasser, warf ein paar Kräuter hinein, pfefferte, salzte nach, und als mir der erste Teller entgegengestreckt wurde, schöpfte ich, wünschte einen guten Appetit und blickte kurze Zeit später in angewiderte Gesichter.

»Das soll ich essen?«, fragte eine Schauspielerin.

»Das ist jetzt aber ein Witz, oder?«, schloss sich der Mann hinter ihr an.

»Wir wollen was Richtiges«, sagte der, der einen Surfer dargestellt hatte.

»Fleisch«, rief einer der Kameramänner.

»Hunger«, stimmten die Beleuchter mit ein.

Während ich dem Mob beim Proklamieren zuhörte, musste ich an den Ausspruch Bertolt Brechts denken, dass zuerst das Fressen käme und dann die Moral. Ich baute mich vor ihnen auf, räusperte mich und sagte:

»Ihr Männer und Frauen von Home and Away. Ich bitte euch. Ihr habt doch noch gar nicht probiert. Was ich für euch gekocht habe, ist nichts Geringeres als die Speise, die mich Jahre lang über Wasser gehalten hat.«

»Über Wasser gehalten«, murmelte einer, »was soll das sein?«

»Ich bin ein großer Fan der Serie Home and Away«, erklärte ich den Anwesenden und merkte, wie ich alle Aufmerksamkeit auf mich zog. »Es ist schon lange mein Wunsch gewesen, für euch zu kochen. Die Serie, die ihr produziert«, hier legte ich eine erste Kunstpause ein, »ist mein Leben. Seht mich an« – hier eine zweite – »ich bin ein Waisenkind.«

Aufgeregtes Gemurmel.

»Aufgewachsen im Kinderheim Gamander in Schaan, einem Haus, das mich an das Summer Bay House erinnert, sein weitläufiger Garten könnte auch der Caravan Park sein!, sah ich mich katastrophalen Lebensbedingungen ausgesetzt, die ich nur überstehen konnte, weil ich mir jeden Tag eine köstliche Suppe zubereitete, die mich mit allen wichtigen Nährstoffen versorgte. Eine Kartoffelsuppe. *Diese* Kartoffelsuppe. Esst und versteht, wie es ist, ein Waisenkind zu sein. Ein solches, wie ich eines bin, ein solches, wie ihr eines werdet, wenn ihr euch vor den Kameras positioniert. Probiert erst und urteilt dann. Das ist alles, was ich verlange.«

Pflichtschuldig senkten die vor mir Stehenden ihre Köpfe. Diejenige, die die Carly gespielt hatte, war die Erste, die sich aus ihrer Starre löste. Zögerlich tauchte sie ihren Löffel in die Brühe, führte ihn an die Lippen, roch daran, rümpfte die Nase und schluckte mit zusammengekniffenen Augen.

»Mh«, sagte sie dann, »gar nicht so schlecht«, und schob einen weiteren Löffel nach, dass die anderen ihrem Beispiel bald folgten.

»Hm ja«, sagte einer.

»Speziell, aber schmackhaft«, sagte ein anderer.

»Ich kann mir zum ersten Mal vorstellen, wie sich das Leben als Waise anfühlen muss«, sagte ein Dritter.

»Ist da Thymian drin?«, fragte ein großgewachsene Frau.

Nach wenigen Minuten war der komplette Topf leergegessen. Ich sah in zufriedene Gesichter, die sich zurück an die Arbeit machten. Es schien mir, als spielten sie mit größerem Eifer, als sie es noch in den Morgenstunden getan hatten. Ich war gerade dabei, die Teller zu spülen, als Elton mit gesenktem Kopf um die Ecke bog.

»John«, sagte er, »es tut mir so –«

»Du musst jetzt nichts sagen«, sagte ich und nickte ihm aufmunternd zu.

Er blickte auf den Ozean hinaus, bevor er sich mir wieder zuwandte und sagte: »Was du heute für mich getan hast, werde ich dir nie vergessen.«

»Schon okay«, sagte ich und wir trugen den Klapptisch zurück in den Camper.

167 Bis heute tut mir die Mitarbeiterin des Automobilclub Liechtenstein leid, wenn ich an die Tage vor meiner Abreise denke. Dabei war es nicht um mehr gegangen als einen lächerlichen Fetzen Papier mit französischem Namen: ein Carnet de Passage. Ein Formular, das ich benötigte, um meinen neuen Camper zollfrei in außereuropäische Länder einführen zu können, denn auch wenn ich noch nicht wusste, wohin genau ich ginge, war ich mir doch sicher, dass Europa langfristig gesehen kein Ort mehr für mich wäre.

Um das Formular zu erhalten, musste ich beim Automobilclub als ausstellender Behörde den Kaufpreis des Wagens als Depot hinterlegen, auf das der Zoll zugreifen konnte, sollte der Wagen nicht fristgerecht ausgeführt werden, was sich im Falle des Nissan Navara King Cab mit Allradantrieb auf eine Summe von 100 000 DM belief. Eine Summe, die ich nicht hatte. Bei einer Sachbearbeiterin vorsprechend, erklärte ich, dass ich das Geld für das Carnet des Passage, dessen g ich französisch weich aussprach, gerne in Raten abzahlen würde. Die Sachbearbeiterin sagte, dass das nicht ginge, und ich sagte, dass das doch gehen müsse. Sie sagte, wie stellen Sie sich das denn bittschön vor, und ich sagte, na einfach, indem ich es mache, und sie sagte, nein. Ich sagte, dass ich ein ehrlicher Mensch sei, der sein Leben lang hart gearbeitet hätte und kurz vor dem Burnout stünde. Sie sagte, das zu hören tue ihr leid, aber – ich unterbrach sie und sagte, unsere Landesmutter sei gerade gestorben, wie sie jetzt an so profane Dinge wie Geld denken könne. Die Sachbearbeiterin sagte, ich solle bitte kurz warten, sie müsse Rücksprache mit ihrem Vorgesetzten halten. Nachdem sie das Zimmer verlassen hatte, durchsuchte ich ihren Schreibtisch, fand das Formular in einer Schublade und stempelte es ab. Es tue ihr leid, sagte die Sachbearbeiterin nach ihrer Rückkehr, doch sie könne nichts machen. Ich sagte, man sehe sich immer zwei Mal im Leben, und verließ das Büro. Rückblickend schäme ich mich für mein Verhalten, doch länger im Kleinstaat zu bleiben wäre für meine psychische Gesundheit schädlich gewesen.

168 Jeden Abend traf ich mit Elton in dessen Wohnzimmer zusammen, wo wir die neueste Folge von *Home und Away* am Fernseher verfolgten, die Elton mit interessanten Anekdoten der Dreharbeiten anzureichern verstand. Weil ich in diesen Tagen um meinen Camper gekommen war, den ich Gott sei Dank in Darwin gegen Diebstahl hatte versichern lassen, hatte Elton mir angeboten, bei ihm unterzukommen, bis die Versicherung das Geld überweise. Die Wände im Haus waren dünn und so hörte ich es nachts aus allen Räumen heraus sprechen. »Spinnst du eigentlich«, sagte Cindy, »diesen Irren bei uns aufzunehmen.« »John ist nicht irre«, sagte Elton. »Doch«, sagte Cindy. »Schatz«, sagte Elton. »Eine Woche, dann ist er hier raus«, sagte Cindy. »Okay«, sagte Elton. Obwohl er mir gegenüber nichts davon erwähnte, verbachte ich den ganzen Tag außerhalb, um den Hausfrieden nicht zu stören. Erst wenn Cindy, die als Pflegerin in einem Krankenhaus hauptsächlich Früh- und Spätschichten übernahm, schon zur Arbeit gegangen war, kehrte ich wieder zurück.

»Elton«, sagte ich, wenn ich um kurz vor sechs an der Türe erschien.

»John«, sagte Elton grinsend.

»Elton John«, sagten wir beide und schlugen ein.

Elton hatte die Kissen auf dem Sofa aufgeschlagen, und wenn es kalt war, teilten wir uns eine Decke. Das gemeinsame Singen des Intros wurde zu unserem allabendlichen Ritual. »You know we belong together«, begann Elton. »You and I forever and ever«, sang ich. »No matter where you are«, sang Elton. »You're my guiding star«, sang ich. »And from the very first moment I saw you«, sang Elton. »There was such emotion«, sang ich. »I'm walking on air«, sang Elton. »Just to know«, sang ich. »Just to know«, wiederholte Elton. »You are there«, sang ich. »You are there«, wiederholte Elton. Und dann sangen wir den Chorus gemeinsam: »Hold me in your arms, don't let me go, I want to stay forever, closer each day, home and away«. Jeden Abend aufs Neue fühlte ich mich an das Glück erinnert, das ich damals in Mauren empfand, als ich mit Gian-Andrin auf der Couch saß. Nur war ich nicht mehr der 7-jährige Junge, der sich seinen Platz auf der Welt suchen musste, sondern ein junger Mann von 25 Jahren, der in der vollen Blütenpracht seines Lebens stand. Ich hatte meinen Platz endlich gefunden. Home and Away.

169 Dass ich länger bei Elton blieb, als ich eigentlich vorgehabt hatte, sahen nicht alle Mitglieder des Haushalts gern. So kam es, dass er mich eines Tages fragte, wie genau ich eigentlich mein Leben finanziere. Es sei ihm unangenehm, sagte Elton und untermalte das Unwohlsein, indem er seine Schultern einzog.

»Es ist nur«, sagte er.

»Es ist was«, sagte ich.

»Es ist«, sagte Elton.

»Elton«, sagte ich.

»Es ist so«, sagte Elton, »dass Cindy sagt –«

Er legte eine Pause ein.

»Elton?«

»Es ist so, sagte Elton, »dass Cindy sagt, dass du klaust.«

»Aha«, sagte ich und wusste nicht recht, ob ich wütend oder belustigt sein sollte, »und was genau soll ich stehlen?«

»Schmuck«, sagte Elton.

»Aha«, sagte ich, »und von wem?«

»Von Cindy«, sagte Elton.

»Aha«, sagte ich, »und wo soll dieser Schmuck sein?«

»In deinem Zimmer«, sagte Elton.

»Na gut«, sagte ich, »dann gehen wir doch in mein Zimmer und sehen nach.«

Während Elton die Besenkammer durchsuchte, überlegte ich im Flur, wie ich auf seine Entschuldigung reagieren würde. Sollte ich ihn lange hinhalten und quälen? Oder wäre es besser, kein großes Ding aus der Sache zu machen? Wahrscheinlich war es das, ja, schließlich ließ er mich seit Wochen kostenlos bei sich wohnen.

»Johnboy«, rief Elton aus dem Zimmer.

Ich breitete meine Arme aus, um die Umarmung zur Entschuldigung zu erwidern.

»Du dreckiger Hund.«

Verblüfft stolperte ich ein paar Schritte zurück.

»Sie hatte mit allem recht«, sagte er und hielt etwas hoch, »– und ich Idiot«, stammelte er, »ich Idiot«, war das eine Schatulle?, »ich Idiot habe nicht auf sie hören wollen.«

Meine Beteuerungen, dass ich das, was er in seiner Hand hielte, nie vorher gesehen hätte, waren ihm herzlich egal. Dass er mir die Freundschaft hiermit kündige, schrie er, dass ich ein schlechter Mensch sei und dorthin zurückgehen solle, wo ich hergekommen sei. Er war so wütend, wie ich ihn mir vorher nicht einmal hätte vorstellen können, und da ich vermeiden wollte, von ihm geschlagen zu werden, gab ich klein bei, doch Elton versperrte mir den Weg in die Kammer, in die ich mich zurückziehen wollte.

»Hau bloß ab«, schrie er, »verpiss dich und komm nie wieder zurück.«

Alle Versuche ihn zu beruhigen schlugen fehl. Er drängte mich auf die Einfahrt und ließ die Haustür mit einem so harten Schlag ins Schloss fallen, dass ich für einen kurzen Moment meinte, die Wände hätten zu zittern begonnen. Aber das taten sie nicht. Da war nur Cindy, die mir vom Schlafzimmerfenster aus zufrieden zunickte, ehe sie die Vorhänge zuzog. Aufgelöst stieg ich in einen Bus, den ich erst an der Endstation wieder verließ. Als ich mich ans Steuer des Campers setzte, der glücklicherweise wieder aufgetaucht war, stand am Himmel kein einziger Stern, als hätte der Zorn Eltons sie alle verschluckt. Da waren nur ein paar Schafe, die blökten.

170 Ja, die Luft war warm an diesem 26. August, einem insgesamt eher belanglosen Donnerstag des Jahres 1768, als die Endeavour unter Kommando von Captain James Cook um 2 Uhr nachmittags aus dem Hafen von Plymouth auslief. Der Himmel: wolkenlos. Die Sicht: klar. Der Atlantik: so gottverdammt blau wie gewohnt. Von den Abenteuern, welche die Expedition bereithalten würde, wussten weder der Kapitän noch die 93 Mann starke Besatzung, weder der Hobbybotaniker Joseph Banks noch sein Kollege, der Schwede Daniel Solander, die sich mit

einem 10-köpfigen Mitarbeiterstab auf der Fahrt eingemietet hatten und dafür so viel zahlten wie die britische Regierung für die gesamte Expedition. Beim Auslaufen hisste die Mannschaft den Union Jack und ein paar der Matrosen stimmten zu Ehren König Georges III. die Nationalhymne an. Doch weil diese noch keine 20 Jahre alt war, hatten noch nicht alle den Text hinreichend memoriert, waren insgeheim Republikaner oder scherten sich nicht um Politik, das ist vom heutigen Standpunkt aus schwer zu beurteilen. Fest standen nur: die Segel im Wind.

»Südsee«, rief einer,

»wir kommen«, ein anderer,

»Konzentration bitte jetzt«, sagte der Kapitän.

Bis heute ist die Frage, ob die Mannschaft rebelliert hätte, wenn sie vom Geheimauftrag gewusst hätte, der sich in einem versiegelten Umschlag in der Kapitänskajüte befand, eines der größten ungelösten Rätsel der Nautik. Während die Mitglieder der Besatzung annahmen, die Mission ihrer Reise bestünde darin, auf Tahiti den Venustransit zu beobachten, um den Abstand von Erde und Sonne genauer bestimmen zu können, verfolgte die Admiralität weit größere Ziele. Sollte die Welt eine Kugel sein, wie es gebildete Kreise seit dem dritten Jahrhundert vor Christus annahmen – um diese Zeit etwa errechnete Eratosthenes nach präziser Erdmessung den Erdumfang –, dann mussten doch, ausgehend von der Harmonielehre der Pythagoräer, Land und Wasser ausbalanciert verteilt sein, um die Kugel im Gleichgewicht halten zu können, oder? In seinem vielbeachteten Atlas *Geographike Hyphegesis* hatte Claudio Ptolemäus der riesigen Landmasse, die er im Süden verortete, mit *terra australis* erstmals einen Namen gegeben, und als Ferdinand Magellan ein paar hundert Jahre später mit der ersten Weltumsegelung faktisch bewies, dass die Erde tatsächlich eine Kugel war, gab es kein Halten mehr. Irgendwo da draußen musste der Südkontinent sein. Ganz der Aufklärung verpflichtet, Stichwort Kant, Stichwort Aude, Stichwort Sapere, sollte das, was bisher nur Produkt europäischer Fantasien gewesen war, in Besitz genommen und kolonialisiert werden. Und James Cook, Sohn eines Tagelöhners und einer Hausmagd, sollte als Kommandant britischer Empirie den Südkontinent im Namen König Georges III. erobern.

Alles war blau. Das Wasser war es und der Himmel darüber, selbst die Sonne schien über der keltischen See bläulich zu schimmern, während sie im Dörfchen Marton, das heute ein Stadtteil von Middlesbrough in Yorkshire ist, von einem Schleier verhangen meist grau war. Dort war der junge James Cook aufgewachsen. Zu seinen Lieblingsbeschäftigungen als Kind hatte es gezählt, im Schatten der Bäume nahe seines Elternhauses zu sitzen und Walnüsse zu knacken. Er zerbrach jede Frucht in zwei Hälften, dann ließ er hunderte von Nussschalenschiffen mit Nusskapitänen das kleine Bächlein, das heute Teil des Middlesbrough Municipal Golfplatzes ist – es durchfließt das 13. Green, schlängelt sich am 14. vorbei und endet nahe des 15. in einem Gulli –, zur See fahren. Er stellte sich vor, wie die Walnüsse in die Welt hinaussegeln würden, wie alles, was noch nicht benannt worden war, nach ihm benannt werde würde. James-Cook-Baum, James-Cook-Busch, James-Cook-Berg, James-Cook-Bucht, James-Cook-Gemischtwarenladen. Ja, der junge James Cook träumte von einem James-Cook-Imperium. Dass dieser allzu kindliche Gedanke so abwegig nicht sein sollte, würde Cook nicht mehr erleben. Von seiner dritten und letzten Südseereise, die ihn nach Hawaii führen würde, kehrte er nicht wieder zurück. Aber noch war es nicht so weit. Denn das hier war ja die erste.

Bis die Endeavour nach zweieinhalb Monaten Fahrt am 13. November in Rio de Janeiro einen ersten längeren Zwischenstopp einlegte, war die Reise, vom Tod des Oberbootsmannes Weir abgesehen, der von einer Trosse über Bord gerissen wurde, eine relativ ruhige gewesen. Nur ein einziges Mal hatte Cook einen Matrosen und einen Seesoldaten zu Peitschenhieben verurteilen müssen, weil diese sich geweigert hatten, ihre Ration an frischem Rindfleisch zu essen. Dass Cook sie deswegen der Meuterei bezichtigte, mag übertrieben scheinen, aber nur auf den ersten Blick. Es meuterten vielleicht nicht die Männer direkt, aber es würde die Krankheit meutern, die sie befiele, wenn sie ihr Rindfleisch nicht äßen, und insofern meuterten die Männer ja doch. Im Gegensatz zu anderen Expeditionsfahrten, während derer halbe Mannschaften von der gefährlichsten aller Krankheiten, von Skorbut, dahingerafft worden waren, hatte Cook schon vor Antritt der Reise nach Möglichkeiten gesucht, es gar nicht erst zu ihrem Ausbruch kommen zu lassen. Dass ihm bei einem Besuch der British Library *An essay on the most effectual means of preserving the health of seamen, in the Royal Navy: containing directions proper for all those who undertake long voyages at sea, or reside in unhealthy situations; with cautions necessary for the preservation of such persons as attend the sick in fever* des schottischen Arztes James Lind in die Hände geraten war, sollte sich als lebensrettende Maßnahme erweisen. In diesem Text zog Lind aus den richtigen Beobachtungen die falschen Schlüsse. Nämlich dass neben frischer Nahrung im Generellen vor allem Zitrusfrüchte ein wirkungsvolles Mittel wären, um Skorbut zu bekämpfen (richtige Beobachtung), weil diese einen hohen Bestandteil an Säure aufwiesen (falscher Schluss). Grund war nicht die Säure der Zitrusfrüchte, sondern deren hohe Konzentration an Vitamin C. Aber von Vitaminen wusste man damals noch nichts, und James Cook suchte fieberhaft nach einem möglichst säurehaltigen Nahrungsmittel, das über Monate hinweg gelagert werden konnte. Eines Nachts träumte er von Sauerkraut. Seltsamerweise träumte er nicht vom Kraut selbst, sondern nur vom Wort, das es bezeichnet. Ja, er träumte es genau so, wie es hier steht. Er träumte »Sauerkraut«. Also ließ Cook mehrere Fässer davon an Bord bringen, und damit die sauerkrautfeindliche Besatzung auch davon essen würde, setzte er den Fasskohl erst nur den Offizieren vor, bis die restliche Mannschaft eifersüchtig geworden ebenso danach verlangte. Was das genau mit dem Rindfleisch zu tun hat, weiß ich auch nicht. Jedenfalls erfreute sich die Besatzung bester Gesundheit, als sie Rio de Janeiro erreichte, und so sollte es bis zum Ende der Reise, bis zum Einlaufen in den Hafen von Batavia bleiben, aber mehr dazu später.

Rio de Janeiro also. Hauptstadt des Vizekönigreichs Brasilien. Man könnte meinen, es wäre für einen Briten nicht zu viel erwartet, von einer verbündeten Macht wie den Portugiesen mit Gastfreundschaft empfangen zu werden. Das könnte man meinen, wenn man Anstand besäße, was man zwar von James Cook, nicht aber von den portugiesisch kontrollierten Hafenbehörden behaupten konnte. Nachdem ein paar Inspektoren die Endeavour aufs Penibelste durchsucht hatten, erhielt Kapitän Cook einen Brief. Antônio Rolim de Moura Tavares, seinesgleichen Vizekönig Brasiliens, heiße die Mannschaft zwar herzlich willkommen, müsse ihr bis auf weiteres aber leider den Landgang verbieten, mit Bitte um Kenntnisnahme und freundlichen Grüßen, ARdMT. Was der Vizekönig den Briten verschwieg, war, dass er ihr Schiff für ein feindliches hielt. Verdächtig genug, dass die Hafenbehörden beim Durchsuchen der Endeavour auf seltsame Gegenstände gestoßen waren – eine ganze wissenschaftliche Bibliothek! Vorrichtungen zum Insektenfang! Fisch- und Korallennetze! Unterwasserschaugläser! Lösungsmittel! Konservierungsbehälter! –, waren sie sich spätestens mit Auffinden der seltsamen Zeichnungen sicher, dass die Fische und Vögel, welche die meisten Papierbögen zeigten, keine wirklichen Fische und Vögel waren, sondern codierte Pläne von Hafenanlagen und anderen strategischen Zielen. Aus dem Schiffsbauch heraus roch es nach Spionage. Was den Vizekönig dazu veranlasste, die Briten nach drei Wochen Schiffsarrest doch wieder ziehen zu lassen, ist dazu verdammt, für immer Geheimnis zu bleiben. Ich vermute, aus schlechtem Gewissen.

Je weiter die Endeavour nach Süden gelangte, desto heftiger wurden die Stürme, und Captain Cook erlebte den unbesinnlichsten Advent seines Lebens. Als der Himmel am Weihnachtsabend für ein paar Stunden aufklarte, gingen alle für einen Moment in sich, danach griffen alle zum Rum. Mit dem Kater kam die Kälte. Und mit der Kälte kamen die Pinguine, die um den Dreikönigstag herum zum ersten Mal gesichtet wurden. Als am 11. Januar der Rauch der Wachfeuer die Küstenlinie Feuerlands ankündigte, gab es an Bord der Endeavour kein Halten mehr. Nicht nur, weil Feuer Wärme bedeutete, sondern vor allem weil Feuerland als nördlicher Vorläufer der Terra Australis galt. Dann passierte lange nichts. Die Endeavour umrundete den Südzipfel Südamerikas, Kap Horn, diesen größten Schiffsfriedhof der Welt, und fuhr in dieses Blau mit den vielen Namen ein: Stiller Ozean, Pazifik, Südsee. Sauerkraut sei Dank befanden sich die Männer immer noch bei hervorragender Gesundheit, sodass Cook entschloss, weiter nach Süden zu segeln, anstatt auf der Insel Juan Fernández an Land zu gehen, auf der gut 60 Jahre vorher der schottische Seemann Alexander Selkirk ausgesetzt worden war, dem der Schriftsteller Daniel Defoe mit seinem Robinson Crusoe ein literarisches Denkmal gesetzt hatte. Auch James Cook hatte den Robinson gelesen, aber ihm gefiel das Buch nicht besonders, er fand es irgendwie unrealistisch.

Als die Endeavour am 30. Januar 1769 den 60. Breitengrad in südlicher Richtung überquerte, war sie in Weiten vorgestoßen, die kein anderes europäisches Schiff je vor ihr gesehen hatte. Doch außer viel Wasser und der Gewissheit, dass es hier keinen Südkontinent gab, war da nichts, und Cook gab den Befehl umzukehren, um auf Tahiti den Venustransit zu beobachten. Das sollte zwar nicht so gut gelingen, wie man sich das vorgestellt hatte – die Venus, notierte Cook später im Logbuch, hatte durch das Fernrohr gesehen »zu unscharfe Ränder«, »als dass deren Überschreiten des Sonnenrandes jeweils mit der nötigen Genauigkeit hätte festgestellt werden können« –, aber das musste reichen. Cook hatte getan, was er tun konnte, und nun, da der erste Auftrag erfüllt war, konnte er sich endlich an die Erledigung des zweiten machen, den er um ehrlich zu sein für den weitaus wichtigeren hielt: das Auffinden der Terra Australis.

Mit Kurs auf Südwest segelte die Endeavour in ein Blau hinein, aus dem es so bald kein Herauskommen mehr gab. Da war nichts als Wasser. Der Juli begann mit einem herrlichen Dunkelblau, das zur Monatshälfte in ein leichtes Türkis überging, ehe es sich zu seinem Ende hin als ein mit Violett durchsetztes Lichtblau präsentierte. Es wurde August und man fuhr in ein Brillantblau hinein. Da war ein Signalblau, das Taubenblau wurde, dann Ultramarin, und wenn die Nacht hereinbrach, nahm der Südpazifik die Farbe eines schwarzen Blaus an, das James Cook insgeheim ›kosmisches Blau‹ nannte, oder ›komisches‹, wenn er sehr müde war. Als die Mannschaft am 26. August den ersten Jahrestag des Reiseantritts mit einem Fass Porterbier und einem Laib Chesterkäse feierte, tat sie das inmitten eines Blaus, das für einmal ein himmlisches war. Enzianblau, Fernblau, Azur. Dann kam der September. Er begann stahlblau. Er wurde pastellblau und endete als Saphir. Es folgte ein frostblauer erster Oktober, ein indigoblauer zweiter, vergissmeinnichtblau war der dritte, blau wie Tinte der vierte und zwetschgenähnlich der fünfte. Kaum zu glauben war, was am sechsten geschah, der sich als so blau herausstellte wie ein Wunder. Ein einziger Satz aus drei Worten ließ alle Farben ins Vorstellungsvermögen der Matrosen zurückkehren. Zu Ehren des 12-jährigen Schiffsjungen Nicholas, der als jüngstes Besatzungsmitglied passenderweise Young mit Nachnamen hieß und das Land als Erster gesichtet hatte, taufte Cook die auftauchende Bucht *Young Nicks Head*. Dann ließ er Begleitboote ins Wasser geben und paddelte mit kleiner Belegschaft an Land.

Obwohl er schon nach einigen Wochen feststellte, dass diese Insel nicht der Südkontinent war, ja, mehr noch, dass er mittlerweile sogar glaubte, dass es die Terra Australis vermutlich nicht gab, verbrachte er dort ein halbes Jahr, währenddessen es zu zahlreichen gewalttätigen Auseinandersetzungen mit der einheimischen Bevölkerung kam, von der die Seemannschaft später lernen sollte, dass diese sich als Maori bezeichnete. Dass Cook mit Tupaia einen Menschen in seinen Reihen hatte, der sich der Mannschaft auf Tahiti angeschlossen hatte und die Sprache der Maori verstand, sollte sich nicht als das Glück erweisen, als dass es sich hätte erweisen können. Obwohl Tupaia mehr als nur einmal dolmetschte, dass die Maori keine Freunde der Briten seien, schenkte Cook dieser Äußerung entweder keinen Glauben oder befand die Passage als falsch übersetzt, denn anders kann ich mir nicht erklären, wieso er so lang blieb. Gut, Cook entdeckte, dass das, was wir heute Neuseeland nennen, keine einzige Landmasse ist, sondern aus zwei Inseln besteht, und ja, er entdeckte, dass man zwischen den Inseln hindurchsegeln kann, und ja, diese Passage ist heute nach ihm benannt, aber hätte er die Leute nicht einfach in Frieden lassen können? Er tat es nicht und es kam zu Toten. Es kam zu Toten, zu denen es nicht hätte kommen müssen, wenn Cook sein Nicht-Willkommensein akzeptiert hätte und anstatt an Land zu gehen, dabei geblieben wäre, die Inseln entlang der Küstenlinien zu vermessen. Ja gottverdammt, nichts macht mich so wütend wie Tote.

»Die Welt«, schrieb der Kapitän am Tag der Abreise ins Logbuch, »lässt kaum eine Entschuldigung gelten, wenn ein Mann eine von ihm entdeckte Küste unerforscht lässt.« Da die Krone für die Heimreise keine Segelinstruktionen gegeben hatte, blieb es Cook freigestellt, ob er den Weg, den er gekommen war, zurücksegeln würde, oder ob er weiter nach Westen vorstoßen wollte, um die Erde komplett zu umrunden. Getreu seinem Motto entschied er sich für Letzteres, um auf dem Rückweg ein Land mitzunehmen, das erst von spanischen Seefahrern entdeckt und später von den Niederländern in Besitz genommen worden war. Während seine Vorgänger sich diesem Land bisher nur von Norden oder Westen genähert hatten, schlug Cook revolutionärere Wege ein: Er kam von Osten.

Anders als von den bisherigen Entdeckern beschrieben, stieß die Besatzung nach ihrer Landung am 28. April 1770 nicht auf wüstenartige, wenig einladende Küsten, sondern auf eine Bucht, deren Reichtum an Fischen und Pflanzen die Botaniker in einer Art staunen ließ, wie Kapitän Cook als Kind gestaunt hatte, wenn er die Nussschalenschiffe ins Wasser gegeben hatte. Der Enthusiasmus der Botaniker, die über Palmen, Brot- und Eukalyptusbäume, grasreiche Waldländer oder Heide- und Sumpfflächen staunten, ging bald auf die gesamte Besatzung über, dass man getrost darüber hinwegsah, dass ihnen die Einheimischen dieser Küstenlinien genauso ablehnend gegenüberstanden wie die Maori in Neuseeland. Die Mannschaft botanisierte fröhlich und ungetrübt weiter, und James Cook nahm das Staunen der Botaniker zum Anlass, die Bucht auf Botany Bay zu taufen. Dort liegt heute die Stadt Sydney.

Je mehr Zeit die Besatzung an den östlichen Küstenlinien verbrachte, desto häufiger wurden die Geschichten der Seemänner, die von mausgrauen Lebewesen erzählten, den britischen Greyhounds nicht unähnlich, die lange Schwänze hätten und böse funkelnde Augen. Einer der Kanoniers wollte ein Tier gesehen haben, das so »schwarz« gewesen wäre »wie der Teufel«. Andere wiederum sprachen von einem Tier von rattenähnlicher Gestalt, nur viel größer, so groß wie ein Windhund vielleicht, aber viel schneller. Zwei der vier Beine des Tieres, erzählte der Tischler Satterley eines Nachts am offenen Feuer sitzend, wären so kurz, dass sie zum Gehen nicht taugten und daher vielmehr als

Hände bezeichnet werden müssten. Und wenn man schon einmal dabei wäre, warf der Trommler Rossiter ein, müsse man sagen, dass von Gehen eigentlich auch nicht gesprochen werden könne, da die Art seiner Fortbewegung vielmehr einem Hüpfen gleiche, dem Hüpfen eines Hasen oder dem Springen eines Hirsches vielleicht. Was für ein Tier das denn bitteschön sein solle, fragte Monkhouse, der Schiffsarzt. Gottverdammt, er wisse doch auch nicht, antwortete Rossiter resigniert.

Bis es Leutnant Gore am 14. Juli 1770 gelang, ein Exemplar jener Art zu erlegen, das James Cook später auf »Kangaroo« taufen sollte, weil er »gangurru«, das Wort der Einheimischen für das mausgraue Wesen, nicht richtig notierte, hatte Richard Orton, Sekretär des Kapitäns, bereits keine Ohren mehr, und die Mannschaft konnte sich glücklich wähnen, noch am Leben zu sein. Wenige Tage zuvor war die Endeavour in den Steinkorallen des Great Barrier Reef, diesen unsichtbaren Alpen des Südpazifiks, hängen geblieben und hatte sich auch nach Abwerfen von 30 Tonnen Ballast, darunter Kanonen und ihre Lafetten, nicht von der Stelle gerührt. Es kam noch schlimmer: Erst mit Einsetzen der Flut sollte die Mannschaft bemerken, dass ihr Schiff leckgeschlagen war, und weil jeder Mann an den Pumpen benötigt wurde, kam selbst Midshipman Margara, der in Fesseln gelegt worden war, weil der ohrlose Orton ihn bezichtigt hatte, für seine Ohrlosigkeit verantwortlich zu sein, zur Rettungsaktion frei. Kauder, Wolle und Schafsmist wurden hergeholt, und während der eine Teil der Mannschaft pumpte, versuchte der andere das Leck abzudichten, was nach einem 23-stündigen Kampf um Leben und Tod tatsächlich gelang. Vor Freude griff sich Sekretär Orton an die Ohren, und als er feststellte, dass er keine mehr hatte, dachte er, das Wichtigste ist doch, dass ich lebe.

Endlich konnte gegrillt werden. Das Kängurufleisch war fettarm und von feinen Fasern durchzogen, und während die einen meinten, das Fleisch schmecke wie Rind, hielten andere dagegen, sein Geschmack erinnere vielmehr an Wild. Nur in einem Punkt waren sich alle einig: wie herrlich es schmeckte! Süßlich im Anfang! Von einer Moschusnote im Abgang! Das Feuer, über dem ein Känguru nach dem anderen gebraten wurde, beleuchtete die Häute der am Strand aufgeschlagenen Zelte, und der Schatten des Bratspießes wurde an den Rumpf der Endeavour geworfen, die auf einer Sandbank aufgesetzt worden war. An eine Weiterfahrt war für den Moment nicht zu denken. Aber so schlimm war das nicht. Die Gegend, in der sich heute die Stadt befindet, die im Andenken an den zweimonatigen Aufenthalt der Endeavour den Namen Cooktown erhielt, war in kulinarischer Hinsicht ein

Paradies: Da waren Dingos, da waren bunt-schillernde Vögel, Tauben, Flederhunde und Fische, Palmkohl war da und die Wasserbrotwurzel Taro, die so scharf war, dass »wenige ausser mir [James Cook] sie essen« konnten. Vor allem aber waren da: Kängurus.

Noch Monate später, als sich die Endeavour längst im Hafen von Batavia befand, sollte Cook an den Geschmack des Fleisches zurückdenken. Sich an die Süße beim ersten Zubeißen, den moschusartigen Geschmack im Abgang erinnernd, würde er versuchen sich darüber hinwegzutrösten, dass gerade ein Mann nach dem anderen starb. An fasriges Kängurufleisch denkend würde er versuchen, die Vorwürfe, die er sich selbst machte, beiseitezuschieben. Er hätte doch wissen müssen, dass der Hafen von Batavia ein Sammelbecken für Krankheiten darstellte, gegen die auch mit Sauerkraut kein Ankommen war. Vielleicht würde James Cook sich selbst und seine Mannschaft in Anbetracht aller Gefahren, die sie bis dahin gemeistert hätten, für unverwundbar gehalten haben. Vielleicht würde er gedacht haben, wer einen Beinahe-Schiffbruch und den Vizekönig von Brasilien, wer die Maori und den Ohrabschneider Magra, wer Alligatoren, Dingos und giftige Pflanzen überlebt, dem wird doch wohl der Hafen von Batavia nichts anhaben können. Ja, er würde falsch gedacht haben und ein Mann nach dem anderen würde sterben. Der Schiffsarzt William Monkhouse würde der erste sein. Tupaia der zweite, dicht gefolgt von Astronom Green. Der Segelmacher Ravenhill würde sterben, dann der Zeichner Parkinson, dann der Master der Bark Molyneux und dann Leutnant Hicks. Und für den Fall, dass er, James Cook selbst, auch sterben würde, würde er vor der Abfahrt in Batavia Kopien des Schiffstagebuchs wie der angefertigten Karten einem holländischen Kapitän anvertrauen, der diese nach Großbritannien bringen sollte. Er würde den Unterlagen einen Brief beilegen, in dem er die Lords Folgendes wissen lassen würde: »Obwohl die Entdeckungen während dieser Reise nicht groß waren, so schmeichle ich mir doch, dass sie geeignet sind, die Aufmerksamkeit Eurer Lordschaften zu verdienen. Und obwohl es mir nicht gelungen ist, den so vieldiskutierten südlichen Kontinent (der vielleicht gar nicht existiert) zu entdecken, was ich von Herzen gewünscht hatte, bin ich doch zuversichtlich, dass mir das Misslingen dieser Entdeckung nicht zur Last gelegt werden kann – weder ganz noch teilweise.«

Für den Moment aber befand sich Kapitän Cook weder im Hafen von Batavia noch in London, sondern am nördlichsten Punkt des von diesen großen Springmäusen bevölkerten Lands, auf einer kleinen Insel vor Neuguinea. Die Sonne war gerade dabei, sich hinter dem Horizont niederzulegen, und an einem Bratspieß über dem offenen Feuer drehte sich das letzte Känguru, das die Mannschaft für lange Zeit essen sollte. Und Kapitän James Cook war glücklich. Er war glücklich, weil er noch nicht vom Unrecht wusste, das ihm bei der Rückkehr nach Großbritannien widerfahren sollte. Noch wusste er nicht, dass die Zeitungen nach Einlaufen der Endeavour in London von einem einzigen Mann berichten würden, einem Hobbybotaniker, dem sie alle Entdeckungen zuschreiben und im vollen Ernst vorschlagen würden, dem neuesten britischen Besitztum den Namen Banksia zu geben! Und noch wusste er nicht vom geldgierigen Journalisten Hawkesworth, der von der Regierung beauftragt würde, in einem dreibändigen Werk die jüngsten drei britischen Weltumsegelungen niederzuschreiben, von Byron, Wallis und Cook, wofür er mehr Geld erhalten sollte als alle drei Kapitäne für ihre Expeditionsfahrten zusammen. Nein, noch wusste James Cook nicht, wie es sich anfühlen würde, wenn man seiner Geschichte beraubt wird, wie er selbst die Geschichten derer geraubt hatte, in deren Länder er gekommen war, um alles zu kartographieren, zu vermessen und umzubenennen. Denn noch befand er sich auf der Insel, die später im Andenken an diesen Tag den Namen *Possession Island* erhielt, und genau in dem Moment, in dem der äußerste Rand der Sonne noch knapp über dem Meer zu erkennen war, in diesem seltsamen Dazwischen, das man Dämmerung nennt, da hisste James Cook, geboren am 7. November 1728 im nordenglischen Marton, Sohn eines Tagelöhners und einer Hausmagd, Kapitän der Endeavour, die Flagge des Vereinigten Königreichs von Großbritannien, nahm den gesamten Landstrich bis hinab auf den 38. Grad südlicher Breite, wo er auf das Ostufer des Kängurulands gestoßen war, für seinen König in Besitz und gab ihm dem Namen: New South Wales. Das alles geschah hier: im Schein der untergehenden Sonne, im Rauch des Kängurus, der sich in den Himmel aufsteigend zu Spiralen kringelte, in deren Schläufchen eine Botschaft geschrieben war, ja, eine Warnung. »James Cook«, hätte der vom Känguru aufsteigende Rauch den Kapitän wissen lassen, wenn er hingesehen hätte, »es reicht jetzt. Sie haben genug entdeckt und erobert, und das Einzige, was Ihnen zu entdecken bleiben wird, ist Ihr eigener Tod auf Hawaii.« Aber Captain James Cook sah nicht hin, weil sein Blick auf den Schenkel des Kängurus gerichtet war, in den er hineinbiss. Wie gut das Fleisch schmeckte. Süßlich im Anfang, nach Moschus im Abgang. Ach, wenn er nur gewusst hätte, was folgt.

171 Hätte es das Licht im Haus nicht gegeben, das trotz der vorangeschritte-

nen Uhrzeit noch brannte, wäre nicht viel mehr zu erkennen gewesen als schemenhafte Umrisse von Gegenständen, die alles hätten sein können, LKWs, Flugzeuge, Bohrtürme, Skelette von Dinosauriern, versunkene Schiffe oder Kühlschränke vielleicht, so total war die Finsternis in dieser Nacht. Da ich die Wagentür leise schloss, musste es das Knirschen meiner Schritte gewesen sein, welches die Aufmerksamkeit eines Hundes auf sich zog, der wenige Minuten nach meiner Ankunft zu bellen begann. Eine Stimme versuchte das Tier zu beruhigen, und als das Gebell verstummt war, hörte ich erst ein Klacken wie beim Nachladen eines Gewehrs und dann wieder die Stimme, die mir aus der Dunkelheit entgegenrief:

»Bist du es?«

Ich weiß nicht, wieso es mir nicht gelang, eine Antwort zu geben, doch das »Nein«, das die einzig richtige gewesen wäre, wurde von der Angst verschluckt, die sich mit einem Zischen in mir ausbreitete, als hätte jemand eine Dose geöffnet.

»Daniel?«

Eine Tür schlug. Ich stellte mir vor, wie der Mann mit dem Gewehr im Anschlag einem Scharfschützen gleich das Haus hinter sich ließ und sich im Schutz der Dunkelheit in meine Richtung arbeitete, dazu bereit, auf alles zu schießen, was nicht Daniel war.

»Daniel, sag doch etwas.«

Der Lichtkegel der Taschenlampe streifte über den Boden. Ich war hinter etwas in Deckung gegangen, das sich anfühlte wie das Blech eines Autos. Als der Mann an mir vorbeiging, erkannte ich, dass er von schlanker Statur war und das rechte Bein leicht hinter sich herzog. Das beruhigte mich. Ich gab die Deckung auf, trat ein paar Schritte nach vorne und sagte:

»Hallo.«

Der Mann drehte sich um, blieb im Abstand von vielleicht einem Meter vor mir stehen und ließ die Taschenlampe über meinen Körper wandern. Dann ließ er das Gewehr fallen und lief auf mich zu. Bevor ich ihm ausweichen konnte, hatte er seine Arme um meine Schultern gelegt.

»Oh Daniel«, schluchzte er in meine Schulter hinein, »oh Daniel, du hast mir so sehr gefehlt.«

Mein Schlaf war kurz, aber angenehm tief, dass es mir beim Aufwachen vorkam, als hätte ich schon hunderte von Nächten in diesem Zimmer verbracht. Ich griff nach dem Handtuch, das über der Stuhllehne hing, ging ins Badezimmer und nahm eine Dusche. Das Wasser kam erst als Schwall und danach nur noch stockend, als wäre der Hahn seit langem nicht mehr aufgedreht worden, doch die Duschkabine war sauber und die Seife roch so, wie ich es schätze. Nachdem ich mich trocken frottiert hatte und in die Kleidung geschlüpft war, ein geringeltes T-Shirt und eine Blue Jeans, die auf dem Klodeckel für mich bereitlagen, ging ich die Treppenstufen nach unten und wollte den Namen des Mannes rufen, als mir einfiel, dass ich den Namen des Mannes nicht kannte. Bestimmt bist du müde, hatte er am Vorabend zu mir gesagt und jede weitere Frage mit einer Geste, ihm die Treppe nach oben zu folgen, unterbunden.

Dass die Pancakes gleich kämen, sagte er, als ich zu ihm auf die Veranda trat, ich solle mich bitte schon setzen. Der Tisch war herrlich gedeckt. Es gab frisch gepressten Orangensaft, Kaffee und Schwarztee, gebratene Eier und Speck, Käse und Schinken. Als der Mann mit dem dampfenden Teller durch das Fliegengitter nach draußen trat, sah er mich überrascht an. »Aber Daniel«, lachte er dann, »du sitzt ja gar nicht an deinem Platz.« Eine Entschuldigung murmelnd rutschte ich einen Stuhl weiter, der Mann lachte, dann noch einen, erst dann war er zufrieden. Die Mahlzeit aßen wir schweigend.

Auf dem Aushang, den ich an einer Tankstelle entdeckt hatte, hatte nichts weiter gestanden, als dass ein älterer Mann nach einem Kumpanen suche, der ihm bei kleineren Arbeiten rund um das Haus zur Hand gehen würde. Dass er im Gegenzug Kost und Logis bieten würde, kam wie gerufen, und so hatte ich mich auf die Reise nach Yorana gemacht. Sein Name hatte dort nicht gestanden, daher sollte es eine Woche dauern, bis ich von einem der ungeöffneten Stapel Briefe, die sich über das ganze Haus hinweg verteilten, erfuhr, dass der Mann Henry hieß. Es schienen Rechnungen zu sein, die von allen möglichen Absendern kamen, ein lokaler Stromanbieter war darunter, die Steuerbehörde, das kriminalpsychologische Institut der Universität Melbourne, eine Buchhandlung, wie ein mir nicht genauer zu bestimmendes Geschäft, das ich seinem Logo nach für eine Apotheke hielt.

Was Henry den ganzen Tag über tat, weiß ich nicht zu sagen. Oft war er für Stunden verschwunden, die ich dazu nutzte, fernzusehen, mein Tagebuch zu führen oder einen Spaziergang zu unternehmen. Der einzige Fixpunkt bestand darin, dass wir uns um 19:00 Uhr im Wohnzimmer trafen, wo Henry ein Album aus dem Regal nahm, das wir gemeinsam durchblätterten. Es zeigte Schwarz-Weiß-Fotografien von Männern und Frauen in Trachten, Großaufnahmen von Tieren und ausgeschnittene Seiten aus Magazinen, die alles Mögliche enthielten: Anzeigen für Kühlschränke oder elektronische Geräte, Porträts berühmter Schauspieler und Musiker, ja es waren ausschließlich solche von Männern, manchmal klebten auf den Seiten Schlagzeilen oder einzelne Worte. Währenddessen sprach Henry vom Krieg. Ich habe nicht feststellen können, von welchem genau, er nannte ihn nur den großen. Die Schauplätze seiner Erzählungen wechselten so schnell wie die verwendeten Waffen, einmal kamen Bajonette zum Einsatz, ein andermal Senfgas, und während noch mit Schwertern gekämpft wurde, fiel im nächsten Moment bereits die Bombe. Manchmal hielt er im Erzählen inne und sah mich an. »Daniel«, sagte er, »ich bin so glücklich, dass du wieder da bist.«

Es mag auf den ersten Blick grausam erscheinen, dass ich so lange geblieben bin. Doch wäre es nicht noch viel grausamer gewesen, sofort wieder zu gehen? Obwohl ich ihm mehrfach versicherte, dass ich nicht Daniel hieße, sondern John, so wie Bon Jovi, so wie Travolta, so wie Coltrane oder Wayne, blieb er in seiner Weigerung standhaft, mich bei meinem eigentlichen Namen zu nennen. Seine Sturheit rührte mich. Ich fühlte mich verantwortlich für diesen Mann, dem ich mit meiner bloßen Anwesenheit so viel Freude bereiten konnte. Wer oder was es wohl sein mochte, als den oder das er mich sah?

Der Tag, an dem ich Henry bat, mich zu zeichnen, war ein wolkenverhangener Dienstag. Am Vormittag hatte es geregnet und auch jetzt, um die Mittagszeit herum, hing die Schwüle noch wie ein Moskitonetz über dem Grundstück. Henry presste die Lippen aufeinander, dass ich an ein Kind denken musste, das ins Spielen versunken seine Umgebung vergaß. Immer wieder hielt er inne, um sein Werk zu betrachten, fügte kleine Korrekturen an oder radierte, und als es nichts mehr zu verbessern gab, schob er das Blatt über den Tisch.

Aus dem Augenwinkel heraus erkannte ich, dass er mich zufrieden anlächelte, als freue er sich darüber, dass ich nichts verstand. Die Zeichnung zeigte eine bis ins letzte Detail getreue Darstellung einer Dose Baked Beans.

»Was ist das?«, fragte ich.

»Das, was du bist«, antwortete er.

»Wie meinst du das?«, fragte ich.

»Ach, Daniel«, sagte er, stand lächelnd vom Tisch auf und ging.

In dem Punkt, dass Henry verrückt war, war ich mir in der Zwischenzeit sicher, dennoch beschäftigte mich die Frage, ob eine verborgene Wahrheit im Bild lag, die sich mir nicht offenbarte, noch lange. Erst als ich es genauer musterte, entdeckte ich den schmalen Spalt am oberen Rand der Dose. Sie war geöffnet. Das Metall bog sich leicht nach oben, und als ich das Motiv nach weiteren Anhaltspunkten absuchte, stieß ich auf eine Zahlenkombination, die das Haltbarkeitsdatum sein musste. Das, wofür Henry mich hielt, war seit drei Jahren abgelaufen.

Natürlich musste ich an mein Visum denken. Natürlich dachte ich daran, dass ich mich illegal in diesem Land aufhielt. Plötzlich erfasste mich eine ungeheure Angst. Was, wenn man mir auf die Schliche käme? Hatte ich den point of no return bereits überschritten? Was für ein Mensch war ich geworden, und welcher wollte ich eigentlich sein? Ich hatte mich gehen lassen. Ich hatte Dinge in Bewegung gesetzt und drohte nun, ich sah es deutlich in Henrys Zeichnung, von diesen überrollt zu werden. Es war an der Zeit, mein Leben zu ändern. Hier, im Herzen des autralischen Outback, im Haus eines verwirrten Mannes, der die ganze Zeit über vom Krieg sprach, im Angesicht einer Zeichnung, die eine Dose zeigte, fand ich zu mir selbst. Es überraschte mich, dass Henry sofort verstand, als ich ihm davon erzählte.

»Manchmal müssen wir bis an den Rand der Welt gehen, um zu verstehen, wo wir zuhause sind«, sagte er, rief den Hund und ging ins Haus. Als ich den Wagen von seinem Grundstück fuhr, schien es mir für einen Moment, als würde sich Henrys Haus im Rückspiegel von den Rändern her auflösen.

DAS ACHTE BUCH

(1992–1996)

1.

Wie immer war da der Himmel. Er war hoch und weit und blau. Und wie immer waren da Berge, auf deren Gipfel Kreuze saßen wie Geweihe. Da war ein Flugzeug, das sich ins Blau hineinschob, und da war die Spur eines anderen, von dem nicht mehr als ein Kondensstreifen übriggeblieben war. Und dann war da Rauch. Dicht und weiß war er, fast wie Watte, doch anders, als ich als Kind gedacht hatte, diente der rot-weiß gestreifte Schornstein, aus dem der Rauch trat, nicht der Herstellung von Wolken, sondern der Vernichtung von Müll. Wie ein Leuchtturm erhob er sich in der Mitte des Tals, das man aufgrund des Rheins und der Alpen als Alpenrheintal bezeichnet. Da war das Jahr 1992, der Sommer war da und eine Biene, die den Blumenstrauß, den ich in meiner Hand hielt, umschwirrte. Siebenundzwanzig war ich, nicht mehr ganz jung, noch nicht sehr alt, und meine Haut war braun gebrannt von der australischen Sonne. Da war ein Flur und da war eine Tür, und erst als sie geöffnet wurde, ließ ich den Blumenstrauß vor meinem Gesicht sinken.

»Johann«, sagte Luise, als ob sie vergessen hätte, dass es mich gibt.

»Luise«, sagte ich.

Und dann war ich wieder da.

So weit ich zurückdenken kann, hatten die Zwillinge immer zusammengelebt. In Mauren hatten sie sich ein Zimmer geteilt, im Kinderheim auch, und sobald sie volljährig geworden waren, hatten sie in Triesen eine gemeinsame Wohnung bezogen. Wie immer, wenn ich zu Besuch war, setzte ich mich auf das Sofa und betrachtete das Bild der Pusteblume an der Wand, der Unterschied aber war, dass nur eine Person auf mich einredete, der Sessel daneben blieb frei.

»Ich habe sie verloren«, sagte Luise.

»Wie bitte«, sagte ich.

»Dieses Arschloch«, sagte sie, »dieses elendige Arschloch.«

Sie zog die Nase hoch, und als ich neben sie rutschte, lehnte sie ihren Kopf für einen kurzen Moment an meine Schulter. Das hatte sie vorher nie getan.

»Peter«, sagte sie, »Peter, Peter, Peter«, und als würde sie wieder das Mädchen von damals, bebte ihr Körper vor Zorn. »Wir sind am Wochenende in der Toskana gewesen! Peter hat ein Haus in den Dolomiten gekauft! Wie gefällt dir die Kette? Mit Peters Geschäft läuft es so gut! Komm doch zum Abendessen! Wir feiern Verlobung! Dieser Ring! Willst du meine Trauzeugin sein?«

Waren es wirklich nur zwei Jahre gewesen, die ich weg gewesen war?

»Ich überlege, meinen Job aufzugeben, ein Kind braucht eine Mutter, die da ist. Peter findet das auch. Wie gefallen dir diese Waschbecken, Luise, besser Naturstein oder Keramik? Peter sa–«

»Wo ist sie jetzt?«, unterbrach ich Luise in ihrer Rage.

»Solothurn«, sagte sie in den Boden hinein. »Und dort wird sie für immer bleiben.«

Um Luise Gesellschaft zu leisten, zog ich bei ihr ein. Genügend Platz hatte sie ja. Bis auf die fehlende Kleidung war das Zimmer Lottes noch genau so, wie ich es in Erinnerung hatte: Der alte Schrank von Mamá stand in der Ecke, das Bett war bezogen, sie schien Hals über Kopf ausgezogen zu sein. Ich packte meinen Rucksack aus, viel mehr als ein paar Hosen, Pullover und T-Shirts hatte ich nicht. Zwar würde das Geld der Versicherung für die nächste Zeit reichen, dann musste ich aber schauen, wie ich meinen Unterhalt bestritt. Wieder bei Swissair anheuern? Vielleicht. Mit dem Lotterleben, schwor ich mir jedenfalls, war es jetzt endgültig vorbei.

Luise war tagsüber bei der Arbeit, ich kümmerte mich in der Zwischenzeit um den Haushalt, deshalb ließ sie mich kostenlos bei sich wohnen. Ich erledigte die Einkäufe, wusch unsere Wäsche, fegte und staubsaugte mich durch alle Räume. Wenn Luise nach Hause kam, stand das Abendessen bereits auf dem Tisch, meistens mochte sie nicht viel essen, nach Reden war ihr auch nicht zumute, oft schlief sie bei laufendem Fernseher ein.

Eines Vormittags klingelte das Telefon.

»Hallo?«, sagte ich.

»Johann?«, sagte Lotte.

»Lotte?«, sagte ich.

»Oh mein Gott«, lachte Lotte, »das gibt es ja nicht.«

Ich fragte sie, wie es ihr gehe.

Sie überging meine Frage und sagte stattdessen, sie versuche Luise seit Monaten zu erreichen. Sie beantworte ihre Anrufe nicht, riefe auch nicht zurück, und wenn sie in der Gegend sei, um ihr einen Besuch abzustatten, hielte sie die Türe verschlossen.

»Du hast geheiratet?«, fragte ich.

»Ich bin dreißig«, sagte sie, als konterte sie einen Vorwurf, den ich nicht gemacht hatte.

»Ich weiß«, sagte ich.

»Bitte pass gut auf Luise auf«, sagte sie. »Ich bin froh, dass du wieder da bist. Komm uns besuchen! Peter würde sich freuen, dich kennenzulernen.«

Die Wohnung für mehr als ein paar Stunden am Stück zu verlassen traute ich mich erst nach knapp einem Monat. Zurück in der Gegend zu sein, die ich wie keine andere mit Fürstin Gina verband, ließ Wunden aufklaffen, von denen ich gehofft hatte, sie seien inzwischen verheilt. Ich besuchte den Bergsteiger, der sich für das Zusenden der James-Cook-Biographie bedankte, und traf im Reisebüro auf Herrn und Frau Schädler, deren Schaufenster so gespenstisch aussah wie eh und je. Um mir ein bisschen was dazuzuverdienen, half ich hin und wieder im Büro aus und durfte im Gegenzug das Faxgerät benutzen, das sich im Hinterzimmer befand. Von dort aus korrespondierte ich mit den Toblers, die sich für die vielen Postkarten aus Sydney bedankten. So vergingen die ersten paar Wochen, dann erhielt ich eine Nachricht von Rolf Tobler, der geschäftlich in Zürich verweilte.

Für das Treffen kaufte ich mir ein Hemd, das ich später wieder zurückgeben würde, und nahm an einem wunderschönen Tag im September den Zug nach Zürich. Wie sehr ich die Strecke an den beiden Seen vorbei vermisst hatte. Der Walensee lag in naturbelassenem Türkis, der Zürichsee in seinem urbanen Graublau, und als ich am Zürcher Hauptbahnhof ausstieg, an dem es so hektisch zuging wie immer, dachte ich an Elisa. Wie oft wir auf einer der Bänke in der Haupthalle gesessen und das Treiben beobachtet hatten. »Siehst du den alten Mann mit der Gehhilfe da«, hatte sie mich gefragt und ihre Hand auf mein Knie gelegt, »das bist du.« »Dann bist du die als Käse verkleidete Frau auf dem

Werbeplakat«, hatte ich erwidert, worauf sie die Hand wieder zurückzog. Wie lange das her war. Dass sie in der Zwischenzeit geheiratet hatte, sollte ich ein paar Monate später erfahren, als ich beim Durchblättern einer liegen gelassenen Zeitung auf ein Foto der frisch gekürten Weinkönigin im Prättigau stieß, die nicht nur aussah wie Elisa, laut Bildlegende hieß sie auch so, zumindest mit Vornamen, ihr neuer Nachname war Müller.

Mein Nachname war nach wie vor Kaiser. Oder Hilti, wenn ich mit den Toblers zusammentraf. Was mit dem Wunsch begonnen hatte, Eingang in den Kreis meiner Mitschüler in Barcelona zu finden, war im Laufe der Zeit zu einer Gewohnheit geworden, die abzulegen es jetzt zu spät war. Den Toblers nach über zehn Jahren mitzuteilen, dass ich übrigens nicht Hilti, sondern Kaiser heiße und übrigens nicht aus dem Schoß einer Unternehmersfamilie stamme, sondern ein Waisenkind sei, hätte zu einer großen Enttäuschung geführt, und was sollte das bringen? Im Nachhinein wünschte ich, ich hätte anders gehandelt, aber weil es jedes Nachhinein erst im Nachhinein gibt, ist jedes Nachhinein sinnlos.

Als ich das Café in der Bahnhofstraße betrat, bestätigte sich aus der kurzen Distanz, was mich die Entfernung bereits hatte vermuten lassen. Rolf Tobler hatte sich überhaupt nicht verändert. Der großgewachsene Schönling, der noch immer teure Markenkleidung trug und Erfüllung in körperlicher Betätigung fand, umarmte mich herzlich. Wir bestellten Kaffee und Kuchen und unterhielten uns darüber, wie es uns seit unserer letzten Begegnung ergangen war, ihm sehr gut, mir durchwachsen, tauschten Höflichkeiten aus und Komplimente, bis Rolf sagte, er habe da eine Geschäftsidee, von der er denke, dass ich dafür genau der Richtige wäre. Mit 200 000 Franken sei ich dabei.

Worum genau es denn ginge.

Um einen Geldwechsel.

Ob er das präzisieren könne.

Mein Zögern überrasche ihn. Was seien schon 200 000, wenn man ein ganzes Bohrmaschinenimperium im Rücken hätte. Dann erwähnte er beiläufig, dass er im letzten Jahr beruflich in Liechtenstein zu tun gehabt hätte, doch all seine Versuche, mich ausfindig zu machen, wären gescheitert. Fast so, als ob es einen Johann Hilti nicht gäbe.

Ich lachte.

Mit festem Händedruck versicherte ich Rolf, dass es mir eine Ehre wäre, mit ihm Geschäfte zu machen. Die Rechnung gehe auf mich, sagte ich, was sich als Fehler herausstellen sollte, denn laut Rechnungsbetrag schien er bereits Stunden im Café verbracht zu haben. Wir tauschten Nummern und verabredeten, alles Weitere am Telefon zu besprechen, dann ließ ich mir eine Quittung geben und ging im einsetzenden Regen zum Bahnhof. Anstatt zurück nach Hause zu fahren, nahm ich einen Zug nach Solothurn und besuchte Lotte. Zumindest in finanzieller Hinsicht war Peter eine hervorragende Partie.

Seit dem Tod Fürstin Ginas waren drei Jahre vergangen und noch immer gab es nicht einen einzigen Tag, an dem ich nicht an sie dachte. Kurz nachdem sie gestorben war, hatte die fürstliche Gruft ein zweites Mal geöffnet werden müssen, um auch die sterblichen Überreste Franz Josefs II. dorthin zu überführen, wo seine Ehefrau schon seit knapp drei Wochen lag. Wie es das Hausgesetz der Liechtensteins vorsah, legte der älteste Sohn noch am Todestag seines Vaters den Titel als Erbprinz ab und wurde zu Fürst Hans-Adam II.

Wie seiner Monographie *Der Staat im dritten Jahrtausend* zu entnehmen ist – um diesen Mann nicht zu unterstützen, habe ich mir das Buch als Raubkopie besorgt –, ist es der Wunsch Hans-Adams gewesen, Archäologie zu studieren.[172] Doch als er seinem Vater als Jugendlicher offenbarte, dass es für ihn nur eine Leidenschaft gäbe, die Geheimnisse des alten Ägypten zu erforschen nämlich, vielleicht sogar den Garten Eden zu finden und damit den endgültigen Beweis zu erbringen, dass Gott existiere, lächelte Franz Josef II. trotz allem römischen Katholizismus nur müde.

»Hans-Adam«, sagte er, »weißt du, weshalb ich dir den Namen Hans-Adam gegeben habe?«

»Nein«, antwortete Hans-Adam wahrheitsgemäß.

»Ich habe dir den Namen Hans-Adam gegeben«, sagte Franz Josef, »weil der Erste und bislang Einzige aus unserer Familie, der den Namen Hans-Adam trug –«

»Hans-Adam I.?«, hakte Hans-Adam II. nach.

»Ja genau«, sagte Fürst Franz Josef II., »ich habe dich nach Hans-Adam I. benannt, weil er derjenige war, der das Vermögen unserer Familie, das während des Dreißigjährigen Krieges –«

»Der Krieg von 1618 bis 1648?«[173], fragte Hans-Adam II.

»Ja genau der«, antwortete sein Vater und holte tief Luft: »Ich habe dir den Namen Hans-Adam gegeben, weil dein Namensvetter im 17. Jahrhundert das verbrannte Vermögen

---

[172] Liechtenstein, Hans-Adam II. von: Der Staat im dritten Jahrtausend. Vaduz 2009. S. 4.

[173] Vgl. Dreißigjähriger Krieg, Wikipedia: https://de.wikipedia.org/wiki/Drei%C3%9Figj%C3%A4hriger_Krieg.

unserer Familie wieder aufgebaut und zu neuer Pracht geführt hat.«

Hans-Adam schluckte.

»Das, mein Sohn«, sagte der Fürst und ging auf die bodentiefen Fenster im Ballsaal von Schloss Vaduz zu. Als er feststellte, dass die Vorhänge geschlossen waren, riss er sie auf, und das einfallende Licht zeichnete den Raum weich. »Das, mein Sohn«, sagte der Fürst, streckte die linke Hand aus und folgte mit dem Zeigefinger den Umrissen des vor ihm liegenden Landes. Ganz im Süden, in Balzers beginnend, wanderte sein Finger entlang des Rheins, bis er ganz im Norden, in Ruggell, innehielt und sich von dort aus, einem Scheibenwischer gleich, wieder zurückbewegte.

»Das, mein Sohn«, sagte Fürst Franz Josef II., »wird eines Tages alles dir gehören.«

Hans-Adam atmete tief ein, als die väterliche Hand abrupt stoppte. Da war Vaduz. Da war sein beschauliches Zentrum, und während der Blick des Erbprinzen der Zeigerichtung des fürstlichen Fingers noch folgte, brach ein Sonnenstrahl durch die Wolkendecke und legte sich wie ein Scheinwerfer auf das Gebäude der Bank mit den drei Buchstaben, die sich in Besitz des Fürstenhauses befand.

»Es sind Bankgeschäfte gewesen«, sagte Franz-Josef II., »mit denen dein Namensvetter das Familienvermögen zu neuer Blüte gebracht hat.«

Hans-Adam schnappte nach Luft. Er dachte an untergegangene Städte, an Vulkanausbrüche und verschollene Tempelanlagen, wie genial war die Erfindung des Rades gewesen, das Feuer, die Aquädukte, einfach unglaublich, was die Menschen alles hervorgebracht hatten, und in dem Moment, in dem Hans-Adam den Satz ›ich liebe die Archäologie so sehr‹

denken wollte, sagte sein Vater: »Du musst nach St. Gallen gehen und Betriebswirtschaftslehre studieren. Wiederhole als Zweiter, was der Erste 300 Jahre vor dir schon einmal getan hat! Du bist unsere einzige Hoffnung.«

Zu widersprechen wäre sinnlos gewesen. Hans-Adam tat, was sein Vater wünschte, bis er nach abgeschlossenem Studium, für die Ideen der freien Marktwirtschaft glühend, in den Kleinstaat zurückkehrte. Er gründete die *Stiftung Fürst Liechtenstein*, der er alle Vermögenswerte der Familie einverleibte, übernahm die Geschäfte der Bank, deren drei Buchstaben er, ganz Kind seiner Zeit, in drei andere Buchstaben umbenannte, die von nun an Englisch auszusprechen wären, sorgte dafür, dass das Familienvermögen prosperierte, und bestieg nach dem Tod Franz Josefs II. den Thron. Anders als sein Vater, der ein zurückhaltender, fast schüchterner Staatsmann gewesen war, interpretierte Hans-Adam seine Rolle als Staatsoberhaupt genau so, wie er es im Studium der Betriebswirtschaftslehre gelernt hatte: proaktiv und dynamisch. Und wollte man seiner rasanten Entwicklung zum Absolutisten ein konkretes Datum geben, so nennt man am besten den 28. Oktober 1992. Ein scheinbar gewöhnlicher Mittwoch, in dessen frühen Morgenstunden ich am Bahnhof Sargans bereitstand und mit einer Sporttasche, in der sich Bargeld im Wert von 200 000 Franken befand, darauf wartete, dass Rolf Tobler mich abholen würde, wie vereinbart.

Es war kurz nach neun, als ein silberner Mercedes auf den Parkplatz einbog, von dessen Fahrersitz aus Rolf mir zuwinkte. Ich packte die Sporttasche in den Kofferraum und sah, nachdem ich eingestiegen war, zwei Männer auf der Hinterbank sitzen, die mir Rolf als seine Assistenten vorstellte:

José und Jesus. Beide waren großgewachsen und sprachen nur Spanisch, und je länger ich sie während der Fahrt im Rückspiegel beobachtete, desto mehr kam es mir vor, als wären sie einander abwechselnd Vater und Sohn. Einmal war es Jesus, der José mit einem Klaps auf den Hinterkopf zu verstehen gab, dass er Blödsinn daherredete, ein anderes Mal war es José, der Jesus dafür rügte, dass er mit offenem Mund kaute. Weil die beiden das in einer Lautstärke taten, dass jedes andere Wort davon verschluckt worden wäre, gaben Rolf und ich uns bald mit Schweigen zufrieden. Erst als die Verkehrsschilder den Tunnel des San Bernardino ankündigten, wurde es auf der Hinterbank leiser, bis Jesus die Stille durchbrach. »Nicht den Tunnel«, wimmerte er. Rolf und ich sahen uns an. »Bitte nicht den Tunnel, Señor«, wiederholte er mit so viel Nachdruck, dass Rolf nach einem Blick auf die Uhr den Pass zu fahren beschloss. Den Kleinstaat im Rücken, sahen wir nichts von den dunklen Gewitterwolken, die ein 160 Quadratkilometer fassendes Stück Himmel so schwarz einfärbten wie Teer.

Seit den frühen Morgenstunden wurde landauf, landab telefoniert. »Hast du es schon gehört«, sagte eine Stimme in Ruggell. »Worum geht es«, fragte eine Stimme in Schaan. »Der Fürst«, sagte jemand in Triesen, »was ist mit dem Fürsten«, unterbrach jemand in Planken, »will die Regierung entlassen«, hieß es aus Balzers. »Was«, schrie es aus allen Gemeinden, »das kann nicht sein!« Aber so war es. »Und wieso«, fragte eine Maurerin einen Triesenberger. »EWR«, sagte der nur. »Was EWR«, fragte man in Vaduz. »Europäischer Wirtschaftsraum«, sagte einer in Schaanwald. In Malbun war die Verbindung so schlecht, dass man die Erklärung der Gamprinerin erst im dritten Anlauf verstand. Der Fürst sei der Ansicht, dass man die Volksabstimmung zum EWR-Beitritt des Kleinstaats vor dem Urnengang der Schweiz festlegen müsse, die über dieselbe Frage abstimmen würde. »Na und?«, fragte man sich in Schaan. Die Regierung hingegen vertrete die Meinung, dass der Schweizer Entscheid abzuwarten wäre, hieß es aus Nendeln, denn Alleingänge könne man sich nicht leisten. »Und deswegen will der Fürst die Regierung entlassen«, schrie einer in Eschen, »wegen eines Abstimmungstermins?« »So ist es«, sagte ein fassungsloser Rentner in Bendern. Donner grollte. »Wir müssen was tun«, Ruggell, »aber was«, Vaduz, »eine Demonstration«, Triesen, »aber wofür«, Planken, »zur Stärkung der Bürgerrechte«, Schellenberg, »aber nicht nur«, Mauren, »was soll das heißen«, Schaanwald, »wir müssen aufs Schloss«, Triesenberg, »aufs Schloss?«, Eschen, »aufs Schloss«, Gamprin, »und wozu«, Nendeln, »um den Fürsten zu überzeugen«, Bendern, »wovon«, Schaan, »dass wir zwar hinter ihm stehen«, Malbun, »aber?«, Mauren, »dass es so, wie er sich das vorstellt, nicht geht«, Gaflei, »einen Versuch ist es wert«, Planken, »ich ruf auf dem Schloss an«, Silum, »ich sag noch ein paar andern Bescheid«, Eschen, »nicht dem Georg«, Steg, »spinnst du«, Triesen, »gut«, Balzers, »gut«, Schaan, »gut«, Ruggell, »gut«, Mauren, »du legst zuerst auf«, Balzers, »nein du«, Vaduz, »nein du«, Planken, »okay gut«.

Des ›Tods‹ in ›todsicher‹, das Rolf benutzt hatte, um das Geschäft zu beschreiben, das heute vonstattengehen würde, wurde ich mir erst in dem Moment bewusst, in dem wir die Raststätte auf der italienischen Seite der Grenze erreichten. Als José oder Jesus seine Gliedmaßen streckte, sah ich eine Waffe aufblitzen, die in seinem Hosenbund klemmte. Wir würden nichts weiter tun, hatte Rolf mir versichert, als Schweizer Franken gegen spanische Peseta zu wechseln, und das gegen einen so sagenhaften Kurs, dass alles andere als nicht sofort zuzuschlagen dem Wahnsinn gleichkäme. Wozu man dafür aber eine Waffe benötigte, war mir nicht klar, und als ich Rolf darauf ansprach, sagte er nur, ich solle mir keine Sorgen machen, ob ich auch so hungrig wäre wie er. Wir waren viel zu früh dran und aßen im Raststätten-Restaurant zu Mittag, ich begnügte mich mit Salat, José und Jesus aßen Schnitzel, Rolf trank nur Kaffee, danach spielten wir Karten.

Als das siebenköpfige Komitee, das sich im Laufe des Vormittags gebildet hatte, unter Führung von Altregierungschef Dr. Gerard Batliner das Kaminzimmer des Schlosses betrat, wurde der Himmel von einem Blitz erleuchtet, der Hans-Adams Gesicht aussehen ließ wie eine Maske. Das war gruselig, ja, doch um sich einschüchtern zu lassen, war man nicht gekommen. »Durchlaucht«, sagte Dr. Batliner und reichte dem Fürsten die Hand: »Es herrscht Unruhe im Volk.« Fragend sah Hans-Adam ihn an. »Wir benötigen eine Lösung.« Der Fürst lächelte. »Die Regierung zu entlassen ist keine.« Der Fürst lächelte nicht mehr. »Wegen einer einfachen Differenz im Zeitplan gleich die ganze Demokratie auszuhebeln«, sagte Dr. Batliner, »muss das wirklich sein?« Der Fürst lächelte wieder. »Ich habe mein Vertrauen in diese Regierung verloren«, sagte er und ließ seinen Blick über die Fensterfront gleiten. »Wenn man mich hier nicht haben will, übergebe ich die Amtsgeschäfte meinem Sohn und ziehe nach Wi–« »Gott behüte!«, rief Dr. Batliner, »das will doch keiner! Wir wünschen uns nur, dass Sie den leidigen Streit beenden!«

»Ich mach lediglich von meinen Rechten Gebrauch.« »Sprechen Sie noch einmal mit der Regierung.« »Nein«, sagte der Fürst und stand auf. »Bitte«, sagte Dr. Batliner, und bevor der Fürst ein weiteres Mal »Nein« sagen konnte, waren vom Flur her hektische Schritte zu hören. »Rebellion«, rief Fürstin Marie, als sie ins Kaminzimmer stürmte, und wedelte mit einem Zettel in ihrer Hand, »Rebellion ist im Gange! Es wird zu einer Demonstration aufgerufen! Heute Abend! Vor dem Regierungssitz! In Vaduz!«

Das sei er, sagte Rolf, als gegen halb zwei ein Wagen mit ungarischem Kennzeichen auf den Parkplatz einfuhr. Ein Mann winkte uns über den Asphalt hinweg zu, und je näher wir unserem Geschäftspartner kamen, desto kleiner schien er zu werden, dass wir bald einem Männchen gegenüberstanden, das sich auf die Zehenspitzen stellen musste, um uns die Wangen zu küssen. Wie es so gehe, fragte er, während er zwei Pappschachteln aus dem Kofferraum holte, was die Frauen machten, die Kinder, und als wir ihm antworteten, dass keiner von uns verheiratet wäre und Vater schon gar nicht, sagte der Kleinwüchsige, was nicht ist, kann ja noch werden, oder, haha. Weil sich José und Jesus nicht einigen konnten, welchem der beiden Rolfs Kopfnicken galt, kam es für einen Moment zum Tumult. Sie zerrten am Koffer mit unseren Geld, oh Gott, was wenn sich ein Schuss aus der Waffe im Hosenbund löste, und als einer der Henkel riss, stapfte José zufrieden davon, während Jesus wie ein Insekt liegen blieb. Der kleine Mann lächelte, als er den Koffer im Auto verstaute und José im Gegenzug die Pappkartons übergab. Es habe ihn gefreut, mit uns Geschäfte zu machen, sagte er und küsste uns ein weiteres Mal die Wangen, lieben Gruß an die Frauen, die Kinder. Wir blieben noch ein paar Minuten stehen und sahen zu, wie die Abgaswolke seines Wagens sich im Sonnenlicht auflöste, und machten uns dann zur Heimreise bereit, die Jesus und José schlafend verbrachten, während Rolf und ich, weil wir kein anderes Gesprächsthema hatten, uns die Begegnung mit dem Mann wieder und wieder erzählten, er fröhlich und heiter, ich leicht melancholisch, im Radio lief *Tears in Heaven* von Eric Clapton.

›Wir wollen unsere Regierung aber keinen Diktator der das Volk nicht braucht‹, hieß es auf einem der Plakate, die am frühen Abend vor dem Regierungsgebäude zu sehen waren. ›Wir stehen zu unserem Landtag‹, hieß es auf einem andern. Die Sporttasche fest umklammert stand ich im Gedränge und beobachtete die überforderten Polizisten, wie sie die Menschen vom Betreten der Straße abzuhalten versuchten. Schon vom Auto aus war der Auflauf auf dem Vorplatz zu erkennen gewesen, und so hatte ich Rolf darum gebeten, mich an Ort und Stelle aus dem Wagen zu lassen. Es war kurz vor 17:00 Uhr, es nieselte leicht, alles, was Rang und Namen hatte, war da. Dr. Batliner stand auf den Stufen vor dem Gebäude, neben ihm ein paar Männer und Frauen, die ich nicht kannte. Mein Versuch, von der Dame neben mir zu erfahren, was hier eigentlich los sei, wurde vom Geraune der Anwesenden unterbunden, die sich plötzlich zu bewegen begannen. Ich drehte meinen Kopf, wie alle anderen es taten, und sah einen Wagen vor der Pfarrkirche halten. Auf dem Kennzeichen stand: ›FL 1‹. Ein Polizist öffnete die Hintertür, worauf ein Mann aus dem Auto stieg, dessen Haare trotz seiner 47 Jahre bereits so weiß waren wie Schnee. Regierungschef Brunhart, 47, Germanist und ehemaliger Bibliothekar, führte den Fürst durch den Korridor, den die Polizisten in der Menge zu bilden versuchten, dann ertönte ein Pfiff. Erstaunt sah ich mich um. Es folgte ein zweiter. Was war hier los? Ein Buhruf setzte ein, an den sich ein weiterer anschloss, »Diktator!«, schrie jemand, um Gottes willen! Majestätsbeleidigung! Ein gellendes Pfeifkonzert brach herein. Als der Monarchist, der ich Fürstin Ginas wegen zu diesem Zeitpunkt noch war, schämte ich mich, Teil dieser Masse zu sein, die ihre Manieren vergessen zu haben schien. Die Sporttasche mit meinem Anteil schlug schwer gegen mein Bein, als ich mich von der Versammlung abwandte und zur Bushaltestelle ging. Dass ihr Gewicht nur bedingt von echtem Geld stammte, sollte ich jedoch erst zuhause feststellen. Unter der obersten Schicht von Peseta befand sich nichts als Papier. Nichts als in Streifen geschnittenes Zeitungspapier.

2.

Der Vermögensverwalter Rosario R. lebte eine knappe Stunde von Barcelona entfernt im kleinen Küstenort Tarragona. Wieso sich Rosario nur R. mit Nachnamen nannte, weiß ich nicht, aber mit Sicherheit weiß ich dies:

Erstens lebte Rosario R. auf einer Yacht.

Zweitens schuldete Rosario R. Rolf Tobler Geld.

Drittens hatte Rolf Tobler Schulden bei mir.

Denn viertens war unser Geldwechseldeal furchtbar geplatzt.

Fünftens hatte Rolf Tobler gesagt, er habe eine Idee.

Dass ich mit seinen Ideen, hatte ich sechstens gesagt, schlechte Erfahrungen gemacht habe.

Wie oft soll ich mich denn noch entschuldigen, hatte er siebtens gesagt.

Ob ich achtens den Vermögensverwalter Rosario R. kenne.

Woher denn auch, hatte ich neuntens geantwortet.

Zehntens. Kann ja sein.

Elftens. Worum geht es denn nun?

Zwölftens. Hör mir zu.

Dreizehntens. Die Zahl bringt Unglück. Und das war, was mir geschah.

Weil Rosario R. Schulden bei Rolf hatte und Rolf wiederum Schulden bei mir, hatten wir uns darauf geeinigt, dass das Geld, das Rosario R. Rolf Tobler schuldete, mir übergeben werden sollte, um so Rosarios Schulden bei Rolf und Rolfs Schulden bei mir für immer zu tilgen. Das sollte sich als unvorteilhafter Deal herausstellen. Um Rosarios Vermögen stand es in diesen Tagen nicht gut, der einzige feste Wertgegenstand, über den er vorgab zu verfügen, war die Yacht *Amistad*. Diese sollte in meinen Besitz übergehen. Erst nachdem ich die Papiere unterschrieben hatte, die mich zum Eigentümer der *Amistad* machten, offenbarte mir Rosario R., dass er auf der Yacht lebte. Vorübergehend nur, sagte er, bis er etwas anderes gefunden habe, und erbat sich etwas Zeit. Weil ich Mitleid mit dem alten bärtigen Mann hatte, der auf die siebzig zuging, ließ ich ihn zu günstiger Miete weiterhin auf der *Amistad* wohnen. Zur Bedingung stellte ich nur, dass er eine der Kajüten freiräumte, da ich vorhatte, meinen Lebensmittelpunkt auf die zwei Länder aufzuteilen, in denen ich meine Wurzeln hatte. Mutterland Spanien, Alfredland Liechtenstein. Rosario bedankte sich überschwänglich für »diese Großzügigkeit«. Das hätte nicht jeder getan, wiederholte er oft, und auch meine Beteuerungen, dass er an meiner Stelle sicher dasselbe für mich machen würde, reichten nicht aus, um sein schlechtes Gewissen oder was immer es war, das ihn Sätze sagen ließ wie: »du bist ein ganz feiner Kerl, Johann«, oder: »ich wüsste nicht, was ich ohne dich täte«, auszuradieren. Weil mich Komplimente verlegen machen, sagte ich meist nicht viel mehr als »ach« oder »Rosario« oder »komm schon«, und dann lachten wir beide, setzten uns an die Reling und sahen aufs Meer hinaus.

Da Barcelona von Tarragona mit öffentlichen Verkehrsmitteln gut zu erreichen war, sah ich die Toblers wieder regelmäßiger. Anders als während unserer Schulzeit bereiteten

Rolf meine Besuche keine Probleme mehr. Im Gegenteil: Er schien sogar derjenige zu sein, der sich am meisten darüber freute. Wir verbrachten viele Stunden zu viert, aßen in Restaurants, besuchten Museen oder spazierten durch Parks und wurden wieder die Familie, die wir während des Sommers '81 gewesen waren. Ich wurde darüber so nostalgisch, dass ich während eines Fernsehabends vorschlug, dass wir doch wieder einmal ein Wochenende im Toblerschen Ferienhaus einlegen könnten, worauf Carl betroffen schwieg, Renata schwermütig lächelte, während Rolf keine Notiz davon nahm.

»Das Haus gibt es nicht mehr«, sagte Renata nach einer Weile und warf ihrem Ehemann einen vorwurfsvollen Blick zu.

»Das haben wir doch besprochen«, erwiderte Carl, legte eine kurze Pause ein, trommelte mit den Händen auf den Oberschenkel und sagte dann: »Ein Dessert, anyone?«

Es war nicht die Häufung von Anglizismen allein, die mich Carl kaum wiedererkennen ließ. Er war älter geworden, ja, das waren wir alle, doch dass er Renatas Berührungen scheute, apathisch in die Ferne starrte, wo er früher gelacht hätte, und seine Blicke sich öfter im Raum verloren, hatte nichts mit seinem Alter zu tun. Als ich einmal bei einem Spaziergang nach seiner Hand griff, um ihm zu verstehen zu geben, dass ich für ihn da sei, erwiderte er den Druck zwar und ließ seine Hand für ein paar Sekunden in der meinigen liegen, doch er tat das ohne Gefühl, so als ob nicht er seine Hand kontrollierte, sondern sie ihn.

Carl sei halt Carl, sagten Renata und Rolf, als ich sie mit meinen Beobachtungen konfrontierte, mehr nicht, und so sah ich es als meine Aufgabe an, diesen Menschen, der mir so viel Gutes getan hatte, aus seiner Apathie zu befreien. Eines Abends, als ich auf dem Balkon der Toblers stand und Carl zu mir an die Brüstung trat, schien der richtige Zeitpunkt gekommen. Während er sich eine Zigarette ansteckte, sammelte ich all meinen Mut und sprach ihn auf die Veränderung an. Erst lachte er auf, doch als er sah, dass es mir ernst war, aschte er nervös ab, drehte seinen Kopf nach links, dann nach rechts, und begann erst zu sprechen, als er sich sicher war, dass Renata und Rolf außer Hörweite waren.

»Merrill Lynch«, sagte Carl Tobler.

Mehr nicht.

»Die Schauspielerin«, fragte ich.

»Nein«, sagte er, »die Bank«, und alles brach aus ihm heraus.

Es tat weh, mitansehen zu müssen, wie Tränen in seine Augen traten, als er vom Anlagebetrug erzählte, dem er zum Opfer gefallen war. Merrill Lynch, wiederholte er unablässig, Merrill Lynch. Er wolle Rolf und Renata nicht damit belasten, er sehe doch, wie Rolf, wie sein Kleiner, sein kleiner Rolf, wie Rölfchen in seiner Rolle aufgehe, jetzt, da er seine Position übernommen habe, ein erstes Mal Verantwortung zu übernehmen sei im Leben eines jungen Mannes etwas Großes, wenn nicht das Größte, dann sah er mich an, aber wem erzähle er das. Und Renata, was solle er sagen, Renata sei halt Renata. Hier brach er ab und sah in den Himmel, als suchte er darin nach einer Antwort, die es hier unten nicht gab.

»Die Anwälte verschlingen mein ganzes Geld«, sagte er, nachdem wir eine Weile schweigend an der Brüstung gestanden hatten. »Wie es aussieht, werde ich die Wohnung verkaufen müssen. Der –«

Wieder hielt er inne, da Rolf seinen Kopf zur Tür herausstreckte und fragte, ob wir Lust auf eine Partie Monopoly hätten.

»Nichts lieber als das«, sagte Carl, der tief Luft holte, bevor er sich lächelnd zu Frau und Sohn an den Küchentisch setzte, tat, als denke er nach, und dann das Bügeleisen als Spielfigur wählte.

Eigentlich war mein Aufenthalt in Europa nur als kurzes Intermezzo gedacht gewesen, nach dem ich vorhatte wieder nach Australien zurückzukehren. Nun aber, da sich die Toblers in einer existenziellen Notlage befanden, war eine Abreise ohne Schuldgefühle nicht möglich. Obwohl sie mich nicht um Hilfe gebeten hatten, war es doch offensichtlich, dass es meine Pflicht war, ihnen beizustehen, wie sie mir als Jugendlichem beigestanden hatten, und um Beistand gebeten hatte ich sie damals genauso wenig wie sie mich jetzt. Eine Hand wäscht die andere, heißt es, doch bevor ich die Toblersche waschen konnte, musste ich mir erst die eigene Hand schmutzig machen. Anders war Beistand nicht möglich.

Um meine Schulden bei Lotte und Peter abzubezahlen, bei denen ich für das Geldwechselgeschäft ein Darlehen hatte aufnehmen müssen, hatte ich als frischgebackener Besitzer der *Amistad* damit begonnen, Bootstouren anzubieten. Durch Zufall war ich bei einem Spaziergang durch Barcelona auf ein kleines Theater gestoßen, das seine Requisiten und Kostüme verkaufte.

»Meinst du das ernst«, sagte Rosario, als ich auf die Yacht zurückkehrte.

»Ja«, sagte ich.

»Und du glaubst wirklich, das funktioniert?«, fragte der Vermögensverwalter ohne Vermögen.

»Ja«, sagte ich.

»Dann soll ich das jetzt also anziehen?«

»Genau.«

Die Story war relativ einfach. Der spanische Freibeuter Capitano Rosario, geboren 1688 in Valencia, war mit einer Zeitmaschine ins Jahr 1994 gereist, hatte die *Amistad* gekapert und machte mit dieser nun Jagd auf die Schätze des Mittelmeers. Wer bereit war, ein paar Tausend Peseta zu bezahlen, konnte ihn auf der einstündigen Reise begleiten. Welche Rolle die Zuschauer dabei spielten, ob sie Capitano Rosarios Geiseln waren oder Teil seiner Crew, war nicht ganz klar, aber den meisten war es sowieso egal, und so schenkte ich dem keine weitere Beachtung. Da Tarragona ein Urlaubsparadies für wohlhabende Menschen war, machte es keinen Unterschied, ob zehn- oder zwanzigtausend Peseta verlangt wurden, zu zahlen bereit waren die Touristen alles, solange ihre verwöhnten Bälger nur genug quengelten.

Wir machten zwischen sechs und acht Touren pro Tag. Rosario stand am Steuer, eine Gruppe Kinder um sich, denen er die Geschichten erzählte, die ich ihm aufgeschrieben hatte, während ihre Eltern sich auf dem Vorderdeck sonnten. Ich servierte kühle Drinks und machte mit einer Sofortbildkamera Fotos, die ich nach jeder Tour neben einer Menge Souvenirs, darunter Muscheln und Steine, verkaufte. Am beliebtesten waren die Glasflaschen, in denen Botschaften steckten, gut weg gingen auch die Schatzkarten, während ich die Papageienfedern bald wieder aus dem Sortiment nahm, weil sie schwer zu beschaffen waren und sich der Aufwand nicht rechnete. Da ich aus den Erfahrungen mit dem mobilen Montanmuseum *Peradina* gelernt hatte, waren die Touren mit der *Amistad* bald zu einem Selbstläufer geworden.

Das Wichtigste von allem, das sage ich Ihnen im Vertrauen, ist die Geschichte, die man erzählt. Der Rest erledigt sich wie von selbst.

Das Geld, das ich damit verdiente, reichte dazu aus, monatlich einen Teil meiner Schuld zu begleichen. Ich lud Lotte und Peter für ein Wochenende auf die Yacht ein, und sie zeigten sich vom geschmackvollen Interieur beeindruckt. Um ehrlich zu sein, sagte Lotte am letzten Tag ihres Aufenthalts, hätte sie nicht damit gerechnet, ihr Geld so schnell wiederzusehen. Aber es sei umso schöner, fügte sie an, dass ich es zurückgegeben hätte, ohne von ihr darauf hingewiesen zu werden. Das habe Vertrauen geschaffen. Dieses Vertrauen verleitete mich dazu, Lotte die Frage zu stellen, ob sie und ihr Ehemann eventuell dazu bereit seien, mit mir gemeinsam eine größere Investition zu tätigen. Sie würde es sich überlegen, sagte sie, doch die Aussicht auf eine Immobilie in privilegierter Lage in Barcelona, das müsse sie zugeben, wäre verlockend.

Während Carl anfänglich ablehnend reagiert hatte, als ich ihm Anfang des Jahres 1994 mitteilte, dass meine Familie, die Familie Hilti, dazu bereit wäre, ihn finanziell zu unterstützen, begann sich seine Meinung zur Jahresmitte hin allmählich zu ändern, da er nicht nur von Seiten seiner Anwälte, sondern auch von Seiten seiner Familie zunehmend unter Druck geriet. Weder Renata noch Rolf war entgangen, dass er in der Zwischenzeit angefangen hatte, sich nach Wohnungen umzusehen, die deutlich unter der Preisklasse der bisherigen lagen. Doch das Alibi Carls, der behauptete, zu seinem Lebensabend hin, er war 67, wieder bodenständiger leben zu wollen, hielt nicht für lang. Der Heilig Abend '94 begann mit zerbrochenen Tellern, Schuldvorwürfen und Tränen, ehe er mit der gegenseitigen Versicherung, dass man zueinander stehen würde, egal was geschähe, trotz allem ein versöhnliches Ende nahm. Die darauffolgende Silvesterparty war vermutlich deswegen so schön, weil wir wussten, dass das kommende Jahr einen Neuanfang für uns alle bedeuten sollte.

Es wurde Frühling und auf den Frühling folgte ein warmer Sommer, und als wir im August im Büro des Notars Amadeu Bonavera in Barcelona zusammentrafen, lebte ich bereits seit ein paar Wochen in der Wohnung, die mit Unterzeichnung des Kaufvertrags auch offiziell in meinen Besitz kommen sollte. Bloßes Geld hatte Carl abgelehnt, er wolle mir wenigstens etwas dafür geben. Die Toblers hatten in der Zwischenzeit ein kleines Haus außerhalb der Stadtgrenze bezogen, und seltsamerweise war ich es gewesen, dem ihr Umzug am meisten zugesetzt hatte. Während Rolf und Renata mit Fassung zugesehen hatten, wie Umzugskiste nach Umzugskiste aus der Wohnung getragen wurde, die sie, neben einer Reihe anderer Immobilien, als ihr Zuhause bezeichnet hatten, war es mir nicht gelungen, meine Emotionen zu zügeln. Erst als Renata mich in den Arm genommen und mir zugeflüstert hatte, dass alles gut wäre, immerhin wisse sie ihr Zuhause in guten Händen, hatte ich mich wieder beruhigen können. Ein Gefühl der Leere war trotz allem geblieben. Obwohl ich es war, der in Kürze in diese Wohnung einziehen würde, war es mir vorgekommen, als zöge ich mit den Toblers aus, ja, als wären es Teile meiner Person, die mit der weißen Ledercouch, auf der wir so viele Stunden nebeneinander gesessen hatten, oder dem riesigen Esstisch, an dem wir ein Brettspiel nach dem anderen gespielt hatten, ja, als wären es meine Erinnerungen, die mit den Möbelstücken aus dem Haus getragen und zum Verkauf angeboten würden.

Und jetzt fiel das Licht des Nachmittags in den mit schwerem Holz vertäfelten Raum des Notars, der Schreibtisch am Fenster glänzte wie frisch gewachst. Carl Tobler war in Begleitung seines Anwalts erschienen, einem ernst dreinblickenden Mann in eng sitzendem Anzug, der die Haare zurückgegelt trug. Um nicht unnötig Geld an die Behörden zu verlieren, hatten wir uns vor Aufsetzen des Kaufvertrages darauf geeinigt, den Preis der Wohnung niedriger zu beziffern, als sie tatsächlich wert gewesen wäre. Dass ausgerechnet ich es gewesen bin, der das Finanzamt um Steuergelder betrog, lässt mich heute schmunzeln. Doch diese kleine Betrügerei sollte sich langfristig lohnen, nicht für mich, sondern für den spanischen Staat, spülte der Diebstahl der Daten Jahre später doch Beträge in die Kassen der Steuerverwaltung in Madrid, von denen die Steuerfahnder niemals zu träumen gewagt hätten.

Während Carl entspannt dasaß, beugte sich sein Anwalt immer wieder nervös zu ihm hin. Das Flüstern gehörte nicht unbedingt zu seinen Stärken, und so verstand ich fast jedes Wort. Ob er sich das auch wirklich gut überlegt habe, fragte der Anwalt seinen Mandanten und sah verstohlen zu mir herüber. Er wolle mir ja wirklich nichts unterstellen, aber ein Drittel dessen, was die Wohnung eigentlich wert wäre, als Kaufpreis zu veranschlagen, es tue ihm leid, das sei Wahnsinn. Carl lächelte unbeirrt weiter, und als der Notar mit den Dokumenten auf den Tisch klopfend fragte, ob wir dann so weit seien, sagte Carl, »mehr als das«, und sein Anwalt schüttelte den Kopf. Nachdem alles erledigt war, ging ich mit Carl zur Bank, wo ich ihm den Scheck in der Höhe des

Kaufpreises übergab, den er noch am Schalter einlöste. Den Rest würde ich ihm wie vereinbart zu einem späteren Zeitpunkt überweisen.

»Du hast dich gemacht, John«, sagte mein Freund Elton aus Sydney, der mich während einer Europareise wenige Tage nach Vertragsabschluss in der neuen Wohnung besuchte, worauf wir beide in Gelächter ausbrachen. Tatsächlich, alles hatte sich umgekehrt. Aus dem Waisenkind war der Besitzer einer Yacht und einer 140 Quadratmeter großen Wohnung im Herzen Barcelonas geworden, dem seine Expertise in der Tourismusbranche außerdem dazu verholfen hatte, einen »Sightseeing-Service der besonderen Art«[174] zu betreiben. Wir saßen bei einem späten Frühstück in der noch spärlich möblierten Wohnung, und während Elton gerade ein weichgekochtes Ei mit einem möglichst geraden Schnitt zu öffnen versuchte, tat das Telefon, was es seit meinem Einzug noch nie getan hatte. Es klingelte. Wenn ich gewusst hätte, dass dieser Ton in den kommenden Tagen zum ständigen Hintergrundgeräusch werden würde, hätte ich den Klingelton nach Auflegen des Hörers sofort geändert.

Während es mir beim ersten Gespräch noch gelang, Carl Tobler zu beschwichtigen, wurde er mit jedem weiteren Anruf unangenehmer. Zwar konnte ich seinen Ärger durchaus verstehen, denn allem Anschein nach war der Scheck, den ich auf seinen Namen ausgestellt hatte, geplatzt. Zumindest sagte das Carl, denn nach mehrfachen Telefonaten mit meiner Bank teilten mir die Kundenberater mit, dass der Betrag

---

[174] Katalonien auf einen Blick. 111 unvergessliche Attraktionen. Mit interaktiver Karte. Madrid 1995.

von meinem Konto abgebucht worden sei und dementsprechend beim Empfänger angekommen sein müsste, Geld löse sich ja nicht einfach so auf, oder? Das sah ich allerdings auch so. Doch Carl blieb in seinen Anschuldigungen unerbittlich.

»Bitte«, sagte ich, wenn ich den Hörer abnahm, »beru–«

»Das Geld«, schrie Carl Tobler.

»Oh, da steckt wohl einer in Schwierigkeiten, was Johnboy«, sagte Elton.

»Bitte keine Witze jetzt«, sagte ich.

»Was zur Hölle?«, schrie Carl Tobler.

»Dich meine ich nicht«, sagte ich.

Elton lachte.

»Drei Tage, Johann«, schrie Carl Tobler, »und nicht einen einzigen mehr.«

Der arme Elton. In was für ein Spektakel er da nur hineingeraten war. Da ich alles getan hatte, was ich für Carl hatte tun können, betrachtete ich das Problem für den Moment als gelöst und entschied mich aus psychohygienischen Gründen dazu, das Telefon vom Anschluss zu nehmen. Elton war nicht mehr lang in der Stadt, und viel mehr als die Wohnung hatte er bisher nicht von Barcelona gesehen. Ich zeigte ihm die Sagrada Familia und den Parc Güell, wir besuchten das Museum Gaudí und spazierten am Strand entlang, wo ich Elton auf Churros con Chocolate einlud, und als wir einmal Milchkaffee tranken, fragte Elton, warum gibt's hier keinen Flat White, und ich antwortete, weil das Barcelona ist und nicht Sydney, und Elton lachte über Europa, was für ein komischer Kontinent. Danach gingen wir ins Kino, wo Elton kein Wort verstand, weil er sprach ja kein Spanisch, und auf dem Heimweg holten wir uns noch einen Snack, Elton drei gefüllte Pizzen, ich ein Sandwich mit Chorizo und Käse, bis wir mit den vor Fett triefenden Tüten die Eingangshalle betraten, den Aufzug in den fünften Stock nahmen, dann links abbogen in den Flur, wo wir unmittelbar vor der Wohnungstüre abrupt stehen blieben.

»Iiih«, sagte Elton, »das ist ja ekelhaft, John.«

Ich überlegte lang hin und her, ob ich die Polizei verständigen sollte, doch abgesehen von einer toten Katze, die auf meiner Fußmatte lag, war nichts weiter geschehen. Weil am Türschloss keine Spuren zu erkennen waren, die auf ein gewaltsames Eindringen hingewiesen hätten, entschied ich mich gegen eine Kontaktaufnahme mit den Behörden und öffnete, zitternd zwar, das schon, ja, aber nicht um mein Leben fürchtend die Tür.

Weil Elton darauf bestand, dass jedem fühlenden Lebewesen ein ordentliches Begräbnis zustünde, begaben wir uns in Ermangelung eines Gartens in den benachbarten Park und hoben im Mondlicht ein Loch aus. Es war an mir, die Carrefour Tüte – ein Sarg war in der Kürze der Zeit nicht aufzutreiben gewesen – im Grab abzulegen. Wie schwer etwas Lebloses wiegt. Selbst durch das Plastik hindurch war die Kälte des Körpers zu spüren. Gemeinsam standen wir vor dem Loch und hielten uns an den Händen. Elton begann ein Gebet zu sprechen, dann hielt er plötzlich inne und sah mich eindringlich an: »Die Katze hat keinen Namen.« »Wie meinst du das«, fragte ich. »Wenn wir ihr Frieden schenken wollen«, murmelte Elton, »müssen wir die Verstorbene taufen.« Wir einigten uns darauf, dass es zu kompliziert wäre, die Tote noch einmal aus der Erde zu holen, und es in Anbetracht der Situation reichen würde, ihr vom Rande des Grabes aus einen Namen zu geben. »Cindy«, sagte Elton. »Wie bitte«, antwortete ich. »Die Katze soll Cindy heißen.« Obwohl ich es makaber fand, die tote Katze nach Eltons Exfrau zu benennen, wendete ich nichts dagegen ein. Den Zettel, der unter der Tür durchgeschoben worden sein musste, entdeckte ich erst, nachdem wir in die Wohnung zurückgekehrt waren. ›Friendly Reminder‹ stand da. Mehr nicht.

Das Telefon schloss ich erst wieder an, nachdem ich mich von Elton verabschiedet hatte. Obwohl ich mir vorgenommen hatte, seinen Ratschlag zu beherzigen – dass ich mich nicht aus der Ruhe bringen lassen solle, hatte er am Flughafen zu mir gesagt –, musste ich diesen so schnell wieder verwerfen, wie er über seine Lippen gekommen war. Bis das Telefon wieder klingelte, dauerte es keine dreißig Minuten.

»Carl«, sagte ich, »bitte hör auf mi–«

Ein Lügner sei ich, schrie der wild gewordene Tobler in den Hörer, ein bösartiger Mensch, der ihn aufs Sträflichste hintergangen habe, und je mehr Gemeinheiten er mir an den Kopf warf, desto trauriger wurde ich. Was mich traurig machte, war nicht allein, was Carl Tobler sagte, sondern dass er tatsächlich davon überzeugt zu sein schien. Doch um Wahrheit ging es hier schon lange nicht mehr. Er wollte mehr als vereinbart. Vielleicht verlangten die Anwälte zusätzliche Gelder, vielleicht übten Renata und Rolf Druck auf ihn aus, vielleicht waren im Tobler'schen Großhirn ein paar Synapsen geplatzt, die es Carl unmöglich machten, einen einzigen klaren Gedanken zu fassen. Dass er das verdammte Geld sehen wolle, schrie er, Geld, Geld, Geld, er gebe mir eine letzte Frist bis morgen Abend, und sonst … sonst … das würde ich dann schon sehen. Nur so viel: Es würde schlimm sein. Dann legte er auf.

In dieser Nacht schlief ich schlecht. Die einzige Gemeinsamkeit aller Träume, von denen ich bald nicht mehr sagen konnte, ob sie überhaupt noch Träume und nicht schon Wirklichkeit waren, war das Auftauchen von Jesus und José. Ich begegnete ihnen in einem Supermarkt, in dessen Regalen die Lebensmittel zerflossen wie Uhren in einem Gemälde Dalís, sie verfolgten mich durch ein Feld überlebensgroßer Erdbeeren. Sie schubsten mich von einer Brücke, und der Fluss, in den ich fiel, verwandelte sich in eine vielbefahrene Straße aus Sand. Und auch jetzt, während ich am Frühstückstisch saß, konnte ich nicht aufhören an Jesus und José zu denken. Ich dachte nicht in der Art an sie, dass ich sie bildlich vor Augen hatte, sondern ich dachte an sie als Symbole. Ich dachte an das, wofür Jesus und José standen. »Jesus« bezeichnete »organisiertes« und »José« bezeichnete »Verbrechen«, und die Kombination ihrer Namen wurde mir zu jenem seltsamen Schatten, jenem Reich der Waffen, die in Hosenbünden steckten, jener Unterwelt, in die hinein die Familie Tobler gute Kontakte unterhielt. Von nun an war alles möglich. Hatte der blaue Wagen schon vorher am Straßenrand geparkt?

Weil ich mich in der Wohnung nicht mehr sicher fühlte, zog ich zurück auf die Yacht zu Rosario. Er war es auch, der mich davon überzeugte, die Immobilie so schnell loszuwerden wie möglich. Dass diesen Schritt zu gehen der einzig richtige gewesen war, erfuhr ich ein paar Wochen später, als zwei Beamte der Guardia Civil auf der *Amistad* auftauchten und mich zu sprechen wünschten. Ob es richtig wäre, wollte einer der Beamten wissen, dass ich bis vor kurzem eine Eigentumswohnung in der Carrer de Cadis bewohnt hätte. Das wäre es, antwortete ich. Und ob es ebenso der Wahrheit entspräche, fragte der Mann mit ruhiger Stimme, dass ich jene Immobilie vor zwei Wochen, am 13.11.1995, an Mario Toset verkauft habe. Auch das sei richtig, antwortete ich. Schon am Tag meines Einzugs hatte mir Señor Toset, der nebenan lebte, offenbart, dass er schon seit längerem daran interessiert gewesen sei, die Wohnung zu kaufen. Schließlich sei es niemand Geringeres als sein Schwiegervater gewesen, der den gesamten Block Mitte der 70er-Jahre in Auftrag gegeben habe. Ob ich mir erklären könne, fragte der Beamte weiter, wer hinter dem Einbruch stecken könnte. Wie bitte, sagte ich. Gestern Vormittag, als der Eigentümer nach Hause zurückgekehrt sei, habe er seine Wohnung in bemitleidenswertem Zustand vorgefunden. Sämtliche Möbelstücke seien zerstört, die Fensterscheiben zersplittert und alle Matratzen, Decken und Kissen aufgeschlitzt worden. Ich schluckte. Außerdem seien an den Wänden Zeichnungen entdeckt worden, welche den Forensiker an die Malereien in der Höhle von Lascaux erinnert hätten, Pferde, Stiere, Raubkatzen, so was, und mitten auf der Wohnzimmerwand ein Schriftzug, »das wirst du büßen«. Ob ich eine Ahnung hätte, wer das gewesen sein könnte?

Hier kommt das erste Mal, dass ich im Umgang mit den polizeilichen Behörden log.

»Nein«, antwortete ich, »keine Ahnung.«

Fragen Sie mich nicht, wieso ich die Toblers noch immer schützte. Es wäre besser gewesen, es nicht zu tun. Denn als ich meine Sachen gepackt und Rosario zum Abschied auf die Stirn geküsst hatte, ich würde das Land bis auf unbestimmte Zeit verlassen, er solle bitte gut auf die *Amistad* achten, wusste ich nicht, was für einen unerbittlichen Kampf wir in den kommenden Jahren führen würden und dass aus alten Freunden Feinde geworden waren, die vor nichts, und wenn ich nichts sage, meine ich es genau so, wie es hier steht, die vor nichts, rein gar nichts zurückschrecken würden. Nicht vor Erpressung, nicht vor dem Einsatz von Waffen, ja, nicht einmal vor Folter.

DAS NEUNTE BUCH

(1997)

1.

Wer im Tierkreiszeichen des Widders geboren ist, weiß, dass der eigene Geburtstag alle paar Jahre auf einen der Osterfeiertage fällt. Für den säkularen oder nicht-katholischen Widder mag das, von der Tatsache abgesehen, dass die Geschäfte geschlossen bleiben, keine weitere Rolle spielen. Man kauft halt vorher ein. Für den katholischen Widder aber ist die Überschneidung dieser Daten, ob er nun will oder nicht, von besonderer Bedeutung. Ausgerechnet in dem Jahr, in dem ich mit 32 Jahren so alt wurde, wie es Jesus Christus gewesen war, als er sein Leben für alle Menschen an einem Kreuz in Jerusalem ließ, feierte ich meinen Geburtstag am höchsten aller katholischen Feiertage: dem Ostersonntag. Ob auch für mich persönlich eine Wiederauferstehung vorgesehen war, hätte ich an jenem Osterwochenende vor gut zwanzig Jahren beinahe erfahren. So nahe gekommen wie damals bin ich dem Tod bisher noch nie.

Weil Rosario, mit dem ich nach der überstürzten Abreise aus Tarragona in gutem Kontakt geblieben war, mich zur Feier meines Geburtstages auf seine Estanzia nach Argentinien eingeladen hatte, die seine Anwälte nach jahrelangem Rechtsstreit hätten zurück in seinen Besitz bringen können, flog ich am 27. März 1997 von Zürich, wo ich mir als Reiselektüre den dritten Band der Werkausgabe von Borges besorgte, *Niedertracht und Ewigkeit,* 1992 bei S. Fischer erschienen, über Frankfurt, wo ich die *Financial Times* und das

Nachrichtenmagazin *DER SPIEGEL* erwarb, weiter nach Buenos Aires, wo ich nichts kaufte, weil ich knapp dran war, bis ich Bahía Blanca, zu Deutsch ›Weiße Bucht‹, am südwestlichen Ende der argentinischen Pampa gelegen, erreichte. In der Ankunftshalle des kleinen Inlandflughafens erwartete mich ein rothaariger Mann mit einem Pappschild. Dass er meinen Namen falsch geschrieben hatte, sagte ich nicht.

Ehe wir zu unserer Reise aufbrachen, die uns über 100 Kilometer gen Süden führen würde, lud mich der rothaarige Mann, der sich mir als Rosarios Sohn Mario vorstellte, auf ein Erfrischungsgetränk in einer Bar nahe des Flughafens ein, doch viel Zeit auszutrinken ließ er mir nicht. Mein Glas war noch bis zur Hälfte gefüllt – ja, zu diesem Zeitpunkt war ich noch Optimist –, als er mir den Rollkoffer abnahm und sagte, dass wir jetzt gehen müssten, wir seien spät dran. Ich eilte ihm hinterher auf den Parkplatz, auf dem der schwarze Range Rover, der sich für das Gelände, das wir durchqueren würden, als das einzig richtige Fahrzeug herausstellen sollte, im letzten Abendlicht glänzte.

Die Straße war von Schlaglöchern durchzogen und bereits nach der ersten Stunde spürte ich einen pochenden Schmerz hinter der Stirn. Ich bat Mario langsamer zu fahren, doch ich sah ein, als er sagte, davon werde die Straße nicht besser. Ich versuchte zu schlafen und zählte bis dreißig, doch als ob mein Unterbewusstsein wüsste, was in den kommenden Stunden folgen würde, schlug der Trick zum ersten Mal fehl. Das Einzige, was ich erreichen konnte, war dieses seltsame Zwischenstadium, in dem man weder ganz wach ist noch schläft, dass ich mir bald nicht mehr sicher war, ob die Kaninchen und Schafe, welche sich auf den Feldern abseits der Straße tummelten, wirklich waren oder Teil meiner Imagination. Es kam mir vor, als hoppelten die Kaninchen aus den Schafen heraus, als bewohnten sie diese wie Höhlen. Das war seltsam, ja, aber in fremden Gegenden ist alles möglich.

Ob die *Estanzia Paraíso del Sol* so paradiesisch war, wie es ihr Name versprach, konnte ich in der Dunkelheit, in der wir das Gelände erreichten, nicht feststellen. Wir waren kurz vor der Siedlung Saavedra abgebogen und einem Feldweg über Kilometer gefolgt, bis sich das Haupttor der Farm vor uns auftat. In weiter Entfernung waren Lichter zu erkennen, doch anstatt dass der Rothaarige darauf zufuhr, lenkte er den Range Rover nach links, und wir fuhren an der Mauer entlang über Gras, bis der Wagen vor einem rundlichen Gebäude Halt machte, dessen Anblick mich schaudern ließ, so mächtig und brutal stand es da.

»Warte kurz hier«, sagte Mario, »ich sage Vati Bescheid.« Dass Mario seinen Vater ›Vati‹ nannte, fand ich seltsam. Doch weil Rosario seltsam war, wäre es seltsam gewesen, wenn sein Sohn nicht seltsam gewesen wäre oder bei meiner Ankunft nichts Seltsames geschehen wäre, wie etwa, dass Mario nach Verlassen des Wagens die Türen von außen verriegelte, und so nahm ich die Seltsamkeit hin als etwas, das nicht anders hätte geschehen können, als etwas Zwangsläufiges, Stabilisierendes, als eine Seltsamkeit, welche die Normalität überhaupt erst herstellte. Es war zu dunkel, als dass ich hätte erkennen können, dass Mario sich nicht in Richtung des Gebäudes bewegte, sondern den Range Rover an der Hinterseite umrundete. Als er die Beifahrertür öffnete, stellte ich irritiert fest, dass er sich in der Zwischenzeit eine Sturmhaube aufgesetzt hatte.

»Marco«, sagte ich, »was soll das?«

»Gottverdammt, ich heiße Mario«, sagte er und zerrte mich so unsanft aus dem Wagen, dass ich zu Boden fiel. Als ich taumelnd aufschaute, blickte ich in die Gesichter dreier in Camouflage gekleideter Gestalten. Was sage ich Gesichter! Sie trugen Sturmmasken wie Mario! Auch wenn ich in diesem Moment nicht an Flucht dachte, denn wieso hätte ich an Flucht denken sollen, Angst hatte ich zu diesem Zeitpunkt noch keine, wäre an Flucht nicht zu denken gewesen. Die Männer hatten mich in einem Halbkreis umstellt, dessen Grundlinie die Längsseite des Range Rovers bildete. Vielleicht, dachte ich, war das, was hier vor sich ging, eine zwar seltsame, aber immerhin aufwändig inszenierte Zeremonie, um mich willkommen zu heißen. In Argentinien war ich ja vorher noch nie gewesen. Ich ließ mich auf das Spiel ein und wehrte mich nur, um Mario das Gefühl zu vermitteln, ich nähme die Lage so ernst, wie ich sie seinem Blick nach hätte ernst nehmen müssen. Lustlos schrie ich um Hilfe. »Sei still«, herrschte mich einer der Männer an, was ich den Regeln eines Schauspiels folgend als Aufforderung interpretierte, noch lauter zu schreien. Erst da sah ich das Maschinengewehr in den Händen des einen, dessen Lauf in meine Richtung bewegend er einem Kollegen ein Zeichen gab. War es Mario, der nun ein Stück Stoff aus einer Tasche zog und auf mich zukam? Ich weiß es nicht. Sie trugen ja alle Masken! »Rosario!«, rief ich, als mir bewusst wurde, dass ich die Lage möglicherweise falsch eingeschätzt hatte.

»Rosar–!«

Jeder weitere Schrei wurde vom Stoffstück erstickt, das mir mit so viel Gewalt in den Mund gepresst wurde, dass sich beinahe meine Kiefer ausrenkten. Erst jetzt wurde ich panisch. Mit der Kraft desjenigen, der nicht weiß, wie ihm geschieht, warf ich mich gegen einen der Männer, dass wir beide zu Boden fielen. Doch es half nichts. »Noch eine Bewegung«, sagte eine Stimme, von der ich nur sagen kann, dass sie nicht diejenige Marios war, »und du bist ein toter Mann.«

Nachdem sie mir mit dem Knebel die Stimme genommen hatten, nahmen sie mir mit einem Sack, den sie über meinen Kopf stülpten, die Sicht. Dann packten sie mich an Armen und Beinen und zogen mich über die ruppige Erde, bis der Boden glatter und die Geräusche hohler wurden. Was mir in den Rücken stieß, musste eine Türschwelle gewesen sein. Nachdem ich auf ein Bett gehoben worden war, setzte sich einer der Männer auf mich, während ein anderer meinen rechten Fuß von Schuh und Socken befreite. Erst hörte ich ein Klirren, dann sagte einer: »Mach die Maschine an.« Als ein Ring um meinen Fußknöchel gelegt wurde, der so kalt war wie Eis, versuchte ich das Bein wegzuziehen, doch die Männer hielten es zu fest umklammert. Ein Schalter wurde betätigt, dann ein Geräusch, das mich an das Abbrennen einer riesigen Wunderkerze denken ließ. Funken sprühten auf meiner Haut. Vor Schmerzen bäumte ich mich auf, bis ich angeherrscht wurde, dass ich stillhalten solle – aber wie denn bei diesen Qualen? Einem sterbenden Tier gleich wehrte ich mich mit letzter Kraft. Das Einzige, was ich damit erreichte, war ein harter Schlag auf den Hinterkopf, der mir zwar die Schmerzen, aber auch das Bewusstsein nahm. Ich fiel in einen bösen Traum, der zwei Jahre andauerte, oder eine Sekunde, oder acht Monate, so lange jedenfalls, dass man schon ewig leben müsste, um sich jemals wieder davon zu erholen.

Borges sagt, dass die Identität eines Menschen in seiner Erinnerung liegt.[175]

[175] Borges, Jorge Luis: Geschichte der Ewigkeit. In: Niedertracht und Ewigkeit. Frankfurt am Main 1997. S. 119.

Als ob ich gerade geboren würde, wachte ich ohne Erinnerung auf.

Da war ein Tisch.

Da war ein Stuhl.

Da war ein Bett.

(Dass die Gegenstände diese Gegenstände waren, kann ich erst heute so formulieren, denn beim ersten Betrachten derselben wusste ich weder, was sie waren, noch *dass* sie waren, noch dass sie betrachtet wurden. Falls man von Betrachten denn überhaupt sprechen kann.)

Ich glaube, ich lag einfach nur da.

Erst im Laufe des Vormittages, falls es Vormittag war, kehrten die Erinnerungen zu mir zurück. Als wäre ich wieder der Dreijährige in seinem Kinderzimmer in Mauren, fand ich mich in einem Bett in vollkommener Dunkelheit wieder. Selbst die Augenbrauen taten mir weh. Als ich den Kopf zur Seite drehte, knackte mein Nacken. Mit zusammengekniffenen Augen konnte ich die Silhouette eines Gegenstandes ausmachen, der neben mir lag. Seine Oberfläche war von Falten und Furchen durchzogen, er sah aus wie die Miniatur eines Bergs. Eines perfekten, idealtypischen Berges, mit scharf aufragender Spitze zum Himmel hin, einem kleinen Matterhorn ähnlich. Bis ich begriff, dass es der Sack vom Vorabend sein musste, falls es am Vorabend gewesen war, vergingen mehrere Minuten. Erst dann erkannte ich den roten Fleck unterhalb der Naht. Der Berg hatte geblutet.

Wie ein Kleinkind, welches das Sitzen gerade erst lernt, richtete ich mich im Bett auf. Groß orientieren brauchte ich mich nicht, dafür war die Anlage des Raumes zu einfach. Er war rund. Seine Wände waren sehr hoch. Ich musste an einen Wasserturm denken. Dazu passten die Feuchtigkeit und die Kälte. Es gab einen offenen Durchgang, der in einen Nebenraum führte, und eine geschlossene Tür. Es gab nur ein einziges Fenster. Ich weiß noch genau, dass ich dachte: ›Es ist ein Fenster in der Größe eines normalen Fensters.‹[176] Doch anders als ein normales Fenster war es von außen mit Brettern verschlagen, durch deren Löchlein winzige Lichtstreifen fielen.

Während ich an meinem Körper hinabsah, dachte ich, ›ich sehe an meinem Körper hinab‹, und während ich mein

[176] Kaiser, Johann: Das Buch der Schmerzen. Buenos Aires 1997.

Schienbein betrachtete, dachte ich, ›da sind Brandflecken‹. Mich an den Vorabend und das Geräusch der riesigen Wunderkerze erinnernd, wanderte mein Blick das Bein entlang, und als er den Knöchel erreichte, dachte ich, ›das kann doch nicht sein‹. Mein rechtes Fußgelenk war von einem Ring aus Eisen umfasst, an den sich eine Kette anschloss. ›Das kann doch einfach nicht wahr sein.‹ Ich hangelte mich an der Kette entlang bis zur Wand, dort endete die Fessel in einer Stahlplatte. ›Das ist ein schlechter Traum‹, dachte ich erst, dann: ›diese Schweine‹, dann rüttelte ich den Namen Rosarios schreiend so lange an der Kette, bis mir klar wurde, dass ich mir eher selbst einen Arm ausreißen würde, als dass sie sich von der Wand löste.

Mir wurde übel.

Die Länge der Kette reichte exakt dafür aus, um in den kleinen Nebenraum zu gelangen, wo sich ein Waschbecken und eine Toilette befanden, in die ich mich übergab. Über dem, was in der Kloschüssel schwamm, schwirrten Mücken, vielleicht waren es Fliegen oder riesenhaft mutierte Bakterien, die aus der undefinierbaren Flüssigkeit hervorgegangen waren. Die Spülung funktionierte natürlich nicht.

Im Laufe des Nachmittages, falls es Nachmittag war, hörte ich das Geräusch eines Wagens. Auf das Stottern des Motors folgte das Gebell einiger Hunde, deren Anzahl ich nur schwer abschätzen konnte. Sie schienen sich über das ganze Gelände hinweg zu verteilen. Als verdoppelte der eine Hund sich im Echo des andern, bellte es aus allen Richtungen zu mir her.

Autotüren schlugen.

Kies knirschte.

Von den vier Schlössern, die den Zugang zum Wasserturm sicherten, wurde eins nach dem anderen aufgeschlossen, bis die Tür mit einem lauten Schlag aufschwang. Das eindringende Licht schmerzte mir in den Augen. Der Reihe nach betraten vier Männer den Raum. Alle vier waren schwarz gekleidet und trugen Sturmmasken, die nur Mund- und Augenpartie freigaben.

»Mario«, fragte ich, »bist du's?«

»Halt dein Maul«, wurde ich angefaucht, es schien der Anführer der Gruppe zu sein. Er war der Kleinste der vier, doch nicht weniger bullig als seine Knechte. Nickend gab er ein Zeichen, worauf einer der Männer aus der Reihe heraustrat und mich auf den Bauch drehte. Während er mein Gesicht gegen das Kissen presste, überprüfte ein anderer, ob die Kette am Bein so fest saß, wie sie fest sitzen sollte. Als ich am Schopf wieder in die Höhe gerissen wurde, schnappatmete ich auf.

»Es gibt nur drei Regeln«, sagte der kleine Mann mit dem Stiernacken: »Erstens, du tust, was ich sage. Zweitens, du tust, was ich sage. Drittens, sonst bist du tot. Hast du verstanden?«

»Wo ist Rosario«, sprudelte es aus mir heraus, »ihr wisst schon, dass mein Na–«

Die Faust des Knechtes traf mich so hart an der Stirn, dass ich zurück auf die Matratze gefallen wäre, hätte mich der andere nicht immer noch von hinten festgehalten.

»Habe ich dir erlaubt zu sprechen?«

»Nein, ic–«

Ein präziser Schlag in den Magen, unter dem meine Gedärme sich krümmten.

»Ich denke, dass jetzt eine Entschuldigung angebracht wäre.«

»Es tut mir –«

Wieder traf die Faust punktgenau.

»Du sprichst erst, wenn ich es erlaube.«

Ich spuckte einen roten Speichelfaden, der sich wie in Zeitlupe zu Boden bewegte und den Stiefel des Schlägers nur knapp verfehlte.

»Glück gehabt«, sagte der Stiernacken. »Gabriel ist ein hygienischer Mensch. Blut auf den Schuhen kann er nicht leiden. Stimmt's, Gabriel?«

Der Schläger nickte.

»Und jetzt entschuldige dich bitte.«

Ich sah den Mann einfach nur an.

»Gabriel, wenn du so gut wärst –«

»Entschuldigung«, sagte ich, bevor er mich wieder schlagen konnte, doch dieses Mal schob er mir seinen Finger so weit in die Nase, dass mein Nasenflügel fast riss. Wie ich versuchte, den Schrei herunterzuschlucken, spürte ich das Blut über den Gaumen bis in die Speiseröhre hinablaufen.

»Jetzt darfst du Entschuldigung sagen«, sagte der Mann.

»Entschuldigung«, presste ich aus mir heraus.

»Geht doch«, sagte er und gab den zweien, die sich bisher nur durch ihre bloße Anwesenheit hervorgetan hatten, ein Zeichen.

»Das ist Hernán«, sagte er und deutete auf den Mann zu seiner Linken, worauf dieser nickte, »und das hier, das ist Sebastian« – der Mann zu seiner Rechten hob seine Hand – »aber wir nennen ihn nur El Pájaro.« Er legte eine kurze Pause ein. Dann sagte er: »Stimmt's?«

El Pájaro nickte. Ich begriff sofort, warum sie ihn mit dem spanischen Wort für Vogel anredeten. Trippelnd, fast hüpfend, die Ellbogen wie Flügel nach außen gedreht, kam El

Pájaro auf mich zu und legte eine Plastiktüte auf das Tischchen an der Stirnseite des Betts. Daneben stellte er eine zerdellte PET-Flasche mit Wasser, an dessen Grund sich ein weißliches Pulver abgelagert hatte.

»Wir kommen wieder«, sagte der Stiernacken »Bis dahin hoffe ich, dass du gegessen und getrunken hast. Alles andere wäre unhöflich.«

Ich nickte.

»Bis bald«, sagte er und drehte sich auf der Türschwelle noch einmal um. »Gabriel, erinnere unseren Gast doch bitte daran, dass einen Abschiedsgruß nicht zu erwidern sehr unhöflich ist.«

Fast überrascht, wie viele Schmerzen ich ertragen konnte, stöhnte ich nicht einmal auf, als der Knecht mich am Hinterkopf packte und meine Stirn gegen das Bettgestell donnern ließ. Mit letzter Kraft brachte ich ein leises »auf Wiedersehen« heraus und sah mit dämmerndem Bewusstsein, wie die Männer der Reihe nach verschwanden.

Wann ich erwachte? Kann ich nicht sagen. Wo ich mich befand? Noch immer im Dunkeln. Ob ich Schmerzen hatte? Das fragen Sie ernsthaft? Außerdem hatte ich Hunger und Durst, doch weder das vergiftete Wasser noch die angefaulten Früchte, die sich in der Tüte befanden, rührte ich an. Dafür aber entdeckte ich einen zusammengefalteten Zettel, der am Braun der Bananen pappte. Dass es sich um eine Faxnachricht handelte, die in einem Stockholmer Hotel versendet und im Fernmeldeamt von Bahía Blanca empfangen worden war, glaubte ich nur im ersten Moment. Zwar war das Papier dünn und mit Maschine beschrieben, doch spätestens die fehlenden Uhrzeiten ließen mich wissen, dass das, was mir hier als

Fax verkauft werden sollte, dilettantisch gefälscht worden war. Wenn mir mein Leben etwas wert sei, hieß es darin, solle ich eine Liste meiner sämtlichen Vermögenswerte anfertigen. Dann sehe man weiter. Mit freundlichen Grüßen, X.

Ich las die Nachricht mehrere Male. Ich las sie stehend und liegend, von hinten und vorne, und in der dunkelsten Ecke des Wasserturmes genauso wie in den feinen Streifen Licht, die durch die winzigen Löcher im Bretterverschlag fielen. Wie ein Faden, dachte ich, an dessen Ende die Sonne hing. Mein rettender Strohhalm. War er es, der mich zu dem Schluss kommen ließ, dass das einzig richtige Gefühl, das jetzt zu verspüren, ein Gefühl der Erleichterung wäre? Da es ihnen um nicht viel mehr zu gehen schien als um Geld, konnte nicht ich es sein, den sie hatten gefangen nehmen wollen. Diese Idioten! Ich hatte einiges, das schon, ja, aber viel war das nicht. Verwechslung! Nie hatte ein Wort schöner geklungen! »Verwechslung«, rief ich in den Raum hinein, »Verwechslung! Verwechslung!«, und brach bald in so lautes Lachen aus, dass ich mich vor mir selbst erschreckte.

Während sich der Stier am kommenden Morgen einen Stuhl geben ließ, wurde ich von Gabriel mit dem Kopf wieder ins Kissen gedrückt, Hernán überprüfte die Kette. Als ich am Haarschopf in die Höhe gerissen wurde, grinste ich den Stier keuchend an. Er saß, die Ellbogen auf der Lehne abstützend, verkehrt herum auf dem Stuhl. Diesem Mann war nichts heilig.

»Wie es scheint, hast du dich gut eingelebt«, sagte er und musterte mich nachdenklich.

Ich nickte.

»Das freut mich«, sagte er und zündete sich eine Zigarette an.

»Darf ich was sagen?«, fragte ich.

Gabriels Knie traf meinen Magen.

»Natürlich«, sagte der Stier, tat einen tiefen Zug und hielt den Rauch lang in der Lunge, ehe er ihn durch die Nasenlöcher wieder ausstieß.

Mit Gabriels Hand auf der Kehle war das Sprechen nicht leicht: »Ich« – Luft holen – »bin nicht« – diese Schmerzen – »der« – Einatmen, Ausatmen – »den ihr sucht« – Atmen – »ihr habt« – Atmen Atmen Atmen – »den Falschen.«

Wie ein Kind, das sein Interesse an einem Spielzeug verliert, ließ der Knecht von mir ab, während der Stier zum Fisch wurde und stumm blieb. Unter der Maske ließ sich sein Gesicht nicht lesen. Er konnte jetzt alles sein: wütend, brüskiert, vielleicht sogar traurig. Was auch immer es sein mochte, das er fühlte, er tat das, was ich für das Unpassendste hielt. Er brach in Gelächter aus. Selbst die Knechte schienen darüber verwundert zu sein und suchten sich mit Blicken, bis sie sich vergewissert hatten, dass es am besten war, ins Lachen ihres Vorgesetzten miteinzusteigen.

»Den Falschen also«, sagte der Stier und dehnte die Silben genüsslich, »soso.« Mit jedem weiteren Wort wurde er lauter, bis er fast schrie: »Ich glaube, es ist an der Zeit, dich ein bisschen Demut zu lehren –«, dann eine Pause, eine Sekunde, vielleicht zwei: »mein lieber Johann.«

Wie ein zum Tode Verurteilter, der um Begnadigung bittet, sackte ich vor ihm zu Boden.

»Oder soll ich lieber sagen –«

Ich sah in zwei Augen, von denen ich mir nicht vorstellen konnte, dass sie jemals mitleidig geblickt hatten.

»– Herr Hilti?«

Im Laufe eines Lebens, heißt es, verliere ein Mensch 4,2 Millionen Tränen, von denen eine jede bis zu 15 Milligramm wiege. Dass ich, nicht ihre Schwere, sicher aber ihre Gesamtanzahl betreffend, weit über dem Durchschnitt liege, hat mit der doppelten Enttäuschung zu tun, die sowohl meine Kidnapper als auch ich selbst in diesen Tagen erfuhren. Ich war enttäuscht, weil die Männer nicht glaubten, dass ich keinen Vater hatte, den um Geld zu erpressen sich lohnen würde – selbst wenn Alfred vermögend gewesen wäre, hätte er mit Sicherheit keine fünfzig Franken für mich gegeben; und die Männer waren enttäuscht, weil sie die Wahrheit für eine Lüge hielten. Sie sahen Bohrmaschinen und rote Hilti-Koffer, wenn sie mich ansahen, und wenn sie Bohrmaschinen und rote Hilti-Koffer sahen, sahen sie Geld. Eine Verwechslung lag tatsächlich vor, ja, aber die Verwechslung war in sich selber verwechselt, verwechselten die Männer doch mein Alter Ego mit mir: den Unternehmersohn mit dem Waisenkind, das ich in Wirklichkeit war.

Um unseren Enttäuschungen Ausdruck zu verleihen, bedienten wir uns unterschiedlicher Strategien. Der Stier setzte seine Prügelknaben auf mich an, und ich lag grün und blau geschlagen auf der Matratze und weinte. Über mir zog die Ewigkeit dahin und irgendwo war das Universum und darin gab es Planeten und Satelliten und Sterne, und ob es Tag oder Nacht war, erkannte ich nur daran, ob durch die Löchlein Licht fiel oder nicht. Manchmal hörte ich Vögel zwitschern, und dass ich geschlafen haben musste, stellte ich darüber fest, dass die Lider manchmal mehr zu wiegen schienen als vorher. Welche Wirklichkeit war es, in die hinein ich erwachte? Als fiele ich von einem Traum in den nächsten, geträumt von einer Hopi-Indianerin oder einem schlafenden

Gott, von einem Baum vielleicht, falls Bäume träumen, oder vom Mann aus der Erzählung von Borges[177], oder von Borges selbst, kam mir das Gefühl für die Realität zunehmend abhanden.

Die Schemen des Mannes zum Beispiel, der eines Nachts das Zimmer betreten zu haben schien: Waren sie wirklich? Er hielt seine Arme eng am Körper und ging nah an der Wand, so als fühlte er sich in ihrem Schutz unsichtbar. Als der Mann – war es der Pájaro? – bemerkte, dass ich ihn ansah, legte er den Zeigefinger an seine Lippen. Unter der Maske meinte ich ihn zwinkern zu sehen, als er eine Tüte hervorzog und mit einer schnellen Bewegung unter der Bettdecke verschwinden ließ. Dann verschwand auch er. Ich horchte seinen Schritten nach, wie sie immer leiser wurden, und als ich das Geräusch des Motors und das Gebell der Hunde erwartete, hörte ich nur das sanfte Blöken der Rinder. Der Pájaro schien zu Fuß gekommen zu sein.

Falls der Traum ein Traum gewesen war, musste ich mich immer noch darin befinden, anders war die Tüte, die ich nach Aufschlagen der Augen am Fußende des Bettes fand, nicht zu erklären. Sie enthielt, konnte das sein?, ja tatsächlich, zwei Empanadas! Gott, wie lange hatte ich nichts mehr gegessen. Ich versenkte die Schneidezähne im Blätterteig und ließ sie ins Hackfleisch gleiten wie eine Schaufel durch lockere Erde. Frühling. Maiglöckchen. Blaue Bänder. Dass sich in der Tüte noch etwas anderes befand, sah ich erst, nachdem ich die Speise restlos vernichtet hatte. Es waren ein paar der Handseifen, die ich aus diversen Hotels hatte

---

[177] Borges, Luis: Die kreisförmigen Ruinen. In: Fiktionen. Frankfurt am Main 1994.

mitgehen lassen und in meinem Necessaire aufbewahrte, aus dem sie der Pájaro, falls es der Pajáro gewesen war, entwendet haben musste.

›Hoffnung‹ hat acht Buchstaben. ›Freiheit‹ auch. ›Enttäuschung‹ hingegen hat zwölf. ›Tod‹ hat nur drei, und ›Leben‹ hat mit fünf Buchstaben genau so viele wie ›Angst‹. ›Gefangenschaft‹ hat vierzehn Buchstaben, ›Lächerlichkeit‹ auch, und ›Dunkelheit‹ und ›Finsternis‹ entsprechen einander und haben davon jeweils zehn. ›Folter‹ und ›Leiden‹ haben mit sechs Buchstaben einen weniger als das Wort ›Heimweh‹. Fügt man der Summe dieser Zahlen diejenigen von ›Lebensabend‹ (11), ›Vergeblichkeit‹ (14) und ›Todesangst‹ (10) hinzu und multipliziert diese im Anschluss mit den drei Buchstaben von ›tot‹, erhält man die Anzahl an Minuten, während derer ich vergeblich versuchte, den mit der Handseife eingeriebenen Eisenring vom Bein abzustreifen.

Als ich im anbrechenden Morgen, falls es ein Morgen war, die Hunde aufjaulen hörte, bekam ich es mit der Panik zu tun. Wenn die Männer die Seifenreste am Eisen entdeckten, würden sie nicht nur vom nächtlichen Besuch vom Pájaro, sondern ebenso von meinem gescheiterten Fluchtversuch erfahren. Weil es in diesem gottverdammten Wasserturm kein Wasser gab, musste ich mich, um die Rückstände zu entfernen, meines Erbrochenen bedienen, das noch immer in der Kloschüssel schwamm.

Reste von Seife waren keine mehr da, als die Männer kamen. Dass ich nach Erbrochenem roch, entging ihnen allerdings nicht. Während sie auf mich einprügelten, ließen sie mich immer wieder sagen, dass ich ein stinkendes Schwein sei, das am Leben zu sein nicht verdient habe. »Die Liste«, riefen sie, »dein Vater«, bis ich irgendwann von den Schlägen taub geworden an den einzigen Ort hinüberzugleiten begann, an dem ich mich, dieses Wort, in *Sicherheit* wähnte: die Ohnmacht.

Dass die Männer in der Zwischenzeit Kontakt zu demjenigen aufgenommen hatten, den sie für meinen Vater hielten, Michael Hilti, CEO der HILTI AG, erfuhr ich erst später. Ebenso, dass er sich auf ihre Erpressungsversuche nicht einließ. Er antwortete nicht einmal. Wieso sollte er auch? Einen Sohn hatte er keinen. Und seine Tochter, das war leicht zu überprüfen, war neun Jahre alt und spielte in ihrem Zimmer mit Puppen. Seine ausbleibende Antwort musste der Grund dafür sein, dass die Grausamkeit der Männer noch weiter zunahm. Sogar der Stiernacken legte jetzt Hand an.

Was mich am Leben hielt?

Zum einen war es der Wunsch nach Rache, diesem Wort, das exakt in die Pause zwischen den Peitschenhieben des Stiernackens passte. Zum anderen waren es die Besuche des Pájaros, der Nacht für Nacht an mein Bett kam und mir einen weiteren Gegenstand meiner Habseligkeiten übergab. Wenn er den Raum im Beisein der Männer betrat, spielte er ihr Spiel mit und tat, was der Stier ihm befahl, doch war er zärtlich und einfühlsam wie ein Freund, kam er alleine. Er setzte sich dann für ein paar Minuten zu mir und legte mir seine Hand auf die Schulter, ehe er wieder so geräuschlos verschwand, wie er aufgetaucht war. Wer war er wirklich? Die Sturmmaske nahm er nie ab, und als ich ihn einmal fragte, wieso er nie sprach, lächelte er nur und öffnete dann seinen Mund.

»War das der Stier«, fragte ich zaghaft.

Als bereitete die Frage ihm Schmerzen, malmte er mit den Kiefern, dass die Zahnreihen den vernarbten Stummel verdeckten, der einmal seine Zunge gewesen sein musste.

Die Stunden bis zur Ankunft der Männer verbrachte ich damit, im Borges zu lesen oder mir beizubringen, wie ich mit geschlossenen Augen ertasten konnte, welches die scharfe und welches die stumpfe Seite der Rasierklinge war. Mit der Fingernagelreinigungsvorrichtung des Nagelknipsers, der mir vom Pájaro mitsamt meines Rasierhobels, meiner Zahnbürste und einer Tube Zahnpasta übergeben worden war, hatte ich die zwei Klingen aus dem Rasierer gebrochen und ins Papier der zerrissenen Buchseite gewickelt, auf der ich einen Satz gelesen hatte, den ich beruhigend fand. »Der Tod«, hieß es dort, »ist die erste ruhige Nacht.«[178] Ich selbst würde es sein, der darüber entschied, wann ich mich in die ewige Nachtruhe verabschieden würde.

Eines der beiden Päckchen bewahrte ich im Münzfach der vorderen Hosentasche auf, während ich das andere in die Potasche steckte. So war sichergestellt, dass ich mindestens eine der Klingen erreichen würde, ob sie mir nun die Arme am Rücken zusammenbanden, um mich zu foltern, oder ob sie diese ganz freiließen. Foltern würden sie mich so oder so.

Dic Klinge in der Hand, lag ich bereits bäuchlings auf der Matratze, als die Tür mit einem harten Schlag hinter den eintretenden Männern ins Schloss fiel. Heute waren es nicht Gabriel und Hernán, welche die Kette überprüften, sondern der Pájaro. Ohne dass der Stiernacken den Befehl dazu gegeben hätte, gab er mir eine Ohrfeige. Hatte ich mich in ihm getäuscht? Stand er doch nicht auf meiner Seite? Er gab mir eine Kopfnuss. Gott, wie hatte ich nur so naiv sein können. Doch als er mich erneut an sich heranzog, spürte ich, wie

---

[178] Borges, Jorge Luis: Die Metapher. In: Niedertracht und Ewigkeit. S. 110.

er nach meinen Händen suchte, in die er einen zusammengefalteten Zettel gleiten ließ, den ich schnell mit der Faust umschloss. Als er mich mit einem weiteren Kopfstoß zurück auf die Matratze verabschiedete, hatte ich Mühe, die Hand geballt zu halten, doch irgendwie gelang es, und noch bevor Gabriel mich auf den Fußboden zerrte, wo der Stiernacken schon mit dem Ledergürtel bereitstand, hatte ich die Nachricht, falls es eine Nachricht war, unter der Bettdecke verschwinden lassen, ohne dass die anderen etwas bemerkten. Es war die Neugierde darüber, was der Zettel enthalten würde, die mich die Schläge der Männer mit größerer Gelassenheit hinnehmen ließ als an anderen Tagen, und als sie gegangen waren, wartete ich, bis sich das Geräusch des Motors entfernte, ehe ich den Zettel auffaltete.

Das geknickte Papier war der *Financial Times* vom 27.3.97 entnommen, die ich am Frankfurter Flughafen gekauft hatte. Wieso Seite 17? Was versuchte der Pájaro mir damit zu sagen? Ging es ihm um das Gemälde James Ensors, das im oberen Drittel abgedruckt war? Um den *Ruderer*, der sich, den See im Rücken, auf einen Punkt am Horizont zubewegte, den er selbst nicht sehen konnte? Sollte es von Bedeutung sein, dass ich den marginalen Kulturteil einer Zeitung in Händen hielt, die sich sonst ganz den Wirtschaftseliten widmete? Gottverdammt, ich verstand es nicht! Ich verstand es nicht, ich verstand es nicht, und dann blieb mein Blick am Fernsehprogramm hängen.

Ja, tatsächlich.

Es waren insgesamt fünf Kolumnen, BBC 1, BBC 2, ITV, Channel 4, Regions, die über die Sendetermine des 27.03.1997 informierten, doch nur in dreien davon, ITV, Channel 4 und Regions, fanden sich feine, mit Bleistift gezogene Striche, die sich um einzelne Wörter legten wie Schlingen. Das »**Today**«, der um 12:25 Uhr auf ITV ausgestrahlten Sendung »London Today; Weather« war genauso umkringelt wie das »**they will**«, das der kurzen Synopsis des Dokumentarfilmes *Network First* angehörte – »Film shot at Edinburgh's Royal Blind School, revealing how staff teach partially sighted children the educational and practical skills they will need to cope in later life« –, der um 22:40 Uhr auf demselben Kanal gesendet worden war. Die nächste Markierung folgte um einen Teil der Genrebezeichnung des Filmes *The Operation* – das »**Murder**« von »Murder-Mystery« war mit einem beinahe unsichtbaren Kreis eingezirkelt –, in dem Joe Penny um 22:00 Uhr auf Channel 4 die Hauptrolle spielen würde, ehe das letzte eingezirkelte Wort das »**You**« aus »Serve You Right Live« war, das am letzten Donnerstag des März diesen Jahres um 19:30 Uhr auf Regions zu sehen gewesen wäre.

Den Lichtstreifen zufolge, die durch die Löchlein fielen, musste es früher Nachmittag sein. Ein schöner Tag. Ein ruhiger Tag. Ein Tag, an dem vermutlich die Sonne am Himmel stand. Warum hatte der Pájaro die Nachricht nicht einfach auf einen Zettel geschrieben? Der Himmel. Wie lange hatte ich den Himmel nicht mehr gesehen. Vielleicht hielt er es für sicherer, die Botschaft in Form eines Codes zu überbringen, falls die Männer die Seite entdeckten. Es war auch egal. So egal, wie alles egal war. Wolken. Bäume. Wie gerne hätte ich sie ein letztes Mal noch erblickt. Bienen. Birnen. Holunder. Mein Leben war nicht frei von Fehlern gewesen. Obwohl es in der Zwischenzeit fast zwanzig Jahre her war, tat es mir immer noch leid, dass ich Gian-Andrins Moped ausgeliehen hatte, ohne es wieder zurückzugeben. Aber waren Fehler nicht dazu da, dass man aus ihnen lernte? Mamá. Kein Tag verging, an dem ich nicht an sie dachte. Fürstin Gina. Sie war da gewesen, wenn niemand anders es war. Immergrün. Unauslöschliches Licht. Luise und Lotte. Sie waren halt Luise und Lotte. All die Freundschaften, die ich im Kinderheim geschlossen hatte. Oskar, Sabine, Johanna. Was aus ihnen wohl geworden war? Ich hatte nie wieder von ihnen gehört. Maria, die Grenzers. Hatten sie mich nicht bei sich aufgenommen, als wäre ich einer von ihnen? Sollte ich ein letztes Mal masturbieren? Wozu?

Ohne große Schmerzen zu empfinden, fuhr ich mit der Klinge aus der vorderen Münztasche schräg über das linke Handgelenk. Erst beim fünften Mal hörte ich ein leises Zischen. Es musste die Luft sein, die den Adern entwich. Dann legte ich mich hin. Wie lange das Sterben wohl dauern würde. Mit geschlossenen Augen begann ich bis dreißig zu zählen. Spätestens wenn ich die 27 erreicht hätte, wäre ich tot.

Eins.

Zwei.

Drei.

Vier.

Fünf.

Ich sah Mamá.

Sechs.

Sie stand auf einer Wiese,

sieben,

und um sie herum,

acht,

waren Apfelbäume, die blühten.

Neun.

Mit beiden Händen hielt sie zwei Mädchen mit Zöpfen.

Zehn.

Eines davon fuhr sich mit dem Zeigefinger,

elf,

langsam über den Hals.

Zwölf.

Dreizehn.

Vierzehn.

Fünfzehn.

Da war Gian-Andrin.

Sechzehn.

Es war Sommer und Wind ging durch Bäume,

siebzehn,

die Linden waren,

achtzehn,

vielleicht Eichen oder Ahorne,

neunzehn,

jedenfalls waren sie grün.

Zwanzig.

Er stand vor der Schranke des Grenzwächterhäuschens in Mauren,

einundzwanzig,

und seine Haare,

zweiundzwanzig,

waren so schwarz wie das Moped,

dreiundzwanzig,

das neben ihm im Sonnenlicht glänzte.

Vierundzwanzig.

Fünfundzwanzig.

Sechsundzwanzig.

Siebenundzwanzig.

Achtundzwanzig.

Neunundzwanzig.

Das Blut floss nicht,

dreißig,

wie ich es mir vorgestellt hatte.

Einunddreißig

Zweiunddreißig.

Dreiunddreißig.

Vierunddreißig.

Fünfunddreißig.

Sechsunddreißig.

Siebenunddreißig.

Vielleicht war die Klinge zu stumpf.

Achtunddreißig.

Neununddreißig.

Vierzig.

Ich stand noch einmal auf, um an das zweite Päckchen in der hinteren Hosentasche zu gelangen. Seltsamerweise schmerzte die verwundete Hand nicht, als ich mit ihr die Klinge am rechten, noch unverletzten Unterarm ansetzte. Den Schnitt tat ich härter als vorher. Es zischte erneut. Ich legte mich zurück aufs Bett und schloss die Augen ein weiteres Mal.

Eins.

Zwei.

Drei.

Vier.

Fünf.

Sechs.

Sieben.

Acht.

Neun.

Zehn.

Elf.

Zwölf.

Da war der Bergsteiger.

Dreizehn.

Vierzehn.

Fünfzehn.

Sein Hemd trug er offen,

sechzehn,

dass dichtes,

siebzehn,

sich kräuselndes,

achtzehn,

Brusthaar,

neunzehn,

darunter hervorlugte.

Zwanzig.

Und neben ihm,

einundzwanzig,

konnte das sein?,

zweiundzwanzig,

ja, so war es,

dreiundzwanzig,

neben ihm stand ein Kind ohne Haare.

Vierundzwanzig.

Es trug eine rote Robe samt oranger Schärpe,

fünfundzwanzig,

und als es seinen Mund öffnete,

sechsundzwanzig,

legten sich die Konturen seines Körpers in so helles Licht,

siebenundzwanzig,

dass der Bergsteiger daneben verblasste.

Achtundzwanzig.

»Du bist zu jung, Johann«, sagte das Kind mit eindringlicher Stimme,

neunundzwanzig,

»du darfst noch nicht gehen.«

Dreißig.

Sosehr das Kind auch eindringlich sprechen mochte,

einunddreißig,

ich hatte mich dazu entschieden,

zweiunddreißig,

und würde mich nicht aufhalten lassen,

dreiunddreißig,

sollte es doch so wenig Haare haben, wie es wollte!

Vierunddreißig.

Fünfunddreißig.

Sechsunddreißig.

Siebenunddreißig.

Achtunddreißig.

Neununddreißig.

Vierzig.

Etwas stimmte nicht.

Einundvierzig.

Ich war noch immer nicht tot.

Zweiundvierzig.

Noch immer floss das Blut nicht, wie es fließen sollte.

Dreiundvierzig.

Um mir beim Sterben zu helfen,

vierundvierzig,

ließ ich die Arme vom Rand der Matratze baumeln,

fünfundvierzig,

bis meine Hände den kalten Boden berührten.

Sechsundvierzig.

So würde es schneller fließen.

Siebenundvierzig.

Achtundvierzig.

Neunundvierzig.

Fünfzig.

Einundfünfzig.

Zweiundfünfzig.

Weil da als Nächstes Frau Büchel war,

dreiundfünfzig,

öffnete ich die Augen.

Vierundfünfzig,

sie sollte nicht zu den letzten Menschen gehören,

fünfundfünfzig.

die ich sehen würde,

sechsundfünfzig,

bevor ich ging.

Siebenundfünfzig.

Als ich die Augen wieder schloss,

achtundfünfzig,

war sie immer noch da.

Neunundfünfzig.

Nicht einmal in Ruhe sterben lassen wollte sie mich.

Sechzig.

Einundsechzig.

Zweiundsechzig.

Nein.

Dreiundsechzig.

Das klappte so nicht.

Vierundsechzig.

Fünfundsechzig.

Ich brauchte eine andere Lösung.

Sechsundsechzig.

Meine Unterarme bluteten stark, als ich mich im Bett aufrichtete. Die Schmerzen ignorierend wickelte ich die Bettdecke um meine Faust und schlug auf der Matratze kniend die Fensterscheibe ein. Eine der Scherben war für meine Zwecke perfekt geeignet. Das Glasstück in der linken Hand, betastete ich mit dem Zeigefinger der anderen meinen Hals, bis ich die Stelle fand, an der es pulsierte. Wie komisch, dass man ein Herz hat, das schlägt. Dass es Adern gibt, durch die das Blut fließt, und dass da Haut ist, die den Körper ummantelt. Blutbahn, Darmtrakt, Gehirn. Schädel, Wasserturm, Bein. Wie seltsam das alles war. Was jetzt warm war, würde von Minute zu Minute kälter werden, und spätestens dann, wenn sich die Temperatur meines Körpers und diejenige des Raumes einander angeglichen hätten, würde es denjenigen, der diese Gedanken jetzt dachte, würde es mich, Johann Kaiser, nicht mehr geben. Am deutlichsten war der Pulsschlag in der kleinen Mulde am Halsansatz zu spüren. Darauf richtete ich die Glasspitze. Die andere Hand ballte ich zur Faust. Ich holte zum letzten Mal Luft, tat einen tiefen Atemzug und holte aus. Wie der Hammer einen Nagel im Holz versenkte die Faust den Glassplitter im Hals. Der Schmerz war hell. Ich sah Licht. Warmes Blut floss und alle Luft wich aus mir, dass ich schlaff wurde wie ein alter Reifen. Ich spürte noch, wie ich in mir versank, hörte es aus mir heraus gurgeln, und draußen waren die Vögel und ich dachte an Gott und ich betete und bat darum, dass er mich zu sich holte, so wie wir es in der Schule gelernt haben, ich sank in mich zusammen und da draußen waren die Vögel und sie zwitscherten und dann versank ich ga–

da war

nichts als Licht

2.

Ich hörte die Vögel singen. Ihr Gezwitscher verhieß Bäume in voller Blütenpracht, pralle Früchte in hängenden Gärten, und das, was sich als Hintergrundrauschen in den Gesang hineinlegte, musste das Rauschen eines Flusses sein, eines Baches womöglich, vielleicht sogar eines Wasserfalls. Der Garten Eden. Nichts tat mehr weh. Auf der Haut spürte ich Wind, und als meine Augen sich an die Helligkeit zu gewöhnen begannen, sah ich wehende Vorhänge am Fenster, durch die das blendende Weiß in den Raum floss wie Milch. Die Gitter hinter dem Glas, die ich als Nächstes erkannte, machten mich zunächst etwas ratlos, doch dann verstand ich, dass sie nicht der Einkerkerung, sondern der Auskerkerung dienen. Auch das Paradies musste verteidigt werden. Schon klar. Gott existierte. Das Vergehen der Zeit gab es nicht mehr. Ich hatte die irdische Welt überwunden und war endlich in eine der Ewigkeiten eingetreten, von denen ich bei Borges gelesen hatte. Was sage ich endlich. Endlichkeit war vorüber. Wie weich man im Paradies lag.

Das Husten, das ich dann vernahm, hielt ich erst für mein eigenes. In der Ecke des Zimmers saß eine Person, deren Konturen ganz aus Licht gemacht zu sein schienen. War ›Person‹ überhaupt die rechte Bezeichnung? Diese Präsenz. Nur ein Engel konnte so leuchten. Als wäre er immer schon da gewesen, ohne jemals da gewesen zu sein, als wäre er verantwortlich für meine Träume und Wünsche, als wäre er meine

Augen, meine Zunge, alles, was ich schmeckte und roch, die Bücher, die ich gelesen hatte, und die Bücher, die ich nicht gelesen hatte, wurde ich von einem Gefühl der Demut erfasst. Es konnte nur jemand sein, nur jemand und niemand anders, der über meine sichere Ankunft im Himmel wachte.

»Mamá!«

Ein heller Lacher, der mir in einer anderen Situation spöttisch vorgekommen wäre, brachte die Luft im Raum zum Rotieren. Ich streckte die Finger aus, um Mamá zu berühren, doch sie hustete nur.

»Deine Mutter ist tot«, tönte es aus dem Hustenanfall heraus, und das vor mir auftauchende Gesicht begann sich Auge um Auge, Braue um Braue, zu einem Ganzen zusammenzubauen, das mir fast noch vertrauter war als dasjenige von Mamá.

»Und dass du es nicht auch bist, ist ein Wunder.«

Anstatt eines Schreis verließ meinen Mund nur schwaches Geröchel.

»Wie konntest du nur«, sagte Renata Tobler, zog einen Stuhl ans Bett und sah mich an, wie man einen Kranken ansieht, dem man den Tod wünscht. Sie steckte sich eine Zigarette an.

»Wie konntest du das nur tun.«

Dass sie begonnen hatte zu rauchen, war nicht die einzige Veränderung: Ihre Wangen waren eingefallen und ihre Gesichtszüge, die ich stets als milde wahrgenommen hatte, waren hart.

»Weißt du«, sagte sie, nachdem sie ein paar Züge getan hatte, »wir haben uns Sorgen gemacht. Wir dachten, du stirbst. Nicht, dass es um dein Leben schade gewesen wäre. Nein, darum ging es uns nicht. Uns quälte etwas ganz anderes. Wir hätten dich gehen lassen müssen, ohne dir vorher zu sagen, wie enttäuscht wir von dir sind. Wir haben dir mehr vertraut als unserem eigenen Sohn.«

Sie blickte dem Rauch hinterher wie einem abfahrenden Zug.

»Johann Hilti. Wie hatten wir nur so blöde sein können.«

Obwohl sie in meine Richtung schaute, ging ihr Blick durch mich durch.

»All die Lügen, Johann. Wie konntest du nur?«

Selbst wenn ich etwas zur Antwort hätte geben wollen – ›weißt du etwa, wie es ist, ein Waisenkind zu sein, Renata‹ zum Beispiel, oder: ›ich wollte Teil von euch sein‹ –, war meine Kehle so trocken, dass jedes Wort darin stecken geblieben wäre.

»Anfangs habe ich dich noch verteidigt. Ich habe gesagt: So ist Johann nicht. Das muss ein Irrtum sein. Und du –« Sie stockte. »Du hast uns alles genommen.«

Sie schien nicht zu bemerken, dass sie zu weinen begonnen hatte. Ihre Miene blieb regungslos, während ihr die Tränen die Wangen hinabtropften. Hatte sie recht? War ich zu weit gegangen? Die Wochenenden, die wir im Ferienhaus der Toblers verbrachten. Wie Renata mich mit dem Handtuch trocken frottierte. Die Wassermelonen, die sie gekauft hatte, obwohl außer mir niemand Wassermelonen aß. Diese Unbeschwertheit. Wie meine Brust plötzlich stach. Was ging hier vor sich? Es sollte doch genau umgekehrt sein! Sie sollte Mitleid haben mit mir! Nicht ich mit ihr! Ich war gefoltert worden! Nicht sie! Ich hatte beinahe mein Leben gelassen! Nicht sie! Mir war das angetan worden! Nicht ihr! Mir!

»Bringen wir es zu einem Ende«, sagte Renata und klopfte auf den Tisch.

Wie immer trug der Stiernacken seine Maske, als er in den Raum trat und mir grinsend einen Zettel übergab. Weil er mir die Pistole an die Stirn drückte, las ich nicht, was es war, das ich unterschrieb. Dann entriss er mir das Blatt und verließ hinter Renata das Zimmer.

Damit sich nicht wiederholte, was schon einmal geschehen war, wurde ich rund um die Uhr von Gabriel oder Hernán bewacht, den Pájaro hingegen sah ich nie wieder. Während Gabriel bei seinen Schichten nicht mehr tat, als schweigend aus dem Fenster zu sehen, hatte Hernán stets ein Stück Holz bei sich, aus dem er kleine Krippenfiguren schnitzte. Er war gerade dabei, einem Esel Augen zu geben, da betrat der Stiernacken das Zimmer und riss mich aus dem Bett. Ich war noch wackelig auf den Beinen und musste mich an seinen Schultern festhalten, als er mich über den gekiesten Vorplatz auf eine Wiese führte, wo Renata im Schatten zweier Bäume bereits auf uns wartete. Als wäre sie zu einer Gartenparty eingeladen, trug sie ein leichtes Sommerkleid und einen Hut mit breiter Krempe. In der Entfernung sah ich einen Swimmingpool, am Rand lagen Schwimmflügel wie tote Fische.

Renata hielt mir ein Mobiltelefon hin und trug mir auf, Bankdirektor Schwarz anzurufen. Er solle mein ganzes Geld auf ein Konto überweisen, über das ich ihn in Kürze via Fax informieren würde. Wie sie es geschafft hatte, in Erfahrung zu bringen, dass ich bei der Volksbank Vorarlberg in Feldkirch ein Sparkonto besaß, weiß ich mir bis heute nicht zu erklären. Ich denke, dass es über Kontakte zu Geheimdiensten lief. Um mithören zu können, legte Renata den Kopf so nah an den Hörer, dass sich unsere Wangen berührten. Damit ich nichts sagte, was ich nicht sagen sollte, legte der Stier die Pistole an meine Schläfe. Es tutete schon, als Renata das Handy wütend wegriss und zum Stiernacken sagte, dass das so doch nicht gehe. Sollte er die Waffe gebrauchen müssen, würde das Projektil nicht nur meinen, sondern auch ihren Schädel durchbohren, das sei der Sache nicht dienlich. Es war das erste Mal, das ich ihn unterwürfig sah.

»Grüß Gott«, sagte ich, »hier spricht der Johann Kaiser aus Argentinien.«

»Ja, Herr Kaiser«, sagte der Direktor, »wie geht's, wie steht's, lange nichts mehr gehört!«

Ich legte eine kurze Pause ein und sah erst Renata an und dann den Stier.

»Sind Sie noch da?«, fragte der Direktor.

Der Druck der Pistole erhöhte sich.

»Danke, gut«, sagte ich, »wie ist es bei Ihnen?«

»Tipptopp«, antwortete der Direktor fröhlich. »Ich war mit dem neuem Mountainbike unterwegs am Wochenende. Einfach herrlich! Ich bin ein paar Pässe gefahren. Hundertzwanzig Kilometer. Fast 1200 Höhenmeter! Tausende Kalorien!«

Renata stieß mich mit dem Ellbogen an.

»Aber die habe ich dann schnell wieder reingeholt, so ein Schnitzel und ein großes Bier an einem schönen Frühlingstag können wahre Wunder bewirken, das sage ich Ihnen, haha!«

»Wie schön«, sagte ich.

»Allerdings«, sagte der Direktor kichernd. »Nun aber zu Ihnen. Was machen Sie in Argentinien? Ich habe nur das Beste darüber gehört! Das rinderreichste Land der Welt. Ist das wahr?«

»Ja, also –«

»Wandelnde Steaks! Haha! Ich beneide Sie sehr um Ihre Reise, Herr Kaiser! Bestimmt haben Sie eine tolle Zeit!«

»Sehr«, antworte ich. »Also –«

»Sind Sie wieder mit dem Wohnwagen unterwegs? Ich würde mich das ja nicht trauen. So ganz alleine. Da muss man schon der Typ dazu sein, oder. Mir gefällt es ja im Rheintal ganz gut. Wir haben gebaut jetzt. In Dornbirn. Das müssen Sie sehen! So viel Platz! Und die Aussicht erst! Kommen Sie doch vorbei, wenn Sie wieder zurück sind.«

»Se–«

»Ohne Ihnen etwas aufschwatzen zu wollen, Herr Kaiser, aber wäre es nicht auch für Sie an der Zeit, an ein Eigenheim zu denken? Ich meine, wie alt sind Sie? Ohne Bausparvertrag wäre unser neues Haus nie möglich gewesen.«

Renata stöhnte.

»Hören Sie, Herr Schwarz. Es wird etwas teuer. Ich rufe an –«

Fast enttäuscht atmete der Direktor am anderen Ende der Leitung aus.

»– weil ich eine Überweisung tätigen möchte. Auf ein Konto in Argentinien.«

»Sie wandern aus?«

»Nein, tut er nicht«, konnte Renata sich nicht länger zurückhalten.

»Herr Kaiser?«, fragte Direktor Schwarz.

»Entschuldigen Sie«, sagte ich, »meine Frau.«

»Herr Kaiser! Wieso sagen Sie denn nicht gleich, dass Sie geheiratet haben? Herzlichen Glückwunsch! Die Frau an Ihrer Seite darf sich mehr als glücklich schätzen. Nicht nur, was Ihren Kontostand anbelangt, hehe.«

Renatas Augen leuchteten.

Dieser Idiot.

»Jedenfalls: Ihr Sparbuch, Herr Kaiser, muss persönlich

in der Bank vorbeigebracht werden. Das können Sie selbst machen, oder ein anderer macht es für Sie. Sonst geht leider gar nichts.«

»Ich werde mir etwas überlegen«, sagte ich, und noch bevor ich mich verabschieden konnte, hatte mir Renata den Hörer entrissen. Das Rufzeichen hallte noch lang in der Landschaft.

Weil mein Freund Manuel Vogt, bei dem ich das Sparbuch und ein paar andere Dinge untergestellt hatte, meine Anrufe nicht beantwortete, telefonierte ich mich im Laufe der nächsten Tage quer durch den Kleinstaat. An und für sich wäre es mir egal gewesen, ihn nicht zu erreichen, doch die Wunden am Hals und an den Armen, die mir während der Bewusstlosigkeit behelfsmäßig genäht worden waren, hatten sich weiter entzündet, und einen Arzt sehen dürfe ich erst, erklärte mir Renata, wenn ich den Beweis erbracht hätte, dass »dieser Manuel« überhaupt existiere. Ich rief bei Manuels bestem Freund Thomas Kranz an, um mich nach dessen Verbleib zu erkundigen. Doch der sagte nur, er habe Manuel seit Wochen nicht mehr gesehen, vielleicht wisse Elisabeth Näscher mehr. Elisabeth Näscher, die nicht mehr wusste, verwies mich weiter an Jennifer Döring, und als ich Jennifer Döring am Hörer hatte, sagte diese, dass Leander Ospelt vielleicht weitere Informationen besäße. Leander Ospelt gab mir den Tipp, es bei Christina Schächle zu versuchen, und Christina Schächle sagte, einen Manuel Vogt kenne sie nicht. Ich versuchte es noch einmal bei Thomas Kranz, der vorschlug, Hannah Foser anzurufen. Hannah Foser sagte, dass sie mit Manuel Vogt nichts mehr zu tun haben wolle. Ich könne ja seine Neue fragen. Seine Neue sagte, dass sie nicht seine Neue sei, sie habe Geschmack, und weil sie in einem Nebensatz fallen ließ, dass sie sich im Vaduzer Freibad kennengelernt hatten, wo er oft fremden Frauen nachstelle, ließ ich mich mit dem dortigen Bademeister verbinden. Den Perversen aus Balzers, erklärte mir dieser, habe man mit einem Schwimmbadverbot belegen müssen. Vermutlich versuche er es jetzt in anderen Bädern. Im Hallenbad Triesen kannte man keinen Manuel Vogt. Ebenso wenig im Hallenbad Balzers. Im Hallenbad Eschen erhielt ich die Information, dass es einen Mann gebe, auf den meine Beschreibung passe. Er sei vor kurzem dem Unterländer Schwimmclub beigetreten und erscheine drei Mal die Woche zum Training. Der Trainer der Schwimmmannschaft hieß Rolf Walter und war nach dem Fall der Berliner Mauer von Ost-Berlin nach Eschen übergesiedelt, um Liechtenstein, das man bisher ja, wenn überhaupt, als Ski-Nation wahrnehme, zu einer Schwimm-Nation zu machen. Einen Manuel Vogt kenne er keinen. Dass ich die Telefonrechnung von Renata Tobler in die Höhe trieb, war der einzige Trost, auch wenn er nur schwach war, schließlich würde es mein Geld sein, mit dem sie die Rechnung begliche. Weil sie mich aus taktischen Gründen nicht bei der Landespolizei anrufen ließ, fragte ich beim *Liechtensteiner Vaterland* nach, ob es eine Vermisstmeldung für Manuel Vogt gäbe. Ob das der sei, fragte mich einer der Redakteure, der die komischen Leserbriefe aus Thailand schreibe. Die Adresse, die ich auf Nachfrage erhielt, war die eines Tele-Cafés in Bangkok. Da ich kein Thai und die Dame am anderen Hörer kein Englisch sprach, beschränkte sich unser Gespräch auf minutenlanges Gestammel, bis mich die Rufzeichen zurück in die ausweglose Situation brachten, in der ich mich befand. Mein Freund Manuel Vogt, der arbeitslose Geografielehrer aus Balzers, schien spurlos verschwunden zu sein.

In dieser Nacht träumte ich von Schafen, die im Mondlicht von gesichtslosen Menschen geschoren wurden. Ohne Fell sahen sie aus wie gerupfte Hühnchen. Da waren wieder riesige Erdbeeren, die ganz aus Gelee gemacht zu sein schienen, und als ich eine davon mit dem Finger berühren wollte, begann sie zu schmelzen, bis ich durch die flüssige Geleemasse hindurch in die Augen des Stiernackens blickte, der mir ein Handy vor den Brustkorb hielt.

»Ein Anruf«, sagte er grinsend.

Manuel schien betrunken zu sein. Er habe irgendwie keine Lust gehabt, lallte er, das Telefon abzuheben. Mit letzter Kraft instruierte ich ihn, aus der Manteltasche meiner gelben Regenjacke das Sparbuch bereitzulegen, das in den nächsten Stunden von einem Mann aus Deutschland abgeholt werde. »Okay«, sagte Manuel, dann legte er auf.

Im Laufe des nächsten Tages wurden Unmengen an Holz vor dem Haus aufgetürmt. Das Zimmer allein zu verlassen, gestand man mir noch immer nicht zu, und so beobachtete ich durch das Fenster, wie fünf oder sechs Bedienstete einen langen Tisch und Stühle im gemähten Rasen aufstellten. Unter einem der weißen Pavillons, die bourgeoise im Wind flatterten, sah ich zwei Männer mit Kochhauben stehen, die mit konzentrierten Gesichtsausdrücken Gemüse klein schnitten. Entgegen ihren Versprechungen hatten sie mich noch immer keinen Arzt sehen lassen. Sie kamen nicht einmal mehr, um die Verbände zu wechseln. Zweifellos würde das Fest, das sie im Garten vorbereiteten, das Fest meiner Beerdigung sein. Erschossen in Argentinien. Wie hatte ich nur so blöde sein können.

Am späten Nachmittag wurde das Feuer entfacht. Sie ließen das Holz bis auf die Glut abbrennen und fuhren dann ein Eisengestell auf Rädern herbei, an dessen Spieß sich eine ganze Sau um ihre eigene Achse drehte. Der Garten war von Fackeln erleuchtet, in deren Schein sich die Tafel allmählich füllte. Es waren gut zwanzig Menschen, die daran Platz nahmen, und diesmal trug niemand von ihnen Maske. Wer davon wohl der Stiernacken war? Wer Gabriel und wer Hernán? Und was war nur mit dem Pájaro geschehen? Wie lange hatte ich den Melancholiker Carl Tobler nicht mehr so strahlen sehen. Am äußersten Rand der Tafel unterhielt er sich mit der Person über Eck. Erst als er seinen Oberkörper vor Gelächter zurücklehnte, sah ich, wer der Spaßmacher war, über dessen Witz Carl so herzlich lachte. Als Gastgeber, ja vielleicht sogar Anführer dieser Ansammlung von Folterknechten und Verbrechern saß am Kopfende des Tisches, so gut gekleidet wie nie, Rosario R.

Ich weiß nicht, wie viel Zeit verging, bis ich Schritte hörte im Flur. Jemand blieb vor der Zimmertür stehen. Dann wurde geklopft. Drei Mal. Ja, tatsächlich klopften sie, um mich zum Sterben zu holen. Das Zimmer war frisch gestrichen, und um die Wände zu schonen, würden sie mich im Freien erschießen.

Zu meiner Überraschung blieb Renata, die ganz alleine gekommen war, im Türrahmen stehen. Sie lächelte so breit, dass ich eine Faser der Sau zwischen ihren Zähnen hängen sah. In den Händen hielt sie einen Teller, den sie langsam umdrehte, ein paar abgenagte Knochen fielen zu Boden.

»Wenn du aufgegessen hast«, sagte sie, »bist du frei.«

DAS ZEHNTE BUCH

(1997–1999)

1.

Konnte er dem jungen Mann glauben? Es sprach so wenig dafür wie dagegen. Mit Sicherheit wusste Michael Foser nur, dass man einen Morgen wie diesen in den beschaulichen Fluren des Liechtensteiner Landesspitals nur selten erlebt. Ihm war nach Rauchen zumute, doch leider hatte er die letzte Packung Parisienne, obwohl sich noch acht Zigaretten darin befunden hatten, mit Antritt der Stelle als Assistenzarzt vernichtet. Es half alles nichts. Seriosität war gefragt. Wenn er sich beeilte, konnte er den beiden Polizisten, die den Patienten im Nebenzimmer vernahmen, den Bericht noch übergeben, bevor sie das Krankenhaus wieder verließen. Wie aber ließ sich das eben Gehörte in eine plausible Reihenfolge, eine sinnhafte Erzählung bringen? ›13.04.1997‹, tippte Michael Foser. Die Uhrzeit: ›09:20 Uhr‹, der Ort: ›Vaduz‹. ›Betreff:‹, schrieb er nach einer kleinen Pause, ›Johann Kaiser‹. Er fügte eine Leerzeile ein, holte tief Luft und tippte ein erstes Wort (›Der‹), an das er ein zweites anschloss (›Patient‹), und spätestens beim dritten (›ist‹) merkte er, wie sie immer flüssiger kamen, bis er schließlich ganz zum Medium der Vorkommnisse geworden war, die ihm der junge Mann mit den Narben vor nicht einmal einer halben Stunde geschildert hatte:

> [Der Patient ist] heute Morgen am Flughafen Kloten/ZH aus Argentinien/BUE kommend gelandet. Laut Eigenaussage hat er dort ›Freunde‹ besucht (Anm.: der Pat. macht

Anführungszeichen in die Luft). Dort angekommen, sei er eingesperrt und am rechten Bein angekettet worden. In Todesangst habe er mehrmals versucht, sich das Leben zu nehmen. Die Wundversorgung sei durch einen Laien vorgenommen worden.

So weit hatte er den Ausführungen des nach wie vor sichtlich unter Schock stehenden Kaiser folgen können. Weil die Zusammenhänge im Laufe der Erzählung immer verworrener geworden waren, entschloss sich Michael Foser dazu, wegzulassen, was er nicht verstanden hatte, und sich ganz darauf zu konzentrieren, wofür er zehn Jahre seines Lebens studiert hatte. Die Verletzungen beschrieb er wie folgt:

1. Rechtes Handgelenk, volarseitig, mittlere Handgelenklinie: Wunde, ca. 5 cm lang. Drei Nähte liegen in situ, z. T. mit weißlichem Wundpuder verklebt. Keine Sensibilitätsstörungen oder motorischen Ausfälle im Bereich der Finger.

›Fakten‹, dachte er, ›Fakten‹, und dann, dass keine Sprache so schön wäre wie die Sprache der Medizin.

2. Linkes Handgelenk, volarseitig, mittlere Handgelenkslinie: Wunde, ca. 5 cm lang. Leicht entzündet, mit gelblichem Sekret bedeckt, 3 in situ liegende Wundnähte aus Zahnseide (?). Sensibilität im Bereich der Langfinger unauffällig. Daumen und Daumenball mit herabgesetzter Sensibilität. Zweipunktdiskriminierung nicht möglich. Motorik der Langfinger nicht beeinträchtigt. Daumen kann operiert werden. Kraft der Oppositionsbewegung

(schmerzbedingt?) herabgesetzt. Spreizen der Finger unauffällig. Sensibilität im Bereich des Handrückens und der Handinnenfläche unauffällig.

Natürlich las er auch hin und wieder einen Roman. Zum Runterkommen. Zum Entspannen. Um sich von der Welt abzulenken, in der er lebte, der wirklichen Welt, in der sich die Dinge nicht im Kopf eines Irgendwems abspielten, sondern tatsächlich passierten, einer Welt, in der Spekulation auf ein Mindestmaß zurückgefahren gehört, weil in dieser Welt, welche die Welt der Medizin war, Spekulation Menschenleben kosten konnte.

3. Unterhalb der Fossa interjugularis: Wunde, ca. 7 cm lang. Rechts lateral: Wunde, ca. 3 cm lang, oberflächlich. Beide mit weißlichem Puder verklebt. Nähte liegen in situ. Patient gibt an, bei Verletzung sei Wunde so tief gewesen, dass Luft aus Luftröhre entweichen konnte. Zur Zeit diesbezüglich keinerlei (Atmungs-)Beeinträchtigung festzustellen.

Immer wieder ertappte sich Michael Foser dabei, wie er vom Blatt aufsah und den Blick durch den Raum schweifen ließ. Sollte die Geschichte des Patienten auch nur ansatzweise stimmen, war das ein Fall für die Staatsanwaltschaft. Was wusste er schon über Verbrechen? Er kannte sie aus dem Fernsehen, den Zeitungsartikeln und den paar Krimis, die er im Laufe der Jahre gelesen hatte. Während des Studiums hatte Michael Foser kurz überlegt, den Weg der Gerichtsmedizin einzuschlagen. Die Erinnerung daran ließ ihn müde lächeln. Dafür hätte er noch länger studieren müssen, und das wollte er auf gar keinen Fall. Irgendwann war auch mal gut.

4. Linke Halsseite, am Vorderrand des Musculus dernoclaidum mastoideus im mittleren Drittel: Wunde, ca. 3 cm, klaffend, mit weißlichem Puder verklebt, Naht am Wundrand noch in der Haut vorhanden. Wunde direkt oberhalb der Carotis!!

Machte er etwas falsch in seinem Leben? Sollte er mehr Risiken eingehen? Vielleicht auf Reisen gehen, statt seine Freundin zu heiraten? Manchmal hatte er das Gefühl, dass nicht er selbst es war, der sein Leben lebte, sondern jemand anderes an seiner Stelle. Allerdings war nicht jeder zum Abenteurer geboren. Und was sollte das überhaupt sein, ein Abenteuer?

5. Bereich des rechten Unterschenkels lateral, dorsalseitig, drei ca. 1 cm (im Durchmesser) messende Krusten. Neurostatius: Pat. ist grob neurologisch unauffällig. Er ist klar zu sich, seiner Person, zeitlich und örtlich orientiert. Keine Hinweise auf eine Psychose. Pat. ist agitiert, was auf Schlafmangel und die Erlebnisse der vergangenen Tage zurückzuführen ist.

Nach Feierabend würde er nach Hause gehen. Er würde seine Freundin auf die Stirn küssen, und während sie nebeneinander am Küchentisch säßen, würde erst sie ihm von ihrem und dann er ihr von seinem Tag erzählen. Für andere mochte das langweilig sein, für ihn war es sein Leben.

Diagnose: Schnittwunden im Bereich beider Handgelenke volarseitig, unterhalb der Incisura interjuguleris, sowie im Bereich der linken Halsseite.
Behandlung: Entfernen der Wundnähte, Reinigen aller Wunden, Beta-isotoner-Verbände. Der Pat. ist tetanusgeschützt. Eine Wundkontrolle ist am Dienstag, den 15.04.1997, vorgesehen. Gezeichnet, Michael Foser, Assistenzarzt.[179]

Nachdem er den Bericht abgeschlossen hatte, übergab er die knappe Seite einem Sekretär und bat diesen, den Polizisten in Zimmer 105 eine Kopie davon zu übergeben. Wenn er sich nicht täusche, solle Anzeige erstattet werden, aber was wisse er schon, er sei nur Assistenzarzt und mit juristischen Dingen kenne er sich nicht aus.

---

[179] Foser, Michael: Johann Kaiser, Vaduz 1997.

2.

Wunderschöne Wellen der Nacht. All die Sterne, die am Himmelszelt standen. Wie ruhig es war. Selbst die vereinzelten Geräusche, die Glocken der Kühe etwa, die auf der angrenzenden Wiese grasten, das leise Ticken der Uhr oder die behutsamen Schritte des Nachtdienstes, die vom Flur her zu vernehmen waren, fügten sich so perfekt in die Stille ein, als machten sie diese überhaupt erst vollkommen. Das Frühjahr begann warm und so standen die Fenster des Aufenthaltsraums offen. Zwar schreckte ich bei jedem Auto hoch, das ich in der Entfernung anfahren hörte, doch der Blick auf die geblümten Gardinen und der Geruch von Desinfektionsmittel machten mir nach dem ersten Anflug von Panik bewusst, dass ich mich nicht im Wasserturm, sondern im Betreuungszentrum St. Martin in Eschen befand, und dass der Hund der Nachbarn nicht bellte, weil er zum Töten von Flüchtigen abgerichtet worden war, sondern weil er nach einem Nachtspaziergang verlangte.

Zu Bett ging ich erst, wenn der Himmel sich mit der aufgehenden Sonne rot färbte. Die Alten kamen zu dieser Uhrzeit bereits aus ihren Zimmern heraus, ich wünschte ihnen dann einen guten Morgen und schlief für ein paar Stunden den Schlaf desjenigen, der wusste, noch einmal mit dem Leben davongekommen zu sein. Dann begab ich mich zurück an die Arbeit.

Obwohl meine Mitbewohner dieses Mal keine Waisenkinder, sondern alte Menschen waren, fand ich auch in diesen Räumen etwas wieder, von dem ich mittlerweile überzeugt bin, dass es allen Heimen weltweit gemein ist. Ich meine die Einsamkeit seiner Bewohnerinnen und Bewohner. Trotz meiner 32 Jahre erfreuten sich die Alten an meiner, wie sie sagten, »jugendlichen Unruhe« und »Lebendigkeit«. Wenn ich von den Geschehnissen der letzten Monate berichtete, konnten sie es so wenig fassen wie ich selbst. »Das gibt es ja nicht«, sagte die 82-jährige Ursula, während der schwerhörige Franz auch die spannendsten Stellen mit einen lauten »Was hast du gesagt« zunichte gemacht hätte, wäre da nicht Elmar gewesen, der dem Schwerhörigen mit einem sanften Klaps auf die Schulter zu verstehen gab, dass er ihm hinterher erzählen würde, wovon die Rede gewesen war.

Wie es Kindern mit Märchen geht, denen dieselbe Geschichte auch dann nicht langweilig wird, wenn man sie ihnen immer und immer wieder erzählt, kriegten meine neuen Freundinnen und Freunde nicht genug von der Schilderung meiner Erlebnisse, der wir bald den Namen *Der Wasserturm in Argentinien* gaben. Während bei jedem Erzählen neue Erinnerungen dazukamen, blieb die Reaktion der Zuhörerschaft immer dieselbe. Das Grauen, das sich mit der Wiedergabe der Gefangennahme in den faltigen Gesichtern ausbreitete, steigerte sich bei der detaillierten Beschreibung der Foltertechniken ins Unermessliche, bis ich, am tragischen Höhepunkt angelangt, die Ärmel hochzog, um die Narben zu zeigen. Der Raum war dann so still geworden, dass ich für einen kurzen Moment glaubte, meine Zuhörerschaft wäre verstorben. Erst wenn ich bei der Faxnachricht ankam, die ich von Buenos Aires aus an den Bankdirektor verschickt hatte, besserte sich die Stimmung langsam, nicht selten wurde ich dann von Rufen wie »weiter so, Johann« oder »du schaffst das« begleitet, deren Energie sich im Erzählen auf mich selbst übertrug. »Ich werde alles in meiner Macht Stehende tun«, schallte meine Stimme durch die Cafeteria, »um die Folterknechte von Argentinien für immer hinter Gitter zu bringen!« Die meisten applaudierten so kräftig, wie es ihre Körper zuließen, und Anneliese, die ganz stumm war, schob ihr Dessert über den Tisch. Obwohl ich dieses Geschenk nicht einmal angenommen hätte, wenn es warmer Apfelstrudel mit Vanillesauce gewesen wäre, bedeutete mir die Geste viel. Schlagkräftig war meine neue Armee vielleicht nicht, aber immerhin war es eine, und noch viel wichtiger, als es bloße Kampfeskraft jemals sein könnte, war das Wissen darum, dass ich nicht alleine war, dass es Leute gab, die mich in diesem Krieg unterstützten.

Noch in der Nacht des Festes hatte Renata mir mitgeteilt, dass ich gehen könne. Nachdem alle ihre Räusche ausgeschlafen hatten, war ich im Laufe des nächsten Tages an den Flughafen von Bahía Blanca gefahren worden. Gut gekleidet wie immer hatte Carl auf dem Beifahrersitz Platz genommen, während Renata und ich auf der Hinterbank saßen. Ob der Fahrer einer der Männer gewesen war, die mich gefoltert hatten, wusste ich nicht zu sagen. Renata las in einer Tageszeitung, deren Datum mir bewusst machte, dass es nicht Monate gewesen waren, die ich in Haft verbracht hatte, sondern lediglich zwei lächerliche Wochen. Wir schrieben den 11. April 1997. Die Fahrt war aus mehreren Gründen mühselig. Zum einen, weil die entzündeten Wunden mir große Schmerzen bereiteten, zum andern, weil ich noch immer nicht glaubte, dass sie mich wirklich gehen lassen würden.

Als ein weißer Lieferwagen auf der kaum befahrenen Straße hinter uns einbog, tropfte mir der Schweiß von der Stirn. ›Was‹, dachte ich, ›wenn diese Fahrt nur Vorwand ist, um mich fernab der Hazienda irgendwo in der Pampa begraben zu können?‹ Im Rückspiegel sah ich Carl nicken.

Als wir Buenos Aires am frühen Abend erreichten, drückte mir Renata ein paar Scheine und ein Flugticket in die Hand. Das Geld reichte genau dafür aus, das Hotelzimmer zu bezahlen, in dem ich die Nacht vor dem Rückflug nach Zürich verbringen würde. Ob ich Lust hätte, mit ihnen zu Abend zu essen, fragte Carl, nachdem uns an der Rezeption die Schlüssel ausgehändigt worden waren. Dass die Frage eine nicht auszuschlagende Aufforderung war, bemerkte ich, als er mir die Fingernägel in die Verbände am Unterarm drückte. Wie schön, sagte er und fügte an mir herabblickend an, dass ich mich ja vielleicht noch kurz frisch machen könne. Ich sähe aus, als hätte ich seit Wochen nicht mehr geduscht, ha-ha, ha-ha, hahaha-hahaha-ha.

Ich duschte so schnell, wie ich noch nie geduscht hatte, und ließ mir an der Rezeption die Adresse des nächsten Fernmeldeamtes geben. Zu meinem Glück lag es nur ein paar hundert Meter entfernt. Dort angekommen, bat ich die Angestellte um Stift und Papier. »Hilfe!«, schrieb ich, »Herr Schwarz! Ich bin Opfer einer Entführung geworden. Stoppen Sie die Überweisung unverzüglich!«, und sendete das Fax an die Volksbank Vorarlberg in Feldkirch. Ich war gerade noch rechtzeitig im Hotel, wo Renata und Carl bereits auf mich warteten. Das Abendessen aßen wir schweigend. »Ich hoffe, wir sehen uns nie wieder«, sagte Carl Tobler nach einem Espresso auf der Terrasse. »Das hoffe ich auch«, sagte ich und sah Carl und Renata zu, wie sie in der Hotelhalle verschwanden.

Als der Bankdirektor den Auftrag gab, die Überweisung sofort zu stoppen, schwebte ich bereits an Bord einer Boeing über den Atlantik und weinte so bitterlich, dass mir einer der Stewards einen Platz in der halbleeren Business Class anbot. Ich konnte nicht ahnen, dass sich das Geld bereits auf dem Konto einer madrilenischen Korrespondenzbank befunden hatte und dass es einzig und allein den österreichischen Behörden zu verdanken war, dass mein Erspartes nicht in die Hände des Verbrecherehepaars Tobler geraten war. Glück im Unglück. Die Abteilung für organisierte Kriminalität, an die der Bankdirektor das Fax weitergeleitet hatte, ließ das Geld so lange sperren, bis per richterlichen Beschluss festgestellt würde, wer sein rechtmäßiger Besitzer war. Weil ich nach meiner Ankunft im Kleinstaat völlig mittellos war, sah ich mich gezwungen, beim Amt für Soziale Dienste einen Antrag auf Unterstützung zu stellen. Was ich erzähle, sei furchtbar, sagte die zuständige Beamtin, keinem Liechtensteiner Staatsbürger sei so etwas zuzumuten, und wenn sie es sich recht überlege, auch keinem Bürger eines anderen Staates, nein, das gehe gar nicht, ob ich das Betreuungszentrum St. Martin kenne, in Eschen?

Mit dem Kauf dreier kostengünstiger Korkwände begann die produktivste Zeit meines Lebens. Das Zimmer im Altenheim, das ich von allen überflüssigen Möbelstücken befreite, wurde zu einer kleinen Privatdetektei, in der ich alles gesammelte Material an einer der Pinnwände anbrachte. An der ersten pinnte ich alle Personen an, die mit Argentinien in Verbindung standen, die zweite verwendete ich auf Material, das mit dem Tatort zu tun hatte – Skizzen des Wasserturms, Notate der Geräusche, die ich darin vernommen hatte, oder

Beschreibungen des Lichtfadens, der durch das kleine Loch in den Raum gefallen war –, während die dritte und letzte bald diejenige war, die am schnellsten heranwuchs. Sie diente der Dokumentation meines Gefühlslebens.

Nach mehrfachen Vernehmungen durch die Polizei war am Landgericht Liechtenstein ein Akt eröffnet worden, der in juristischen Fachkreisen bald als »103er« bezeichnet wurde. Da ich mich der Untersuchung als Privatbeteiligter angeschlossen hatte, betrat ich das Gebäude am Rande von Vaduz, in dem die Judikative des Kleinstaats beheimatet war, zwei- bis dreimal die Woche. Sei es, um mich nach dem Stand der Ermittlungen zu erkundigen, im Sekretariat einen Kaffee zu trinken oder einen weiteren Bericht zu übergeben, von denen ich in den kommenden Monaten zahllose anfertigte. Weil mein Fall so verworren war, dass ich selbst manchmal den Durchblick verlor, sah ich es als meine Aufgabe an, der Staatsanwaltschaft mein Expertenwissen zur Verfügung zu stellen.

Dass die angefertigten Berichte von so herausragender Qualität waren, ist in erster Linie meinem Freund Elmar zu verdanken, der ein Stockwerk über mir wohnte. Zwar mochte der 83-Jährige in körperlicher Hinsicht etwas eingeschränkt sein, von seinen geistigen Kräften aber konnte man das ganz und gar nicht behaupten. Er war ein lebenserfahrener Mann, der die heimischen Justizbehörden gut kannte. Von 1970 bis 1985 war er Stammgast im einzigen Gefängnis des Kleinstaats gewesen, »nie was Schlimmes«, sagte er mir im Vertrauen, »ein kleinerer Diebstahl hier, ein bisschen Betrug da, waren halt andere Zeiten«.

Jeden Abend besuchte er mich nach den Nachrichten in meinem Zimmer und kritisierte scharf, aber konstruktiv, was ich den Tag über zu Papier gebracht hatte. Wann immer ich Gefahr lief, ins Fiktionale oder zu Literarische abzugleiten, etwa, wenn ich von der Körperhaltung der Folterknechte auf ihre seelischen Zustände schloss oder der Idee aufsaß, einen zweiten Erzählstrang einzuführen, der aus der Perspektive von Carl und Renata Tobler schilderte, wie sie Cocktails trinkend am Schwimmbecken saßen und sich, während sie vom Wasserturm her meine Schreie hörten, darüber unterhielten, was sie mit dem Geld alles anstellen würden, holte mich Elmar mit der Frage, »wer ist deine Leserschaft, Johann«, auf den Boden der Tatsachen zurück.

Ich zuckte mit den Schultern.

»Richterinnen und Richter.«

Ich nickte.

»Und was interessiert Richterinnen und Richter?«

Er sah mich an. Ich sah ihn an.

»Die Fakten«, sagte er und deutete auf meinen Unterarm, »deine Narben. Beschreibe in aller Plastizität, wie sie zustande gekommen sind. Die Wortgewalt dazu hast du ja.«

Der Frühling ging vorüber, der Sommer kam, und während andere Menschen in der Sonne lagen oder eine Wanderung machten, saß ich bei zugezogenen Gardinen über der Anklageschrift gegen Carl und Renata Tobler. An die Luft ging ich nur, wenn ich den Bus nach Vaduz nahm, um das Landgericht aufzusuchen. Zwar freute es mich, mit jeder Einsicht in den Akt festzustellen, dass der 103er in rasantem Tempo heranwuchs; was die Sachlage allerdings trübte, war, dass gut 80 Prozent der darin enthaltenen Schriftstücke von mir selbst verfasst worden waren. Während ich mich im Namen der

Wahrheitsfindung durch die Traumata quälte und mich an Sachen erinnerte, die ich am liebsten vergessen hätte, die aber, anstatt dass ich sie vergaß, wieder andere Erinnerungen auslösten, die wieder andere Erinnerungen auslösten, die wieder andere Erinnerungen auslösten usw.; während ich mich also in mir selbst verlief und im Versuch, wieder aus mir heraus zu finden am *Katalog der Gefühle*[180] schrieb, obwohl ich noch dabei war, den dreiseitigen Bericht *Der Riss*[181] abzuschließen, und gleichzeitig schon mit der Arbeit an *Das ominöse Geräusch*[182] begonnen hatte; während die Erinnerungen aneinanderstießen wie die Dominosteine des ersten Domino Days in einer Lagerhalle in Holland, den ich mit Elmar live am TV mitverfolgte; während ich an der Trilogie *Von oben*[183], *Von*

---

[180] Ich sortierte jede noch so kleine Gefühlsregung, die ich während der Gefangenschaft empfunden hatte, einmal nach Chronologie und einmal nach der Frequenz ihres Auftretens, weshalb es den Katalog in zwei Varianten gab.

[181] Initialzündung für den dreiseitigen Bericht *Der Riss* war ein Traum, aus dem ich eines Nachts erwachte. Ich war darin von einer körperlosen Stimme gezwungen worden, mir mit einem Schweißapparat mein eigenes Bein zu versengen. Als dann ein vorbeifahrender Wagen für einen kurzen Moment seine Scheinwerfer an die Zimmerdecke warf und ich in den hellen Flecken ein Muster erkennen konnte, das wiederum eine Erinnerung an den Wasserturm auslöste, fragte ich mich: Hatte es dort nicht einen Riss gegeben, der sich einem Spinnweben gleich über die Decke des Raumes verteilte hatte? Natürlich! Die Linien waren so fein gewesen, dass es eines scharfen Auges bedurfte, um sie überhaupt sehen zu können, und nicht selten war es mir vorgekommen, als würde es durch die winzigen Spalten hindurch leuchten.

[182] Im Textkorpus *Das ominöse Geräusch* erinnerte ich mich an ein ominöses Geräusch. Ein lang anhaltendes Dröhnen, das alle paar Stunden die Luft um den Wasserturm herum zu erfüllen schien.

[183] In *Von oben* beschrieb ich den Wasserturm aus der Perspektive der Vögel.

unten[184] und *Von innen*[185] arbeitete, die von einer punktgetreuen Beschreibung des Wasserturms auf sein eigentliches Wesen zu schließen versuchte und nicht zuletzt deswegen den Vergleich mit den großen Meistern des Naturalismus nicht zu scheuen brauchte; während es Spätsommer wurde; während ich *Der weiße Lieferwagen*[186] schrieb, das ein Unterkapitel von *Die Rückfahrt*[187] darstellte; während ich mir im Open-Air-Kino von Vaduz mit *Fargo*[188] den neuen Film der Coen Brüder ansah, den ich nicht allein wegen der darin enthaltenen Entführungsszene früher verlassen musste, sondern vor allem aufgrund des vor der ersten Szene eingeblendeten Schriftzugs ›Dies ist eine wahre Geschichte‹; während der Herbst kam; während ich Elmar aus *Das Fernmeldeamt von Buenos Aires und der fehlende Geldbetrag*[189] vorlas

---

[184] In *Von unten* ging ich auf das Abwassersystems des Wasserturms ein.

[185] In *Von innen*, einer Ergänzung zum *Katalog der Gefühle*, brachte ich alle meine psychischen Zustände zum ersten Mal in eine sinnvolle Dramaturgie. Mit 35 Seiten ist dieser Text der längste.

[186] Hier beschrieb ich das Gefühl von Panik, das in mir hochkam, als ein weißer Lieferwagen auf der sonst leeren Autobahn hinter uns einbog, ›denn was‹, las ich Elmar mit eindringlicher Stimme vor, ›wenn sie mich gar nicht gehen lassen wollten, sondern einen Überfall inszenierten, der mich als Toten zum Resultat hätte?‹

[187] Hier beschrieb ich die Abfahrt von der Hazienda bis zum Inlandflughafen nach Bahía Blanca als Ganzes.

[188] Coen, Joel und Ethan: Fargo. Blutiger Schnee. Minnesota 1998.

[189] Darin beschrieb ich, wie Renata und Carl mir nach der Ankunft im Hotel Salles in Buenos Aires ein paar Pesos in die Hände drückten, mit denen ich sie zur Feier des Tages zum Abendessen einladen solle. »Oh Gott, ist das spannend«, unterbrach mich Elmar mitten in der Szene, in der das Faxgerät versagte – ich war aus dem Hotelzimmer gestürmt, um mich auf die Suche nach einem Fernmeldeamt zu machen –, mit dem ich den Bankdirektor darüber informieren wollte, dass ich Opfer einer Entführung geworden sei und die Überweisung unverzüglich gestoppt werden müsse. Es funktionierte dann aber doch. Die hinterhältige An-

und er im Anschluss zu mir sagte: »Du solltest Schriftsteller werden, Johann, oder wenigstens Psychologe, niemand kennt die Menschen so gut wie du« – es kann auch sein, dass er diesen Satz nach der Lesung des Tatsachenberichts *Flug nach Zürich*[190] gesagt hatte, in der Überschärfe der einen Erinnerungen verschwinden die andern; während die Stimmung im Altenheim einen ersten Tiefpunkt erreichte, als die stumme Anneliese starb; während ich die Arbeit an der Vergangenheit unterbrach, um an Annelieses Beerdigung eine Rede[191] zu halten, die nicht nur mir Tränen in die Augen treten ließ; während ich fast mein eigenes Leben gelassen hätte, als ich vor Schreck mitten auf der Straße stehen geblieben war, weil ich am Steuer des auf mich zufahrenden LKWs einen der Folterknechte zu erkennen glaubte; während ich mit Luise oder Lotte telefonierte und ihren Wunsch nach einem Treffen mit dem Hinweis, dass ich zu beschäftigt sei, absagen musste; während es regnete; während ein gerichtsmedizinisches Gutachten[192] die Verletzungen, die ich in Argentinien erlitten hatte, bestätigte und zudem zum Schluss kam, dass sie mit dem, was ich in meiner Zeugenaussage be-

---

gestellte verlangte aber auch für die gescheiterten Versuche Geld, und weil ich Angst hatte, dass mir für das Abendessen nicht genügend übrig bliebe und Renata und Carl so feststellen konnten, dass Geld fehlte, aß ich mit dem Hinweis, dass ich nicht hungrig sei, nichts, während sie sich die Bäuche vollschlugen.

[190] Hier beschrieb ich im Wesentlichen die unterschiedlichen Töne und Stimmlagen, in denen ich während des Rückflugs von Buenos Aires nach Zürich fast ununterbrochen weinte.

[191] Ich endete mit: »All die Desserts, die sie mir über den Tisch geschoben hat, dürfen nicht vergeblich über den Tisch geschoben worden sein.«

[192] Steiner, Georgina: Gerichtsmedizinisches Gutachten im Fall Johann Kaiser. In: 10 Vr 103/97.

schrieben hatte, in Einklang gebracht werden konnten; während ich nicht schlafen konnte; während Elmar, nachdem ich ihm *Zum Wesen des Vermögensverwalters Rosario R.*[193] vorgetragen hatte, sagte: »Johann, das ist grandios«, und ich mir, obwohl mir sein Lob schmeichelte, nüchtern eingestehen musste, dass die dunklen Flecken noch immer zu zahlreich waren, als dass ich mich auf Komplimenten hätte ausruhen können; während ich Angst hatte, dass sie nicht aufhören würden, nach mir zu suchen; während die Sonne schien; während seit meiner Rückkehr aus Argentinien 183 Tage vergangen waren, an denen ich durchschnittlich fünf Seiten pro Tag geschrieben hatte, was insgesamt 915 Seiten entsprach, wobei auf das verwendete Papier 1,4 Gramm pro Blatt kamen und ich eine erdrückende Beweislast von 1,3 Kilogramm produziert hatte; während es irgendwann wieder Herbst wurde, ja, während all dem, was taten die Behörden da?

»Danke für deine wertvolle Arbeit«, sagte der für den 103er zuständige Untersuchungsrichter an einem jener gol-

---

[193] Anfang Herbst hatte ich einen Brief von Rosario erhalten, in dem er schrieb, dass es ihm ›unendlich leid‹ täte, was in seinem Namen geschehen sei, ich müsse ihm glauben, denn mehr als mich nach Argentinien einzuladen hätte er nicht getan, nein, er sei ja nicht einmal in Besitz der Hazienda, in der dieses ›Verbrechen gegen die Menschlichkeit‹ geschehen wäre, die Toblers hätten ihn dafür bezahlt, sich als Besitzer auszugeben, es tue ihm leid, so unendlich leid, und er könne verstehen, wenn ich nicht dazu bereit sei, ihm jemals wieder zu verzeihen, aber darum bitten wolle er mich eigentlich schon. Sein Schreiben wurde der Ausgangspunkt für den knapp sieben Seiten fassenden Bericht zu seinem Wesen, in dem ich Bezug auf den Brief nehmend, den ich übrigens nicht beantwortete, ihn von den Schuldvorwürfen freisprach, auch weil es einfacher war, die Zahl der zu bekämpfenden Gegner so klein zu halten wie möglich.

denen Oktobertage, für die ich die Landschaft des Kleinstaates so liebe, und als ich sagte, dass ich es für angebracht hielte, Spezialistinnen und Spezialisten an den Tatort nach Argentinien zu schicken, sagte er, die Idee wäre gut, doch ohne »entsprechende Befugnis der Staatsanwaltschaft« seien ihm »leider« die Hände gebunden, ob ich auch Kaffee wolle.

Wären die Tiefschläge, die im Laufe der nächsten Monate folgten, Perlen gewesen, wäre ich heute im Besitz einer Kette, die ich mir mehrfach um den Hals legen könnte. Zwei oder drei Wochen nachdem ich den Brief Rosarios erhalten hatte, erfuhr ich von den Machenschaften der Toblers, die von Barcelona aus weiter gegen mich operierten. Wenn es Schach war, was wir spielten, war das Schachbrett die ganze Welt, und mit dem Zug, den sie am 13. Oktober 1997 taten, kamen sie meinem König ein erstes Mal bedrohlich nah. An diesem Tag hatte ich dem 103er ein Schreiben entnommen, das ausnahmsweise nicht meiner eigenen Feder entstammte. Schon beim ersten Lesen der Zeilen, über denen das Wappen Kataloniens prangte, krampfte sich mein Magen zusammen. Ich las den Brief erneut und dann noch einmal, und weil ich noch immer nicht glauben konnte, dass ich richtig gelesen hatte, ließ ich eine Kopie des Schreibens anfertigen, die ich mit der Bitte um Prüfung an Elmar übergab. Mit jedem Wort, das er las, wurden die Falten auf seiner Stirn tiefer.

»Da gibt es nicht viel zu diskutieren, Johann«, sagte Elmar, nachdem er das Blatt behutsam zusammengefaltet hatte, »das Strafgericht Barcelona hat einen internationalen Haftbefehl gegen dich ausgestellt.«

3.

Elf Dörfer, 160 Quadratkilometer in Form eines L's. Im Osten eine Gebirgskette, die das Land von Österreich trennt, im Westen der Rhein als natürliche Grenze zur Schweiz. Und irgendwo in seiner Mitte ich, mit einem Haftbefehl in der Hand, der den Kleinstaat zu einem nach oben offenen Terrarium machte, zum größten Freiluftgefängnis der Welt. Obwohl das Landgericht dem spanischen Haftbefehl so wenig Interesse schenkte wie meinem Fall insgesamt – solange kein Rechtshilfegesuch eintreffe, werde man keine weiteren Schritte unternehmen, das beruhigte mich, denn wie wir später sehen werden, war das Ignorieren von Rechtshilfegesuchen eine genuin Liechtensteinische Qualität –, hatte das Fahndungsgesuch drei Dinge zur Konsequenz. Erstens benötigte ich einen Anwalt. Zweitens brauchte ich dringend Geld. Und dass ich an einem Nachmittag im Oktober durch Vaduz schlenderte, bis ich auf dieses Geschäft stieß, von dem ich beinahe vergessen hatte, dass es existierte, war der dritten Konsequenz zu verdanken, denn anderswohin konnte ich ja nicht mehr gehen.

Wie seit Jahrzehnten schon klingelte das Glöcklein, als ich den Feinkostladen betrat, in dem alles angefangen hatte. Die Erinnerung an Fürstin Gina, der ich mit einem Glas Sauerkirschmarmelade in der Hand zum ersten Mal zwischen diesen Regalen begegnet war, machte mein Herz schwer. Um nicht an Ort und Stelle zu kollabieren, stützte ich mich an der Wand ab, bis ich einen Mann fragen hörte, ob er mir etwas zu trinken anbieten könne. Auf mein Nicken hin brachte er einen Stuhl und ein Glas Wasser, das ich in einem Zug leerte. Nachdem wir uns für ein paar Minuten schweigend gegenübergesessen hatten, fragte ich ihn mit zitternder Stimme, ob mein ehemaliger Vorgesetzter zu sprechen wäre, worauf er seine Augen zusammenkniff und mich ansah wie einen Zeitreisenden.

Die Nachricht, dass Gustav Stern vor zwei Jahren gestorben war, kam so überraschend wie die Feststellung, dass mir das doch eigentlich hätte klar sein müssen. Schon damals, als ich an den freien Nachmittagen im Feinkostladen ausgeholfen hatte, war Gustav Stern ein alter Mann gewesen. Schrumpelig, eingefallen und grau. Waren es seine Wutausbrüche gewesen, die mich hatten glauben lassen, er sei unsterblich? Dass sich sein Laden in einem Vakuum befand, in dem keine Zeit existierte? Wie ich mich umsah, wurde ich mir meines Irrtums immer bewusster.

Aus dem Laden, in dem stets der Geruch eines feuchten Kellergewölbes gehangen hatte, war ein modernes Geschäft geworden, das sich der Entwicklung seiner Umgebung angepasst hatte. Die Produkte in den Regalen waren hochwertig und geschmackvoll verpackt, als fände das, was Liechtenstein sein wollte, in ihnen zu sich selbst. Nahrung diente nicht mehr nur dazu, den Hunger zu stillen, sondern der Selbstvergewisserung. Bauer war, wer Rüben aß und Kartoffeln kochte. Der Mittelstand wollte Nudeln und Reis, während die neue Elite vor allem einen Anspruch an ihr Essen stellte: Es sollte teuer sein. Aus dem Kleinstaat, dessen Bewohnerinnen und Bewohner sich noch vor sechzig Jahren kaum von ihrer eigenen Arbeit hatten ernähren können, war ein Ort des Überflusses geworden, dessen Grundlage nicht mehr die Welt der materiellen Dinge war, nicht mehr die Rüben und die Kartoffeln, nicht mehr die Bohrmaschinen und die künstlichen Zähne, sondern das Immaterielle, das, was nur Wert war, ohne Gegenstand zu sein. Ein Zeichen, das sich selbst bezeichnete. Als wäre das, was dieser Ort einmal gewesen war, so unsichtbar geworden wie das, was ihn zu dem gemacht hatte, was er jetzt war. Als wäre Herr Stern in diese Entwicklung hinein verschwunden.

Die Banken.

Die Treuhand.

Das Kapital.

Die Ställe von früher waren die Finanzinstitute von heute. Die Häuser. Die Bauten. Fassaden aus Glas. Das Alte war schlecht, weil es nicht neu war, und das Neue war gut, weil es die Spuren des Alten beseitigte. Weil es die Geschichte auflöste. Diejenigen, die vor ein oder zwei Generationen noch Bauern gewesen waren, hatten jetzt Geld und kauften sich von einer Vergangenheit frei, für die sie sich schämten. Aber das interessierte mich damals noch gar nicht so sehr. Die Inhaftierung des Verbrecherehepaars hatte Priorität, und so fragte ich den Mann hinter der Theke, ob er einen Job für mich hätte. Und der Mann hinter der Theke sagte: »Für einen Freund meines Großvaters habe ich das, ja.«

Auf den Oktober folgte ein kalter November, und obwohl ich nicht mehr schlief als drei oder vier Stunden pro Nacht, war mein Energielevel so hoch, wie ich es seitdem nicht wieder erlebt habe. All die Verletzungen, all die Wut, all das Verlangen nach Wiedergutmachung verdoppelten mich in zweierlei Existenzen hinein, in deren einer ich tagtäglich

Feinkostwaren verkaufte, während ich mich in der anderen nach Einbruch der Nacht der Verbrechensbekämpfung widmete. Der Dezember begann mit einem Schneesturm, der den Kleinstaat blind werden ließ. Dass auch der letzte Monat nichts von der Besinnlichkeit hatte, welche die Kirche jährlich aufs Neue beschwor, passte perfekt in die Choreographie dieses schrecklichen Jahres hinein.

Wie jeden Samstagvormittag räumte ich das Hinterzimmer des Feinkostladens auf, in dem sich wöchentlich eine Gruppe von Freunden zum Kartenspiel traf. Ob es ganz legal war, was sie da taten, wusste ich nicht, da aber das Geld für die kalte Platte, die mein Chef ihnen bereitstellte, und den Rotwein, von dem sie im Laufe des Abends unzählige Flaschen konsumierten, am nächsten Tag mit einem üppigen Trinkgeld versehen auf der Theke bereitlag, dachte ich nicht weiter darüber nach. Ich leerte die überquellenden Aschenbecher, wischte die Rotweinflecken vom Tisch, und als ich gerade dabei war, die Gläser zu spülen, hörte ich das Glöcklein an der Ladentür klingeln. Als wüsste ich schon, wer der nächste Kunde sein würde, spürte ich ein Stechen im Brustkorb. Ich blieb einen Moment stehen, rieb meine Hände trocken, atmen, dachte ich, atmen, und begab mich zögerlich zurück in den Laden.

»Du siehst nicht gut aus«, sagte Alfred und legte ein Stück vakuumierten Speck auf die Theke.

»Du auch nicht«, sagte ich.

Alfred lachte.

»Du arbeitest hier?«, fragte er.

»Ja«, sagte ich.

»Schön«, sagte er.

»Darf es sonst noch etwas sein?«, fragte ich.

»Das ist alles«, sagte er, reichte mir eine Note und ging.

Eigentlich hätte mich die Begegnung kaltlassen sollen. Von der Idee eines Vaters hatte ich mich schon vor Jahren verabschiedet. Trotzdem war sie der letzte Schubser in ein Loch hinein, das ein scheinbar endloses war.

Wenige Tage zuvor war ich bei der Durchsicht des 103ers an einem Aktenvermerk hängen geblieben, der mich so bleich werden lassen hatte, dass die Sekretärin einen Stuhl holen musste. Ohne Zweifel. Schwarz auf weiß stand es da. Vor nicht einmal vier Monaten waren Carl und Renata Tobler am Landgericht vernommen worden. Hier. In Vaduz. Nicht nur die Tatsache, dass man mir nichts davon mitgeteilt hatte, noch davon mitgeteilt hätte, wenn ich nicht selbst darauf gestoßen wäre. Oder dass es die Staatsanwältin persönlich gewesen war, die den Aussagen des Verbrecherehepaars ihr Gehör geschenkt hatte, während sie für den wirklich Geschädigten, mich, nicht mehr als ein kaltes Lächeln übrighatte – sie erschien nicht zu den Terminen, die ich mir geben ließ, und wenn wir uns zufällig auf dem Flur trafen, begegnete sie mir mit einer vorgespielten Hektik und Arroganz, die ich mittlerweile als typisch für die höchsten Rechtssprecher im Kleinstaat ansehen muss. Nein, das alles reichte noch lange nicht aus. Mit Blick auf das Datum der Vernehmung musste ich schaudernd feststellen, dass ich mich am selben Tag in den Gerichtsräumen befunden hatte, um den Bericht *Nachtrag: Der Riss* zu übergeben. Was alles geschehen hätte können, wenn ich unvorbereitet auf das Folterehepaar getroffen wäre, will ich mir nicht einmal vorstellen.

Wie ich im Protokoll der Vernehmung nachlesen konnte, behaupteten die Toblers nicht nur, dass ich ihnen das Geld ›freiwillig‹ übergeben hätte und die ›Verletzungen‹ ein ›Unfall‹ gewesen wären – die Verbrennungen hätte ich mir geholt, weil ich zu ›nahe‹ an den ›Farmknecht‹ herangeraten wäre, dem ich ›beim Schweißen zugeschaut‹ hätte –, sondern ebenso, dass ich eine jahrelange ›psychiatrische Behandlung‹ abgebrochen hätte und ›vor der Psychiatrie [...] auf der Flucht‹ sei.[194] Dass Carl und Renata lügen würden, war zu erwarten gewesen. Das eigentlich Schlimme aber war, dass von Seiten der Staatsanwaltschaft nicht eine einzige kritische Nachfrage kam. Kein: »Wie erklären Sie sich den Suizidversuch, den der Geschädigte Kaiser in seinem Bericht *Von innen* so detailreich und kraftvoll schildert?« Kein: »Im Namen der Liechtensteinischen Gerichte nehme ich Sie, Carl und Renata Tobler, wegen des Verdachtes auf Erpressung, schwere Körperverletzung, Psychoterror, der Verschleierung der Wahrheit und einem Grad an Unmenschlichkeit, den ich in meiner juristischen Karriere nur selten erlebt habe, bis auf weiteres in Gewahrsam«, sondern lediglich ein freundliches: »Auf Wiedersehen.«

Weihnachten kam und dann Silvester. Weil die Alten früh zu Bett gingen, feierte ich ganz alleine und zündete um kurz nach zwölf eine Rakete, die sich einer Palme gleich im Eschner Nachthimmel verteilte. Was war das nur für ein Jahr gewesen, dieses 1997. Ich wünschte mir das Millennium herbei, weil ich die 19, die nicht nur für zwei Weltkriege stand, sondern ebenso für die mir zugefügten Grausamkeiten, in denen sich die Brutalität dieses Jahrhunderts fortsetzte, nicht länger ertrug. Es wurde Februar, es wurde März, und je näher

---

194 Vgl. »Vernehmung von Carl und Renata Tobler am 23.08.1997 im Landesgericht Vaduz.« In: 10 Vr 103/97.

der Jahrestag meiner Freilassung kam, desto düsterer wurden meine Gedanken. Oft kamen die Alpträume jetzt mitten am Tag und der vernarbte Stummel, der einmal die Zunge des Pájaros gewesen war, sprach aus den unmöglichsten Gegenständen zu mir. »Wir werden dich finden«, sagte das Narbengewebe, in das sich der Wasserstrahl aus dem Duschkopf verwandelte. »Du bist ein schlechter Mensch«, tönte die Stimme Gabriels vom Biomüll her, und aus dem Salatkopf, in dem seine Augenhöhlen saßen, krochen Maden. Carl. Rosario. Hernán. Renata. Ich sah sie jetzt überall.

Den schlimmsten Anfall erlebte ich eines Abends im Feinkostwarengeschäft Stern. »Du bist ein schlechter Mensch«, schrie der Stiernacken kurz vor Ladenschluss, dessen Gesicht ich plötzlich im hölzernen Tresen erkannte, »der am Leben zu sein nicht verdient.« Die Augen zu schließen half nichts. »Du bist eine Schande«, rief er aus allen Regalen gleichzeitig, »wir werden dich töten verbrennen dir den Skalp nehmen hallo ja häuten werden wir dich aufhängen Entschuldigung massakrieren auffressen vernichten kannst du mich hören in hundert Teile zerschneiden zerquetschen hallo ausnehmen wie einen Kad– GOTTVERDAMMT HÖRST DU MICH?«

Ich wusste nicht, ob es Schweißtropfen oder Tränen waren, die mir über die Wangen liefen, als ich meinen Blick von der Theke hob. Vor mir hatte sich ein Mann aufgebaut, der schon seiner Größe wegen nicht der Stiernacken sein konnte.

»Entschuldigung«, sagte ich, »ich war wohl in Gedanken.«

»Kann man so sagen«, antwortete der Mann mit einem Blick zwischen Neugierde und Mitleid. Erst als er mich um den Schlüssel fürs Hinterzimmer bat, das seltsamerweise abgesperrt wäre, dämmerte mir, dass er einer der Kartenspieler sein musste, deren Weingläser ich jeden Samstag beseitigte. Die obersten Knöpfe des Hemds trug er offen, die Krawatte hatte er vermutlich gerade erst abgelegt. Ich sperrte die Türe auf und wollte schon zur Theke zurückkehren, als er mich so fest am Arm packte, dass ich mich für einen Moment fragte, ob er nicht doch der Stiernacken war.

»Du siehst aus«, sagte er, »als könntest du etwas Erholung gebrauchen.«

Ich glaube, ich starrte ihn einfach nur an.

»Es ist Freitagabend. Die Nacht gehört uns.«

Weil mir die Kraft fehlte, mich auf eine Diskussion einzulassen, wehrte ich mich nur schwach, als er mich ins Hinterzimmer zog, wo ich neben ihm wartete, bis die Männer vollzählig waren. Erst kam der Große, dann der Dicke und der Dünne zum Schluss. Es sollte bis tief in die Nacht hinein dauern, bis ich verstand, dass der Grund ihrer Freundschaft in einer einzigen Gemeinsamkeit zu bestehen schien. Alle vier Männer gehörten der Finanzelite Liechtensteins an.

Der Morgen graute schon, als wir uns von den Stühlen erhoben. Weil die Beträge, um welche die Männer spielten, mein Einkommen um ein Vielfaches überstiegen, und ich dieses außerdem dazu benötigte, gegen die Toblers zu prozessieren, hatte ich mich während des Abends darauf beschränkt, stumm am Tisch zu sitzen und hin und wieder zu nicken, wenn der Mann, der mich in den durchlauchten Kreis eingeladen hatte, neben mir ansetzte, eine Karte zu spielen. Dass er Gregor Schneider hieß, hatte er mir erst verraten, nachdem er das dritte Spiel in Folge gewonnen hatte. Nach dem fünften hatte er mir das Du angeboten, und als er auch nach dem siebten noch keine einzige Niederlage hatte einstecken müssen, hatte er mich nach meinem Namen gefragt.

Während ich noch überlegte, ob es nicht fahrlässig wäre, die Männer in diesem Zustand fahren zu lassen, waren sie bereits in ihre Wagen gestiegen. Die Straßen waren um diese Uhrzeit noch leer, und vermutlich gehörten sie zu jener Sorte von Menschen, die betrunken die besseren Fahrer waren als nüchtern. Weil keine öffentlichen Verkehrsmittel mehr fuhren, beschloss ich, im Laden zu übernachten. Ich stand schon im Türrahmen, als einer der Wagen abrupt anhielt, den Rückwärtsgang einlegte und mit quietschenden Bremsen vor mir zum Stehen kam.

»Einen wie dich könnte ich gut gebrauchen«, sagte Gregor Schneider mit eindringlicher Stimme und gab mir seine Visitenkarte. Dann ließ er den Motor aufheulen und trat zum Abschied aufs Gas.

Weil Gregor Schneider überzeugt davon war, dass er besser spiele, wenn ich neben ihm säße, nahm ich von nun an regelmäßig an den Spielabenden teil. Abgesehen davon, dass mir das eine willkommene Abwechslung war, bot es zugleich die Möglichkeit eines lukrativen Nebenverdiensts, für den ich nicht mehr tun musste, als ein paar Stunden an Schneiders Seite zu sitzen. »Mein Glücksbringer«, rief er nach jedem gewonnenen Spiel, »oh Johann, du bist meine Muse«, und beteiligte mich mit 15 Prozent am Gewinn, den er pro Abend erzielte. Ob die missbilligenden Blicke, mit denen mich seine Mitspieler bedachten, daher stammten, dass Gregor Schneider tatsächlich besser spielte, oder es die Angst der Männer war, weniger frei sprechen zu können, wenn sich ein Fremder in ihren Reihen befand, weiß ich bis heute nicht zu beantworten. Als der Dicke auf die Vorwürfe zu sprechen kam, die der SPIEGEL in seiner neuesten Ausgabe gegen ihren Berufsstand erhob[195], sahen sie mich missbilligend an, bis Gregor Schneider sagte, »Johann ist in Ordnung, ihr seid doch nur eifersüchtig, weil ihr keinen Glücksbringer habt!« Der Dünne lachte, der Große auch, und der Dicke legte in seinem Zorn gegen den SPIEGEL los.

Was war geschehen? Ausgerechnet die renommierteste Liechtensteiner Treuhandkanzlei, die sich in Besitz jenes Mannes befand, den man aufgrund seiner Doktorwürden der Jurisprudenz und der Ökonomie als den doppelten Doktor bezeichnete, ausgerechnet er, der Vorzeigetreuhänder, Duz-Freund von Helmut Kohl und enge Vertraute des Fürsten, er, der dem Organisationskomitee zur Hochzeit des Erbprinzen mit der Erzherzogin von Bayern vorgestanden hatte, ausgerechnet er, der sich in Besitz einer Kunstsammlung befand, die beinahe an diejenige der Fürstenfamilie heranreichte, er, der ehemalige Präsident des Liechtensteiner Staatsgerichtshofs und vormalige österreichische Generalkonsul, er, der Träger des Königlich Belgischen Leopoldordens, des Komturkreuzes des Päpstlichen Silvesterordens mit Stern, des Komturkreuzes des Fürstlich Liechtensteinischen Verdienstordens, des Großen Silbernen Ehrenzeichens für Verdienste um die Republik Österreich, der Ehrennadel in Gold des Bundesfachverbandes für Reiten und Fahren in Österreich, des Toni-Russ-Preises, des Großen Tiroler Adler-Ordens, des Goldenen Ehrenzeichens des Landes Salzburg, des Montfortordens in Gold der Vorarlberger Landesregierung, des Großkreuzes des Fürstlich Liechtensteinischen Verdienstordens, des Großen Ehrenzeichens in Gold des Verdienstordens der Heiligen Rupert und Virgil, des Ehrenzeichens des Lan-

195 DER SPIEGEL 51/1997. Hamburg 1997.

des Tirols, der Goldenen Ehrenmedaille der Hochschule für Musik und darstellende Kunst Mozarteum in Salzburg, des Verdienstkreuzes des Verdienstordens der Republik Ungarn, des Ehrenrings der Landeshauptstadt Innsbruck, des Ehrenrings der Bregenzer Festspiele und der Goldenen Pfadfinderlilie, ja, ausgerechnet er, Rat der Päpstlichen Akademie der Sozialwissenschaften, der Kammerherr Seiner Heiligkeit, ausgerechnet durch seine Hände sollten Millionenbeträge an Schwarzgeld gegangen sein![196] Ausgerechnet er! Herbert!

»Diese Attacken«, sagte der Dünne sein bauchiges Glas Whiskey schwenkend, »gibt es seit Jahren schon. Sie sind quasi so alt wie der Finanzplatz selbst.«

Er legte eine Pause ein, um das Glas an die Lippen zu führen, und der Große, der gerade die Karten mischte, nickte.

»Aber haben sie jemals zu etwas geführt?«

Dass die Frage eine rhetorische war, stellte ich fest, als niemand darauf antwortete.

Wenn es stimmte, was in den Papieren stand, die ein zum Datendieb gewordener Mitarbeiter der Kanzlei dem *SPIEGEL* zugespielt hatte, dessen Titelbild Schloss Vaduz als überdimensionierten Tresor zeigte – »Die Liechtenstein Connection«, hieß es da: »Wie die reichen Deutschen ihr Geld vor der Steuer verstecken«[197] –, dann waren unter den Kunden, die mit Hilfe des doppelten Doktors Millionenbeträge in Liechtensteiner Stiftungen geheim hielten, nicht nur ein dreifacher Europameister im Springreiten, sondern ebenso ein philippinischer Diktator, ein börsennotiertes Unterneh-

---

[196] Bölke, Peter / Schreiber, Sylvia: Die Stifter im Dunkeln. In: a.a.O. DER SPIEGEL 51/1997, S. 70 ff.

[197] ebd.

men aus Deutschland, mehrere Vorstände deutscher Banken, ein Ehepaar von Geheimagenten, ein US-amerikanischer Filmregisseur – er habe in Liechtenstein einen Film drehen wollen, sagte er später –, ein kongolesischer Diktator, ein deutscher Milliardär, der aus Angst vor den Sozialisten ins Ausland verzogen war, ein Industrieller, der einem libyschen Diktator ›eine Giftgasfabrik lieferte‹, ein König Saudi-Arabiens, ein togolesischer Diktator, der Gesellschafter eines italienischen Automobilherstellers, der Präsident des deutschen Eishockey-Bundes, der Inhaber eines Pharmaunternehmens, die Familie eines Spirituosenlieferanten, die CDU sowie die Vereinigung der Mund- und Fußmalenden Künstler[198], um nur einige unter vielen zu nennen.

»Noch eine Partie«, fragte der Große.

»Dafür sind wir doch hier«, sagte der Dünne.

»Johann«, sagte Gregor Schneider und sah mir dabei tief in die Augen, »bring mir Glück.«

Je mehr Glück ich Gregor Schneider brachte, desto höher waren seine Gewinne, und je höher seine Gewinne waren, desto mehr sprang für mich dabei heraus. Weil ich leider nicht wusste, wie Glück bringen genau funktionierte, ging ich mit der Zeit dazu über, ihm hin und wieder nette Worte in die Ohren zu flüstern, etwa »weiter so, Gregor«, »was für ein brillanter Zug« oder »du bist der Beste«. Tatsächlich schien sich Gregor Schneider im Bann meiner Worte auch im Falle einer Niederlage als Sieger zu fühlen, sodass er mich bald auch fürs Verlieren bezahlte. Mir war das mehr als nur recht. Die Arbeit an den Gerichten lief nach wie vor schleppend, die Staatsanwältin war nach wie vor arrogant und der

---

[198] a. a. O. DER SPIEGEL 51/1997, S. 70.

Untersuchungsrichter lobte nach wie vor meine Arbeit, die er bei jedem Treffen als ›wertvoll‹ und ›unverzichtbar‹ bezeichnete, bevor er mich nach wie vor mit dem Hinweis, dass ihm ohne ›entsprechende Befugnis der Staatsanwaltschaft‹ nach wie vor die Hände gebunden seien, wieder verabschiedete.

Erst bei der Ausstellung zum Pressefoto des Jahres wurde mir klar, dass ich meine Taktik vor Gericht ändern musste. Beim Betrachten einer Fotografie von Hocine, die zwei Frauen vor einer der gekachelten Wände des Zmirli-Krankenhauses in Algier zeigte, von denen die jüngere mit offenem Mund die Verwundeten und Toten des Massakers von Bentalha beweint, während die ältere, indem sie ihre Hand auf den Brustkorb der Trauernden legt, diese zu trösten versucht, obwohl sie selber nach Trost verlangt[199], verstand ich zum ersten Mal, dass ich während der letzten Monate einem Irrtum erlegen war. Es war nicht nur die Trauer darüber, was den Menschen in Algerien angetan worden war, was allen Menschen dieser Welt ständig angetan wird; es war vielmehr die Erkenntnis, dass die Floskel vom Bild, das mehr sage als tausend Worte, zwar eine Floskel, aber deswegen nicht weniger zutreffend war. Die Schrift hingegen war zähflüssig und träge.

Noch am selben Tag gab ich bei einem Spengler eine Fußfessel in Auftrag, die der Transportmöglichkeit wegen nicht in einer Stahlplatte, sondern einem kleinen Würfel zu enden hatte. Damit ging ich ein paar Wochen später zu Alfred. Sofort gab ich ihm zu verstehen, dass ich nicht als sein Sohn,

---

[199] Ten Berge, Ben / Lundelin, Kari (Hg.): World Press Photo 1998. Amsterdam 1998.

sondern als sein Kunde gekommen wäre. Die Fotos, die er anfertigen würde, sollten mir als Beweismaterial dienen. Ich baute das mitgebrachte Klappbett in einer Ecke von Luise und Lottes altem Kinderzimmer auf, das er zum Fotostudio umfunktioniert hatte, und bat Alfred dann, mir die Eisenkette am linken Bein anzulegen. Er sollte mich auf dem Bett liegend fotografieren, bitte schnell, die ausgelösten Erinnerungen waren zu qualvoll.

Fragen stellte Alfred keine. Dennoch meinte ich ihm ansehen zu können, dass etwas in ihm die Schmerzen verstand, die ich während der letzten Jahre erfahren hatte. Ich stülpte mir einen Sack über den Kopf und gab ihm ein Zeichen. Es wurde ganz still. Nur die Scheinwerfer rauschten. Als ob das Klicken des Auslösers zu einem Diaprojektor gehörte, sah ich Bild um Bild in die Dunkelheit des Sackes geworfen. Öl, das auf einer Wasseroberfläche dahintrieb. Ich selbst als Kind, wie ich im Gitterbett lag. Ein Ledergurt. Striemen am Rücken. Die Bohrmaschinenfabrik in einer tiefschwarzen Nacht. Gian-Andrin im Loch, ein Stern, der über einem Bahnhofsgebäude stand, abgasfarbener Schnee. Johann. Eine löchrige Jacke auf einem Schulhof. Johann. Eine zerfledderte Bibelausgabe daneben. Johann. Ein Wohnwagen brannte. Johann. Wie ich in Badehosen auf dem Fünfmeterbrett stand. Johann. Ein zubetonierter Pool. Johann. Etwas schüttelte mich. Johann. Ich atmete auf, als hätte ich Minuten unter Wasser verbracht. Johann. Das Kinderzimmer von Luise und Lotte. »Johann?« Alfred stand vor mir und hielt den Sack in seinen Händen. »Alles in Ordnung?« Er sah mich mit geröteten Augen an. »Ja«, sagte ich. »Nein«, sagte ich. »Ich weiß nicht«, sagte ich. Dass ich ihm das Geld für die Fotos bitte auf den Tisch legen soll, sagte er und drehte sich um.

Beim Durchsehen der Fotos ein paar Tage später war ich überrascht. Obwohl meine Gesichtszüge unter dem Stoff nicht zu sehen waren, hatte es Alfred geschafft, mich so darzustellen, dass ich in mir nicht nur das Opfer einer Entführung erkannte, sondern tatsächlich den Menschen, als den ich mich verstand. Fragil und bedrohlich, ausgelaugt, leer, aber nicht ohne Hoffnung. War das denn möglich? Hatte es dreiunddreißig Jahre gedauert, bis mein Vater sah, wer sein Sohn wirklich war? Oder hatte er es die ganze Zeit über gewusst? Ich berührte die Fotos am Rand, um keine Fettflecken zu hinterlassen. Zwar fühlte es sich falsch an, die Justiz an etwas teilhaben zu lassen, das niemanden außer Alfred und mich etwas anging, doch die Bilder waren von so großer Beweiskraft, dass es fahrlässig gewesen wäre, sie nicht zu verwenden. Widerwillig steckte ich einen der Abzüge in einen ans Gericht adressierten Umschlag. Den zweiten schickte ich Alfred. »Danke«, stand auf der Rückseite. Den dritten und letzten legte ich in mein Notizheft zur ausgeschnittenen Stellenausschreibung jenes Finanzinstituts, von dem ich nicht ahnen konnte, dass ich in nicht einmal drei Jahren vorhaben würde, es zu bestehlen. Was sage ich vorhaben. Ich habe es ja getan.

DAS ELFTE BUCH

(1999–2002)

Immer wenn es mir schlecht geht, schreibe ich eine E-Mail. Und jetzt, da der dritte Sommer im Zeugenschutzprogramm beinahe vorüber ist, geht es mir sehr schlecht. Während sich die Pflanzen in den Böschungen allmählich für die kommende Jahreszeit rüsten, habe ich mein Spiegelbild betrachtend feststellen müssen, dass sich nicht nur im Garten, sondern auch in meinem Gesicht der Herbst abzuzeichnen beginnt. Silber, würden die Optimisten sagen, sei die Farbe, die meine Schläfen jetzt trügen. Doch Optimismus ist für die Privilegierten. Es ist die Farbe von Asche, sage ich. Müsste ich mein Aussehen zu meiner eigenen Sicherheit nicht immer wieder überprüfen, um der Person, die ich einmal gewesen bin, so unähnlich zu sehen wie möglich, hätte ich mich aller Spiegel des Hauses schon lange entledigt. Der Mann im Badezimmerspiegel ist mir so fremd, dass es mir schwerfällt, eine Verbindung zu mir selbst herzustellen. Ein Schatten ist er, ja, aber wer ist es, der ihn wirft?

Obwohl der Mailer-Daemon mich wissen lässt, dass meine E-Mail-Adresse bei der Drei Buchstaben Bank wohl seit Jahren nicht mehr existiert, kann ich der Versuchung nicht widerstehen, hin und wieder eine Nachricht an diesen Account zu verschicken. Wer weiß, vielleicht stimmt es tatsächlich, dass es hunderte von zeitversetzten Parallelwelten gibt, in denen frühere Versionen unserer Ichs die exakt selben Leben leben, wie wir es vor ihnen getan haben; und wer weiß, vielleicht macht ein Loch in diesem Gefüge an Wirklichkeiten es möglich, dass einer der vielen Johanne eine der vielen E-Mails mit dem Betreff ›Pass auf dich auf, Darling‹ oder ›Hole tief Luft, bevor du das liest‹ tatsächlich empfängt. Wenn es dem E-Mail-Johann des Jahres 2000 gelänge, die Fehler, die ich in meiner Vergangenheit begangen habe, in seiner Gegenwart zu korrigieren, bedeutete dies eine bessere Zukunft für uns alle. Das unversucht zu lassen könnte ich mir niemals verzeihen. Außerdem sollte man die therapeutische Funktion des E-Mail-Schreibens nicht unterschätzen.

»Johann«, tippe ich, während eine kühle Brise meinen nackten Oberkörper erfasst – beim Schreiben trage ich meist nicht mehr als eine Boxershort, um das Gefühl des Ausgesetztseins zu aktualisieren, das sich einer Wellenbewegung gleich durch mein Leben zieht –, »obwohl es für den Moment so aussehen mag, als würde sich alles zum Guten wenden, darfst du dich davon nicht täuschen lassen.«

Die Lüftung des Laptops rauscht.

»Denn es wird genau umgekehrt sein.«

Ein Fenster schlägt.

»Alles wird noch viel schlimmer.«

Und dann höre ich die Dachbalken knacken.

»Wenn du diese Nachricht liest«, schreibe ich in den Herbst des Jahres 2000 hinein, »befindest du dich als einer von 30 Mitarbeitern des e-Doc-Teams im Kellergewölbe der Bank mit den drei Buchstaben und hörst die beiden riesigen Scanner vom Nebenzimmer her leise piepen. Weil es in diesen Räumen unabhängig von den äußeren Wetterbedingungen permanent kühl bleibt, trägst du den ausgeleierten Pullover, den Elton bei dir vergessen hat. ›Dieses Grau‹, sagen die Leute, ›bringt deine Augenfarbe noch besser zur Geltung.‹

Dass dich das freut, würdest du niemals zugeben, wieso solltest du auch? Für Komplimente ist keine Zeit. Euch bleiben nur noch ein paar Monate, um den Traum vom papierlosen Büro endlich Wirklichkeit werden zu lassen. Im Frühjahr 2001, wenn die Treuhandabteilung der Drei-Buchstaben-Bank das neue Gebäude im Herzen Vaduz' beziehen wird, muss die Digitalisierung der Daten abgeschlossen sein. Wer will tonnenschwere Aktenordner durch die Hauptstadt tragen, wenn ein paar Festplatten doch so viel weniger wiegen?

Dass du den Job bei der Treuhand gekriegt hast, hat dich selbst überrascht. Der Haftbefehl ist immer noch offen, und obwohl der Auszug des Strafregisters, den du zum Bewerbungsgespräch hast mitbringen müssen, ohne Eintrag gewesen ist, hast du dich für die volle Wahrheit entschieden. Du hast der Personalabteilung im Detail dargelegt, was in den letzten Monaten vorgefallen ist – die gerichtsmedizinischen Gutachten wie die unzähligen Berichte zu Argentinien hast du als Anlage übergeben –, und auf die Frage, was der Grund für deine Bewerbung sei, hast du zur Antwort gegeben, dass nun die Zeit für eine Veränderung gekommen sei. Du wollest einen Neuanfang starten. Endlich sesshaft werden, vielleicht sogar eine Familie gründen. Im Nachhinein schämst du dich, dass du Anna-Maria von der Personalabteilung bei ›vielleicht sogar eine Familie gründen‹ zugezwinkert hast, aber mach dir deswegen keinen Kopf. Die Stelle hast du ja trotzdem erhalten. Vermutlich deiner Fremdsprachenkenntnisse wegen.

Ja, es ist wahr. So gut ging es dir seit langem nicht mehr. Die Alpträume sind weniger geworden und so schön wie jetzt hast du zuletzt in Barcelona gewohnt. Auf dem Dach des Hauses, in dem du eine Wohnung bezogen hast – Gregor Schneider hat dir ein verlockendes Angebot gemacht –, gibt es einen Swimmingpool, dessen Wasser an klaren Tagen die Farbe des Himmels annimmt. Jeden Morgen um 6:30 Uhr nimmst du den Aufzug ins Dachgeschoss, gibst den Poolroboter ins Wasser und schwimmst deine täglichen hundert Bahnen, während sich der *Dolphin E20* mit PVC-Bürste, den du liebevoll Dolphy nennst, auf dem Grund des Beckens bewegt. ›Wie eine riesige elektrische Krabbe.‹ Der erste Sommer des dritten Jahrtausends ist warm, und wenn du die letzte Länge auf dem Rücken dahintreibst und die vorüberziehenden Wolken am Himmel beobachtest, denkst du, dass du endlich angekommen bist. Balzers. Diese südlichste Gemeinde Liechtensteins, in der die Menschen so langsam sprechen, dass du dich oft nicht mehr erinnern kannst, wie der Satz begonnen hat, wenn der Balzner allmählich zu seinem Ende kommt.

Weil du dich um die Instandhaltung des Hauses kümmerst – zu deinen Aufgaben gehört die Reinigung von Pool und Treppenhaus, das Mähen des Rasens wie das Leeren der Container, viel mehr ist es nicht –, hat dich Gregor Schneider kostengünstig in einer der zwölf Wohnungen einziehen lassen. In einem der drei Zimmer schläfst du, in einem anderen siehst du fern, während du im dritten weiterhin an der Anklageschrift gegen das Verbrecherehepaar arbeitest. Da du angeboten hast, Gregor Schneiders Tochter Sabrina, deren größter Traum es ist, eines Tages professionelle Springreiterin zu werden, einmal die Woche zum Reittraining zu fahren, hat Gregor dir einen schwarzen Golf als Dienstwagen zur Verfügung gestellt. Nicht einmal der Haftbefehl stellt mehr ein Problem dar. Eine bewachte Grenze zur Schweiz gibt es ja sowieso nicht, und wenn du zu deinem Rechtsanwalt nach Österreich fährst – ja, einen Rechtsanwalt hast du jetzt auch! –, nimmst du nicht den großen Grenzübergang in Schaanwald, sondern den am Grenzerhäuschen in Mauren. Dort, wo du als Kind mit Gian-Andrin *Wer-zuerst-nach-Österreich-geschubst-wird-hat-verloren* gespielt hast. Es gibt nichts Unauffälligeres als einen Maurer, der in Mauren die Grenze überquert.

Und Anna-Maria. Diese schönsten neun Buchstaben der Welt. Nachts träumst du davon, dass ihr euch nebeneinander durch eine kleinstaatgroße Sofalandschaft bewegt, bis sie dich einen unverständlichen Satz murmelnd auf einen grauen Dreiteiler zieht. Dort bleibt ihr so lange fest umarmt liegen, bis du erwachst. Als Mitarbeiterin der Personalabteilung sitzt sie zwei Stockwerke über dir. Von einer Zweiklassengesellschaft zu sprechen ist im Falle der Drei Buchstaben Bank mehr als nur richtig. Da sind die lichtdurchfluteten Büros der Sachbearbeiter und Kundenberater, die zum Himmel hochwachsen, und da seid ihr, das e-Doc-Team, unterirdisch weggeschlossen von Luft, Licht und Liebe. Aus Platzmangel hat man erst überlegt, eure Belegschaft in zwei Containern auf dem Kundenparkplatz unterzubringen. Weil die Kundenparkplätze einerseits den Kunden gehören und andererseits auf gar keinen Fall an die Oberfläche gelangen darf, woran ihr arbeitet, hat man sich dagegen entschieden. In einen Keller passt eure Tätigkeit sowieso besser. Immerhin beschäftigt ihr euch mit einem der bestbehütetsten Geheimnisse der Welt. Dem unablässig pulsierenden Herz des Kleinstaates. Den Stiftungen und ihren Stiftern. Dem verschwundenen Geld.

Über das Wachpersonal, das man am Eingang positioniert hat, hast du im Laufe der Zeit hinwegzusehen gelernt. Das Letzte, was du nach dem stundenlangen Wälzen von Akten noch machen willst, scherzt du, wenn die Wachmänner nach

Feierabend deine Tasche durchsuchen, sei, die Arbeit mit nach Hause zu nehmen. Du und die Wachmänner, ihr lacht dann. Immerhin arbeitet ihr mit- und nicht gegeneinander. Überhaupt ist die Stimmung im Team angenehm und kollegial. Ihr seid überwiegend jung, viel gereist und beherrscht mehrere Fremdsprachen. Das ist auch nötig, da die Kundenakten, die ihr Tag für Tag in den Kellerräumen digitalisiert, meist mehrsprachig gehalten sind. Nicht selten besteht eine einzelne Akte, die das Leben einer Stiftung dokumentiert, eigentlich: die Stiftung *ist*, aus hunderten von Dokumenten, die neben dem üblichen Schriftverkehr – Kontoauszügen, Rechnungen, undsoweiter – auch Postkarten, auf Servietten von Restaurants geschmierte Notizen oder aus Tagebüchern gerissene Seiten beinhalten können. Oft bekommt man den Eindruck, dass die Kundenberater mehr über den Kunden wissen, als es sein nächstes Umfeld jemals könnte. In Gedanken entwirfst du Motivational Poster, auf denen Sätze stehen wie: ›Die Arbeit am Kunden ist Psychologie‹, oder: ›Schweigen ist Silber, Röntgen ist Gold‹.

Es ist zu einem Running Gag im e-Doc-Team geworden, von euch selbst als ›Medizinern‹ zu sprechen und von den Akten, die ihr kartonweise in den Büros der Kundenberater abholt, als ›Patienten‹, während das Kellergewölbe, von dem aus ihr operiert, den Namen ›Notaufnahme‹ erhalten hat. In vielen Fällen sind die einzelnen Seiten, aus denen sich die Patientenschaft zusammensetzt, so alt, dass ihr das Fingerspitzengefühl von Chirurgen benötigt, um die Heftklammern von den aneinander pappenden Seiten zu lösen, ohne die papierenen Körper noch mehr zu verletzen.

›Ist der Patient fertig zum Röntgen?‹, ruft einer, wenn die Nähte gezogen sind.

›Ja, er ist so weit‹, ruft jemand anders und schiebt den Rollwagen in Richtung des Scanners.

Dann bist du an der Reihe. Jetzt ist es an dir, den Patienten für einen kurzen Moment zurück ins Leben zu holen, um ihn im Anschluss unsterblich zu machen. Seite für Seite tauchen die Röntgenaufnahmen des Körpers vor dir am Computerbildschirm auf, den du, indem du jeden Teil mit derselben Mandatsnummer versiehst, wieder zu einem Ganzen zusammensetzt. Du bist dir deiner hohen Verantwortung durchaus bewusst. Im Gegensatz zu einem Aktenschrank kennt das elektronische Archiv weder Tiefe noch Höhe noch Breite, wodurch das Grab, das du aushebst, ein unendliches ist. Damit keines der Körperteile darin verloren geht, klassifizierst du jedes Dokument einzeln und teilst ihm die entsprechende Nummer des Belegkartenkatalogs zu. Das ist das Herz, sagst du, das ist der Kopf, das die Schulter, der Ringfinger, der Hals, und erst wenn du dir sicher bist, dass der Körper als das in den Ordnern liegt, als was er in den Scanner gegangen ist, drückst du auf Speichern. Herzliche Gratulation, Johann. Ein weiterer Organismus ist überführt. Du hast eine weitere Stiftung unsterblich gemacht.

Das ist ein schönes Gefühl.

Aber alles Schöne muss sterben.

Friedrich Schiller.

Schöller, der junge Jurastudent aus dem benachbarten Vorarlberg, hat das e-Doc-Team schon drei Wochen nach Arbeitsbeginn wieder verlassen. Er wolle, hat er mit seiner Kündigung wedelnd gesagt, ›dieses Schweinesystem‹ nicht länger unterstützen, auch wenn er so gut verdiene wie vorher noch nie. Sein Weggang hat das Team in drei Lager gespalten. Da gibt es die einen, welche die Ansicht vertreten, dass sich der

Schöller nicht so anstellen soll. Die Gesetze im Kleinstaat ließen zu, was die Treuhand treibe, und was die Gesetze zuließen, sei legal, da gäbe es nichts zu diskutieren. Es sind vor allem Teammitglieder mit Familie, die so argumentieren. Dann gibt es die Gleichgültigen, und neben den Gleichgültigen gibt es diejenigen, die Schöllers Aussagen mindestens ins Grübeln gebracht haben. In den Kaffeepausen stecken sie ihre Köpfe zusammen und flüstern.

Ja, es stimmt schon. Das Personen- und Gesellschaftsrecht in Liechtenstein ist, sagen wir, etwas speziell. Und es stimmt auch, dass der wirtschaftliche Aufschwung der letzten achtzig Jahre eng damit verknüpft ist. Es sind gewiefte Juristen gewesen, die das 700-Seiten-Werk, das aus mehr als 1000 Gesetzesartikeln besteht, 1926 aus der Wiege gehoben haben. Den Kleinstaat jener Tage musst du dir folgendermaßen vorstellen, Johann: Seine 8000 Bewohnerinnen und Bewohner sind arm und leben größtenteils von der Landwirtschaft. Bezeichnenderweise wird das neue Gesetz ein Jahr vor der großen Rheinüberschwemmung verabschiedet, nach der große Teile des Landes unter Wasser stehen. Da der Staat die Kosten der Überschwemmung nicht selbst tragen kann, sind es einerseits die Fürstenfamilie und andererseits der große Nachbar Schweiz, mit dem ein paar Jahre vorher ein Zollvertrag abgeschlossen worden ist, die den Kleinstaat finanziell unterstützen.[200] Dass die Entstehung dieses Gesetzes, das den Schwerpunkt auf eine »möglichst freie Entfaltung des wirtschaftenden Menschen«[201] legt, genau in diese Zeit fällt, ist entweder sehr erstaunlich oder aber sehr logisch. Jedenfalls

[200] Vgl. a.a.O. Geiger: Krisenzeit..

[201] Zitiert nach Sprenger, Stefan: Katzengold. Triesen 2003. S. 63.

geschieht es jetzt, 1926, zwischen zwei Weltkriegen, dass jene Rechtsformen geschaffen werden, etwa die Stiftung oder die Holding, um die beiden beliebtesten zu nennen, deren Akten du Tag für Tag digitalisierst; und der Liechtensteinische Traum nimmt seinen Anfang.

Das System ist so simpel wie genial. Es braucht dafür nicht mehr als Geld, ein Postfach und einen Treuhänder, der Geld und Postfach in eine Stiftung verwandelt. Falls du selbst noch nicht verstanden hast, wie das System funktioniert, will ich es dir hier kurz erklären: Sagen wir, da ist der Millionär O. aus Deutschland, dessen größter Traum es ist, aus seinen sechs Nullen eines Tages sieben werden zu lassen. Aber wie geht das? ›Mit dem Zahlen von Steuern‹, denkt der Millionär O., ›geht das ganz sicher nicht.‹ Denn für gewöhnlich hassen Millionäre den Staat, und die Ausnahme, die diese Regel bestätigen würde, ist unser Millionär nicht. Gut, dass es den Mitarbeiter der, sagen wir: Dresdner Bank gibt, bei welcher O. seine Konten besitzt, der die Sorgen in den Stirnfalten des Sechsstelligen klemmen sieht. Ob er Liechtenstein kenne?

›Hm‹, zeigt sich der Millionär von seiner nachdenklichen Seite, ›das ist das kleine Land da bei Belgien, oder?‹

›Nein‹, antwortet der Bankier lächelnd, ›was Sie meinen, ist Luxemburg. Hören Sie bitte gut zu.‹

Wie von magnetischen Kräften werden O.s Mundwinkel nach oben gezogen, als er den Mitarbeiter der Dresdner Bank die Empfehlung aussprechen hört, die Dienste einer Treuhandkanzlei im Kleinstaat in Anspruch zu nehmen. Spontan falle ihm die Bank mit den drei Buchstaben ein, an die eine exzellente Treuhandabteilung angeschlossen sei. Wer könne besser für Verschwiegenheit und Diskretion garantieren, wenn nicht das Staatsoberhaupt, in dessen Besitz sich die Drei Buchstaben befinden?

Nach Vermittlung des Dresdner Bankiers trifft O. mit dem Treuhänder K. zusammen, der für die Drei Buchstaben Bank arbeitet. Wie es alle Treuhänder tun, ist K. in Besitz der Liechtensteiner Staatsbürgerschaft, hat seinen Wohnsitz im Land und außerdem die Prüfung bestanden, die ihm die Konzession verschafft hat, treuhänderisch tätig werden zu dürfen.[202] Um wie viel Geld es denn gehe, will K. von O. wissen. Stolz spricht O. von den sechs Nullen. Als der Treuhänder den Millionär darauf aufmerksam macht, dass sowohl das Vermögen als auch das Einkommen der Stiftung in Deutschland steuerpflichtig sei, bilden sich sechsstellige Schweißperlen auf O.s Stirn. ›Aber‹, schiebt der Treuhänder hinterher und spricht das ›a‹ dabei lang und gedehnt, aber er müsse hinzufügen, dass die Liechtensteinischen Gesetze den absolut legalen Rahmen für die Gründung einer Stiftung ermöglichen würden. Sollten deutsche Steuerfahnder skeptisch werden, wovon er nicht ausgehe, würde der Kleinstaat keine Rechtsbeihilfe leisten, da er das Delikt der Steuerhinterziehung nicht kenne. Wie der Millionär die Stiftung denn nennen wolle? Wie wäre es mit *O.s Millionen Stiftung*, schlägt der Millionär vor, worauf der Treuhänder lächelnd entgegnet, davon sei aus strategischen Gründen abzuraten, man wolle einen direkten Rückschluss zu ihm, O., aus diversen Gründen vermeiden. Was seine Lieblingsfarbe wäre. Gelb, sagt der Millionär wie aus der Pistole geschossen, und auf die Frage, welcher Beschäftigung er in seiner Freizeit am liebsten nachgehe, antwortet der Millionär, er liebe es, draußen zu sein und zu wandern.

---

[202] a.a.O Sprenger: Katzengold. S. 70 ff.

Wie es dann mit *Yellow Hike* als Namen für die Stiftung wäre?

Das sei genial.

›Yellow Hike‹, denkt der Treuhänder zwar, ›was für ein bescheuerter Name‹, aber das muss er seinem Millionär ja nicht sagen, und so eröffnet er die Stiftung, die aus nicht mehr als einer Anschrift und einem Postfach besteht. Der Name O.s, der eigentlich Begünstigte der Stiftung, findet sich nur im Beistatut, das der Treuhänder gemeinsam mit der Stiftungsurkunde in einem seiner Aktenschränke verwahrt, während im Öffentlichkeitsregister des Kleinstaats die Bank mit den drei Buchstaben als offizieller Repräsentant von *Yellow Hike* eingetragen ist. Auf Nachfrage Interessierter, der deutschen Steuerfahndung etwa, teilt das Öffentlichkeitsregister, wenn überhaupt, nur den Namen des Treuhänders mit. O. hingegen bleibt anonym.

Weil K. für die Bank mit den Drei Buchstaben tätig ist, ist es naheliegend, die Konten der Stiftung ebendort zu eröffnen. Wie er das Geld nach Liechtenstein schafft, ist die Sache von O. Vielleicht bringt er es in bar über die Grenze oder transferiert es über Holding-Gesellschaften in Panama oder den Cayman Islands auf ein Konto des Kleinstaats. Es ist ein bisschen wie in den Niederlanden mit dem Kiffen. Es darf nur legal im Inland konsumiert werden, was im Inland angebaut worden ist, während Export und Import Strafsache bleiben. Darum ist es wichtig, dass der Paper Trail, die Nachvollziehbarkeit der Transaktion, so gut wie möglich gekappt wird. Ist das erledigt, liegt das Geld des Millionärs auf dem Konto der Stiftung und vermehrt sich, wenn die Bankberater keine Idioten sind, jährlich durch Zinsen und geschickte Anlage. Neben dem Honorar, das der Treuhänder für seine Dienste erhält, hat der Millionär dem Liechtensteiner Staat nicht mehr als eine vermögensunabhängige Pauschalsteuer von 1000 Franken zu entrichten. Egal ob eine Stiftung 10 Millionen oder 10 Franken fasst. Der Name der Steueroase kommt daher. Dort ruht das Geld und vermehrt sich und ein weiteres Oval wächst heran, bis die siebte Null endlich steht.

Johann.

Für den Moment hast du dich noch für keine Seite entschieden. Argumente haben sie beide. ›Eine Meinung in puncto Stiftungsrecht‹, sagst du dir, ›bilde ich mir, wenn die Toblers da sind, wo sie hingehören: hinter Gittern.‹

Ja, selbst am Landgericht ist jetzt endlich Bewegung in deine Sache gekommen. Zwar nicht auf Initiative der Staatsanwaltschaft hin – eine Strafanklage gegen die Toblers gibt es noch immer keine –, sondern, das wird dich schockieren, weil das Verbrecherehepaar eine Zivilklage gegen dich eingereicht hat und ein neuer Fall eröffnet wird. Der 150er, in dem es um die Toblersche Forderung geht, dass du ihnen den Kaufpreis der Wohnung aus Barcelona zurückzuerstatten hättest. Das muss man sich einmal vorstellen! Das Verbrecherehepaar versucht dich zum Verbrecher zu machen! Lachhaft, wird dein Anwalt sagen und dir zumindest für die Wochen bis zum Prozess die Angst nehmen können.

›Bewahren Sie die Ruhe, Herr Kaiser.‹

Weil Ablenkung, wie dein Anwalt dir nahelegt, die beste Art der Vorbereitung sei, kommt dir der Aushang, den du eines Tages an deiner Bushaltestelle entdeckst, sehr gelegen. Für die neue Produktion der Liechtenstein Musical Company, unter deren Regie alle zwei Jahre ein Musical aufgeführt wird, werden Darstellerinnen und Darsteller gesucht. Gespielt wird *Joseph and the Amazing Technicolor Dream-*

coat[203] von Andrew Lloyd Webber. Was für ein klingender Name. Ob du besonders gut singen kannst, weißt du nicht, aber in einem Punkt bist du dir sicher: für die Schauspielerei bist du wie geschaffen. Und so schwer wird es ja nicht sein, ein paar Töne zu treffen. Das Wichtigste ist doch, dass man sich anstrengt.

›Einer wie du kommt uns gerade recht‹, sagt der Chef der Liechtenstein Musical Company, den man seiner Musikalität wegen den Flamenco-Franz nennt, beim Casting im Gemeindesaal Balzers, in dem die Aufführung stattfinden wird. Du lässt dir eine Mappe mit den wichtigsten Informationen geben, die neben den Songtexten den biblischen Hintergrund des Musikstücks enthält. Es ist die Geschichte Josephs, dem beliebtesten Sohn Jakobs, der von seinen eifersüchtigen Brüdern nach Ägypten verkauft wird. Dort gelingt es dem Verstoßenen, sich zur rechten Hand des Pharaos hochzuarbeiten. Weil er einen Traum des ägyptischen Herrschers, in dem sieben fette Kühe von sieben dürren aufgefressen werden, als sieben fette Jahre zu deuten weiß, auf die sieben magere folgen werden, bewahrt Joseph Ägypten vor einer Hungersnot. Doch so gut wie ihm geht es nicht allen. Weil die Menschen im angrenzenden Kanaan nicht auf die Dürreperiode vorbereitet sind, treibt der Hunger sie zu den Vorratsspeichern des Pharaos und seines Traumdeuters. So auch Josephs Vater und seine Söhne. Sie erkennen ihren ausgestoßenen Sohn und Bruder erst, als er ihnen zu verstehen gibt, wer er ist.

Happy End.

Mit der Figur des Benjamin, dem jüngsten der Brüder

---

203 Webber, Andrew Lloyd: Joseph and the amazing Technicolor Dreamcoat (Deutsche Gesamtaufnahme). London 1997.

Josephs, den du darstellen sollst, kannst du dich gut identifizieren. Einmal natürlich, weil Benjamin nach dem Verkauf Josephs zum beliebtesten aller Brüder wird, vor allem aber wegen dieses einen Liedes, das dir das liebste des gesamten Musicals ist. Oft hast du den *Benjamin Calypso* schon beim Aufwachen im Ohr. ›Oh nein, nicht er!‹, trällerst du unter der Dusche, ›dass man ihn verdächtigt, nein, man glaubt es kaum. / Laß ihn! Nimm mich! / Benjamin ist harmlos wie der Palmenbaum.‹[204]

Du musst dich zusammenreißen, den Song nicht während der Arbeit zu singen. Die anderen sind schon genervt. ›Johann‹, sagen sie liebevoll aber bestimmt, ›wir kommen nur zu deiner Aufführung, wenn du jetzt sofort aufhörst zu singen. Es reicht.‹ Irgendwie musst du dir die Zeit halt vertreiben. So interessant die Arbeit zu Beginn noch gewesen ist, so langweilig ist sie dir mittlerweile geworden. In den ersten paar Wochen habt ihr euch noch einen Wettbewerb darum geliefert, wer die Akte mit den höchsten Vermögenswerten an Land zieht.

›Hier ist einer mit 8 Millionen Euro‹, hat einer aus dem Nebenzimmer gerufen.

›Das ist nichts gegen die 28 Millionen Dollar, die ich hier habe!‹

›Was sagt ihr zu den 150 Millionen von meinem?‹

›Leute, ich habe eine PEP[205]!‹

›Hier ist ein Sportler!‹

›Der hier stammt aus dem Umkreis eines ehemaligen Diktators!‹

---

[204] a. a. O. Webber: Joseph. Benjamin Calypso. Akt 2, Lied 19.

[205] Politisch Exponierte Persönlichkeit.

Doch der Zauber des Anfangs ist der Routine des Alltags gewichen. Die Freude über Zahlen und berühmte Personen ist nur noch gering. Was deine Begeisterung dämpft, ist deine Moral. Ist es vertretbar, was du hier tust? Hatte der Jurastudent Schöller, als er das e-Doc-Team verlassen hat, vielleicht sogar recht? Im ersten Moment ist dir seine Kündigung als überambitioniert erschienen. Je mehr Zeit du im Keller verbringst und den Wegen des Geldes nachspürst, desto mehr reift in dir aber die Ahnung, dass die beste aller möglichen Welten mit großer Sicherheit nicht diese hier ist. Wieso darfst du niemandem von deiner Arbeit erzählen?

Wie die Treuhänder und Treuhänderinnen des Landes lebst du, seit die Bank mit den drei Buchstaben dich in ihre Obhut genommen hat, ganz vom Geheimnis. Dabei bist du ein redseliger Mensch. Kein Quatschkopf, nein, das nicht, aber ein kommunikativer Typ, der gerne mit anderen ins Gespräch kommt. Wenn du bei den Musicalproben gefragt wirst, womit du deinen Lebensunterhalt bestreitest, sagst du, ›ich arbeite bei einer Bank‹. ›Du‹, sagt derjenige, der den Sebulon spielt, und du hörst seiner Stimme an, dass er nicht nur ein einziges, sondern eine ganze Reihe von Fragezeichen intoniert. ›Und was macht der Herr Bankier da genau, wenn ich fragen darf‹, sagt die namenlose Ehefrau Levis, die eigentlich Barbara heißt. ›Fragen darfst du natürlich‹, antwortest du gelassen, ›nur kann ich aus Diskretionsgründen keine näheren Angaben machen.‹ Deine Musicalkollegen deuten dein Lächeln als verschwörerisch, würden sie aber etwas genauer hinsehen, würden sie sofort bemerken, wie es dich innerlich beinahe zerreißt. Du möchtest von den Aktenvermerken erzählen, die du auch an diesem Tag wieder gesehen hast, vom Beistatut, in dem der eigentliche Zweck der Stiftung geregelt ist, wer ihre Begünstigten sind etwa – ›der Chef der Deutschen Post!‹, möchtest du sagen, aber du darfst nicht –, und wie viel Geld zu welchem Zeitpunkt an diese ausgeschüttet werden soll, aber du kannst nicht, dein Job verlangt Diskretion. Jeder Mensch braucht ein Ventil. Du findest deins im Gesang. In diesen Liedern, die *Armer Joseph*[206] heißen, *Wie vom Traum verführt*[207] oder *Schließt jede Tür*[208]. Manchmal singst du mit einer solchen Inbrunst, dass die Regisseurin um etwas Zurückhaltung bitten muss. Beschämt dämpfst du dann deine Stimme, aber was willst du machen.

Die Premiere des Musicals wird ein voller Erfolg. Am Morgen danach findest du einen Blumenstrauß auf deinem Schreibtisch. ›Es ist uns eine Ehre, mit dir zusammenarbeiten zu dürfen‹, steht in der Grußkarte, die von ausnahmslos allen Mitgliedern des e-Doc-Teams unterzeichnet worden ist. Deine Popularität ist am Zenit angelangt. Lass dich davon nicht zu Fehlschlüssen verleiten. In dieser Phase deines Lebens gilt es kühlen Kopf zu bewahren. Drossle dein Temperament, Johann, bleib am Boden! Es wird ein Angebot der Drei Buchstaben Bank geben – schlag es aus!

An dem Tag, an dem die Digitalisierung der Akten abgeschlossen ist, herzlichen Glückwunsch dazu, wirst du ins Büro der Personalabteilung bestellt, welche ihre Räume im neuen Gebäude bereits bezogen hat. Der Umzug geht gerade vonstatten und hunderte von Mülltüten mit geschredderten Akten werden nach Buchs transportiert, wo in den Flammen

---

[206] a. a. O. Webber: Joseph. Armer Joseph. Akt 1, Lied 5.
[207] ebd. Wie vom Traum verführt. Akt 1, Lied 2.
[208] ebd. Schließt jede Tür. Akt 1, Lied 9.

der Verbrennungsanlage vernichtet wird, was für immer vernichtet gehört, bis es sich als grauer Rauch ein letztes Mal über dem Kleinstaat erhebt. Wie ein Boxer schreitest du über den Flur. Das neue Gebäude ist schön. Noch schöner als die Flure sind nur die lichtdurchfluteten Büros. Man merkt nichts vom unterirdisch verzweigten System, dieser ewigen Tiefgarage, auf der die Bank ruht.

Das Zentrum Vaduz' ist komplett untertunnelt. Die Tiefgarage, die von drei Eingängen aus befahren werden kann, verbindet die wichtigsten strategischen Punkte. Die Einkaufspassage, die Finanzmarktaufsicht, die Post, das Regierungsgebäude, die Schule, die Banken. Der besondere Trick, den die Drei Buchstaben Bank angewandt hat, ist dort, wo die Tiefgarage eine leichte Biegung macht, einen versteckten Eingang anzulegen, von dem aus der Treuhand-Kunde ungesehen ins Gebäude gelangen kann. Denn wenn der Kunde, der in Liechtenstein einfährt, eines nicht will, ist es, mit der Treuhand in Verbindung gebracht zu werden. Die Steuerfahnder sind überall.

Man kann es durchaus so sagen: In der Tiefgarage kommen die Praktiken des Liechtensteiner Finanzplatzes zu ihrer Vollendung. Wie die Stiftung den Namen des Stifters von seinen Geldern entkoppelt, entkoppelt die Tiefgarage den Autofahrer vom Grund seines Besuchs. Er kann jetzt alles Mögliche sein. Einfacher Fußgänger, Tourist, einer, der Einkäufe tätigt, ein Kunstinteressierter, Briefversender, Treuhänder oder Jurist, der in den Räumen des Landgerichts zu tun hat. Er fährt in die Tiefgarage hinein und verschwindet in ihr, und der Steuerfahnder, der sich inkognito im Kleinstaat befindet, kann vielleicht sehen, dass der mutmaßliche Steuersünder in die Tiefgarage hineinfährt, wohin genau er aber gehen wird, ist dem Blick des Steuerfahnders entzogen. Eine Meisterleistung der Ortsplanung, des Finanzplatzes, der Architektur. Vaduz' Tiefgarage, ist man sich in Treuhandkreisen einig, sollte, wenn nicht zum achten Weltwunder, dann wenigstens zum Unesco Weltkulturerbe erklärt werden. Was ein Mensch sich alles ausdenken kann, ist unglaublich.

›Herr Kaiser‹, sagt Anna-Maria zu dir, als du ihr Büro nach drei sachten Klopfern betrittst, und der förmliche Ton macht dir im ersten Moment Angst. Wieso spricht sie dich mit Nachnamen an? Mit ernster Miene bietet sie dir den Platz an der Stirnseite des Tisches an. Was hast du falsch gemacht? Weiß sie vom Traum von der Sofalandschaft? Weiß sie, dass du sie lieber küssen willst, als hier vor ihr zu sitzen, während sie dich von oben bis unten scannt, als wärst du eine Kundenakte? Sie dringt in deine Gedanken ein. Du denkst, dass du jetzt nicht daran denken darfst, dass du sie liebst, doch wenn du daran denkst, dass du nicht daran denken darfst, denkst du ja trotzdem daran, und Anna-Marias Lippen formen sich zu einem Lächeln. ›Anna-Maria‹, denkst du, ›liebst du mich auch?‹ Sie wendet ihren Blick ab, ist das ein Nein?, und schiebt einen Zettel, ist das ein Ja?, langsam über den Tisch. Erst jetzt bemerkst du, dass vor dir eine Füllfeder liegt. Es ist ein Vielleicht.

›Du hast in den letzten Monaten hervorragende Arbeit geleistet‹, sagt Anna-Maria.

Beschämt schaust du in die Tischplatte hinein. Aber wofür schämst du dich?

›Das ist der Geschäftsführung nicht entgangen.‹

Musicals, Johann, deine Welt sind die Musicals!

›Wir möchten dich gerne behalten und bieten dir einen unbefristeten Arbeitsvertrag an.‹

Die Gerichtsprozesse stehen bevor. Du brauchst die Zeit dich vorzubereiten!

›Zu deinem Tätigkeitsfeld wird es gehören, das Personal der Treuhand mit den Standorten Zürich, Vaduz und Lugano in die neue Software des elektronischen Datenverarbeitungssystems einzuarbeiten. Wir könnten uns dafür niemand Besseren vorstellen als dich, Johann Kaiser.‹

Anna-Marias Wimpern sind lang, ja. Anna-Marias Wimpern sind schön, ja. Doch um alles in der Welt: Lass dich von ihrem Augenaufschlag nicht brechen!

›Was meinst du?‹

Sag nein, Johann, sag nein!

›Es wäre mir eine Ehre‹, sagst du.

Du Idiot!

›Dann ist es abgemacht?‹, fragt Anna-Maria.

Du denkst an Kinder. Du siehst einen Ring an ihrem Finger und an seiner Innenseite eingraviert steht: Johann und Anna-Maria für immer.

›Es ist abgemacht‹, antwortest du und ihr gebt euch die Hände.

Du vollkommen verblödeter Idiot! Jetzt rollt der Schicksalszug los. Und weil du dich als Zugführer wähnst, bist du so guter Dinge wie schon lange nicht mehr. Du bist nicht der Zugführer, Johann. Du liegst im Gleisbett und die Lokomotive rast auf dich zu.

Jetzt geht es Schlag auf Schlag.

Im Mai wird Liechtenstein von den G7 auf die schwarze Liste unkooperativer Staaten im Kampf gegen die Geldwäsche gesetzt. Schuld daran ist ein weiterer SPIEGEL-Artikel, in dem aus einem ›geheimen Dossier des Bundesnachrichtendienstes‹ zitiert wird. Darin heißt es nicht nur, dass der Liechtensteiner Finanzplatz Heimat für Schwarzgelder aus aller Welt sei, sondern auch, dass Politik, Justiz, Banken und Polizei eng zusammenarbeiten würden und über die Jahre hinweg ein System entstanden sei, dessen Endzweck in der Beihilfe zur Geldwäscherei bestehe.[209] Die Regierung ist gezwungen zu handeln. Ein Sonderstaatsanwalt wird eingesetzt, es kommt zu Razzien in Privat- und Geschäftsräumen, und einer der im Dossier genannten Treuhänder, der gleichzeitig Parlamentarier ist, wird aus dem Plenarsaal heraus verhaftet. Dann wird es Juni und im Juli kommt dein Prozess. Du schwimmst nach wie vor jeden Tag hundert Bahnen. Du gehst zur Arbeit, schulst deine Kolleginnen und Kollegen im neuen System, die Kurse sind sehr beliebt, von deinen unruhigen Nächten weiß niemand. Die Anklageschrift ist fertig, die Fotos, die Alfred gemacht hat, sind gut, und das Modell des argentinischen Wasserturms, das du bei einem Architekturbüro in Auftrag gegeben hast, wird nun ebenfalls geliefert. Es ist eine detailgetreue Darstellung des Ortes, der dein Leben für immer ins Wanken gebracht hat. Wenn die Staatsanwaltschaft sich weigert, die Spurensicherung an den Tatort nach Argentinien zu schicken, hast du gedacht, wirst du den Spieß umkehren und den Tatort von Argentinien nach Liechtenstein holen.

Ich mache es kurz und schmerzlos, Johann. Das Urteil stand von Anfang an. Geh gar nicht erst zu den Anhörungen hin. Du wirst den Prozess verlieren und die Berufung, die du einlegen wirst, ist den Richtern nicht mehr als lästiger Papierkram. Versuch gar nicht erst, einen Antrag darauf

---

[209] Mascolo, Georg: Einladung zur Geldwäsche. In: DER SPIEGEL 45/1999. Hamburg 1999. S. 202 ff.

zu stellen, dass dem Prozess, der sich ausschließlich mit dem Wohnungskauf in Barcelona beschäftigt, der Argentinienfall hinzuzuziehen sei, der 103er, in den du die letzten drei Jahre investiert hast. Im Lächeln der Toblers spiegelt sich die Ungerechtigkeit dieser Welt. Das ist das Schlimmste von allem. Ihre öligen, scheinheiligen Gesichter. Ihr Nicken, mit dem sie sagen, ja, Herr Richter, Sie haben recht, der Johann Kaiser ist ein ganz schlimmer Finger, ja Herr Richter, einsperren muss man den, ja Herr Richter, wir haben nie etwas getan.

Mach etwas anderes, Johann. Geh spazieren. Besteig einen Berg. Genieß das, was dich umgibt, solange du es noch genießen kannst. Triff dich noch einmal mit Alfred. Such das Gespräch, gib ihm die Chance, sich bei dir zu entschuldigen. Sag meinetwegen, dass auch du nicht alles richtig gemacht hast. Aber sag überhaupt etwas! Nichts ist für immer. Wenn du nicht willst, dass dich Reue und Scham für den Rest deines Lebens begleiten, musst du jetzt handeln. Bis zum 9. September 2001, zwei Tage bevor die beiden Türme einstürzen, oh Johann, nicht einmal davon kannst du jetzt wissen!, hast du noch Zeit.

Die Pfarrkirche Mauren ist restlos gefüllt. Wie viele Leute gekommen sind. Natürlich, das hättest du wissen müssen. Als Fotografen des *Liechtensteiner Vaterlandes* kennt man Alfred landauf und landab. Was dich überrascht, ist, wie emotional die Besucherinnen und Besucher der Trauerfeier reagieren. Auf die Idee, dass es mit dem Ereignis vom Vortag zu tun haben könnte, dem Einsturz der beiden Türme, kommst du erst später. Für den Moment bist du davon überzeugt, dass die Menschen über den Verlust deines Vaters weinen, aus Mitleid mit dir und deinen Schwestern, und nicht aus Angst um sich selbst.

Was soll dich in diesem Land jetzt noch halten? Hier gibt es nur Unrecht und Tod. Doch du, Törichter, glaubst noch immer. Ist das noch Optimismus oder schon Naivität? Du erscheinst nach wie vor brav zu den Gerichtsterminen, von denen du einen nach dem andern verlierst. Sind es die Worte deines Anwalts, die dich weiterhin hoffen lassen? Aber was hat er bisher geleistet? Seine Prämien hat er kassiert, ja, aber sonst? Du schwimmst nach wie vor hundert Bahnen, du gibst nach wie vor Schulungen für die Mitarbeiterinnen und Mitarbeiter der Treuhand, doch so beliebt deine Kurse sind, so wenig ziehst du aus ihnen.

Zwei Wochen vor deinem letzten Arbeitstag bei der Treuhandabteilung der Drei Buchstaben Bank erhältst du zwei Einschreiben, die du bei der Balzner Post abholen kannst. Ob du sie annehmen willst, fragt dich die Dame am Schalter. Wieso du sie nicht annehmen wollen solltest, fragst du verärgert zurück. Diese Unhöflichkeit tut dir noch im selben Moment leid. Mittlerweile bereitet es dir Schwierigkeiten, deine Emotionen unter Kontrolle zu halten. Mehr als nur einmal hast du den Schulungsraum überstürzt verlassen müssen, um auf dem Männerklo ins Waschbecken zu weinen. Dein Spiegelbild, Johann. Das bist doch nicht du. Ausgezehrt siehst du aus, eingefallen und krank. Das hat die Justiz mit dir gemacht. Dein Cholesterinwert ist hoch. Von den Ärzten werden dir Betablocker verschrieben. Das Wort Burnout kursiert. Sie raten dir zu mehr Ruhe und Sport. Du hast die Kündigung eingereicht, aber ruhiger geworden bist du dadurch nicht, und sportlich, sportlich bist du ja schon vorher gewesen. Jetzt stehst du jedenfalls hier, in der Postfiliale Balzers, und öffnest den ersten der beiden Umschläge, welche die Postbeamtin dir reicht.

In der Zivilsache Johann Kaiser gegen Carl und Renata Tobler, heißt es im Schreiben[210], wurde ein letztinstanzliches Urteil gefällt. Die Wände vibrieren. Du, Johann Kaiser, wirst zur Zahlung des Kaufpreises der Wohnung in Barcelona verurteilt. Ein Postkartenständer fällt um. Die Verfahrenskosten trägst du alleine, aus dem Nebenraum ist das Zischen von Wasser zu hören. Sollst du das zweite Kuvert überhaupt öffnen? Putz bröckelt von der Decke. Die Staatsanwaltschaft hat das Verfahren im 103er wegen mangelnder Beweislast eingestellt.[211] Leise rieselt der Staub. Anstelle dessen wird ein Verfahren gegen dich, Johann Kaiser, eröffnet. Wegen der schweren Nötigung und des Betrugs.

Es kann sein, dass das Gebäude einstürzt, nachdem du es verlässt. Ohne dich danach umzudrehen, gehst du geraden Weges nach Hause und überlegst, ob du dich im Pool ertränken sollst. Die Dachterrasse wäre ein schöner Ort, um zu sterben.

In den nächsten Tagen kündigst du deine Wohnung und verschenkst das wenige Mobiliar an diejenigen, die es besser brauchen können als du. Das heißt alle. Du verabschiedest dich von Anna-Maria und fährst in den Feinkostwarenladen Stern, um deinem ehemaligen Chef Lebewohl zu sagen und dich für alles, was er für dich getan hat, zu bedanken. Du würdest eine längere Reise unternehmen, sagst du, und

---

210 »Urteil des fürstlichen Landesgerichts in der Zivilsache Carl und Renata Tobler gegen Johann Kaiser«, Brief vom 21.10.2002, zu Händen des Autors.

211 »Information zur Einstellung des Verfahrens im Akt 10 Vr 103/97.« Brief vom 21.10.2002, zu Händen des Autors.

wüsstest nicht, wann du wieder zurückkehren würdest. Nur eine Bitte hättest du noch: ein Glas Sauerkirschmarmelade. Die gehe aufs Haus, lacht der Chef und reicht dir zum Abschied die Hand.

Deine Sachen sind alle gepackt. Das Glas mit der Marmelade legst du mit dem Brief an Fürst Hans-Adam II. in den Karton, in dem sich das Modell der Hazienda befindet. Der Taxifahrer muss dir beim Einladen helfen. Dann chauffiert er dich durch den Kleinstaat, bis ihr den Maurer Friedhof erreicht. Bevor du aussteigst, bittest du den Taxifahrer, den Karton am Dienstag kommender Woche um Punkt elf Uhr auf Schloss Vaduz abzugeben. Geld spiele keine Rolle, sagst du, und der Taxifahrer wird nicken. Dann besuchst du ein letztes Mal Alfreds Grab. Wie ruhig es auf dem Friedhof ist. ›Alfred Kaiser‹, steht auf dem Grabstein, den du für ihn hast anfertigen lassen, ›Fotograf‹. Genau wie er es wollte. Am Himmel ziehen Wolken auf. Es wird zu regnen beginnen. Das ist mehr als gerecht.

Erst als du schon im Zug sitzt, bricht das Unwetter über die Landschaft herein. Regentropfen am Fenster, die Berge verschwinden unter einer Decke aus Wolken. Mit der Schuhspitze tippst du den Koffer an, der sich vor dir im Fußraum befindet. Ja, es ist alles noch da. Die Arbeit der vergangenen Monate. Eigenhändig von dir digitalisiert. Wenn sie dir nicht geben wollen, was dir rechtmäßig zusteht, musst du es dir eben nehmen. Die bevorstehende Reise ist lang. Daran, wovon du träumen wirst, kann ich mich nicht mehr erinnern. Sagen kann ich nur so viel: Wenn der Zug den Berliner Hauptbahnhof erreicht, wirst du in den Untergrund gegangen sein. Lies diese E-Mail noch mal und überlege dir gut, was du tust. Vielleicht wird es Möglichkeiten geben, die mir entgangen sind, als ich noch du war. Egal, was die anderen sagen. Du bist schön, Johann. Du bist aus Gold. Vergiss das bitte nie. Alles Gute.«

Dann klicke ich auf Senden.

DAS ZWÖLFTE BUCH

(2002–2003)

1.

Wie immer kamen die wichtigen Nachrichten zum unpassendsten Zeitpunkt. Ein paar Stunden vor Beginn des traditionellen Neujahrsempfangs hatte eine Sekretärin ihren Vorgesetzten über das Eintreffen eines seltsamen Pakets informiert, das von einem Taxifahrer am Pförtnerhaus abgegeben worden sei. Die Stimmung im Kleinstaat dieser Tage war aufgeheizt, in nicht einmal drei Monaten stand die Abstimmung über die seit Jahren schwelende Verfassungsfrage bevor, weshalb der Fürst zunächst annahm, das bis an den Rand mit Dokumenten gefüllte Paket wäre ein weiterer Verwirrungsversuch seitens der politischen Gegner. Dazu passte, dass der beiliegende Brief ganz ohne Begrüßung auskam. »Während der letzten Jahre, Durchlaucht«, ließen bestimmt gesetzte, gradlinige Buchstaben verlauten,

> sind Sie in doppelter Hinsicht mein Vorgesetzter gewesen. Einerseits als Oberhaupt dieses Staates, in dem ich geboren und aufgewachsen bin. Andererseits als Eigentümer der Bank, bei der ich bis vor ein paar Monaten gearbeitet habe. Ich war dort für die Digitalisierung aller Geschäftsakten der Treuhand zuständig und diese Arbeit habe ich sehr gerne getan. Leider ist mir dabei ein Missgeschick unterlaufen. Wie Sie wissen, wird Nacht für Nacht das komplette System von Bank und Treuhand im Serverraum im 3. OG als Backup gespeichert. Da es für meine Arbeit

vonnöten war, auf das elektronische Archiv zugreifen zu können, hat sich bei einem meiner Recherchegänge eines der DLT-Tapes, die als Speichermedien verwendet werden, in meinen Rucksack verirrt. Bedauerlicherweise habe ich das erst festgestellt, als ich nach einem langen Arbeitstag in meine Wohnung zurückgekehrt bin. Obwohl ich mir fest vorgenommen habe, das Tape wieder zurück an die richtige Stelle zu legen, habe ich das am nächsten Morgen vergessen. Genauso am übernächsten wie am überübernächsten und am überüberübernächsten usw., dass ich jetzt, nach meiner Kündigung, noch immer in Besitz des Datenträgers bin. Es ist das Tape mit der Seriennummer *135782 GC410D288 35*. Ein Foto davon habe ich Ihnen beigelegt.

Obwohl der Fürst sich fest vorgenommen hatte, dem Brief für den Moment keine Beachtung zu schenken, gingen ihm dessen Zeilen auch jetzt, da er sich im Gespräch mit dem schwedischen Honorarkonsul befand, in dem er zur allgemeinen Erheiterung seine paar Brocken Schwedisch hervorkramte – es war so einfach, die Menschen für sich zu gewinnen –, nicht aus dem Kopf. Ja, den Demokraten in diesem Land war zwar viel zuzutrauen, aber das?

Mit diesem Schreiben möchte ich einen Termin zur Übergabe vereinbaren. Leider ist die Sachlage kompliziert. Aufgrund der unfairen Behandlung durch Ihre Justizbehörden war es mir nicht länger möglich, im Kleinstaat wohnen zu bleiben. Ich habe meinen Job und meine Wohnung gekündigt, sämtliche Möbel verkauft und meinen Haushalt aufgelöst. Ich befinde mich bis auf weiteres in Deutschland und weiß zum gegebenen Zeitpunkt noch nicht, ob ich wieder zurückkehren werde. Es sei denn, Ihnen ist daran gelegen. Denn wenn das Staatsoberhaupt nach mir rufen würde, käme ich natürlich nach Hause.

Während der Fürst mit einem Glas Chardonnay aus der eigenen Hofkellerei durch die Menge ging, dachte er über den Absender des Briefes nach, der ein enger Vertrauter seiner Mutter gewesen war. Um ehrlich zu sein, hatte er diesen Typen nie ganz für voll nehmen können. Doch wann immer er eine Bemerkung in diese Richtung gemacht hatte, war er von Fürstin Gina mit einem bösen Blick bedacht worden. »Johann ist ein herzensguter Mensch«, hatte sie dann zu ihm gesagt, »und dass du dich abfällig über ihn äußerst, kann ich mir nur mit Eifersucht erklären, Hans-Adam. Könnte das sein?« Er? Eifersüchtig? Auf ein Waisenkind? Das ergab keinen Sinn.

Wie Sie festgestellt haben werden, befindet sich im Karton eine Menge an Material. Da ist zum einen ein Glas Sauerkirschmarmelade, die, wie ich von Ihrer Mutter weiß, Ihre liebste ist. Verstehen Sie diese bitte als Zeichen des Danks, Sie als mein Staatsoberhaupt bezeichnen zu dürfen. Zum anderen finden Sie im Karton eine Reihe von Dokumenten, die meinen Kampf vor den Liechtensteiner Gerichten während der letzten Jahre dokumentieren. Besonders hervorzuheben ist das Modell der Hazienda *Estanzia Paraíso del Sol,* die sich im südlichen Teil Argentiniens befindet (den genauen Standort habe ich auf der beiliegenden Landkarte vermerkt). Dort, im großen Rundturm an der Nordseite des Gebäudes, bin ich zwischen März und

April 1997 festgehalten und gefoltert worden. Die Narben an meinen Handgelenken wie an meinem Hals (siehe Fotos) erinnern bis heute daran. Leider habe ich in den vergangenen sechs Jahren, während derer ich meine ganze Energie darauf richtete, die Folterer von Argentinien ihrer verdienten Strafe zuzuführen, feststellen müssen, dass die Mühlen der Justiz in diesem Staat nicht nur sehr langsam, sondern leider auch in die verkehrte Richtung mahlen. Es kommt nichts als Unrecht aus ihnen heraus.

Was hätte er mit dem puppenhausähnlichen Gebilde anderes anfangen sollen, als es unmittelbar nach Erhalt zu entsorgen? Seine Kinder waren zu alt, um damit zu spielen – sein Jüngster verwaltete die Geschäfte der Bank, die Mittlere war ins Ausland verheiratet, und sein Ältester würde nach der hoffentlich erfolgreichen Abstimmung im März die Staatsgeschäfte übernehmen –, und seine Enkel hatten noch nicht das rechte Alter, als dass sie sich dafür interessierten.

Verstehen Sie mich bitte nicht falsch. Ich bin noch immer der glühende Monarchist, zu dem mich Ihre Mutter gemacht hat, und stehe weiterhin bedingungslos auf der Seite des Fürstenhauses. Wie Sie bin ich der Ansicht, dass die Verfassung einer dringenden Revision bedarf, und mit dem Ausbau der Rechte des Fürsten, wie Sie es vorschlagen, bin ich mehr als nur einverstanden. Besonders interessant finde ich Ihre Idee, dass die Kompetenz, die Richterinnen und Richter zu ernennen, nicht mehr Regierung und Parlament, sondern dem Fürsten zukommen soll. Da ich davon ausgehe, dass Sie die Abstimmung mit deutlicher Mehrheit gewinnen – im Falle einer Niederlage mit einem

Wegzug nach Wien zu drohen war ein brillanter Schachzug, Chapeau! –, bitte ich Sie Folgendes zu tun: Sorgen Sie dafür, dass meine Folterer von Argentinien ihre verdiente Strafe erhalten. Ich mag nur ein kleiner Mann sein, doch der Schmerz und das Unrecht, das ich erfahren habe, sind so groß, dass es mehrere DLT-Tapes bräuchte, um es zu dokumentieren.

Drei Monate noch, dann war es so weit. Obwohl der Fürst den Großteil des Volkes auf seiner Seite wusste, durfte er sich nicht zu sicher sein. Es gab Spalter im Land, die dem Fürstenhaus seine Rechte streitig zu machen versuchten. Das waren zwar nicht besonders viele, und besonders einflussreich waren sie auch nicht, aber es gab sie, und mit dem, was es gab, musste man sich auseinandersetzen. Der Fürst prostete einem Politiker der Opposition zu, der sein Glas so selbstbewusst in die Höhe hob, als könne er die Vergeblichkeit der Abstimmung im März damit wettmachen.

Apropos DLT-Tape. Zu meiner großen Überraschung habe ich festgestellt, dass die darauf enthaltenen 1 159 000 Kundendateien (in Worten: eine Million einhundertneunundfünfzigtausend) unverschlüsselt gespeichert sind. Es hat mir, das gebe ich offen zu, einiges an Vergnügen bereitet, mich durch die Datensätze zu arbeiten, die sämtliche Unterlagen – Kontodaten, Gründungsurkunden, Beistatuten, Vermögenswerte, Belege über getätigte Transaktionen usw. – von insgesamt 3929 Gesellschaften enthalten, die in Vaduz registriert sind. Diese Gesellschaften, die man im Ausland wohl als ›Briefkastenfirmen‹ bezeichnen würde, sind in Besitz von insgesamt 8655 Einzelbankkonten, auf denen ich nach vorsichtiger Schätzung ein Gesamtvermögen von mehr als 14 Milliarden Schweizer Franken ausmachen konnte. Laut Aktenvermerken ist dieses Geld oft auf so komplizierten Wegen auf die Liechtensteiner Konten gelangt, dass der Schluss naheliegt, dass es sich dabei zum größten Teil um unversteuerte Vermögen handeln dürfte. Das ist auch deswegen erstaunlich, weil die wirtschaftlich Begünstigten der jeweiligen Gesellschaften, die aus insgesamt 84 Ländern stammen, nicht selten politisch exponierte Persönlichkeiten (PEP) sind, die mit beiden Beinen im Licht der Öffentlichkeit stehen. Was geschehen könnte, wenn dieses Material in die Hände ausländischer Steuerverwaltungen geraten würde, wage ich mir nicht einmal auszumalen.

Es war jedes Jahr dasselbe. Alle standen in kleinen Grüppchen beisammen und fanden sich wichtig. Besonders diejenigen, die nicht wichtig waren. Die Unerfahrenen erkannte man daran, dass ihnen der Alkohol zu schnell ins Blut schoss, während diejenigen, die sich seit Jahren auf dem Parkett der internationalen Diplomatie bewegten, sich mit einem reichhaltigen Essen auf Anlässe wie diesen vorzubereiten wussten. Peinlicher als zu torkeln war nur, die Gier auf die Häppchen nicht verstecken zu können. Der deutsche Botschafter in Bern, der sich im Gespräch mit einem Landtagsabgeordneten befand, dessen Name dem Fürsten entfallen war, war in dieser Hinsicht ein echter Profi. Trinkfest, wohlgenährt, freundlich. Als Hans-Adam in seine Richtung ging, um ihm ein gutes neues Jahr zu wünschen, schien es ihm, als würden dessen Lippen – konnte das sein? – von einem wissenden Lächeln umspielt.

Dass ich mich in dem Land befinde, aus dem ein gutes Drittel der Mandate stammt – sei es, weil die Erstbegünstigten laut Unterlagen einen deutschen Pass besitzen oder ihr Steuerdomizil in der Bundesrepublik haben –, ist als Zufall zu werten. Seien Sie unbesorgt, was die Sicherheit Ihrer Daten betrifft. Um der Gefahr einer feindlichen Übernahme vorzubeugen, habe ich sämtliche Mandate, die einen offensichtlich kriminellen Hintergrund aufweisen – z. B. Gläubigerbetrug (Mandats-Nummern: [redacted], [redacted], [redacted], [redacted]), Kreditbetrug ([redacted], [redacted]), Subventionsbetrug ([redacted], [redacted], [redacted]), Geldwäscherei ([redacted], [redacted], [redacted], [redacted], [redacted], [redacted]), Korruption ([redacted], [redacted]), Bestechungsgeld ([redacted]) –, aussortiert und auf zwei externen Festplatten gespeichert. Mittels einer Verschlüsselungssoftware (ähnlich der Crypto-Suite von BHV: 256 Bits nach AES-Standard) habe ich diese vor fremdem Zugriff geschützt. Im unwahrscheinlichen Fall, dass beispielsweise Steuerfahnder in ihren Besitz gelangen sollten, können sie diese ohne mein Zutun nicht lesen, und Sie und Ihre Kunden brauchen keine Strafprozesse zu fürchten. Der [redacted]-Mann [redacted] nicht, der mittels der [redacted]-Stiftung via der im [redacted]-Skandal federführenden [redacted] seine Konten zu füllen wusste; [redacted] nicht, der über mehrere Gesellschaften in [redacted] und [redacted] [redacted] [redacted]-Gelder an [redacted] (und andere Personen aus dessen Umfeld) gezahlt hat; und genauso wenig jener Chef einer der größten deutschen Staatsfirmen, der mithilfe einer prall gefüllten Familienstiftung das populärste aller Verbrechen beging, bei dessen Abwicklung Ihre Bank tatkräftig zur Seite stand. Ich spreche von der Hinterziehung der Steuer.

Ja, es stimmte schon, die deutsch-liechtensteinischen Beziehungen waren angespannt. Nicht zuletzt des, angeblich, geheimen Dossiers des Bundesnachrichtendiensts wegen, das ein Sonderstaatsanwalt untersucht und in den meisten Punkten als haltlos hatte zurückweisen können. Zwar war der Fachmann zum Schluss gekommen, dass die Gerichte des Kleinstaates überlastet wären, doch mit der Aufstockung der Justiz hatten sich Fürst und Regierung der Sache mit jenem Ernst angenommen, der für diese Situation notwendig war. In Rekordzeit hatten sie die Rechtshilfe- und Sorgfaltspflichtgesetze verschärft, die Geldwäsche-Strafbestimmungen einer Prüfung unterzogen und den G7 damit demonstriert, dass es an der Zeit wäre, Liechtenstein wieder von der schwarzen Liste der in Geldwäsche nicht-kooperativen Staaten zu nehmen. Und nach einer kurzen Phase der Turbulenz blühte der Liechtensteiner Finanzplatz wieder wie eh und je.

Während Sie sich um die Daten, wie oben dargelegt, nicht weiter zu sorgen brauchen, ist das Einzige, was uns wirklich zum Problem werden könnte, meine eigene Sicherheit. Wie in Anlage 3 beschrieben, ist es meinen Folterern von Argentinien gelungen, einen internationalen Haftbefehl gegen mich zu erwirken. Sollte ich in eine Polizeikontrolle geraten, bei der man meine Personalien verlangt, kann ich nicht länger für den Schutz der Kundenunterlagen garantieren. Vermutlich würden nach meiner Verhaftung all meine Sachen durchsucht, und wenn ich nach den Festplatten gefragt würde, könnte ich es nicht mit mir vereinbaren, über deren wirklichen Inhalt zu schweigen. Das ist die Schmach des Moralisten. Damit es so weit gar nicht erst kommen kann, möchte ich Ihnen einen Vorschlag unterbreiten: Greifen Sie zu den beiliegenden Passfotos und stellen Sie mir einen vorübergehenden Reisepass aus, der nicht auf meinen wirklichen Namen lautet. Sobald Sie diesen Schutzausweis vorliegen haben – er schützt nicht nur mich, sondern auch Sie, weswegen der Schutz ein doppelter ist –, bitte ich Sie diesen mit dem Hinweis, dass er von Herrn Kaiser oder einem Vertrauten abgeholt würde, bis **Montag, 13.1.2003, um Punkt 14:00 Uhr an die Frankfurter Filiale Ihrer Bank** zu übermitteln. So ist sichergestellt, dass ich nicht festgenommen werde, bis ich in den Kleinstaat zurückkehre. Und in den Kleinstaat zurückkehren werde ich dann, wenn ein Sonderstaatsanwalt eingesetzt ist und die Folterer von Argentinien ihrer verdienten Strafe zugeführt werden. Eine klassische Win-win-Situation.

Mittlerweile war die fürstliche Bank an mehreren Standorten vertreten. In Zeiten des globalen Finanzkapitalismus war Präsenz zu zeigen wichtiger denn je. Dass Kaiser sich, wenn es denn überhaupt stimmte, in Deutschland aufhielt, war aus mehreren Gründen problematisch. Die Filialen in Köln, Düsseldorf, Frankfurt und Berlin waren allesamt neu, und der Fürst hoffte, dass die dortigen Angestellten mit dem nötigen Fingerspitzengefühl an die Sache herangehen würden, sollte er sie tatsächlich einweihen müssen. Für den Moment aber fehlte dafür jeglicher Anhaltspunkt. Es konnte ja alles gelogen sein.

Zu guter Letzt möchte ich Sie darum bitten, niemandem von meinem Versehen zu erzählen. Besonders ein Einschalten der Polizei hielte ich für überflüssig, da es sich hier um nichts weiter als ein Missgeschick handelt, das leicht zu beheben ist. Sollten Sie das anders sehen als ich, bin ich dazu gezwungen, selbst für meine Sicherheit zu sorgen, die eng an die Sicherheit der Bankdaten geknüpft ist. Wenn es zu Ungereimtheiten kommen sollte und Sie mir, aus welchen Gründen auch immer, versuchen würden eine Falle zu stellen, habe ich eine Möglichkeit eingerichtet, um Dritten den Zugriff auf die Datenträger zu gewährleisten. Ich aktiviere eine zeitlich programmierte E-Mail, die automatisch abgeschickt wird, wenn ihr Versenden nicht bis zu xy Minuten vor dem kritischen Zeitpunkt gestoppt wird. Darin beschreibe ich in Deutsch und in Englisch, wer ich bin, welche Informationen ich besitze und wie darauf zugegriffen werden kann. (Die Empfänger sind: [redacted]@usdoj.gov, [redacted]@bundesnachrichtendienst.de, [redacted]@bka.de, [redacted]@bmf.bund.de, [redacted]@spiegel.de, [redacted]@nzz.ch, [redacted]@washpost.com, [redacted]@sundayherald.com, [redacted]@thetimes.co.uk, [redacted]@ft.com, [redacted]@guj.de, [redacted]@myfaz.net, [redacted]@profil.at, [redacted]@guardianunlimited.co.uk, [redacted]@bild.t-online.de, [redacted]@scmp.com, [redacted]@cyberway.com.sg, [redacted]@sph.com.sg, [redacted]@iht.com, [redacted]@manager-magazin.de, [redacted]@lastampa.it [redacted]@lemonde.fr, [redacted]@lefigaro.fr.)

Wann würden sie endlich gehen. Dem Fürsten war danach, für ein paar Minuten alleine zu sein. Diese belanglosen Gespräche, während da einer in Deutschland herumrannte, der behauptete, einen Koffer voller Daten zu haben. Konnte das wirklich sein? Ja, es war in den letzten Jahren zu ein, zwei

Vorfällen gekommen, in denen die Banken des Kleinstaats Datendieben zum Opfer gefallen waren, aber hatte der Finanzplatz daraus nicht gelernt? Der Fürst lächelte der Justizministerin zu. Sich von einem Amateur bestehlen zu lassen, so blöde konnte doch wirklich niemand sein.

Es ist alles ganz einfach. Wenn Sie dafür sorgen, dass mir der Reisepass ausgehändigt wird und die Verbrecher von Argentinien vor Gericht gestellt werden, kehre ich in den Kleinstaat zurück und übergebe Ihnen bei einem Abendessen – zu dem ich Sie natürlich einladen werde – in einem Restaurant Ihrer Wahl die Daten persönlich. Ich will nur ein bisschen Gerechtigkeit, das ist alles. Lassen Sie mich eines dummen Versehens wegen bitte nicht zum Bluthund Liechtensteins werden.
Hochachtungsvoll,
Ihr Johann Kaiser.

Er hörte nur mit einem Ohr hin, als ein Vertreter der Wirtschaftskammer die geschmackvolle Inneneinrichtung lobte. Inneneinrichtung, Inneneinrichtung, was interessierte ihn Inneneinrichtung? Für den Moment ging es allein darum, diesen trostlosen Empfang routiniert über die Bühne zu bringen. Um die Sache mit Kaiser kümmern würde er sich später. Seine Aufgabe galt zunächst dem, was seine Rolle als Staatsoberhaupt *auch* von ihm verlangte, dem Repräsentieren, aber eben *nicht nur.* Ein Grüß-August war er mit Sicherheit keiner. Dafür hatte er zu lange studiert.

2.

Januar

Montag, 6.1.2003

Die Sonne erhob sich hinter den Spitzen der Alpen, mit deren Anblick der Kriminalpsychologe Dr. Jan Mayer ein Gefühl von Zugehörigkeit und Heimat verband, als sein dunkelblauer A7 den Grenzübergang Tisis-Schaanwald passierte. Obwohl ihm angeboten worden war, per Privatflugzeug nach Altenrhein in die Schweiz geflogen zu werden, wo er von einem Fahrer abgeholt werden würde, hatte er diesen Vorschlag aus moralischen Gründen abgelehnt. Solange er sich nicht selbst mit dem Fall vertraut gemacht hatte, wollte er den möglichen Auftraggebern nicht zur Last fallen. Außerdem fuhr er gern Auto.

Als der Anruf gekommen war, hatte er seinen Vortrag zur präventiven Verbrechensbekämpfung an der Volkshochschule St. Pölten gerade beendet. Von allzu professoralem Auftreten hielt er nicht viel, weswegen er auch bei Auftritten dieser Art sein gewöhnliches Outfit zu tragen pflegte, das aus Blue Jeans und Wildlederjacke bestand. Es wäre fahrlässig gewesen, seinen hart erarbeiteten Ruf durch das Tragen eines Anzugs der Fragwürdigkeit preiszugeben. Immerhin galt er als der Mann, der die Methoden des FBI nach Europa gebracht hatte. Er hatte in den Staaten studiert. Er war Psychologe. Er wusste über das Begehren der Menschen Bescheid.

2.
Januar

Tag 1

Was ich sah: vier Wände, die einmal weiß gewesen sein mussten. Einen Stuhl, einen Tisch, eine Kommode. Zwei mit Bügelschloss gesicherte Koffer, die vor der Zimmertür standen. Und einen Spiegel an der gegenüberliegenden Wand, in dem sich ein im Bett aufgerichteter Mann betrachtete, als wäre sein Spiegelbild das eines andern. Im Stockwerk über mir waren Schritte zu hören. Ich strich mir über die Wange. So wie es aussah, gab es mich wirklich.

Obwohl es keine acht Stunden her war, dass mich der Taxifahrer vor dem Kaufhaus des Westens abgesetzt hatte, kam es mir vor, als läge zwischen heute und gestern ein ganzes Jahrzehnt. Meine Erinnerung an den Vorabend war schwach, ich war angekommen, ja, ich hatte Probleme gehabt, die Wohnung zu finden, ja, und als ich Ronald nach unseren zwei oder drei Telefonaten – ein Geschäftsmann aus der Schweiz, der in Berlin zur Ruhe zu kommen versuche, soso – zum ersten Mal persönlich gegenübergestanden hatte, hatte er mich zur Begrüßung umarmt. Trotz der bleiernen Müdigkeit hatte es mir der Anstand verboten, mich sofort ins Bett zu begeben, und so hatte ich mich zu ihm in die Küche gesetzt, wo wir ein Gespräch geführt haben mussten, von dem ich nicht mehr erinnerte als die große Anstrengung, die es mich gekostet hatte, meine Augen offen zu halten.

Vor ein paar Monaten war sein erstes Buch erschienen, das bis zu diesem Tag auf dem dritten Platz der SPIEGEL-Bestellerliste stand. Nicht allein der guten Platzierung wegen hatte Mayer in der Woche des Erscheinens einen Schrecken gekriegt. Erst hatte er seine Verlegerin angerufen und unmittelbar danach das Nachrichtenmagazin in Hamburg. Dort hatte man zwar von einem Versehen gesprochen, das dem Praktikanten unterlaufen sein müsse, dafür entschuldigt hatte man sich aber nicht. Ein weiteres Mal hatte der Professor die These bestätigt gesehen, die von Hannah Arendt bis Stanley Milgram so überzeugend dargelegt worden war. Dort wo es Befehlsketten gab, fühlte sich niemand für seine Taten verantwortlich. Meistens nicht einmal die Befehlsgeber selbst. Nach dem Anruf in der Redaktion jedenfalls war sein Buch in die Spalte verschoben worden, in die es gehörte. In die Welt der Tatsachen nämlich, die ihren Ausdruck in der Liste der Sachbücher fand. Unter Belletristik hatte sein aus jahrelanger kriminalpsychologischer Erfahrung gespeister Erstling gestanden! Erfunden sollte es sein! Alles gelogen! Aber immerhin auf Platz 3.

Eiszapfen hingen an den Felswänden, die sich am Rand der schmalen Straße auftaten, während auf der anderen Seite ein steiler Hang in die Hauptstadt abfiel. Hauptstadt. Haha. Was für ein lächerliches Land. Er bog um eine Kurve und sah Schloss Vaduz vor sich thronen, parkte den Wagen vor dem schmiedeeisernen Tor und ließ sich dann vom Portier in diese jahrhundertealten Gemäuer führen, in denen das liechtensteinische Staatsoberhaupt seinen Gast bereits erwartete.

Ich kniff mich. Der Mann im Spiegel tat es mir nach. Er hieß jetzt Tobias Hartmann. Wie ich auf den Namen kam, weiß ich nicht mehr. Härte jedenfalls konnte ich für die kommenden Monate gut gebrauchen.

In der Nacht hatte es weiter geschneit und die Gehsteige lagen in schimmerndem Weiß. Während ich das DLT-Tape in der Kommodenschublade unter einer Schicht Unterhosen und Socken versteckt hielt, trug ich die beiden Festplatten im Rucksack mit mir herum. Noch im Kleinstaat hatte ich eine Liste mit wichtigen strategischen Punkten angefertigt, die ich nun der Reihe nach abklapperte. Ich ging zum Finanzministerium. Ich ging zum Bundeskanzleramt. Ich ging zum ARD-Hauptstadtstudio und zur amerikanischen Botschaft. Ich prägte mir jeden Weg, den ich ging, genau ein, markierte die schnellste Route zu meiner Wohnung auf einer Karte und achtete penibel darauf, die Berliner Niederlassung der Drei Buchstaben Bank am Kurfürstendamm so weitläufig zu umgehen wie möglich. Ich kam an Brachflächen vorbei. An Stolpersteinen und an zerbombten Kirchen. Da waren Plaketten an Häuserwänden, die darüber informierten, wer darin ermordet worden war. Ja, wäre es für meine eigene Sicherheit nicht vonnöten gewesen, die deutsche Bundesregierung in meiner Nähe zu wissen, hätte ich eine andere Stadt als vorübergehenden Aufenthaltsort gewählt. Aber was heißt schon Ort? War ich überhaupt an einem solchen? Im Gegensatz zu den klaren Grenzen, durch die ein ›Ort‹ definiert wird, erstreckt sich das, was man den ›Untergrund‹ nennt, über die ganze Welt.

Donnerstag, 9.1.2003

Es gab Situationen im Leben, da fügte sich alles. Der Fall war hochinteressant und die Bezahlung stimmte. Außerdem, und das war das Wichtigste von allem, passte der Sachverhalt perfekt zu dem Themenkomplex, den Dr. Jan Mayer in seinem neuen Buch zu bearbeiten plante. Während er sich in seinem Erstling mit den Persönlichkeitsmerkmalen von Serienmördern beschäftigt hatte, wollte er in seinem zweiten Werk das Hauptaugenmerk auf ein Thema richten, das auf den ersten Blick nicht viel mit dem vorherigen zu tun hatte. Einen Arbeitstitel gab es zwar noch keinen, doch den Terminus für den Sachverhalt, den er bearbeiten würde, hatte er bereits festgelegt. Zweifellos war ›Workplace Violence‹ eines der drängendsten Probleme des 21. Jahrhunderts.

Es war doch so: Mit dem Übergang zur Disziplinargesellschaft, in der es keine Instanzen mehr gab, von denen das alleinige Gewaltmonopol ausging, hatten sich die Grundvoraussetzungen von Arbeit, ob es sich dabei um körperliche oder geistige handelte, radikal transformiert. Von dieser Entwicklung besonders betroffen war der Dienstleistungssektor, dessen Entstehung nicht ohne Grund in jene Zeit des Überganges gefallen war. Zwar mochten die Wächter verschwunden sein, zu deren Aufgabe es gehört hatte, die Produktivität der Angestellten zu überwachen, doch dieses Verschwinden war kein Verschwinden im Sinne einer Auflösung, sondern ein Verschwinden im Sinne einer Verwandlung. Die Figur des Wächters hatte sich in den Angestellten hinein verschoben, und aus hundert Angestellten waren hundert Wächter geworden, die nicht nur ihre Kolleginnen und Kollegen, sondern insbesondere sich selbst überwachten. Das war

Bis zum Übergabetermin für den Pass, mit dem ich nicht länger Gefahr laufen würde, im Zuge einer Polizeikontrolle verhaftet zu werden, verblieben nur noch vier Tage. Zwar war ich dem alten Leitspruch der Vermögensverwaltung gefolgt – dass ein diversifiziert angelegtes Vermögen nicht nur das ertragreichste, sondern auch das sicherste sei – und hatte sämtliche Daten auf mehrere Speichermedien verteilt, doch auch nur einen Bruchteil davon in Ronalds Nähe zu wissen erschien mir längerfristig als keine gute Idee.

Wann immer er Gelegenheit hatte, fragte mich Ronald darüber aus, wie ich den Tag verbracht hätte – Brandenburger Tor, sagte ich, Potsdamer Platz, alte Nationalgalerie –, ehe er dazu überging, mir seine Sorgen zu klagen. Rotgrün, sagte er, Gerhard Schröder. Was genau sein Problem mit den Regierungsparteien war, habe ich im Detail nicht verstanden – es schien mit dem Regieren selbst zusammenzuhängen: Macht, sagte er, Verrat, die da oben –, doch der Hass, der ihm in den Augen stand, sobald er von den bundesdeutschen Regierungskreisen zu sprechen begann, verlieh ihm eine Unberechenbarkeit, die mich unruhig machte. Nachts hörte ich ihn im Flur auf und ab gehen, und mehr als einmal kam es mir vor, als bliebe er vor meiner Zimmertür stehen, die ich nur deswegen nicht abschloss, um nicht geheimnisvoller zu wirken als nötig. Ja, Ronald – Korruption, sagte er, kleiner Mann, verdorbene Eliten – schien der Verschwörung näher zu sein, als es mir lieb war.

Auf der Suche nach einem besseren Aufbewahrungsort für die Daten notierte ich die Adressen aller Internetcafés, an denen ich vorbeikam, und ging in jedes dritte hinein, um

zwar perfide, hieß aber auch, dass der einfache Angestellte ein mächtiges Druckmittel erhielt. Das Unternehmen an sich war angreifbar geworden, wenn die Arbeitnehmer sich dessen Strukturen zunutze machten. Und für jenes neue Subjekt des so selbst- wie fremdbewussten Angestellten stand Johann Kaiser paradigmatisch.

Was für eine komplexe Figur! Hochintelligent! Und so sensibel dazu! Feinfühlig wie ein Seismograph! Beim Studieren der Akten war es mehr als einmal vorgekommen, dass Dr. Jan Mayer ob der brillant formulierten Passagen, die so viel Tragik wie Komik enthielten, so lauthals hatte auflachen müssen, dass ein Sekretär zu ihm ins Zimmer getreten war und gefragt hatte, ob alles in Ordnung wäre. Natürlich war es das! Alles bestens! Was für ein außergewöhnlicher Mensch!

Samstag, 11.1.2003

Wenn er es richtig verstand, verhielt es sich mit dem Kleinstaat folgendermaßen: Er hatte die Form eines L's und darin gab es elf Dörfer, die durchschnittlich nicht mehr als vier Kilometer entfernt voneinander lagen. Einen Flughafen gab es keinen. Es gab nicht einmal eine Autobahn. In den elf Dörfern lebten knapp 35 000 Menschen, und das Parlament, das alle vier Jahre gewählt wurde, bestand aus exakt 25 Abgeordneten, die, wenn sie nicht zu ihren monatlichen Sitzungen zusammenkamen, regulären Berufe nachgingen. Sie waren Ärztinnen und Juristen, sie leiteten Treuhandbüros oder arbeiteten bei einer der Banken, von denen es unzählige gab. Die meisten dieser Banken hatten Akronyme zum Namen,

nachzuschauen, ob sich der Fürst bereits gemeldet hatte. Im Postskriptum meines Schreibens hatte ich ihn über eine sichere Kommunikationsmöglichkeit informiert, über die er mit mir in Kontakt treten könne. Dass ihm der Hinweis darauf entgangen war, konnte ich damals noch nicht wissen, und so entschied ich mich aus psychohygienischen Gründen dafür, mich von seiner Sprachlosigkeit nur so weit beunruhigen zu lassen, wie ich die Beunruhigung selbst wieder beruhigen konnte. In mühseliger Handarbeit durchforstete ich sämtliche Nachrichtenseiten auf Informationen, die mit einer Bank in Verbindung standen, die um ihre Kundendateien gekommen war. Dass ich von der Verwendung einer Suchmaschine absah, erscheint mir im Nachhinein übertrieben, doch mein Respekt vor den IT-Kenntnissen im Kleinstaat war damals noch viel zu groß.

Tag 6

Mein erstes Wochenende im Untergrund kam ohne die Vorzüge aus, über die ein gewöhnliches Wochenende verfügt. Ich verbrachte es nicht wie geplant mit etwas Wellness, um den Stress, den die Übergabe des Reisepasses am Montag mit sich bringen würde, zu lindern, sondern mit mehr Stress und organisatorischen Dingen, um den doppelten Stress zu bekämpfen.

Zwar waren die Veränderungen minimal, die ich abends in meinem Zimmer bemerkte, doch dass der Wecker in anderer Position auf dem Nachttisch stand als noch vor ein paar Stunden, entging mir nicht. Auch wenn sich der jeweils eine dem jeweils anderen gegenüber nichts anmerken ließ – ich

die in der Regel aus drei Buchstaben gebildet wurden, die, so betonten es die Bankiers, die auch Politiker waren, in akzentfreiem Englisch auszusprechen wären. Nicht Be De Ef, sondern Bi Di Äf usw. Weil es die Banken gab und die Industrie – Bohrmaschinen! Fertigessen! Künstliche Zähne! –, konnte das Land als reich bezeichnet werden. Noch nie hatte Dr. Jan Mayer auf so wenig Raum so viele hochwertige Autos gesehen. Doch nicht nur für Autoliebhaber, sondern auch für einen Kriminalpsychologen war dieses Land ein Paradies. Denn eine der Banken war von einem der 35 000 bestohlen worden.

Glück im Unglück aber war, dass die bestohlene Bank dem Fürsten gehörte, denn einen Fürsten gab es ja auch, und weil der Fürst Fürst war, konnte er Dinge tun, die für Nicht-Fürsten undenkbar gewesen wären. Er ließ eine Task Force einsetzen, die aus Mitgliedern der Regierung, den Spitzen der bestohlenen Bank, Vertretern der Staatsanwaltschaft und einem Kriminalpsychologen bestand. Und das Erste, was der Kriminalpsychologe dem Fürsten riet, war es, den Reisepass, den der Datendieb forderte, ausstellen zu lassen und damit nach Frankfurt zu reisen.

Montag, 13.1.2003

Sobald es um ein Verbrechen geht, urteilen die Menschen schnell. Weil Dr. Jan Mayer in den letzten Tagen hatte feststellen müssen, dass die Erwähnung des vollen Namens des Datendiebs in den Reihen der Task Force zu hochfrequentierten Wutausbrüchen führte, nannten sie ihn auf sein Anraten hin nur noch ›K‹. Erbsünde hin, Erbsünde her: Kein

nicht, dass ich wusste, dass Ronald durch meine Sachen gegangen war, Ronald nicht, dass er wusste, dass ich etwas verbarg –, hatte unsere Beziehung ihren Tiefpunkt erreicht. Ich schlief mit den Datenträgern unter dem Kissen, doch selbst wenn ich ihre Kanten nicht an meinem Hinterkopf gespürt hätte, wäre aus Furcht, dass mein Zimmer jeden Moment gestürmt werden könnte, an Schlaf nicht zu denken gewesen. Im Rauschen der Wasserrohre hörte ich Schritte, im Knarzen der Dielen noch mehr, und in den Lichtkegeln, welche die vorbeifahrenden Autos in den Raum hereinwarfen, sah ich Gespenster, der Stiernacken war da und der Pájaro, dass ich mich allmählich fragte, ob nicht ich der Paranoiker war, der ich Ronald vorwarf zu sein.

Spätestens am kommenden Morgen aber, als Ronald beim Frühstück den Vorschlag machte, in den nächsten Tagen gemeinsam das Stasi-Gefängnis in Hohenschönhausen zu besichtigen, das wäre doch was für einen Geheimniskrämer wie mich, kam ich endgültig zum Schluss, dass ich erst die Daten und dann mich selbst in Sicherheit bringen musste. Wie aber sollte ich gehen, ohne allen Verdacht auf mich zu lenken?

Tag 8

Als der Tag der Übergabe gekommen war, durfte ich zufrieden feststellen, dass er ausnahmsweise mit positiven Neuigkeiten begann. In einer freundlichen E-Mail teilte mir die 23-jährige Geografie-Studentin Frederike mit, dass ich das Zimmer, für das ich mich interessierte, noch am selben Abend besichtigen könne.

Mensch kommt kriminell zur Welt. Oder anders gesagt: Kriminell war nur das Menschsein an sich. Das war Auslegungssache.

Obwohl es noch immer kriminalistische Schulen gab, welche die Neigung zur Straftat mit der genetischen Disposition in Verbindung zu setzen versuchten, hatte Dr. Jan Mayer biologistische Strömungen seit jeher vehement abgelehnt. So wie die Gesetze von Menschenhand gemacht worden waren, so waren es Menschen, welche genau diese Gesetze brachen. Um sich für das Falsche zu entscheiden, konnte es Gründe geben, die durchaus die richtigen waren, und nur weil man das Richtige tat, hieß das noch lange nicht, dass einem der Sinn nach dem Richtigen stand. Natürlich hatte Johann Kaiser in dem Moment, in dem er sich dazu entschieden hatte, etwas, das nicht ihm gehörte, zu entwenden – dazu kam der Brief an den Fürsten, der als Nötigung des Staatsoberhaupts ausgelegt werden konnte –, gegen eine Reihe bestehender Gesetze verstoßen. Doch solange sie in Vaduz ignorierten, dass sie eine Form der Mitschuld daran trugen, dass Kaiser überhaupt hatte straffällig werden können, solange würde es keine Lösung geben, die für alle Seiten eine zufriedenstellende war.

Der Kriminalpsychologe las in seinem Notizheft: ›1965 als Sohn einer Spanierin und eines Liechtensteiners geboren. Zwillingsschwestern. Ungleich unter Gleichen zu sein stärkt die Individualität. Anfang der 70er-Jahre: Die Mutter verschwindet, worauf die Kinder in Obhut eines Waisenhauses gegeben werden (Waisenhaus ist überall Bürde, im einzigen eines ganzen Staates wahrscheinlich noch mehr). Die Schulzeit verläuft unproblematisch, er scheint ein guter Schüler zu sein. Wissbegierig, rasche Auffassungsgabe, gro-

Ich kaufte mehrere Telefonkarten und vertrieb mir die Zeit bis zum Anruf, indem ich am Wittenbergplatz auf und ab ging. Mein Plan sah vor, den Reisepass in eines der Schließfächer bringen zu lassen, die ich in den vergangenen Tagen angemietet hatte, und es so lange unter Beobachtung zu stellen, bis ich mir sicher war, dass sich niemand anderes in seiner Nähe befand.

Als es 14 Uhr geworden war, wählte ich mit zittrigen Händen die Frankfurter Nummer. Noch bevor ich meinen Namen zu Ende sprechen konnte, teilte mir eine Frauenstimme mit, dass da jemand sei, der mich zu sprechen wünsche. Ich reagierte nicht geistesgegenwärtig genug, um das Telefonat sofort wieder zu beenden, und hatte schneller als es mir lieb war eine um Sanftheit bemühte Männerstimme im Ohr.

»Herr Bankdirektor?«, fragte ich überrascht.

»Der bin ich«, antwortete der Bankdirektor und begann von den Wolken am Frankfurter Himmel zu erzählen, die sich in einer Art und Weise darüber spannten, dass es aussähe, als würde es zum Abend hin regnen. Was blöd sei. Er habe keine Regenjacke dabei.

Ich war irritiert. Nicht nur, weil sich der Bankdirektor offenbar in Frankfurt befand, vor allem aufgrund des freundschaftlichen Tons, den er anschlug. Natürlich kannten wir uns, wir waren, als ich noch bei der Bank gearbeitet hatte, einige Male essen gewesen, aber die Vertrautheit, die er mit Sätzen wie ›mein lieber Johann‹ oder ›was haben Sie bloß angestellt‹ herzustellen versuchte, hatte ich so nie zwischen uns wahrgenommen. Unsere Beziehung war von Anfang an eine rein geschäftliche gewesen, und wenn es nach mir ging, sollte das auch so bleiben.

Aber nun zu Ihnen, sagte er, nachdem er mit der Analyse

ßes Mundwerk. Dass Johann schon damals viel liest, mag Grund dafür sein, dass seine Fantasie so ausgeprägt ist. Kurz vor seinem vierzehnten Geburtstag reist er nach Barcelona. Er lernt Carl und Renata Tobler kennen, die ihn zwanzig Jahre später in Argentinien gefangen halten → auslösendes Moment. Laut Auskunft Hans-Adams II. ist es seine eigene Mutter, die verstorbene Fürstin, die den Ausreißer 1981 bei seiner Rückkehr am Bahnhof abholt. Der Respekt vor dem Fürstenhaus ist damals noch groß. Das Streben nach Mobilität, die Gier nach der Welt setzt sich in der Berufswahl fort: Lehre in einem Reisebüro. Nach Abschluss der Ausbildung verliert sich seine Spur für drei Jahre. Schlüsselmoment? Was geschieht in jener Zeit? Danach: Anstellung bei Swissair. Das erste eigene Geld, Freiheit, Mobilität. Damaligen Arbeitskollegen zufolge reist Johann viel. Er verbringt nahezu jedes Wochenende in einer anderen Stadt, was ihm gleichermaßen Neid wie Anerkennung einbringt. Zwei typische Reaktionen auf seine Person. 1989: das Todesjahr Fürstin Ginas. Johann kondoliert bei Hans-Adam. Die Schrift auf der Trauerkarte ist zittrig, geschrieben wie unter Schock. Bis er 1992 wieder im Kleinstaat auftaucht, verlieren sich seine Spuren erneut. Wo er gewesen ist, will er niemandem sagen. Anmerkung: → doppelter Magnetismus. Die Kraft wegzugehen und wieder zurückzukehren stehen in perfektem Gleichgewicht. Der Datendieb als Pendel? Bis zum Jahr, in dem er nach Eigenaussage ›gefoltert‹ wird, scheint er in Spanien zu leben, ehe er sich ab 1998 ein weiteres Mal im Kleinstaat niederlässt. Die Verfolgung des ›Verbrecherehepaars‹ hat jetzt oberste Priorität. Manie: Er produziert eine Flut an Dokumenten, gibt Fotografien (bei seinem Vater!) und Skizzen in Auftrag und lässt ein Modell

des Wetters zu einem vorläufigen Ende gekommen war, ob wir uns in einer halben Stunde auf einen Kaffee treffen wollten?

»In einer halben Stunde?«, fragte ich ob der Unmöglichkeit seines Vorschlags entgeistert.

»Na so groß«, lachte der Bankdirektor, »ist Frankfurt ja nun auch wieder nicht.«

Mangelte es denen in Vaduz an Lesekompetenz? Glaubten sie, ich schriebe Briefe zum Spaß? Wann hatte ich jemals erwähnt, dass ich persönlich in Frankfurt anwesend sein würde?

»Hören Sie«, sagte ich und gab mir alle Mühe, meinen Ärger hinter meiner Professionalität zu verdecken, »selbst wenn ich in Frankfurt wäre« – hier atmete er erschrocken auf – »bin ich zunächst am Reisepass und erst lange danach an einem Kaffee mit Ihnen interessiert.«

Eine Übergabe sei nur von Angesicht zu Angesicht möglich, erwiderte der Bankdirektor gekränkt, und als er zu einem erneuten Redeschwall ansetzte, gab ich ihm mitten im Satz zu verstehen, dass ein Treffen aus logistischen Gründen nur in Berlin möglich sei.

»Berlin!«, rief der Bankdirektor aus. »Wieso sollte ich Ihnen glauben, dass Sie sich in Berlin befinden?« Die Leitung füllte sich mit Leere. »Das kann ja jeder behaupten.«

Das war genug. Ich legte auf. Als Lügner ließ ich mich ganz gewiss nicht abstempeln. Doch wie ich im Stechschritt losging, um die CDs beim Finanzministerium in der Wilhelmstraße abzugeben, fiel mir das Schaufenster eines Reisebüros ins Auge, in dem zwei Puppen vor einer Fototapete auf Liegestühlen saßen. Für einen kurzen Moment schien es mir, als ob ihre Gesichter die Züge Carl und Renata Toblers annahmen,

der Hazienda anfertigen. Niemand schenkt Kaiser Glauben. Im Gegenteil: die Behörden schlagen sich auf die Seite derer, die den Datendieb bestraft sehen wollen. Systemimmanentes Versagen. Unverständlich, dass man einem Menschen mit seiner Vorgeschichte den Zugriff auf das Innerste des Liechtensteiner Bankwesens gewährt. Seine Arbeitskollegen beschreiben ihn als Enthusiasten. Keine Aufgabe ist Kaiser zu viel. Kein Wunder. Er weiß, dass man ihm nur dann Gehör schenken wird, wenn er seine Stimme verstärkt. Die Daten = Lautsprecher. Ein Geheimnis = ein Mikrophon. Was ihn so unberechenbar macht, ist seine größte Stärke: die Antizipation. Welche Maßnahmen wir auch immer ergreifen, Kaiser wird darauf vorbereitet sein. War es richtig, ausgerechnet den Direktor der Ba–‹

Es klopfte.

Über das Notizbuch hinweg sah der Kriminalpsychologe den fürstlichen Sekretär im Türrahmen stehen. Dr. Jan Mayer musste sich beherrschen. Er hasste es, wenn man ihn so ansah.

»Ein Telefonat«, sagte der Sekretär dann. »Der Bankdirektor. Aus Frankfurt.«

Dienstag, 14.1.2003

Wie gut, dass sich ein Fachmann in den eigenen Reihen befand, der über die Expertise verfügte, die unter Schock stehenden Mitglieder der Task Force zu beruhigen. Ja, was der Bankdirektor aus Frankfurt vermelde, sei schrecklich, aber was hätten sie denn erwartet? K sei ein so sensibler wie misstrauischer Mensch, weshalb es als Erfolg zu verbuchen wäre,

die mir entgegenlächelten. Ein Pool baute sich vor mir auf, da war die Hazienda, und dann erkannte ich, dass Carl eine Zeitung in seinen Händen hielt, deren Titelseite mein Foto zeigte. Die Schlagzeile berichtete von einem Datendieb, der den größten Steuerskandal aller Zeiten ausgelöst hatte. ›Wir haben es ja immer gewusst‹, hörte ich Carl zu Renata sagen, ›Johann Kaiser, ein Krimineller‹, und Renata pflichtete ihm lächelnd bei. Mit meinem Geld hatten sie bekommen, was sie bekommen wollten. Der Rest war ihnen vollkommen egal.

Nein, dachte ich dann, so leicht würde ich es ihnen nicht machen. Ein Geistesblitz! Befand sich nicht die Berliner Geschäftsstelle der Drei Buchstaben Bank in unmittelbarer Nähe? Natürlich! Das tat sie! Die Dame am Schalter musterte mich zwar erst skeptisch, als ich verschwitzt um ein dringendes Gespräch nach Frankfurt bat, dann aber ließ sie mich gewähren.

Als ich erneut mit dem Bankdirektor verbunden war, gab ich ihm höflich, aber bestimmt zu verstehen, dass mit den Spirenzchen jetzt Schluss wäre.

»Berlin«, sagte ich, »Niederlassung der Bank. Morgen, 12 Uhr.«

Tag 9

Bei einem letzten gemeinsamen Abendessen hatte ich Ronald mitgeteilt, dass ich aufgrund eines Todesfalls in die Schweiz zurückkehren müsse – aber die Miete, sagte er –, und war mit Anbruch des Morgens in Frederikes Wohnung gezogen. Zwar war es bei der Besichtigung am Vorabend zu einem kurzen Moment der Irritation gekommen – eines Tippfeh-

dass er, trotz der, er müsse es leider so formulieren, ungeschickten Verhandlungsführung des Bankiers – einem Tier im Bedrohungszustand zeige man nicht die Flinte – nach wie vor an Austausch interessiert zu sein scheine.

»Ja wie gehen wir denn jetzt weiter vor?«, hatte der Fürst gefragt, dessen Temperament das am schwierigsten zu zügelnde war.

»Indem wir kooperieren«, hatte Dr. Jan Mayer gesagt, »wir müssen uns mit K verbünden.«

Zwar war Hans-Adam nicht davon abzubringen gewesen, die Telefonleitungen sämtlicher Personen aus Ks Umfeld überwachen zu lassen, doch dass er eingewilligt hatte, seinen Chauffeur mit K verhandeln zu lassen, war Dr. Jan Mayer für den Moment mehr als genug.

»Ich bin da«, meldete der Fahrer des Fürsten, ein gewisser Theodor Frick, zur Mittagszeit aus Berlin. Sie waren bereits um elf Uhr zusammengekommen und hatten dem Rauschen der Autobahn über das im Wagen integrierte Telefon in andächtiger Stille gelauscht. Der Bankdirektor, der zurück nach Vaduz beordert worden war, saß zur Linken des Fürsten, während Dr. Jan Mayer den Stuhl zu seiner Rechten einnahm. Zwar führte das zu eifersüchtigen Blicken, doch mit seiner Intervention am Vorabend hatte er sich diesen Platz redlich verdient.

Fünf nach zwölf. Zehn nach zwölf. Viertel nach zwölf. Alle Augenpaare waren auf das Telefon in der Mitte des Besprechungstisches gerichtet, doch mehr als das gelangweilte Atmen des Fahrers wie das Geräusch der Finger des Fürsten, die zunehmend genervter auf der Tischplatte trommelten, war nicht zu hören. Obwohl Dr. Jan Mayer Hans-Adam mit ermunternden Blicken zu beruhigen versuchte, musste

lers wegen hatte ich mich nicht als Mario, sondern als Maria Fässler bei Friederike gemeldet, die ihren Freund als übermäßig eifersüchtigen Menschen beschrieb, der es niemals zulassen würde, dass sie ihre Wohnung mit einem gutaussehenden Mann teile. Doch als ich von meiner Frau zu erzählen begann, mit der ich seit 7 Jahren verheiratet sei, hatten sich ihre Gesichtszüge wieder entspannt.

Ich erreichte den Ku'damm bereits um halb zwölf und ging hinter einem Baumstamm in Deckung, von dem aus der Eingang der Bank gut zu beobachten war. Ich war einigermaßen entspannt. Das neue Zimmer war schön. Die Datenträger in Sicherheit. Und für den Fall, dass sie mich zu überrumpeln versuchen würden, hatte ich für Punkt vierzehn Uhr den Versand der E-Mail aktiviert, welche die Empfängerinnen und Empfänger darüber in Kenntnis setzen würde, in Besitz welcher Informationen ich war und wie sie darauf zugreifen konnten.

Viertel vor zwölf. Zehn vor zwölf. Fünf vor zwölf. Wie es aussah, schienen die Geschäfte der Bank nicht gut zu laufen. Es gingen so wenig Menschen hinein wie herauskamen. Zwölf. Vom Bankdirektor fehlte nach wie vor jede Spur. Ein Landei, wie er eines war, dachte ich, konnte sich in einer Stadt leicht verlaufen, und so beschloss ich, ihm ein paar mehr Minuten zu geben.

Fünf nach zwölf. Zehn nach zwölf. Viertel nach zwölf. Sie würden den Termin doch nicht platzen lassen? Zwanzig nach zwölf. Wie konnten sie nur! Fünf vor halb eins. Ein Motor wurde gestartet. Konnte das sein? Blinklicht direkt vor der Bank. Wie um alles in der Welt hatte mir der blaue Audi entgehen können? Ohne jeden Zweifel war es der Wagen des Fürsten. Bei offiziellen Anlässen wurde das Wechselkennzei-

er um kurz vor eins feststellen, dass im autosuggestiven Bereich noch einiges an Arbeit vor ihm lag. Entnervt gab der Fürst seinem Fahrer das Kommando zur Rückkehr. Wenn K die Daten tatsächlich hätte, würde er es nicht wagen, es an so basalen Dingen wie Pünktlichkeit fehlen zu lassen. Der Fall des Datendiebs wäre hiermit erledigt. Schönen Tag.

Die Erleichterung im Raum war groß und laut, nicht so groß und laut aber, dass das plötzlich einsetzende Getöse, das aus dem Telefon zu ihnen herdrang, zu überhören gewesen wäre. Während die anderen mitten in ihren Bewegungen gefroren, war Dr. Jan Mayer der Erste, der die Fassung wiedergewann. So leise wie möglich lehnte er sich zum Telefon, aus dem nicht mehr nur eine, sondern ebenso eine zweite Stimme zu vernehmen war, und stellte das Mikrophon auf stumm. Wie es sich anhörte, war jemand zu Theodor in den Wagen gestiegen.

Was für eine prächtige Stimme! Selbstbestimmt, aber nicht arrogant. Sachlich und klar, aber nicht ohne Wärme. Der Kriminalpsychologe hatte sich nicht in K getäuscht.

Ein Rauschen setzte ein, als wäre der Wagen in Bewegung gesetzt worden, konnte das sein?, und als es verstummte, griff der Fahrer zur Finte.

Gut gemacht, Theodor! Den Datendieb aus dem Auto zu lotsen war eine hervorragende Idee! Obwohl der Chauffeur flüsterte, dass alles unter Kontrolle sei, wirkte Hans-Adam beunruhigt. Da waren dumpfe Schläge zu hören, als träte jemand gegen die Karosserie. Machte sich der Fürst Sorgen um den Zustand seines Wagens? Aber was war schon geprelltes Blech, wenn der Plan wirklich gelänge! Sie hatten Frick angewiesen, dem Datendieb den Pass, den sie ausstellen lassen hatten, auf keinen Fall zu übergeben. Für den Anfang reichte

chen ›FL 1‹ angebracht, bei gewöhnlichen Fahrten verkehrte er mit ›FL 6333‹. Wie viele Personen sich in der Karosse befanden, war von meiner Position aus nicht zu erkennen, doch da der Wagen bereits zum Ausparken ansetzte, konnte ich mir keine Zögerlichkeit leisten. Ich sprintete los, was großes Gehupe zur Folge hatte, das ich für mich zu nutzen wusste. Der Fahrer bemerkte mich erst, als ich einstieg.

»Fahren Sie!«, rief ich, nachdem ich auf der Beifahrerseite Platz genommen hatte. »Fahren Sie los!«

Dass ich dem Fahrer Zeige- und Mittelfinger an die Schläfe hielt, scheint mir im Nachhinein übertrieben.

»Johann«, sagte er nach Überwindung des ersten Schocks, »was hast du vor?«

Hinter dem Lenkrad saß Theodor Frick, der schon lange für die fürstliche Familie arbeitete und sich vom Dienstboten zur rechten Hand hochgearbeitet hatte. Ich ließ meine Finger sinken und entschuldigte mich für den Schrecken, den ich ihm eingejagt hatte. Wir kannten uns ja seit Jahren.

Bis Theodor vorschlug, dass wir doch ein paar Schritte zu Fuß gehen könnten, sprachen wir kein einziges Wort. Er hatte den Wagen in einer ruhigen Seitenstraße zum Stehen gebracht, und kaum war ich ausgestiegen, schloss Theodor den Wagen von innen ab. Seinem Vorschlag zu folgen war ein Fehler gewesen. Ich trommelte gegen das Seitenfenster und schrie, was zur Hölle das alles solle, wo der Bankdirektor sei, ob sie denn glaubten, sie könnten tun, was sie wollten, doch Theodor ließ sich davon nicht beirren. Die Gemächlichkeit, mit der er am Handschuhfach fuhrwerkte, machte mich so wütend, dass ich gerade zu einem Tritt ansetzen wollte, mit dem ich den Seitenspiegel abgeschlagen hätte, als der Chauffeur ein Dokument an die Scheibe presste.

es, K zu signalisieren, dass man bereit war, auf seine Forderungen einzugehen, wenn er sich zur Zusammenarbeit bereit erklären würde. Zwar glaubte der Kriminalpsychologe nicht, dass K auf Anhieb darauf eingehen würde, dafür war der Datendieb ein zu skeptischer Mensch, aber einen Versuch war es allemal wert.

»Steig in den Wagen, Johann«, hörten sie Theodor sagen, »komm mit mir nach Vaduz und du kriegst den Pass!«

Als der Fürst vor Zorn rot anlief, weil K mit heftiger Ablehnung auf den Vorschlag reagierte, versuchte der Kriminalpsychologe seinem Auftraggeber mit einer besänftigenden Geste, die Hände zur Tischplatte hin, zu verstehen zu geben, dass sie, auch wenn es für den Moment nicht so aussehen mochte, am Anfang von etwas Wunderbarem standen. Einer Beziehung, die auf Vertrauen beruhte!

Sonntag, 19.1.2003

Gehe nicht, wohin der Weg führen mag, sondern dorthin, wo kein Weg ist, und hinterlasse eine Spur. Jean Paul. Wie K es gelungen war, sich Zutritt zum Allerheiligsten von Schloss Vaduz zu verschaffen, zu dessen Rundturm, in dem sich die 1700 Gemälde fassende Kunstsammlung des Fürsten befand, stellte alle vor ein Rätsel. Fakt aber war, dass er es getan hatte und ihnen nichts anderes übrig blieb, als den Anweisungen des Datendiebs zu folgen. Genau so, wie er es im Brief, den der Chauffeur aus Berlin mitgebracht hatte, beschrieb.

Dr. Jan Mayer und der Polizeibeamte, der aus Sicherheitsgründen mit in der Schatzkammer anwesend war, hatten in

Tatsächlich. Der Pass! Sie hatten den Pass mitgebracht!

›Sandro Sele‹, hieß es in der Zeile neben meinem Foto, geboren am 13.6.1968.

Frick ließ die Scheibe einen Spalt nach unten, dann sagte er, dass er mir die Dokumente nur dann aushändigen könne, wenn ich einsteigen und mit ihm nach Vaduz fahren würde.

»Gib den Reisepass her«, sagte ich, »das werde ich niemals tun.« Doch als ich sah, dass sich Fricks Meinung dadurch nicht ändern würde, beschloss ich insoweit zu kooperieren, dass ich den Wagen nicht in Schutt und Asche legte. Durch das geöffnete Fenster warf ich den Brief, den ich in den letzten Tagen vorbereitet hatte, in den Wagen und tat dann, was mir am sinnvollsten schien. Ich nahm meine Beine in die Hand und rannte.

Tag 14

Wie angenehm war das Wohnen mit Frederike! Während ich bei jedem Zusammentreffen mit Ronald hatte fürchten müssen, eine Bemerkung fallen zu lassen, die dem Paranoiker Anlass zur Sorge und dem Ergreifen unberechenbarer Maßnahmen bot, fühlte ich mich in Frederikes Nähe so wohl, dass ich darüber beinahe den eigentlichen Grund meines Aufenthaltes vergaß. Spätestens aber die Botschaft des Fürsten, die ich nach Tagen des Schweigens im Entwurfsordner fand, holte mich in die grausige Wirklichkeit zurück. So wie es aussah, hatten sie meinen Hinweis endlich gefunden.

Bei einer Führung durch die fürstlichen Sammlungen, in deren Genuss ich als Bankmitarbeiter im Vorjahr gekommen

andächtiger Stille gelauscht, als Hans-Adam von den Postbussen erzählte, in denen die Sammlung im Jahr der Machtergreifung von Wien nach Vaduz transportiert worden sei, um einer Konfiszierung durch die Nationalsozialisten zu entgehen. Er hatte auf ein paar Gemälde gezeigt und Namen gesagt, die der Kriminalpsychologe vom Hörensagen kannte, ehe er vor einem Bild haltgemacht und plötzlich ehrfürchtig zu flüstern begonnen hatte:

»Das ist es.«

Das Gemälde zeigte einen Mann mit Violine, der am offenen Fenster steht und nachdenklich über den Bildrand hinwegsieht. Ks Anweisungen entsprechend hatte sich der Polizeibeamte an die Arbeit gemacht. Der Blickrichtung des Porträtierten folgend hatte er, schlimm, an der gegenüberliegenden Wand plötzlich innegehalten und sich dann, schlimmer, mit einem erregten Seufzer, am schlimmsten, ans Überstreifen der Handschuhe gemacht. Tatsächlich war da etwas.

Neben Benutzernamen (›johann-adam‹) und Passwort (›g3r3cht!gk31t‹) enthielt die post-it-große Notiz an der Wand den Provider eines E-Mail-Accounts. Beim ersten Login fand der Kriminalpsychologe den Posteingang leer. Genauso verhielt es sich mit dem Papierkorb. Gesendete Nachrichten? Gab es keine. Erst als er sich zum Entwurfsordner vorgearbeitet hatte, stieß er auf einen Text, in dem K akribisch darlegte, wie der Account zu verwenden wäre. Um sich ›gegenseitig auf dem Laufenden [zu] halten‹ würde die eine Partei ihre Nachricht an die jeweils andere im Entwurfsordner ablegen. Da so weder gesendet noch empfangen werden musste, war es ihnen unmöglich – der Hund! dieses elende Schlitzohr! –, Ks Standort zu lokalisieren.

Zwar sollte es Dr. Jan Mayers Aufgabe sein, mit dem

war, hatte ich mich ein paar Schritte hinter meine Arbeitskollegen zurückfallen lassen und in Blickrichtung eines Porträts eine Notiz an der Wand angebracht. Wieso ich mich für Gerrit Dous *Violinenspieler* entschied? Nach gängiger Interpretation bedeutender Kunsthistorikerinnen zeigte das Gemälde des großen Leidener Feinmalers nicht einfach nur irgendeinen Mann, der am Fenster musizierte, sondern den Maler selbst. Dafür sprach, dass man als Betrachter am Porträtierten vorbei in ein Zimmer hineinsieht, in dem ein junger Mann mit dem Zermahlen von Pigmenten beschäftigt ist. Dass Gerrit Dou seine wahre Identität verschleiert, indem er sich nicht als Maler, sondern als Musiker darstellt, verlieh meiner Forderung nach einem Pass, der zwar mein Foto zeigte, aber auf einen anderen Namen ausgestellt war, metaphorischen Nachdruck. Sich davon unbeeindruckt zu zeigen gelang nicht einmal Vaduz.

Im Gegensatz zum herabwürdigenden Ton des Bankdirektors erfuhr ich in der im Entwurfsordner abgelegten Nachricht endlich den erforderlichen Respekt. Neben einer Vorliebe für hochgestochene Formulierungen schien das Wort ›Transaktion‹ zu den liebsten des Verfassers oder der Verfasserin zu gehören, der oder die mehrfach betonte, dass er oder sie alleine für deren sichere Abwicklung zuständig sei. Von ›beidseitigem Interesse‹ war da die Rede, von ›Vorsicht‹, ›Verständnis‹ und von ›Respekt‹, die Worte ›Selbstachtung‹, ›Bedachtheit‹ und ›Patriotismus‹ fielen, ehe das Schreiben mit der Aufforderung, dass ich die ›nächsten Schritte‹ für eine, schon wieder, ›Transaktion‹, bekannt geben solle, zu einem Ende kam. Würde sich nun alles zum Guten wenden?

Natürlich nicht.

Datendieb zu kommunizieren, das war es aber auch schon gewesen. Bereits mit seinem Protest gegen den Vorschlag, eine Detektei zu engagieren, die K aufspüren sollte, hatte er so allein dagestanden wie Neil Armstrong beim Betreten des Monds. Würde K davon erfahren, dann behüte sie Gott.

Freitag, 24.1.2003

Die belgische Detektei, die aus Verschleierungsgründen nicht direkt von der Drei Buchstaben Bank, sondern einer befreundeten Anwaltskanzlei in den Niederlanden beauftragt worden war, meldete einen ersten Erfolg. Man hatte die Zielperson ausfindig gemacht. Ein weiteres Mal musste Dr. Jan Mayer in die tiefenpsychologische Trickkiste greifen, um die jubelnden Mitglieder der Task Force zu beschwichtigen. Wenn man jetzt eines nicht durfte, war es, die Situation auf die leichte Schulter zu nehmen. Aufgeklärt oder gelöst war hier noch gar nichts.

Mit Verweis auf die jüngsten Ermittlungsergebnisse der Polizei, die festgestellt hatte, dass K einen Ausweis der Liechtensteinischen Landesbibliothek besaß, mit welchem er zu Anfang des Jahres 1999 eine Menge an Fachliteratur ausgeliehen hatte, darunter eine Einführung in die Strafprozessordnung, diverse Schriften zur Liechtensteiner Verfassung wie mehrere Spionageromane, die er allesamt erst nach Jahren in bemitleidenswertem Zustand wieder zurückgegeben habe, ohne auch nur einen Rappen an Mahngebühren zu bezahlen, hielt der Psychologe fest, dass man es mit einem Gegner zu tun habe, zu dessen größter Stärke das Antizipie-

Als ich bei Freunden im Kleinstaat anrief, um mich zu erkundigen, wie es ihnen so gehe, ließen ihre Neuigkeiten erst große Wut in mir hochkochen, und als diese gewichen war, blieb nichts anderes als Enttäuschung. Der Himmel verfinsterte sich. Sie versuchten mich zu betrügen. Außerdem war da der weiße Lieferwagen schon wieder.

Tag 19

Wer sich im Ausnahmezustand befindet, bewegt sich außerhalb der Zivilisation. Und wer sich außerhalb der Zivilisation bewegt, dem bleibt nur die Natur. So wenig, wie sich die Sonne dafür interessierte, welcher Tag es gerade war, den sie mit Aufgehen einleitete, so egal war es mir bald geworden, ob ich in einen Dienstag, einen Donnerstag oder einen Sonntag hinein erwachte. Ein Tag war ein Tag war ein Tag, und wenn die Sonne ihn mit Untergehen für beendet erklärte, war er wieder vorbei. Ja, die Wochentage verschwammen zu einem gleichförmigen Brei, deren einziges Strukturmerkmal die Nachrichten waren, die der Fürst und ich mittlerweile im Stundentakt wechselten. Wenn ich nicht gerade in einem Internetcafé war, befand ich mich auf dem Weg zu einem anderen.

Nachdem ich dem Monarchen mitgeteilt hatte, dass ich sowohl von den Hausdurchsuchungen bei meinen Freunden als auch von den Spitzeln wisse, die sie auf mich angesetzt hatten, war der diplomatische Ton, in dem die Nachrichten anfangs gehalten waren, offenen Drohgebärden gewichen. Man gab mir zwei Optionen. Entweder, schrieb man mir aus Vaduz, ich kehrte mit dem Chauffeur, der am Montag

ren gehöre. Welche Maßnahmen auch immer es waren, die sie ergriffen, Johann Kai-, Entschuldigung, K würde darauf vorbereitet sein.

»Sie sympathisieren doch nicht etwa mit diesem Kerl«, warf der Fürst erbost ein.

Dieser Zorn. Schon wieder. Der Kriminalpsychologe konnte ihn ja verstehen. Bis zur Abstimmung über den Verfassungsvorschlag des Fürsten verblieben nicht einmal mehr acht Wochen. Aber war das ein Grund für die Behandlung, die Dr. Jan Mayer erfuhr? Nicht nur, dass ihm die Kommunikation mit K wieder entrissen worden war – es dauere alles zu lange! – nein, er war auch der Einzige, der den fürstlichen Zorn am eigenen Leib abbekam. Ja, er war vielleicht Psychologe, aber deswegen doch nicht weniger Mensch.

Montag, 27.1.2003

Neben ihrer Stetigkeit gehört es zum Wesensmerkmal von Bergen, dass sie denjenigen, die in ihrem Schoß leben, die Sicht auf den Horizont nehmen. Nur so konnte sich der Kriminalpsychologe die Sturheit seiner Auftraggeber erklären.

Da sie bisher immer das Gegenteil von dem getan hatten, was Dr. Jan Mayer ihnen empfohlen hatte, war er diesmal dazu übergegangen, das Gegenteil von dem, was er eigentlich dachte, vorzuschlagen: Nachdem die IT-Abteilung vollkommen grundlos zu dem Ergebnis gekommen war, dass K die Daten nicht besitzen könne, weil das einfach nicht ginge, stimmte er einem Haftbefehl zu. Doch ausgerechnet jetzt unternahmen sie nicht das Gegenteil, sondern das Gegenteil des Gegenteils, also das, was er mit seiner Zustimmung

ein letztes Mal nach Berlin geschickt würde, in den Kleinstaat zurück, oder man ließe mich von den Deutschen verhaften. Daraus schloss ich zwei Dinge. Erstens war die Vermittlungsinstanz, die auf meinen Fall angesetzt worden war, um mit mir eine ›Transaktion‹ zu erzielen, wieder abgezogen worden – das war so typisch: erst eine Menge Geld für Experten ausgeben, um sie dann in die zweite Reihe zu verbannen, weil man es selbst doch am besten weiß. Zweitens schienen sie in Vaduz zum Schluss gekommen zu sein, dass ich keine Daten besaß. Anders war es nicht zu erklären. Die Geschäftsgeheimnisse zum Abschuss freizugeben war politischer Selbstmord. Um die Vaduzer vor sich selbst zu bewahren, beschloss ich ein letztes Mal zu kooperieren. Wie es aussah, wussten sie nicht, was sie taten.

Tag 22

Neben einem chinesischen Restaurant, einer Anwaltskanzlei, einem Nagelstudio, einer Immobilienverwaltung wie einer kleinen Praxis für Veterinärmedizin verwies die blau-rote Fahne unter dem Dachstock darauf, dass sich auch die Botschaft des Kleinstaats in diesem Gebäude befand.

Während der Chauffeur des Fürsten am Kurfürstendamm auf mein Erscheinen wartete, stieß ich die schwere Türe auf und ging auf den Fahrstuhl zu. In meinen Händen hielt ich einen Umschlag, der neben einer CD, auf der ich einen Teil der Kundenmandate gebrannt hatte, ein Schreiben an den Fürsten enthielt, in dem ich ihm zu verstehen gab, dass meine Geduld an ihrem Ende angelangt sei.

Von Frederike hatte ich mich bereits vor dem Aufbruch

insgeheim gehofft hatte zu verhindern. Und so bereiteten sie eine Interpol-Meldung vor, die für den Fall, dass sich K auch an diesem Tag nicht dazu bereit erklären würde, in den Wagen zu steigen, noch am frühen Nachmittag versandt werden sollte. Darin hieß es nicht nur, dass der festzunehmende Johann Kaiser, 179 cm, Augenfarbe: grau-blau, geistesgestört wäre, sondern mit hoher Wahrscheinlichkeit auch bewaffnet. So wollte man die Priorität der Fahndung erhöhen.

›Um Gottes willen‹, dachte der Kriminalpsychologe, während er den zufriedenen Fürsten anlächelte, ›was habe ich nur angerichtet.‹ Wenn K davon erfuhr, und dass er davon erfahren würde, war so gewiss wie die drei Kränkungen der Menschheit nach Sigmund Freud, dann war für nichts mehr zu garantieren. Der Mensch war nicht der Herr im eigenen Haus, und er, Dr. Jan Mayer, war am Einsturz eines weiteren womöglich beteiligt. Das Einzige, was ihm noch ein klein wenig Hoffnung gab, war, so komisch es sich auch anhören mochte: der Datendieb selbst.

Er faltete seine Hände wie zum Gebet.

»Lieber Johann Kaiser«, sprach der Kriminalpsychologe in die Leere des Raumes hinein, »im Namen des gesamten Kleinstaats bitte ich Sie um Verzeihung. Stehen Sie uns bei!«

verabschiedet. Das Bankschließfach hatte ich geräumt und alle Datenträger in den Gepäckstücken verstaut, die im Kofferraum des Taxis auf mich warteten. Der Ton eines Glöckchens erklang und ich trat durch eine gläserne Tür auf die Empfangsdame zu, die mich für einen Moment Platz zu nehmen bat. Auf einem Tischchen lag ein Prospekt aus, der für die Schönheiten des Kleinstaats warb. Die Titelseite zeigte Schloss Vaduz in idyllischem Alpenpanorama. Berge und Monarchie, dachte ich, das war, woraus dieser Staat gemacht war.

Der Botschafter war ein stattlicher Mann. Er trug einen fein geschnittenen Anzug und fragte mich, was er für mich tun könne. »Nun«, sagte ich, »es ist nicht sehr viel. Packen Sie diesen Umschlag in Ihren Diplomatenkoffer und reisen Sie damit nach Vaduz. Wenn Sie sich beeilen, können Sie den 14-Uhr-Flug noch kriegen.«

Der Botschafter starrte mich einfach nur an.

»Ich empfehle mich«, sagte ich dann, stand auf, rückte den Stuhl gerade, und wenn ich einen Hut getragen hätte, hätte ich diesen gelupft. Ich wünschte der Sekretärin einen schönen Tag und nahm den Fahrstuhl ins Erdgeschoss, wo der Taxifahrer mit laufendem Motor auf mich wartete.

3.
Nacht

Als hochsensiblem Menschen mit scharfer Beobachtungsgabe war Dr. Jan Mayer, der auf Schloss Vaduz ein und aus ging wie ein aus der Verschollenheit zurückgekehrter Prinz, die wachsende Nervosität nicht entgangen, die mit jedem Tag, den die Abstimmung vom 16. März näher kam, einen weiteren Raum des Schlosses eroberte. Wenn es wirklich stimmte, hatte der Psychologe die Bediensteten von der Schlossküche bis in den Rosengarten flüstern gehört, dass der Fürst im Falle, dass das Stimmvolk seinen Verfassungsvorschlag ablehnen sollte, den Thron räumen und zurück nach Wien ziehen würde, ja, sollte das wirklich wahr sein, dann bedeutete das nicht nur das Ende der Monarchie im Kleinstaat, sondern genauso, dass sie, die Bediensteten, bald schon ohne Arbeit dastehen könnten. Ein Schloss ohne Fürst war nicht nur ein Schloss ohne monarchischen Glanz, nein, viel mehr noch war ein Schloss ohne Fürst auch ein Schloss ohne Köchinnen und Köche, ohne Gärtnerinnen und Gärtner, ohne Sekretariat, Pförtner und natürlich ohne Reinigungspersonal. Oh Gott! Zwei Monate noch! Hoffentlich würde alles gut gehen.

Um ganz ehrlich zu sein, hatte der Kriminalpsychologe die Hintergründe der Abstimmung im Detail nicht verstanden. Wenn er die Zeichen richtig interpretierte, und wieso sollte er das nicht tun, das Interpretieren von Zeichen war sein Beruf, dann herrschte im Fürstentum ein seit Jahren andauernder Streit über die Verteilung der Macht, sprich: dem,

3.

Nacht

Eins.
Zwei.
Drei.
Vier.
Fünf.
Sechs.
Sieben.
Acht.
Neun.
Zehn.
Elf.
Zwölf.
Dreizehn.
Vierzehn.
Fünfzehn.
Sechzehn.
Siebzehn.
Achtzehn.
Neunzehn.
Zwanzig.
Einundzwanzig.
Zweiundzwanzig.
Dreiundzwanzig.
Vierundzwanzig.
Fünfundzwanzig.

was das Fürstentum zum Fürstentum machte. Immer wieder hatte Hans-Adam dem Psychologen gegenüber einen Herbsttag vor ein paar Jahren erwähnt, an dem er vom eigenen Volk, fehlgeleitet durch die politischen Eliten, ausgepfiffen, mit Buhrufen bedacht und als Diktator beschimpft worden wäre, nur weil er von seinen Rechten hätte Gebrauch machen wollen. Ein schreckliches Ereignis, wie Hans-Adam sagte, das er als Auftrag verstanden habe, eine neue Verfassung auszuarbeiten. Um zukünftige Konflikte mit Exekutive und Legislative zu vermeiden, reklamierte der Fürst in einem groß angelegten Racheplan eine Reihe von Rechten für sich – die Ernennung der Richterinnen und Richter etwa, ein absolutes Vetorecht, das Ausrufen des Notstands, wann immer er wollte, u.v.m. –, die es Landtag und Regierung unmöglich machen würden, gegen seine Entscheidungen Einspruch zu erheben. Und nun, nach zehn langen Jahren, während derer Hans-Adam seine Ideen ergebnislos mit den Volksvertretern diskutiert hatte, kam es zur finalen Abstimmung, in der nicht die Abgeordneten, sondern das Stimmvolk selbst über seinen Vorschlag entscheiden würde. Ein großer Tag, sagte Hans-Adam II., für die Demokratie.

Dass zu dem 160 Quadratkilometer fassenden Flecken Land, auf den der Fürst seinen Einfluss weiter zu erhöhen versuchte, ein mindestens ebenso großes Stück Himmel gehörte, das sich dem Machtwillen des Ranghöchsten genauso wenig entzog wie die elf Dörfer darunter, lernte der Kriminalpsychologe spätestens an dem Tag zu verstehen, an dem der Botschafter aus Berlin auf Schloss Vaduz eintraf. Als Hans-Adam mit eigenen Augen sah, dass K, ›der Scheißkerl, das Arschloch, verflucht soll er sein‹, nie etwas anderes als die Wahrheit gesagt hatte, brach eine tiefschwarze Finsternis

Sechsundzwanzig.
Siebenundzwanzig.
Achtundzwanzig.
Neunundzwanzig.
Dreißig.
Schlief ich?
Ich schlief nicht.
Ich öffnete meine Augen.
Und was tat die Welt?
Sie brannte noch immer.

Was schlugen da Fensterläden! Was gingen da Töpfe und Gläser, Strommasten und Kernkraftwerke, Waldstücke und ganze Fußgängerzonen zu Bruch! Während jene Bevölkerungsteile, die über Keller verfügten, in die Keller gegangen waren, wo sie in Umarmungen verschränkt das Ende des Sturmes abwarteten, denn er würde doch aufhören oder, das hatten Stürme doch an sich, dass sie vorübergingen oder, klammerten sich die Kellerlosen mit aller Kraft an ihr Eigentum. Sie hielten die Sofas, sie umarmten die Lampen, die Gläser zitterten in den Schränken, das gute Porzellan, Schatz, verteidige es, das Tee-Service aus dem Urlaub in Marrakesch, Kachel, Fliese, Radioapparat – alles schwankte.

Wir hatten die vom Rot der Warnblinkanlagen erleuchtete Autobahn verlassen und fuhren, was sage ich fahren, wir trieben auf der Landstraße dahin. Das Radio war zu diesem Zeitpunkt längst tot, und weil der Fahrer, ein Informatiker aus einem Dorf in der Nähe von Höxter, nur eine einzige CD im Sortiment hatte, Kuschelrock 11 aus dem Horrorjahr 1997, bildete *Quit Playing Games (With My Heart)* von den Backstreet Boys, *When I Die* von No Mercy oder *I Believe I Can Fly* von R. Kelly die Hintergrundmusik für diese Fahrt,

über den Kleinstaat herein, die sich Dr. Jan Mayer nur mit den Schreien des Fürsten erklären konnte, die Wolken aufziehen und zur Nacht werden ließen, was vor Sekunden noch ein strahlend schöner Tag gewesen war. Ein Blitz, noch ein Blitz, hunderttausend Blitze zuckten am Himmel, und dann kam der Regen. Strömend und böse war er, gewalttätig und konspirativ, als wäre das Kommando, das der Fürst den Wolken gab, dass brennen soll, was nicht ertränkt werden kann.

Und der Kriminalpsychologe? Der tat, was er tat, seit er ein Kind war. Er begann mit geschlossenen Augen zu zählen. Spätestens, wenn er die Dreißig erreichte, wäre alles vorbei.

Eins.

Zwei.

Drei.

Vier.

Fünf.

Sechs.

Sieben.

Acht.

Neun.

Zehn.

Elf.

Zwölf.

Dreizehn.

Vierzehn.

Fünfzehn.

Sechzehn.

Siebzehn.

Achtzehn.

Neunzehn.

Zwanzig.

für die ein tödlicher Ausgang zwar nur eine unter vielen, mit Sicherheit aber nicht die unplausibelste Möglichkeit war. Sämtliche Flüsse, die wir passierten, waren über die Ufer gegangen und überschwemmten die umliegende Landschaft. Die Schäden waren erheblich. Wir kamen an unterspülten Häusern vorbei, die in der Erde versanken wie leckgeschlagene Schiffe. Aus einem umgekippten LKW ergossen sich Hektoliter an Milch. Und wen traf es am härtesten? Diejenigen, die für die Schäden am schlechtesten aufkommen konnten. Ich dachte an die Jugendarbeitslosigkeit in Spanien. Ich dachte an die Milchbars in Polen. Ich dachte an den Zusammenbruch der Blockstaaten, an den Welthunger und an die grassierende Armut, die es noch immer gab. Im Jahr 2003! Gottverdammt! Und was lag in den Koffern, die auf der Hinterbank ruckelten? Milliarden! Vielleicht war es gut, dass die Welt unterging. Wo alles kaputt war, konnte es keine Ungerechtigkeit geben. Keine Folter und keine Tresore, ›but they told me‹, sang Michael Jackson, ›a man should be faithful‹, keine Schließfächer und keine Banken, ›and walk when not able‹, keine Verstecke und keine veruntreuten Gelder, ›and fight ’til the end‹. Ich atmete so laut auf, dass das fast hoffnungslos gewisperte ›but I’m only human‹, das auf die kämpferischen Strophen folgte, über den plötzlich aufreißenden Himmel beinahe untergegangen wäre.

Da war die Sonne!

Da war der Morgen!

Tatsächlich war da ein nächster Tag!

Wir stiegen aus und umarmten uns. Was hatte uns diese Nacht zusammengeschweißt! Obwohl wir uns versicherten, dass wir auf jeden Fall in Kontakt bleiben würden, haben wir uns niemals wieder beieinander gemeldet.

Einundzwanzig.
Zweiundzwanzig.
Dreiundzwanzig.
Vierundzwanzig.
Fünfundzwanzig.
Sechsundzwanzig.
Siebenundzwanzig.
Achtundzwanzig.
Neunundzwanzig.
Dreißig.

Das ist das Traurige.

Doch wann immer ich *Words* von Boyzone höre, diesen Song, der gerade lief, als ich auf dem Parkplatz eines Supermarkts in Amsterdam Zuid aus dem Wagen stieg und über einen umgestürzten Laternenmast kletterte, der quer über den weißen Rechtecken lag, fühle ich mich an den Informatiker aus Ostwestfalen erinnert.

›This world has lost its glory,
let's start a brand new story.‹

Das ist das Schöne.

4.

Februar

Montag, 3.2.2003

Nachdem der Sturm abgeflacht war, kam die Sondersitzung der Task Force, die diesmal nicht vom Fürsten, sondern auf Drängen der Regierung anberaumt worden war, bereits als Vorbote des nächsten. Das Gesicht des Regierungschefs präsentierte sich an diesem Vormittag in einem Farbton, der Dr. Jan Mayer in Erinnerung rief, dass jedes irdische Leben ein endliches war.

»Schreckliches ist geschehen«, sprach der Bleiche in seinen Schnäuzer hinein, doch mehr kam von ihm nicht. Stattdessen übergab er einem großgewachsenen Mann Anfang fünfzig das Wort, den alle außer dem Kriminalpsychologen zu kennen schienen, und ließ sich dann in seinen Stuhl zurückfallen, als versuche er darin zu verschwinden.

Während das Sitzungszimmer zu Beginn von lebhaften Gesprächen erfüllt worden war, wurde es mit jedem Satz, den der Redner sagte, stiller und stiller, dass ein unwissender Beobachter hätte annehmen können, der Anlass der Zusammenkunft wäre die Übermittlung eines plötzlichen Todesfalls. Der Mann, der sich im Laufe der Erzählung als Geschäftsführer der zweitgrößten Bank des Kleinstaats entpuppte, erzählte mit Angst in der Stimme, dass bei mehreren deutschen Kunden mysteriöse Schreiben eingegangen seien, in denen ein Unbekannter behaupte, in Besitz ihrer Daten zu sein.

4.
Februar

Tag 29

Während das Stadtzentrum schwer in Mitleidenschaft gezogen worden war, hatte das Unwetter das Dörfchen Muiden, das 20 Kilometer südwestlich von Amsterdam lag, weitestgehend verschont. Zwar waren einzelne Äste der Apfelbäume im Garten des *Bloemenhoeve* geknickt, doch das zugehörige Gewächshaus, in dem die Blumen hochgezogen wurden, mit welchen die Gäste in der Pension willkommen geheißen wurden, zeigte nicht einen Kratzer.

Nachdem sie der Schilderung meiner Horrornacht mit Entsetzen gelauscht hatte – »du kannst dir sicher sein, dass du hier die Ruhe findest, um dich schnell zu erholen« –, folgte ich Marijke, die das Bed & Breakfast gemeinsam mit ihrem Ehemann betrieb, die Treppe nach oben, wo sie mich in ein Zimmer führte, das in atemberaubendem Licht lag.

Neben einem prachtvollen Bouquet und qualitativ hochwertigen Möbeln verfügte der Einbauschrank über einen integrierten Safe, der exakt so groß war, dass sämtliche Datenträger Platz darin fanden. Und der Blick auf den Garten! War er nicht herrlich! Auch wenn der Anblick der Pflanzen mit Beginn der Blütezeit in ein paar Wochen sicher noch majestätischer war, hoffte ich bis dahin wieder im Kleinstaat zu sein. Die ersten Schneeglöckchen, die sich dort aus den Märzäckern

Die Aufregung in Vaduz war so groß, dass die Bankiers ihre tägliche Dosis Betablocker erhöhten. Als sie mit unumstößlicher Sicherheit wussten, dass nach der Bank des Fürsten nun auch die Bank der Regierung zum Opfer eines Diebstahls geworden war, machten sie sich im Eiltempo daran, die Schuldfrage zu klären.

In den vergangenen Tagen hatte die von Kundenanrufen überflutete Bank sämtliche Personalabgänge überprüft, doch jemanden ausfindig machen können, auf den oder die ein Tatmotiv passte, hatte man nicht. Wer auch immer es war, der sich für das Verbrechen verantwortlich zeigte, es stand außer Frage, dass sich die Unperson nach wie vor in den eigenen Reihen befand. Wahrscheinlich ging sie jeden Tag fröhlich zur Arbeit, aß in der Cafeteria zu Mittag, und wenn sie die Bank um sechs Uhr wieder verließ, war vermutlich das Erste, was sie noch vor dem Abendbrot tat – konnte das wirklich sein? –, sich bei Johann Kaiser zu melden.

So sehr sich der Kriminalpsychologe zu Beginn gegen die These gewehrt hatte, so sehr musste er sich jetzt eingestehen, wie perfekt sich jedes Einzelteil fügte. Mit der Notiz in der Schatzkammer des Fürsten hatte K sie schon einmal überrascht, und so war es nicht auszuschließen, dass er im Laufe der Jahre ein Netzwerk krimineller Kontakte gesponnen hatte, das er nun, da er sah, wie langsam man in seiner Sache vorankam, zum Zug kommen ließ. Auch das Symbolische passte: Da K wusste, dass es laut Verfassung Fürst *und* Volk sind, die sich die Macht im Kleinstaat teilen, war es nur logisch, die Banken *beider* Souveräne zu attackieren. Unrecht angetan hatte ihm nicht eine Einzelperson, sondern

erheben würden, wollte ich nur ungern verpassen.

Tag 32

›Material angekommen‹, hatten sie mir geschrieben. Mehr nicht. Da weder der Fürst noch sein Beraterstab von meinem aktuellen Aufenthaltsort wussten, hatte ich die Tage seit meiner Ankunft mit etwas Erholung verbracht. Während ich beim Besuch als Tourist vor ein paar Jahren von den Schönheiten Amsterdams in einer Art und Weise überfordert gewesen war, die mich beinahe abstieß, konnte ich jetzt, da ich als Flüchtiger zurückgekehrt war, nicht genug davon kriegen. Die schnuckeligen Häuschen, die die Kanäle säumten! All die Fahrradfahrer, die es hier gab! Die Brücken natürlich! Die Boote! Vor allem aber: das Licht!

Hatte ich in Berlin beinahe vergessen, dass es etwas anderes als Graustufen gab, leuchtete Amsterdam in allen erdenklichen Farben. Es konnte kein Zufall sein, dass viele der niederländischen Meister genau diese Stadt als ihren Wohnort auserkoren hatten. Rembrandt van Rijn! Gerard ter Broch! Und natürlich Vincent van Gogh! Bei einem Besuch im gleichnamigen Museum wurde mir klar, dass sich der Einohrige nicht die Wirklichkeit selbst, sondern deren Spiegelung auf der Wasseroberfläche zur Vorlage genommen hatte. Das Verschwommene! Das Gewellte! Der Filter, durch den van Gogh die Welt betrachtete, waren die Amsterdamer Kanäle! Weizenfelder unter Gewitterhimmel! Sternennächte! Kornfelder mit Krähen! Errichtet, um betrachtet zu werden und zu betrachten, war diese Stadt eine einzige Schule des Sehens! Und die Internetmöglichkeiten! Waren

der Staat als Ganzes. Nur eine einzige Frage ließ Dr. Jan Mayer zweifeln. Wieso ausgerechnet jetzt, da er den Beweis erbracht hatte, dass er die Daten besaß?

Freitag, 14.2.2003

Um sich die zunehmende Ratlosigkeit nicht anmerken zu lassen, hatte der Psychologe ein ›Bitte nicht stören‹-Schild an die Bürotür gehängt und beantwortete seit Tagen jeden Versuch mit ihm Kontakt aufzunehmen mit denselben zwei Sätzen. Jetzt nicht. Er sei beschäftigt.

Das war nicht ganz richtig, aber auch nicht ganz falsch, denn die Frage, was man einem Menschen, der in einem Schloss wohnte, eine Bank, vier Kinder, Weingüter samt Kellereien, mehrere land- und forstwirtschaftliche Betriebe wie eine der weltweit bedeutendsten privaten Kunstsammlungen besaß, zum Geburtstagsgeschenk machen konnte, ohne sich dabei zu blamieren, war eine Frage, über die man lang nachdenken konnte. Und genau das war, was er seit Tagen tat.

Tee, hatte er erst gedacht. Und eine schöne Tasse. Jeder Mensch trinkt gern Tee aus einer schönen Tasse. Das war ihm dann aber als zu ideenlos vorgekommen. Vielleicht ein Haustier? Ein Kanarienvogel zum Beispiel? Nein. Für den Fürsten müsste es schon etwas Spezielleres sein. Ein südchinesischer Delfin. Ein andalusischer Hund. Das wiederum wäre vielleicht zu aufdringlich. Eine E-Mail seiner Verlegerin, die ihre Frage nach dem Stand seines Manuskripts mit den besten Wünschen aus Wien beendete, war seine Rettung. Ein süßer Gruß aus der alten Heimat, die schon bald wieder die neue sein könnte, das war es.

sie nicht fantastisch! Es gab so viele davon wie in Berlin Apotheken! Ja, während Deutschland nach wie vor mit seiner Genesung beschäftigt war und seinen Blick ins Innere richtete, weitete Amsterdam die Perspektive seiner Besucher ins Internationale!

Jeder kriegt die Metropole, dachte ich, die er verdient.

Tag 40

Nicht nur für den *Bloemenhoeve*, der ursprünglich ein Blumenladen gewesen war, war der 14.2. ein bedeutender Tag – bedeutend im Sinne von ertragreich –, nein, auch für mich persönlich, oder besser gesagt: Für den Staat, dessen Reisepass ich besaß, war dieses Datum mit erdrückend viel Bedeutung aufgeladen. Bedeutung im Sinne von Zwang. Während die einen der Forderung, welche die 14 und die 2 an sie stellten, vorauseilend nachkamen, indem sie ganzseitig in den Landeszeitungen inserierten oder Grußkarten verschicken ließen, versuchten die anderen den Tag so zwanghaft zu ignorieren, dass sie ihm dadurch nur noch mehr Bedeutung verliehen. Egal ob man eines der elf Dörfer bewohnte oder in den Untergrund gegangen war: Der 14.2. war der Geburtstag Hans-Adams II., und dazu galt es sich zu verhalten.

Natürlich tat es mir leid, dass ich dem Fürsten ausgerechnet in dieser schwierigen Phase mit meinem Anliegen zur Last fallen musste. Die Abstimmung, auf die er seit Jahren hinfieberte, stand kurz bevor, und auch wenn die Zeichen für einen fürstlichen Erfolg gut zu stehen schienen, musste Hans-Adam wissen, dass er sich seiner Sache bis zur Schlie-

Gefeiert wurde bei einem Abendessen im kleinen Kreis, zu dem der Kriminalpsychologe nicht eingeladen war. Die einzige Möglichkeit, doch noch am Geburtstagsfest teilzunehmen, bot die fünfzeilige Nachricht Ks, die vor kaum zwei Stunden im Entwurfsordner abgelegt worden war.

Aufgrund des diplomatischen Tons, den der Datendieb anschlug, war der Kriminalpsychologe überzeugt, ihr Inhalt könnte dem Fürsten den Abend versüßen, wie es die Sachertorte tun würde, die er ihm im Anschluss übergäbe. Er steckte die ausgedruckte Nachricht in ein Kuvert und klopfte an die Türen des Ballsaals, wo er so lange wartete, bis der Fürst ihm einzutreten befahl.

»Sie können sich sicher sein«, sagte der Kriminalpsychologe, »dass ich nicht stören würde, wenn das, was ich Ihnen zu sagen hätte, nicht von außerordentlicher Wichtigkeit wäre.«

»Nur zu«, sagte Hans-Adam II., der mit seiner Familie beim Verdauungsschnaps saß. Die Prinzen und Prinzessinnen sahen dem Kriminalpsychologen dabei zu, wie er auf den Fürsten zutrat, der auf seinem üblichen Platz an der Stirnseite des Tisches saß. Dann beugte er sich zu ihm herunter und flüsterte: »K.«

»Das da«, fragte Hans-Adam und deutete auf die Box in Dr. Jan Mayers Händen.

»Nein«, lächelte der Kriminalpsychologe verlegen, »die ist von mir.«

»Das hätte doch wirklich nicht sein müssen«, sagte der Fürst strahlend, als er die Sachertorte vor sich stehen sah. »Tun Sie uns doch den Gefallen«, sagte er, »und setzen Sie sich.«

Es wurde ein wundervoller Abend. Sie unterhielten sich über Kunst und Kultur und die Vorzüge der katholischen Er-

ßung der Wahllokale nicht sicher sein konnte. Dafür pokerte er viel zu hoch.

Neben der Bloßstellung der politischen Gegner, die er als »Streithanseln« und »Oligarchen« beschimpfte, als verkappte Putschisten, denen die Monarchie schon seit Jahren ein Dorn im Auge sei, und die er mit dem Satz »dass die Geschichte des 20. Jahrhunderts leider allzu viele Beispiele kennt, bei denen selbsternannte Demokraten [...] Monarchien beseitigt haben, um dann eine Diktatur einzuführen« sogar in die Nähe des Nationalsozialismus rückte, setzte Hans-Adam im Wahlkampf ganz auf die Konsequenzen, die dem Kleinstaat drohten, wenn er zur Republik werden würde: wirtschaftlicher Niedergang, politische Unbedeutendheit und die Notwendigkeit, sich einen neuen Namen zu geben. Denn Liechtenstein war zuallererst ein Familienname, und wenn diese Familie nicht länger das Staatsoberhaupt stellte, wäre sowohl das »Fürstentum« als auch das »Liechtenstein« in »Fürstentum Liechtenstein« obsolet. Das Land könne dann ja beispielsweise Bill Gates zu seinem Oberhaupt machen, schlug der Fürst scherzhaft vor, und sich in »Republik Oberrheintal« umbenennen, ein klingender Name, wie er fände, nicht wahr? Andererseits, als kathartischen Effekt gewissermaßen, rückte er die enge Bindung der Fürstenfamilie zu den 160 Quadratmetern in den Vordergrund, beziehungsweise all das, was sie in den letzten 300 Jahren für das Ländchen getan hatte: Gründung des Staates, finanzielle Unterstützung in Zeiten der Not, soziales Engagement, Menschlichkeit, Gratis-Brötchen am Staatsfeiertag etc. pp. Kurzum: Wer nicht für den Fürsten war, war gegen ihn, und wer gegen ihn war, war ein Feind der Menschheit an sich.

ziehung, bis der Fürst nach einer Weile nach Ks Schreiben fragte, das sie über den interessanten Gesprächen beinahe vergessen hätten. Hans-Adam las die Zeilen mehrmals, lächelte, als er die Lektüre für beendet beschloss, und diktierte dem Psychologen dann, was er, wäre er an seiner Stelle, K zur Antwort geben würde.

Noch Stunden später, als Dr. Jan Mayer bereits im Bett lag, dachte er an den schönen Abend zurück und bedankte sich im Stillen bei K, dass dieser ihn möglich gemacht hatte, ja, für überhaupt alles, was der Datendieb für ihn tat, ohne dass er selbst davon wusste.

Mittwoch, 19.2.2003

Dass es nach den langsamen Verhandlungen der letzten Wochen innerhalb von fünf Tagen möglich geworden war, sich mit K zu verabreden, mochte auch daran liegen, dass Hans-Adam, der sich der Abstimmung wegen vorübergehend aus der Task Force zurückzog, einen Stellvertreter hatte einsetzen lassen. Der Sachertorte sei Dank war es Dr. Jan Mayer, welcher ihren Vorsitz bis auf weiteres übernahm.

Jetzt, da er das Sagen hatte, ließ er sich auf die Vorschläge, die nicht mehr nur von Seiten *einer* Bank, sondern ebenso einer zweiten kamen, erst gar nicht mehr ein. Die Task Force war um ein dreiköpfiges Gremium der Regierungsbank erweitert worden, und wie der Kriminalpsychologe im Laufe der Gespräche hatte feststellen müssen, waren die Vertreter der einen so stur wie die Vertreter der andern. Eine Bank war eine Bank war eine Bank, und ob sie sich nun in den Händen eines Fürsten oder eines Staates befand, die Menschen,

Als überzeugter Monarchist, der ich damals noch war, traf mich seine Kampagne an meiner empfindsamsten Stelle. Fürstin Gina. Ich ging in die St. Nicholas Kirche und betete ein paar Rosenkränze für sie. Wie haben Sie bloß, flüsterte ich in meine gefalteten Hände hinein, einen so uneinsichtigen Sohn zur Welt bringen können. Ich sah zur Muttergottes. Sie weinte. Und das ausgerechnet am Valentinstag.

Nach reiflicher Überlegung kam ich zu dem Schluss, dass der Moment gekommen sei, die zweiwöchige Funkstille zu beenden. Nun, da ich eindrücklich demonstriert hatte, dass ich nicht gelogen hatte, was den Besitz der Daten betraf, und sie genügend Zeit gehabt hatten, zumindest über einen Bruchteil ihrer begangenen Fehler nachzudenken, war es wieder an mir, die Führung zu übernehmen.

Tag 45

Wie groß meine Genugtuung war, dass ein Vaduzer ausnahmsweise tat, was ich von ihm verlangte. Aus sicherer Position beobachtete ich, wie sich der Bankdirektor um Punkt 14 Uhr am Kanal dem Hauptbahnhof gegenüber einfand und darauf wartete, dass das Boot ablegen würde.

Der Plan war so einfach wie effektiv. Um sicherzugehen, dass mir kein Sonderkommando auf den Hals gejagt würde, galt es den Direktor so lang in Bewegung zu halten, bis ich mich vergewissert hatte, dass er auch wirklich alleine gekommen war. Die Fahrt bis zum Leidesplein dauerte 50 Minuten, und davon waren es nicht mehr als zehn, während derer ich das Boot kurz aus den Augen verlor, um über eine Abkürzung abseits der Grachten die nächste Station zu erreichen.

die für sie arbeiteten, waren Bankiers waren Bankiers waren Bankiers. Vielleicht lag es ja am Berufsbild, dachte der Kriminalpsychologe, vielleicht brauchte man einen dicken Schädel, um sich auf dem globalen Finanzmarkt durchsetzen zu können. Die Maßnahmen jedenfalls, die von den Bankiers beider Seiten vorgeschlagen wurden, hatten mit Vorsicht so wenig zu tun wie mit Moral.

Unter dem Vorwand, dass K die Pässe erhielte, sollte er an die schweiz-französische Grenze gelockt werden, wo er von ›starken Männern‹ so lange ›ruhiggestellt‹ würde, bis er sich wieder im Kleinstaat befände. Der Regierungschef, ein sanfter Mann ohne Durchsetzungskraft, schüttelte angesichts dieses Vorschlags entsetzt den Kopf, als schäme er sich, dass es Teile der Bevölkerung zu geben schien, die es mit der Rechtsstaatlichkeit so gering hielten. Das wäre kontraproduktiv, hatte Dr. Jan Mayer schließlich ein Machtwort gesprochen. Erstens wisse man nicht, ob K tatsächlich hinter beiden Angriffen stecke, zweitens gäbe es, selbst wenn er es täte, so etwas wie Menschenrechte, die es, drittens, zu beachten gälte. Nur weil ein Mensch, viertens, Rechte verletzt hätte, hieße das lange noch nicht, dass er selbst keine Rechte besaß. Fünftens. Ende der Diskussion.

Zumindest in einem Punkt aber hatte er nachgeben müssen. Vom Willen zur Wiedergutmachung getrieben, hatte der Bankdirektor darauf bestanden, dass er es sein sollte, der die Verhandlungen führe. Er gelobe bei Gott eine bessere Performance abzuliefern als damals in Frankfurt. Damals, hatte Dr. Jan Mayer zwar gedacht, so lange ist es nun wirklich nicht her, doch nachdem er dem Bankdirektor das Versprechen abgenommen hatte, dass er sich von ihm auf das Gespräch vorbereiten lassen würde, hatte er dem Wunsch stattgegeben.

Beim mehrmaligen Abgehen der Route in den Tagen zuvor hatte ich vier Beobachtungsposten ausgemacht, die man zügigen Schrittes vor Eintreffen des Bootes erreicht. Nach dem dritten war ich mir sicher, dass uns niemand folgte, und ich gab dem Direktor ein Zeichen. Als ich von einer Brücke aus seinen Namen rief, fuhr er erschrocken hoch, doch dann kam, dramaturgisch geschickt, der Brückenbogen dazwischen. Wie er auf der anderen Seite wieder auftauchte, rief ich, dass er an der nächsten Station aussteigen solle, und war verschwunden, bevor er mich hätte erkennen können.

Weil einer von uns beiden nicht in der Lage war, seine Freude zu artikulieren, war unsere Begrüßung wenig herzlich. Zwar gewann der Bankdirektor mit Betreten des Rijksmuseums langsam wieder an Farbe, den Grund aber, aus dem er nach Amsterdam gekommen war, schaffte er noch immer nicht einzulösen. Die Verzweiflung, mit der er darum rang, das Gespräch zu eröffnen, ließ mich an den Chandos-Brief denken, den ich vor Jahren einmal gelesen hatte. Wie ein modriger Pilz zerfiel dem Bankier jedes einzelne Wort, das er zu sprechen ansetzte, im Mund und blieb als pelziger Rückstand auf seiner Zunge liegen. Ich hatte die Hoffnung, jemals wieder etwas von ihm zu hören, beinahe schon aufgegeben, als er sich endlich einen ersten Satz abringen konnte. »Hans-Adam«, stammelte er, als wir vor Rembrandts Jeremia standen, klagend darüber, dass Jerusalem zerstört worden war, »lässt seine besten Grüße ausrichten.« Die Erwartung, dass da noch mehr käme, war falsch. Zwar erfüllte es mich mit Stolz, dass dieser Mann, ein Meister des Smalltalks und der Verführung, der jeden Tag mit den internationalen Finanzeliten dealte, nicht dazu in der Lage war, in meiner Gegenwart die Contenance zu bewahren. Andererseits war es ein-

In mehreren strategischen Meetings, in denen sie mittels Rollenspielen diverse Szenarien durchgegangen waren – Dr. Jan Mayer hatte den Part des Datendiebs übernommen, während der Bankdirektor den Bankdirektor darstellte –, hatte der Kriminalpsychologe dem Bankier einzubläuen versucht, dass der empfindlichste Punkt Ks seine Moralvorstellungen waren. Genau darauf galt es zu zielen.

Und nun war der Tag gekommen. Dass K sich nicht in einem der skandinavischen Länder befand, wie er es die Task Force zuerst hatte glauben lassen, sondern in den Niederlanden weilte, hatte in Vaduz zu Aufruhr geführt. Bei seinen Bedingungen aber, dass der Direktor Badehose und festes Schuhwerk mitbringen sollte, war K geblieben. Da er mit diesem Hinweis zu verstehen gab, wie sinnlos es wäre, den Bankdirektor zu verkabeln, blieb Dr. Jan Mayer nichts anderes übrig, als die Stunden der Amsterdamer Verhandlung ohne Informationen hinter sich zu bringen.

Nun, da er zum ersten Mal seit Wochen ganz allein mit sich war, fühlte er, wie sich aller Druck für einen Moment von ihm löste und einem Gefühl der Verwunderung wich. Wie seltsam das war, dachte er: zu existieren. Dass man eine Stimme hatte, mit der man Sätze formulieren konnte, die man selbst nicht verstand. Dass man Beine hatte, die einen trugen, dass es Arme gab, mit denen man Dinge hochheben konnte. Auf seinem Bett liegend starrte Dr. Jan Mayer in die Leere des Raums. Augen. Jeder Mensch hatte Augen. Und obwohl jeder Mensch Augen hatte, konnte man das, was man sah, nur bedingt mit seinen Mitmenschen teilen. Die Ohren. Was hörte man schon mit den Ohren? Das, was jemand sagte? Selbst wenn man das, was jemand sagte, genauso verstand, wie er oder sie es gesagt hatte, wusste man

fach nur nervig, dass es schon wieder mir überlassen wurde, die Führung zu übernehmen.

»Hören Sie«, sagte ich.

»Nicht so laut«, sagte er.

»Hören Sie«, sagte ich leiser, »entweder Sie sagen mir endlich, was Sie mir zu sagen haben, oder wir brechen das Gespräch an dieser Stelle ab.«

»Bloß nicht«, rief er entsetzt.

»Nicht so laut«, sagte ich.

Er beugte sich zu mir und fragte flüsternd, ob die Daten denn in Sicherheit wären.

»Sie können sich sicher sein, dass ich die besser zu schützen weiß als Ihr in Vaduz.«

Als wäre das das Schlagwort gewesen, auf das er gewartet hatte, begann er vom Druck zu erzählen, unter dem er stünde. Resultate, sagte er, man brauche nun endlich Resultate, und da ich das ebenso sah, fragte ich, was man zu tun gedenke, um ein solches zu erzielen.

»Kommen Sie zurück nach Vaduz.«

Dass ich mich glücklich schätzen könne, sagte er über mein Gelächter erbost, dass man überhaupt noch mit mir verhandle. Der Fürst stecke in den letzten Zügen des Abstimmungskampfes und auch er, der Bankdirektor, habe weitaus Besseres zu tun, als sich erpressen zu lassen. Eine Bank führe sich nicht von alleine. Erpressen? Mein Schnauben, das seine Rede hätte stocken lassen sollen, schien ihn noch weiter zu stärken. Natürlich sei man anfangs entsetzt darüber gewesen, sagte er, dass einer aus den eigenen Reihen – »wir haben Ihnen vertraut, Johann« – zu Derartigem in der Lage sei. Doch nachdem man sich ausführlich mit meinem Fall auseinandergesetzt habe, könne man meine Motive verste-

bei weitem noch nicht, was er oder sie damit meinte. Wusste er oder sie es überhaupt selbst? Man sah den Menschen nicht in den Kopf. Das war ein Grundproblem der Psychologie. Es gab nur Handlungen. Ein Arsenal an Handlungen. Und das Einzige, was man tun konnte, war, das handelnde Subjekt so lange zu beobachten, bis man in seinen Handlungen Muster zu erkennen glaubte, die für zukünftige Aktionen zu Rate gezogen werden konnten.

Dieser Gedanke betrübte den Kriminalpsychologen. Er schüttelte den Kopf. Dankbarkeit. Er musste dem Datendieb dankbar sein. Seit er vor ein paar Jahren einen Ausflug in die Musikszene gewagt hatte, wo er, begleitet von einem Pianisten, die schlimmsten Verbrechen des 20. Jahrhunderts zu vertonen versucht hatte, war er von der Öffentlichkeit zwar mit regem Interesse bedacht worden – er hatte die abendfüllende Darbietung an überregionalen Spielstätten gezeigt, in Konzertsälen in Wien genauso wie in einem Kleintheater in Dessau, der Aula eines Gymnasiums in Hamburg wie in diversen Jazzclubs im deutschsprachigen Raum. Die kriminologischen Fachkreise aber hatten von diesem Zeitpunkt an mit unverhohlener Ablehnung auf ihn reagiert. Eifersucht, es konnte nur diese niederste aller menschlichen Gefühlsregungen sein, die die Kollegen von früher dazu verleitete, ihn nicht mehr zu kriminologischen Tagungen und Konferenzen einzuladen. Aus einem der beiden Verbände, der kriminologischen Gesellschaft, war er sogar ausgeschlossen worden, und sein Eintrittsgesuch in den zweiten, den Arbeitskreis junger Kriminologen, hatte man kommentarlos abgelehnt. Nun aber, mit dem Einzug in den Kleinstaat, in dem man von seiner Vergangenheit entweder nichts wusste oder sich nicht weiter dafür interessierte, taten sich ganz neue Chan-

hen. Ach so, wollte ich sagen, doch der Bankdirektor ließ eine Unterbrechung nicht zu. Ihnen allen sei klar, dass die Behörden schwere Fehler begangen hätten, doch er versichere mir, dass man alles daransetzen würde, um eine zufriedenstellende Lösung in die Wege zu leiten.

»Ja aber wann denn?«, gelang es mir endlich, ihn für einen kurzen Moment zu unterbrechen. »Für eure Kunden, egal wie kriminell sie sind, tut ihr alles, während ihr für mi–«

»Die Kunden!«, rief er. Ich müsse mein eigenes Schicksal strikt von den Kunden trennen! Ob ich denn auch nur für eine einzige Sekunde darüber nachgedacht hätte, was mit ihnen geschähe, wenn die Daten an die Öffentlichkeit gelangten? Die Diffamierungs- und Hetzkampagnen? Die Gerichtsprozesse? Die Strafen? Ehrenwerte Frauen und Männer seien darunter. Väter und Mütter. Mit Zwillingen, Einzelkindern, er stockte kurz, und ganz normalen! Ob ich es wirklich mit mir vereinbaren könne, dass Familien auseinandergerissen würden? Entschuldigung, falls er mir zu nahe träte – tat er, definitiv –, aber ich, ausgerechnet ich, der in einem Waisenhaus groß geworden sei, müsse doch wissen, was das für die Entwicklung eines Kindes bedeute! Ganz auf sich alleine gestellt! Tochter einer Inhaftierten, Sohn eines Verurteilten zu sein! Er müsse es so deutlich formulieren: Sollte ich mich tatsächlich dazu entschließen, die Daten den Behörden zu übergeben, würde ich nicht nur mein eigenes, sondern genauso die Leben hunderter Kunden zerstören, unbescholtener Bürger, die nichts weiter getan hätten, als ihr hart verdientes Vermögen an einem sicheren Ort zu verwahren. Zum letzten Mal: Oasen gebe es nur inmitten von Wüsten, und was im Ausland als kriminell gelte, sei im Inland legal.

cen auf. 160 Quadratkilometer. Elf Dörfer. Ein Staatsoberhaupt, das ein Fürst war. 30 000 Einwohnerinnen und Einwohner, und darunter – konnte das sein?, je länger er den Gedanken dachte, desto überzeugter war er von ihm, ja! ja! so war es! –, und darunter nicht nur ein Datendieb, sondern gleich zwei.

Was in den letzten Tagen ein diffuses Gefühl gewesen war – wie wahrscheinlich war es, in einem Staat, dessen Gesamtbevölkerung in ein mittelgroßes Fußballstadion passte, zum selben Zeitpunkt mit zwei derselben Verbrechen von zwei unterschiedlichen Personen konfrontiert zu sein –, verhärtete sich in der Stille des Raums zum Verdacht, der mit jeder Sekunde mehr zur Tatsache erwuchs. Nach einer Stunde war der Kriminalpsychologe so überzeugt von seiner These, dass er nicht glauben konnte, jemals etwas anderes gedacht haben zu können. Er sah jetzt alles ganz klar.

Jetzt war ich es, der schwieg. Die anfängliche Überlegenheit, die ich dem sprachlosen Bankdirektor gegenüber empfunden hatte, war einer stichelnden Reue gewichen, und viel schlimmer noch: einem Gefühl von Scham. Ich versuchte mir das Bild der Toblers vor Augen zu führen, des Stiernackens, des vernarbten Klumpens, der einmal die Zunge des Pájaros gewesen war, den dunklen Wasserturm in der argentinischen Pampa, das Tropfen von Wasser, die Schmerzen, die alles übertünchende Angst, doch wurden diese sonst so gestochen scharfen Bilder jetzt von einem anderen überlagert: Ich sah den Kleinstaat vor mir, wie er brannte. Die Gipfel der Berge lagen in Rauch, der von elf Brandherden aufstieg, die einmal Dörfer gewesen waren. Der Bankdirektor war verstummt. Ich war verstummt. Da standen wir vor Jan Steens *Kinder, die eine Katze lehren, zu tanzen,* mitten im goldenen Zeitalter der Niederlande, während sich eine Schulklasse nach der nächsten auf die *Nachtwache* am Ende des Ganges zubewegte, und wussten beide nicht weiter.

5.
März

Montag, 17.3.2003

Appetitlos salzte er nach. Schon wieder lag eine schlaflose Nacht hinter ihm. Er schaute müde ins Ei, dessen Inneres ihn an sein eigenes Inneres denken ließ. Labbrig, zerronnen und kurz vor seiner Vernichtung. Die Zeitung lag aufgeschlagen daneben. »64.3 Prozent für die Fürsteninitiative.« Er kochte Kaffee, trank danach einen zweiten, historisch, stand da, alles historisch, und genauso fühlte es sich auch an. Als wäre sein Leben vorbei.

Den Wahlabend – haha, Wahlabend, innerhalb einer Stunde waren ja alle Stimmen ausgezählt gewesen –, die Wahl-Stunde am Abend hatte Dr. Jan Mayer bei laufendem Fernseher in seinem Zimmer verbracht. Erst hatte er die Geräusche, die nach Verkünden der Resultate zu hören gewesen waren, für Schüsse gehalten, dann aber hatte er festgestellt, dass sie zu hunderten Raketen gehörten, die sich im Vaduzer Abendhimmel verteilten. Jede Detonation: ein Stich in sein Herz. Ein Stich der Gewissheit, dass der Fürst nun zurückkehren würde.

Es war ein eiskalter Morgen. Dr. Jan Mayer kratzte die Windschutzscheibe frei. Er drehte den Schlüssel im Zündschloss, machte das Radio an und dann die Heizung, im Auto zu sein beruhigte ihn. Er hatte noch genug Zeit bis zum Termin auf dem Schloss. Ein Sprecher kündigte die Acht-

5.
März

Tag 71

Ich hatte es wirklich versucht. Ich hatte mir von Marijke Schraubenzieher und Hammer geliehen und mich damit außerhalb des Städtchens begeben, bis ich einen Feldweg erreichte, auf dem es niemand anderen gab als mich selbst. Der Größe nach hatte ich die Datenträger auf der kniehohen Mauer aufgereiht, erst das DLT-Tape, die zwei Festplatten dahinter und dann die beiden CDs, doch in dem Moment, in dem ich zum Schlag ausgeholt hatte, war der Arm regungslos in der Luft stehen geblieben, als würde ich von hinten umarmt. Die Vernichtung war objektiv falsch. Zwar hatte ich aus schlechtem Gewissen wenigstens eine der CDs zerbrochen, doch das Erste, was ich zurück im Bloemenhoeve tat, war, eine neue zu brennen. Wie um alles in der Welt sollte ich etwas zerstören, was sich so leicht wieder vervielfältigen ließ? Ich musste an den Distelfink denken. Seit Tagen dachte ich an nichts anderes mehr.

Weil ich Freude daran gefunden hatte, das Geschäftliche mit einer kulturellen Aktivität zu verbinden, hatte ich den Bankdirektor im Laufe der letzten vier Wochen in diversen niederländischen Städten getroffen. Ein erstes Mal in Utrecht, wo er mir nach Besichtigung des Domes mitgeteilt hatte, dass der Fürst sich dazu bereit erklären würde, mir den besten Rechtsanwalt Liechtensteins zur Seite zu stellen,

Uhr-Nachrichten an, er machte das Radio wieder aus, es gab nur ein Thema. Der Moment, den er seit Wochen fürchtete, mit Starten des Motors war er da.

Keine Neuigkeiten von K. Nachrichten, das schon, aber keine mit Informationswert. Von jedem der drei Meetings, zu dem der Bankdirektor mit einem jeweils neuen Versprechen angereist war, das umgesetzt würde, sobald K mit der Vernichtung der Daten begänne, war der Vaduzer mit ein und derselben Antwort wieder zurückgekehrt.

»Niemals.«

Das wunderte den Kriminalpsychologen nicht. Es war, als verspräche man einem Bauern ein Kilo Karotten, wenn er im Gegenzug all seine Felder zerstöre. Wieso sollte er das tun?

Die Heizung wärmte seinen Körper nur langsam. Die Scheiben beschlugen von innen, er kam mit dem Trockenreiben nicht hinterher. Ihm egal. Natürlich gäbe es bessere Arten zu sterben, als von der Straße in die Böschung zu stürzen, weil man die Kurve nicht sah, aber was interessierte einen Toten seine Todesursache schon. Er war ja tot. Er ließ die Kupplung kommen, gut, dachte er, gab es wenigstens Datendieb 2, und trat dann aufs Gas.

Zwar war es schwierig gewesen, Vaduz von einem zweiten Dieb zu überzeugen, doch nachdem ein weiteres Schreiben aufgetaucht war, in dem nicht mehr nur Geld, sondern ein Arbeitsvertrag auf Lebenszeit gefordert wurde, hatten sie die Augen nicht länger verschließen können. Der Unterzeichnende hieß August Walch, war fünfundvierzig und arbeitete seit gut zwanzig Jahren bei der Bank, die er von einem Tag auf den andern zu erpressen beschloss. Seine Arbeitskollegen beschrieben ihn als ruhigen Menschen, der seine Aufgaben so erledigte, dass weder Anlass zu Lob noch zu

wenn ich mit der Zerstörung der Datenträger begänne. Mehr als ein müdes Lächeln hatte ich für diese Idee aber nicht übrig. Wenn ihnen ernsthaft daran gelegen sei, dass ich mein Leben aufs Spiel setze, müssten sie sich schon etwas Besseres überlegen. Nach Leiden, wo wir uns vor dem Geburtshaus Gerrit Dous wiederbegegneten, war der Bankdirektor mit der Idee angereist, dass mir vielleicht die Zusicherung des Fürsten, den Argentinienfall erneut zu eröffnen, die Vernichtung erleichtern könnte. Sosehr ich mich auch darüber freute, dass ihre Vorschläge allmählich in eine annehmliche Richtung gingen, so leid tat es mir, die Vaduzer schon wieder enttäuschen zu müssen. Ich könne einem Versprechen erst dann Glauben schenken, wenn es in die Tat umgesetzt sei. Und zum Monatsende trafen wir uns in der königlichen Gemäldegalerie, im Mauritshuis in Den Haag.

Während sich der Bankdirektor, der von Kunst nichts verstand, von Vermeers *Mädchen mit dem Perlenohrgehänge* beeindruckt zeigte, fand ich an einem unscheinbareren Gemälde Gefallen. Erst war ich vom Blick von Carel Fabritius' *Distelfink* so gebannt – ein Trompe-l'œil, das das Vögelchen aussehen ließ, als rage es aus dem Gemälde heraus –, dass ich die feine Goldkette an seinem linken Bein nicht weiter bemerkte. Dann aber traf mich der Schlag.

Der unschuldige Vogel, Argentinien, der aussah, Wasserturm, als ob er jeden Moment losfliegen könnte, Fußfessel, war ein Gefangener.

»Herr Kaiser«, riss mich der Bankdirektor aus den Gedanken, »ist alles in Ordnung?«

»Natürlich«, antwortete ich.

»Dann sind Sie bereit, das Dokument zu unterschreiben?«

»Welches Dokument?«, fragte ich.

Tadel bestand. Unauffällig, sagten sie, sei das Wort, das August am besten bezeichne, höflich und leise, und so war es nicht verwunderlich, dass niemand merkwürdig fand, dass er seine Arbeit zunehmend in die Randzeiten verlagert hatte und nur noch dann im Büro anzutreffen war, wenn er möglichst wenig Kollegen in seiner Nähe wähnte. Das war für Verbrechen dieser Art typisch. So fing es immer an. Er habe, sagten sie, viel vom Segeln gesprochen. Zwar hätte sie das überrascht, er sei ein unsportlicher Mensch, doch skeptisch geworden wären sie nicht. Er war ja ihr August. Ein Mann, der keiner Fliege etwas zuleide tun könne. Der Kriminalpsychologe hatte das Lächeln zurückhalten müssen. Nur weil sie von sich glauben mochten, dass sie Flügel besäßen, machte sie das weder zu Fliegen noch Vögeln, nein, sie waren und blieben Bankiers.

Dr. Jan Mayer war übel, als er das Schloss vor sich auftauchen sah. Er machte auf einem der Touristenparkplätze Halt und erbrach sich. Der Himmel war blau. Er wischte die Reste vom Mund, warf zwei Zimtbonbons ein und ging dann in Richtung der Festung, auf deren Dach die Farben der Fürstenfamilie stolz und brutal wehten. Er nickte dem Portier zu, der den Telefonhörer zückte, um Hans-Adam zu vermelden, dass er eingetroffen sei. Das Gitter öffnete sich automatisch. Und Dr. Jan Mayer tat, was er tun musste. Vorsichtigen Schrittes trat er ein.

»Haben Sie mir nicht zugehört?«, lachte der Bankdirektor gequält und zeigte auf einen Zettel, in dem mir der Fürst seine Versprechen zum ersten Mal schriftlich gab. Für Vaduz ein gewaltiger Schritt. Für mich aber ein noch immer zu kleiner.

Ich wartete die Verfassungsabstimmung ab. Überraschungen gab es keine. Dem verstorbenen Fürstenpaar sei Dank war das Vertrauen der Bevölkerung in die Monarchie nach wie vor groß. 64,3 Prozent für Hans-Adam. Nun, da er nicht länger in den Wahlkampf eingespannt war, würde er hoffentlich mit klareren Augen sehen, dass die Situation für alle Beteiligten unerträglich war. Als kleinen Reminder schickte ich am Morgen nach der Auszählung eine kurze Nachricht aufs Schloss, um ihm zu seinem Erfolg zu gratulieren.

Er sei jetzt einer der mächtigsten Machthaber der Welt. Herzlichen Glückwunsch dazu. Ob ich recht in der Annahme gehe, dass ihm das Bonmot, dass aus großer Kraft große Verantwortung resultiere, bekannt sei? Nun jedenfalls, da er per Verfassung mit der Kraft ausgestattet sei, direkten Einfluss auf die Justiz auszuüben, wäre eine verantwortungsvolle erste Aktion, das Verbrecherehepaar Carl und Renata Tobler umgehend zu verhaften. Was er von einem persönlichen Treffen hielte, um alles Weitere zu besprechen? Liebe Grüße und herzlichen Glückwunsch noch mal, Ihr Johann Kaiser.

Mittwoch, 19.3.2003

Wie sein liebstes arabisches Sprichwort besagte, solle man nicht den Baum fällen, der einem Schatten spendet. Der Schatten aber, den Schloss Vaduz warf, war so riesig, dass er weit über die 160 Quadratkilometer hinausging. Er dehnte sich über die Grenzen, übertrat Wälder und Wiesen, nicht einmal vor Gebirgsketten machte er Halt, und wenn Dr. Jan Mayer sich morgens im Spiegel betrachtete, sah er sich in genau jenes Dunkel getaucht, das es ihm unmöglich machte, seine Umrisse länger mit der Person, als die er in den Kleinstaat gekommen war, zu identifizieren.

Obwohl sich K Gott weiß wie viele Kilometer entfernt von ihm befand, schien es dem Kriminalpsychologen, als hätte der Datendieb Zugriff auf sein Denken erlangt. Er träumte von ihm. Er schrie seinen Namen im Schlaf. Und wenn er morgens erwachte, hielt er das Kissen nicht selten umklammert. War es wahr, was Hans-Adam ihm vorwarf? Hatte Dr. Jan Mayer die Ermittlungen zu Ks Gunsten verlangsamt?

»Ich gebe Ihnen noch exakt einen Monat«, hatte der Fürst zum Kriminalpsychologen gesagt und erbost mit Ks ausgedruckter Nachricht gewedelt, »und wenn es Ihnen bis dahin noch immer nicht gelungen ist, den Datendieb zurück in den Kleinstaat zu holen, ist es das mit unserer Zusammenarbeit gewesen.«

Ihm blieb nur eine einzige Möglichkeit. Er beauftragte einen der Sekretäre, den Bankdirektor zu holen. Es war an der Zeit, dass sich Dr. Jan Mayer seiner Angst stellte.

Tag 73

Die Nachricht, die ich im Entwurfsordner fand, bestand aus drei Sätzen. Dass sich der Fürst für die Glückwünsche bedanke. Dass er einen sensationellen Vorschlag zu unterbreiten hätte. Ob ich Zeit hätte zu telefonieren?

Um meinen Standort nicht preiszugeben, nahm ich den Zug nach Rotterdam, wo ich von einer Telefonzelle am Bahnhof aus die Vaduzer Nummer wählte, bis der Bankdirektor keine zwei Rufzeichen später abhob. Trotz des Rauschens, von dem die Leitung erfüllt war, war seine Euphorie nicht zu überhören, und so erzählte er mir mit dem Stolz eines Kindes, das seine Strichzeichnung für ein Meisterwerk hielt, dass nun, nach dem Wahlkampf, die Zeit gekommen sei, sich ganz auf meinen Fall zu konzentrieren.

Zwar schien mir sein Vorschlag als nicht so sensationell wie von ihm angekündigt – man habe einen Fachmann engagiert, der einzig und allein dafür zuständig sei, Fragen zu meiner Rückkehr in den Kleinstaat zu klären –, doch nachdem ich mir ein paar Informationen zu seiner Person hatte geben lassen, versprach ich zumindest über das Angebot nachzudenken. Ja, es schmeichelte mir, dass sie nichts unversucht ließen, um mich zurück nach Hause zu holen. Inwiefern ein Treffen mit einem Psychologen dabei hilfreich sein sollte, blieb mir allerdings ein Rätsel. Waren nicht vielmehr sie es, die psychologische Beratung nötig hatten? Wollten sie mich manipulieren? Aber umgekehrt: Was hatte ich schon zu verlieren? Verlieren konnten nur sie.

Noch im Flugzeug nach Schiphol dachte er darüber nach, was der beste Weg wäre, um K für sich zu gewinnen. Sollte er sich hart geben und unerbittlich? Oder sollte er offenlegen, dass er eine Nähe zwischen sich und dem Datendieb spürte, ja, dass er glaubte, dass sie in einem Verhältnis stünden, das man umgangssprachlich als ›Seelenverwandtschaft‹ bezeichnet? Vielleicht fühlte K ja genauso. Immerhin hatte es nur ein paar Telefonate gebraucht, bis er sich auf ein Treffen einließ.

Auf Wunsch des Kriminalpsychologen hatte man K seinen Namen verschwiegen. Einerseits, weil es den Datendieb unnötig hätte beunruhigen können, dass er bis dahin vor allem mit Serientätern gearbeitet hatte. Andererseits wollte er ihm die Möglichkeit nehmen, sich zu gut vorbereiten zu können. Je mehr Informationen er besäße, desto unberechenbarer würde er handeln. Und Unberechenbarkeiten gab es in der Sache schon mehr als genug.

Während der Bankdirektor neben ihm döste, betrachtete Dr. Jan Mayer das Land. In der Dunkelheit glühten die Lichter, als würden die Städte und Dörfer brennen. Ein Steward rollte den Servierwagen vorbei. Zufrieden stellte der Kriminalpsychologe fest, dass es ihm trotz aller Konzentration nicht gelang, seinen Blick von seinem Hintern zu lösen. Seine Strategie würde funktionieren. Anreize setzen, zu denen K nicht Nein sagen konnte. Und sein Anreiz würde der zweite Datendieb sein.

Wie verschieden die beiden doch waren. Während der eine jede seiner Aktionen minutiös plante, mögliche Gegenreaktionen immer im Blick, stellte sich der andere so unbeholfen an wie ein Kind, das seine Rolle bloß spielte. Räuber und

Nicht Jan Vermeers wegen, der in Delft gelebt und gearbeitet hatte, war meine Entscheidung auf genau diese Stadt gefallen, nein, das hing mit einem anderen Maler zusammen, dessen Gemälde mir in den letzten Tagen zum Sinnbild meiner Lebensumstände geworden war. Unweit des Platzes, auf dem wir uns trafen, in der Doelenstraat, um genau zu sein, hatte sich das Atelier des größten aller niederländischen Meister befunden. Dort war sein *Distelfink* entstanden. Und genau dort hatte er in den Flammen jenes Ereignisses, das man heute den ›Delfter Donnerschlag‹ nennt, am 12. Oktober 1654 das Ende seines Lebens gefunden.

Fabritius war gerade dabei gewesen, den Küster der Oude Kerk zu porträtieren, als der Soldat Cornelius Soetens das unterirdisch gelegene Munitionslager der Streitkräfte betrat. Wie es dazu kommen konnte, dass sich das dort eingelagerte Schwarzpulver entzündete, ist bis heute nicht klar. Gesichert ist nur, dass die 40 Tonnen Sprengstoff unter einer solch gewaltigen Detonation explodierten, dass der Knall noch in 150 Kilometern Entfernung zu hören war. Rund ein Viertel der Stadt wurde zerstört und dort, wo einst das Munitionslager stand, befindet sich heute ein Parkplatz. Und auf dem Parkplatz stand ich und dachte darüber nach, dass der Blick des Distelfink in eine Zukunft gerichtet war, die vom Tod seines Urhebers bereits wusste.

Obwohl ich der Einzige war, der weit und breit zu sehen war, winkte ich den Vaduzern zu, als ich sie herankommen sah. Trotz der spärlichen Informationen, die ich zur Person des Psychologen erhalten hatte, war ich mir sofort sicher, dass ich mich bei meinen Recherchen auf den richtigen der

Gendarm. Was er tat, ergab keinen Sinn. Er änderte seine Forderungen fast täglich, erst wollte er dreißig-, dann dreihunderttausend, dann dreihunderttausend und einen lebenslangen Beratervertrag – tatsächlich wollte er bei der Bank, die er erpresste, für immer angestellt bleiben! –, dann dreihunderttausend, einen lebenslangen Beratervertrag und die Streichung seiner Hypothek, dann zehn Millionen. Er handelte sprunghaft und intuitiv, fast so, als gäbe er sich keine Mühe.

K hingegen war Spieler. Ein Menschenkenner. Ein Meister der Täuschung. Außerdem ging es ihm nicht um Geld oder einen Beratervertrag, gottverdammt, einen Beratervertrag!, sondern allein darum, die Ungerechtigkeit in Gerechtigkeit zu überführen. K handelte moralisch. Und genau dieser Moral und Gerechtigkeitsliebe würde sich Dr. Jan Mayer bedienen. Er würde den einen der beiden Diebe benutzen, um den anderen zu überführen, und die Überführung des einen wäre dem anderen Grund, in den Kleinstaat zurückzukehren.

Er ging noch einmal alles durch. Als der skeptische Mensch, welcher der Datendieb war, würde er ihm genug Zeit geben müssen, sein Gegenüber zu beschnuppern. Vertrauen aufbauen. Zuhören. Und dann, wenn das Vertrauen aufgebaut wäre und er zugehört hätte, würde er ihm mit Überreichen des Geschenks zum Reden ermuntern. Er würde ihn bitten, seine Sicht der Dinge in aller Ausführlichkeit darzulegen. Von Anfang bis Ende. Und für den Fall, dass K nicht zu reden bereit wäre, würde Dr. Jan Mayer zu erzählen beginnen. Etwas Persönliches. Die ersten Schritte seiner zweijährigen Tochter. Wieso er sich entschieden hatte, den Beruf des Kriminalpsychologen zu erlernen. Er würde vom Kleinstaat erzählen und lügen. Er würde erzählen, wie gut es ihm

drei Kandidaten konzentriert hatte. Der kugelförmige Mann, der neben dem Direktor herging, war mit Wildlederjacke genau so gekleidet, wie er mir auf den unzähligen Pressefotos zugelächelt hatte.

Verblüfft, dass er mit vollem Namen begrüßt worden war, griff Dr. Jan Mayer nach meiner Hand und schüttelte sie vermutlich deswegen so lange, weil er die richtigen Worte zu finden versuchte.

»Johann Kaiser«, sagte er dann, »auf diesen Tag habe ich lange gewartet.«

Der Psychologe lächelte. Der Bankdirektor räusperte sich. Dann begrüßte ich auch ihn.

Wir standen verlegen da, ehe Dr. Jan Mayer das Schweigen brach, indem er anfing, in der Tasche zu kramen, und mir eine Box übergab.

Ich musterte die Verpackung skeptisch, ehe ich mich nach einiger Zeit traute den Deckel zu heben. Zweifellos. Mit keinem anderen Geschenk als einer Sachertorte wäre es besser gelungen, das Eis zum Schmelzen zu bringen.

»Als Zeichen des Dankes«, sagte er, »dass Sie eingewilligt haben, sich mit mir zu treffen.«

»Ich hoffe«, antwortete ich dann, »dass darin kein Peilsender eingebacken ist.«

Erst musterte mich Dr. Jan Mayer erstaunt. Dann wich seine Verwunderung einem Lächeln, das breiter und breiter wurde, und als es nicht mehr breiter werden konnte, brach er in so lautes Gelächter aus, dass ich den Bankdirektor fragend ansah. Der aber zuckte nur mit den Schultern. Konnte es wirklich sein, was ich über den Psychologen gelesen hatte? War er wirklich der Mann, ›der die Methoden des FBI nach Europa gebracht hatte‹? Und wenn es so war: Was war bloß

dort gefalle. Von der Gastfreundlichkeit würde er reden und von der Schönheit der Alpen. Von der Abenddämmerung, vom Alpenglühen und vom herrlichen Licht. Und vom herrlichen Licht würde er zur bestohlenen Staatsbank übergehen, und von der bestohlenen Staatsbank zur Katastrophe, die – hier würde er eine Atempause einlegen – schon bald über den Kleinstaat hereinbrechen könnte, wenn – hier eine zweite – K ihnen nicht helfe.

Die Strategie war perfide, doch er wusste um ihre Wirkung. Weil K mehr geben wollte, als dass er nahm, musste Dr. Jan Mayer ihm klarzumachen versuchen, dass sie ihn nicht der *Daten* wegen zurückzukommen baten, sondern aufgrund seiner *Person*. Was K mehr als alles andere wünschte, war ernst genommen zu werden. Und ernster als jemanden, den man um Hilfe bat, konnte man einen Menschen nicht nehmen.

Das Flugzeug setzte zur Landung an. Während der Kriminalpsychologe das Tischchen hochklappte, malte er sich mögliche Reaktionen des Datendiebs aus. Glücklich, dachte Dr. Jan Mayer, er würde glücklich sein. Und dann, wenn er ihn in den Sachverhalt um August Walch eingeführt hätte, würden sie endlich die Möglichkeit haben, sich in ein Restaurant zu begeben, wo sie sich nicht länger als Kriminalpsychologe und Datendieb, sondern als die ganz normalen Menschen begegnen konnten, die sie eigentlich waren. Wer wusste es schon: vielleicht ja sogar als Freunde.

das Ziel, das er mit dem nervösen Gelächter verfolgte? Versuchte er mich zu verwirren?

Als alle wieder zur Ruhe gekommen waren, bat ich sie mir zu folgen. Unterwegs zur Doelenstraat erzählte ich von der Angst der letzten Wochen und Monate, von der Hoffnung, dass diese bald vorbeigehen würde, und schließlich von der Explosion, zu der es an dieser Stelle gekommen war. Dann ging ich zum Distelfink über und erzählte ihnen von allem, was ich darin sah. Von der Dreidimensionalität, die das Gemälde so echt wirken ließ, vom spärlichen Hintergrund, der es unmöglich machte, der Szenerie einen klaren Ort zuzuschreiben, und dann vom unschuldigen Blick dieses Vogels, der trotz seiner Unschuld ein Gefangener war.

»Hier«, sagte ich und deutete auf das Grundstück, auf dem sich die Malerwerkstatt befunden hatte, »ist Carel Fabritius gestorben.« Die Vaduzer schwiegen betreten. »Ich hoffe«, sagte ich nach einer Weile, »dass uns die Kraft dieses historischen Ereignisses bei einer Einigung helfen wird. Denn wir wollen doch nicht, dass es zu einem Vaduzer Donnerschlag kommt, der nicht nur einen Ort, sondern einen ganzen Staat ausradiert.«

Dr. Jan Mayer war der Erste, der wieder Worte fand. Sein Vorschlag, alles Weitere in einem Restaurant zu besprechen, verblüffte mich zwar, doch schließlich willigte ich ein. In mir war ein Loch, als hätte ich seit Tagen nicht mehr gegessen.

6.
Juni

Sonntag, 1.6.2003

Als der Kriminalpsychologe am ersten Juniabend in der Hotellobby des *Marriott Amsterdam* einen Löffel Zucker im Espresso verrührte, fühlte er sich so schlecht wie seit langem nicht mehr. Hinter ihm lagen kräftezehrende Monate, während derer er fast täglich mit K telefonierte. Sobald er das Gefühl gehabt hatte, den Datendieb an dem Punkt zu haben, an dem er einer Rückreise zustimmen würde, hatte dieser die alten Zusagen durch neue Bedenken ersetzt. Es war das berühmte Katz-und-Maus-Spiel. Da er auf konventionellen Wegen nicht weitergekommen war, hatte sich Dr. Jan Mayer dazu gezwungen gesehen, seine Kommunikationsstrategie ein weiteres Mal zu verändern.

Um K zur Rückkehr zu bewegen, hatte der Kriminalpsychologe Szenarien gezeichnet, die mit der Realität so wenig übereinstimmten wie ein Kreis mit einem Quadrat. Obwohl sie in der Sache mit August Walch besser vorankamen, als Dr. Jan Mayer es sich ausgemalt hatte, beschrieb er die Lage in Vaduz als verworren, das Tempo der Ermittlungen als langsam, und als einziges Mittel, das endlich zum Durchbruch führen würde, nannte er die Mitarbeit eines Experten. Eines Experten, wie K einer war. Er sprach von einem Spiel gegen die Zeit, von der tickenden Zeitbombe, die August Walch war – »bitte, bitte Herr Kaiser, helfen Sie uns, ohne Sie droht

6.
Juni

Tag 147

Der Frühling war in den Frühsommer übergegangen, ich schlief jetzt bei offenem Fenster und erwachte jeden Morgen in den Duft einer neuen Blüte hinein. Wie seltsam, dachte ich, dass alles jetzt, da sich der Garten des Bloemenhoeve von seiner prachtvollsten Seite zeigte, zu Ende gehen soll.

Um keine Zeit zu verlieren, hatte der Psychologe vorgeschlagen, die Nacht vor der Abreise in einem Hotel in Amsterdam zu verbringen. Diesem Vorschlag hatte ich vordergründig begeistert, innerlich missmutig zugestimmt, und als wir in der Eingangshalle des *Marriott* zusammenkamen, schlug ich die Umarmung Dr. Jan Mayers der Form halber aus. Umarmen konnten wir uns vielleicht dann, wenn wir im Kleinstaat angekommen waren. Noch befanden wir uns 900 Kilometer davon entfernt.

Nach dem Treffen in Delft war ich von den Vaduzern mit einem Prepaid-Handy ausgestattet worden, um bei allfälligen Fragen mit ihnen in Kontakt treten zu können. Bei jedem der fast täglichen Telefonate brachte mich der Kriminalpsychologe auf den neuesten Stand, was den Fall des zweiten Datendiebes betraf – unglaublich, dass einer den Mumm hatte, die Vaduzer von zuhause aus zu erpressen –, ehe ich meine Zweifel äußerte, dass nach meiner Rückkehr eintreten würde, was sie mir versprachen. »Noch einmal«, sagte Dr. Jan Mayer

eine riesige Explosion« –, doch genau an dem Tag, an dem K sich zur Kooperation bereit erklärt und seiner Rückkehr zugestimmt hatte, wurde August Walch, ohne dass der Kriminalpsychologe darin eingeweiht worden wäre, von der liechtensteinischen Landespolizei verhaftet.

Das schlechte Gewissen musste der Grund sein, wieso Dr. Jan Mayer den Datendieb so überschwänglich begrüßte, als er ihn in der Lobby auftauchen sah. Er habe Hunger, sagte K nur, sie könnten sich ja beim Abendessen unterhalten, und hatte den Koffer schon zum Fahrstuhl gezogen, bevor sich der Kriminalpsychologe für die verunglückte Umarmung hätte entschuldigen können. Sollte er ihm von der Festnahme Walchs erzählen? Das konnte er nicht. Würde K davon erfahren, würde er sich nicht nur hintergangen fühlen, nein, er hätte auch Grund zur Annahme, dass ihm dasselbe geschehen könnte. Und ob ihm dasselbe geschehen würde, wusste nicht einmal der Kriminalpsychologe selbst. Was waren die Versprechen des Fürsten, den Argentinienfall nach Ks Ankunft im Kleinstaat umgehend zu eröffnen, in Wirklichkeit wert?

Es half alles nichts. Die Wahrheit erzählen, dachte Dr. Jan Mayer, könnte er K auch dann noch, wenn sie in Vaduz eingefahren waren. Und Wahrheit: was hieß schon Wahrheit? Etwas nicht zu erzählen war nicht gleichbedeutend mit Lügen. Etwas nicht zu erzählen hieß nur, etwas nicht zu erzählen. Mehr nicht. Das Einzige, worauf der Kriminalpsychologe hoffte, war, dass K nicht von sich aus nach dem Stand der Ermittlungen fragen würde. Erst dann hätte er zur Lüge greifen müssen, und ein Lügner, dachte er, als der Datendieb im Hotelzimmer die gestohlenen Daten auspackte – schon komisch, wie etwas so Kleines so viele Millionen beinhalten

dann, benutzte die Worte ›Ehrgefühl‹, Notwendigkeit‹ und ›Verzweiflung‹, die er lautmalerisch mit Seufzern zu unterlegen wusste, ehe er seinen Hilferuf mit »wir brauchen Sie« beendete. Es stimmte schon: Obwohl die Unterschiede zwischen mir und Walch auf der Hand lagen – er wollte Geld, ich Gerechtigkeit, er war kriminell, ich pragmatisch –, konnte nur ein Datendieb einen Datendieb so richtig verstehen. Nur ich war dazu in der Lage, den Kleinstaat vor der Katastrophe zu bewahren. Hatte ich Liechtenstein erst einmal gerettet, waren sie mir zu ewiger Dankbarkeit verpflichtet.

Nach dem Abendessen führte mich Dr. Jan Mayer in mein Zimmer, wo ich mir das Dokument zeigen ließ, in dem der Fürst bestätigte, sich nach meiner Ankunft um Argentinien zu kümmern. Dann sah er mich auffordernd an. Ich öffnete den Koffer, legte die Datenträger der Reihe nach auf dem Fußboden aus und reichte ihm Schraubenzieher und Hammer. Auch wenn ich vorgab, die Zerstörung ihm zu überlassen, damit er sich sicher sein konnte, dass die Daten so vernichtet waren, wie sie nur vernichtet sein konnten, bestand der eigentliche Grund darin, dass ich es nicht übers Herz brachte, all die Kundeninformationen, die mich so lange begleitet hatten, eigenhändig zu zerstören.

Er fragte, ob ich so weit sei. Ja, sagte ich. Nein, dachte ich und musste den Blick abwenden, als er den Schraubenzieher zum Meißel machte. Mit jedem Schlag fühlte ich einen Stich in der Brust, und als ich mich umdrehte und zu Trümmern geworden sah, was in den letzten Monaten mein Zuhause gewesen war, kam es mir vor, als stiege Rauch aus dem zerstörten Gehäuse, ja, als zögen die Informationen der Kunden, all die versteckten Gelder, um die sie ihre Staaten betrogen hatten, Geistern gleich an die Decke des Zimmers, wo sie sich

konnte, all die Mühsal, wegen ein paar Zentimetern –, war er mit Sicherheit nicht.

Montag, 2.6.2003

Er lag die ganze Nacht wach. Der Gedanke, K die Wahrheit verschweigen zu müssen, war das eine, das andere war, dass die Autofahrt am kommenden Tag eine Autofahrt unter besonderen Umständen war. ›Gefangenentransport‹, dachte Dr. Jan Mayer und fühlte sich schon beim Denken des Wortes ertappt. Zwar war er sich der Irrationalität seiner Ängste bewusst, trotzdem gelang es ihm nicht, sich der Vorstellung zu erwehren, dass K, dessen Zimmer sich zwei Stockwerke über seinem befand, es irgendwie gelungen sein könnte, sich Zutritt zu seiner Gedankenwelt zu verschaffen. ›Gefangenentransport‹, schon wieder, doch so viel Mühe er sich auch gab, das Wort nicht zu denken, dachte er es in dem Moment, in dem er es nicht zu denken versuchte, ja doch, und außerdem sollte er dringend schlafen. Müdigkeit war einer der häufigsten Gründe für Unfälle im Straßenverkehr. Nicht auszurechnen, was geschähe, wenn der Mietwagen der Straße entglitte – ›nein, stopp, schlaf ein‹ –, doch die Bilder des verunfallten Autos, in dem er sich neben K in einem Graben liegen sah, rückten den Schlaf in weite Ferne, und dann kündigte Vogelgezwitscher an, dass es Morgen geworden war.

Der Datendieb war in fantastischer Stimmung, als der Kriminalpsychologe die Lobby mit krabbenrotem Gesicht betrat. Im Versuch, die Müdigkeit zum Verschwinden zu bringen, hatte er es mit der Wassertemperatur in der Dusche

aufzulösen begannen, verströmten und wieder zu Geheimnissen wurden.

Tag 148

Ich schlief natürlich nicht im Hotel. Einerseits befürchtete ich nach wie vor eine Falle, andererseits wollte ich mich nicht zum Dieb machen, indem ich Marijke Schraubenzieher und Hammer nicht wieder zurückgab. Die Verabschiedung verlief dramatisch. Mit Tränen in den Augen sprach sie davon, dass ich der beste Gast gewesen sei, den man sich als Besitzerin einer Pension vorstellen könne.

Bis Sonnenaufgang verharrte ich auf einer Bank am Kanal. Die Kulisse der Stadt spiegelte sich auf der Oberfläche des Wassers. Van Gogh. Vielleicht würde ich, wenn die Toblers eingesperrt waren, meinen Wohnort ja hierher verlegen. So nah am Wasser zu sein gefiel mir gut. Ich sog die laue Luft ein letztes Mal ein, behielt sie lang in der Lunge, atmete aus und machte mich dann auf den Weg zum Hotel, das ich um kurz vor fünf Uhr erreichte.

Im Zimmer angekommen, wälzte ich mich im Bett, um es aussehen zu lassen, als hätte tatsächlich jemand darin geschlafen. Dann leerte ich die Minibar. Die alkoholischen Getränke kippte ich in den Abfluss, während ich Softdrinks und Snacks in meiner Jackentasche verstaute, ehe ich mich in der Hotellobby einfand.

Das Prozedere verlief schnörkellos. Wie abgemacht übergab ich Dr. Jan Mayer den Umschlag, der meinen Ausweis beinhaltete, und folgte ihm dann in den Mietwagen, wo ich eine Packung Erdnüsse zum Frühstück verzehrte. Mein An-

etwas übertrieben, und so dampfte seine Haut noch immer, als ihm der Datendieb das Kuvert mitsamt seiner Personalien überreichte.

Während Dr. Jan Mayer die Stille im Wagen unangenehm war, starrte K mit einer Begeisterung aus dem Fenster, als hätte er noch nie Bäume gesehen. Noch nie Windräder und noch nie Autos, ja, als hätte er mit der Vernichtung der Daten sein Erinnerungsvermögen verloren. Wie irrational alles war. Der eine Datendieb war verhaftet und der andere saß auf dem Beifahrersitz und ließ sich von ihm nach Hause chauffieren. Wenn das seine Verlegerin wüsste!

Zwar ging es mit dem zweiten Buch nicht recht voran, doch nun, da der Mann, über den er vorhatte zu schreiben, neben ihm saß, musste er die Chance nutzen, nach weiteren Informationen zu graben, die ihm im Trubel der vergangenen Monate entgangen sein konnten.

»Schon unglaublich«, sagte er und sah zu K, »was Sie in den letzten fünf Monaten erlebt haben, erlebt ein anderer in einem ganzen Leben nicht. Haben Sie jemals daran gedacht, einen Roman zu schreiben?«

Damit hatte er ihn. K war Feuer und Flamme. Er gab sämtlichen Protagonisten andere Namen, versetzte sich in deren Gedanken- und Lebenswelten hinein und stellte erste perspektivische Überlegungen an, etwa, welches Kapitel er aus wessen Blickwinkel erzählen würde. Im Versuch, diese Szene für das letzte Kapitel bereits vorzuformulieren, lauschte Dr. Jan Mayer so konzentriert, dass ihm darüber beinahe das Herannahen des Grenzüberganges entgangen wäre.

»Sind wir dann so weit, Herr Kaiser«, fragte der Kriminalpsychologe, kurz bevor sich die Zöllner vor ihnen aufzubauen begannen.

gebot, dass er gerne zugreifen könne, schlug er so resolut aus, dass es mir schwerfiel, seine Laune zu deuten. Er sah zerknirscht aus. Hatte er schlecht geschlafen?

Abgesehen vom Telefon des Psychologen, das alle dreißig Minuten klingelte, blieb es während der Fahrt die meiste Zeit still. Je weiter wir nach Süden gelangten, desto unebener wurde die Gegend. Das Flachland ging in sanfte Erhebungen über, die höher und höher wurden, zu Hängen und Hügeln erwuchsen, und als sie dabei waren, sich allmählich in Berge zu verwandeln, fanden Dr. Jan Mayer und ich ins Gespräch. Scherzhaft begannen wir Ideen zu einem Buch zu spinnen, das auf den Geschehnissen der letzten Monate basierte. Wir überlegten uns Namen für alle Beteiligten, den Fürsten etwa nannten wir El Presidente, während der Psychologe zum Dottore wurde und ich selbst zu Marius Fritz. Dass Dr. Jan Mayer diese Idee ernster nahm, als ich es mir in diesem Moment vorstellen konnte, ja, dass er mich meiner Geschichte berauben würde, um sie in seinem Namen zum Besten zu geben, konnte ich noch nicht wissen. Ich konnte es noch nicht wissen, wie der Kriminalpsychologe noch nicht von der Privatbank in Genf wissen konnte, dem Tresor mit der Nummer 305, in dem sich all das, was er dachte, am Vorabend ins Jenseits befördert zu haben, in einer zweiten Ausführung befand. Der Gedanke gab mir so viel Sicherheit und Vertrauen, wie es die Alpen taten, als ich sie endlich am Horizont auftauchen sah.

Ja, was glauben Sie denn?

Natürlich gab es eine Masterkopie.

»Sind wir dann so weit, Herr Kaiser«, fragte der Kriminalpsychologe, kurz bevor sich die Zöllner vor uns aufzubauen begannen.

»Ja, das sind wir, Dottore«, antwortete K lächelnd und sah zu den Grenzwächtern hin, die sie gelangweilt in den Kleinstaat hereinwinkten.

Endlich, dachte Dr. Jan Mayer, konnte er mit der Arbeit am Buch beginnen.[212]

[212] Rekonstruiert aus: Mayer, Jan: Das Verschwinden der Daten. Wien 2004.

»Ja, das sind wir, Dottore«, antwortete ich lächelnd und sah zu den Grenzwächtern hin, die uns gelangweilt in den Kleinstaat hereinwinkten.

So fühlt es sich also an, dachte ich, wieder zu Hause zu sein.[213]

---

[213] Rekonstruiert aus: Kaiser, Johann: Das Buch der Flucht. Vaduz 2003.

DAS DREIZEHNTE BUCH

(2003–2004)

1.

Da waren die Alpen. Da war der Himmel, der sich zum Dämmern bereit machte, und da war ein letzter Rest Sonne, in dessen Strahlen die Gebirgsketten glühten. Da war der Rhein, der in seinem Bett lag und rauschte. Da waren die Wiesen und die Wiesen waren gemäht, und wenn sie nicht gemäht waren, grasten Kühe auf ihnen, deren Glocken sich mit dem Surren der elektrischen Zäune vermengten. Da war der Geruch von Gras und Verkehr. Da war irgendjemandes Stimme, die zum Abendessen rief, das Geräusch eines Balls, der gegen ein Garagentor prallte, und leichter Wind, der die Nachricht von der Rückkehr eines Datendiebs, was ein Datendieb, ja ein Datendieb, von einem Dorf ins andere trug. Da waren Entsetzen und Freude darüber, dass endlich etwas passierte. Da waren diejenigen, die es immer schon gewusst hatten, und diejenigen, die nicht wussten, worum es eigentlich ging, aber es auch schon immer gewusst hatten, da waren keine Unbeteiligten und keine Gleichgültigen, aber immerhin war da ein Specht, der gegen einen Baumstamm hämmerte, und ein Backsteingebäude, dessen Fenster mit Gitterstäben versehen waren, die im Abendlicht glänzten. Da war ein Balkon, von dem man beste Sicht auf das Backsteingebäude besaß, und auf dem Balkon stand ich und dachte darüber nach, dass sie mir mit der Auswahl einer Wohnung, durch deren sämtliche Fenster das einzige Gefängnis des Kleinstaats zu sehen war, wohl zu verstehen zu geben versuchten, dass ich besser tat, was sie von mir verlangten.

Während sich der Kriminalpsychologe unmittelbar nach unserer Ankunft zum Flughafen verabschiedet hatte, Badeferien auf Lanzarote, hatte mich der Bankdirektor durch die Wohnung geführt, deren Miete die Drei Buchstaben Bank übernahm. Der Kühlschrank war mit Lebensmitteln gefüllt, im Badezimmer lagen Handtücher bereit, und als ich das Schlafzimmer betrat, fand ich auf dem Kopfkissen einen Marienkäfer aus Schokolade. Trotz der Strapazen der Reise ließ ich es mir nicht nehmen, mein neues Zuhause noch vor dem Zubettgehen gründlich zu inspizieren. Ich schraubte alle Glühbirnen aus den Fassungen, durchsuchte die Schubladen und Schränke, entfernte die Batterien aus sämtlichen elektronischen Geräten und klopfte die Wände ab, bis ich mir sicher war, dass sich weder versteckte Kameras noch Mikrophone darin befanden, zumindest nicht solche, die ich selbst hätte finden können. Ja, auch wenn es sie gab: Welche Rückschlüsse könnten sie schon daraus ziehen? Dass ich zweimal am Tag duschte? Das Einzige, was ich wirklich verbarg, befand sich in einem Bankschließfach in der Westschweiz, und ich hatte nicht vor, darüber laut mit mir selber zu sprechen.

Weil der Bankdirektor darauf bestanden hatte, mir bei den ersten Erledigungen zu helfen, stand er am nächsten Morgen pünktlich um zehn in der Einfahrt. Ich wollte ein Bügeleisen kaufen und Arbeitslosengeld beantragen, beim Gericht vorbeigehen, um mir Kopien meiner Akten geben zu lassen, und im Laufe des Tages vielleicht ein paar Runden schwimmen. Das einzige Freibad des Kleinstaats öffnete ja bereits Ende Mai. Wie wir durch die Dörfer fuhren, war ich erstaunt, wie viele bekannte Gesichter ich in der Kürze der Zeit sah. Ein früherer Nachbar tankte an der Coop-Tankstelle seinen Wagen. Vor der Laurentius-Apotheke sah ich den Bruder des ersten Ex-Freundes von Luise, und als wir an der Schaaner Post haltmachten, ging, wenn mich nicht alles täuschte, Cornelia, eine ehemalige Mitschülerin, an uns vorbei. Der Bankdirektor bat mich aus dem Wagen zu steigen. Er habe eine Überraschung für mich.

»Es ist Zeit«, sagte er lächelnd, »die Versprechen wahr werden zu lassen«, und öffnete eine Glastür, die in eine Anwaltskanzlei führte. Dort traf ich sie wieder. Tatsächlich war es Cornelia Frommelt gewesen, die uns keine fünf Minuten vorher über den Weg gelaufen war. Sie kam uns auf dem Flur entgegen und strahlte mich an.

»Ja, Cornelia«, sagte ich, »was machst du denn hier?«

»Arbeiten«, sagte sie und gab mir die Hand.

»Du bist Sekretärin?«, fragte ich.

»Nein«, sagte sie, »Juristin«, schwieg kurz und fügte dann an: »Und du, lieber Johann, bist Verbrecher geworden?«

Gut, dass uns der Bankdirektor unterbrach.

»Wie ich sehe, kennen Sie sich bereits. Dann können wir uns das Bekanntmachen ja sparen.«

»Allerdings«, sagten ich und Cornelia unisono, die ich von diesem Zeitpunkt an nur noch als Frau Frommelt ansprach. Zu Leuten, die mich vor Gericht vertreten, bewahre ich gerne professionelle Distanz.

In den ersten fünfzehn Minuten behandelte mich Frau Frommelt wie Luft. Sie besprach mit dem Bankdirektor irgendwelche Zahlungsmodalitäten. Dann stand sie auf, holte einen Aktenordner aus einem der Schränke und legte ihn vor mir auf den Tisch. Sein Rücken war mit Johann Kaiser beschriftet. Als sie ihn aufschlug, dachte ich ob des wenigen Papiers, das darin abgeheftet war, sie müsse mich mit einem anderen Johann Kaiser verwechseln.

»Nötigung des Staatsoberhaupts«, sagte sie. »Nicht ohne, Herr Kaiser, Respekt.«

»Wie bitte«, sagte ich und suchte den Blick des Bankdirektors, der den Blick Cornelia Frommelts suchte, die mich lächelnd ansah. »Keine Sorge«, sagte sie dann. »Genau deswegen bin ich ja da. Sowohl Bank wie auch Fürst sind informiert.«

»Aber ich nicht, gottverdammt. Was ist hier los?«

»Hat Durchlaucht noch nicht mit Ihnen gesprochen?«, fragte Frau Frommelt irritiert.

»Übermorgen«, sagte der Bankdirektor.

»Übermorgen?«, fragte ich.

»Wenn die Herren das bitte unter sich ausmachen könnten«, sagte Frau Frommelt.

»Nun, da Sie sich kennengelernt haben«, sagte der Bankdirektor, »steht einer erfolgreichen Zusammenarbeit nichts mehr im Weg. Kommen Sie, Herr Kaiser, wir gehen. Frau Frommelt, wir besprechen dann alles Weitere am Telefon.«

Zurück im Wagen gab sich der Bankdirektor kleinlaut. Was das alles solle, wollte ich von ihm wissen, sie sollten bloß nicht riskieren, zu sehr mit meinen Nerven zu spielen. Nötigung des Staatsoberhaupts? Ein Termin mit dem Fürsten? Ob er vorgehabt hätte, mir davon zu erzählen? Ich solle Ruhe bewahren, sagte er nur. Im Moment schiene mir die Sache komplizierter, als sie eigentlich wäre. Ich wisse doch, wie Juristen seien. Anträgchen hier, Anträgchen dort. Was zähle, sei allein das Urteil. Und das stehe bekanntlich am

Ende. Wie um den Satz zu untermalen, bremste er abrupt und brachte den Wagen auf einem Parkplatz zum Stehen.

Fragend sah ich ihn an.

»Sie wollen doch nicht in diesem Aufzug vor dem Fürst erscheinen«, lachte er, und weil er schon aus dem Wagen gestiegen war, bevor ich hätte Protest anmelden können, folgte ich ihm in die teuerste Boutique des Kleinstaats hinein.

Der Jahrhundertsommer begann. Um mich auf den Termin vorzubereiten, ging ich in die Berge. Einen kühlen Kopf bewahren konnte man nirgendwo besser als dort. Pro hundert Höhenmeter, pflegte Alfred zu sagen, ein Grad Temperaturunterschied. Hatte Alfred zu sagen gepflegt. Mein Vater war tot. Ganz auf mich allein gestellt wanderte ich im Schatten der Tannen. Wie gut es hier roch. Wenn nicht gerade ein Murmeltier pfiff, zog ein Steinfalke seine Kreise. Plötzlich befand ich mich auf einem Grat. Es gab nur zwei Möglichkeiten zu fallen. Linkerhand würde ich nach Österreich stürzen. Rechterhand in den Kleinstaat hinein. Wie ich auf der Grenze daherwandelte, dachte ich darüber nach, dass dem Grat, auf dem ich ging, vollkommen egal war, zu welchem Land er gehörte. Die hundert Lawinenverbauungen. Der Kleinstaat war gegen die Natur gut gewappnet. Man hatte alles begehbar gemacht. Die Sessellifte transportierten die Menschen von unten nach oben. Und um von oben nach unten zu kommen, nahmen sie im Winter die Skier und gingen den Rest des Jahres zu Fuß. Es war alles so seltsam.

Am Gipfelkreuz angekommen, griff ich zum Telefon.

»Herr Kriminalpsychologe«, sagte ich, »wissen Sie, wo ich mich gerade befinde?«

»Nein«, sagte der, »keine Ahnung.«

»Am Gipfelkreuz vom Augstenberg«, antwortete ich.

»Ist das metaphorisch gemeint?«, fragte er.

»Ganz und gar nicht«, sagte ich, »von hier aus hat man beste Sicht auf das Tal.«

»Perspektivwechsel sind wichtig«, sagte er und fragte dann, wie es mir gehe.

»Gut«, sagte ich, »wie geht es Ihnen?«

»Ganz ordentlich«, sagte er. »Sind Sie für das Treffen mit dem Fürsten bereit?«

»Ich weiß nicht genau«, antwortete ich.

»Machen Sie sich keine Sorgen, Herr Kaiser. Sie haben Hans-Adam auf Ihrer Seite.«

»Wenn Sie das sagen, Dottore.«

Dr. Jan Mayer lachte.

»Geben Sie mir Bescheid, wie es gelaufen ist, ja?«

»Mache ich, Herr Kriminalpsychologe. Schönen Tag.«

»Alles Gute, Herr Kaiser. Wir sehen uns bald.«

Ich folgte dem Weg weiter, bis ich die Pfälzerhütte erreichte, wo ich mir ein großes Glas Apfelsaft gönnte. Als ich mich auf eine der Holzbänke setzte, meinte ich im Augenwinkel vertraute Schemen zu sehen und zog meinen Hut in die Stirn. Die beiden Jungen, die am Nebentisch saßen, hatten pechschwarze Locken und sahen aus wie Gian-Andrin, als er in ihrem Alter gewesen war. Vor ihnen stand eine Platte mit Käse und Speck, und während sie aßen, bedachte mein früherer Freund seine Söhne mit einem Blick, mit dem man nur Dinge ansieht, die man selbst gemacht hat. Ich leerte mein Glas in einem Zug und stürzte mich in die Landschaft. Mit jedem Schritt, den ich ging, kam es mir vor, als würde ich kleiner, und als ich die Talsohle erreichte und an der Haltestelle auf den nächsten Bus wartete, war von mir nicht mehr übrig geblieben als ein Häufchen, so groß vielleicht wie ein Kristall.

Zuhause duschte ich lang. Während andere geregelten Berufen nachgingen und wochenends Ausflüge mit ihren Familien unternahmen, wurde ich international gesucht. Ich war gefoltert worden, hatte Daten gestohlen, und für den nächsten Tag stand eine Audienz bei dem Mann an, der als Einziger die Möglichkeit besäße, mir wieder ein normales Leben zu schenken. Obwohl ich mir vorgenommen hatte, früh schlafen zu gehen, lag ich die ganze Nacht wach. Im Versuch, mich auf jeden möglichen Satz vorzubereiten, den Hans-Adam sagen könnte, begab ich mich in einen Irrgarten aus Rede und Widerrede hinein, bis die Verästelungen des Gesprächs so verworren geworden waren, dass ich an die frische Luft gehen musste. Ich setzte mich auf den Balkon, sah zum Backsteingebäude hin, dachte: ›Familie‹, ›Freiheit‹, dann ›Angst‹, und als ich es in der Auffahrt hupen hörte, ging ich wie ein Boxer auf dem Weg zum Ring durch den Flur.

Auf Empfehlung des Bankdirektors trug ich Mokassins, khakifarbene Chinos und ein hellblaues Hemd. Er ließ das Wagenfenster nach unten, sagte, er hole mich in zwei Stunden ab, »noch einmal: keine Angst«, und war hinter der nächsten Kurve verschwunden, während ich auf das Pförtnerhäuschen zuging. Als ich dem Portier meinen Namen nannte, starrte er mich feindselig an. Er wisse genau, wer ich sei, sagte er, jeder auf Schloss Vaduz wisse das, und öffnete per Knopfdruck das Tor.

Wie oft war ich diesen Weg schon gegangen. Das Geräusch knirschenden Kieses ging in das Knacken morscher

Holzlatten über, ich erreichte die Brücke, die über einen Felsvorsprung ins Burginnere führte. Da waren die vertrauten Kanonen, die auf die Schweiz gerichtet waren, die Zinnen im groben Stein, und als ich den ersten Schritt in den Innenhof setzte, sah ich eine elegant gekleidete Dame, die mich vom Treppenabsatz her ins Gebäude winkte. »Wie schön«, sagte sie, »dass Sie es einrichten konnten. Der Landesfürst erwartet Sie schon.«

Der abgedunkelte Raum, in dem mich Hans-Adam empfing, war von Bücherwänden gesäumt. Dazwischen hingen Gemälde aus der eigenen Sammlung und auf dem Podest neben dem Schreibtisch stand die Bronze eines sich aufbäumenden Pferdes. Das Zimmer war so groß, dass es den Fürsten verschluckte. Fast so, als wäre nicht er Herr über das Schloss, sondern das Schloss Herr über ihn. Hans-Adam trug Mokassins, ein hellblaues Hemd, dazu khakifarbene Chinos, und als ich mich näherte, wurde ich mit der Unmöglichkeit konfrontiert, seine Miene zu deuten. Warum sagte er nichts? Irritierte ihn, dass ich genauso gekleidet war wie er? Hätte ich ein Geschenk mitbringen sollen? Oder war es an mir, das Gespräch zu eröffnen? Wie es aussah, hatte ich im Ausland das Gefühl für die Etikette verloren.

»Wissen Sie, Herr Kaiser«, sagte Hans-Adam nach einer Weile, während der wir uns schweigend angestarrt hatten, »Sie haben uns einen ordentlichen Schrecken eingejagt.«

Er sah mich an, als sei ich ein Buch.

»Ich gebe zu, im ersten Moment hat mich Ihr Brief wütend gemacht. Ich habe nicht glauben können, dass ein Mensch wie Sie, der über Jahre hinweg in diesen Räumen ein und aus gegangen ist, zu Derartigem in der Lage sein könnte. Doch dass Sie aus freien Stücken zurückgekehrt sind, ist ein Zeichen von Größe. Aus Fehlern lernen die Menschen am meisten. Ich zürne Ihnen nicht mehr.«

Mein rasendes Herz machte es schwer, mich auf seine Rede zu konzentrieren. Um mir nicht anmerken zu lassen, dass mir entgangen war, was Hans-Adam dazu veranlasst hatte, von Helmut Kohl zu erzählen, beschränkte ich mich auf stetiges Nicken. Durchlaucht sprach von einem Abendessen in Bonn, während dem der Altkanzler plötzlich einen Knopf gedrückt habe, der eine Tür aufgehen ließ, die in ein verborgenes Zimmer führte. Hier könnten sie sich wirklich frei unterhalten, habe Helmut Kohl zu ihm gesagt und auf den gedeckten Tisch in der Mitte des Raumes gezeigt. Wie ich noch darüber nachdachte, ob die Anekdote wohl mit den Konten der CDU in Verbindung stand, auf denen die Christdemokraten über Jahre hinweg Schwarzgeld im Kleinstaat gebunkert hatten, war Hans-Adam schon zum aktuellen Finanzminister der Bundesrepublik übergegangen. Die jüngste Steueramnestie, die Eichel, Sozialdemokrat, deutschen Staatsbürgerinnen und Staatsbürgern gewähre, wenn diese ihr Schwarzgeld – hier malte Hans-Adam Gänsefüßchen in die Luft – nachträglich deklarierten, nannte er lächerlich. Die Deutschen verstünden nicht, dass das Problem ihr Steuersystem sei und nicht die Steuersysteme der andern. Oasen gebe es nur inmitten von Wüsten. Das sähe ich doch sicher genauso.

»Ja«, sagte ich. Endlich. Ein Wort.

Durchlaucht nahm einen Schluck Wasser. Als ich nach meinem Glas greifen wollte, stellte ich fest, dass vor mir keines stand. Der Fürst hielt die Flüssigkeit lange im Mund, legte den Kopf in den Nacken, um ein bisschen zu gurgeln, und als er geschluckt hatte, fragte er nach einem lange gedehnten ›Aaaah‹, ob ich meinen Anwalt bereits kennengelernt hätte.

»Anwältin«, korrigierte ich mit trockener Kehle.

»Eine Top-Frau«, sagte er, die auch die Bank in so manchen Dingen vertrete. Bei ihr sei ich in guten Händen. Dann begann er von seiner jüngsten Italien-Reise zu erzählen, von Verona und Rom, vom mediterranen Klima und davon, dass das Italien der Vergangenheit sein Sehnsuchtsland sei. Sein großer Traum wäre ja eigentlich gewesen, Archäologe zu werden.

»Ihre Durchlaucht«, traute ich mich nach einer Weile zu sagen, »es tut mir leid, was ich Ihnen angetan habe.«

Obwohl ich mir vorgenommen hatte, meine Emotionen zu zügeln, spürte ich, wie sie in mich hineinsickerten wie in ein Loch. Eine Träne kullerte meine Wange hinab. Es folgte eine zweite und dann eine dritte, und während ich noch darauf hoffte, der Fürst hielte diese für Schweiß, war da bereits eine vierte, auf die eine fünfte folgte, dass spätestens bei der sechsten kein Zweifel mehr an meiner Gefühlslage bestand. Souverän reichte mir Hans-Adam die Taschentuchbox von der Mitte des Tisches. Durchlaucht schien es gewohnt, dass man in seiner Gegenwart weinte.

»Ist ja gut«, sagte der Fürst, »auch ich habe gelitten«, und erzählte von den letzten Wochen und Monaten, von der Verfassungsabstimmung, die ihn endlich mit den Rechten versah, die ihm zustehen würden, ehe er fragte, wie ich es hätte bewerkstelligen können, die Daten aus dem Bankarchiv zu entwenden. Erst kamen meine Worte nur langsam, doch als ich sah, dass sie eine wohlwollende Reaktion im Fürsten auslösten, reihte sich eines ans andere, bis ich mich in einen Rausch hineinerzählte, der mich endgültig zu mir selbst zurückkehren ließ.

Es war eine gottverdammte Erlösung, mit dem Höchsten des Staates über die Qualen sprechen zu können, durch die ich gegangen war. Ich erzählte ihm alles. Von Argentinien und von Barcelona, von Berlin und Amsterdam, von den Mustern, die ich in den dortigen Kanälen erkannte, vom Distelfinken, der meine ganzen Verletzungen in sich trug, und davon, dass ich hoffte, dass die Schmerzen nun endlich aufhören würden. Lügen musste ich nur ein einziges Mal. Als Hans-Adam mich fragte, ob alle Daten restlos zerstört worden wären, sagte ich ja.

»Gut«, sagte er.

»Darf ich Ihnen eine Frage stellen, Durchlaucht?«

Er nickte.

»Die Klage der Nötigung«, sagte ich. »Muss die wirklich sein?«

»Ich habe mir gedacht, dass Sie darauf zu sprechen kommen würden«, sagte der Fürst und fügte dann an, dass es so leicht leider nicht sei. Mit den Forderungen in meinem Brief hätte ich unmissverständlich klargemacht, dass das Schreiben nicht an die Privatperson Hans-Adam, sondern an Seine Durchlaucht Fürst Hans-Adam II. gerichtet wäre. Und wer dem Staatsoberhaupt drohe, drohe dem Staat als Ganzem. L'état, c'est lui. Daher sei die Staatsanwaltschaft, so leid es ihm tue, von einer Klage nicht abzubringen gewesen. Das sei das erste Problem. Das zweite sei, dass die Justiz nicht besonders gut auf mich zu sprechen wäre. Ich hätte sie schwerer Fehler bezichtigt, was einige der Richterinnen und Richter als persönlichen Affront verstanden hätten. Da sie jeden meiner Schritte genau prüften, sprach Hans-Adam weiter, könnten wir uns nicht leisten, andere Wege als die offiziellen zu gehen. Würden wir den Eindruck erwecken, mir käme eine Sonderbehandlung zuteil, würden wir auf erbitterte Gegenwehr stoßen.

Als ich ihn fragte, was auf mich zukommen würde, wurde er still. Er sah zu den Fenstern hin, was keinen Sinn ergab, da sie vollständig abgedunkelt waren. Ohne den Blick davon zu lösen, sagte er: »Es werden Prozesse geführt werden. Jeder Irrtum wird vollständig berichtigt. Das Einzige, was Sie dafür tun müssen«, er wendete seinen Kopf langsam zu mir, »ist, Ihre vollständige Schuld zu bekennen.«

»Wenn es weiter nichts ist«, sagte ich.

»Dann sind Sie einverstanden?«, fragte er überrascht.

»Natürlich nicht!«, platzte es aus mir heraus. Für wie blöde sie mich eigentlich hielten! Ich ließe mich doch nicht unter dem Versprechen nach Hause holen, dass die Verbrecher endlich vor Gericht gestellt würden, und das Erste, was nach meiner Ankunft geschähe, wäre, dass *mir* ein Prozess gemacht würde! »Man muss vor Gericht die Wahrheit sagen«, bebte meine Stimme durchs Schloss. Nicht nur, dass ich es nicht mit mir vereinbaren könne, vor den ehrenwerten Frauen und Herren Richtern zu lügen, nein, es wäre auch eine Lüge, mit der ich meine Glaubwürdigkeit verspielte. Wie ich den Toblers den Prozess machen sollte, wenn ich ein verurteilter Straftäter wäre? Der Haftbefehl in Spanien? Wolle er mich vielleicht nach Barcelona ausliefern, so genau wie er es mit den Paragraphen nähme? Oder noch besser: zurück in den Wasserturm sperren? Es tue mir leid, sagte ich, dass ich seine kostbare Zeit verschwende. Ich könne verstehen, dass er mich unter Vortäuschung falscher Tatsachen in den Kleinstaat gelockt habe. Ich sei ihm nicht einmal böse deswegen. Ich wisse ja, er habe einen ganzen Staat zu verteidigen.

»Herr Kaiser«, sagte er, als ich schon zur Türe gegangen war.

Die Klinke war kalt.

»Wenn Sie jetzt gehen«, sagte Hans-Adam, »verspielen Sie jede Chance auf eine Lösung. Bezüglich des spanischen Haftbefehls und der Verurteilung Ihrer Folterer habe ich eine andere Idee. Setzten Sie sich und hören Sie mir gut zu.«

Der Sommer von 2003 machte alle vorangegangenen Sommer zum Frühling. Um die Temperaturen erträglich zu halten, schloss ich die Jalousien schon morgens und ging nach einem Espresso und einer Banane die Notizen des Vortages durch. Gegen 13 Uhr nahm ich ein leichtes Mittagessen zu mir, ehe ich die Zeit bis Sonnenuntergang mit Schreiben oder Recherchieren verbrachte. Da ich mich mit der Staatsanwaltschaft gut stellen müsse, hatte mich Hans-Adam gebeten, ein Konzept zu erarbeiten, um zukünftige Datendiebstähle zu verhindern. Im Gegenzug würde bei der spanischen Justiz der Antrag gestellt, den dort seit Jahren anhängigen Fall, betreffend des Wohnungskaufs in Barcelona, zusammen mit den Vorwürfen bezüglich der Nötigung des Staatsoberhaupts in Vaduz behandeln zu lassen, worauf der Haftbefehl eliminiert würde, sobald Spanien das Liechtensteiner Urteil anerkannt hätte. Zwar war dieser Vorschlag nicht ohne Mängel – mit einem Schuldbekenntnis meinerseits, auf dem Hans-Adam beharrte, wäre ich zwar den Haftbefehl los, aber ebenso alles Geld, das nach wie vor auf einem gesperrten Bankkonto lag –, doch nachdem er versprochen hatte, dass ›wir‹ ›uns‹ das Geld mit den besten Anwälten über Zivilklagen zurückholen würden, blieb mir aus Optionen-Knappheit keine andere Wahl.

Im Zuge der Recherchen wurde ich ein weiteres Mal Stammgast am Landgericht. Zwar bemühten sich die dortigen Angestellten, sich von ihrer freundlichsten Seite zu zeigen, doch so viele Male ›unabsichtlich‹ angerempelt worden wie in den Fluren der Liechtensteiner Justiz dieser Tage bin ich in meinem Leben noch nie. »Leider außer Betrieb«, sagte ein Staatsanwalt und verstellte mir mit einer Tasse Kaffee den Weg zur Maschine. Als ich zum Getränkeautomaten wechselte, sagte er, »der leider auch«, und als ich einmal in der Toilette meinen Geschäften nachging, hörte ich eine Stimme aus der Kabine nebenan murmeln, dass man mich dieses Mal kriege. Ähnlich erging es mir in den Räumen des Landesarchivs, der Landesbibliothek, des Regierungs- und Polizeigebäudes, an Bushaltestellen und in den Bussen, nicht einmal im Schwimmbad ließ man von mir ab. Weil die Dame am Kassaschalter gehört haben wollte, dass ich eine Bank überfallen hätte, verlangte sie den doppelten Eintritt. Natürlich weigerte ich mich diesen zu zahlen, doch anstatt dass mir jemand zu Hilfe eilte, nickten mir die anderen in der Schlange schadenfroh zu. Ich war wieder zurückgekehrt, ja, doch vertraut war mir in meiner angeblichen Heimat nur das Gefühl, unfair behandelt zu werden. Alle bildeten sich ein, sie wüssten Bescheid, doch wie es im Kleinstaat so ist, glänzten diejenigen, die wirklich eingeweiht waren, durch Schweigen, während diejenigen, die eingeweiht zu sein meinten, mich pausenlos spüren ließen, was sie von dem, was sie gehört hatten, das ich getan hätte, hielten.

Wenn ich den Briefkasten öffnete, erwartete ich schon das Schlimmste. Nachdem sich herumgesprochen hatte, wo ich wohnte, erhielt ich regelmäßig anonyme Schreiben, die in ihrer Themenvielfalt von der Wiedereinführung der Todesstrafe über seitenlange Beschimpfungen bis zum Einwortsatz ›Verräter‹ hin reichten. Während ich die Papiere anfangs noch aufhob, um sie zur Anzeige zu bringen, warf ich sie nach dem Schulterzucken des Polizisten – außer unnötigem Papierkram würde das zu nichts führen – ungelesen in den Müll.

Dass mich die Nachricht vom späten Juli trotzdem erreichte, ist dem besonderen Weg ihrer Zustellung zu verdanken. ›Kaiser‹, hieß es auf der DIN-A5-großen Notiz, die zwischen den Seiten einer Gratiszeitung steckte, ›es wird viel geredet. Lass dich davon nicht aus der Bahn werfen und geh weiterhin deinen Weg. Den Weg der Gerechten.‹ Erst war ich mir unsicher, ob die Zeilen nicht ironisch gemeint waren – Weg der Gerechten, was sollte das heißen –, doch von diesem Nachmittag an fand ich jeden Sonntag zwischen den vorletzten Seiten der LIEWO einen im immer selben Layout gehaltenen Zettel, doppelter Zeilenabstand, Arial, Schriftgröße 12, der erst mit ›Ein Bewunderer‹ und später nur noch mit ›E. B.‹ unterzeichnet war. Hatte ich einen Freund oder versuchte mich jemand gezielt in die Irre zu führen?

In der ersten Augustwoche klärte mich E. B. darüber auf, dass meine Wohnung abgehört würde. Trotz anfänglicher Skepsis unterzog ich diese Behauptung noch einmal der Prüfung, was hatte ich schon zu verlieren, und setzte im Wohnzimmer zu einem Monolog an. Dass ich es nicht länger aushalten würde, sagte ich, all die Lügen, und wiederholte den Satz so lange, bis ich zu meiner eigenen Überraschung zu weinen begann. Eine knappe Stunde später rief der Bankdirektor an. Lange nichts mehr gehört, sagte er und fragte, wie es mir ginge. In der zweiten Augustwoche teilte mir E. B. mit, dass er unter dem Mülleimer auf Höhe des linken Torpfostens in südlicher Richtung am Sportplatz in Schaan Dokumente für mich hinterlegt hätte. Die Protokolle, die ich in der Plastiktüte fand, setzten mich über die Existenz einer Task Force in Kenntnis, die in den letzten Monaten zu unzähligen Geheimsitzungen zusammengekommen war. In der dritten Augustwoche wünschte mir E. B. alles Gute für die Verhandlung und legte mir die Vorladung zu meinem Gerichtsprozess bei, die ich selbst noch nicht zu Gesicht bekommen hatte. Der Termin war im Oktober, und wie ich der Anklageschrift entnahm, wurde ich nicht nur der Nötigung des Staatsoberhauptes beschuldigt, wie es mir Frau Frommelt und Hans-Adam versichert hatten, sondern ebenso ›des Verbrechens der Gewalt und der gefährlichen Drohung gegen den Landesfürsten (§ 249 StGB), des Verbrechens der Auskundschaftung eines Geschäfts- oder Betriebsgeheimnisses zugunsten des Auslands (§124) wie des Vergehens der Datenbeschädigung (§126) und der Urkundenunterdrückung (§229)‹. In der vierten Augustwoche übersandte mir E. B. die Kopie der Titelseite der aktuellen Ausgabe der Zeitung, in der seine Nachricht steckte, und in der Woche darauf entschuldigte er sich für die Verwirrung, sein Scanner mache manchmal seltsame Dinge. Es lohne sich jedenfalls, meinte er weiter, mich mit dem Fall des zweiten Datendiebs auseinanderzusetzen, und verwies auf das Polizeifoto August Walchs, das mit einer Büroklammer am Schreiben heftete. So stellte ich in den kommenden Tagen fest, dass Walch die Bank nicht länger erpresste, wie sie mich glauben ließen, sondern seit Wochen in einer der Gefängniszellen in Untersuchungshaft saß, auf die ich jeden Tag blickte.

Wie viele Schmerzen ist ein Mensch im Stande zu ertragen? Zu welchem Zeitpunkt geht das Belogen werden in Folter über? Und wieso riss ich mich weiter am Riemen? Ein psychologisch hochinteressanter Vorgang spielte sich in mir ab. Ich tat, als wäre nichts. Ich verdrängte. Ich ließ den Gedanken nicht zu, dass sie mich belogen. Ich dachte ›Versehen‹ und ›Missverständnis‹, ›gegenseitige Achtung‹ und ›Kooperation‹. War es nicht sogar gut, dass sie Walch bereits eingesperrt hatten? Bestimmt hatten sie nur vergessen, mir davon zu erzählen. Und dieser E. B.? Was wusste der schon? Natürlich, es hätte eines enormen Aufwandes bedurft, um die vielen mir zugespielten Dokumente, die nicht nur authentisch aussahen, sondern zudem in perfektem Behördensprech gehalten waren, zu fälschen. Dennoch jagte mir der Gedanke, ein weiteres Mal von meinen ›Verbündeten‹ hintergangen zu werden, so viel Angst ein, dass ich, anstatt denjenigen den Kampf anzusagen, die mir Informationen verschwiegen, E. B. dafür zu verteufeln begann, dass er mir diese zugänglich machte.

Er verstehe nicht, sagte der Fahrer, der für das Ausliefern der Zeitung zuständig war, als ich ihn eines Samstagnachts am Briefkasten stellte. Dass er E. B. ausrichten könne, schrie ich, dass ich Bescheid wisse, dass er mich in Ruhe lassen solle, dass ich seine Einschüchterungsversuche nicht länger akzeptiere. Er verstehe nicht, wiederholte der Fahrer, schützte sein Gesicht mit den Händen und zog sich dann verängstigt in seinen Wagen zurück. Zwar erhielt ich die LIEWO nicht länger, nachdem ich eine entsprechende Notiz am Briefkasten angebracht hatte, E. B.s Nachrichten aber erreichten mich weiterhin. Von diesem Tag an übermittelte er mir seine Zeilen mit den Großauflagen der beiden Tageszeitungen, die einmal pro Woche allen Haushalten zugestellt werden. ›Ihre Reaktion ist seltsam, aber nachvollziehbar‹, schrieb mir E. B. dienstags mit der Ausgabe des *Liechtensteiner Vaterland.* ›Lassen Sie mich nur sagen, dass ich vielleicht der Einzige bin, der Ihnen nichts Böses will.‹ Und mit der Ausgabe des *Liechtensteiner Volksblatt* zwei Tage später wünschte er mir auf der Vorderseite seiner Notiz alles Gute für den Prozess, während ich auf der Rückseite den Wortlaut meiner Aussage abgedruckt fand, die mich Cornelia Frommelt ein paar Tage später vor Gericht zu verlesen bat. Darin gestand ich mich in zwei der fünf Anklagepunkte schuldig.

Der Sommer schien noch lange nicht ans Aufhören zu denken, und als der Prozess kam, war es technisch gesehen schon Herbst. Die letzten Wochen vor der Verhandlung schloss ich mich in der Wohnung ein, um dem Dokument *Die Verhinderung eines Datendiebstahls,* das mittlerweile 83 Seiten fasste und einen genauso langen, aus Originaldokumenten und Quellenverzeichnis bestehenden Apparat angefügt hatte, den letzten Feinschliff zu geben. Zehn Tage vor Verhandlungsbeginn hatte ich es fertiggestellt und übersandte es an Frau Frommelt, den Fürsten und den Kriminalpsychologen. Alle drei Parteien bedankten sich noch am selben Tag, versicherten mir, dass ich hervorragende Arbeit geleistet hätte und ich keine Angst zu haben bräuchte, was den Prozess anbelange. Wir wären gut vorbereitet.

Um mich für den Termin vor Gericht zu sammeln, buchte ich ein Hotelzimmer im Jura. Ich verbrachte die Tage in den Westschweizer Alpen wandernd und war fasziniert, dass die Berge immer wie Berge aussahen, ganz unabhängig davon, in welchen Sprachen die Menschen, die in ihrem Schoße lebten, sich über sie unterhielten, ob sie nun ›Berg‹ sagten, ›mountain‹ oder ›montagne‹. Weil Genf nicht weit von dem Dörfchen entfernt lag, in dem ich mich zu entspannen versuchte, machte ich einen Tagesausflug in diese Hauptstadt der Diplomatie, und weil die Bank, in der ich die Masterkopie aufbewahrte, wiederum nicht weit von Genf entfernt lag, stattete ich auch ihr einen Besuch ab. Ich reiste mit den unterschiedlichsten Verkehrsmitteln, fuhr zur Verwirrung in die falsche Richtung, dann wieder zurück usw., bis ich das in der Fußgängerzone gelegene Geldinstitut einer durchschnittlichen Kleinstadt erreichte und mich nach Vorzeigen des Ausweises in den Raum mit den Schließfächern führen ließ. Es war ein seltsames Gefühl, die Datenträger wieder in den Armen zu halten, und obwohl ich sie ohne Laptop nicht lesen konnte, setzten mich die Listen, die ich vor langer Zeit angefertigt und in einem Umschlag mit ins Schließfach gelegt hatte, bis ins Detail über ihren Inhalt in Kenntnis. ›Mein Vermächtnis‹, dachte ich und versuchte den Gedanken noch im gleichen Moment zu unterdrücken, denn dass die Verwendung der Daten mein letzter Wille sein sollte, konnte ich mir nicht gestatten zu denken. Ich fuhr über dieselben vertrackten Wege, über die ich gekommen war, wieder zurück und ließ den Tag bei einem Paar Würsten auf Sauerkraut ausklingen. Am nächsten Morgen nahm ich den Zug in den Kleinstaat und fand auf meinem Anrufbeantworter fünf Nachrichten. Die ersten drei waren vom Kriminalpsychologen. Er wünsche mir alles –. Hallo, er noch mal, er wünsche mir alles Gu–. Ja, schon wieder er. Die Verbindung. Leider könne er beim Prozess nicht anwesend sein. Er denke an mich. Alles Gute. Eine war vom Bankdirektor, der mir mitteilte, dass er mich um neun Uhr abholen würde. Die letzte war von Hans-Adam persönlich. »Wie ich höre, sind Sie dienstags um 16 Uhr über die Grenzen des Kleinstaates gegangen.« Er räusperte sich.

Ein Hund bellte. »Was auch immer morgen geschehen wird, einer Sache können Sie sich sicher sein. Die Familie von und zu Liechtenstein steht bedingungslos auf Ihrer Seite.«

Man brauchte schon viel Fantasie, um den Hundekot, den ich am Prozessmorgen auf der Fußmatte fand, nicht als böses Omen zu werten. Leider hatte ich mittlerweile so viel Fantasie, dass es für mindestens fünfzehn Romane gereicht hätte. Ich stieg mit einem großen Schritt über den Haufen und setzte mich zum Bankdirektor in den Wagen, der mich mit etwas zu guter Laune empfing. Zwar schien es mir übertrieben, den fünfminütigen Weg mit dem Auto zu fahren, doch die Gesten des Bankiers waren so absolut, dass ich es als sinnlos ansah, seine Entscheidung in Frage zu stellen. Von der Tiefgarage aus nahmen wir den Aufzug, sodass wir das Gerichtsgebäude erreichten, ohne eine Sekunde unter freiem Himmel gewesen zu sein.

Am Vorabend hatte ich lange mit Frau Frommelt telefoniert. Dass ich nichts weiter tun müsse, als meine Aussage zu verlesen, hatte sie mehrmals gesagt, und jetzt, da mich der Bankdirektor ihrer Obhut übergab, fühlte es sich zum ersten Mal an, als wären wir wirklich verbündet. Ob ich gefrühstückt hätte, fragte sie, und als ich verneinte, zog sie eine Banane aus ihrer Handtasche, die ich ohne Widerwort aß. »Sehr gut«, sagte sie und reichte mir ein Glas Wasser. Das Ticken der Uhr, die im Warteraum hing, verdoppelte und verdreifachte sich, die Lautstärke der Sekunden, und dann klopfte ein Gerichtsdiener an die Tür, der uns bat, ihm zu folgen.

Der Saal war voller, als eine Verhandlung unter Ausschluss der Öffentlichkeit, die zur Sicherheit des Landes beantragt worden war, es hätte annehmen lassen. In den Besucherreihen saß der Oberstaatsanwalt persönlich, neben ihm zwei Männer, die ich nicht kannte, in der ersten Reihe der Bankdirektor und in der hintersten eine Frau mit Kind, deren Gesicht im Schatten ihrer Kopfbedeckung lag, dass es aus der Distanz heraus wirkte, als trüge sie Trauerschleier. Um den gehässigen Blick des Staatsanwaltes zu meiden, der gegenüber der Anklagebank hockte, sah ich zum Porträt des Landesfürsten hin, das, wie es sich für jedes öffentliche Gebäude gehört, an der Wand angebracht war. Es zeigte Durchlaucht im Profil, der über den Bildrand hinwegsah wie der Violinenspieler von Gerrit Dou.

Mit einem Rippenstoß gab mir Frau Frommelt zu verstehen, dass ich mich zu erheben hatte, als die Richter den Raum betraten, und als ich das tat, erkannte ich aus dem Augenwinkel heraus zwei Gestalten, deren Anblick mich an die Worte von E. B. denken ließ. Polizisten, bewaffnet und in voller Montur, hatte es bei den vorangegangenen Verhandlungen keine gegeben. »Keine Sorge«, flüsterte Frau Frommelt, »das hat nichts zu bedeuten«, doch das kühle Grinsen des Staatsanwalts ließ mich an ihrer Aussage zweifeln. ›Atmen‹, dachte ich, ›bloß nicht vergessen zu atmen‹, und auf Kommando des Vorsitzenden hin, der den Prozess für eröffnet erklärte, schloss einer der Polizeibeamten die Tür, worauf die Handschellen in seinem Gurt blitzten.

Der Zettel zitterte wie ein Fächer, als ich in den Zeugenstand gerufen die Aussage verlas. Dass ich mich schuldig bekenne, den Brief vom Januar aufgesetzt, geschrieben und dem Fürsten nach Hause geschickt zu haben; dass ich die Daten entwendet, zum Zeitpunkt des Entwendens aber noch nicht gewusst hätte, was ich damit anstellen würde; dass ich aufrichtig bereute. »Mehr kann ich nicht sagen«, schloss ich meine Wortmeldung ab und blickte reumütig zum Gremium hin, das mir aus sechs Gesichtern heraus mit ein und derselben Miene nur das Schlechteste wünschte.

»Den Zettel mit Ihrer Aussage«, hörte ich den Vorsitzenden nach einer Weile des Schweigens sagen: »könnte ich den kurz sehen?«

Ich sah zu Frau Frommelt hin, die irritiert nickte.

»Soso«, murmelte der Vorsitzende das Papierstück studierend, worauf er es an seinen Kollegen weiterreichte, der Selbiges wiederholte, ehe er es an seinen Kollegen weiterreichte, usw. Dann richtete sich der Höchste des Gerichts auf, dass er für einen kurzen Moment das Bildnis Hans-Adams verdeckte, und fragte mit fester Stimme, nach wessen Instruktionen ich handle.

»Wie bitte?«, sagte ich.

»Handeln Sie nach Instruktionen der Bank?«

Die Blicke kamen von allen Seiten.

»Ich habe alles gesagt, was ich zu sagen habe«, sagte ich, worauf ich ein Knacken hörte, das von den Händen der Schriftführerin stammte. Weil sie das Tippen einstellte, um die Finger zu dehnen, sind die folgenden Worte der Richter, die leise gemurmelt wurden, von meiner Position aus aber gut zu verstehen waren, im Protokoll nicht verzeichnet: ›abgekartetes Spiel‹, ›Farce‹, ›unglaublich‹, ›nicht durchgehen lassen‹, ›in einem Rechtsstaat‹, ›die Hölle heiß‹. Auch von den Zwischenrufen des Staatsanwaltes und vom Klimpern der Handschellen der Polizisten fehlt im Protokoll jede Spur. Erst mit meiner Vernehmung nahm die Protokollantin ihre Arbeit wieder auf.

Die Fragen, die mir Frau Frommelt und die Staatsanwaltschaft stellten, waren beinahe identisch. Ich ließ sie über mich ergehen, ohne dass ich meine Antworten selber verstand, ich redete einfach nur, sagte Worte und dachte dabei an Pinguine und einen Schwarm Vögel, und als sich die Richter zur Urteilsfindung zurückzogen, blieb ich apathisch sitzen, weshalb es der Unterstützung des Bankdirektors bedurfte, mich aus dem Saal zu bewegen. Da saßen wir dann vor dem Kaffeeautomaten, Frau Frommelt und der Bankdirektor redeten ohne Unterbrechung auf mich ein, doch ich hörte sie nicht, ich verstand nicht, was sie zu mir sagten, vielleicht sagten sie auch gar nichts und bewegten die Lippen nur, um mir das Gefühl zu geben, dass da jemand war, der sich meiner annahm. Handeln Sie nach Instruktionen der Bank. Die Handschellen der Polizisten. Ein Wort ist ein Lufthauch. Ein Wort ist ohne Gewicht. Zumindest dann, wenn es von einem Entrechteten kommt.

Hans-Adam lächelte sanft, als die Richter nach einer 90-minütigen Pause unter seinem Porträt ihre Plätze einnahmen. »Im Namen von Fürst und Volk«, verlas der Vorsitzende von einem Zettel, der meinem nicht unähnlich war, weiß, aus Papier, »ergeht folgendes Urteil.« Ich griff nach Frau Frommelts Hand. »Johann Kaiser ist der Verbrechen des schweren Betrugs« – sie erwiderte den Druck nicht – »der Gewalt und der gefährlichen Drohung gegen den Landesfürsten« – ich konnte nicht loslassen – »wie der Vergehen der versuchten Nötigung, des Diebstahls und der Urkundenunterdrückung« – das abgewandte Gesicht des Bankdirektors – »schuldig zu sprechen.« Die Polizisten streckten sich durch. »Als Bestrafung« – es war nur ein Zucken – »erscheint eine Freiheitsstrafe« – der Atemzug eines sterbenden Menschen – »von vier Jahren« – Mamá, Fürstin Gina – »angemessen zu sein« – der mir bewusst werden ließ – Hammerschlag – wie alleine ich war.

2.

Der Winter war so kalt, wie der Sommer heiß gewesen war, und weil es in diesem meteorologisch außergewöhnlichen Jahr die Übergangsphase, die man Herbst nennt, nicht gab, wurde ich zu seinem Ende hin krank. Draußen rieselte Schnee und die Tage waren so grau, dass es schwer war, den einen vom anderen zu unterscheiden, wie es mir überhaupt schwer fiel, Unterschiede zu setzen. Ich wusste nicht, ob mir warm war oder ich fror, ob ich wach war oder schlief, und am allerwenigsten wusste ich, was von den Versprechen zu halten war, die mir Hans-Adam und seine Konsorten, Frau Frommelt, der Bankdirektor und der Kriminalpsychologe schon wieder gaben. Ich brauchte keine juristischen Ratschläge, ich brauchte einen Arzt, doch zu schwach, um einen solchen zu rufen, tat ich, was ich seit Jahren tat, ich harrte aus.

Von den Tagen nach dem Prozess erinnerte ich nicht mehr als die Dunkelheit, in die hinein ich jeden Morgen erwachte. Manchmal waren da Worte, ein Telefon, dessen Klingeln ich entweder beantwortete oder abwartete, bis sein Klingeln erstarb. Auch das machte keinen Unterschied: ob ich die Lügen sofort an mich heranließ oder ein paar Tage vergehen ließ, bis man mich anlügen würde. Revision, sagte jemand. Berufung, jemand anders. Jaja, dachte ich und schlief wieder ein. Vier Jahre. Keine Bewährung. Viermal 365 Tage und einen zusätzlichen für das Schaltjahr. Ich träumte von Carl in einem neuen Mantel. Ich träumte von Renata, wie sie am

Strand meditierte. Die Toblers hatten mein Geld. Ich nahm zwei Aspirin. Meine Nachbarin klopfte. »Ihr Briefkasten quillt über«, rief sie. »Welchen Tag haben wir«, rief ich zurück. »Mittwoch«, rief sie. »Und welchen Monat«, rief ich. »November«, rief sie. »Danke«, rief ich und ging auf ihre weiteren Rufe nicht ein.

Frau Frommelt hatte mir ihren Antrag auf Berufung geschickt, dem Schreiben des Fürsten und des Kriminalpsychologen beigelegt waren. Eigentlich war ihr Inhalt ganz nett. Trotzdem las ich sie ohne Interesse. Dr. Jan Mayer faselte etwas von ›Workplace Violence‹ und den großen Verdiensten, die ich ihrer weiteren Erforschung wegen verdiene. Der Fürst schrieb, sich nie von mir bedroht gefühlt zu haben und dass er das ergangene Urteil, zumal ich mich einsichtig zeigte und alles getan hätte, um Wiedergutmachung zu leisten, für bemerkenswert hielte. Bemerkenswert im Sinne von unangemessen. Der Staatsanwalt schickte mir seine Empfehlung, der Berufung keine Folge zu leisten, und fügte handschriftlich an, dass er mir viel Spaß im Knast wünsche. E. B. leitete mir die Vorladung zur Verhandlung in zweiter Instanz weiter, die mir Frau Frommelt, wie ich dem Poststempel entnahm, ein paar Tage später ebenfalls zugesandt hatte. Der Termin war für Januar angesetzt, doch ich wusste schon damals, dass ich die Wohnung nicht wieder verlassen würde, bis ich entweder sterben oder von der Polizei abgeholt und dorthin gebracht würde, wohin ich in ihren Augen gehörte: zu August Walch ins Backsteingebäude. Zumindest dachte ich das, bis ich aus einem anderen Schreiben E. B.s erfuhr, dass sich August Walch nicht länger im Backsteingebäude befand, sondern seine Freiheitsstrafe, zu der er in der Zwischenzeit verurteilt worden war, in Oberösterreich verbüßte.

Weihnachten war ich noch immer nicht tot. Selbst Neujahr überstand ich. 2004. An einem Januarmorgen klopfte es an meiner Tür. »Sind Sie so weit?«, fragte Frau Frommelt. »Wofür«, fragte ich. »Herr Kaiser«, rief sie, »Ihre Verhandlung.« »Ach die«, sagte ich. »Wie bitte?«, sagte sie. »Ach die«, wiederholte ich. »Öffnen Sie sofort die Tür.« Frau Frommelt zerrte mich unter die Dusche. »Opiumhöhle«, rief sie und öffnete alle Fenster. Obwohl ich das Haus kaum verlassen hatte, färbte sich das Duschwasser dunkelbraun, bevor es im Abfluss verschwand.

Entgegen der Nervosität während des ersten Prozesses ging ich mit so großer Gleichgültigkeit in den zweiten, dass sich der Staatsanwalt dazu provoziert sah, mir vor Beginn der Verhandlung zuzuflüstern, dass er trotz meiner mächtigen Freunde, er blickte hoch zum Porträt des Fürsten, nicht damit aufhören würde, für den Erhalt der Rechtsstaatlichkeit in diesem Lande zu kämpfen. »Ach so«, sagte ich, ehrlich nicht interessiert, was ihn noch wütender machte, dass er mir wohl an die Gurgel gegangen wäre, hätte der Richter die Verhandlung nicht für eröffnet erklärt.

Wieder alles von vorn. Jemand stellte eine Frage und ich antwortete. Der Staatsanwalt versuchte seinen Hass zu verstecken, Frau Frommelt tat souverän, während der Bankdirektor auf der Besucherbank gähnte. Es waren dieselben Menschen anwesend wie schon beim letzten Mal, nur das Kind der Frau mit dem Schleier fehlte. Wie schön das Licht in den Saal fiel. Wie eine Bettdecke, dachte ich, wie ein Laken, und dann war da plötzlich das Geräusch eines Hammers, der auf Holz klopfte. Ich wurde versteigert. Frau Frommelt glänzte. »Ist das nicht hervorragend?«, sagte sie. »Was«, sagte ich. »Das Urteil«, sagte sie. »Ach das«, sagte ich und legte meine Arme so auf den Tisch, dass es den Polizisten möglichst wenig Mühe bereiten würde, mir Handschellen anzulegen. »Was machen Sie da«, fragte Frau Frommelt. »Ich lasse mich festnehmen«, sagte ich. »Herr Kaiser«, sagte sie. »Ja«, sagte ich. »Wir gehen«, sagte sie. »Auf Wiedersehen«, sagte ich. »Sie eingeschlossen«, sagte sie. »Ja genau, eingeschlossen«, sagte ich. »Kommen Sie jetzt«, sagte sie und zog mich an der Hand.

In den ersten Tagen nach Urteilsverkündung schreckte ich jede Nacht hoch. Mein Atem ging schnell, ich wusste nicht, wo ich war, und weil der Blick aus dem Fenster das Einzige war, was mir beim Zurechtfinden half, ließ ich die Vorhänge bald offen. Ich richtete mich im Bett auf, keine Gitter am Glas, doch erst wenn ich das rote Gemäuer erblickte, wurde mein Puls wieder ruhiger. Dass ich das Backsteingebäude sah, musste bedeuten, dass ich mich nicht im Backsteingebäude befand. Ich machte das Licht an. Der Zettel mit dem Stempel des Landesgerichts lag auf dem Nachttisch. Die feine Struktur des Papiers. Keine Haft. Stattdessen drei Jahre ausgesetzt auf Bewährung. Ich machte das Licht wieder aus. Der Innenhof des roten Gebäudes war schwach beleuchtet. Es gab keine andere Lösung. Wenn ich das Verbrecherehepaar endlich eingesperrt sehen wollte, musste ich ihnen vertrauen. Das hieß einmal mehr: auf sie zu warten.

Im März setzte die Schneeschmelze ein. Das Grau ging in Braun-, dann in Grüntöne über, und als der Bankdirektor eines Morgens im Türrahmen stand, tat er das in einem leichten Sakko.

»Alles Gute zum Geburtstag«, sagte er und streckte mir

»mit den besten Wünschen des Fürsten« ein in Geschenkpapier gewickeltes Päckchen entgegen. »Ihr neununddreißigster ist es doch, oder?«

Da ich, von seinen Glückwünschen überrascht, keine Anstalten machte, das Päckchen an mich zu nehmen, nestelte er selbst am Papier, bis eine Schachtel zum Vorschein kam, in der sich eine Reihe von Dokumenten befand.

»Die Gerichtsakten sind übersetzt«, sagte er und hielt mir ein Blatt unter die Nase, das in Spanisch gehalten war, »und an Madrid versandt. Sobald die Behörden Ihr Urteil anerkannt haben, sind Sie den Haftbefehl los.«

Er lächelte.

»Ist das nicht fantastisch?«

Obwohl er nicht zu überspielen vermochte, dass ich nicht so euphorisch reagierte, wie von ihm erwartet, sprach er ungebremst weiter. »Im Gegenzug«, sagte er, »wäre ich froh, Sie könnten mir Ihren Laptop übergeben.«

Im Gegenzug? Meinen Laptop?

Zwar waren seine Gründe so offensichtlich gelogen, dass sie mich zunächst erzürnten – es seien gefährliche Viren im Umlauf, sagte er –, doch irrsinnige Vorwände hin oder her, dass sie sich für den Laptop interessierten, war als gutes Zeichen zu werten. Ja, eigentlich überraschte es mich, dass sie erst jetzt damit kamen. Nun, da meine Mobilität bald wiederhergestellt wäre, wollten sie sichergehen, dass ich auch wirklich keine Daten besaß. Sie machten Ernst. Das beruhigte mich, und so tat ich, was sie mir rieten. Der Ratschlag hieß warten.

Ich wartete und die Osterfeiertage kamen. Wie in jedem Jahr waren sie quälend. Während sich die christliche Welt auf Kreuzigungen und Auferstehungen vorbereitete, begannen die Narben an meinen Handgelenken zu schmerzen. Ich träumte von hell erleuchteten Pools, von gestaltlosen Gestalten, die sich um ein Feuer bewegten, und fasrigem Fleisch – ›Lamm‹, wusste ich instinktiv – zwischen den Zähnen Renatas. Der Karfreitag war schlimm. Um mein Bein lag eine Kette, die mich nicht weiter als bis ins Bad gehen ließ. Am Samstag kam der Stiernacken zu mir ins Zimmer und rasierte mir mit einem scharfen Messer den Kopf. Auch der Sonntag brachte keine Erlösung. Im Radio wurde der Gottesdienst aus Rom übertragen, der Papst predigte sich in Emphase, doch was sollten mir seine Worte bedeuten? So nah wie ich während der Osterzeit '97 war Johannes Paul dem Tod nie gewesen. Sieben Jahre waren seit Argentinien vergangen. Sieben Jahre, die sich anfühlten wie ein einziger nicht enden wollender Tag. Am Abend des Ostermontags schlugen die Glocken. Jesus reichte seinen Jüngern das Brot. Die Folter war überstanden. Zum siebten Mal hintereinander.

Ich wartete weiter und es wurde Mai. Wenn ich Frau Frommelt anrief, um mich nach den Fortschritten mit Spanien zu erkundigen, sagte sie, die Sache wäre auf gutem Weg, und wenn ich sie fragte, wie es mit Argentinien aussehen würde, antwortete sie, sobald mir der Haftbefehl vom Hals geschafft sei, könnten wir uns darum kümmern. Der Bankdirektor wiederholte ihre Worte in einer leichten Variation, und um dasselbe nicht noch einmal gesagt zu bekommen, rief ich den Kriminalpsychologen gar nicht erst an.

»Sommerferien«, hieß es im Juli, als ich weitere Nachfragen stellte.

»Immer noch«, sagte man mir im August. Als Mitte des Monats der Staatsfeiertag kam, begab ich mich auf die Wiese vors Schloss, um an der offiziellen Feierlichkeit teilzunehmen. Weil es das erste Mal seit Monaten war, dass ich mich in einer größeren Menschenmenge befand, erklärte ich mir die bösen Blicke, die ich von allen Seiten auf mir spürte, als Phantasterei. Der Wiedereintritt ins gesellschaftliche Leben schien meine Sicht auf die Welt zu verzerren. Das Gras jedenfalls war grün, die Bühne darauf klein und die Reden, die auf der Bühne gehalten wurden, schienen nicht einmal die Redner selbst zu interessieren. Nach den Ansprachen lud die Fürstenfamilie die Bevölkerung zu einem Apéro in den Schlossgarten ein, und weil ich Teil der Bevölkerung war, nahm ich die Einladung an. Seit unserem Treffen im Vorjahr hatte ich Hans-Adam nicht wieder gesehen, nicht einmal gesprochen hatten wir uns; wenn ich auf dem Schloss anrief, ließen mich seine Bediensteten wissen, dass das Staatsoberhaupt im Ausland weile. Jetzt sah ich ihn nur ein paar Meter vor mir entfernt vor einem Rosenbusch stehen. Er wurde bleich, als er mich erkannte, und nickte mir unmerklich zu. Doch das Nicken galt nicht mir. Jemand packte mich von hinten am Ärmel, und ich hörte den Pförtner sagen, dass es besser wäre, wenn ich jetzt ginge. »Warum«, fragte ich. »Nur so«, sagte er und begleitete mich aus dem Garten.

Im September erkundigte ich mich beim Bankdirektor nach dem Verbleib meines Laptops.

»Hier haben Sie ihn«, sagte er im Oktober. Der Laptop lief schneller als vorher, was an der neuen Festplatte liegen musste, die neben meinen früheren Daten eine Reihe von neuen Programmen enthielt. Ich klickte mich durch die Ordner, ging von ›Johann‹ zu ›Finanzen‹ zu ›Steuererklärung 03‹ und blieb an einem Textdokument hängen, von dem ich mit Sicherheit wusste, dass nicht ich es gewesen war, der es angelegt hatte. Es lautete auf ›12345.doc‹ und bestand aus einem einzigen Satz. ›Du wirst belogen werden‹, stand da. ›Liebe Grüße, E. B.‹

Im November riss mir der Geduldsfaden. Weil Frau Frommelt meine Anrufe nicht mehr beantwortete, fragte ich den Bankdirektor zu Monatsanfang, was denn nun mit dem Haftbefehl sei. Es könne doch nicht so schwer sein, ein paar Stempel auf ein paar Blätter zu setzen, ich wartete seit – »Sie haben nicht davon gehört?«, unterbrach er mich verblüfft. »Nein«, sagte ich. »Der Haftbefehl ist eingestellt worden«, sagte er. »Sie sind frei.« »Frei?«, fragte ich. »Frei« antwortete er. »Dann können wir uns jetzt um Argentinien kümmern?« »Frau Frommelt wird sich diesbezüglich bei Ihnen melden.«

Im Dezember klingelte mein Telefon. »Frau Frommelt?«, fragte ich. »Es tut mir leid, dass Sie mit mir vorliebnehmen müssen«, sagte der Kriminalpsychologe und kicherte in sich hinein. Wie es mir gehe. »Es geht«, antwortete ich und setzte, um nicht unhöflich zu erscheinen, zur Gegenfrage an. Wir hatten uns lange nicht mehr gesprochen. Er rufe wegen dem Haftbefehl an. »Wegen des«, sagte ich. »Wegen was«, sagte er. »*Wegen des Haftbefehls*«, sagte ich. Er lachte. Herzlichen Glückwunsch erst mal. Nun, da ich ihn los sei, den Haftbefehl meine er, haha, nicht ihn, den Kriminalpsychologen, haha, wie dämlich kann ein Witz sein, dachte ich, nun, haha, da meine Reisefreiheit wiederhergestellt sei, müsse man überlegen, wie man in naher Zukunft mit mir verfahre. Mit mir verfahre? Wie solle er sagen. Der Kleinstaat sei klein. Die Leute redeten viel. Er räusperte sich. Und eben weil der Kleinstaat klein sei und die Leute viel redeten, würde der Fürst es begrüßen, könnte ich Liechtenstein vorübergehend verlassen. »Was«, sagte ich. »Nicht für lang«, sagte er, »nur für ein paar Jahre –« Ein paar Jahre? »– respektive –« Respektive? »– bis etwas Gras über die Sache gewachsen ist.« Etwas Gras? Die Sache? Ich schnappte nach Atem. »Sind Sie noch da?« »Und wie«, schrie ich in den Hörer hinein. Genau das wäre ja das Problem. Die ganze Zeit wäre ich da, seit Monaten: Da, da, da, da, da, da, da! »Ist ja gut«, sagte er. »Ist es nicht«, sagte ich. Wie sie sich das vorstellen würden? Wohin sollte ich gehen? In die Schweiz vielleicht? »Lieber etwas weiter«, sagte er leise. »Das war keine Frage«, sagte ich. Vorbestraft! Als ob ich jemals wieder einen Job finden würde! »Dafür gibt es eine Lö–«, sagte er. »Ihre Lösungen können Sie sich sonstwohin stecken.« Alleine das Wort schon! Lösung hieße zu lösen, was sie täten, wäre vertagen! »Etymologisch gesehen –«, sagte er. »Etymologisch gesehen«, schrie ich ins Telefon. »Hören Sie mich doch erst einmal an«, sagte er. Sein Atem rauschte im Hörer. Dann fragte er, ob ich mit dem Begnadigungsrecht des Fürsten vertraut sei.

DAS VIERZEHNTE BUCH

(2005–2008)

1.

Im Juni werden es fünfzehn Jahre, dass ich Liechtenstein verlassen und seitdem keinen Fuß mehr in dieses Land gesetzt habe. Ob ich den Kleinstaat vermisse, ist schwer zu sagen. Was ich vermisse, ist, ein Leben zu führen, das frei ist von Angst. Ich stelle mir vor, in einer Küche zu sitzen und nicht befürchten zu müssen, dass jeder Schatten, der sich über die Wände bewegt, das Herannahen eines Sondereinsatzkommandos bedeutet. Ich bewässere meinen Garten und versuche mich daran zu erinnern, wie es sich angefühlt haben muss, sich nicht mit jedem Tropfen zu fragen, ob das Wasser, das die Pflanzen in den Böschungen trifft, nicht verschwendetes ist. Was bringt mir ein blühender Garten, wenn jeder Blick, der ihn streift, der letzte gewesen sein könnte?

Der Krieg, den sie gegen mich führen, ist zuallererst psychologisch. Auch wenn es Phasen gibt, in denen es den Anschein erweckt, als ob sie aufgehört hätten, nach mir zu suchen, weiß ich genau, dass ich mich dem nicht hingeben darf. Nichts ist gefährlicher als die Ruhe über der Siedlung. Die Rasenmäherroboter, die rauschend ihrer Arbeit nachgehen. Die Dachbalken, die zu knacken beginnen bei Wind. Die Katzen, die sich über Eigentumsgrenzen hinweg von Garten zu Garten bewegen, als gehörte alles, was da ist, nur ihnen. Was aber gehört mir? Dieses Haus ist es nicht. Ich lebe hier nur zur Miete. Das Geld auf der Bank? Meinetwegen. [redacted] sind viel. Wenn ich in den nächsten paar Jahren keine größeren Investitionen tätige, werde ich als reicher Mann sterben. Wem aber gehört Geld? Denjenigen, die es verdienen? Vielleicht, aber wie verdient man? Indem man wegnimmt. Wem nimmt man weg? Den Mietern, ist man Vermieter. Den Käufern, ist man Verkäufer. Den Arbeitslosen, ist man Arbeitnehmer. Den Bürgern, ist man der Staat. Dem Staat, ist man Milliardär. Und wer waltet darüber? Unsichtbare Hände, die sich gegenseitig bestehlen. Unsichtbare Hände, die man nicht zur Verantwortung zieht, weil sie unsichtbar sind.

War es das wirklich wert? Ich werde ganz traurig darüber. Nur eine Überlegung gibt mir etwas Hoffnung. Wenn es stimmt, was die Philosophen sagen, und wieso sollte es nicht stimmen, dass es kein richtiges Leben im Falschen gibt,[214] muss das umgekehrt heißen, dass innerhalb des Falschen das Falsche zu tun, die einzige Möglichkeit ist, das Falsche zu überwinden. Wie Minus und Minus Plus ergibt, löst sich die Wiederholung des Falschen im Falschen eines Tages im Richtigen auf. Wir müssen unsere Leben zum Falschen hin ändern. Und so falsch wie ich, das sagt mir der Text, an dem ich seit fünf Jahren schreibe, haben nicht viele vor mir gelebt. Hoffentlich war es das wert.

---

[214] Adorno, Theodor W.: Minima Moralia. Reflexionen aus dem beschädigten Leben. Frankfurt 1951. S. 43.

2.

Im Juni 2005 räumte ich meine Wohnung. Ich putzte die Fenster, nahm die Vorhänge von den Stangen und wusch sie, wischte alle Schubladen und Schränke, die Waschmaschine piepste, ich hängte die Vorhänge auf und staubsaugte mich durch alle Räume. Wie herrlich es im Staubsauger klirrte. Es war wie damals im Kinderheim, wenn uns die Fürstin besuchte, Staubflusen, Hautfetzen, Haare, ich sog alles ein. Nur war die Fürstin tot und ich würde das Land bald verlassen. Ich nahm die Böden nass auf und sah Ginas Gesicht darin glänzen. Ihr Lächeln wurde bleicher und bleicher, je trockener die Fußböden wurden, »verzeihen Sie mir«, sagte ich, als wüsste sie schon, was ich ihrem Sohn antun würde, und als die Fürstin verschwand, verschwanden ebenso alle Spuren davon, dass diese Räume bis eben bewohnt worden waren. Dann setzte ich mich auf die Couch und wartete, bis der Bankdirektor mich abholen würde.

Auf dem Weg zum Bahnhof sprachen wir wenig. Der Bankdirektor versuchte seine Wut so gut es ging zu verstecken, und bis zu einem gewissen Grad konnte ich seinen Ärger verstehen. Streng genommen gehörten die Möbel in der Wohnung nicht mir, und so war es streng genommen nicht rechtens gewesen, dass ich sie vor der Abreise alle verkaufte. Doch dass sie mich aus dem Land, das mir genauso wie ihnen gehörte, verbannten, zeugte auch nur bedingt von Rechtschaffenheit, und der Preis, den ich mit dem Verkauf der Möbel erzielte, war ohnehin nicht sehr hoch. Außerdem waren sie eine Bank, und wenn eine Bank eines besaß, war es Geld. Die paar tausend Franken konnten sie sicher verschmerzen.

Obwohl die Fahrt bis nach Buchs keine fünfzehn Minuten dauerte, waren diese fünfzehn Minuten genug, um mich melancholisch werden zu lassen. Ich hatte mein ganzes Leben in diesen elf Dörfern verbracht, und wenn ich einmal weg gewesen war, hatte ich immer wieder zurückkehren können. Ich versuchte mir jedes Haus, jedes Fahrzeug, jeden Menschen, den ich auf der Straße sah, so gut einzuprägen wie möglich, um in den Jahren, die auf mich zukommen würden, wenigstens auf solide Erinnerungen zurückgreifen zu können. Die Laurentius-Apotheke. Das Reisebüro Schädler und die Pfarrkirche Schaan. Das Verkehrschaos am Lindenrank, die Zollstraße, die sich in einer Geraden auf die Schweiz zubewegt, an der entlang sich das Dorf ausdünnt und die Häuser weniger werden, bis ein letztes davon ein paar Baumreihen weicht.

»Können Sie bitte kurz stehen bleiben«, fragte ich den Bankdirektor, als wir die Rheinbrücke erreichten. Erst sah er mich verwirrt an, doch da uns genug Zeit blieb, bis der Zug abfahren würde, hielt er an. »Ich brauche nur einen kurzen Moment«, sagte ich und stellte mich mit dem Rücken zu ihm ans Geländer. Ich ließ den Blick über die Kiesbänke gleiten, das Treibholz, das angespült worden war, sah zu den Joggern hin, die auf dem Rheindamm ihre Kilometer abspulten, während sich dahinter das Gebirge auftat. Wie es bei föhnigen Tagen oft der Fall ist, schienen die Drei Schwestern so nahe, dass ich sogar den Fürstensteig zu erkennen meinte, der in die Felswand eingelassen zu den beliebtesten Wanderwegen des Landes gehört. Dort hatte mich Fürstin Gina an einem Wandertag mit dem Kinderheim fotografiert. Auf der Suche nach dem perfektem Winkel war sie dem Abgrund so nahe gekommen, dass das dabei entstandene Foto keine Momentaufnahme eines Ausflugs zeigt, sondern allein meine Angst darum, dass sie abstürzen könnte. Die Wanderung sollte Gina zwar überleben, mein Auszug aus diesem Land und alles, was sich daran anschließen würde, blieb ihr Gott sei Dank aber erspart.

»Wollen wir dann?«, fragte der Bankdirektor genervt.

»Ich bin so weit«, sagte ich und stieg ohne mich noch einmal umzusehen zu ihm in den Wagen. Dass mein Abschied kein vorübergehender war, sollte er nicht erfahren.

Je weiter ich mich vom Kleinstaat entfernte, desto mehr begann ich mich zu entspannen. Bis zum ersten Termin mit dem Anwalt, den sie mir in Barcelona bereitstellen würden, blieb mir noch gut eine Woche Zeit, und so ließ ich den Flug, den sie mir gebucht hatten, verstreichen. Akku und Sim-Karte hatte ich aus dem Handy entfernt, und um sicherzugehen, dass mir niemand folgte, fuhr ich den ganzen Tag durch die Schweiz, bis ich mir abends in der Nähe von Lausanne ein Hotelzimmer nahm. Morgens setzte ich die Reise mit Aufgehen der Sonne fort, nahm einen Bus, dann einen anderen, stieg in eine Tram und fuhr ein paar Halte, ging zu Fuß bis zum Bahnhof, nahm einen Zug, dann wieder einen Bus, dann einen andern, mit dem ich in Gegenrichtung fuhr, bis ich irgendwann zum späten Nachmittag hin in den Tresorräumen jener Bank stand, in der ich meine Lebensversicherung aufbewahrte. Ich leerte das Fach, wickelte die Festplatten in Geschirrtücher und steckte sie in einen Beutel, der die Aufschrift einer Bäckerei aus Süddeutschland trug. Dann fuhr ich auf denselben vertrackten Wegen wieder zurück.

Seltsam, nach all den Jahren wieder am Flughafen Zürich, das heißt: überhaupt an einem Flughafen zu sein. Wo ich im ersten Moment Vertrautes zu erkennen meinte, stieß ich bei genauerem Hinsehen nur auf Entfremdung. Obwohl es die *Bye Bye Bar* noch gab, war der Mann hinter dem Tresen durch einen jüngeren ausgetauscht worden. Anstelle des Kiosks hatte eine Supermarktfiliale geöffnet und vom Sicherheitspersonal war nur der Mann mit dem Schnurrbart übrig geblieben, doch jetzt war sein Schnurrbart grau und er erkannte mich nicht, als er nach Flüssigkeiten im Handgepäck fragte. Wie sehr hatte sich das Reisen nach dem 11. September verändert. Weil ich viel zu früh dran war, auch das war anders als früher, schlenderte ich durch die Duty-Free-Geschäfte in Terminal 1, bis ich in einem Zeitschriftenladen auf ein weiteres Gesicht stieß, das vertraut war und entfremdet zugleich. Von einem blau hinterlegten Buchcover blickte mir der Kriminalpsychologe entgegen, *Das Verschwinden der Daten*[215] hieß es darüber, und wie ich dem Sticker auf dem Umschlag entnahm, schien es sich dabei um einen Bestseller zu handeln. Ein weiteres Mal, dachte ich, als mir die Verkäuferin das Buch über die Theke reichte, das ich mit dem Verkaufserlös eines Kopfkissenbezuges bezahlte, geht das Geld der Drei Buchstaben Bank an Dr. Jan Mayer.

Seit dem Rückflug aus Buenos Aires hatte ich kein Flugzeug bestiegen. Dementsprechend tat ich das mit zitternden Händen. Die Gesichter der Stewards und Stewardessen machten mir Angst, das Anschnallzeichen ließ mich an Fußfesseln denken, und als das Rauschen der Triebwerke einsetzte, sah ich mich in den Wasserturm katapultiert, in dem

[215] Mayer, Jan: Das Verschwinden der Daten. Wien 2004.

ich das Auto des Stiernackens heranfahren hörte. »Alles wird gut«, sagte meine Sitznachbarin, und ich bemerkte, dass ich meine Hand auf ihre gelegt haben musste. Keine Sorge, antwortete sie auf meinen entschuldigenden Blick, sie sei mit Flugangst vertraut, und entfernte ihre Hand erst, als uns eine Stewardess fragte, was es zu trinken sein dürfe. Die Sitznachbarin bestellte Weißwein, ich fragte nach Baldriantee. Ob Kamille auch okay sei? Natürlich. Das war es. Beinahe hätte ich vor Freude geweint.

Wann ich zuletzt in Barcelona gewesen war? Ich konnte mich nicht mehr erinnern. Die Stadt hatte ihren Charme nicht verloren, die Straßen in Gràcia waren immer noch schmal, nur schienen sie voller geworden zu sein, und wo vorher Bäckereien und Fleischerläden gewesen waren, reihte sich jetzt Café an Café. Ich hatte mir unweit der Schweizerschule ein Hotelzimmer genommen, von dem aus ich mich nach einer Unterkunft umsehen würde. Doch erst einmal musste ich schlafen. Die Emotionen waren zu viel. Ich war ewig weg gewesen. Ich war keinen Tag weg gewesen. Diese Stadt gehörte mir. Diese Stadt hatte mir nie gehört. Ich war Sprössling einer Bauernfamilie aus dem Kleinstaat. Ich war der König von Spanien. Ich schlief ein und träumte, doch ich kann mich nicht mehr erinnern, wovon.

Ich ging durch die Straßen, als ob ich mich auf einer Zeitreise befände. Nirgendwo war ich so sechzehn wie hier. Da hinten hatte ich das Moped geparkt. An diese Werkstatt hatte ich es verkauft. Da war die Bar Cèntric in Raval, ich brachte den Schriftstellern Bier, sie sprachen vom Infrarealismus und gaben kein Trinkgeld. Das Kino. Ich blieb als Sternbild im Universum hängen. Señor Bucheli. Der Bergsteiger. Johann

Hilti. Ich stand vor dem Kloster, doch ich traute mich nicht zu klopfen. Was, wenn die Schwestern Frau Büchel benachrichtigen würden? Es war Mittwoch. Es war Donnerstag. Es war 1981 und Rolf lud mich zu sich nach Hause ein. Was, wenn ich nicht hingehen würde? Es war 2005 und ich hatte einen Termin bei meinem Anwalt. Wozu brauchte ich einen Anwalt? Ich stand auf dem Platz an der Sagrada Familia und suchte Mamá. Es war 1982 und die Sommerferien begannen. Ich fuhr mit den Toblers ans Meer. Ich fuhr nicht mit den Toblers ans Meer. Wäre ich doch nur nie mit den Toblers ans Meer gefahren. Es war 1995 und ich unterschrieb einen Kaufvertrag für die Wohnung, half Carl und Renata beim Umzug, und als mein Freund Elton zu Besuch kam, hallte sein Lachen durch die halbleeren Räume. Es war 1963 und Mamá war in der Stadt. Sie trug ein lachsfarbenes Top, das sie sich bis über den Bauchnabel hochzog. Etwas traf mich am Kopf. Meine Mutter war tot. Es war der 16. Juni 2005.

Im Gegensatz zu den prunkvollen Bauten, die den Anblick des Viertels bestimmten, war das Gebäude der Anwaltskanzlei *Garrigó y Asocados* so unscheinbar, dass ich es im ersten Moment fast übersah. Um es zu betreten, schritt man an Kisten voller Gemüse vorbei, ehe man durch eine Tür, die sich am Ende des kleinen Supermarktes befand, ins Treppenhaus gelangte. Als echter Geheimtipp war mir Bové Garrigó angepriesen worden, als Querdenker, der die Juristerei mit dem ihm ganz eigenen Stil auf ein neues Level hebe, und obwohl ich den Termin bei ihm nur wahrnahm, um die Vaduzer nicht misstrauisch werden zu lassen, gab es doch ein letztes Fünkchen Hoffnung in mir, dass es Garrigó gelingen könnte, meine Probleme auf legalen Wegen zu lösen.

Vor der Tür lag ein abgetretener Fußabstreifer, der den Aufdruck eines Barcodes zeigte, an dessen Balken sich zwei Hände festhielten wie an Gitterstäben eines Gefängnisses. Eine Klingel gab es keine, und weil mir auch nach mehrmaligem Klopfen niemand öffnete, trat ich ohne Einladung ein. Die Kanzlei war eine stinknormale Zweizimmerwohnung. Von den Asocados war nichts zu sehen, und selbst wenn es sie gab, fragte ich mich, wie sie in dieser Wohnung Platz finden sollten. Der Flur war zugestellt mit Regalen, in der Küche stapelte sich das Geschirr und der Schreibtisch, an dem ich einen Mann im Zimmer am Ende des Gangs sitzen sah, das musste Bove Garrigó sein, nahm so viel Platz ein, dass er den Raum fast vollständig ausfüllte. Der Anwalt hatte Kopfhörer auf und war so tief in seinen Laptop versunken, dass er nicht bemerkte, als ich mich auf den Stuhl gegenüber des Schreibtisches setzte.

Nach einer Weile nahm er die Kopfhörer ab, sah mich ohne jegliche Überraschung an und sagte, dass ich Johann Kaiser sein müsse. Was mir angetan worden wäre, sei schrecklich, sagte er, während er sich mit dem Saum des T-Shirts den Schweiß von der Stirn wischte. Dass ich mir sicher sein könne, dass er alles unternähme, um Señor Soler dorthin zu bringen, wohin er in seinen Augen und den Augen all seiner Mitarbeiterinnen und Mitarbeiter gehörte.

»Tobler«, sagte ich.

»Wie«, sagte er.

»Der Mann, den Sie hinter Gitter sehen wollen, heißt Tobler –«

»Das habe ich doch gesagt«, sagte er.

»Nein, haben Sie nicht«, sagte ich. Außerdem gehöre zu Señor Tobler eine Señora Tobler, die genauso hinter Gitter gehöre wie er.

»Wie ich?«, fragte er.

»Wie Señor Tobler«, sagte ich.

Das wisse er, ob wir jetzt endlich anfangen wollten.

Was er zu tun gedenke, fragte ich.

»Erzählen Sie mir erst einmal, was damals mit Señor Soler –«

»Tobler«, sagte ich.

»– in Bolivien –«

»– Argentinien –«

»– vorgefallen ist.«

Um Vaduz nicht misstrauisch werden zu lassen, erschien ich weiterhin zu den wöchentlichen Terminen in der Anwaltskanzlei, die ich anfangs nur widerwillig, mit der Zeit sogar ganz gerne wahrnahm. Da sich Garrigó als einfühlsamer Zuhörer entpuppte, begann ich die Sitzungen bei ihm als eine Form der Gesprächstherapie auf Kosten der Drei Buchstaben Bank zu begreifen. Je mehr ich ihm von meinem Leben erzählte, desto mehr kam ich zur Einsicht, dass die eigentliche Folter erst mit der Rückkehr in den Kleinstaat eingesetzt hatte und es daher das einzig Richtige war, meine Energie bis auf weiteres ganz auf Vaduz zu konzentrieren. Einerseits, weil es mir für den Moment an Macht und den finanziellen Mitteln fehlte, um den Toblers die Strafe zukommen zu lassen, die sie verdienten. Andererseits, weil ich endlich verstand, dass sich die Schmerzen, die mir zugefügt worden waren, in den Dienst der Allgemeinheit stellen ließen. Moral hieß, sich nicht mit dem Bestehenden zufrieden zu geben. Gerechtigkeit hieß, endlich zu handeln.

Wenn ich nicht im zugemüllten Zimmerchen saß, war ich vornehmlich mit organisatorischen Dingen beschäftigt, der

Beschaffung meiner Geburtsurkunde etwa oder dem Vorformulieren von E-Mails, unternahm Spaziergänge durch die Stadt oder las im Buch des Kriminalpsychologen, das sich als abscheulicher Text herausstellen sollte. Die Sätze trieften vor Pathos und die Figuren waren so hölzern, dass ich erst nach einem Drittel des Textes verstand, dass einer der beiden Protagonisten mich selbst und der andere, zumindest dem Namen nach, den Kriminalpsychologen darstellen sollte. Um die beteiligten Personen zu schützen, hieß es im Vorwort, habe sich der Autor »sanfter fiktiver Eingriffe«[216] bedient, die den Wahrheitsgehalt aber nicht abschwächen, sondern im Gegenteil: noch klarer herausstellen würden. Als könnte die Wahrheit noch wahrer werden, wenn es Dr. Jan Mayer war, der sie erzählt, verkürzte und vereinfachte er, machte aus Berlin Barbados, aus Amsterdam Santiago de Compostela und aus mir, Johann Kaiser, den »hochintelligenten Soziopathen«[217] Marius Fritz, einen »Meister der Antizipation«[218], der sich der Daten eines Unternehmens bemächtigt hatte, bei dem er jahrelang angestellt gewesen war. Kurzum: ein typischer Fall von »Workplace Violence«, einem der »drängendsten Probleme des 21. Jahrhunderts«[219].

Das Dämlichste dieses an Dämlichkeit kaum zu überbietenden Buches war sein Ende, das im finalen Zusammentreffen zwischen dem Datendieb und dem Kriminalpsychologen bestand. Ersterer trug einen »breitkrempigen Hut«, um seine »blutunterlaufenen Augen«, die von »so viel Schmerz

---

[216] a.a.O. Mayer: Das Verschwinden der Daten. S. 8.
[217] ebd. S. 29.
[218] ebd. S. 121.
[219] ebd. S. 8.

wie von Lebenserfahrung« zeugten, zu verdecken. Zweiterer war in seiner »typischen Uniform« angereist: »Wildlederjacke« und »Blue Jeans«. Das Gespräch, das sie an der »Rückseite eines europäischen Bahnhofs« führten, war »lang und unerbittlich«, ein »verbales Gefecht«, das beide Seiten zu »rhetorischen Meisterleistungen« auflaufen ließ, bis sie »nach Stunden des wortgewaltigen Duellierens« in sich »zusammensackten« und im »erschöpften Zustand« erkannten, dass die »Erschöpfung des einen [...] die Erschöpfung des anderen« war. »Tränen benetzten« das Gesicht des Datendiebs, als er verstand, dass nicht »Gewalt«, sondern »Kommunikation« der »Schlüssel« zum »Frieden« sein würde, und so übergab er dem Kriminalpsychologen die Daten. Ob Dr. Jan Mayer stolz darauf war, die Katastrophe abgewendet zu haben? »Für Stolz blieb keine Zeit. Mein Telefon klingelte.« Er wurde an andrer Stelle gebraucht.[220]

Das Buch machte mich dermaßen wütend, dass ich all meine Kraft aufwenden musste, um nicht sofort loszubrüllen, als mich sein Autor an einem Julitag anrief. Er habe fantastische Neuigkeiten, sagte der Kriminalpsychologe und fragte dann, wie schnell ich in Zürich sein könne. Ich erbat mir drei Tage und schlug vor, dass wir uns an der Hinterseite des Bahnhofs treffen könnten. »Sensationell«, sagte er, »ich freu mich«, und legte auf.

Für das Treffen kaufte ich mir einen breitkrempigen Hut und begrüßte Dr. Jan Mayer mit dem Nietzsche-Zitat, das er seinem Buch vorangestellt hatte. »Die Wahrheiten des Men-

[220] a.a.O. Mayer: Das Verschwinden der Daten. S. 239-250.

schen sind die unwiderlegbaren Irrtümer«[221], sagte ich, doch er verstand die Anspielung nicht und machte mir Komplimente für meinen Hut. Wir begaben uns in ein Restaurant in der Bahnhofshalle und bestellten Burger und Bier. Ich war seltsam entspannt, als er im Laufe des Gesprächs an seiner Aktenmappe zu fummeln begann und dann einen Umschlag über den Tisch schob. »Der Fürst lässt Sie herzlich grüßen«, sagte er, während ich eines der beiden Dokumente studierte. Tatsächlich. Er hatte meiner Begnadigung zugestimmt. Zwar nicht der vollumfänglichen, die mir den vollständigen Straferlass garantieren würde, wie es eigentlich abgemacht war, aber immerhin einer abgemilderten Form: der beschränkten Auskunft aus dem Strafregister. Das hieß, dass nur die Behörden des Kleinstaats die Gerichtsurteile vom Februar einsehen konnten, während ausländischen Stellen ein Strafregister vorgelegt würde, das so blütenweiß war wie das eines unbescholtenen Bürgers. Zwar ärgerte mich, dass schon wieder ein Versprechen gebrochen worden war, doch als ich das zweite Dokument aus dem Umschlag nahm, das Strafregister, wie es dem Ausland gezeigt würde, beschloss ich wenigstens in dieser Sache meinen Frieden mit ihnen zu machen. Für das, was ich vorhatte zu tun, würde es reichen. Wir redeten noch einiges belangloses Zeug, bis ich mich zum Flughafen verabschiedete. Es war das letzte Mal, dass ich den Kriminalpsychologen sah. Allerdings führte mich meine Reise nicht zurück nach Barcelona, wie ich ihn hatte glauben lassen, sondern nach [redacted] in [redacted]. Nun, da alle Dokumente vollständig waren, konnte ich mit der Arbeit beginnen.

---

[221] Nietzsche, Friedrich: zitiert nach Mayer: Das Verschwinden der Daten. S. 3.

3.

Nach ein paar Aufenthalten an Orten, über die ich mich aus verschiedenen Gründen bedeckt halten muss, verbrachte ich den Jahreswechsel 05/06 in [redacted]. Zur Vorbereitung auf die europäische Sommersaison joggte ich jeden Tag acht Kilometer, schwamm viel und fuhr, wann immer es ging, mit dem Fahrrad. Ein Auto mietete ich nur ein einziges Mal. Für den Fall, dass sich das Treffen mit dem Bundesnachrichtendienst, zu dem ich im Spätherbst Kontakt aufgenommen hatte, nicht als das herausstellen sollte, als was ich es mir erhoffte, war eine motorisierte Fluchtmöglichkeit von unbestreitbarem Vorteil.

Während ich selbst Unterkunft in [redacted] bezogen hatte, einem [redacted]-Einwohner-Ort, der gut [redacted] von [redacted] entfernt lag, hatte ich die Mitarbeiter des BND nach [redacted] bestellt. Entgegen dem Wunsch der Agenten, die sich in einem Hotel treffen wollten, bevorzugte ich für ein erstes Kennenlernen einen Platz unter freiem Himmel. Die [redacted], die sich in der Nähe des [redacted] befand, war dafür bestens geeignet.

Die beiden Nachrichtendienstler, nennen wir sie Herr und Frau Schmidt, sahen so aus, wie man sich deutsche Urlauber vorstellt: die Gesichter sonnenverbrannt, Strohhüte auf, dazu trugen sie Trekking-Sandalen und Socken. Hätte sich in der Westentasche Herrn Schmidts nicht die Ausgabe von Albert Camus' *Pest* befunden, die ich sie gebeten hatte als Erkennungszeichen mit sich zu führen, hätte ich sie in der Touristenmenge niemals erkannt. Als ich mich ihnen näherte, waren sie gerade dabei, sich gegenseitig zu fotografieren, dass ich mich schon fragte, ob sie das taten, um die Tarnung aufrechtzuerhalten, oder ob die Reaktion eine ganz normale war, wenn sich deutsche Staatsbürger in der Nähe des [redacted] befanden.

»Joel?«, fragte Frau Schmidt, als ich nach einer Weile zu ihnen herantrat.

»Joel«, sagte ich und bat die beiden, mir ihre Ausweise zu zeigen. Dann deutete ich auf einen Tisch in der Ecke, von dem aus der Platz gut zu beobachten war.

Bis wir unsere Bestellungen aufgegeben hatten – Herr Schmidt entschied sich für [redacted], ich trank nur [redacted], Frau Schmidt begnügte sich mit [redacted] –, sprachen wir kein einziges Wort. Im Gegensatz zu mir, dem die Stille unangenehm war, schien sich das Agentenpaar nicht weiter daran zu stören. Im Gegenteil: In ihrem Schweigen lag eine Form der Professionalität, die gleichzeitig furchteinflößend und beruhigend war. Erst als die Bedienung mit einem Tablett an unser Tischchen herantrat, machte Frau Schmidt einen ersten Schritt. Während sie [redacted] im [redacted] verrührte, sagte sie, dass es ihr eine Ehre sei, mich endlich kennenzulernen. Was ich zu bieten hätte, das sage sie nicht allein als Mitarbeiterin eines Nachrichtendiensts, sondern zuallererst als deutsche Staatsbürgerin, sei von unvorstellbarem Wert. Obwohl sie eine Sonnenbrille trug, sah ich, wie ihre Augen dahinter zu leuchten begannen, während Herr Schmidt bedeutungsvoll nickte.

Nachdem ich dem BND in [redacted] kurz dargelegt hatte, warum ich meinen echten Namen nicht nennen konnte, in Besitz welcher Informationen ich war und was man meiner Meinung nach damit alles anstellen könne, war mir ein paar Tage später eine sichere Kommunikationsmöglichkeit aufgezeigt worden, über die wir uns weiter austauschen konnten. Auf diesem Weg hatte ich sämtliche Argentinien-Unterlagen wie auch einen Bruchteil der deutschen Kundenmandate übermittelt, bei deren Zusammenstellung ich großen Wert darauf legte, dass sie einen möglichst repräsentativen Querschnitt zeigten. Nicht nur, was die Altersspanne der Kunden betraf, die von Teenagern bis zu Kriegsveteranen reichte, sondern ebenso, was die Bandbreite an Straftaten anbelangte. Ja, ich hatte mir sogar die Mühe gemacht, in einem gesonderten Word-Dokument die Paragraphen des deutschen StGB anzugeben, gegen welche der jeweilige Kunde verstieß.

»Wirklich fantastisch«, sagte Frau Schmidt.

Ich lächelte bescheiden.

»Und Sie sagen, Sie haben noch tonnenweise Material mehr?«

Wer schon einmal mit deutschen Behörden in Kontakt gekommen ist, wird sich vorstellen können, dass die Verhandlungen keineswegs einfach waren. Obwohl ich mehrfach betonte, dass ich mich nur auf Geschäftsbeziehungen einlassen würde, wenn so wenig Menschen in die Sache einbezogen würden wie möglich, fragten mich die Schmidts bereits bei unserer dritten Begegnung, ob ich dazu bereit sei, mich mit Vertretern [redacted] zusammenzusetzen. Eine erste Analyse habe ergeben, dass eine Vielzahl der Fälle in [redacted] verwickelt sein dürften, die nur bedingt in den Aufgabenbereich des Nachrichtendiensts fielen. Sie wären vor allem für [redacted] zuständig. Zwar war ich nicht gerade begeistert, dass der Kreis an Mitwissern schon nach zwei Monaten anwachsen sollte, als sie mir aber versicherten, dass die Begegnung unter strengen Sicherheitsvorkehrungen stattfinden würde, stimmte ich schließlich zu.

Wir trafen uns in einem Hotel nahe des Flughafens von [redacted]. Auf den Tischen des Konferenzraums standen Wasserflaschen und Softdrinks bereit, die Klimaanlage rauschte kühl, und als ich das Zimmer betrat, erhoben sich alle Anwesenden von ihren Stühlen. Sie könnten nicht in Worte fassen, wurde mir von allen Seiten versichert, wie unglaublich dankbar sie mir wären. »Schon okay«, sagte ich und verband meinen Laptop mit dem Projektor. Es war wie damals im Kino Verdi, wo ich als Kartenabreißer gearbeitet hatte. In dem Moment, in dem das erste Bild auf der Leinwand erschien, wich das Gemurmel im Zuschauerraum einer spannungsgeladenen Stille.

Es war eine Freude zu sehen, wie gut [redacted] vorbereitet waren. Ihre Kenntnis des Liechtensteiner Finanzplatzes war enorm, sie kannten die Biographien sämtlicher Beteiligten und wussten über die geschäftlichen Verstrickungen fast besser Bescheid als ich selbst, doch erst jetzt, da sie die Papiere aus dem Innersten der Finanzmafia vorliegen hatten, sahen sie zu Tatsachen werden, was über die letzten Jahre hinweg nur Vermutungen gewesen waren. Während meiner Ausführungen, wie die Datensätze im Detail zu lesen wären, was dieses und jenes bedeute und mit welchen anderen Unterlagen ein jeweiliges Mandat verknüpft sei, wurde ich immer wieder von »Aaahs« und »Ooohs« unterbrochen. »Wir haben es gewusst«, hörte ich [redacted] jubeln, »das war so klar« oder »[redacted], jetzt bist du dran«. Wir verabredeten, dass ich [redacted], [redacted], und weil sie sich mit einem Händedruck nicht zufrieden gaben, wurde ich von jedem und jeder Einzelnen zum Abschied umarmt.

Wie mit den Schmidts vereinbart, übergab ich ihnen [redacted] die ersten 10 Prozent aller deutschen Kundenmandate. Zwar hätten sie es lieber gesehen, die Gesamtmenge auf einen Schlag zu erhalten, doch solange ich nicht im Detail wusste, ob sie ihre Versprechen wahr machen konnten – [redacted] –, beschloss ich ihnen fürs Erste nur Häppchen um Häppchen zu geben. Wir kommunizierten [redacted] oder [redacted] und kamen regelmäßig zu Sitzungen zusammen, bei denen sie mich über den aktuellen Stand informierten. Für Prognosen sei es zu früh, sagten sie, doch die Qualität der Ware sei beispiellos, dass ich mir einer fürstlichen Entlohnung von Seiten der [redacted] sicher sein könne. »Fürstlich«, lachte ich, und sie stimmten in mein Lachen mit ein.

Neben einer Vielzahl an organisatorischen Dingen, mit denen ich in dieser Zeit beschäftigt war, ging ich alle paar Wochen zu Bové Garrigó, der sich allein dadurch als Anwalt auszeichnete, dass sein Stundensatz dem eines professionellen Anwalts entsprach, oder telefonierte abwechselnd mit dem Bankdirektor und dem Kriminalpsychologen. Das tat ich nicht nur, um sie glauben zu lassen, dass ich weiterhin mit der Argentiniensache beschäftigt wäre, sondern auch um Informationen in Erfahrung zu bringen, um die [redacted] mich bat. Da ich immer schon ein neugieriger Mensch gewesen war, schöpfte weder der Bankdirektor noch der Kriminalpsychologe Verdacht, wenn ich mich nach den jüngsten

Entwicklungen auf dem Finanzplatz erkundigte oder ganz allgemein danach fragte, wie die Geschäfte so gingen. Es tat mir fast leid, wie freizügig ihre Antworten waren, weshalb ich diese, um die beiden zu schützen, nur eingeschränkt weitergab. Ich war vielleicht gerade dabei, zum Whistleblower zu werden, zum Denunzianten würde ich mich aber nicht machen lassen.

Ab [redacted] begannen sich auch die Treffen in [redacted] zu häufen, wo ich mich den Fragen der [redacted] stellte, von denen es so unzählige gab wie Mitarbeiterinnen und Mitarbeiter, die auf die Auswertung der Daten abgestellt worden waren. Das letzte Mal, dass ich eine Stimmung wie diese erlebt hatte, war während meiner Zeit als Angestellter der Drei Buchstaben Bank gewesen. Wie damals war das Teamgefühl so unglaublich, dass ich mich allmählich fragte, ob den Kundenunterlagen, die wir in den frühen Nuller-Jahren zu dem gemacht hatten, was sie jetzt waren, eine gemeinschaftstiftende Kraft innewohnte. Dass sie jeden, der mit ihnen in Berührung kam, zu Meisterleistungen auflaufen ließen. Man half einander, wo man nur konnte, verbrachte die kurzen Mittagspausen gemeinsam, um dann bis spät in die Nacht weiter über den Dokumenten zu sitzen. Ob vierzig Grad Fieber oder Beziehungsprobleme, es gab keinen hinreichenden Grund, der uns von der Arbeit hätte abhalten können. Allen war klar: Was hier geschah, war historisch. Dass eine Chance wie diese nur alle paar Jahrhunderte kam. Obwohl ich die Energie, mit der gearbeitet wurde, für unsteigerbar hielt, steigerte sie sich noch einmal, als der [redacted] im [redacted] die ersten Hochrechnungen vorstellte. Allein aufgrund der bisher ausgewerteten 10 Prozent an Daten könnten Steuernachzahlungen in Höhe von [redacted] Millionen Euro erwartet werden. Ausgedehnt auf das Ganze hieße das: [redacted] Milliarden Euro. Und diese Schätzung sei konservativ.

Ich hatte es mir lang und breit überlegt. Wenn der Fürst erfahren würde, aus welcher Hand die Daten stammten, und dass er davon erfahren würde, war so gewiss wie das Auf- und das Untergehen der Sonne, konnte mir nur Gott oder [redacted] helfen. An Gott glaubte ich nur bedingt, dass es den [redacted] aber gab, stellte ich spätestens fest, als ich an einem [redacted]morgen mit einem Vertreter davon zusammenkam. Zwar hatten mir die Schmidts mehrfach versichert, dass es angesichts des Umfangs an Material und der peniblen Vorbereitung, der eine Jahrhundertchance wie diese bedurfte, mindestens anderthalb Jahre dauern würde, bis man konkrete Maßnahmen einleiten könnte. Doch was nach viel Zeit aussah, war eigentlich wenig, und so hatte ich eine Sitzung mit [redacted] zur Bedingung für die Übergabe des nächsten Häppchens an Daten gemacht. Immerhin stand nichts Geringeres als meine Sicherheit auf dem Spiel.

Unsere erste Begegnung war spektakulär. Wir trafen uns [redacted] in [redacted]. Der [redacted], den Herr [redacted] trug, gab ihm etwas Verwegenes, doch diese Verwegenheit brachte die Güte, die in [redacted] lag, nur noch besser zur Geltung. Vielleicht war er der würdevollste Mensch, der mir jemals untergekommen ist. Der Tag war [redacted] und so war er in einen [redacted] gekleidet, der ihn aussehen ließ wie [redacted]. Die ersten paar Minuten gingen wir schweigend nebeneinander her, ehe [redacted] das Gespräch mit [redacted] für eröffnet erklärte. Seine

Stimme war [redacted] und erinnerte mich an [redacted], die sich auf warmen Steinplatten sonnte.

»Sie wollen also nach [redacted]«, sagte er.

»So ist es«, antwortete ich.

»[redacted].«

»Wie bitte?«

»[redacted], [redacted] es [redacted], [redacted]. [redacted], [redacted], [redacted], [redacted].«

»[redacted] tut [redacted].«

»[redacted]. [redacted] mir [redacted]. [redacted]?«

[redacted]. [redacted]. [redacted], [redacted]. [redacted], [redacted]. [redacted], [redacted]. [redacted], [redacted], [redacted].

[redacted] leid, [redacted], [redacted], [redacted], [redacted]. [redacted], [redacted]. [redacted], [redacted], [redacted].

[redacted]? [redacted]. [redacted], dass [redacted].

[redacted], [redacted]. [redacted], [redacted]. [redacted], [redacted] ich [redacted], [redacted], [redacted].

»[redacted]«, [redacted], »[redacted] nicht [redacted], [redacted], [redacted]. [redacted], [redacted] mehr [redacted]?«

»[redacted], [redacted].«

»[redacted]?«

»[redacted], [redacted], [redacted] sagen [redacted].«

»[redacted]?«

»[redacted]«, [redacted]. »[redacted]. [redacted] kann [redacted].«

[redacted], [redacted], [redacted], [redacted], [redacted], [redacted], [redacted].

Was sich im ersten Moment wie ein Rückschlag anfühlte, sollte sich bald in sein Gegenteil verkehren. Entgegen meines ursprünglichen Plans, so wenig Menschen einzuweihen wie möglich, hatten mir die letzten Monate offenbart, dass das nicht nur nicht ginge, sondern sogar hinderlich war, wollte ich meine Ziele erreichen. Im Gegensatz zu einer Monarchie konnte ein demokratischer Staat erst dann seine volle Wirkung entfalten, wenn jeder seiner Bestandteile mit jedem anderen kooperierte. Der einen Stelle, nennen wir sie den Arm, stand nur ein beschränktes Arsenal an Handlungen zur Verfügung, sagen wir: das Hochheben und Werfen von Dingen, wodurch sie der Kompetenzen einer anderen bedurfte, nennen wir sie die Niere, welche die Zustimmung einer wieder anderen brauchte, zum Beispiel des Herzens, um umsetzen zu können, was ich verlangte: an einen Ort zu verschwinden, der sich dem Zugriff des Fürsten entzog. Und was für einen einzelnen Staat galt, galt für die internationale Staatengemeinde als Ganzes.

Weil ein globales Problem einer globalen Lösung bedurfte, reiste ich im [redacted] nach [redacted]. Das Wetter war gut und ebenso waren es die Gespräche, die ich mit [redacted] führte, deren Kontakt vom [redacted] hergestellt worden war. Neben einer ersten Annäherung ging es um die Frage, ob [redacted] auch [redacted] von Interesse sein könnte. Das war es durchaus. Im [redacted] verweilte ich für ein paar Tage in [redacted]. Neben dem Termin mit [redacted], die [redacted] überprüfen wollten, besichtigte ich die lokalen Sehenswürdigkeiten. Wie herrlich [redacted] war, und der [redacted], ja, er war tatsächlich [redacted]. Im [redacted] hängte ich eine Reise nach [redacted] an. Leider regnete es, als ich die Stadt an einem [redacted]morgen erreichte. So traf ich die [redacted] der [redacted], deren Kontakt mir [redacted] vermittelt hatte, nicht im [redacted], wie anfangs geplant, sondern in [redacted] nahe der [redacted]. Der [redacted], den ich dort aß, war ein Traum. Zwei Wochen später war ich schon wieder [redacted], um mich erstmals mit [redacted] über [redacted] zu beraten. Nun, da die Auswertung der zweiten 10 Prozent die ersten Hochrechnungen bestätigte, gab es kein Halten mehr. Verständlich also, dass mein Fall endgültig zur [redacted] geworden war und auf den Schreibtischen der [redacted] zur Begutachtung lag. Das war einerseits schön, andererseits kamen damit die ersten Probleme. Da die Kundenunterlagen die Drei Buchstaben Bank auf, sagen wir, ›unfreiwilligen Wegen‹ verlassen hatten, wurde [redacted] beauftragt zu prüfen, ob die Daten denn überhaupt verwendet werden könnten, und wenn ja, was die beste Möglichkeit wäre, um die juristischen Scherereien so klein zu halten wie möglich. Während die meisten der bisherigen Treffen sehr angenehm gewesen waren, wurde der Ton in jenen mit [redacted] deutlich schärfer. Mir wurden Fragen gestellt, die bis dahin nur rudimentär Thema gewesen waren, etwa, [redacted], [redacted], [redacted], oder [redacted], doch obwohl ich neben Geburtsurkunde und Reisepass einen Strafregisterauszug vorweisen konnte, der so blütenweiß war, dass er blendete, setzte sich der verhörähnliche Zustand so lange fort, dass ich über das viele Beantworten der Fragen beinahe mein eigentliches Anliegen vergaß. Im [redacted] flog ich nach [redacted], wo der [redacted], der zum Schluss gekommen war, dass die Verwendung der Daten zwar ein Problem, aber ein lösbares darstellen würde, mir folgendes Angebot machte: Wenn ich mich dazu verpflichtete, die Datensätze bis [redacted]

[redacted] vollständig zu übergeben, und außerdem dazu bereit sei, [redacted] abzuhalten, um [redacted], [redacted], würde die [redacted] sich freuen, mir meine Anstrengungen sachgerecht zu vergüten. Zuerst hielt ich das für einen Scherz. Um Geld war es mir nie gegangen. Als ich in den Gesichtern [redacted] erkannte, wie ernst ihnen das Anliegen war, verstand ich, dass alles andere, als dem Angebot zuzustimmen, die guten Beziehungen aufs Spiel setzen könnte. Obwohl mich bis heute das schlechte Gewissen plagt, das Geld angenommen zu haben, wir einigten uns auf [redacted], von denen mir nach Abzug der Steuer noch [redacted] blieben, glaube ich, dass mir die deutschen Steuerzahlerinnen und Steuerzahler in Anbetracht dessen, was die Daten eingespielt haben, diese vergleichbar läppische Summe vergönnen.

Als sich 2006 seinem Ende zuneigte, war ich mir sicher, dass dieses Jahr das ereignisreichste meines an Ereignissen nicht armen Lebens gewesen sein sollte. Diese Annahme war falsch. 2007 schlug noch einmal alles. Wenn ich nicht in [redacted] war, um mit [redacted] den letzten Rest an Material auszuwerten, traf ich mich mit dem [redacted] in [redacted], auf dessen Bitte hin ich [redacted] gab. Ich bewegte mich quer durch das Land, flog von [redacted] bis hinunter nach [redacted] und dann weiter nach [redacted], hielt dort [redacted] und hängte dort [redacted] an, und weil sich in der Zwischenzeit auch [redacted] um meine Mithilfe bemühte, [redacted]

[redacted], überquerte ich einmal im Monat die [redacted] Grenze. In Barcelona, wo ich eigentlich wohnte, war ich nur noch, um meine Kleidung zu wechseln, für [redacted] würde ich die Übergangsjacke brauchen, oder um Bové Garrigó in seinem Büro aufzusuchen. Was sich bisher wie ein Gedankenspiel angefühlt hatte, wurde immer konkreter. Je näher der Tag der letzten Unterschrift kam, die ich als Johann Kaiser auf einen Papierbogen setzen würde, desto schlechter wurde mein Schlaf. Ich träumte von [redacted], von mandala-artig arrangierten Pflanzen, wie sie im Klostergarten gewachsen waren, und von Hans-Adam, der auf einem Thron saß und sagte, er wisse, wo ich mich befände. Aber wo war ich? Ich wusste es selbst nicht genau. Während das eine Hotelzimmer [redacted] war, war das andere [redacted], vom einen aus sah man [redacted], das andere hatte nicht einmal Fenster, doch ein Hotelzimmer war ein Hotelzimmer, und wenn ich mich nicht in einem solchen befand, war ich unterwegs zu einem andern. Arbeit, ein paar Stunden Schlaf, mit dem Taxi zum Flughafen, ein Sandwich dazwischen, ein Apfel, ein Törtchen, dann über die Fast Lane ins Gate. Vor Jahren war ich nirgendwo lieber gewesen als an Bord eines Flugzeugs. Jetzt war es eine einzige Qual. Mit 800 km/h nach [redacted], nach [redacted], nach [redacted], ein Flugzeug war ein Flugzeug war ein Flugzeug, ich wusste nicht mehr, in welche Richtung ich flog, war ein Flugzeug ein Flugzeug? Der viele Kontakt mit [redacted] machte mich paranoid. Zeigen Sie mir Ihre Tasche, wir hörten Radio in einem Auto, folgen Sie mir hierhin, ein Hotelzimmer, ein Waldstück, folgen Sie mir dorthin, eine Staatsanwältin, eine Wiese, die im Morgentau glänzte. Der Leuchtturm von [redacted]. Sah er nicht aus wie der rot-weiß gestreifte Schornstein, der sich im Rheintal erhob? Obwohl sie sich im Ausland befand, war die Verbrennungsanlage und nicht Schloss Vaduz das eigentliche Wahrzeichen des Kleinstaats. Man brachte den Müll über die Grenze. Kundenunterlagen, die im Feuer verbrannten. Man verbannte ins Ausland, was man im Inland nicht brauchte. Hier eine Unterschrift. Eine Verschwiegenheitsklausel, ein Apfel, ein Törtchen. Vegetarisch oder normal? Ich zog den Gurt fest, dass er mir ins Fleisch schnitt. [redacted], [redacted], [redacted]. Der Steward legte sich die Schwimmweste an. Keine Ahnung, was es war, das ich aß. Jemand zog mich am Ärmel in ein Sitzungszimmer hinein. Jemand sprach mir im Namen aller ehrlichen Steuerzahlerinnen und Steuerzahler der Welt seine Dankbarkeit aus. Ein Märtyrer sei ich, der letzte verbliebene Idealist in einem korrupten System, jemand anders redete von Orden, die man mir umhängen sollte, und als wieder jemand anderes von Steueroasen zu sprechen begann, die trockengelegt werden müssten, spürte ich, wie sich meine Faust in der Tasche ballte. Ja, der Kleinstaat war vielleicht Finanzplatz, aber er war auch Himmel und Wolken und Berge. Er war Mamá, obwohl sie sich dort nie wohlgefühlt hatte, er war zwei Mädchen mit Zöpfen, die keine Mädchen mehr waren und längst keine Zöpfe mehr trugen, in meiner Erinnerung aber für immer zwei Mädchen mit Zöpfen blieben, wie ich für immer der Junge sein sollte, der Schnecken unter fahrende LKWs warf. Der Kleinstaat war Alfred, dem ich nicht länger nachtrug, nie da gewesen zu sein, denn wer zwei Mütter hat, hat einen Vater nicht nötig. Der Kleinstaat war Fürstin Gina, die mich aufgenommen hatte wie einen eigenen Sohn, und was der Kleinstaat auch war, und das war das große Problem, war der Mann, der ihr wirklicher Sohn war und seinen Staat führte, als gäbe es in ihm nur ihn. Ein Apfel, ein Törtchen. Eine Monarchie steht und fällt mit ihrem Monarchen. War es das Richtige, was ich tat? Ein U-Bahn-Schacht, eine stillgelegte Alm bei [redacted]. Die Lichtstreifen würden mich zum Notausgang leiten. Ein Monarch ist ein Mensch. Das Klo war besetzt. Ein Mensch begeht Fehler. Legen Sie die Atemmaske an, bevor Sie anderen helfen. Und weil Menschen fehlerhaft sind, muss die Monarchie, in der es nur einen Menschen gibt, der über alles entscheidet, die fehlerhafteste aller Staatsformen sein. Unter mir war [redacted]. Unter mir war [redacted]. Unter mir waren Städte und Dörfer. Wie Lava, die sich verzweigte, zogen sich von Laternen gesäumte Landstraßen dahin, kumulierten an Verkehrsknotenpunkten und dünnten sich in strukturschwachen Gegenden wieder aus. In den Staatskassen fehlten Milliarden. Natürlich war es richtig. Das Flugzeug flog in eine Gewitterwolke hinein. Es war nicht ich, der das tat. Die Anschnallzeichen leuchteten. Es waren die Umstände, die mich das tun ließen. »Keine Sorge«, sagte der Pilot aus dem Cockpit, »wir werden [redacted] wohlbehalten erreichen. Das Ruckeln ist nicht für lang.«

4.

»Die Anwesenheit einer Spur«, habe ich einmal gelesen, »zeugt von der Abwesenheit dessen, was sie hervorgerufen hat.«[222] Die Fettflecken auf dem Glas erzählen von dem, der es berührt haben muss, der Stuhl berichtet von dem, der auf seiner Sitzfläche saß, und über den Verlauf eines Browsers lässt sich rekonstruieren, wonach der, der im Internet war, suchte, bevor er den Platz am Computer verließ. Wie in einer Spur das, was einmal war, und das, was davon übrig geblieben ist, ineinanderfallen, kann ich mein Leben als Geschichte der Unterschriften erzählen, die den, der einmal anwesend war, in die Abwesenheit führten.

Die erste Unterschrift, die mein Verschwinden einleitete, setzte ich als Sechzehnjähriger unter das Anmeldeformular einer Schule in Barcelona. Dass ich gerade erst dabei war zu verstehen, dass Identität, im Gegensatz zu den starren Grenzen des Körpers, ein flexibles Konzept ist, lässt sich am verwackelten ›Hilti‹ erkennen, das aus einem mittelloses Waisenkind den Spross einer Dynastie von Werkzeugherstellern machte. Während diese Unterschrift den Übergang von der Adoleszenz ins Erwachsenenleben markierte, zementierte die nächste, gut anderthalb Jahrzehnte später, dass ich im Leben

[222] Krämer, Sybille: Was also ist eine Spur? Und worin besteht ihre epistemologische Rolle? Eine Bestandsaufnahme. In: Krämer, Sybille, Kogge, Werner und Grube, Gernot (Hg.): Spur. Spurenlesen als Orientierungstechnik und Wissenskunst. Frankfurt am Main 2007. S. 14.

Fuß gefasst hatte. Wieder war Barcelona die Stadt, in der ich zur Füllfeder griff, doch dieses Mal im Büro eines Notars. Die klaren Striche zeugen von der festen Entschlossenheit, meine damaligen Freunde Carl und Renata Tobler in ihrer finanziellen Notlage zu unterstützen. Leider wurden sie darüber so gierig, dass es zur dritten und schlimmsten Unterschrift kam, die ich, und um das zu erkennen, muss man in der Graphologie nicht bewandert sein, unter widrigen Umständen setzte. Im Wasserturm in Argentinien prügelten die Knechte so lange auf mich ein, bis ich den Überweisungsauftrag, der mein Geld den Toblers zukommen lassen sollte, am Rande der Bewusstlosigkeit unterschrieb. Wäre die vierte Unterschrift, mit der ich meine Aussage, die ich den Polizisten im Landesspital zu Protokoll gab, nicht folgenlos geblieben, hätte die fünfte, mit der ich meine Arbeitskraft in den Dienst der Drei Buchstaben Bank stellte, nicht zur sechsten geführt, mit der ich den, der einmal Johann Kaiser gewesen war, für beerdigt erklärte. Damit waren die Spuren verwischt.

Als es zu jenem 14. Februar 2008 kam, der nicht nur Valentinstag, sondern gleichzeitig der 63. Geburtstag des regierenden Fürsten von und zu Liechtenstein war, befand ich mich seit gut zwei Monaten in [redacted]. Dass ich mich bereits eingelebt hatte, konnte ich nicht gerade behaupten. Als ahnte ich schon, dass ich nicht lange bleiben würde, wurde ich von Schmerzen in der Schulter geplagt, sobald ich mich ans Auspacken der Umzugskartons machen wollte. Um die Schmerzen zu lindern, ging ich ziellos umher, setzte mich in ein Café und versuchte in einer Zeitung zu lesen, doch meine Konzentrationsfähigkeit reichte nicht dazu aus, die einzelnen Worte in sinnvolle Zusammenhänge zu bringen. Keine Ahnung, ob es der Sport- oder der Politikteil war, den ich las. Ich gab genug Trinkgeld, dass ich nicht als knausrig erschien, nicht so viel aber, dass ich darüber in Erinnerung geblieben wäre, schloss die Tür hinter mir, wie ich dachte, dass man Türen in diesem Land schließt, und spazierte in einem Tempo nach Hause, das der durchschnittlichen Gehgeschwindigkeit auf der Straße entsprach. In der Wohnung angekommen, waren die Schmerzen verschwunden, allerdings hatte mich der Spaziergang so müde gemacht, dass ich vor laufendem Fernseher einschlief. Obwohl es bereits hell geworden war, als ich wieder erwachte, redete der Nachrichtensprecher noch immer, nur hatte er sein Sakko gewechselt.

War das Leben hier wirklich anders, oder fühlte es sich nur so an, weil mein Leben das eines anderen geworden war? Mit meiner Identität schien sich auch mein Wahrnehmungsapparat verändert zu haben. Das Gezwitscher der Vögel war nicht länger das Gezwitscher der Vögel, die Geräusche des Straßenverkehrs waren nicht die Geräusche des Straßenverkehrs, nicht einmal der Wind, der durch die Bäume strich, hörte sich an, wie sich Wind, der durch die Bäume streicht, anhört. Bei jeder aufheulenden Sirene sah ich mich in alle Richtungen um. Die Wohnung verließ ich erst, wenn ich mich vorher versichert hatte, dass der Personalausweis in der Brieftasche steckte, und den Pass nahm ich gar nicht erst aus dem Rucksack. Für den Fall, dass ich in eine Personenkontrolle geraten sollte, war es besser, nicht nur ein amtliches Dokument, sondern zwei vorweisen zu können, die bestätigten, dass ich [redacted] hieß, [redacted] Staatsbürger war und am [redacted] in [redacted] das Licht der Welt erblickt hatte.

Aller Anfang sei schwer, hatte Frau [redacted] zu mir gesagt, die mir vom [redacted] als Vertrauensperson zugeteilt worden war. Ich solle nicht zögern, mich zu jeder Uhrzeit bei ihr zu melden. Ich meldete mich kein einziges Mal. All meine Beziehungen der letzten Jahre waren auf eine einzige zusammengeschrumpft und obwohl, oder wahrscheinlich *gerade weil* ich während der letzten Jahre nicht mit besonders vielen Menschen zu tun gehabt hatte, war mir der Abschied von jenen, die geblieben waren, umso schwerer gefallen. Seltsam, dass man sich in Momenten, in denen sich alles auflöst, selbst an Personen zu klammern beginnt, mit denen einen nicht mehr als eine Geschäftsbeziehung verbindet. Als mich der Bankdirektor bei unserem letzten Telefonat Mitte Dezember gefragt hatte, wie meine Silvesterpläne aussehen würden, hatte ich die Emotionen zurückhalten müssen. Wie warm seine Stimme war. Er für seinen Teil würde Weihnachten, wie er es in jedem Jahr täte, mit seiner Familie in Ischgl verbringen. Ich hätte am liebsten geheult. Beim letzten Treffen mit Bové Garrigó, mit dem mich noch weniger als mit dem Bankdirektor verband, war es mir nicht besser ergangen. Obwohl Garrigó zu jener Sorte von Menschen gehörte, die den direkten Augenkontakt meiden und stattdessen einen Punkt an der Stirn anvisieren, hatte er mir dieses Mal direkt in die Augen geblickt, um mir frohe Feiertage zu wünschen. Wie grün seine Iris war, war mir vorher nie aufgefallen.

Und nun war der Tag also da. Ich war schon früh auf den Beinen, hatte die Nacht kaum geschlafen, denn erst jetzt, da an die Öffentlichkeit gelangen würde, was bisher im Verborgenen geschehen war, erhielt mein Aufenthalt im Zeugenschutzprogramm seinen Sinn. Um mir die Zeit bis zur Tagesschau um 20 Uhr zu vertreiben, bei der zum ersten Mal über die Razzien informiert werden sollte – die Hausdurchsuchungen auf den Geburtstag des Fürsten zu legen war nicht meine Idee gewesen, obwohl ich sie, wie ich zugeben muss, ganz hervorragend fand –, ging ich in den Park und fütterte Tauben. Hoffentlich würde Susanne Daubner moderieren. Erst kamen die Vögel nur langsam, dann wurden es mehr und mehr, und gerade als ich ein [redacted], falls es ein [redacted] war, so weit hatte, dass es mir aus der Hand fressen wollte, vibrierte mein Handy. ›Machen Sie die Nachrichten an.‹ Meine Sim-Karte war so neu wie meine Identität. Nur wenige wussten davon. ›Wer sind Sie‹, schrieb ich zurück, doch eine weitere Antwort kam keine. Wie mein Herz plötzlich zu schlagen begann. Die Vögel fraßen nicht länger in Demut, sondern pickten nach mir, der Himmel wurde schlagartig dunkel, und der Mann ein paar Bänke weiter, seinem Aussehen nach Rentner, der mich schon die ganze Zeit über beobachtet hatte, starrte mich feindselig an. Ich steckte die Brottüte ein und begab mich zügig, aber nicht zu zügig zum Ausgang, doch noch bevor ich die Straße erreichte, wurde ich von hinten am Ärmel gepackt. Ich ließ meine Hand in die Jackentasche gleiten und suchte das Pfefferspray. Der Rentner konnte kein Rentner sein. Ich war enttarnt.

Ich war nicht enttarnt. Zwar hatte der Mann nichts weiter getan, als mich darauf aufmerksam zu machen, dass es verboten sei, die Vögel zu füttern, doch das Gefühl aufgeflogen zu sein, sollte bleiben. Ich holte die Fensterläden ein und klickte mich durch sämtliche Nachrichtenseiten. Obwohl es in Deutschland erst kurz vor halb zehn war, berichteten die Medienhäuser bereits jetzt von einer Steueraffäre, möglicherweise der größten in der Geschichte der Bundesrepublik, die sich seit dem frühen Morgen anbahnen würde. Die Artikel waren mit Fotos versehen, die den Vorsitzenden der Deutschen Post dabei zeigten, wie er in Begleitung von Steuerfahndern aus seinem Haus geführt wurde, während im Hintergrund Beamte zu erkennen waren, die Kartons voller Dokumente in die Kofferräume ihrer PKWs luden. »Paukenschlag!«, stand darüber. »Hunderte von Millionen am Fiskus vorbei!« »Das ist schlimm!« Das war wirklich schlimm, ja, der eigentliche Skandal aber war, dass die Redaktionen schon zu diesem Zeitpunkt davon wussten. Entweder gab es ein Leck, einen übereifrigen Steuerfahnder vielleicht, der den Medien vorab Hinweise über die bevorstehenden Hausdurchsuchungen zugesteckt hatte, oder die Politik versuchte medienwirksam zu inszenieren, wie hart man im Fall von Steuerhinterziehung durchgreifen würde. Ob es das eine oder das andere war, mit mir abgesprochen war von alledem nichts. Sicher war ich nur darin, dass derjenige, der die Kosten all dessen tragen würde, einmal mehr ich selber sein würde.

Ich packte eine Tasche mit dem Nötigsten und fuhr ein paar Kilometer landeinwärts, bis ich auf ein Motel nahe der Autobahn stieß. Das Zimmer zahlte ich für sieben Nächte im Voraus, hängte das ›Bitte nicht stören‹-Schild an die Tür und aktualisierte alle paar Minuten die Seiten von *Süddeutscher Zeitung*, *F.A.Z.*, *Focus*, *Stern*, *Die Welt*, *Die Zeit*, *Blick*, *NZZ* und *Tagesanzeiger*, die im Stundentakt neue Nachrichten brachten. Die meisten davon waren falsch. Mein Telefon piepste. ›Bitte melden Sie sich!‹, schrieb meine Vertrauensperson, deren Anrufe ich nicht annehmen konnte, ja, selbst für eine Antwort fühlte ich mich zu schwach. ›Wo auch immer Sie sich befinden‹, legte sie dreißig Minuten später nach, ›bleiben Sie ruhig.‹ Ich machte das Telefon aus. Wie sollte ich ruhig bleiben, da man sich nicht einmal an die einfachsten Absprachen hielt? Von einer gezielten Informationskampagne war die Rede gewesen, von einem ersten großen Bericht in der Tagesschau, Susanne Daubner!, aber nicht von einer Explosion dieser Art! Erst als mein Laptop zu glühen begann, klappte ich ihn für ein paar Stunden zu, um ihm und mir eine Ruhepause zu gönnen.

Die Flut an Ereignissen nahm auch in den nächsten Tagen nicht ab. Nachdem der verhaftete Vorstandsvorsitzende seinen Rücktritt erklärte, kam es zu weiteren Razzien von Frankfurt über München bis Köln, und als Vaduz am vierten Tag erstmals an die Öffentlichkeit trat, war das Medieninteresse so groß, dass man vom Regierungsgebäude in den Landtag umzog. Anstatt selbst vor die Kameras zu treten, ließ Hans-Adam II., gerade 63 geworden, über den Erbprinzen ausrichten, dass das Problem nicht am Liechtensteiner Finanzplatz zu suchen sei, sondern in den Gesetzbüchern der Bundesrepublik Deutschland. Es könne kein Zufall sein, sagte der Vater durch seinen Sohn, dass das deutsche Steuersystem, wie es mehrere Studien belegten, im internationalen Vergleich den 194. Platz einnehmen würde. Er räusperte sich. Das sei der letzte. Punkt zwei: Wie interne Nachforschungen bestätigen würden, hätten die Kundenunterlagen, die dem Bundesnachrichtendienst vorliegen würden, den Kleinstaat auf widerrechtlichen Wegen verlassen. Er müsse es so formulieren: Während in Liechtenstein rechtsstaatliche Prinzipien als oberste Handlungsmaxime gälten, schiene man in Deutschland nicht davor zurückzuschrecken, er sah vom Zettel auf und blickte direkt in die Kameras, illegale Geschäfte mit Kriminellen zu tätigen. Ich schnappte nach Atem. Man behalte sich rechtliche Schritte vor. Das einsetzende Blitzlichtgewitter ließ das Motelzimmer leuchten. Ein Moment für die Ewigkeit. Ich war dermaßen neben der Spur, dass ich das folgende Statement des Vizeregierungschefs, sein Vorgesetzter befand sich bereits auf dem Weg nach Berlin, erst ein paar Tage später, in denen ich mir die Aufnahmen wieder und wieder ansah, vollständig hörte. Auf die Vergleiche der Steuerfahnder eingehend, die siegestrunken von geknackten Banken erzählten, frage er sich, ob man sich für die Panzerknacker hielte, ehe er die Pressekonferenz mit einem kämpferischen »Wir sind nicht Entenhausen« für beendet erklärte.

Jemand klopfte. »Reinigungsdienst.« »Jetzt nicht«, rief ich und kletterte aus dem Fenster im Bad. Es war wie damals während meiner Zeit in Australien. Ich fuhr auf ewig langen Straßen dahin, nur dass ich jetzt hin und wieder an Plätzen Halt machte, an denen es Internet gab. Die Richtung, die die Berichterstattung nahm, war erschreckend. Dass der Kleinstaat, anstatt sich seine Fehler einzugestehen, zu offenen Diffamierungsversuchen überging, war abzusehen gewesen. Überraschend hingegen war, dass diese Form des Agenda Settings gelang. Während sich das offizielle Deutschland unbeeindruckt davon zeigte, nahmen die Medienvertreter die Steilvorlage Durchlauchts dankend auf. In boulevardesker Sensationslust wurde von einem Informanten berichtet, der dem Bundesnachrichtendienst Unterlagen einer Liechtensteiner Bank zugespielt habe, bei der er über Jahre hinweg angestellt gewesen sei. Was heißt zugespielt. Verkauft habe er sie! Ein mehrfacher Millionär sei aus ihm geworden, ja, für ihn habe sich der Diebstahl gelohnt! Jetzt war allen klar: Der Informant war ein Dieb, und wie Diebe es immer tun, handelte er aus niederen Motiven! Es ging ihm um nichts anderes als um Geld! Was für ein Schwein! Zerren wir ihn an die Öffentlichkeit! Uns doch egal, ob er um sein Leben fürchtet! Dass die *Washington Post* das Geheimnis als Erste lüftete, las ich auf einem Raststättenklo: Der Datendieb hieß Johann K.! Daneben ein Foto von mir.

DAS LETZTE BUCH

Es gibt eine Aufnahme vom 17. Juli 2015, dem siebten Jahrestag meiner Aussage vor dem US-Senat, die ich mir seit Tagen wieder und wieder ansehe. Weil zu diesem Zeitpunkt noch nicht alle Kameras im Haus installiert waren – ich bin erst im März desselben Jahres eingezogen –, stehen nur zwei Perspektiven zur Auswahl, aus denen ich mir dabei zuschauen kann, wie ich bei schwachem Licht am Küchentisch sitze. Ton dazu gibt es keinen, doch der offen stehenden Tür auf die Veranda wie den Wassertropfen zufolge, die an den Fensterscheiben herablaufen, wäre das Rauschen des Regens zu hören. Vor mir liegt ein aufgeschlagenes Notizbuch. Welches es ist, kann ich nicht genau erkennen, doch da ich mit der Arbeit an diesem Text erst mit Einzug begonnen habe und streng chronologisch vorgehe, wird es eines aus meiner Jugendzeit sein. Ich blättere darin, lese ein wenig und kneife immer wieder die Augen zusammen, als ob ich nicht glauben könne, dass ich selbst diese Zeilen zu Papier gebracht habe. So geht es den ganzen Abend über weiter, bis ich um kurz vor Mitternacht hochschrecke. Ich recke den Hals und blicke zur Tür. Für ein paar Sekunden passiert nichts. Dann öffne ich den Mund.

Das Video habe ich nur durch Zufall entdeckt. Beim Durchgehen des Dokuments, in dem ich die Vorkommnisse des Tages in Stichworten festhalte, habe ich festgestellt, dass der Vermerk für den 17. Juli 2015 fehlt. Alle anderen aber –

›im Keller gewesen, geweint‹, heißt es am 15., ›den Wasserhahn repariert‹ am 16., ›nichts passiert‹ am 18., ›starker Windgang‹ am 19., usw. – sind fein säuberlich in die Spalten der Excel-Datei eingetragen. Wie lässt sich das Fehlen erklären? Zur Nachlässigkeit neige ich nicht. Im Gegenteil: Ich bin so sehr auf meine Sicherheit bedacht, dass ich ein Versehen wie dieses niemals zulassen würde.

Noch einmal: ich, wie ich am Küchentisch sitze, das Notizbuch vor mir, draußen der Regen. Die Tür zur Veranda, in deren Richtung ich den Kopf um 23:52 Uhr bewege, fragender Blick, dann mein Mund, der sich öffnet, spricht, während sich das Gesicht wegdreht. Mit wem unterhalte ich mich? Die Person, die mich aufsucht, weiß genau, wo sich Kameras und Bewegungsmelder befinden. Bis auf den Saum ihrer Jacke, der um 23:55 Uhr ins Bild weht, leichter Stoff, beige, ein Trenchcoat vielleicht, hält sie sich geschickt außerhalb des Aufnahmewinkels auf. Unser Gespräch dauert nur wenige Minuten. Um 23:57 Uhr wird das Bild auf allen zwölf Kameras, die sich über das Haus hinweg verteilen, für einen Augenblick schwarz, und als es zurückkehrt, sitze ich wieder am Küchentisch und lese weiter im Heft, als hätte es diese fünf Minuten niemals gegeben. Der einzige Unterschied, das habe ich erst nach mehrmaligem Sehen bemerkt, ist der oberste Knopf meines Hemdes. Während er zugeknöpft ist, bis das Bild ausfällt, steht er danach offen.

Was ist in diesen fünf Minuten geschehen? Wieso kann ich mich nicht an den Abend erinnern? Wer ist es, der oder die mich besucht? Was sagt die Person zu mir und was gebe ich ihr zur Antwort? Warum fehlt von einem Eintrag in der Excel-Datei jede Spur? Wieso fällt das Bild aus, als wäre das Material nachträglich bearbeitet worden? Kann das eine

Schnittmarke sein? Und wie lässt sich die Veränderung am Hemdkragen erklären? Hat mich der Nachbarsjunge besucht? Das ergibt keinen Sinn. Mitternacht eines Sonntags ist keine Uhrzeit für einen Zehnjährigen. Die Zeugenschützer? Wohl kaum. Wenn sie etwas von mir wollten, was sie seit Jahren nicht tun, hätten sie genügend andere Wege, telefonisch oder per E-Mail zum Beispiel, um sich bei mir zu melden. Der Geheimdienst eines anderen Landes? Könnte schon sein. Aber was sollte er von mir wollen? Alles, was ich weiß, habe ich mit allen geteilt, die mich um Hilfe gebeten haben, und im Fall offener Fragen könnte man mir über den Zeugenschutz eine Nachricht zukommen lassen. Ein Einbrecher? Was für ein Einbrecher soll das sein, der nur kommt, um zu reden? Die einzige Möglichkeit, die einigermaßen sinnvoll erscheint, ist von allen denkbaren die schlimmste.

Oft wird eine Lösung, die anfangs abwegig scheint, umso plausibler, je länger man sich mit ihr beschäftigt. Man kennt das von Verschwörungstheorien nahestehenden Menschen, die meinen, auf einen Fehler gestoßen zu sein, und sich von diesem Zeitpunkt an alles nur noch darüber erklären. Eine gute Verschwörungstheorie ist in sich so geschlossen, dass sie jeden Einwand mit dem Verweis, dass der erhobene Einwand gerade der Beweis dafür, dass die Theorie keine Theorie, sondern mit der Wahrheit deckungsgleich sei, an sich abprallen lässt wie eine Patrone von einer kugelsicheren Weste. Ich bin mir dessen bewusst. Trotzdem habe ich Grund anzunehmen, dass sich dieses Haus, in dem ich seit knapp fünf Jahren lebe, nicht dort befindet, wo ich es vermute. Ich kann nicht ausschließen, an diesem 17. Juli 2015 um exakt 23:57 Uhr ermordet worden zu sein.

Was würde das für einen Text wie diesen bedeuten? Möglichkeit eins: Wenn ich tot bin und diese Sätze und Worte in einem Jenseits geschrieben habe, das exakt so aussieht wie das Haus, in dem ich mich bis zuletzt befand, müssen Sie, der oder die Sie diesen Text lesen, sich im selben Universum befinden wie ich. Ich bin tot. Sie sind tot. Dass wir uns nicht an unser Sterben erinnern können, heißt gar nichts. Möglichkeit zwei: Es gibt niemanden, der diesen Text liest, wie es niemanden gibt, der diesen Text schreibt. Diese Zeilen werden von einem bewusstlosen Bewusstsein gedacht, den Daten einer Festplatte gleich, die weggesperrt in einer Schreibtischschublade liegt und von keinem benutzt wird. Wie das Speichermedium existiert, so sind alle Informationen darauf noch vorhanden, neue zugeführt werden jedoch genauso wenig wie alte abgezogen, dass wir es mit einem isolierten System zu tun haben, das mit sich selbst kommuniziert. Möglichkeit drei: Der Johann aus dem Jahr 2001 hat meine E-Mail erhalten. Auf meine Warnungen hin ist es ihm gelungen, seine Gegenwart so zu verändern, dass es meine Gegenwart, die seine Zukunft ist, nicht länger gibt, weil sie zu einer anderen geworden ist. Der Vorfall vom 17. Juli ist demnach ein Bruch in der Matrix, ein Systemfehler, der genauso wenig passiert ist, wie gerade passiert, dass ich etwas sage. Möglichkeit vier: Ich bin nicht tot, sondern hochgradig paranoid. Ich lebe in einem Haus, von dem ich nicht sagen darf, wo es sich befindet, und jetzt, da ich spüre, wie sich meine Geschichte dem Ende zuneigt, wird jedes einzelne Wort zu einem Countdown, dessen Ende vielleicht das Ende meines Lebens bedeutet. Ich will es nicht denken, aber es ist zu plausibel. Dort, wo der Text aufhört, in dem ich von meinem Leben erzähle, endet mein Leben. Wo kein nächster Satz mehr auf den vorangegangenen folgt, endet die Biographie.

Außerhalb dieses Textes gibt es mich nur noch als den, der diesen Text schreibt. Was bleibt von mir übrig, wenn alles gesagt ist? In der Vergangenheit bin ich lebendig. In der Gegenwart bin ich ein schreibender Geist. Und nicht einmal dessen bin ich mir sicher.

Noch 1943 Worte. 1941. 1940. Noch 179 Sätze, sechseinhalb Seiten. Noch zwei Mal das Wort ›Kleinstaat‹, 115 Mal das Wort ›ich‹, 40 ›und‹'s, und, achtunddreißig, dann war es das mit Johann Kaiser. Noch neun Absätze dazu, was seit Februar 2008 passiert ist, ein kurzer Exkurs zu meiner aktuellen Situation, und zum Ende hin eine Aufforderung anstatt eines Fazits. Fangen wir mit dem Aufhören an.

Bis ich in dieses Haus gezogen bin, in dem ich mich befinde, sollten noch einmal Jahre vergehen. Nun, da meine Person öffentlich gemacht worden war und Fotos von mir kursierten, war eine Stadt nicht länger der Ort, an dem ich mich in Sicherheit aufhalten konnte. Jeder Mensch, der mich sah, war eine potenzielle Gefahr. Eine Möglichkeit wäre gewesen, mich in einer Wohnung zu verbarrikadieren, doch das wäre der Resignation gleichgekommen, und zur Resignation war ich, Schicksalsschläge hin oder her, damals noch nicht bereit. Das Einzige, was meiner Angst am ehesten gleichkam, war die Menge an Geld, die sich auf meinem Konto befand. Und so beschloss ich, das eine zu nutzen, um das andere zu bekämpfen. Ich legte mir einen Camper zu, wie ich Anfang der 90er Jahre einen besessen hatte, der mir für die nächste Zeit Fluchtmöglichkeit und Unterkunft in einem sein sollte. Der Untergrund, in den ich ging, war die Wildnis.

Ich saß auf einem Campingstuhl und sah in die Sterne. Vor mir lag eine Schlucht, ein Waldstück, eine Wiese. Die

Schrotflinte lehnte geladen an der Kabine, tagsüber schoss ich auf Dosen, um mich im Zielen zu üben, ich verfehlte sie meilenweit, hoffentlich würde es nie zu einem Schusswechsel kommen. Wie klein der Einzelne war. Was ich mir wünschte, wenn ich eine Sternschnuppe sah, kann ich nicht sagen, doch dass ich es nicht sagen kann, lässt darauf schließen, dass der Wunsch bisher nicht in Erfüllung gegangen sein mag. Manchmal regnete es und ich blieb sitzen. Manchmal heulte in der Nähe ein Tier auf und ich machte das Licht aus. Manchmal brach der Mond zwischen den Wolken durch, und ich kniete mich auf den Boden, um zu einem Gott zu beten, an den ich nicht glaubte. In einer Notsituation wird der Mensch religiös.

Länger als drei oder vier Tage am Stück blieb ich nirgends. Ich fuhr ein paar Stunden und nahm jeweils die Straße, die sich im schlechtesten Zustand befand. Das würde mir die Flucht zwar erschweren, erhöhte aber die Chance, dass die Schlaglöcher an einen Flecken führten, an dem sich niemand anderes befand. Ob ich glücklich war? Nein. Traurig? Genauso wenig. Apathie und Alarmbereitschaft wechselten sich ab. Der Gang in den Supermarkt, um mich mit neuen Vorräten zu versorgen, war das Schlimmste. Wenn ich spürte, dass man mich ansah, versuchte ich mir nicht anmerken zu lassen, wie nervös mich jeder Blick machte. Meistens half es, zum nächsten Produkt in einem der Regale zu greifen und so zu tun, als würde ich seine Rückseite studieren. So dünn, wie ich in den letzten Wochen und Monaten geworden war, ergab es durchaus Sinn, dass ein Mensch mit meiner Statur sich für die Kalorientabelle interessierte.

Friede der Wildnis, Krieg der Zivilisation. Erst wenn man eine Stadt mit den Augen eines Aussteigers sieht, kann man die Absurdität des städtischen Lebens erkennen. Als ich im Kleinstaat gelebt habe, hatte ich mit Natur nie viel anfangen können. Die Stille, die Stetigkeit. Ständig davon umgeben zu sein hatte mir das Vergnügen daran genommen. Jetzt sah ich alles anders. Internet? Was für eine Errungenschaft sollte das sein? Das Einzige, was das Internet tat, war, die Geschwindigkeit, mit der eine Lüge von einem Ort an einen anderen gelangte, zu erhöhen. Ein See hingegen war ruhig und leise. Es interessierte ihn nicht, ob die Person, die in ihm schwamm, zum Objekt einer internationalen Hetzjagd gemacht worden war oder ob sie von Kugeln durchlöchert auf seiner Oberfläche dahintrieb. Letzterer Gedanke machte mir dann doch etwas Angst. Immerhin stand im Juli der Prozess vor dem US-Senat an, bei dem ich als Kronzeuge gegen die Drei Buchstaben Bank aussagen würde. Wer weiß, was danach mit mir geschähe.

Ich hatte lang überlegt, ob ich dem Gefallen, um den die Amerikaner mich baten, nachkommen sollte. Das Problem war nicht nur die Bank, sondern genauso ihre Kunden, deren Machenschaften durch meine Mithilfe enttarnt worden waren. Allein in Deutschland gab es 150 Anklagen bislang, und mit meiner Aussage vor dem Senat würde sich diese Anzahl noch weiter erhöhen, wenn auch in einem anderen Land. War es wirklich eine gute Idee, die ganze Welt gegen sich aufzubringen? Vor allem jenen Teil der Bevölkerung, der vor nichts zurückschrecken würde? Obwohl es sich in den meisten Fällen um Steuerdelikte handelte, fanden sich besonders unter den US-Amerikanern Mandanten, die auf illegalen Wegen zu ihrem Reichtum gekommen waren. Sie hatten nicht nur das Geld, sondern auch die Kontakte, um ihre Rachegelüste an mir zu stillen. Wenn schon, denn schon, sagte ich mir, parkte den Camper in einer Tiefgarage und flog nach Washington D.C.

Da ich nicht wusste, dass Vaduz seine Teilnahme abgesagt hatte, bestand ich darauf, meine Aussage in einem Nebenraum zu Protokoll zu geben, die per Video in den Anhörungssaal projiziert werden sollte. Obwohl mein Aussehen seit langem bekannt war, hielt ich es für besser, nicht noch mehr Öl ins Feuer zu gießen, immerhin waren es Bilder, die um die Welt gehen würden, und so saß ich während der Aufnahme hinter einer Leinwand, dass nur meine Umrisse zu erkennen waren. In Zukunft, hat Andy Warhol einmal gesagt, wird jeder Mensch für fünfzehn Minuten weltberühmt sein. Zweifellos war diese Zukunft jetzt da. Die Scheinwerfer rauschten. Das Zimmer der Zwillinge. Es klickte. Ich dachte an Alfred. Während meine Worte anfangs noch stockend kamen, spürte ich, wie sich die Nervosität allmählich legte. Ich kam immer besser ins Reden, und wie ich von den Geschäften der Drei Buchstaben Bank zu sprechen begann, hatte ich sowohl die Leinwand als auch die Kamera dahinter vergessen. Das war nicht länger Washington D.C. im Juli 2008. Ich befand mich an einem ortlosen Ort in einer zeitlosen Zeit und sah, während ich sprach, die Jahre, die ich durchlebt, und die Orte, an denen ich gewesen war, an mir vorbeiziehen. Nichts tat mehr weh. Als läge der Zweck meines Lebens, all die Strapazen, durch die ich gegangen war, Argentinien, Vaduz, Berlin, Amsterdam, in diesen fünfzehn Minuten, redete ich, obwohl ich von Bankdaten sprach, nicht von Bankdaten, sondern von dem, was mir über die Jahre hinweg angetan worden war. Ich sagte ›Kundenmandat‹ und meinte Carl und Renata Tobler. Ich sagte ›Verschleierung der Transaktion‹ und meinte ein Kind, das ohne Eltern aufwächst. ›Stiftungsurkunde‹: was mit einem Menschen passiert, wenn er ganz auf sich alleine gestellt ist. ›Wirtschaftlich Berechtigter‹: das Gefühl, das man hat, wenn sich alles um einen auflöst. ›Channel Islands‹: jede versagte Berührung. ›Die Wahrheit, die Wahrheit und nichts als die Wahrheit‹: die Müdigkeit, die einen befällt, nachdem man der Welt mitgeteilt hat, was sie bislang nicht gehört hat.

Nach der Aussage war alles anders. Erst fühlte ich mich leicht, als ob ich jeden Moment abheben würde, doch mit meiner Rückkehr in den Wohnwagen kam die Schwere. Die Kabine war eng, ihr Außerhalb auch. Der Himmel hing tief, gestern hatten die Bäume noch nicht so dicht beisammen gestanden, der Horizont wurde schmaler und schmaler. Ich musste essen. Ich musste trinken. Ich musste jeden Tag hunderte Kilometer fahren. Ich musste mich davor hüten, gefunden zu werden. Ich musste schlafen. Ich wollte nicht träumen. Ich träumte von Hunden, die bellten. Ich wollte nicht schlafen. Wenn ich eine Telefonzelle sah, meldete ich mich bei meiner Verbindungsperson. »Wie geht es Ihnen?« »Man lebt.« »Haben Sie es sich überlegt?« Ich schwieg. »Für den Moment gibt es keine Anzeichen dafür, dass man Sie verfolgt. Trotzdem wäre uns allen wohler, Sie wären in unserer Nähe.« »Ich überlege es mir.« »Das sagen Sie immer.« Ich lachte. »Bis bald.«

So lebte ich sieben Jahre. Das Liechtensteiner Bankgeheimnis war tot. Die Drei Buchstaben Bank hatte ihre Treuhandabteilung verkauft. Es regnete sieben Sommer lang durch. Wie schön, dass meine Tat Nachahmer fand. Bradley Birkenfeld, Hervé Falciani. Ich möchte euch hiermit grüßen. Dann fiel auch die Schweiz. Um meine Person wurde es allmählich stiller. Hatten die Medien anfangs noch alle paar Wochen getitelt, waren aus den Wochen bald Monate und aus den

Monaten schließlich Jahre geworden. An und für sich hätte mich das nicht weiter gestört. Das Problem aber war, das erkannte ich erst mit der Zeit, dass es Vaduz ein Leichtes sein würde, mich ungesehen zu entsorgen, wenn ich nicht weiterhin öffentlich vorkam. Ich war mein eigenes Pressebüro. Manchmal verschickte ich Nachrichten an Journalisten, in denen ich in verrätselten Sätzen durchblicken ließ, wo ich mich gerade befand. Ich gab Interviews, in denen ich meine Sicht der Dinge darlegte, doch dann kam Wikileaks und danach Edward Snowden, Julian Assange grüße ich nicht, die anderen schon, Chelsea! Ed!, ihr seid Helden!, und die Journaille verlor das Interesse an mir. Die Gefahr eines Vaduzer Zugriffs wuchs. Ein Umherziehen in der freien Wildbahn konnte ich mir nicht länger erlauben. Asyl in einer deutschen Botschaft? Niemals! »Ich habe es mir überlegt«, sagte ich zu meiner Verbindungsperson. »Und«, fragte sie. »Ich brauche mein Material.« Sie seufzte erleichtert. »Und ein Haus mit weitläufigem Garten.«

Im März 2015 zog ich ein. Mein Tagesablauf folgte der immerselben Routine. Früh morgens Schreibzeit, ein paar Bahnen im städtischen Pool, dann zurück an den Schreibtisch. Ich aß Bananen und Avocado, Käse, Tomaten und Brot. Ich kommunizierte mit niemandem, der nicht ich selbst war. Mein letzter widerständiger Akt sollte ein Buch sein. Schnörkellos. Ohne unnötige Kapriolen. Den Fokus ganz auf der Realität. Die letzte Informationsoffensive. Wer weiß es denn schon, vielleicht würde es mir ja darüber gelingen, die Toblers endlich hinter Gitter zu bringen. Die Hoffnung, heißt es, sterbe zuletzt. Ich malmte oft mit den Zähnen. Ich schrieb und verwarf und schrieb und verwarf wieder. Vor Stress begann ich zu rauchen. Manchmal trank ich so viel Kaffee, dass ich mir nicht vorstellen konnte, jemals wieder zu schlafen. Ich glaubte selten daran, zu einem Ende zu kommen. Desto komischer, dass das jetzt das Ende sein soll. Noch 282 Worte. Ich will nicht aufhören. 276. Doch ich weiß, 272, dass ich das muss.

Ich setze mich aufrecht hin, mache den Rücken gerade. Was geschieht mit mir, wenn ich aufgehört habe? Ich recke den Hals, drehe den Kopf nach rechts und nach links. Es knackt leise. Von draußen höre ich Wind, die Dachbalken ächzen, der Cursor blinkt. Vor mir mein Leben. 220 Worte. 29 Sätze. Ich bin ermordet worden. Ich lösche den Satz. Ich bin nicht ermordet worden. Diesen Satz lasse ich stehen. Wenn ich nicht ermordet worden bin, dann bin ich nicht tot. Damit lässt sich besser arbeiten. Wenn ich nicht tot bin, sind Sie es nicht, wenn Sie diesen Text lesen. Gut. Wenn Sie diesen Text lesen, gibt es eine Möglichkeit, mich am Leben zu halten. Ja. Erzählen Sie allen von mir. Ja! Erzählen Sie allen meine Geschichte. Ja! Ja! Ja! Erfinden Sie, wenn Sie mögen, ein bisschen dazu, doch wirklich nicht mehr als ein bisschen. Solange Sie die Eckpunkte so beibehalten, wie sie sich zugetragen haben, sehe ich darüber hinweg. Erzählen Sie sich als mich und den Mond als den Mond, wie ich ihn sehe. Vergessen Sie nicht Ihre Steuern zu zahlen. Falls Sie unsicher sind, wie sich meine Geschichte im Detail zugetragen hat, bitte ich Sie, sie noch einmal zu lesen. Das wäre überhaupt das Beste. Wenn Sie niemals aufhören würden zu lesen. Ich weiß, das kann ich nicht von Ihnen verlangen. Trotzdem möchte ich Sie noch einmal daran erinnern, dass es mich nur so lange gibt, wie Sie von mir erzählen. Ich will kein Denkmal. Ich will ein Mahnmal. Heute ist der 14. Februar 2020. Mein Name ist Johann Kaiser. Ich klappe den Laptop jetzt zu.

Dank

Ich möchte mich bei allen bedanken, die mir bei der Arbeit an diesem Text zur Seiten gestanden haben. Ich bedanke mich bei Angelika, Heimo, Katharina und Ulli für die Liebe und Unterstützung. Ich bedanke mich bei meiner Nana Margrit und bei meinem verstorbenen Neni Ortwin für das bedingungslose Vertrauen und all die Geschichten über ein Liechtenstein, das ich nur aus ihren Erzählungen kenne. Ich danke Anton, Jacob, Juli, Marcel, Pop, Sebi, Spaniokel und ›eine neue gruppe‹ für Zuspruch, Kritik, da sein und da bleiben. Ich danke Sigvard und allen Menschen, die ihr Wissen mit mir geteilt haben, ich danke allen Leuten von Twitter für Austausch und für Zerstreuung, ich danke Anvar und Marcel, die diesen Text von früh an begleitet haben, ich danke Regina für ihr Vertrauen und ich danke meinem Lektor Christof, ohne den dieses Buch nicht hätte werden können, was es jetzt ist. Was nach wie vor schlecht daran ist, habe ich alleine verbrochen. Und nicht zuletzt danke ich Marta. Ich weiß gar nicht, wo ich anfangen soll. Dziękuję za wszystko!

Quellenhinweis

Diesem Buch liegt eine Vielzahl von Texten zugrunde. Vier Quellen, die für die Entstehung besonders wichtig gewesen sind, möchte ich an dieser Stelle hervorheben. *Der Fürst. Der Dieb. Die Daten* von Heinrich Kieber, *Der Datendieb* von Sigvard Wohlwend sowie *Gierige Bestie* und *Bestie Mensch* von Thomas Müller.

Rechtlicher Hinweis

Dieses Buch ist ein Roman. Als literarisches Werk schafft es eine ästhetisch neue, künstlerisch-überhöhte Wirklichkeit, indem es zwar in einzelnen Passagen an reale Geschehen anknüpft, aber stets Anklänge an tatsächliche Vorkommnisse mit künstlerisch gestalteten, fiktiven Schilderungen vermengt.
Sämtliche Schilderungen sind deshalb unter Anlegung des gebotenen kunstspezifischen, ästhetischen Maßstabs zu betrachten und im Sinne der Kunstfreiheit als Fiktion anzusehen.
Das Beschriebene erhebt keinen Faktizitätsanspruch, mögen vielleicht hinter einzelnen Figuren auch reale Personen als Urbilder erkennbar scheinen. Alle im Roman auftretenden Personen sind durch die künstlerisch-ästhetische Gestaltung des Stoffs und die Ein- und Unterordnung in den Gesamtorganismus des Romans so verselbständigt, dass das Individuelle, Persönlich-Intime zugunsten des Allgemeinen, Zeichenhaften der Figuren objektiviert ist.
Insbesondere liegen trotz der gewählten Ich-Perspektive keine vom Autor unmittelbar erlebten, von ihm stammenden, realistischen und einer detaillierten Erzählung entsprechenden Geschehnisse vor. Dies betrifft auch und insbesondere vermeintlich genaue Schilderungen von privaten oder gar intimen Begebenheiten.
Diese Beschreibungen knüpfen nicht an reale Geschehnisse an.
Sie sollen die Motive und Intentionen der objektivierten Personen erhellen und sind künstlerisch geboten und erforderlich.